中国改革开放史料丛书

收入分配改革

李　实　万海远　主编

中国工人出版社

“中国改革开放史料丛书”
编委会

总序

铭记改革开放历史
奋进新时代新征程

历史是一面镜子，也是一部教科书。重视历史，研究历史，借鉴历史，是中华几千年文明的一个优良传统。当代中国是历史中国的延续和发展，书写着中国人民和中华民族不懈奋斗的宏伟篇章。历史的无穷魅力在于包含了大量丰富的史料。史料是保存历史、记述历史、再现历史的基本素材和重要依据。重视历史的学习、研究和传承，必须重视史料的收集、整理、汇辑。

改革开放是中国人民和中华民族发展史上一次伟大革命，正是这场伟大革命推动了中国特色社会主义事业的伟大飞跃。1978 年底，中国共产党召开具有重大历史意义的十一届三中全会，开启了改革开放历史新时期。从那时以来，中国共产党带领全国人民以一往无前的进取精神和波澜壮阔的创新实践，谱写了壮丽史诗。改革开放 40 多年来，从农村到城市，从生产到投资、流通、分配、消费，从所有制结构到企业形式，从经济领域到生产关系和上层建筑的某些环节，都进行了系统和全面改革，成功实现了从高度集中的计划经济体制到充满活力的社会主义市场经济体制的伟大历史性转变；对外开放从建立经济特区到沿海、沿江、沿边，从东部到中西部地区，再到加入世界贸易组织，从大规模“引进来”到大踏步“走出去”，成功实现了从封闭半封闭到全方位开放的伟大历史性转变。我们在深化经济体制改革的同时，不断深化政治体制、文化体制、社会体制、生态文明体制改革和其他领域改革，不断推进国家治理体系和治理能力现代化。在改革开放推动下，我国经济和社会发展取得了举世瞩目的辉煌成就，实现了人民生活由温饱不足到小康宽裕的伟大历史性转变。事实雄辩地证明，改革开放是决定当代中国前途命运的关键一招，是当代中国发展进步的动力之源，是大踏步赶上时代前进步伐的重要法宝，为实现中华民族伟大复兴提供了充满新活力的体制保障和快速发展的物质条件，中华民族迎来了从站起来、富起来到强起来的伟大飞跃。

现在，我国在广袤大地上全面建成小康社会，正阔步迈向全面建设社会主义现代化国家的新征程。在庆祝中国共产党成立100周年大会上，习近平总书记强调，“以史为鉴，可以知兴替。我们要用历史映照现实、远观未来，从中国共产党的百年奋斗中看清楚过去我们为什么能够成功、弄明白未来我们怎样才能继续成功，从而在新的征程上更加坚定、更加自觉地牢记初心使命、开创美好未来”。改革开放以来的岁月将彪炳于中华民族发展的壮丽史册。40多年来，中国共产党从理论到实践的伟大创造，探索和积累的宝贵经验是党和人民弥足珍贵的精神财富，对于新时代坚持和发展中国特色社会主义有着极为重要的指导意义，应当倍加珍惜。

2022年，党的二十大召开。“中国改革开放史料丛书”的出版，为了铭记改革开放以来的光辉历史过程，收集、保存、传承40多年的宝贵历史资料，也为了以实际行动落实党中央关于加强改革开放史教育的部署要求，展示改革开放历史的史料价值。

这套丛书共有20卷。分别是：《中国社会主义市场经济体制形成与发展》《计划投资体制改革》《农业农村改革》《对外开放》《行政体制改革》《财政税收体制改革》《价格体制改革》《经济特区发展》《城市改革与发展》《国有企业改革》《金融体制改革》《教育体制改革》《收入分配改革》《科技体制改革》《外贸体制改革》《商品与要素市场改革》《就业体制改革》《社会保障体制改革》《民营经济发展》《改革开放大事记》，力求从不同领域、不同角度，全面、系统、客观记录我国改革开放40多年的历史进程，重点收录具有重要价值的史料，特别是历史文献、重要人物和事件、实物和口述史料，以期在服务全面深化改革开放事业、加强改革开放史研究和教育中提供参考、发挥作用。

这套丛书的各卷主编和参与者大多是相关领域知名的专家学者，也是我国改革开放的亲历者、见证者。丛书集结了他们长期亲历和研究我国改革开放的重要成果，凝聚了他们对改革开放伟大事业的深厚情怀和责任担当。中国工人出版社对这套丛书的出版给予了大力支持，集全社之力，不舍昼夜，为本书如期付梓出版不辞辛劳；中国（海南）改革发展研究院作为30多年如一日勇立改革开放潮头、以建言改革为己任的改革智库，为此书的策划、组织和出版作出了重要贡献，彰显出改革智库记录好、传播好改革开放历史的初心使命。我作为这套丛书的编委会主任，在此向为本套丛书付出艰辛努力的各位编委会成员、作者，对中国工人出版社的领导、编辑表示由衷的敬意和感谢！

这套丛书内容时间跨度大，涉及领域多，涵盖方面广，力图史料全面、翔实、准确，任务艰巨。由于时间较紧，难免有不足之处，恳请读者批评指正。

魏礼群

2024 年 3 月

前言

2020年，我国实现了第一个百年奋斗目标，历史性地解决了绝对贫困问题，并全面建成小康社会。在开启全面建设社会主义现代化国家新征程背景下，实现社会资源和国民财富的公平共享非常重要。随着经济长期积累所带来收入水平的显著增长，收入分配的结构变迁成为经济社会越来越关注的重大问题。在我国综合国力和国际地位大幅提升的背景下，新时代综合国力将更多体现在社会资源的发展和共享上。在推进全面建设社会主义现代化强国的关键节点上，有必要系统回顾收入分配改革历史，记录过去40多年的收入分配制度改革历程。

作为一项重大的公共政策，过去虽然在收入分配方面有较多研究，但是成体系地回顾收入分配改革历史的并不多。基于长期跟踪收入分配问题研究的优势，本书提供了关于我国收入分配改革的多角度资料记录。围绕40多年的收入分配改革历史，本书回顾收入分配的改革历程与政策变化，论述中国特色收入分配制度改革的发展道路，分析收入分配改革的具体方式，归纳收入分配改革的主要成就与主要经验。

回顾我国收入分配改革的主要成就，包括城乡居民收入水平的显著增长；传统计划和平均主义的分配模式基本消除；与市场经济制度相适应的收入分配制度体系建立；收入分配制度的微观基础完全形成；收入分配充分体现对经济增长的激励保障等。总结收入分配改革的历史经验，包括以按劳分配为主体的分配模式，构成社会主义基本经济制度的核心内涵；渐进式改革方式、行政集中体制为收入分配改革保驾护航，并带来持续的改革动力；协同推进收入分配改革，坚持问题导向型收入分配改革路线；经济增长为收入分配改革提供宽松环境等。但收入分配改革也存在一些教训，包括单兵突进式收入分配改革存在挑战，城乡一体化发展的模式并未完全建立，劳动权利保护较弱的问题仍然存在，收入差距持续较大问题没有得到根本解决等。

在收入分配制度改革的过程中，不同阶段的主要矛盾不同、政策侧重点不同，收入分配的改革导向也有所不同。推进收入分配改革是一个动态过程，是客观的物质积累过程，需要按计划分步骤地进行，因此在不同时期体现不同的特点，其政策内涵也随时间不断变化，体现从低层次到高层次的演变过程，如1990年的目标是基本解决温饱，到2020年是全面实现小康。随着社会主义进入新时代，人民美好生活需要日益广泛，对收入分配改革的要求逐步发生转变，对物质消费等方面提出了更高要求，而且对公平正义的要求也日益增长。

中国特色的收入分配制度改革，大体上经过五个发展阶段。最早从没收私有财产开始，到推进公有制实现社会分配平等，到计划统筹工资决定与分配，后经历商品经济放开私有资本时期，并过渡到收入差距快速扩大时期，之后又到强调政府再分配调节作用时期。这五个时期覆盖较长的收入分配改革历史，政策上总体层次递进，但相互之间还有所重叠，有些改革甚至贯穿在各个阶段，反映了我国收入分配制度改革的不断探索过程。

在收入分配制度改革的政策方式上，北欧国家实行高福利主义，主要通过征收高比例直接税来调节收入差距。但我国收入分配改革不仅像北欧国家那样直接作用于收入结果，而且更加注重从根本上作用于人的能力发展，体现促进人的全面发展维度，包括提升教育层次、技能水平和人力资本积累。因此中国特色的收入分配改革在于，从人的发展早期开始进行干预，是真正促进人的全面发展，是体现初期能力禀赋提升和后期结果干预的高度结合。

在收入分配调控工具上，中国特色的收入分配改革历史，从工资收入扩展到教育、医疗、财税和公共服务，不仅关注收入领域的差距，还特别关注能力发展和公共服务差异，通过增强教育、医疗等人力资本投资，提升基本公共服务可及性和公平性等，从而为社会成员机会均等提供保障。正是在以人民为中心的发展思想引领下，我国公共政策更多投入民生领域，改革发展成果也更公平惠及全体人民，由此收入分配改革才取得一系列丰硕成果。

在对收入分配问题的长期研究过程中，我们分析了收入分配改革的历史形成、演变过程和关键问题，也以不同方式参与过收入分配政策的讨论，真切感受到收入分配改革的难度。推进收入分配制度改革不仅是收入增长问题，它还涉及体制机制和经济发展方式问题，不亚于是重大的社会变革和思想转型。在传统文化影响和特殊历史时期的发展过程中，在叠加从传统向现代转型的进程中，推进收入分配改革还有较长的路要走。在百年未有之大变局下，收入分配改革不仅是经济改革问题，更是涉及社会和政治改革问题。

在人类发展历史上，虽然国家制度、发展历史和所处阶段千差万别，但致力于共享繁荣是人类的普遍追求。效率与公平、发展和共享的协同一直是社会努力的目标。在回顾40多年历史的基础上，当下收入分配改革需要通过包容性增长和高质量发展，来解决更宽泛的共享发展问题。仅观察收入增长难以看清本质，需要放到更加宏大的历史视角去看待。事实上，收入分配制度改革提供了一个独特视角来看待国家的改革发展问题，要从这个视角来进一步分析发展模式、经济增长方式和公共政策背后的深层次问题。

自2021年3月中国改革发展研究院与中国工人出版社正式提出收入分配改革卷的写作计划以来，我们多次讨论收入分配改革历史的编写框架。本书定位是收入分配改革的历史回顾，核心是政策改革和结果事实的历史记录。从2021年开始到2022年4月基本完成，再经过2年多的不断修改，才有本书的初稿。后来书稿又有几次大的变动，也更换了相关章节，并补充了不少内容。在此，感谢赵人伟、宋晓梧、贾康、刘浩、苏海南、李实教授接受我们的多次采访，我们也直接引用了对杜润生、赵东宛、万里、袁宝华、薛暮桥、冯兰瑞、厉以宁等专家的口述资料，在此感谢各位采访人及口述者的特别贡献。

本书在写作过程中得到多位专家的帮助，宋晓梧教授是收入分配改革的见证者和本书的贡献者，也感谢刘浩研究员对书稿的多次指导。在本书第一部分，总论由李实负责，第一章由万海远负责，

第二章由熊亮负责，第三章由吴珊珊负责，第四章由朱梦冰负责；第二部分口述资料由陈基平、张尉和闫里鹏采访、整理和撰写；李实、万海远负责书稿的统筹协调，并更新了全书所有政策资料。北京师范大学中国收入分配研究院的相关老师参与了章节讨论，并补充了部分素材，他们在不同阶段参与了书稿编辑工作，在此一并致谢。此外，我们对本研究领域各位被引用和没有被引用的文献作者表示特别的感谢，正是在他们的基础上，才有可能完成本书。本书观点不代表任何相关机构、组织或个人，文责自负。

李实　万海远

2024 年 6 月 16 日

目录

第一部分
历程篇

第二部分
史料篇

第一部分

历程篇

总　论
中国特色社会主义收入分配

▼

从历史上看，我国在实现共同富裕的征程中会面临许多困难与挑战，同时也有很大机遇和希望。只要坚持正确的发展方向，深化收入分配制度改革，推进公共政策和收入分配政策体系建设，加大收入再分配政策的调节力度，我们一定能在实现共同富裕方面取得更大进展。

一、我国收入分配的基本状况

关于我国收入差距的长期变动趋势，可以把过去改革的40多年分为两个时期，第一个时期是2008年以前的30年时间，第二个时期是2008年以后的十多年时间。在这两个时期里，收入差距变化有着不同的特点。在第一个时期，收入差距基本上是全方位地扩大的，比如，城市内部收入差距不断扩大，农村内部的收入差距不断扩大，城乡之间的收入差距不断扩大，全国收入差距不断扩大。2008年是一个比较重要的转折点。根据国家统计局公布的数据，2008年，我国收入差距的基尼系数是0.491，达到了历史最高点。

2008年以后出现了一个逐步小幅度下降的过程，这个过程持续了八年，到2016年才开始有所回升。但是在后一个时期中，农村内部、城市内部收入差距还在扩大，城乡之间的收入差距出现了较大幅度的缩小，导致全国的收入差距略有缩小。从收入差距结构来看，全国收入差距由三部分构成：农村内部和城市内部收入差距，以及城乡之间的收入差距。如果一个国家城乡之间的收入差距不大，全国收入差距主要取决于农村和城市的内部收入差距；如果一个国家城乡之间的收入差距非常大，那么这个差距很大程度上就决定了全国收入差距的变动趋势，我国就是这种情况。2008年后收入差距有所缩小，主要是由于城乡之间的差距缩小。

进一步观察城市内部收入差距的变动趋势。1978年城市内部的基尼系数只有0.15，一直到1984年还维持在0.15和0.16这样比较低的水平。在改革开放初期，我国收入差距，特别是城市内部的收入差距是比较低的，这主要是因为那时候是计划经济体制，城市内部基本上全是公有经济，私营经济、个体经济较少，政府控制着大部分分配渠道，工资由国家统一制定，工资差异性、差别、级别都由计划经济来决定。收入差距小是这种体制的一个特点。20世纪80年代中期以来，我国城市内部的基尼系数不断上升，2001年，基尼系数达到0.35的水平，与改革初期相比，基尼系数上升了一倍以上。

农村内部收入差距的变动相比城市内部收入差距，趋势基本一致。早期农村内部基尼系数大约是0.23，大于城市内部。从20世纪80年代中期开始，农村内部基尼系数一直在上升，到了2011年大约是0.40，这是农村内部收入差距的变动趋势。

全国的收入差距，在1981年以前，有一些估计显示基尼系数是 0.3 左右，而到 1983 年全国基尼系数略有下降。因为改革开放初期，农民的收入增长超过了城市居民收入增长，城乡之间的收入差距有较明显缩小，导致全国收入差距出现了小幅度下降。但是从 20 世纪 80 年代中期开始，全国收入差距在不断扩大，到 1994 年收入差距又有所缩小。因为从 1994 年至 1995 年，政府大幅度提高农产品收购价格，使农民收入有了快速增长，缩小了城乡之间的收入差距，从而导致全国收入差距又缩小了。由此可见，城乡之间的收入差距缩小在全国收入差距缩小当中所起到的作用非常明显。从 1996 年开始，收入差距一直在扩大，到 2008 年，全国基尼系数达到了 0.49，2008 年以后略微下降，全国基尼系数从 2016 年开始重新上升。这就是全国收入差距的长期变动趋势。

二、对收入分配制度改革的基本评价

我国收入分配制度的改革主要还是配合整体的经济改革，我们现有的收入分配制度和在早期计划经济体制内的收入分配制度有很大差别，过去的平均主义分配模式基本上被打破。收入差距和收入分配的公平性之间有联系，但没有必然的联系。

在我国经济转型过程中，收入差距扩大过程具有一定必然性。从价值判断上看，有一部分收入差距的扩大是合理的。在计划经济向市场经济转变的过程中，整个经济的分配模式发生了很大变化，从过去集中的计划控制分配模式，变成了分散化的、微观化的分配模式。分配模式更加服从或兼容于追求经济增长和提高效率的需要。由此带来的收入差距扩大具有一定的合理性和公平性。因此，我们应该全面客观地看待我们现有的分配制度，认识收入分配制度改革成功的、合理的方面。

可以说，多种要素参与分配过程，并在一些领域初步建立了与效率兼容的收入分配机制。特别是劳动收入的分配方面，收入分配的微观基础基本形成，企业遵循了市场分配法则，按照劳动贡献进行分配。也就是说，对于劳动要素来说，与市场经济相容的分配制度正在逐步形成，这是我国收入分配制度改革成功的一个方面。

我国收入分配制度改革成功的另一个方面是经济增长为收入分配改革提供了宽松环境。在不同的经济增长环境下，收入差距扩大所带来的社会承受力是不一样的。如果经济增长速度比较低，收入差距不断扩大，必然会有一部分人收入保持不变，或者不断下降。过去几十年，部分欧洲国家经济增长比较缓慢，而收入差距又有所扩大，全部经济增长的成果基本上被社会中的少数高收入人群获得，而大多数人群的收入和生活没有得到改善。我国收入差距扩大是在高速经济增长的背景下出现的，高收入人群的收入在增加，低收入人群的收入也在增加，只是高收入人群的收入增长要快于低收入人群。

三、收入分配的未来走向

关于我国未来收入分配的基本走向，首先要认识到一些有助于缩小收入差距的因素，应该充分地利用这些因素，使收入差距不断缩小，或者保持在相对稳定的水平。这些因素主要有以下几个方面：一是乡村振兴，这是进一步推进城乡一体化、缩小城乡发展差距的战略举措。实现乡村振兴，必然要进行土地制度改革，让农民获得更多的土地收益。二是加快推进城镇化和户籍制度改革，这是破除城乡分隔、缩小城乡收入差距的措施。三是教育发展，特别是农村教育发展，尤其是农村落后地区的教育发展。如果只看受教育年限，城乡之间、地区之间教育发展的差距有所缩小，但是考虑到教育质量后发现，这些差别不仅没有缩小，甚至还有所扩大。在未来几年中，政府只有加大对农村义务教育的投入，真正实现教育资源分配的均等化，缩小教育发展上的差异，才可能最终缩小收入差距。

收入分配制度改革需要制定时间表。到 2035 年，我国争取建成一个社会公平、发展成果共享、与效率兼容的收入分配制度。通过政治、经济和社会变革，促进有助于公平分配的因素发挥更大作用，抑制不利因素的作用，以实现收入差距的进一步缩小和收入分配的更加公平。

第一章
收入分配制度改革历程

▼

改革开放以来，我国收入分配制度改革从工资收入扩展到教育、医疗、财税和基本公共服务，从关注收入结果的差异，到关注人的能力发展和基本公共服务的机会差异，不断增强教育、医疗等人力资本投资，提升基本公共服务可及性和公平性，不断满足人民在经济、政治、文化、社会、生态等多方面的美好生活需求，逐渐形成了一套具有我国特色的社会主义收入分配制度。

第一节　恢复按劳分配激励生产活力

一、改革开放前的政策历程

自1921年成立后，中国共产党就明确定位是中国工人阶级的先锋队，党的奋斗目标是推翻资产阶级，废除资本所有制，建立无产阶级专政，实现共产主义。在第一次国内革命战争失败后，中共中央政治局于1927年8月7日召开紧急会议，纠正了右倾机会主义错误，确定了土地革命和武装斗争的总方针，并把领导农民起义作为党的最主要任务，其中明确提出“没收大中地主和一切所谓公产的祠族庙宇土地”，分给佃农和无地农民。[1]

在新民主主义革命初期，中国共产党的目标是掌握革命领导权，推翻帝国主义、封建主义和官僚资本主义这三座大山。在抗日战争期间，面对军事与经济封锁，一方面采取了“力争外援，休养民力，医治创伤，积蓄力量，支持长期抗战”政策，另一方面提出了“发展生产，自力更生”的战略转型，以通过大生产运动实现生产自救。实行军队屯田，党政机关、军队、学校普遍参加生产运动，同时公私兼顾，组织劳动互助，以改善生活和保障粮食供给。在解放战争时期，在延安等革命根据地领导开展“打土豪、分田地”运动，铲除封建地租剥削，以解放农村生产力。在民国政府后期，由于财政赤字连年不断，恶性通货膨胀持续攀升，社会两极分化严重，因此中国共产党提出消灭封建地主土地所有制，实现“耕者有其田”政策，并得到了广大农民的积极响应。

1949 年新中国成立后，中国共产党开启了作为执政党探索社会主义道路的奋斗过程。从机械模仿马克思主义原著，到学习苏联十月革命后所确立的完全共产并彻底实行社会主义公有制，[2]到后来认为共产主义社会物质极大丰富，要求资源分配各尽所能、各取所需，必要途径就是大干快上进入共产主义。为快速建立一个没有阶级制度的公有制社会，20 世纪 50 年代党的主张是消灭生产资料私有制，并没收私有财产，如《中华人民共和国土地改革法》的核心内容，就是没收地主阶级土地和财产并分配给贫苦农民，其中明

① 中共中央党史研究室编：《中国共产党历史》（第一卷　上册），北京：中共党史出版社，2011 年版，第 238 页。

② 杨河：《1956：探索中国特色社会主义道路的开篇之年》，《红旗文稿》，2016 年 06 期。

确规定，“没收地主土地、耕畜、农具、多余的粮食及其在农村中多余的房屋”。[1]

随后进入1953年至1956年的社会主义改造时期，为推进生产资料私有制向公有制转变，我国推行国营经济并开展农业生产合作。1953年实行的“一五”计划将社会主义建设推向高潮，在优先发展重工业的战略下，兼顾人民生活改善，在按劳分配原则下提出“企业八级工资制”，按生产劳动的复杂程度和技术熟练程度将工资分为八个等级，并确立了国家机关事业单位的干部行政级别工资制，按照行政级别对应月工资水平。在这个过程中，国家将社会主义改造与实现国家工业化并举，采取一系列从低级到高级的改造形式，引导资本主义工商业向社会主义逐步过渡，引导企业、工人职员、国家机关事业单位建立与当时国情和现实条件相符的收入分配制度。

在农业合作化过程中，遵循典型示范和国家帮助的原则，建立农业生产互助组、农业生产合作社，让农民走上社会主义道路。后来又建立更高级的农村人民公社，贯彻按劳分配、多劳多得原则，引入了定额管理基础上的评工记分制度，如采用“底分死记、底分活评、定额记工、联系产量等”来计算劳动报酬。[2]经过社会主义改造，国内形势和主要矛盾发生了重大变化。1956年党的八大指出，全国绝大部分地区基本上完成了对生产资料私有制的社会主义改造，资本主义不复存在，社会主义公有制基本建立，无产阶级同

① 中共中央党史研究室编：《中国共产党历史》（第二卷），北京：中共党史出版社，2011年版，第93页。
② 洪耶辛：《试论人民公社定额计酬的改革》，《经济研究》，1980年06期。

资产阶级之间的矛盾已基本解决，一个崭新的社会主义制度从此在中国建立起来。[①]

二、按劳分配的讨论

1977—1978 年的四次以“按劳分配”问题为核心的经济理论讨论会，批判了过去几十年“左”的思想和路线，有助于从思想上拨乱反正，这对于人民逐渐接受私营资本起到了重要作用。1977 年 7 月，邓小平多次提出要贯彻执行按劳分配原则，推动大讨论的持续深入。这对于澄清人们在收入分配问题上的思想混乱，为恢复按劳分配制度和激活私营资本起到重要作用。1978 年 5 月 5 日，由国务院政治研究室起草，经邓小平、李先念等修改和审阅的文章贯彻执行按劳分配的社会主义原则在《人民日报》发表，把关于按劳分配的大讨论推向高潮。1978 年 5 月 11 日，《光明日报》发表《实践是检验真理的唯一标准》这篇文章，后来个体经济和私营资本合法性得以逐渐恢复，为党的工作重心转移到经济建设上奠定了坚实基础。1978 年 5 月，国务院下发《关于实行奖励和计件工资制度的通知》，以打破分配上的平均主义。这是 20 世纪六七十年代以来第一个体现“按劳分配”原则的中央文件。通知中规定了实行奖励的具体条件：“生产工人的奖励条件，应当根据增加生产，提高质量，降低消耗等确定。一般的可以实行优质低耗的超产奖，有的也可以在降低消耗和完成产量指标的条件下，实行质量奖或其

① 《中国共产党第八次全国代表大会关于政治报告的决议》，北京：人民出版社，1956 年版，第 6 页。

他奖励。车间、科室管理干部的奖励条件，除了完成本职工作要求外，还必须全面完成本车间或企业八项经济技术指标。随同生产工人直接参加生产的工段长等干部，可以和工人实行同样的奖励制度，企业党政主要领导干部不实行奖励制度。”在思想解放浪潮的鼓励下，长期以来占主导地位的“左”倾理论被逐渐摒弃，“个人消费品只能是按劳动而不能按政治、按资格来分配”的原则被确立。

此后，被禁锢的思想禁区进一步得到解放，从按劳动数量分配发展到按劳动质量以及技术熟练程度分配，包括报酬上应当有必要差别、要把劳动报酬同个人和集体劳动成果直接联系起来等，也逐渐进入党的正式文件中。1978 年 9 月 23 日，中共中央下发《关于做好改革工资制度调查研究工作的通知》，提出“坚决贯彻执行不劳动者不得食，各尽所能、按劳分配的原则，确定职工劳动报酬只能是按劳分配，要求工资形式实行以计时工资为主，计件为辅，计时加奖金；劳动复杂程度，技术熟练程度和劳动条件不同的，报酬上应当有必要的差别，要把劳动报酬同个人和集体的劳动成果直接联系起来”，同时还强调“否定劳动报酬差别、否定按劳分配，就是否定社会主义”。此后职工劳动收入快速增长，这也刺激了个体通过劳动来积累私人财富的积极性。从 1977 年至 1978 年，中国经济学界连续举行的四次按劳分配讨论会，使人们逐渐接受了按劳分配、允许适度差距的做法。

从按劳分配大讨论开始，按技术熟练程度分配等逐渐成为现实，由劳动数量和劳动质量差别而导致的收入差距被接受，同样因劳动收入积累而出现的私有财产也逐渐进入党的正式文件中。承认私有制、接受私营资本、鼓励私人财富积累等，由此开启了中国特色的收入分配制度改革。在鼓励积累私人财富的背景下，新一轮收入分配改革实践从20世纪80年代放开农业经营开始。联产承包制允许农民“交够国家的、留足集体的、剩下都是自己的”，而且允许农民把剩余农产品通过自产自销方式流通到城镇，通过交易获得额外的收入，由此农民个体经营性收入在增加，私营资本或财产性收入也日渐提高。特别是在劳动力迁移制度放松后，允许农民带粮入城、允许城镇居民个体经营并从事商业活动，不再简单地把商品交易活动归类为投机倒把行为，由此也刺激了私营资本发展的积极性。

三、恢复奖金与计件工资制

为发展生产，提高劳动生产率，逐步改善职工生活；同时，为最大限度地保证普通职工的利益，消除计时工资制度所带来的种种弊端，增强激励机制，调动职工积极性，国务院在1978年5月颁布了《关于实行奖励和计件工资制度的通知》，鼓励从全局出发，兼顾国家、集体和个人三方面的利益，把全面完成国家生产计划和扭亏增盈结合起来，根据工农业生产水平，统筹考虑积累消费、工农、城乡等关系，建立奖励和计件工资制度。文件明确提出：“实行奖励和计件工资制度，是关系到企业生产和职工切身利益的大事。”不断加强思想政治工作和企业管理工作，及时解决实行中出现的问题，可以更好地调动广大职工群众的社会主义积极性，增强团结，促进生产。

从保证国家经济持续发展的角度来说，“当时我国工农业生产水平不高，国家底子薄，建设四个现代化需要有更多的积累，还要备战、备荒、防止社会帝国主义和帝国主义的侵略，同时也要考虑工农关系。城市职工只有多生产物美价廉的工业品，更有效地支援农业，才能更快地发展工农业生产，才能从农村换回更多的轻工业原料、粮食和副食品，进一步繁荣城乡经济，改善工农生活，巩固工农联盟。”另外，若离开了发展生产，靠发钞票增加工资，既不是党的政策，也不能真正改善职工的生活，因此“在供、产、销正常，生产任务饱满，管理制度比较健全，各种定额和统计、验收等基础工作做得比较好，各项经济技术指标比较先进的企业，鼓励实行奖励和计件工资制度是正确的，而且也是非常必要的。”

实行计件工资的目的，是准确地反映出劳动者实际付出的劳动量。以员工岗位责任、劳动绩效、劳动态度、劳动技能等指标综合考核员工报酬，构造适当工资档次落差、调动员工积极性的激励机制。从维护职工利益角度看，按照各尽所能、按劳分配原则，坚持工资增长幅度与企业经济效益增长幅度同步，员工平均实际收入增长幅度与企业劳动生产率增长幅度相适应的原则，这样个人劳动投入与收入就能直接挂钩，激励作用显著，同时能有效反映劳动者之间的生产效率差别，体现多劳多得，员工比较能接受这种公平性的分配方式，还能促使工人自觉地改进工作方法，提高技术水平和劳动生产率。

四、家庭联产承包责任制

为迅速实现“赶英超美”的发展目标，在保障国家安全和重工业优先发展的战略下，我国在计划经济时期实行了农村补贴城镇、农业收益补贴工业的政策。无论产量多少，农民能够从中获得的只有基本生活口粮，农民的生活水平总体较差，一些地方农民连基本的温饱都难以保证。改革开放初期要求改变分配模式、激励农户生产的政策呼声日益高涨。安徽省凤阳县小岗村 18 位农民签下“生死状”，将村内土地分开承包，要求分田到户，不再伸手向国家要钱要粮，开创了家庭联产承包责任制的先河。当年小岗村粮食大丰收。1980 年 9 月，中共中央印发《关于进一步加强和完善农业生产责任制的几个问题》，肯定了包产到户的社会主义性质，认为在生产队领导下实行的包产到户，不会脱离社会主义轨道。[①] 1982 年 1 月，中共中央批转《全国农村工作会议纪要》，指出农村实行的各种责任制，包括小段包工定额计酬，专业承包联产计酬，联产到劳，包产到户、到组，包干到户、到组等，都是社会主义集体经济的生产责任制。从 1982 年到 1986 年，中共中央连续五年发出中央一号文件，把以包产到户、包干到户为主要形式的家庭联产承包责任制推向全国。1991 年 11 月举行的党的十三届八中全会通过了《中共中央关于进一步加强农业和农村工作的决定》，提出把以家庭联产承包为主的责任制、统分结合的双层经营体制作为我国乡村集体经济组织的一项基本制度长期稳定下来，并不断充实完善，其中明确提出“农村改革必须稳定以家庭联产承包为主的责任制，不断完善统分结合的双层经营机制，积极发展社会化服务体系，逐步壮大集体经济的实力，引导农民走共同富裕的道路”。

以“交够国家的，留足集体的，剩下都是自己的”为代表的家庭联产承包责任制成为大势趋后，以包产到户、分田到户为典型特征的大包干制度，在 20 世纪 80 年代也正式在广大农村得以推行，

---

① 中共中央党史研究室编：《中国共产党的九十年》，北京：中共党史出版社，2016 年版，第 692 页。

这是我国农村土地制度的一项重大转折。家庭联产承包责任制作为农村经济体制改革的第一步，突破了“一大二公”、“大锅饭”的旧体制，使农民获得了充分的农业剩余索取权，并得到一定的额外收益，因此也激发了农民的积极性，显著提高了农业劳动生产率。[①] 1992 年党的十四大提出，实行家庭联产承包为主，统分结合、双层经营，解决了我国社会主义农村体制的重大问题。八亿农民获得对土地的经营自主权，加上基本取消农产品的统购派购，放开大部分农产品价格，从而使农业生产摆脱长期停滞的困境，农村经济向着专业化、商品化、社会化迅速发展，广大城乡人民得到显著实惠，带动了整个改革和建设事业。[②] 家庭联产承包责任制是特定社会经济条件下的历史选择，与过去的农业生产组织方式（大集体时期）相比具有较大的进步，它在改变农村经济格局的同时，奠定了经济发展和后续改革的基础，调动了农业生产者的积极性，为农民脱贫起到了重要作用，被誉为中国农村改革与发展的飞跃，开创了我国农业发展史上的黄金时代。[③]

五、首钢承包制试点

首都钢铁公司在改革初期在全国大中型企业中率先实行承包

① 中共中央文献研究室编：《三中全会以来重大决策的形成和发展》，北京：中央文献出版社，1998 年版，第 124–125 页。

② 江泽民：《加快改革开放和现代化建设步伐夺取有中国特色社会主义事业的更大胜利——在中国共产党第十四次全国代表大会上的报告》，北京：人民出版社，1992 年版，第 7 页。

③ 中共中央文献研究室编：《三中全会以来重大决策的形成和发展》，北京：中央文献出版社，1998 年版，第 124–125 页。

制，成为国有企业改革的领头羊。改革前，首钢和其他国有企业一样，产品由国家统购统销，物资由国家统调统配，财务由国家统收统支。这种管理体制使企业缺乏活力，限制了企业的发展。1979年3月，首钢公司向北京市委市政府和冶金部上报《关于在首钢进行扩大企业权限试点的请示报告》，申请把首钢作为经济体制改革的试点，提出要扩大企业的计划权、物资权、财务权、直接外贸权和劳动工资管理权。同年5月，国家经委等六部委联合发出《关于在京、津、沪三市八家企业进行企业管理改革试点的通知》，首钢被列入第一批国家经济体制改革试点企业。国家对首钢实行的是利润留成办法，即以1979年公司上缴国家利润为基数，将基数利润的8.3%和增长利润的10%留给企业，其余上缴国家。1980年上半年，基数利润留成比例不变，增长利润部分改为20%留给企业。下半年，又由利润留成变为"以税代利，自负盈亏"，企业盈利向国家缴纳"四税两费"（工商税、收入调节税、城市建设税、所得税，国有资产占有费、流动资金占用费）后，其余留给企业。1981年7月，首钢在国务院和北京市委的支持下，进一步改变国家与企业分成的办法，实行定额包干的承包制。在承包的前提下，首钢在1979年至1988年，连续十年实现利润平均年递增20%，同时在保证国家稳收稳增、企业快速发展的基础上，职工收入也显著上升。

首钢职工的收入主要由标准工资、挂率*与奖金三部分组成。改革后决策、管理层职工按现行工资系列中干部级分档，操作层职工按工人级分档，前者的标准工资级别普遍高于后者约两级，并且水涨船高，且挂率工资也较高，同时企业内部不同岗位的奖金系数不同，如决策层为1.5～1.6，管理层人员多数为1.0～1.35，操作层一般为0.6～1.0。所以改革后，决策、管理层职工收入已从改革前的倒挂

* 挂率指公司效益和职工承包岗位任务完成后，可在原有工资基础上增加一定的比例数。

状况，变为高出操作层平均收入的20%，企业内部收入差距被明显拉大。首钢改革后，大部分脑力劳动者从事决策、管理、技术工作，工资收入普遍较高，扭转了过去的“脑体倒挂”现象，理顺了脑力劳动者与体力劳动者的报酬比例关系；同时首钢改革也理顺了不同岗位职工的报酬比例关系，如工资挂率各不相同，全公司平均为1.1，而炼铁厂最高为1.3，辅助、后勤部门仅为0.5。奖金系数差别也很大，同在炼铁厂，炉前工为1.3，化验室工人为1.0，办公室看守工仅为0.5。①

首都钢铁公司在改革初期在全国大中型企业中率先实行了承包制，此后在国有企业中也开始了所有制改革试点，改变国家与企业分成的办法，实行定额包干的承包制，承包期内确保上交，超包全留，欠收自补。首钢承包试点调动了工人积极性，劳动生产率大幅提升*。首钢改革试点的成功，促进了企业的生机和活力，改善了企业内部的分配关系，拉大了不同职工之间的收入差距，鼓励一线职工通过辛勤劳动获得收入的积极性，探索出一条建设中国特色社会主义国有企业的新路子，为搞活国有大中型企业提供了宝贵经验，在北京市乃至全国都产生了巨大的影响力，之后这种承包模式在全国范围内迅速推广。

* 企业从1979年至1988年的利润平均增长20%。在承包的前提下，剩余产品通过自销进入市场，由此承包后的职工收入和福利待遇也大幅超过北京市一般工业企业的平均水准。

六、允许合法非劳动收入

在改革开放之前，我国进行的都是“劳动创造价值”的观念教育，并且把按劳分配写进了宪法里，认为一切非劳动收入都是剥削，

① 戴建中:《从首钢承包制看全民企业的内部分层》,《社会学研究》，1988年06期。

不劳而获所得被认为是不合法收入。然而，将劳动视为创造社会财富的唯一源泉，忽视了资金、技术、管理等非劳动要素也可以创造社会财富。作为有中国特色社会主义事业的建设者，私营企业主既有凭借资本等生产要素获取合法非劳动收入的一面，又有参加劳动而获取劳动收入的一面。早在1987年，党的十三大报告中就提出，“社会主义初级阶段的分配方式不可能是单一的”，“除了按劳分配的这种主要方式和个体劳动所得以外，企业发行债券筹集资金，就会出现凭债权取得利息；随着股份经济的产生，就会出现股份分红；企业经营者的收入中，包含部分风险补偿；私营企业雇用一定数量劳动力，会给企业主带来部分非劳动收入。以上这些收入，只要是合法的，就应当允许”[①]。党的十三大比较系统地论述了我国社会主义初级阶段的理论，明确概括和全面阐发了党的“一个中心、两个基本点”的基本路线。

2002年党的十六大报告提出海内外各类投资者在我国建设中的创业活动都应该受到鼓励，要保护发达地区、优势产业和通过辛勤劳动与合法经营先富起来人们的发展活力，鼓励他们积极创造社会财富，其中还提出要确立劳动、资本、技术和管理等按贡献参与分配的原则，完善按劳分配为主体、多种分配方式并存的分配制度。保护这部分合法的非劳动收入，有利于调动私营企业主的积极性，能更快地推动经济的发展。党的十六大报告还提出“一切合法的劳动收入和合法的非劳动收入，都应该得到保护”，“要形成与社会主义初级阶段基本经济制度相适应的思想观念和创业机制，营造鼓励人们干事业、支持人们干成事业的社会氛围，放手让一切劳

①《沿着有中国特色的社会主义道路前进——在中国共产党第十三次全国代表大会上的报告》，《人民日报》，1987年11月4日。

动、知识、技术、管理和资本的活力竞相迸发，让一切创造社会财富的源泉充分涌流，以造福于人民”[①]。对合法非劳动收入的承认，有效鼓励了各种生产要素为市场经济体制转型服务，并且也为后来“按生产要素分配”提供了现实条件。

七、鼓励先富的政策

中国历来是一个农业和农民大国，长期浸润在农业文明之中，平均主义思维根深蒂固。新中国成立后特别是实行人民公社体制之后，我国又长期实行平均主义、“大锅饭”的经济政策和分配体制，这种低效率的经济政策在一定程度上成为保护懒汉、制约人民群众积极性的体制性因素，阻碍了社会生产力的发展。为此，要解放和发展社会主义社会生产力，就必须大力进行体制改革，改变平均主义的分配制度和政策，破除“大锅饭”的分配体制。党中央出台了一系列的鼓励先富政策。在按劳分配时，主要是看劳动好坏、技术高低、贡献大小；有奖有罚，奖罚分明，对干得好的、干得差的，经过考核给予不同的报酬，这就可能会鼓励劳动致富并带来收入差距扩大。同时，中央提出依法保护合法收入，允许和鼓励一部分人通过诚实劳动和合法经营先富起来，允许和鼓励资本、技术等生产要素参与收入分配。

为鼓励先富，中央推出了经济特区的发展模式。1980 年 3 月，原来的出口特区改名为经济特区，包括深圳、珠海、汕头和厦

① 江泽民：《全面建设小康社会开创中国特色社会主义事业新局面——在中国共产党第十六次全国代表大会上的报告》，北京：人民出版社，2002 年版，第 16 页。

门，后来又扩展到海南。经济特区以减免关税等优惠措施为手段，通过创造良好的投资环境，鼓励外商投资，引进先进技术和科学管理方法，以达到促进特区经济发展的目的。经济特区实行特殊的经济政策、灵活的经济措施和特殊的经济管理体制。1981 年，国务院制定了适合特区性质和要求的 10 项政策措施，包括特区企业减税（特区内外商投资企业和设立机构、场所从事生产经营的外国企业，减按 15%税率征收企业所得税）、特区银行减免税（特区内外资银行投资 1000 万美元以上，经营期 10 年以上，减按 15%税率征收所得税）、老市区特定企业减税、老市区企业减税（在特区内的老市区设立外商投资企业，减按 24%税率征收所得税）、特区服务性企业减免税、特区企业减免税（特区各类企业，从事生产性行业，经营期 10 年以上的，从获利年度起，第一年和第二年免征企业所得税，第三年至第五年减半征收企业所得税）、外商分得利润免税、出口企业减税等。

作为改革开放的最前沿，特区的收入分配制度改革也迅速展开。在工资分配制度改革中，深圳较早地提出了“控两头”、“调中间”的办法调整宏观工资结构。深圳在 1992 年就开始颁布最低工资标准，1994 年通过《深圳经济特区最低工资条例》，1996 年颁布《深圳经济特区欠薪保障条例》，依次建立了最低工资保障和欠薪保障制度；1995 年深圳率先在全国制定企业工资指导线，根据经济形势指导企业工资合理增长；深圳也较早地开展了对高收入的调节，在 1994 年税制改革后，直接将工资税、个人所得税和个体工商所得税合并为个人所得税一种。深圳不仅通过最低工资制度和税收“控两头”，制定工资指导线“调中间”，而且还在国有企业推行“两低于”原则，即国有企业工资总额增长幅度要低于利润增长幅度，员工实际工资增长幅度要低于劳动生产率增长幅度。这种方法有效地使国有企业工资增长和实际经营效益挂钩，避免了不顾实际地滥发、超发工资。除劳动要素参与分配，深圳特区还较早地提出推行按劳分配与按生产要素分配相结合的办法，在部分企业还展开了“按劳分红”、“实行股份制”、“技术要素参与分配”等分配方式。①

党中央提出，兴办深圳、珠海、汕头、厦门四个经济特区是对外开放的重大步骤，是利用国外资金、技术、管理经验来发展社会主义经济的崭新试验，取得了很大的成就。实践证明，经济特区姓“社”不姓“资”。在兴办经济特区之后，我国又相继开放沿海十几个城市，在长江三角洲、珠江三角洲、闽东南地区、环渤海地区开辟经济开放区，批准海南建省并成为经济特区。②同时为鼓励一部分人先富起来，先富带后富，中央又提出发达地区带动欠发达地区的主张，即“要允许一部分地区、一部分企业、一部分工人农民，由于辛勤努力成绩大而收入先多一些，生活先好起来；一部分人生活先好起来”。特别是要保护发达地区、优势产业和通过辛勤劳动与合法经营先富起来人们的发展活力，鼓励他们积极创造社会财富。在“先富”政策的推动下，中国经济取得了快速发展，到了20世纪90年代，随着一部分人、一部分地区已经先富起来，邓小平同志十分担心收入分配问题，他在1993年9月的一次谈话中说：“少

① 伍先铎：《按劳分配为主与多种分配形式并存的尝试——深圳经济特区分配制度改革回眸》，《特区理论与实践》，2000年09期。

② 江泽民：《加快改革开放和现代化建设步伐，夺取有中国特色社会主义事业的更大胜利——在中国共产党第十四次全国代表大会上的报告》，北京：人民出版社，1992年版，第8页。

部分人获得那么多财富，大多数人没有，这样发展下去总有一天会出问题。”按照他的先富后富、共同富裕的顶层设计路线图，进入新世纪实现前两步战略目标即在达到基本小康后，就要“……要求沿海拿出更多力量来帮助内地发展，这也是个大局，那时沿海也要服从这个大局”[①]。

第二节　初步形成市场化分配机制

一、首次颁布《劳动法》

从计划经济逐渐转向市场经济的过程中，劳动就业体制的改革也不断深化，这使得劳动关系日趋复杂，劳动争议也日趋增加，原有的劳动法规已不能适应形势变化，迫切需要新的、覆盖面广泛的劳动法来调整各种劳动关系，减少并及时处理劳动争议。[②]同时，经济体制改革目标明确为建立社会主义市场经济体制，对加强新时期的劳动立法提出了迫切要求。1994 年 7 月，第八届全国人民代表大会八次会议通过了《中华人民共和国劳动法》，并于 1995 年 1 月 1 日开始施行，由此保护劳动者合法权益，调整劳动关系，并建立和维护适应社会主义市场经济的劳动制度。

---

① 中共中央文献研究室编：《邓小平年谱》（第五卷），北京：中央文献出版社，2020 年版，第 663 页。

② 汪敏：《中华人民共和国劳动合同法配套解读与实例》，北京：法律出版社，2017 年版，第 27 页。

1994年版《中华人民共和国劳动法》第五章工资的条文着重关注了工资分配制度。第四十六条直接提出“工资分配应当遵循按劳分配原则，实行同工同酬”，第四十七条规定“用人单位根据本单位的生产经营特点和经济效益，依法自主确定本单位的工资分配方式和工资水平”，第四十八条规定“国家实行最低工资保障制度”，第五十条规定“工资应当以货币形式按月支付给劳动者本人。不得克扣或者无故拖欠”。除了工资本身，《中华人民共和国劳动法》以法律形式提出了我国在从计划经济向社会主义市场经济转型中面临的重要劳动关系问题：劳动合同、集体协商与集体合同、最低工资、社会保险、劳动争议处理、休息休假等，涉及范围很广，突破了计划经济按不同所有制形式分别立法的传统模式。《中华人民共和国劳动法》是新中国成立以来第一部专门保障劳动者合法权益的法律，成为规范社会主义市场经济劳动关系的基本法规。以此为核心，国务院及劳动部又发布了一系列劳动法规和规章，由此初步构建了适应我国市场发展需要的劳动法律法规体系。

二、市场决定企业工资

从20世纪90年代开始，党中央提出各类企业效益要由市场决定，企业效益与工资水平直接挂钩，同时工资也由劳动力市场决定。1993年11月，党的十四届三中全会通过了《中共中央关于建立社会主义市场经济体制若干问题的决定》，提出“个人收入分配要坚持以按劳分配为主体、多种分配方式并存的制度，体现效率优先、兼顾公平的原则”。在总结和吸收前两次工资制度改革经验（1956年和1985年）的基础上，1993年我国进一步对机关事业单位的工资制度进行改革，实行职务工资制，不同行业的事业单位分别实行具有各自特点的工资制度。这一次的主要改革创新是在事业单位引入了岗位技能评价，使岗位工资建立在岗位评价、技能评价基础上，依据岗位责任、劳动条件、劳动强度等测评来制定事业单位的工资制度。同时，在市场化转型过程中，企业逐渐实行自主分配，用人单位根据本单位生产经营特点和经济效益，自主确定本单位的工资分配方式和工资水平。

之前我国几乎所有城镇职工都在公有制单位工作，为消除计时工资制度带来的种种弊端，国务院在 1978 年颁布《关于实行奖励和计件工资制度的通知》。然而，仅仅推进计件制工资改革，容易导致员工只讲数量不讲质量，致使企业竞相多发、滥发奖金。为此，1980 年，国家开始试点推行企业承包期改革，但事实证明这也无法从根本上改变高度计划体制带来的弊端，企业和职工积极性难以得到充分发挥。因此，1992 年，国务院继续出台《全民所有制工业企业转换经营机制条例》，以建立健全工资总量调控机制，促进企业经营机制转变。1998 年，党中央大规模推行国有企业产权改革和人员分流，不仅把企业的生产、销售和分配推向市场，而且也推进相关的劳动制度和绩效管理等配套改革，从而真正深入企业内部，推动落实建立职工工资的市场化分配机制。

三、工资总额控制线办法

20 世纪 90 年代后，中央提出进一步深化分配制度改革，要求贯彻落实按劳分配的社会主义原则，并改革国有企业工资管理体制，实行企业工资总额同经济效益挂钩的制度，提出工资总额控制线办法。1994年我国颁布的《劳动法》规定："用人单位根据本单位的生产经营特点和经济效益，依法自主确定本单位的工资分配方式和工资水平。"也就是说，在市场经济体制构建的过程中，企业成为分配主体，实行自主分配。之后工资水平在经济发展的基础上逐步提高，但是国家也对工资总量实行宏观调控。在1996年，劳动部、国家计委发布《关于对部分行业、企业实行工资控制线办法的通知》，要求国家对部分行业、企业实行工资控制线的办法。由此国家对当时工资总额增速过快、工资水平偏高的13个部门、企业实行工资控制线办法。对部分行业（部门）、企业工资总额发放增长速度实行上限控制，调节行业、企业职工工资水平，逐步协调工资分配关系，缓解收入分配差距。

在1994年，按照劳动部、国家计委的统计结果，受控制的13个部门、企业工资总额和平均工资分别只比上年增长了11.8%和10.3%，低于同期全国12.1%和12.9%的增速，工资总额和工资水平增长过快的势头得到一定程度的控制，行业分配差距扩大问题有所缓解。然而，在1996年仍有少数部门，如电力、金融等，超过了国家下达的工资控制计划，年职工平均工资水平达到全国职工平均工资水平180%以上的国务院部门（含国务院直属公司）、国家计划单列企业集团仍客观存在。劳动部和国家计委在1997年又下发了《关于进一步做好1997年工资控制线工作的通知》，对少数工资偏高、工资总额增速过快的部门、企业实行工资控制线办法，确定交通部等13个部门、企业为1997年工资控制线实施单位。国务院要求把贯彻实施工资控制线办法作为工资调控的一项重要工作，并进一步规范工资控制线调控范围，把控制线实施部门所属全部国有企业（含国家控股股份制企业）均纳入工资控制线调控范围。

四、按生产要素分配制度

党的十五大报告中指出，“发展社会主义市场经济，建立社会主义市场经济体制，将按劳分配与按生产要素分配结合起来，坚持效率优先、兼顾公平，有利于优化资源配置，促进经济发展，保持社会稳定”。这是我国收入分配理论的又一次重大发展和突破。在20世纪90年代，国内对按劳分配论述已经比较详尽，但对于按生产要素分配则一直持批判态度。党的十五大在收入分配制度改革方面的最大突破，就是解决了生产要素能不能参与收入分配的问题，第一次提出要把按劳分配和按生产要素分配结合起来，其中明确提出“非公有制经济是我国社会主义市场经济的重要组成部分，对个体、私营等非公有制经济要继续鼓励、引导”，依法保护合法收入，允许和鼓励一部分人通过诚实劳动和合法经营先富起来，允许和鼓励资本、技术等生产要素参与收益分配，甚至在此基础上继续提出“发展各类市场，着重发展资本、劳动力、技术等生产要素市场，完善生产要素价格形成机制”。

2001年，中国加入WTO以后，各种以先进技术、前沿管理、丰裕资本著称的外国生产要素也加入市场经济中，由此带动城镇职工以辛勤劳动和农村居民以剩余农业经营产品参与市场交换和分配的过程。党的十六大报告提出“确立劳动、资本、技术和管理等生产要素按贡献参与分配的原则，完善按劳分配为主体、多种分配方式并存的分配制度”。2007年，党的十七大进一步提出要完善市场分配机制，鼓励居民从市场获得各种财产性收入，指出“企业是市场的主体，要加强产权保护，提倡企业家精神”，并首次提出要“更好发挥市场在资源配置中的基础性作用”，创造各类市场主体平等使用生产要素的环境，促进商品和生产要素在全国市场自由流动。总的来看，该时期收入分配改革的总体方针就是坚持市场化改革，坚定放权分权方针，激活各种生产要素积极性，把按劳分配和按生产要素分配结合起来，努力让企业和用人单位拥有充分的收入分配自主权，提倡无论是个体还是企业都要尊重市场经济规律，发挥市场在配置资源和收入分配中的基础性作用。

五、构建工资指导线政策

在计划经济时代，由中央政府给各个企业制定具体的工资控制线是可行的，然而随着市场经济的不断改革和深化，政府很难对每一个企业的生产、销售环节有深入的了解，因此政府不断放松对企业行政命令式的工资控制，逐渐制定和实施了工资指导线制度。1997 年 1 月，劳动部发布《试点地区工资指导线制度试行办法》（以下简称《办法》），决定在北京等十多个省（市）试点工资指导线制度，对国有企业及其他各类企业的工资分配进行指导与调控，使企业工资增长符合经济和社会发展的要求。《办法》明确提出，实行工资指导线制度是适应建立社会主义市场经济体制的需要，也是深化收入分配制度改革、引导企业合理安排工资增长的需要。各省工资指导线是结合国家对企业工资分配的总体调控政策，综合考虑本地区当年经济增长、物价水平、劳动力市场状况及上年企业工资水平等因素，科学、合理确定，它主要为企业工资增长的指导线和参考线，无强制性，企业应根据自身的情况，依据工资指导线进行工资集体协商，合理确定本企业的职工工资水平。[①]

在部分地区进行工资指导线制度试点，是企业工资宏观调控办法改革的一项重要举措。政府运用工资指导线，对国有企业及其他各类企业的工资分配进行指导与调控，使企业工资增长符合经济和社会发展的要求，进一步促进生产力的发展，完善适应社会主义市场经济体制的企业工资分配宏观调控机制。[②] 1997 年，试点范围由北京、深圳、成都 3 个城市扩大到包括江苏、江西、山东、广东、湖南、山西、吉林在内的十个地区。在试点初期，工资指导线办法与弹性工资计划、工效挂钩等办法并行，随着工资指导制度的建立和完善，逐步转向以工资指导线为主要内容的企业工资分配宏观调控机制。1997 年制定的工资指导线由工资增长预警线、工资增长基准线和工资增长下线组成，并提供了线性回归和四分位测算方法作为参考。工资增长预警线是政府依据对宏观经济形势和社会收入分配关系的分析，对工资水平较高企业提出的工资适度增长的预警线提示。工资增长基准线是政府对大多数生产发展、经济效益正常的企业工资正常增长的基本要求。工资增长下线是政府对经济效益下降或亏损企业工资增长的起码要求。明确规定这类企业的实际工资可以是零增长或负增长，但支付给提供正常劳动的职工的工资不得低于当地最低工资标准。*

工资指导线的适用范围为各种经济类型的企业，相比过去只调

* 制定工资指导线，一是坚持企业工资总额增长低于经济效益增长，坚持职工实际平均工资增长低于劳动生产率增长。在经济发展和经济效益提高的条件下，保证职工的实际工资水平合理增长。二是坚持工资与经济效益挂钩办法，在发展生产和提高效益的前提下，不断提高职工工资水平，与此同时要注重调节工资分配关系，避免工资水平差距过大。三是政府与工会、企业家协会共同协商，既要保证国家宏观调控目标的实现，又要保障低收入劳动者的基本生活和纠正少数企业克扣职工工资的行为。

① 《关于印发〈试点地区工资指导线制度试行办法〉的通知》，人社部网站，2014 年 11 月 17 日。

② 《关于印发〈试点地区工资指导线制度试行办法〉的通知》，人社部网站，2014 年 11 月 17 日。

控国有企业、城镇集体企业的做法有明显进步，有利于国家宏观调控的整体性和完整性。同时，政府通过实施工资指导线，调控工资总量、工资水平及增长情况，使工资增长与经济增长保持合理的比例关系。政府运用工资指导线，向企业提供宏观经济信息，发布工资水平增长指导意见，让企业掌握宏观经济形势和国家政策导向，正确进行工资决策，以实现职工工资正常、适度的增长，达到调动职工生产积极性，合理控制人工成本，增加企业市场竞争能力。[①]另外，实行工资指导线制度，可以限制过高收入，特别是对工资水平偏高，增速过快的职工收入加以抑制，可以逐步解决工资分配中行业间、地区间收入差距过大的问题。

六、试点工资集体协商制度

在市场经济国家，企业工资由市场决定，国家不干预企业的工资分配，即由劳动力市场形成的劳动力价格决定企业各类劳动者的工资水平，劳资双方的工资集体谈判确定工资增长幅度，国家以立法的形式对劳资双方集体谈判加以规范和管理。我国国有企业实行的是由国家对本企业工资总额进行宏观调控管理，工资总额同企业经济效益指标挂钩的制度。随着改革开放的深入进行，各种经济成分的企业类型不断增多，为加强对它们的管理和民主监督，我国实行了分类管理的办法，除对国有独资企业或国家控股、垄断性的企业由政府决定其工资水平外，对外资、私营和其他非国有股份制企

① 《关于印发〈试点地区工资指导线制度试行办法〉的通知》，人社部网站，2014 年 11 月 17 日。

业积极稳妥地推行工资集体协商谈判制度。2000 年 11 月，为规范工资集体协商和签订工资集体协议的行为，保障劳动关系双方的合法权益，促进劳动关系的和谐稳定，劳动和社会保障部发布《工资集体协商试行办法》(以下简称《办法》)。《办法》自发布之日起开始施行，要求职工代表与企业代表依法就企业内部工资分配制度、工资分配形式、工资收入水平等进行平等协商并签订工资协议。

《办法》明确规定，用人单位与本单位职工以集体协商的方式，就劳动报酬、工作时间、休息休假、劳动安全卫生、职业培训、保险福利等事项，签订集体书面协议，要求职工代表与企业代表依法就企业内部工资分配制度、工资分配形式、工资收入水平等事项进行平等协商。工资集体协商包括工资协议的期限，工资分配制度、工资标准和工资分配形式，职工年度平均工资水平及其调整幅度，奖金、津贴、补贴等分配办法，工资支付办法，变更、解除工资协议的程序，工资协议的终止条件，工资协议的违约责任等内容。《办法》提出，工资集体协商的形式主要有企业工资集体协商、区域性工资集体协商和行业性工资集体协商等。工资集体协商制度是维护劳动者利益的有效途径，它一方面能够维护一线职工的权益，使工资增长与企业效益提高相适应，确保每个职工分享企业发展的成果；另一方面还有利于建立和谐稳定的企业劳资关系，增强企业凝聚力，调动所有职工的积极性。[①] 试点工资集体协商制度，重视解决部分社会成员收入差距快速扩大

① 《述评：全面扎实推进工资集体协商提高规范化水平》，中国政府网，2010 年 7 月 2 日。

问题，是建立新型劳资关系、实现劳资双赢的需要，也是广大工薪阶层的劳动者共享改革发展成果的重要体现。

第三节 优化初次分配政策体系

一、修订最低工资规定

最低工资制度是政府管制劳动市场的重要手段之一，为保障劳动者取得合理的劳动报酬。我国最早于1992年在深圳市开始试点最低工资标准，于1993年扩大至广州市、珠海市。由于最低工资制度针对的是低工资劳动者，其主要目的是保障低工资劳动者的基本生活水平，在深圳、广州、珠海这些发展相对较快的城市试点最低工资制度，最容易为政府、企业和劳动者所接受，受到了一致好评。在前期试点的基础上，劳动部于1993年总结了试点经验并颁布了《企业最低工资规定》，并于1994年把最低工资标准应用在全国所有城市，由此在全国范围内确立了最低工资制度的法律地位。从实践上看，各地政府因地制宜，纷纷制定了自己的最低工资标准，并根据实际情况不断调整。

《企业最低工资规定》的目标是维护劳动者取得劳动报酬的合法权益，保障劳动者个人及其家庭成员的基本生活，它明确规定劳动者在法定工作时间提供正常劳动的前提下，其雇主（或用人单位）支付的劳动报酬的最低金额。最低工资不包括加班工资和特殊工作环境、特殊条件下的津贴，最低工资也不包括劳动者保险、福利待遇和各种非货币的收入，最低工资应以法定货币按时支付。最低工资标准一般采取月最低工资标准和小时最低工资标准的形式。月最低工资标准适用于全日制就业劳动者，小时最低工资标准适用于非全日制就业劳动者。通过制定最低工资，政府可以保障劳动者的最低收益，维持劳动者基本生活，平衡雇主与雇员在劳动力市场的要价能力，调整经济成果中资本与劳动的分配比例，缩小劳动者之间的工资差距。2004 年公布的《最低工资规定》明确提出，最低工资标准调整应考虑单位缴纳的基本养老保险费和基本医疗保险费因素，同时还应适当考虑非全日制劳动者在工作稳定性、劳动条件和劳动强度、福利等方面与全日制就业人员之间的差异，它要求省、自治区、直辖市范围内的不同行政区域可以有不同的最低工资标准。

二、企业年金试行办法

随着社会发展的不断进步，人们对物质文化生活水平的需求不断提高，加之老龄化人口比率持续上升，无论是对国家，还是对企业和个人而言，加快建立企业补充养老保险尤为重要。1995 年 12 月，国务院下发的《关于深化企业职工养老保险制度改革的通知》对建立企业补充养老保险和个人储蓄性养老保险做出明确规定，要求规模较大的企业可以在国家政策指导下单独实行企业补充养老保险制度，中小企业可以联合建立基金管理理事会，实行补充养老保险制度，有条件的行业也可以实行全行业统一的补充养老保险制度，由此完善多层次的养老保险体系。随后，劳动部印发《关于建立企业补充养老保险制度的意见》的通知，鼓励用人单位根据本单位实际情况为劳动者建立补充保险。

2004年1月，劳动和社会保障部第20号令公布了《关于补充型养老保险的试行办法》，意在通过国家政策规范企业为个人进行的补充型养老保险福利，并大力推行此类型的养老保险，以缓解基本养老保险领取额较低的局面。企业补充养老保险，也叫企业年金，是由企业在国家政策指导下，根据自身经济实力和经济状况建立的，为本企业职工提供一定程度退休收入保障的补充性养老保险制度。企业年金制度是多层次养老保险体系的组成部分，是多层次的养老保险体系中的第二层次，由国家宏观指导、企业内部决策执行。《关于补充型养老保险的试行办法》中规定，企业年金是指企业及其职工在依法参加基本养老保险的基础上，自愿建立的补充养老保险制度，而且明确提出企业年金的消费权利发生在退休之后，认定企业年金仍然属于一次分配范畴，企业经济效益好坏、个人贡献大小等，都可以导致企业年金水平不同。根据法律规范程度划分，企业年金可分为自愿性和强制性两类，我国选择的是自愿性企业年金。《关于补充型养老保险的试行办法》提出，补充型养老保险是由国家制定基本规则和基本政策，企业自愿参加，企业一旦决定实行补充保险，必须按照既定的规则运作，具体实施方案、待遇水平、基金模式由企业制定或选择。实际上，企业年金是一种较好的福利计划，它能在提高员工福利的同时，为企业提供有效的管理工具，能真正起到增加企业凝聚力的作用。

三、建立工资调查比较制度

我国在公务员工资制度中建立工资调查机制的尝试，最早始于1993年10月施行的《国家公务员暂行条例》，其中提出：国家公务员工资水平与国有企业相当人员的平均工资水平大体持平。而自2006年1月施行的《公务员法》规定：公务员的工资水平应当与国民经济发展相协调、与社会进步相适应；国家实行工资调查制度，定期进行公务员和企业相当人员工资水平的调查比较，以企业工资增长作为公务员工资增长的参照系，并将工资调查比较结果作为调整公务员工资水平的依据。这是新中国成立以来，自1956年、1985年和1993年之后实施的第四次大的工资制度改革，目的在于贯彻落实《公务员法》，建立新的公务员工资制度框架，规范公务员收入分配秩序。

工资制度是整个公务员制度良好运行的基础，其核心任务就是合理确定公务员的工资水平和工资结构。公务员工资的公平问题，尤其是外部公平问题，同时存在公务员和公众两个独立的评价主体，并且其满意取向一般是相悖的。如果没有一个相对客观的经济尺度，不事先取得社会各界的基本共识与接受，那么公开与规范公务员工资的行动不可避免会带来误解和异议。《公务员法》将这一公平尺度定为企业工资水平（也可称为社会工资水平），这样就可以通过工资水平调查比较找到公务员和企业员工的共同工资标准。我国公务员工资水平的调查比较，主要是公务员和企业相当人员的工资水平（职位平均工资）比较。工资调查比较可以为规范公务员津贴和补贴，确保不同部门以及不同地区公务员之间的薪酬公平提供决策依据。2018年9月，中共中央、国务院发布的《关于完善

促进消费体制机制 进一步激发居民消费潜力的若干意见》等文件多次提到，要完善机关事业单位工资和津补贴制度，建立公务员和企业相当人员工资水平调查比较制度。2020 年 3 月，中共中央、国务院发布的《关于构建更加完善的要素市场化配置体制机制的意见》也着重提出，要建立公务员和企业相当人员工资水平调查比较制度，落实并完善工资正常调整机制。

四、公务员工资制度全面改革

党的十六届六中全会针对收入分配领域存在的主要问题，提出要加强收入分配宏观调节，更加注重社会公平，合理调节高收入，坚决取缔非法收入。中央经过反复研究后，决定改革公务员工资制度，规范公务员收入分配秩序。2006 年 6 月，国务院下发《关于改革公务员工资制度的通知》，强调要有效调控地区工资差距，逐步将地区工资差距控制在合理的范围内。这次改革除了要求完善津补贴发放制度外，也对基本工资结构做了调整，基础工资和工龄工资不再保留，级别工资权重有所加大。2006 年工资制度改革是新中国成立以来第四次大的工资制度改革，与以往历次工资制度改革相比，这次改革涉及内容较多。

本次改革从一开始就与清理规范津贴、补贴紧密结合，核心是优化工资制度和清理规范津贴、补贴相结合。清理规范公务员津贴、补贴，既是规范公务员的收入分配秩序，也是为改革制度创造条件。其目的是建立国家统一工资制度，通过规范秩序严肃纪律，为今后继续深化改革奠定基础。这次改革不是简单地增加工资，它在清理津贴和补贴、摸清底数的基础上，结合公务员职级工资制度改革，将一些地方和部门的部分津贴、补贴纳入基本工资，适当提高基本工资占工资收入的比重，优化公务员工资收入结构。另外对津贴、补贴进行规范，合理确定水平，科学规范项目，分类分步调控，严格监督管理，为规范公务员和事业单位工作人员工资收入分配秩序奠定基础。

本轮改革还侧重简化工资结构，增强工资的激励功能。将公务员现行基本工资结构由职务工资、级别工资、基础工资、工龄工资四项构成简化为职务工资、级别工资两项构成，同时合理设计工资标准，既保证低职务人员适当的工资标准，又适当加大不同职务、级别的工资差距。国务院下发的《关于改革公务员工资制度的通知》提出，职务工资主要体现公务员的工作职责大小，一个职务对应一个工资标准，为体现岗位职责的差别，领导职务和非领导职务对应不同的职务工资标准。级别工资主要体现公务员的资历、职务和工作实绩，每一级别设若干个工资档次，根据公务员所任职务、工作实绩和资历确定级别和级别工资档次。解决原来切块偏多、功能重叠的矛盾，适当拉开不同职务级别之间的工资差距，进一步理顺工资关系，更好地体现公务员的职责和贡献大小。

五、事业单位绩效工资制度

针对当时事业单位工资制度中岗位因素体现不足、简单与机关对应、收入分配政策不完善、调控机制不健全等突出问题，2006年国家开启了事业单位工资制度改革，提出实施事业单位绩效工资制度。这次事业单位的工资制度改革，是为了适应深化事业单位改革的需要，逐步建立起宏观上注重公平，微观上体现激励，关系合理、秩序规范的岗位绩效工资制度。

事业单位收入分配制度，是事业单位整体改革的重要组成部分，与事业单位分类管理、人事制度、财务制度、养老保险制度等改革密切相关。这次事业单位收入分配制度改革，充分考虑了相关配套改革的要求和进程，建立了体现事业单位特点的收入分配制度。事业单位在功能性质、资源配置、管理方式、用人机制等方面都不同于政府机关，收入分配制度改革必须体现自身的特点，进一步实现与公务员工资制度脱钩。新的岗位绩效工资制度，突出岗位、绩效的激励功能，工作人员的收入与其岗位职责、工作业绩和实际贡献相联系，事业单位的总体收入水平与单位完成社会公益目标任务及考核情况相联系，促进事业单位不断提高公益服务水平。岗位绩效工资制度根据不同单位类型，基本将岗位工资和绩效工资的比例整体确定为 7：3、6：4 和 5：5 三档，公益性质越强则其岗位工资占比越大。

按照国务院 2011 年 3 月发布的《关于分类推进事业单位工资改革实施的指导意见》，公益性质的事业单位被细分为公益一类和公益二类。实施绩效工资是事业单位收入分配制度改革的重要内容。2011 年 8 月人社部发布的《事业单位岗位绩效工资制度》主要涉及在分类改革中得以保留的公益类事业单位，这使得事业单位逐步建立适应事业单位发展要求的工资正常调整机制，建立基本工资标准和津贴、补贴标准的动态调整机制，使事业单位工作人员收入水平与国民经济社会发展相协调。《事业单位岗位绩效工资制度》明确提出，要完善高层次人才的分配激励机制，体现鼓励创新创造，增强自主创新能力，进一步加大对高层次人才的倾斜力度，使知识、技术、管理等生产要素参与分配。鼓励采取一次性奖励、建立特殊津贴等措施，对部分急需人才实行协议工资、项目工资等灵活多样的分配办法，实现一流人才、一流业绩、一流报酬，调动高层次人才的积极性、主动性和创造性。本次改革还建立了分级管理体制，明确中央、地方和部门的管理权限，分级管理、分级调控，由此进一步理顺分配关系，规范分配秩序，充分发挥地方和部门等方面的作用。

六、全面取消农业税

农业农村发展滞后、农民收入低负担重，一直是我国收入分配中的一个短板。从 2000 年起，我国就开始了以减轻农民负担为中心，取消“三提五统”等税外收费、改革农业税收为主要内容的农村税费改革。从安徽开始，逐步扩大试点省份，从 2003 年开始，在全国铺开，五年内逐步减免农业税。从取消乡统筹、农村教育集资等专门向农民征收的行政事业性收费和政府性基金开始，取消屠宰税，取消统一规定的劳动义务工，调整农业税和农业特产税，改革村提留征收使用办法。从 2004 年开始，改革进入深化阶段，清理化解乡村不良债务；取消牧业税和除烟叶外的农业特产税；实行取消农业税试点并逐步扩大试点范围，对种粮农户实行直接补贴，对粮食主产区的农户实行良种补贴和对购买大型农机具户的农户给予补贴。到 2004 年底，吉林、黑龙江等 8 个省份全部或部分免征了农业税，河北等 11 个粮食主产省区降低农业税税率三个百分点，其他地方降低农业税税率一个百分点。

在 2005 年上半年，中国有 22 个省免征农业税，到 2005 年底，28 个省区市及河北、山东、云南三省的 210 个县（市）全部免征了农业税，河北、山东、云南也按中央要求将农业税税率降到2%以下。2005年12月，十届全国人大常委会第十九次会议通过决定，自2006年1月1日起废止《农业税条例》，取消除烟叶以外的农业特产税，全部免征牧业税，中国延续了2600多年的“皇粮国税”成为历史。全面取消农业税表明中国在减轻农民负担、在实行工业反哺农业、城市支持农村方面取得了重要突破。全面取消农业税，采取“少取、多予、放活”的政策，是农民命运发生变化的标志性事件，也是中国农业发展与收入分配改革的标志性事件。

第四节　完善政府再分配政策

在城镇改革进入攻坚阶段时，随着国有企业减员增效带来明显的企业职工下岗等问题的出现，我国逐步制定了一系列社会保障政策，以兜底市场经济条件下职工的基本生活，如1997年建立城镇最低生活保障制度，2006年构建农村最低生活保障制度，2007年建立社会救助制度。纵观几十年的改革历程，从最早允许私营个体经济发展，到国有企业的放权承包改革，到系统性的薪酬体系配套改革，再到建立政府保障政策，我国收入分配渐进式的改革过程逐渐形成。近年来我们越来越重视政府在收入分配调控中的作用，尤其是倾向性地增强了政府调控手段和再分配力度，更加重视政策调节来增加特定群体的收入份额。总体上，我国财政转移支付力度不断加大，税收再分配功能不断增强；社会保障制度从无到有、不断完善，逐步实现了制度的全覆盖，最低生活保障基本应保尽保；托底性救助和福利制度不断建立，社会福利、社会救助和抚恤等支出规模和覆盖面不断升高；基本公共服务体系不断完善，国家基本公共服务项目和标准逐步得到落实。

一、增加政府保障能力

随着社会主义市场经济的发展，按企业隶属关系划分中央和地方所得税收入的弊端日益显现，这制约了国有企业改革的逐步深化和现代企业制度的建立，客观上助长了重复建设和地区封锁，妨碍了市场公平竞争和全国统一市场的形成，不利于促进区域经济协调发展和实现共同富裕，也不利于加强税收征管和监控。随着政府机构改革的全面推进，企业新财务制度的顺利实施和分税制财政体制的平稳运行，基本具备了进行所得税收入分享改革的必要条件。

1991年国务院决定试行所得税收入分享改革，实行个税收入中央和地方按比例分享制度。这项改革的目的在于消除现行所得税收入划分办法给国民经济发展带来的消极影响，并且缩小地区间发展差距，促进社会稳定和国家长治久安。所得税收入中央和地方各分享50%，从而中央集中财力在全国进行再分配。1994年分税制改革重整税收结构，取消一些不合理的税种（如产品税），代之以较符合市场化改革的税种，如征收增值税和规范消费税。本次改革重新划分中央税、地方税和中央地方共享税，* 实现财权与事权相统一，使中央取得更大的财源。为了保护个别省市（特别是富有的省市）的既得利益，中央制定了一套税收返还制度。1994年分税制财政管理体制对于理顺中央与地方的分配关系，调动中央、地方双方积极性，加强税收征管，保证财政收入和增强宏观调控能力，

* 根据中央和地方的事权，按照税种划分中央与地方的收入。将维护国家权益、实施宏观调控所必需的税种划为中央税；将同经济发展直接相关的主要税种划为中央与地方共享税；将适合地方征管的税种划为地方税，并充实地方税税种，增加地方税收入。

都发挥了积极作用。

为进一步规范中央和地方政府之间的分配关系，建立合理的收入分配机制，减缓地区间财力差距的扩大，支持西部大开发，国务院决定从 2002 年 1 月 1 日起实施《所得税收入分享改革方案》，规定所得税收入中央分享 60%，地方分享 40%。中央因改革所得税收入分享办法增加的收入，全部用于对地方，主要是中西部地区的一般性转移支付，以保证地方财政的平稳运行；改革循序渐进，分享比例分年逐步到位；所得税分享范围和比例全国统一，保持财政体制规范和便于税收征管。地方所得的转移支付资金由地方政府根据本地实际，统筹安排，合理使用。

二、完善社会救济政策

在计划经济体制下形成的社会救济制度，主要是对无劳动能力、无生活来源、无法定赡养人和扶养人的城镇孤老、社会困难户的定期定量救济和临时救济。随着改革开放的推进，城镇贫困人口的构成和规模发生了很大变化，尤其是部分城市在职、下岗、失业和退休人员中的贫困人口有所增加，成为城市社会救济工作面临的新任务。传统的社会救济制度存在范围较窄、救济标准较低、工作制度不够规范等问题，迫切需要进行改革和完善。因此，1993 年，上海市率先出台了城市居民最低生活保障线制度，1994 年，民政部也提出建立健全社会保障制度，对城市社会救济对象逐步实行按当地最低生活保障线标准进行救济制度。1997 年 9 月，国务院发出《关于在全国建立城市居民最低生活保障制度的通知》，要求 1999 年底前在全国所有城市和县人民政府所在地的镇建立这项制度，使这项工作全面展开。1999 年 9 月，国务院正式颁布《城市居民最低生活保障条例》，同年 10 月正式施行。

城市居民最低生活保障制度，是政府对城市贫困人口按最低生活保障标准进行差额救助的新型社会救济制度，是现代社会保障制度的一项重要内容，也是对中国传统社会救济制度进行的重大改革。在 1999 年，各地已普遍把在职、下岗、失业和退休人员中的贫困人口纳入城市居民最低生活保障范围。到 1999 年底，全国共有城市居民最低生活保障对象 281 万人。从保障对象的构成来看，“三无”对象约占 1/4，在职、下岗、失业、退休人员和其他困难人员约占 3/4。但是，最低生活保障标准由各地按照当地基本生活必需品费用和财政承受能力等因素自行制定，各地的标准有很大差异，省内各市、县标准也不完全一样。除“三无”对象按保障标准进行全额救济外，其他保障对象均按保障标准与其家庭人均实际收入的差额给予救济，基本上保障了城市困难居民的最低生活需要。

农村最低生活保障是对传统农村社会救济工作的改革和创新，是按照最低生活保障标准保障农村贫困群众基本生活的新型社会救助制度。2006 年，党中央、国务院决定在全国建立农村低保制度，中央财政安排专项补助资金支持财政困难的地方。2007 年 7 月，国务院正式发布《关于在全国建立农村最低生活保障制度的通知》。农村低保对象是家庭年人均纯收入低于当地低保标准的农村居民。其标准由县级以上地方人民政府按照能够维持当地农村居民全年基本生活所必需的吃饭、穿衣、用水、用电等费用确定。

农村低保资金的筹集以地方为主，地方各级人民政府将农村低保资金列入财政预算，中央财政对财政困难地区给予适当补助。不过由于各地经济社会发展水平和自然环境条件差异很大，故保障标准也有很大差异。目前各地正在形成低保标准和补助水平的动态调整机制，根据当地经济发展和人民生活水平提高的实际，考虑物价变化等情况，适时、适度提高低保标准，让困难群众能够分享改革发展的成果。总的来看，农村低保制度的全面建立和实施，是消除贫困、统筹城乡发展的重要制度安排，也是继农村税费改革后的又一项重大惠农政策。

三、优化个人所得税制设计

与收入分配紧密相关的直接税主要是个人所得税。随着经济体制改革和有计划商品经济的发展，人民收入水平显著提高，包括承包收入、债券利息、股息和分红，以及私营企业主的非劳动所得等在内的收入形式越来越多元。国家鼓励一部分人通过劳动先富起来的政策，调动了劳动人民致富的积极性和创造性，一部分人的收入超过了一般水平，有的还超过了许多。国家当时考虑的分配政策是，既要有利于善于经营的企业和诚实劳动的个人先富起来，合理拉开收入差距，又要防止贫富悬殊，在促进效率提高的前提下体现社会公平。因此，对于那些过高的个人收入，需要采取有效措施进行调节，运用税收杠杆适当调节各类社会成员的收入水平。1986 年 9 月，国务院公布了《中华人民共和国个人收入调节税暂行条例》。

个人收入调节税的纳税义务人，是具有中国国籍、户籍，并在中国境内居住，取得达到规定纳税标准收入的公民。个人收入调节税征税对象是纳税人的应税收入，包括工资、薪金收入，承包、转包收入，劳务报酬收入，财产租赁收入，专利权转让、专利实施许可和非专利技术的提供、转让取得的收入，投稿、翻译取得的收入，利息、股息、红利收入，以及财政部确定征税的其他收入。个人收入调节税税率分为按个人综合收入计税的超倍累进税率和按个人单项收入计税的比例税率两种。据国家政策，对若干项目免征个人收入调节税，以示鼓励和照顾。在 1993 年 10 月，八届全国人大常委会四次会议又通过了《关于修改个人所得税法的决定》，同时通过了修改后的《中华人民共和国个人所得税法》(以下简称《个人所得税法》)，该法自 1994 年 1 月 1 日起施行。国务院于 1994 年 1 月发布了《中华人民共和国个人所得税税法实施条例》，这次将个人所得税、个人收入调节税和城乡个体工商业户所得税合并为统一的个人所得税，结束了个人所得税税制不统一的局面，使个人所得税制步入统一规范的轨道。1999 年 8 月，《个人所得税法》第二次修改，新开征“储蓄存款利息税”，2008 年利息税被取消。

2005 年 8 月，新一轮个税改革再次开启帷幕，这也是《个人所得税法》制定以来的第三次修订。本次《个人所得税法修正案(草案)》的最大改动是费用扣除额从 800 元调至 1600 元；同时高收入者实行自行申报纳税。2011 年 4 月，个人所得税费用扣除标准调至 3500 元。2018 年 8 月，十三届全国人大常委会第五次会议通过了关于修改《中华人民共和国个人所得税法》的决定，完成个税法自 1980 年出台以来的第七次修正，并于 2019 年 1 月实施，个人所得税费用扣除标准上调至 5000 元。本轮修改的要点包括：对部分劳动性所得实行综合征税、优化调整税率结构、提高综合所得基本减除费用标准、设立专项附加扣除、增加反避税条款等，由此来有效改善收入分配。

四、基本公共服务均等化

改革开放前，在高度集中的计划经济制度安排下，公共服务几乎由政府包办，随着改革开放的推进，公共服务领域逐步引入市场机制，但由于转型不够彻底，公共服务体现为明显的单位属性，一些规模较大的单位开办了自己的医院、学校、幼儿园等公共服务设施，规模、权力较小的单位却无法为职工提供同等的福利。自 20 世纪末开始，政府开始致力于建设覆盖全民的基本公共服务体系，力求更公平地分配公共资源。党的十六届五中全会首次提出“公共服务均等化原则”，系统性规划提出要使全体人民学有所教、劳有所得、病有所医、老有所养、住有所居，并规定了政府作为基本公共服务供给责任的主体。

2012 年，国务院发布《国家基本公共服务体系“十二五”规划》，涵盖公共教育、劳动就业创业、社会保险、医疗卫生、社会服务、住房保障、公共文化体育、优抚安置、残疾人服务等 9 个领域的最低标准。随着经济发展水平的不断提高，国家对基本公共服务标准水平也不断提升，基本每 5 年就会对标准进行调整，力求使公共服务的服务项目、服务对象及内容、质量标准不断上升。2016 年 3 月发布的“十三五”规划，进一步区分了基本和非基本公共服务，扩大了政府基本公共服务的内容范围，要求提出各区域的最低基本公共服务标准，促进基本公共服务均等化。2021 年 2 月，国务院批复新的《国家基本公共服务标准（2021 年版）》，按照兜住民生底线、保障基本民生的总体要求，继续大幅度提高政府兜底保障的基本公共服务范围与标准。

我国持续改善公共服务供应机制，适度提高公共教育、医疗卫生等基本公共服务标准，增强基本公共服务供给效率。党的十九届五中全会提出，要进一步清理城乡隔离的户籍管理制度，取消附着在户口之上的就业准入和社会福利，促进劳动力在不同行业、所有制单位之间流动。《国家基本公共服务标准（2021年版）》中明确要求，要重点增加农村地区、落后地区的公共建设投入，缩小城乡之间、地区之间由于财政收入差异而造成的公共服务差异。2014年3月，中共中央、国务院印发《国家新型城镇化规划（2014—2020年）》，提出常住人口城镇化率达到60%左右、努力实现1亿左右农业转移人口和其他常住人口在城镇落户等目标，要求“加快农民进城落户，提供应有的基本公共服务，给农民工同城镇居民一样的地位和权利，实现基本公共服务均等化，把新市民的生产生活纳入城市发展规划并提供必要的基本公共服务，促进新市民更好融入城市”。

五、精准扶贫战略

2011年，国家提高了农村扶贫标准。按照新贫困标准，2012年底，我国还有9899万贫困人口，贫困问题依然突出，贫困人口不仅收入水平低，一些贫困地区还面临着喝水、行路、用电、上学、就医、养老等诸多困难。尤其是贫困人口集中分布在生产生活条件差、自然灾害多、基础设施落后的连片特困地区，这是全面建成小康社会的一个短板。党的十八大以来，精准扶贫理念拉开了新时代脱贫攻坚的序幕，要求对扶贫对象实施精确识别、精确帮扶、精确管理，包括扶持对象精准、措施到户精准、项目安排精准、资金使用精准、因村派人精准、脱贫成效精准。

2015年11月，中共中央、国务院印发《关于打赢脱贫攻坚战的决定》，要求举全党全国之力消除现行标准下的绝对贫困，到2020年底我国成功打赢脱贫攻坚战，体现政府在消除绝对贫困和调节收入分配中所扮演的关键作用。党的十八大召开后不久，党中央就承诺“决不能落下一个贫困地区、一个贫困群众”。2013年，党中央创新扶贫工作机制，提出精准扶贫战略，它是中国政府根据国情作出的解决贫困问题的战略决策，是扶贫进入关键阶段所进行的深层次改革，是逐步实现共同富裕的切实可行的操作路径。2015年，党中央提出实现脱贫攻坚目标的总体要求，实行扶持对象、项目安排、资金使用、措施到户、因村派人、脱贫成效“六个精准”，明确实行发展生产、易地搬迁、生态补偿、发展教育、社会保障兜底“五个一批”，发出打赢脱贫攻坚战的总攻令。

2017年，党的十九大把精准脱贫作为三大攻坚战之一，锚定全面建成小康社会目标，聚力攻克深度贫困堡垒，决战决胜脱贫攻坚。要求把脱贫攻坚纳入“五位一体”总体布局、“四个全面”战略布局，投入海量财政资金，统筹谋划，强力推进。在2020年历史性消除绝对贫困后，党中央提出要继续瞄准相对贫困人口，巩固脱贫成果，提升农村居民收入，推进新型城镇化，带动城乡区域融合等。党的十九届五中全会提出要增加财政资金投入，通过初次分配多渠道增加农村居民财产性收入，着力提升低收入群体收入，同时提出要完善收入再分配机制，加大对低收入群体的税收、社保和转移支付力度等，坚持脱贫不脱政策，明确要求贫困人口退出后一段时间内帮扶政策不变、力度不减，巩固脱贫效果，实现稳定脱贫防止返贫。

第五节　依法规范分配秩序

在党的十六大和十七大期间，政府再分配政策体系日益健全，但仍然存在一些问题。一是初次收入分配领域仍存在分配秩序混乱问题，而再分配政策力度相对不够，无法明显改变初次分配结果。二是个别再分配政策没有发挥缩小收入差距作用，这与收入信息不清、分配秩序混乱有较大关系。现实中部分居民存在不合法、不合理收入来源，垄断收益、腐败收入、灰色财产等仍然存在。特别是市场秩序不规范，以不正当手段谋取经济利益现象偏多，投机和非法收入问题存在；市场规则不统一，地方保护主义推高地区差距；市场竞争不充分，阻碍优胜劣汰和引致少数人畸高的不合理收入等。更重要的是，垄断低效和行政腐败等分配秩序混乱问题突出，侵占国有资源而瞬间暴富的情况也比较明显。在收入来源信息不透明的背景下，“市场失灵”和“部分政策失效”问题凸显，亟须在源头上搞清楚，规范收入分配秩序。

一、企业薪酬调查制度

为有效解决企业对职工薪酬定价不清晰的问题，人力资源和社会保障部决定于 2011 年 10 月在全国范围内开展企业薪酬调查制度。薪酬调查内容包括企业基本情况、企业人工成本情况、企业从业人员工资报酬和新就业形态劳动者劳动报酬情况等。通过一系列标准、规范和专业的方法，对市场上各职位进行分类、汇总和统计分析，形成客观反映市场薪酬现状的调查报告，为企业提供薪酬设计方面的决策依据。人社部和财政部在 2018 年 5 月发布《关于建立企业薪酬调查和信息发布制度的通知》，明确提出薪酬调查是薪酬设计中的重要组成部分，建立企业薪酬调查和信息发布制度是深化企业工资分配制度改革的重要任务，是完善人力资源市场公共信息服务的重要内容，对指导企业合理确定职工工资水平、发挥市场在工资分配中的决定性作用，对引导劳动力有序流动、促进人力资源合理配置，具有十分重要的意义，特别是可以重点解决企业薪酬的对外竞争力和对内公平性问题，帮助企业个性化和有针对性地设计薪酬。

建立企业薪酬调查和信息发布制度是深化工资制度改革的重要内容。2021 年新的《企业薪酬统计调查制度》，明确提出以抽样调查、典型调查和重点调查方式来开展企业薪酬调查，要求企业按照统一的软件，填写企业人工成本情况和企业在岗职工工资调查情况，由此可以掌握不同职位劳动者的工资报酬和不同行业人工成本状况，这是做好企业工资收入分配改革一项重要的基础性工作，能为企业调整生产经营、与劳动者协商合理确定工资报酬水平提供依据。总的来看，建立企业薪酬调查和信息发布制度，以此进一步完善对人力资源市场工资指导价位和行业人工成本信息指导，这对监测企业工资收入分配、支持宏观决策和调控、引导市场工资分配、建立公务员与企业相当人员工资调查比较制度提供基础。

二、反腐败改革

过去我国收入差距扩大，主要原因是存在很多畸高的不合理、不合法收入，收入分配秩序混乱。2013 年后出台了规模庞大的反腐败政策，着力解决管党治党失之于宽、失之于松、失之于软的问题，反腐败斗争取得压倒性胜利并全面巩固。2013—2018 年被逮捕的部级及以上官员人数达到每年 28.7 人，而 1949—2012 年该数据仅为 2.3 人。2012—2021 年，纪检监察机关共立案审查调查省部级以上的领导干部 392 人，厅局级干部 2.2 万人，县处级干部 17 余万人，乡科级干部 61.6 万人。

党的十九大以来，在腐败案件存量还未清底、增量仍有发生的情况下，隐性收入和非法收入问题仍然突出。所以党的十九届五中全会通过的《中共中央关于制定国民经济和社会发展第十四个五年规划和二〇三五年远景目标的建议》中，就再次强调“要坚持全面从严治党”、“坚持取缔非法收入，改善收入和财富分配格局”。此后国家发展改革委等部门继续出台了一系列规范收入分配秩序的文件和法规，努力在源头上规范初次分配秩序，并提升再分配过程中的政策公平性。要求“大力整顿和规范收入分配秩序，加强制度建设，健全法律法规，加强执法监管，加大反腐力度，加强信息公开，实行社会监督，加强基础工作，提升技术保障，规范隐性收入，取缔非法收入”。2021 年 11 月，在《中共中央关于党的百年奋斗重大成就和历史经验的决议》中，党中央提出要“努力建设体现效率、促进公平的收入分配体系，调节过高收入，取缔非法收入，强化市场监管和反垄断规制，防止资本无序扩张，维护市场秩序，坚持全面从严治党，坚定不移推进党风廉政建设和反腐败斗争”。[①]

① 《中共中央关于党的百年奋斗重大成就和历史经验的决议》，《人民日报》，2021 年 11 月 17 日。

三、工资总额和工资水平双调控

经过多次改革调整，国有企业职工收入分配问题得到很大程度的改善，但部分国有企业仍然凭借垄断地位存在职工工资收入过高、增长速度过快问题。国家对国有企业工资总额的管控方式主要是工资总额预算、工效挂钩等，但无论是工资总额预算管理还是工效挂钩方式，由于难以剔除垄断带来的非劳收益，部分垄断行业职工工资水平过高，行业和企业之间的工资收入差距在高位徘徊。2012年，中央经济工作会议明确提出，要完善对垄断行业工资总额和工资水平的双重调控政策，加大对高收入者的调节力度，加强对部分收入过高行业工资总额和工资水平的双重调控，继续规范中央企业负责人薪酬分配。2014年后，国务院进一步强调要强化对垄断行业工资总额和工资水平的双重调控。2015年，《关于深化国有企业改革的指导意见》出台，其中明确提出，对部分过高收入行业的国有及国有控股企业，严格实行企业工资总额和工资水平双重调控政策，逐步缩小行业工资收入差距；对部分过高收入行业，特别是垄断程度较高行业，由国家有关部门直接管理和控制其工资总额和职工工资水平。为有效落实该政策，文件中还要求组织有关部门定期或不定期检查工资水平过高企业的工资总额、人工成本、工资增长执行情况，发现问题限期整改，并对相关国有企业负责人予以行政处分。

国务院于2018年5月出台的《关于改革国有企业工资决定机制的意见》，2019年1月开始实施的《中央企业工资总额管理办法》等政策，都进一步细化提出推动建立以工资集体协商为主要形式的工资收入分配决定机制和工资水平调整机制，尤其是要加强对垄断行业工资总额和工资水平的双重调控政策。2019年实施的《中央企业工资总额管理办法》，还特别提出要“优化企业内部收入分配关系，实行员工持股等中长期激励约束机制，建立国有企业职工工资分配的信息披露机制，使非上市的国有企业职工工资分配也逐步实施信息披露”。[①]2013年，《国务院办公厅关于深化收入分配制度改革重点工作分工的通知》也要求加强国有企业高管薪酬管理，对垄断行业实现工资总额和工资水平双调控，建立与企业领导人分类管理相适应、选任方式相匹配的企业高管人员差异化薪酬分配制度，推广薪酬延期支付和追索扣回制度，要求高管人员薪酬增幅应低于企业职工平均工资增幅。

四、部际联席会议制度

国家发展改革委等三部门在2013年出台了《关于深化收入分配制度改革若干意见》，这是我国收入分配改革的标志性文件，提出了许多具体的收入分配改革措施和目标，如明确要求居民收入和劳动报酬占比在初次分配中逐步提高，社会保障和就业等民生支出占财政支出比重明显提升；在最低工资标准上，要求大多数地区最低工资标准不得低于当地城镇就业人员平均工资的40%；明确强调加强国有企业高管薪酬管理，对行政任命的国有企业高管人员实行限高，并要求高管人员应低于职工平均工资增幅。除此之外，文件还强调加快健全再分配调节机制，要求逐步实现覆盖城乡居民的

① 《中央企业工资总额管理办法》，《中华人民共和国国务院公报》，2019年13期。

统一社会保障体系，加快健全全民医保体系，加大保障性住房供给，加强对困难群体救助和帮扶等；提出加快建立综合与分类相结合的个人所得税制度，逐步扩大个人住房房产税改革试点范围，研究在适当时期开征遗产税等。自党的十八大以来，我国出台深化收入分配制度的多项具体政策，也都延续了该文件中的改革思路。

为全面加强落实《关于深化收入分配制度改革若干意见》，2014 年 4 月国务院批复《关于建立深化收入分配制度改革部际联席会议制度的请示》，要求成立了由国家发展改革委牵头，财政部、民政部、农业部、扶贫办等 21 部委参加的收入分配部际协调领导小组，其中明确要求推进改革总体方案与部门专项改革的衔接配套，加强部门间沟通和信息共享，会商推动收入分配重点领域和关键环节的专项改革。整合当时散落在各种法规、行政规章和地方性法规中的有关收入分配的规定，科学界定部门职责，细化职责分工，减少部门间职能交叉和重叠，改变部门繁多、职能交叉的现象。通过建立收入分配管理的大部制模式，集中相关职能，变部门间协调为内部协同，使政策更符合收入分配调节的实际需要。

通过重构不同部门的收入分配职能，建立收入分配政策更高规格的跨部门协调小组，实现了不同地区、不同人群收入分配政策的整合。而且借助收入分配部际联席会议，可以搭建信息协同共享平台、建立第三方评估机制，由此提高收入信息统计科学性、准确性和及时性，并逐步建立起收入分配政策的监督、反馈和纠偏机制。特别是，2016 年，《国务院关于激发重点群体活力带动城乡居民增收的实施意见》进一步要求建立健全社会信用体系和收入信息监测系统，建立宏观经济、相关政策和微观数据的综合评估机制，对有关政策的执行情况和效果进行评估，引入收入分配微观模拟模型。

通过明确各单位成员的责任，分解任务，沟通情况，提高综合调控收入分配的集体行动能力。

五、央企负责人薪酬改革

2002 年，国家开始推行国有企业高管年薪制，规定其年薪不得超过职工平均工资的 12 倍。但随着经济发展和国有企业盈利的增长，这一规定没有严格执行，这一比例早已被突破。到 2009 年，中央企业负责人平均年薪达 68 万元，远高于社会平均工资。因此，2009 年，人力资源和社会保障部等 6 部门联合出台《关于进一步规范中央企业负责人薪酬管理的指导意见》，对中央企业发出高管“限薪令”，提出应进一步严格规范国有企业、金融机构经营管理人员的薪酬管理，同时严格控制和监管职务消费，使其合理化、规范化、公开化。在 2009 年“降薪令”的作用下，中央企业负责人的薪酬水平得到一定程度的控制，但是在实行过程中仍然存在一些突出的问题，如部分行政任命的国有企业负责人，薪酬水平过高。与相似级别的公务员相比，国有企业负责人特别是行政任命的负责人薪酬水平显著偏高。国有企业负责人高薪与高额职务消费并存，部分国有企业负责人在拥有高薪的同时，仍保留明显的职务消费以及其他隐性收入。

2014 年 8 月，中共中央审议并通过了新的《中央管理企业负责人薪酬制度改革方案》，强调坚持分类分级管理，建立与中央企业负责人选任方式相匹配、与企业功能性质相适应的差异化薪酬分配办法，严格规范中央管理企业负责人薪酬分配。通过建立与国有企业领导人分类管理相适应、选任方式相匹配的企业高管人员差异化薪酬分配制度，同时对部分过高收入行业的国有及国有控股企业严格实行企业工资总额和工资水平双重调控政策，逐步缩小行业工资收入差距。这包括对行政任命的国有企业高管人员薪酬水平实行直接限高，合理确定并严格规范其薪酬水平及增长；改进完善国有企业负责人绩效考核办法，合理确定不同功能性质负责人的薪酬差距；严格规范国有企业负责人职务消费，将国有企业负责人的福利性收入纳入薪酬分配统筹管理；对部分过高收入行业特别是垄断程度较高行业，直接控制其工资总额和职工工资水平等。

第六节　推进全体人民共同富裕

一、消除绝对贫困

2012 年，党的十八大召开后不久，党中央就承诺“决不能落下一个贫困地区、一个贫困群众”，由此拉开了新时代脱贫攻坚的序幕。2013 年以来，新一届中央政府为确保实现脱贫攻坚目标，出台一系列政策措施，建立脱贫攻坚责任、政策、投入、动员、监督、考核等六大体系，为打赢脱贫攻坚战提供制度保障。同时根据贫困人口致贫原因和脱贫需求，量身定制扶持措施，实施“五个一批”（发展生产脱贫一批、易地搬迁脱贫一批、生态补偿脱贫一批、发展教育脱贫一批、社会保障兜底一批）措施。2014 年，中国农村贫困人口实行建档立卡，从技术上解决了贫困识别的方法问题，由此中国正式进入“精准扶贫”新时期。2015 年，党中央提出实现脱贫攻坚目标的总体要求，实行扶持对象、项目安排、资金使用、措施到户、因村派人、脱贫成效“六个精准”，发出打赢脱贫攻坚战的总攻令。

从2016年开始，党中央更加注重动员全社会力量参与扶贫工作，并建立开发式扶贫与救济式扶贫相结合的农村扶贫工作方针。通过开发贫困地区优势资源，支持经济和产业发展，引导贫困地区发展特色产业来提高其自身的“造血功能”，增加贫困家庭劳动力的就业机会和收入；不放松对缺乏劳动能力的贫困群体的基础兜底保障，通过低保、五保、生态护林员等公益岗位，对无劳动能力和弱劳动能力群体给予政策和市场双兜底保障。在解决农村绝对贫困的同时，还壮大村集体经济，改善贫困地区人居环境。2017年，党的十九大把精准脱贫作为三大攻坚战之一，锚定全面建成小康社会目标，聚力攻克深度贫困堡垒，决战决胜脱贫攻坚。

面对2020年实现全面脱贫的目标，中央更加细化并明确了政策支持细则，出台一系列扶贫政策文件，如《关于切实做好社会保险社会扶贫工作的意见》《生态扶贫工作方案》《关于推进网络扶贫的实施方案（2018—2020年）》。同时对已有扶贫攻坚战略的细化补充，如《贫困残疾人脱贫攻坚行动计划（2016—2020年）》《关于支持深度贫困地区脱贫攻坚的实施意见》《深度贫困地区教育脱贫攻坚实施方案（2018—2020年）》。到2020年底，我国如期实现贫困人口脱贫，贫困县全部摘帽，精准扶贫战略取得了巨大成功。在2020年全面消除绝对贫困人口后，党中央提出要继续巩固脱贫成果，瞄准相对贫困人口，提升农村低收入居民收入。

二、扩大中等收入群体

中等收入者是社会的中坚力量，也是居民消费增长潜力的重要来源。改革开放初期，我国居民收入总体偏低，中等收入者比重很低，随着我国经济的快速增长，人民生活水平的不断提高，我国中等收入者的绝对数量和相对规模都日益扩大。然而，教育、医疗和养老等生活成本对中等收入者的财富积累形成制约，成为我国“扩中”的迫切问题。为此，党的十九届五中全会提出“在‘十四五’时期着力提高低收入群体收入，扩大中等收入群体”，要求到2035年，中等收入群体规模显著扩大。新发展阶段下，“扩中”已成为一项重要的政策命题。为促进中低收入者增收，国务院于2016年发布《关于激发重点群体活力带动城乡居民增收的实施意见》，其中提出瞄准七类重点群体，包括技能人才、新型职业农民、科研人员、小微创业者、企业经营管理人员、基层干部队伍、有劳动能力的困难群体等，其中选择部分省（区、市）开展城乡居民增收综合配套政策试点、开展专项激励计划和收入监测试点。2020年，在试点地方和单位的前期探索和实践的基础上，中央总结梳理了试点地区推动重点群体增收的好经验好做法，并把试点地区经验进一步推广到全国*。

* 如用土地质押等手段引导新型职业农民、利用金融杠杆激励农民工返乡创业方面取得了很好的经验。

为进一步提高中等收入者比重，政策在创造条件提高财产性收入，鼓励居民积累财产，以逐渐形成“橄榄型”社会分配结构。2021年，国务院办公厅下发《要素市场化配置综合改革试点总体方案》的通知，提出政策上“要继续拓宽居民直接投资渠道，加快金融产品和金融工具创新，提高居民理财水平；同时改善金融服务，构建居民收入来源多元化、风险结构异质化、资产存量组合化的理财平台”。[①] 近年来，农业农村部继续赋予农民物权性质的土地产权，推进农地产权的商品化和货币化，促进土地流转。2021年，国家发展改革委印发《关于推广支持农民工等人员返乡创业试点经验的通知》，要求大力促进农民向非农产业流动，解决在城市安家落户和获得基本公共服务的市民待遇。2022年，中共中央、国务院发布《关于推进以县城为重要载体的城镇化建设的意见》，继续要求把新市民生产生活纳入城市发展规划，并提供必要的基本公共服务，由此让更多的新市民成为中等收入群体。

三、推动乡村振兴

2018年1月，中共中央、国务院印发《关于实施乡村振兴战略的意见》，要求到2020年乡村振兴取得重要进展，制度框架和政策体系基本形成，到2035年乡村振兴取得决定性进展。2018年9月，中共中央、国务院印发《乡村振兴战略规划（2018—2022年）》，要求各地区各部门结合实际认真贯彻执行。这是我国乡村振兴历史上首个战略规划，它从实施背景、目标要求、发展方式、实施办法等多个角度全面谋划了乡村振兴的发展方向。2020年10月召开的党的十九届五中全会明确指出，脱贫攻坚成果巩固拓展、乡村振兴全面推进是“十四五”时期经济社会发展的主要目标。打赢脱贫攻坚战后，要实现巩固拓展脱贫攻坚成果同乡村振兴有效衔接，接续推

① 《国务院办公厅关于印发要素市场化配置综合改革试点总体方案的通知》，《中华人民共和国国务院公报》，2022年02期。

动脱贫摘帽地区乡村全面振兴，促进经济社会发展和群众生活改善。

党的十九大报告指出，农业农村农民问题是关系国计民生的根本性问题，必须始终把解决好“三农”问题作为全党工作的重中之重，要求全面实施乡村振兴战略。2021年3月，中共中央、国务院发布了《关于实现巩固拓展脱贫攻坚成果同乡村振兴有效衔接的意见》(以下简称《意见》)，提出在全面促进乡村振兴的道路上，要注重公共服务体系建设，促进个体能力培养，充分赋以个体公平的社会环境和均等的发展机会。2021年2月，国家卫生健康委等部门也配合出台了《关于印发巩固拓展健康扶贫成果同乡村振兴有效衔接实施意见的通知》，要求巩固基本医疗有保障成果，推进健康乡村建设，防止因病致贫返贫。其他部委也相应出台了全面推进乡村振兴重点工作部署的实施意见，以扎实推进乡村发展、乡村建设、乡村治理等重点工作。

《意见》明确提出，全面建设社会主义现代化强国，最艰巨最繁重的任务在农村，最广泛最深厚的基础在农村，最大的潜力和后劲也在农村，实施乡村振兴战略，是解决新时代我国社会主要矛盾、实现“两个一百年”奋斗目标和中华民族伟大复兴中国梦的必然要求，具有重大现实意义和深远历史意义。乡村振兴是开启全面建设社会主义现代化国家新征程的重大战略举措，是建设现代化经济体系的重要基础，是健全现代社会治理格局的固本之策，是实现全体人民共同富裕的必然选择。[1]《意见》在聚焦改善脱贫地区发展条件、增强发展内生动力等方面进行了重点部署，如支持脱贫地区

---

① 《中共中央国务院关于实现巩固拓展脱贫攻坚成果同乡村振兴有效衔接的意见》，《人民日报》，2021年3月23日。

乡村特色产业发展壮大，促进脱贫人口稳定就业，持续改善脱贫地区基础设施条件，进一步提升脱贫地区公共服务水平等。

四、促进共同富裕

在总体经济建设方面，我国经济增长取得了很大的成就，从新中国成立初期的一穷二白，到1998年进入中等偏下收入国家行列，再到2010年进入中等偏上收入国家行列，并可能在2025年后迈入高收入国家行列。然而，在从站起来到富起来的过程中，我国也出现了从平均主义盛行到收入差距持续扩大的转变。在我国即将迈入高收入国家行列的背景下，大部分居民的收入和福利水平已达到一定水平，尤其是改革开放以来经济持续快速发展，我国综合国力显著增强，稳居世界第二大经济体。中国特色社会主义进入新时代，党中央采取有力措施保障和改善民生，打赢脱贫攻坚战，全面建成小康社会，在团结带领人民创造美好生活、实现共同富裕的道路上迈出了坚实的一大步。因此，党中央判断目前我国已经走过了一味强调经济增长的阶段，而逐渐过渡到了强调缩小收入差距并更加注重共享发展的阶段，目前已经到了扎实推动共同富裕的历史阶段。[①]

党的十九大作出我国社会主要矛盾已经发生转化的重大政治论断，并对共同富裕提出了新的奋斗目标：到2035年，要基本实现社会主义现代化，全体人民共同富裕迈出坚实步伐；到本世纪中

① 习近平：《扎实推动共同富裕》，《求是》，2021年20期。

叶，把我国建成富强民主文明和谐美丽的社会主义现代化强国，全体人民共同富裕基本实现。进入全面建设社会主义现代化国家新征程，党的十九届五中全会进一步明确了到2035年基本实现社会主义现代化的远景目标，提出人的全面发展、全体人民共同富裕取得更为明显的实质性进展。2020年11月，党的十九届五中全会提出到2050年基本实现共同富裕的远景目标。当前，我国进入民生保障体系建设的关键时期，对民生福祉提出更高要求，因此要不断改善民众生活水平，提升社会公平。

习近平总书记强调，共同富裕不是所有人都同时富裕，也不是所有地区同时达到一个富裕水准。我国发展不平衡不充分问题仍然突出，城乡区域发展和收入分配差距较大，促进共同富裕既不能急于求成，也不能畏难不前，而要对实现共同富裕的长期性、艰巨性、复杂性有充分估计，扎扎实实向前推进；特别是，不同人群实现富裕的程度会有高有低，时间上也会有先有后；不同地区富裕程度会存在一定差异，不可能齐头并进。办好这件事，需要持续推动，不断取得成效，也要鼓励各地因地制宜探索有效路径，总结经验，逐步推开。[①] 2021年6月，中共中央、国务院发布《关于支持浙江高质量发展建设共同富裕示范区的意见》，提出了共同富裕的总体要求和工作原则，明晰了共同富裕的定性方向和基本内涵，并对推进共同富裕作出具体部署，促进全体人民共同富裕工作迈入新的发展阶段。进入2022年以来，从初步构建共同富裕的目标体系、工作体系、政策体系、评价体系，到聚焦“七个先行示范”跑

① 习近平：《扎实推动共同富裕》，《求是》，2021年20期。

道、努力探索一批共同富裕的机制性创新模式，再到开拓共性问题的破解之道、引领变革的先行之路，浙江在探索建设共同富裕示范区上迈出了坚实步伐，并努力探索破解新时代社会主要矛盾的有效途径，为全国扎实推动共同富裕提供可借鉴、可复制的省域经验。

第二章
工资制度发展历程

▼

改革开放以前，工资水平陷于长期停滞，绝大部分职工的工资多年没有调整，职工的物质利益与劳动脱节，职工工资收入与其劳动的多少、好差没有联系，挫伤了劳动者的积极性。改革开放以后，各项事业百废待兴，党中央重新确立按劳分配的基本原则，重启工资制度的正常调节机制。

第一节　工资制度重启与改革初步探索

一、按劳分配基本原则的重新确立

改革开放以后，中央开始将工作重心转向恢复和发展经济上来，党中央和国务院相继召开了一系列全国性的有关国民经济发展的会议，并制定了加快经济发展的相关文件。但从当时的社会实际情况来看，要调动全国人民的生产积极性并非易事，主要原因就是缺乏有效的激励机制。在这种背景下，按劳分配的原则被重新提起并逐步确立。

（一）中央重提按劳分配

早在 1975 年 8 月，邓小平就指出：坚持按劳分配原则，这在社会主义建设中始终是一个很大的问题。如果不管贡献大小、技术高低、能力强弱、劳动轻重，工资都是四五十块钱，表面上看来似乎大家是平等的，但实际上是不符合按劳分配原则的，这怎么能调动人们的积极性？邓小平大力支持按劳分配理论讨论，他指出：应该有适当的物质鼓励，少劳少得，多劳多得。

1977 年 3 月，全国计划工作会议在北京召开。会议讨论了 1977 年的国民经济计划，通过了国家计委向中央政治局提出的《关于一九七七年国民经济计划几个问题的汇报提纲》。在这次会议上，“要不要各尽所能、按劳分配”是重点讨论的十个问题之一。1977 年 8 月，党的十一大提出：对于广大人民群众，在思想教育上大力提倡共产主义劳动态度，在经济政策上则要坚持实行各尽所能、按劳分配的社会主义原则。1978 年 2 月，五届全国人大在《政府工作报告》中也提出，必须坚持不劳动者不得食、各尽所能、按劳分配的原则。在分配上，既要避免高低悬殊，也要反对平均主义。实行多劳多得，少劳少得。这些会议的报道和中央领导人的讲话陆续见诸报刊后，在群众中引起了强烈反响，为开展按劳分配问题的讨论奠定了基础。

（二）从理论上对按劳分配原则的拨乱反正

从 1977 年 4 月到 1978 年 10 月，经济学界连续召开了四次全国规模的按劳分配理论讨论会[1]，就按劳分配的基本理论进行了深入讨论，形成了一系列有影响力的理论研究成果，从理论上实现了按劳分配的拨乱反正，为在实践中将工资分配与劳动贡献相结合提供了理论指导。

1977 年 4 月 13 至 14 日，国家计委经济研究所、中国社会科学院经济研究所等 30 多个在京单位的 100 多位理论工作者参加了第一次全国按劳分配理论讨论会。讨论会上，中国社会科学院经济研究所的吴敬琏指出，按劳分配与物质刺激是有联系、有交叉而又有区别的两个概念，在“四人帮”的影响下，把一切有关物质利益的东西都加到按劳分配上是错误的，对物质利益问题讲都不准讲也是错误的。党的八届六中全会的决议也指出：即使已经由集体所有制过渡到全民所有制，仍然将保留按劳分配的制度。国务院政治研究室的冯兰瑞在发言中说，扩大按劳分配中的资产阶级法权的提法不能成立。按劳分配中的资产阶级法权，指的是“等量劳动换取等量报酬”，这本身不能扩大。

1977 年 6 月 22 至 23 日，第二次按劳分配理论讨论会召开，近百个在京单位的 400 多位理论工作者参加，先后有 20 多人在会上发言。会议重点对按劳分配与物质刺激的界限、按劳分配是不是产生资本主义和资产阶级的经济基础等问题作了深入讨论。会议驳斥了“四人帮”的按劳分配是产生资本主义和资产阶级的经济基础的谬论。中央党校的龚士其认为，在讨论按劳分配是不是产生资产阶级分子的问题之前，首先要把被“四人帮”颠倒的理论是非还原

① 严忠勤：《当代中国的职工工资福利和社会保险》，北京：中国社会科学出版社，1987 年版，第 97 页。

过来，同“四人帮”划清界限。会议结束时，于光远总结指出，经过几个月的研究，会议对“文革”期间诋毁按劳分配的谬论进行了一些分析和批判，坚持百家争鸣，不同意见有相互争论。他也指出，对一些问题的讨论还不够充分，还缺少面对面的互相诘难和答辩。最后，他建议四个月以后再来讨论，办法是先开两三天小会，大小会结合。

1977 年 10 月 25 日至 11 月 1 日，第三次按劳分配理论讨论会在北京举行，继续对按劳分配理论进行深入讨论。参加讨论会的除了 135 个在京单位的 500 多人外，还有来自 23 个省、自治区、市的 120 多个单位的 280 余人。据不完全统计，为这次讨论会提供的书面发言稿、资料、调查报告共计 76 篇。这次按劳分配理论讨论会的主要议题，一是如何完整、准确地理解马克思主义关于按劳分配理论的问题；二是按劳分配与“资产阶级法权”的问题；三是按劳分配与劳动报酬形式问题。与前两次讨论会相比，这次讨论会上涉及的问题更为广泛深入，除了上面已经说到的问题外，还提到了按劳分配中的平等和不平等、按劳分配和劳动报酬形式等。会议还讨论了一些技术性问题，如一些同志提出应当为奖金恢复名誉，恢复奖金制度，这在当时引起了很大的震动。

1978 年 5 月，在邓小平的指导下，国务院政治研究室撰写的《贯彻执行按劳分配的社会主义原则》在《人民日报》发表，随后全国报刊也开展了广泛讨论，从而对按劳分配理论进行了正本清源，在思想上实现了拨乱反正。邓小平对《贯彻执行按劳分配的社会主义原则》这篇文章给予了高度评价和充分肯定，并对文章的修改提出了重要的指导性意见。1978 年 3 月 28 日，在与国务院政治研究室负责同志的谈话中，邓小平指出，“国务院政治研究室起草的《贯彻执行按劳分配的社会主义原则》这篇文章我看了，写得好，说明了按劳分配的性质是社会主义的，不是资本主义的。有些地方还要改一下，同当前按劳分配中存在的实际问题联系起来”[①]。他进一步指出，“我们一定要坚持按劳分配的社会主义原则。按劳分配就是按劳动的数量和质量进行分配。根据这个原则，评定职工工资级别时，主要是看他的劳动好坏、技术高低、贡献大小。政治态度也要看，但要讲清楚，政治态度好主要应该表现在为社会主义劳动得好，做出的贡献大。处理分配问题如果主要不是看劳动，而是看政治，那就不是按劳分配，而是按政分配了。总之，只能是按劳，不能是按政，也不能是按资格”。

1978 年 10 月 25 日至 11 月 3 日，中央工作会议前夕，第四次全国按劳分配理论讨论会在京召开。有 500 多名代表参加了本次会议。与会同志被分为三个分会进行讨论，第一分会主要就按劳分配规律与物质利益原则进行讨论。与会同志一致认为，按劳分配是社会主义制度下支配个人消费品的客观规律。第二分会讨论了劳动报酬形式的问题。本次讨论会对奖金和计件工资、计时工资以及其他劳动报酬形式进行了深入的探讨，使“四人帮”在劳动报酬形式问题上制造的混乱得到了进一步澄清。第三分会主要讨论农业的按劳分配议题，着重探讨了农村人民公社的劳动报酬形式和当时农村贯彻按劳分配原则中存在的问题。第四次按劳分配理论讨论会使经济理论对按劳分配的规律和性质的认识在广

---

① 侯为民：《社会主义共同富裕实现路径的再认识与建构》，《改革与战略》，2021 年 11 期。

度和深度上都进入了一个新阶段。于光远在会议发言中指出：这一年来，我们讨论的问题更多了，也更加系统了。比方说，已经从按劳分配问题的讨论，扩展到劳动报酬形式问题，物质利益原则问题，农村人民公社如何贯彻按劳分配问题；我们还讨论了社会主义的商品生产和价值规律问题，引进外国先进技术和利用外资问题，技术经济问题；等等。

经过几年的理论研究和实践，按劳分配的基本原则得以重新确立，为工资改革提供了理论基础。第一，按劳分配是客观经济规律，它由生产资料的社会主义公有制和社会主义阶段的社会生产力发展水平，以及人们的思想境界状况决定。社会主义社会实行按劳分配，是一个不可违抗的客观规律。社会主义公有制是按劳分配的前提，按劳分配是社会主义公有制的实现。第二，按劳分配不是产生资本主义和资产阶级的经济基础。在社会主义社会，实行按劳分配，是整个社会主义生产关系中的一个重要方面。按劳分配这种等量劳动相交换的原则，完全是社会主义的原则，跟资本主义剥削制度没有任何共同之处。第三，按劳分配所体现的个人物质利益，是与整体利益相一致的，按劳分配条件下的个人物质利益，是实现社会整体利益前提下的个人物质利益，是同整体利益结合在一起的。由于按劳分配能够促使劳动者从个人物质利益上关心生产成果，使个人的物质利益同整体利益紧密结合起来。因此，它是社会主义阶段最能够促进社会生产发展的特定的分配方式，是社会主义经济发展的内在动力。

二、重推计件工资制

理论是行动的指南。"按劳分配"思想的重新确立，为调整工资制度指明了方向，大大推动了工资制度改革。在企业分配领域，这种变化首先体现在恢复计件工资制度上。[①]

1978 年 5 月，国务院发出《关于实行奖励和计件工资制度的通知》，正式恢复了已停止实行十多年之久的奖励制度和计件工资制。通知指出，实行奖励和计件工资制度，是关系到企业生产和职工切身利益的大事。各地区和各部门要加强领导，认真总结过去的经验，依靠广大群众，有计划、有步骤地进行，不要一哄而起。通知中还规定了实行奖励的具体条件：生产工人的奖励条件，应当根据增加生产，提高质量，降低消耗等确定。一般的可以实行优质低耗的超产奖，有的也可以在降低消耗和完成产量指标的条件下，实行质量奖或其他奖励。车间、科室管理干部的奖励条件，除了完成本职工作要求外，还必须全面完成本车间或企业八项经济技术指标。随同生产工人直接参加生产的工段长等干部，可以和工人实行同样的奖励制度，企业党政主要领导干部不实行奖励制度。

三、恢复企业奖金制度

1979 年 7 月，国务院发布《关于国营企业实行利润留成的规

---

① 黄定康、舒克勤：《中国的工资调整与改革（1949—1991）》，成都：四川人民出版社，1991 年版，第 269 页。

定》，对独立经济核算、有盈利的企业实行利润留成办法，并规定企业留成中职工奖励基金的提取比例，将职工奖金与企业利润联系起来。很快，全国绝大多数企业都实行了奖金制度。[①]

1981 年以后，国务院在有关文件中，对奖金问题又作了多次规定。1981 年 1 月，国务院印发《关于正确实行奖励制度、坚决制止滥发奖金的几项规定》，指出要正确实行奖金制度，坚决制止滥发奖金。1984 年 4 月，国务院印发《关于国营企业发放奖金有关问题的通知》，明确规定发放奖金要同企业的经济效益挂起钩来，实行征收奖金税办法，并赋予企业自主使用奖励基金的权利。同年 5 月，国务院办公厅转发了劳动人事部《关于企业合理使用奖励基金的若干意见的通知》，对企业奖励基金的使用、发放等提出了指导性意见。通知指出，企业有权决定如何使用企业奖励基金，可以用来发放奖金，也可以实行浮动工资，可以实行计件工资，可以实行自费浮动升级，可以实行岗位工资，也可以采用适合本地特点的工资制度。

上述有关文件的精神，贯穿着三条主线，一是改革放权，赋予企业奖励基金使用权。国家对企业主要是控制工资总额（包括奖金）。企业内部使用奖金的形式，则由企业根据具体情况自行决定。二是贯彻按劳分配，打破“大锅饭”，把奖金同落实企业内部经济责任制结合起来，坚决打破发放奖金中的平均主义，体现出鼓励先进、奖勤罚懒、多劳多得、奖励超额劳动的精神。三是对奖金的调节手段逐步由行政手段调节为主向经济手段调节为主转换。奖

① 谭中和等:《中国工资收入分配改革与发展（1978～2018）》，北京：社会科学文献出版社，2019 年版，第 9 页。

金决定机制发生了根本变化，由原来行政决定机制转变为与企业经济效益密切相联系，奖金的多少取决于企业自身的经济效益。

四、分期分批调整工资，解决突出矛盾

“文革”期间对按劳分配原则的否定对工资工作产生了长期的负面影响，突出的表现就是，除1967年实行了一次正常的转正定级和1971年对部分人进行了升级之外，工资升级工作陷于停滞，绝大部分职工的工资多年没有调整，造成的结果就是工资制度僵化，按劳分配原则无法贯彻。为了有计划、有步骤地解决多年积累下来的工资问题，在国民经济正在进行调整，财政还有较大困难的情况下，国家采取了积极措施，分期分批地调整了职工工资，较大幅度地提高了职工工资水平，使长期处于冻结状态的职工工资又开始活跃起来。[①]

1977年，国务院下发《关于调整部分职工工资的通知》，决定自1977年10月1日起调整部分职工工资。这次调资的重点是工作多年工资偏低的职工。通知规定，级差小于5元的增加5元，大于7元的只增7元，中专毕业生可以增加7元。不属于调资范围的职工，在1971年底前参加工作，在6、7类工资区标准工资低于38元的，可以增加到38元；1966年参加工作的，标准工资低于43元的，可以增加到43元，但每人每月增加的工资最多不得超过5元。据统计，这次升级面达到50.8%，人均工资提升5.56元。

① 黄定康、舒克勤：《中国的工资调整与改革（1949—1991）》，成都：四川人民出版社，1991年版，第255-257页。

1978年11月，经国务院批准，国家劳动总局发出了《关于给工作成绩特别突出的职工升级的通知》，决定自1978年12月起，对全民所有制单位中生产、工作成绩优异、贡献较大和提职以后表现较好而工资偏低的人员升级。1979年3月，文化部、国家劳动总局、民政部和财政部联合发出了《关于给全民所有制文艺单位增加4%升级指标的通知》，在2%的统一升级指标外，还给全民所有制文艺团体中的中青年演员增加了4%的升级指标，主要用于艺术表演团体、电影、艺术院校等单位中成绩特别突出、贡献较大而工资明显偏低的文艺人员，一般升1级，突出拔尖的可以升2级。1979年4月，民政部、国家劳动总局、财政部联合发布通知，重点调整了部分老干部的工资。

1979年11月，国家调整了肉、蛋、禽等8种副食品价格。考虑到副食品价格的调整会对职工的生活带来较大影响，因此，国家决定，在提高主要副食品价格的同时，给职工副食品价格补贴。除发给职工副食品价格补贴外，中央决定给机关、事业和企业单位部分职工升级。1979年10月，国务院颁布《关于职工升级的几项具体规定》，规定按照1979年10月底职工人数中的1978年底以前参加工作的固定职工和计划内临时工为基数的40%进行升级。1979年11月，国家劳动总局发出《关于将原拟在科研、设计、高等学校、医疗卫生等事业单位中试行的临时津贴折合为升级人数的通知》，对知识分子较集中的单位增加了一部分升级面，其中高等学校增加8%，科研、设计、体育系统增加6%，医疗卫生系统增加4%，文艺系统增加2%。

1980年9月，五届全国人大三次会议通过《关于一九八〇年国民经济计划安排的报告》，提出从1981年起，逐步解决基本没有奖金收入或奖金收入很少的科研、教学、医务和机关工作人员适当增加工资的问题。1981 年 10 月，国务院印发《关于一九八一年调整部分职工工资的通知》，决定从 1981 年 10 月起，给中小学教职工、医疗单位部分职工和体委系统优秀运动员、教练员调资。经过调整，中小学除了个别工资高的不升级外，一般的都升了级，约有 20%的人升了两级，也有升三级的；卫生系统有 65%的人增加了工资，并将工资标准减少一级；体委系统运动员、教练员工资标准减少了等级，加大了级差，100%增加了工资，成绩优异的升了两级，有特殊贡献的升了三级。

1982 年 12 月，国务院印发《关于调整国家机关、科学文教卫生等部门部分工作人员工资的决定》，调整了国家机关、科学文化卫生等部门部分工作人员的工资。为解决中年知识分子工资偏低的问题，这次调资工作又专门规定了可以升两级的情形，即 1960 年大学本科毕业并参加工作，工资相当于行政 20 级及以下，1966 年底前毕业并参加工作，工资相当于行政 21 级及以下的人员可以升两级。专科学校毕业生比上述杠子级别各低一级的也可以升两级。由于高级中专毕业生当干部的定级工资偏低，也给他们规定了升两级的杠子。对正副处长、正副县长和公社正副主任规定了升两级杠子，对部分艺术表演团体和广播电视播音员，根据他们工作的特殊需要和专业性强的特点，也规定可以升两级。

1983 年到 1984 年，国家又先后调整了部分领导干部、科研人员、公安干警和运动员、教练员的工资标准。1983 年 1 月，劳动人事部转发中国科学院《关于我院享受科研津贴人员在 1982 年调资中的处理意见》，对享受科研津贴的科研人员的工资调整作了规定。1983 年 4 月，中央组织部、劳动人事部联合发出了《关于

1978年以来升过级的十一至十四级干部升级问题的通知》，调整了部分领导干部的工资。1983年7月，国务院印发《关于解决部分低级别公安干部民警工资问题的通知》，调整了部分低级别公安人员的工资。

通过多次的工资调整，绝大多数机关、事业和企业单位的职工的工资有了不同程度的提高，除新参加工作和少数工资较高的干部外，每人都升了一级，相当一部分人升了两级，有的升了三级，个别中年知识分子升了四级。这一期间的工资调整工作，在我国的工资管理上起着承上启下的作用。一方面，通过工资标准调整，很大程度缓解了“文革”时期长期不调整工资带来的弊端，部分偿还了历史欠债，改善了内部工资关系，激发了干部职工的活力；另一方面，这一时期的工资调整工作，将职工升级和工作表现相结合，较好地贯彻了按劳分配的原则，也为在改革开放和经济体制改革的条件下开展工资工作积累了经验，为接下来的工资制度改革奠定了基础。

五、其他所有制性质企业工资分配机制探索

改革开放以后，集体企业、私营企业、外资企业等所有制性质的企业迅速发展。这些类型的企业在发展过程中，初步形成具有各自特点的工资分配机制。[①]

城镇集体企业的分配制度。党的十一届三中全会以后，集体企

① 《当代中国》丛书编辑部：《当代中国的职工工资福利和社会保险》，北京：中国社会科学出版社，1987年版，第151页。

业为了适应自身发展的需要，增强扩大再生产的能力，在继续实行计件工资、提成工资、奖励工资和劳动分红等工资形式的同时，建立了具有集体所有制特色的工资分配形式，如经营承包责任制、浮动工资制、除本分成制等。经营承包责任制的一般做法是企业对主管部门的承包，内容包括产值、产量、利润等多项经济指标。主管部门对盈利企业实行利润包干，超额分成，在企业内部，车间对企业、班组对车间、个人对班组，实行逐级承包。浮动工资制的通常做法是规定职工每月的标准工资的一定比例作为基本工资，剩余部分作为浮动工资，与利润挂钩，部分地方还从利润中再抽出一定比例与职工的浮动工资相加。除本分成制是从企业每月的实际销售收入中，扣除在职职工工资以外的一切成本支出以后，剩余部分按主管部门批准的分成比例留用。其中一部分为企业分成额，另一部分为职工工资总额。职工工资总额随企业纯收入上下浮动。在核定分成比例不变的条件下，企业纯收入高，职工工资总额就高，纯收入少，职工工资总额就低。在企业内部，职工的工资根据个人劳动贡献大小浮动。劳动贡献大，工资就多些，贡献小，工资就少些。

乡镇企业的工资分配制度。1979 年国务院颁布的《关于发展社队企业若干问题的规定（试行草案）》指出，社队企业的劳动报酬，应贯彻执行按劳分配的原则。一般实行厂评等级，队记工分，厂队结算，回队分配的办法，也可以实行其他办法。1982 年后，各地乡镇企业普遍实行了经营承包责任制，在职工分配上则实行浮动工资制。有的实行基本工资加奖励；有的实行承包利润上交和提留后，利润分成；有的实行计件工资制；有的实行定额基本工资加奖励。一些集资入股企业，还进行了股份分红。乡镇企业中的个体企业一般都实行基本工资加奖励，奖金的多少，由企业根据各人劳动技能高低、劳动成果大小、劳动态度好坏来确定。

外资企业的工资分配制度。1979年7月，我国公布了《中外合资经营企业法》，允许外国公司、企业和其他经济组织或个人，按照平等互利的原则，在中国境内与我国的企业共同举办中外合营企业。1980年7月，国务院公布的《中外合资经营企业劳动管理规定》中规定：合营企业职工的工资水平，按照所在地区同行业的国营企业职工实得工资的120%—150%确定。此外，还规定合营企业必须按照国营企业标准支付职工的劳保福利费用和国家对职工的各项补贴。合营企业职工的工资标准、工资形式、奖励津贴等制度，由合营企业的董事会自行确定。

第二节　探索适应经济体制改革的工资制度

一、1985年工资制度改革

（一）改革背景

1. 工资制存在的问题，需要通过改革来解决。1985年以前，我国基本上执行1956年工资改革后建立起来的工资制度。这套制度在计划经济时期对于推动各项事业的发展起过积极的作用。但这套制度在计划经济时期长期未调整，工资的功能已经不能有效地发挥，已不能适应时代的需要。“文革”结束后，经过几年的调整，工资的功能得以恢复，工资关系部分得以改善。也正是在调整工资的过程中，大家也越来越发现，需要根据新时期新要求对工资制度进行调整，改革工资制度成为大家的共识。总结起来，工资制度存在的主要问题包括以下几个方面：一是政企不分、政事不分。在原有的计划经济体制下，由于在用人制度上实行由国家统包统配，与此相适应，在工资制度上，在机关、事业与企业之间，工人和干部，实际上都是实行由国家统一制定的等级工资制，很难适应机关、事业单位和企业不同的职能和不同的劳动特点。二是职级不符，劳酬脱节。长期以来，由于实行提职不提薪，使职级严重脱节。又由于升级制度不正常，没有建立正常的工资增长机制，使这一时期提职的工作人员的工资等级明显偏低，造成劳酬脱节。而升级办法又往往是普调，或按升级面、按年限升级，不能反映和体现工作人员的劳绩贡献大小。三是制度复杂，增加管理难度。原有的工资制度的标准过多过繁，各标准的等级多少，级差大小又不够平衡，不利于正确处理工作人员内部的分配关系，影响了职工积极性的发挥和内部团结，也增加了工资管理上的困难。四是功能单一、机制僵化。随着以市场趋向为特征的经济体制改革的逐步深入，工资制度越来越暴露出功能单一、机制僵化的缺陷和弊端，很难发挥工资的激励功能。

2. 经济体制改革为工资制度改革创造了良好的社会环境。在农村，由于实行了多种形式的联产承包责任制，调整了包括计划体制、购销政策、价格政策在内的一系列政策，农民的生产积极性被有效调动起来，农村经济发展得到促进，农民收入有了较多增加，生活有了显著改善。在城市，围绕增强企业活力这个中心，也进行了一系列改革的试验和探索，普遍实行了奖励制度，加上就业面的扩大，职工的家庭收入也有了较多的增加，生活有了明显改善。在此期间收入增加幅度较小的是国家机关和事业单位的工作人员，他们中绝大多数同志没有额外收入，有些人员生活还比较困难。因此适时地改革机关事业单位工资制度，合理地调整机关和事业单位工作人员的工资势在必行。

3. 国家财政的逐步恢复为开展工资制度改革提供了条件。随着经济的发展，我国财政状况逐步好转。1984 年全国的财政收入比上年增加了 100 多亿元，国家有可能拿出一部分财力用于工资改革。随着经济的改善、效益的提高，企业职工的工资收入大多有所增加，农民的收入随着农村经济的发展也有相应增加，改革的客观条件比较成熟。

经过一年多的准备工作，劳动人事部提出了《关于工资改革的设想》，召开了各种类型的座谈会，广泛听取了各方面的意见，经过反复研究提出了国家机关和事业单位工作人员工资改革的方案。党中央、国务院批准了劳动人事部提出的工资改革方案，决定从 1985 年 7 月 1 日起开始工资制度改革。

（二）改革指导思想和基本原则

1985 年工资制度改革的基本指导思想是：改革不合理的工资制度，逐步消除现行工资制度中的平均主义和其他不合理因素，初步建立起能够较好地体现按劳分配原则、便于管理和调节的新工资制度，为今后进一步理顺工资关系打下基础。

基于上述考虑，本次工资制度改革的基本原则是：一是贯彻按劳分配原则，适当体现奖勤罚懒、奖优罚劣；体现多劳多得、少劳少得；体现脑力劳动和体力劳动、复杂劳动和简单劳动、熟练劳动和非熟练劳动、繁重劳动和非繁重劳动之间的差别。二是把工作人员的工资同本人的工作职务、责任和劳绩密切联系起来，以利于工作人员提高政治业务水平和工作效率，促进人才的合理流动。三是工资改革要使工作人员的工资普遍有所增加，中、小学教师和职级不符的中年骨干的工资要适当多增加一些。四是通过改革建立起正常的晋级增资制度，随着国民经济的发展，逐步提高国家机关、事业单位工作人员的实际工资水平。

（三）改革主要内容

1．机关事业单位工资制度和企业工资制度分开管理。改革之初，就已经有人提出机关事业单位和企业执行同样的工资制度是不合适的，应当建立不同的工资制度，以体现机关事业单位和企业的不同特点。改革文件明确指出，本次工资改革的范围为各级机关、党派和人民团体，教育、卫生、科学研究，文化、艺术、体育、农林牧渔，地质勘探、测绘，社会福利、环境保护等事业单位。企业不属于本次改革的范围，包括国家机关、党派、团体和事业单位附属的企业，各类专业公司，企业性质的管理局等。对于既挂靠国家机关或事业单位，又挂靠企业的“两块牌子”单位，要明确性质后确定是否纳入改革范围，不能“两边靠”。

2．建立以职务工资为主要内容的结构工资制度。这次改革决定在国家行政机关和事业单位工作人员中实行以职务工资为主的结构工资制。所谓结构工资，就是将工资分解为基础工资、职务工资、工龄津贴和奖励工资四个担负不同职能的组成部分。

（1）基础工资。基础工资也就是保障工资，以大体维持工作人员本人的基本生活费计算。基础工资的水平应根据国家在一定时期内的经济发展水平和满足劳动者物质文化生活需要所必需的消费水平来确定。从领导干部到一般工作人员均执行相同的基础工资标准。当时确定的基础工资标准为 40 元（六类地区）。

（2）职务工资。职务工资是结构工资制中最主要的组成部分，按照工作人员的职务高低、责任大小、工作繁简和业务技术水平来确定。职务工资标准是每一职务一般设5至6个等级。而且考虑到新老交替及其他实际情况，上下职务之间的工资标准又有适当交叉。职务工资在全部工作人员工资收入总额的构成中占了最大比重，是体现按劳分配的主要部分。

（3）工龄津贴。工龄津贴是对工作人员劳动积累和因工作经验而做出贡献所给予的补偿。建立工龄津贴制度主要是为了使工作人员不论能否晋升职务和提高工资等级（档次），工资都能够随着工龄的增加逐年有所增加，特别是使那些已经达到职务最高工资额的工作人员每年也能增加些工资收入。工龄津贴按照工作人员的工作年限逐年增长。工龄津贴标准是每工作一年每月发给5角。计发工龄津贴的工作年限，从参加革命工作和社会主义建设工作时开始计算，到本人离、退休时止。但领取工龄津贴的工作年限，最多不超过40年，即工龄津贴最多为20元。

（4）奖励工资。奖励工资用于奖励在工作中做出显著成绩的工作人员，有较大贡献的可以多奖，不得平均发放。所需资金仍从行政经费节支中开支。奖励工资从1986年开始实行，全年为一个月的平均基本工资（包括基础工资、职务工资、工龄津贴三项之和）。

结构工资制由四个体现工资不同职能的部分组成，每个部分有着特定的作用。需要调整工资时就可以分别在特定的部分适当增减，比原来的工资制度方便、灵活。结构工资制突出了以职务工资为主，适合国家行政机关和事业单位脑力劳动者居多数和管理工作的特点，而且每一职务的工资标准又分几个等级，这就便于把工资同本人的职务、责任和劳绩结合起来，较好地体现了按劳分配原则。

3．允许事业单位根据特点探索实行其他工资制度。事业单位行政人员和专业技术人员的工资制度，允许根据各行各业的特点因行业制宜，可以实行以职务工资为主要结构的结构工资制，也可以实行以职务工资为主要内容的其他工资制度。实行结构工资制的，可以有不同的结构因素。国务院各部委、中国科学院、中国社会科学院所属事业单位，凡实行结构工资制的，其行政人员的工资标准，由国务院各主管部门比照国家机关行政人员的工资标准拟定，经劳动人事部审查，报国务院批准后实行。国家对教学、科研、卫生技术人员的工资标准分别进行了规定。其他专业技术人员的工资标准，由国务院各主管部门，在不超过上述人员工资标准的原则下拟定，经劳动人事部审查，报国务院审批后实行。实行其他工资制度的事业单位，其工资标准，不得超过上述结构工资标准的总水平。为了鼓励中、小学校和中等专业学校、技工学校的教师、幼儿教师和护士长期从事本职业，除按规定发给工龄津贴外，另外分别加发教龄津贴和工龄津贴。教龄津贴和工龄津贴，均按从事本职工作的年限计算。从事本职工作满五年不满十年的，每月发三元；满十年不满十五年的，每月发五元；满十五年不满二十年的，每月发七元；满二十年以上的，每月发十元。不从事该职业时，从第二个月起停发教龄津贴和工龄津贴。

4．调整地区工资区类别。由于我国幅员辽阔，各地自然条件不同，经济发展不平衡，不同地区的物价和生活费水平也不同。1956 年工资改革时曾采取划分地区工资类别的做法，1985 年的工资改革仍沿用了这个办法，但对工资区类别作了调整，将四类工资区的工资标准提高到五类工资区的工资标准，取消了四类工资区。此后，我国又在 1986 年 7 月，将老五类和五点三三类工资区的工资标准提高到六类工资区工资标准。[①]

5. 实行分级管理的工资管理体制。这次工资改革，根据简政放权的精神和多年的实践经验改变了过去长期实行的过分集中统一管理的做法，实行分级管理区别对待的方针。对于国家机关，中央只管到省、自治区、直辖市以上单位，地市及以下单位由省、自治区、直辖市按照国家的统一规定进行管理。对于事业单位，中央只管全国性的重点大专院校和科研、文化、卫生事业单位，其他事业单位由省、自治区、直辖市管理。同时，为了避免在事业单位之间出现工资标准高低不一，差别过大，造成苦乐不均，规定事业单位的工资改革，只能按照国家和省、自治区、直辖市的统一规定执行，不能自立工资标准。对于改成独立核算而自负盈亏暂时有困难的事业单位，允许制定过渡办法，逐年减少事业费补贴，在规定的年限内完成此项过渡。过渡期间，仍实行事业单位工资改革的政策规定，有条件的还可以适当多发一些奖金。这些单位发放的奖金总额超过国家规定的限额时，要照章纳税。

采取上述分级管理、区别对待的方针，有利于宏观控制、微观搞活，既便于合理安排国家机关、事业单位各类人员的工资关系，又能够鼓励那些有条件的事业单位努力做到独立核算、自负盈亏，在改善经营管理和勤奋劳动的基础上增加工资收入，而又不致出现高低悬殊、苦乐不均。

---

① 熊亮：《中华人民共和国工资制度 70 年——经验、传承和创新》，《中国人事科学》，2019 年 10 期。

二、继续解决工资中的突出矛盾，逐步理顺工资关系

1985 年的工资制度改革进展总体较为顺利。通过改革，国家机关和事业单位工作人员的工资初步纳入了新工资制度的轨道，各级各类工作人员都不同程度地增加了工资，职级不符等突出矛盾也开始得到解决，为进一步理顺工资关系打下了基础。但由于积累下来的工资问题比较多，新的工资制度也有一个不断充实完善的过程。1985 年工资制度改革后，国家安排了三次较大范围的调资升级工作。

（一）解决部分工作人员的职务工资突出矛盾

1986 年，劳动人事部印发《关于 1986 年解决国家机关和事业单位部分工作人员工资问题的通知》，提出“巩固、消化、补充、改善”的工资改革方针，存利除弊，适当解决 1985 年改革中部分工作人员工资存在的突出问题，重点是解决专业技术人员的工资问题，包括教授、副教授、讲师和相当职务的高中级专业技术人员，以及正副处级干部的职务工资“平台”问题，给这些人员中工作年限长并起骨干作用的，提升 1 级工资。对助教和相当职务的初级专业技术人员以及一般行政管理人员，也采取给一部分人提升 1 级工资的做法。

（二）逐步调整部分人员的工资标准

为解决部分调动人员的工资问题，1987 年 1 月，中共中央办公厅、国务院办公厅在《关于国家机关和事业单位工作人员职务变动后确定职务工资问题的通知》中规定，调动工作而变动职务的人

员，应按其新任职务的工资标准重新确定工资。

为解决事业单位专业技术人员实行职务聘任制后的工资问题，1987年5月，中央职称改革工作领导小组、国务院工资制度改革小组联合发出《关于国家机关和事业单位实行专业技术职务聘任制度有关职务工资发放问题的通知》，规定经中央批准，于1986年年底展开专业技术职务聘任工作的高教、科研、卫生三系统中的省、自治区、直辖市和中央、国务院各部委、各直属机构、各人民团体直属事业单位，以及经中央职称改革工作领导小组批准或同意于1986年进行专业技术职务聘任制试点的单位，在首次聘任专业技术职务中的受聘人员，凡本人套改后的职务工资低于所任职务工资标准最低等级的，均应从1985年7月1日起，进入该职务的最低等级工资，其增加的工资，按工资改革的有关规定分两年发给。

为解决部分中年专业技术人员工资问题，经国务院批准，劳动人事部于1988年1月印发《关于1987年解决部分中年专业技术人员工资问题的通知》，1987年10月起执行。这次提高部分中年专业技术人员的工资重点是担任讲师、助理研究员、主治医师、工程师以及相当中级职务的中年专业技术人员。

为提高科技人员的工资待遇，1988年10月，人事部、财政部印发《关于对承担国家重点科技攻关项目的专业技术人员试行岗位补贴的通知》，规定凡直接承担国家重点科技攻关项目的专业技术人员，在按计划开展项目工作期间，可以享受岗位补贴。岗位补贴标准，按每人每月平均20—30元掌握，由国家科委、国家计委、国防科工委分别按各类项目的合同或任务书的具体情况，核定实行补助的人数及总金额，下达给有关部门控制使用。

为改善中小学教师的生活待遇，促进基础教育事业的发展，国务院决定，从1987年10月起，将中小学教师现行工资标准提高10%。1988年6月，国家教育委员会、人事部又联合印发《关于中小学教师工资标准提高10%部分可以作为计发离休、退休费基数的通知》，明确规定，1987年10月以后离休、退休的中小学和幼儿园教师，提高10%的部分均可以作为计发离休、退休费基数。

此外，从1988年第四季度起，提高护士的工资标准10%；1989年又提高了各类事业单位专业技术人员的起点工资标准。1989年提高了大中专毕业生的起点工资标准，把1985年制定的起点工资标准提高了两个档次；1989年，国家对教育、科研、卫生单位采取了鼓励和优惠措施，为教育、科研、卫生事业的发展以及提高这些单位知识分子待遇提供了宽松的政策条件。

（三）1989年普调工资

1989年12月，国务院下发《调整国家机关、事业单位工作人员工资实施方案的通知》，决定从1989年第四季度起，适当调整国家机关、事业单位工作人员的工资，进行一次工资普调。普调工资带有物价补偿性质，政策比较宽松，在册正式职工人人有份。

在普调工资的同时，重点解决专业技术人员工资的突出问题，适当解决国家机关和事业单位其他人员工资的一些突出问题，同时对离休、退休人员的待遇作适当调整。在解决工资突出问题时，对各类人员采取不同办法。对于专业技术人员工资中的突出问题，一是按照国家规定，在普调工资基础上，通过修改原来的工资标准，将专业技术人员各职务起点工资标准和最高工资标准分别提高2个档次。专业技术人员普调1级后，工资仍未达到本职务新起点工资标准的，可增加1级工资，进入新的起点工资标准。二是提高研究生、大中专毕业生的初期工资和见习期工资待遇，改革大中专毕业生的定级工资办法。三是按照原中央职称改革工作领导小组、国务院工资制度改革小组《关于试行提高部分高级工程师职务工资的通知》要求，有突出贡献的高级工程师基础职务工资提高到 160 元的，在普调 1 级达到 170 元之后，可用升级的办法，将其基础职务工资由 170 元提高到 180 元。

（四）调整奖金分配办法

1992 年，人事部印发《关于适当调整国家机关和部分事业单位工作人员奖励工资（奖金）标准的通知》，决定从 1992 年 3 月起，除把奖励工资提高到 3 个月基本工资的标准外，还要求根据工作人员的实际工作和责任大小，由省、自治区、直辖市统一制定各类人员奖金标准。通知要求，奖金标准要适当拉开差距，不得平均发放。

三、国有企业实行以“工效挂钩”为核心的工资制度改革

1984 年，党的第十二届三中全体会议通过了《中共中央关于经济体制改革的决定》。文件指出，为增强企业的活力，充分发挥企业和职工的主动性、积极性和创造性，克服分配中的平均主义、吃“大锅饭”的弊病，必须对企业的工资制度进行改革，使企业职工的工资同企业经济效益挂起钩来，更好地贯彻按劳分配的原则，以促进生产的发展和职工生活水平的提高，加速社会主义现代化建设。

按照这一指示精神，在 1985 年的工资改革中，将企业工资和

机关事业单位工资实行“脱钩”管理。[①] 1985 年 1 月，国务院印发《关于国营企业工资改革问题的通知》，规定从 1985 年开始，在国营大中型企业中，实行职工工资总额同企业经济效益按比例浮动的办法。1985 年 7 月，劳动人事部、财政部、国家经委、中国人民银行共同制定并印发了《国营企业工资改革试行办法》，对实行企业工效挂钩如何实施的问题作了具体规定。为配合企业工资改革，劳动人事部拟定了《国营大中型企业工人工资标准表》和《国营大中型企业干部工资标准表》，将原来繁杂的几百种工资标准简化为 11 个工人工资标准表和 9 个干部工资标准表。1986 年 12 月，国务院印发《关于深化企业改革增强企业活力的若干规定》，明确在国家规定的工资总额和政策范围内，企业对工资奖金分配形式和办法以及调资升级拥有自主权，国家一般不再作统一规定。此后，“工效挂钩”改革在全国范围内有序推开，至 1990 年，“工效挂钩”作为配套措施，在所有实行承包经营责任制的企业普遍实行，全国共有 5.7 万个国营企业、4000 多万名职工实行“工效挂钩”。[②]

一是分类确定工资总额同经济效益挂钩指标。《国务院关于国营企业工资改革问题的通知》规定，有关部门核定所属企业工资总额和经济效益挂钩指标时，应从实际出发，选择能够反映企业经济效益和社会效益的指标，作为挂钩指标，其他经济指标可以作为考核指标，并相应规定工资总额增减的比例。其中，工资与企业挂钩

---

① 何宪、熊亮：《机关和事业单位工资脱钩问题研究》，《中国人事科学》，2018 年 10 期。

② 黄定康、舒克勤：《中国的工资调整与改革（1949—1991）》，成都：四川人民出版社，1991 年版，第 2 页。

的经济效益指标一般应以上缴税利作为工资总额的挂钩指标，产品单一的企业可以同最终产品的销量挂钩；交通运输企业可以同周转量或运距运量挂钩；商品服务企业可以同销售额或营业额、上缴税利挂钩，还要考核执行政策、服务质量等指标；政策性亏损企业，可以按减亏幅度作为主要经济指标与工资总额挂钩；经营性亏损企业，在扭亏为盈以后，工资总额才可以随经济效益按比例浮动；建筑、煤矿企业可以继续实行百元产值工资含量包干和吨煤工资含量包干。[①]

二是明确工资总额同经济效益挂钩的比例。企业工资总额同经济效益挂钩浮动的比例，一般上缴税利总额增长 1%，工资总额增长为 0.3%—0.7%，某些特殊行业和地区，可以超过 0.7%，但最多不得超过 1%。上缴税利下降时，工资总额要相应下浮。为了保证职工的基本生活，下浮工资总额的比例可以做适当限制。

三是明确工效挂钩后工资增长的途径。企业实行工资总额随同本企业经济效益挂钩办法以后，企业与国家机关、事业单位的公司改革和工资调整脱钩，企业职工工资的增长应依靠本企业经济效益的提高，国家不再统一安排企业职工的工资改革和工资调整。企业之间因经济效益不同，工资水平也可以不同。允许具有相同学历、资历的人，随所在企业经济效益的不同和本人贡献大小，工资收入出现差距。

四是企业自行决定内部分配形式。《国务院关于国营企业工资改革问题的通知》规定，企业的工资改革贯彻执行按劳分配原则，

①　谭中和等：《中国工资收入分配改革与发展（1978~2018）》，北京：社会科学文献出版社，2019 年版，第 15 页。

体现奖勤罚懒、奖优罚劣，体现多劳多得、少劳少得，体现脑力劳动和体力劳动、复杂劳动和简单劳动、熟练劳动和非熟练劳动、繁重劳动和非繁重劳动之间的合理差别。但具体工资分配形式由企业根据实际情况自行研究确定。

五是设立企业工资增长基金。企业随同经济效益提高而提取的工资增长基金归企业所有，不得平调。可以在银行设立工资增长基金专户，允许跨年度使用。企业每年增加的工资超过工资总额的一定限额时，国家要征收工资调节税；如果留作企业内部工资基金，以丰补歉，在年度之间调剂使用时，国家免征工资调节税。

“工效挂钩”政策使得企业职工工资的调整同企业经济效益、职工本人的劳动贡献挂钩，促进了企业生产的发展和经济效益的提高。在企业层面，实行“工效挂钩”后，企业工资调整与企业的经济效益相联系，扭转了长期以来企业工资增减与企业经济效益相互脱节，吃“大锅饭”的状况，促进企业改进技术，改善管理，提高效益。在企业职工层面，“工效挂钩”后，企业有了自主分配权，可以克服企业内部分配上的平均主义，提高企业职工的工作积极性和生产效率。据统计，改革当年，1300 户国有大中型企业实行了“工效挂钩”，1985 年上缴税利比上年增长了 20.4%。[①]

四、建立工资税收调控体系

企业工资改革以后，为了从宏观上控制消费基金的过快增长，

① 谭中和等：《中国工资收入分配改革与发展（1978~2018）》，北京：社会科学文献出版社，2019 年版，第 18 页。

合理引导企业的生产行为和分配行为，国家开始建立包括奖金税、调节税和个人收入调节税在内的工资税收调控体系，利用税收手段调节企业职工的收入分配，约束企业奖金的发放额度。

（一）奖金税制度的建立

1985 年 7 月，国务院修订《国营企业奖金税暂行规定》，明确凡未实行工资总额随经济效益挂钩浮动的国营企业，其发放的各种形式的奖金应缴纳奖金税。同年的 8 月和 9 月，国家先后发布了《集体企业奖金税暂行规定》和《事业单位奖金税暂行规定》，扩大了奖金税的覆盖范围。奖金税以企业和单位为纳税人，以全年发放的各种形式的奖金为计税依据，实行累进税制。同时规定了免税的情形。

1. 纳税对象。《国营企业奖金税暂行规定》明确，奖金税以企业为纳税义务人，职工个人不缴纳奖金税。《集体企业奖金税暂行规定》和《事业单位奖金税暂行规定》规定的纳税人也为企业或单位，职工个人不缴纳奖金税。

2. 缴纳比例。《国营企业奖金税暂行规定》规定的分级税率如下：全年发放奖金总额不超过标准工资两个半月的，免税；全年发放奖金总额超过标准工资两个半月至四个月的部分，税率为 30%；全年发放奖金总额超过标准工资四个月至六个月的部分，税率为 100%；全年发放奖金总额超过标准工资六个月的部分，税率为 300%。《集体企业奖金税暂行规定》规定集体企业奖金税的征收和管理，比照《国营企业奖金税暂行规定》办理。集体企业计算奖金税的工资标准，凡执行国营同行业企业工资标准的，比照国营同行业企业工资标准计算。未按国营同行业企业工资标准执行的，每人每月工资统一按六十元计算；超过部分，视同发放奖金。事业单位的奖金税的纳税比例一律比照国营企业，按超额累进税率征收。全年发放奖金总额超过规定免税限额一个月基本工资以内的部分，税率为30%；全年发放奖金总额超过规定免税限额一个月以上至二个月基本工资的部分，税率为100%；全年发放奖金总额超过规定免税限额二个月基本工资以下的部分，税率为300%。

3．免税情形。《国营企业奖金税暂行规定》还明确了免缴奖金税的情形：一是发给矿山采掘工人、搬运工人、建筑工人的奖金；二是按国家规定颁发的创造发明奖、合理化建议和技术改进奖、自然科学奖；三是经批准试行的十种特定的燃料、原材料（有色金属、优质钢材、汽油、柴油、重油、原油、焦炭、煤炭、电力、木材）节约奖；四是外轮速遣奖；五是其他经国务院批准免缴奖金税的单项奖金。

（二）对实行“工效挂钩”的企业征收调节税

为配合国有企业工资制度改革，1985年7月，国务院发布《国营企业工资调节税暂行规定》，决定从1985年开始征收工资调节税。

1．征税对象。文件明确，凡按照国务院关于国营企业工资制度改革的规定，实行工资总额随经济效益挂钩浮动的国营企业，都应依照本规定缴纳国营企业工资调节税。工资调节税以企业为纳税义务人。

2．征税税率。税率采取超率累进制，1985年开征时规定为4个级距，当年工资增长总额不超过国家核定的上年工资总额7%以内的部分，免税；超过7%—12%的部分，税率为30%；超过12%—20%的部分，税率为100%；超过20%的部分，税率为

300%。1987 年在奖金税调整税率的同时，工资调节税调整为 5 个级距，即当年工资增长总额占核定上年工资总额 7%以内的部分免税；超过 7%—13%的部分，税率为 20%；超过 13%—20%的部分，税率为 50%；超过 20%—27%的部分，税率为 100%；超过 27%的部分，税率为 200%。

（三）开征个人收入调节税

随着经济体制改革和有计划的商品经济的发展，人民收入水平显著提高，个体之间的收入差距开始扩大。1986 年 9 月 25 日，国务院公布《中华人民共和国个人收入调节税暂行条例》(以下简称《暂行条例》)，开始征收个人收入调节税。

1. 征税对象。《暂行条例》规定，纳税义务人是具有中国国籍、户籍，并在中国境内居住，取得条例规定纳税收入的公民。

2. 收入计算范围。一是工资、薪金收入，是指从机关、团体、部队、学校、企业、事业单位、个体工商业户以及其他单位和个人取得的工资、薪金、奖金、年终加薪、劳动分红以及各类津贴、补贴的收入。二是承包、转包取得的收入，是指对国营、集体、联营企事业单位实行承包、转包、承租取得的个人收入。三是劳务报酬收入，是指从事设计、安装、制图、化验、测试、医疗、法律、会计、讲学、办学、新闻、广播、书画、雕刻、影视、录音、录像、戏剧、音乐、舞蹈、杂技、曲艺、体育、展览、咨询、技术服务、介绍服务等项取得的收入。四是财产租赁收入，是指出租房屋、机器、设施、车船以及其他动产、不动产的收入。五是专利权的转让、专利实施许可和非专利技术的提供、转让取得的收入。六是投稿、翻译收入，是指稿酬、审稿及翻译取得的收入。七是利息、股息、红利收入，是指存款、贷款及各种债券的利息收入以及投资的股息、红利收入。八是其他收入。

奖金税、工资调节税和个人收入调节税制度是计划经济向市场经济转型的过程中，国家对工资进行宏观调控管理的重要手段，改变了计划经济下以行政手段直接决定工资的管理模式，转向用经济的手段为主调节工资收入分配，对促进工资制度改革发挥了重要作用。

第三节　适应社会主义市场经济体制的工资制度的初步建立

一、1993年国家机关和事业单位工资制度改革

（一）改革的背景

1. 建立市场经济体制的需要。1993年工资制度改革，是在我国深化经济体制改革，加快建立社会主义市场经济体制的大背景下进行的，是根据改革开放和建立社会主义市场经济的要求，进一步深化经济体制改革，贯彻按劳分配原则、克服平均主义需要而开展的，是1985年以来工资制度改革的继续和完善。党的十四大要求“加快工资制度改革，逐步建立起符合企业、事业单位和机关各自特点的工资制度与正常的工资增长机制”。这次改革的目的是在总结和吸收前两次工资制度改革经验的基础上，结合机构改革和公务员制度的推行，对机关工资制度相应进行改革，建立符合自身特点的职务级别工资制度，事业单位要逐步建立符合自身特点的工资制

度，以利于进一步调动机关、事业单位工作人员的积极性，提高工作效率，更好地为改革开放和经济建设服务。[①]

2. 建立和推行国家公务员制度的客观需要。1993 年，国务院公布《国家公务员暂行条例》，目的是“实现对国家公务员的科学管理，保障国家公务员的优化、廉洁，提高行政效能”。公务员工资制度是公务员管理的重要环节，建立公务员制度需要建立与之相适应的工资制度以保证公务员制度的有效运转。在这种条件下，1993 年的工资制度改革是作为建立公务员制度的配套改革出台的，是根据公务员制度改革的总体要求进行的。配合机关工资制度改革，也相应改革了事业单位的工资制度。

3. 对 1985 年工资制度进行完善。1985 年工资制度改革后，在多年的运行中，工资制度存在一些不适应社会主义市场经济改革需要的内容。一是缺乏正常的增资机制。1956 年和 1985 年两次工资制度改革都提出要建立正常的晋级增资制度，但由于缺乏诸如对升级年限、升级办法等方面的具体规定，因而实际上没有实现。二是过分强调职务因素。工资构成中的大部分与职务挂得太紧，客观上造成了只有提升职务才能增加工资的局面。同时，以职务作为衡量劳动的唯一尺度，单纯依靠职务提升来求得工资提高的做法，又不可避免地成为机构升格和滥提职务的诱因。三是工资中的平均主义仍然严重。工资构成中相当一部分是平均发放，工资职能难以发挥。在业已偏低的工资收入中，各种津贴、补贴逐年增多，工资构成中的基础工资和奖励工资的部分，大都平均发放。四是工资制度

① 熊亮：《中华人民共和国工资制度 70 年——经验、传承和创新》，《中国人事科学》，2019 年 10 期。

未能体现各类人员特点。机关和事业单位实行同一种工资制度，不能很好地体现各类人员的工作特点，带来不少矛盾，不利于调动工作人员的积极性。工资制度本身所存在的缺陷，不仅使工资制度的运行处于非良性循环状态，按劳分配原则难以得到有效贯彻，而且由此引起了一系列的其他问题，产生了一些消极影响。

在上述背景下，中央决定在全国推行机关工资制度改革，对事业单位工资制度也进行了配套的改革。1993 年 11 月，国务院印发《关于机关和事业单位工作人员工资制度改革问题的通知》，配发了《机关工作人员工资制度改革方案》和《事业单位工作人员工资制度改革方案》，开启了 1993 年的工资制度改革。1993 年 12 月，国务院办公厅下发《关于印发机关、事业单位工资制度改革三个实施办法的通知》，配发《机关工作人员工资制度改革实施办法》《事业单位工作人员工资制度改革实施办法》《机关、事业单位艰苦边远地区津贴实施办法》，对工资改革进行了具体部署。1994 年 1 月，人事部印发了《关于机关、事业单位工资制度改革实施中若干问题的规定的通知》，对改革中的一些具体问题进行了规定。

（二）改革的指导思想和基本原则

1993 年机关事业单位工资制度改革的总的指导思想是：根据党中央和国务院的部署和党的十三届七中全会、十四大和八届人大一次会议精神，适应改革开放和建立社会主义市场经济体制的需要，转换机关、事业单位的工资分配机制，逐步建立符合机关和事业单位各自特点的工资制度与正常的工资增长机制，进一步贯彻按劳分配原则，克服分配中的平均主义，使工作人员的报酬与其实际贡献相一致。

1. 机关工作人员工资制度改革的基本原则。一是贯彻按劳分配原则，克服平均主义，建立符合机关特点的工资制度。二是机关工作人员的工资应根据国民经济的发展，有计划地增长，并在此基础上建立正常增资制度。三是机关与企业、事业单位实行不同的工资制度，机关工作人员的平均工资水平要与企业相当人员的平均工资水平大体持平，保持合理的比例关系。四是机关工作人员的工资，应根据职工生活费用价格指数的变动情况定期进行调整，保障工作人员的实际生活水平不因物价上涨而降低。同时，将部分工资外补贴纳入工资。五是改革地区工资类别制度和津贴制度。根据不同地区的自然环境、经济发展水平和物价等因素，实行不同的地区津贴；对在特殊岗位上工作的人员实行岗位津贴。发挥工资的导向和激励作用，鼓励人们到边疆、艰苦地区和艰苦岗位工作。

2. 事业单位工作人员工资制度改革的基本原则。由于事业单位类别多、单位多、人员多，特别是专业技术人员多，事业单位工资制度改革又是第一次建立独立的适应事业单位特点的工资制度，改革难度更大。1992 年 1 月 13 日，人事部会同国家教委、国家科委、卫生部、中科院等 23 个部门共同成立了事业单位工资制度改革小组，研讨工资改革的原则和方案。经过三年多的调研，形成了事业单位工资改革的总体思路。一是在科学分类的基础上，依据按劳分配原则建立体现不同类型、不同行业特点的事业单位工资制度，与机关的工资制度脱钩。二是引入竞争、激励机制，加大工资中活的部分的比例。通过建立符合事业单位不同类型、不同行业自身特点的津贴、奖励制度，使工作人员的报酬与其实际贡献紧密结合起来，克服平均主义。同时将一部分物价、福利性补贴纳入工资。三是建立正常增加工资的机制，使工作人员的工资水平随着国民经济的发展有计划地增长，并与企业相当人员的工资水平大体持平。四是在国家宏观调控的前提下，对不同类型的事业单位实行分类管理，使工资管理体制逐步适应事业单位发展的需要。五是发挥工资导向作用，对到艰苦边远地区及在苦、脏、累、险岗位工作的人员，在工资政策上给予倾斜。同时，通过建立地区附加津贴制度，理顺地区工资关系。

（三）主要改革内容

1. 国家机关实行职级工资制。机关工作人员的工资由职务工资、级别工资、基础工资和工龄工资四个部分组成。其中，职务工资和级别工资是职级工资构成的主体。

一是职务工资。职务工资是按工作人员的职务高低、责任轻重和工作难易程度确定，是职级工资制中体现按劳分配的主要部分。在职务工资标准中，每一职务层次设置若干工资档次，工作人员按担任的职务确定相应的职务工资，并随着职务及任职年限的变化而变。

二是级别工资。级别工资是按工作人员的资历和能力确定的，也是体现按劳分配的主要部分，机关工作人员的级别共分十五级，一个职务对应若干个级别，上下交叉，一个级别设置一个工资标准。工作人员按照所任职务及所在职位的责任大小、工作难易程度以及德才表现、工作实绩和工作经历确定级别，并执行相应的级别工资标准。

三是基础工资。基础工资是按大体维持工作人员本人基本生活的费用来确定的，各职务人员均执行相同的基础工资，数额为每人每月 90 元。

四是工龄工资。工龄工资是按工作人员工作年限来确定的，主要体现工作人员的积累贡献，工作年限每增加一年，工龄工资增加1元，一直到离退休当年为止。

此外，机关工人根据其劳动特点，技术工人实行岗位技术等级工资制，其工资由岗位工资、技术等级工资和奖金三部分组成；普通工人实行岗位工资制，其工资由岗位工资和奖金两部分组成。

2. 事业单位实行多种工资制度。事业单位由于行业多，情况比较复杂，工作性质和特点也不相同，按照情况相似又便于管理的原则，专业技术人员分别实行了五种不同类型的工资制度。

第一类是对教育、科研、卫生、农业、林业、水利、气象、地震、设计、新闻、出版、广播电影电视、技术监督、商品检验、环境保护以及图书馆、博物馆、档案馆等事业单位的专业技术人员，根据其专业技术人员比较集中，工作人员的水平、能力、责任和贡献主要通过专业技术职务来体现的特点，实行了专业技术职务等级工资制。专业技术职务等级工资制由专业技术职务工资和津贴两部分组成。

第二类是对地质、测绘和交通、海洋、水产等事业单位，根据其在野外或水上作业，具有条件艰苦、流动性大和岗位责任明确的特点，实行了专业技术职务岗位工资制。专业技术职务岗位工资制由专业技术职务工资和岗位津贴两部分组成。

第三类是对文化艺术表演团体，根据艺术表演人员成才早、舞台青春期短，新陈代谢快的特点，实行了艺术结构工资制。艺术结构工资制由艺术专业职务工资、表演档次津贴和演出场次津贴三部分组成。

第四类是对各级优秀体育运动队的运动员，根据竞争性强、淘汰快、在队时间短、退役后要重新分配工作的特点，实行了体育津贴、奖金制。其构成主要分为体育基础津贴、运动员成绩津贴和奖金三部分。

第五类是金融单位，根据其职能和金融工作的特点，实行职员等级工资制。

事业单位的管理人员，其工作性质不同于专业技术人员，同机关行政人员也有差别，因此，根据其自身特点，在建立职员职务序列的基础上，实行职员职务等级工资制。考虑到事业单位的特点和更好地发挥工资的保障和激励作用，事业单位的工资构成分为固定部分和活的部分两块：固定部分，主要体现工作人员的水平高低、责任和贡献大小；活的部分，主要体现工作人员实际工作量的多少。由于单位资金来源不同，其工资构成中固定部分和活的部分的比例也不同。全额拨款事业单位固定部分与活的部分的比例为7：3，差额拨款事业单位的比例为6：4，自收自支事业单位根据本单位的实际情况，活的部分的比例还可以更高一些。

事业单位的工人，也分为技术工人和普通工人两大类，技术工人实行技术等级工资制，在工资构成上，分为技术等级工资和岗位津贴两部分，技术等级工资是工资构成中的固定部分，主要体现技术工人技术水平的高低和工作能力的大小，岗位津贴是工资构成中活的部分，主要体现技术工人实际工作量的大小和岗位的差别；普通工人实行等级工资制，在工资构成上分为等级工资和津贴两部分，等级工资是工资构成中的固定部分，津贴是工资构成中活的部分，主要体现普通工人实际工作量的大小和工作表现的差异。

3. 实现机关和事业单位工资制度的脱钩。在计划经济条件下，企业和机关、事业单位工资是一个整体，国家对企业和机关、事业单位工资是统一进行管理的。企业、机关、事业单位工资的脱钩，是伴随着改革开放提出和逐步推进的一项改革措施，是与整个经济管理体制改革相适应的一项重要改革。

1985 年工资改革后，机关和事业单位均实行以职务工资为主的结构工资制，而事业单位的结构工资制度是比照国家机关制定的，没有体现事业单位自身的特点，也不符合各类专业人才的成长规律，不利于事业单位的改革和发展。为此，1993 年的工资改革把机关和事业单位工资脱钩作为改革的重要内容和新工资制度的重要特点。

一是机关和事业单位实行不同的工资制度。对机关，根据其特点和实际情况，建立起了既考虑职务高低、责任大小，又兼顾资历和贡献的职级工资制。对事业单位专业技术人员，依据其工作特点的不同，建立了五种不同的工资制度，对于事业单位的管理人员，实行职员职务等级工资制度。

二是机关和事业单位实行差别化的工资结构。机关的工资结构包括职务工资、级别工资、基础工资和工龄工资。事业单位的工资构成总体包括固定部分和活的部分两块，固定部分体现水平高低、责任和贡献大小，活的部分体现工作人员实际工作量的多少，同时对于不同单位固定部分和活的部分的比例也有差异，全额拨款单位的比例为 7∶3，差额拨款单位为 6∶4，自收自支单位可根据单位的实际情况，活的部分比例还可以更高。

三是对机关事业单位实行不同的工资管理办法。这次改革根据机关和事业单位的不同特点，实行了不同的管理模式，其中，对于事业单位又根据不同的经费来源，实行了不同的管理办法。对于全额拨款事业单位执行全国统一的工资制度和标准，在核定编制的基础上，实行工资总额包干，增人不增工资总额，减人不减工资总额。对于差额拨款事业单位根据经费自立程度，实行工资总额包干或其他符合自身特点的管理办法，促使其逐步减少财政拨款，向经费自理过渡。自收自支事业单位，有条件的可以实行企业化管理或企业工资制度，做到自主经营，自负盈亏。此外，事业单位还有津补贴分配的一定自主权，在国家核定的津补贴总额控制范围内，各单位自定津补贴项目、档次、标准和发放办法。

除建立了体现机关、事业单位不同特点的工资制度外，在事业单位的工资管理体制上，也按照“政事分开、分类指导”的原则进行了设计。事业单位的工资改革除实行了体现事业单位不同特点的工资制度外，还根据事业单位特点和经费来源的不同，实行了不同的管理办法。对全额拨款单位，执行国家统一的工资制度和工资标准。这些单位在核定编制的基础上，可实行工资总额包干，增人不增工资总额，减人不减工资总额，节余的工资，单位可自主安排使用。差额拨款单位，按照国家制定的工资制度和工资标准执行。差额拨款单位根据经费自立程度，按照国家有关规定，实行工资总额包干或其他符合自身特点的管理办法，促使其逐步减少国家财政拨款，向经费自收自支过渡。自收自支单位，有条件的可实行企业化管理或企业工资制度，做到自主经营，自负盈亏。

4．建立工资正常增长机制。建立正常的增资机制是这次工资制度改革的重要内容。1956 年和 1985 年的工资制度改革均提出建立正常增资机制，但由于缺乏对升级年限、升级办法等方面的具体规定，实际上没有实现正常增资。工作人员的工资增长，只能依靠不定期的调资来实现，不能随着国民经济的发展，有计划地增长。这次工资改革，为了使机关、事业单位工作人员的工资逐步走上正常增长的轨道，保证新工资制度的正常运转，明确提出要建立正常增资机制，并将其作为工资改革的重要原则。在具体增资渠道和办法上，机关和事业单位有所不同。

机关、事业单位工作人员正常增长工资的渠道主要有：一是晋升职务工资档次。机关工作人员在严格考核的基础上考核成绩为称职以上的，每两年可以在本职务工资标准内晋升一个工资档次。全额拨款和差额拨款的事业单位，在严格考核的基础上，凡考核合格的，每两年晋升一个工资档次，对少数考核优秀并作出突出贡献的专业技术人员，可提前晋升或越级晋升；自收自支的事业单位，可参照企业的办法，在国家政策规定的范围内，根据其经济效益增长情况，自主安排升级。二是晋升职务、级别增加工资。工作人员晋升职务时，按晋升的职务相应增加工资。机关工作人员晋升级别，也可相应增加级别工资，即工作人员连续五年考核称职或连续三年考核优秀的，在本职务对应的级内晋升一个级别，副部长及以上人员，任职超过五年的，晋升一个级别。机关工作人员的工龄工资随工作年限增长而增加。三是定期调整工资标准。为保证机关、事业单位工作人员的实际工资水平不下降并随着经济的发展逐步增长，根据经济发展情况、企业相当人员工资水平状况和物价指数变动情况，定期调整机关、事业单位工作人员的工资标准。工人工资制度也相应建立了正常增资机制。

建立正常增资机制是1993年机关事业单位工资制度改革的一个重大突破。通过建立正常增资机制，拓宽了工作人员的增资渠道，晋升职务不再是增加工资的唯一途径，有利于克服人人都去争职务、争职称的现象，鼓励工作人员安心做好本职工作。

5. 废除工资区制度，改行地区津贴制度。我国地域辽阔，地区间生活条件和经济社会发展水平差异很大。因此，在实行统一的工资政策、制度和标准的前提下，有必要建立体现地区差异的工资制度。1993 年之前，我国调整地区工资关系的主要制度是工资区制度。这套制度在 1956 年工资改革中确定，将全国分为 11 类地区，并在 1985 年的工资改革中被简化。1993 年的工资制度改革，废除了工资区制度，根据不同地区的自然环境、物价水平及经济发展等因素，结合对地区工资补贴的调整，建立地区津贴制度。地区津贴分为艰苦边远地区津贴和地区附加津贴。其中，艰苦边远地区津贴主要体现地区自然环境的差异，地区附加津贴主要体现地区经济发展水平和生活水平的差异。

艰苦边远地区津贴，根据不同地区的地域、海拔、气候以及当地物价等因素确定。艰苦边远地区津贴标准，是将工资区类别补贴、地区生活费补贴、高原地区临时补贴和地区性津贴等归并，然后划分为四类，各类标准在归并的津贴、补贴基础上再适当予以提高。建立艰苦边远地区津贴，体现了不同地区在自然地理环境等方面的差异，是对艰苦边远地区现行特殊工资政策的改进和完善，更利于发挥工资的补偿和导向作用。

地区附加津贴，根据各地区经济发展水平和生活费用支出等因素，同时考虑机关工作人员工资水平与企业职工工资水平的差距确定。实行地区附加津贴，使不同地区的机关工作人员工资的提高与经济发展联系起来，允许省、自治区、直辖市运用地方财力安排一些工资性支出，用于缩小机关工作人员工资水平与当地企业职工工资水平的差距，鼓励机关工作人员为国家和本地区的经济发展多做贡献。地区附加津贴在 1994 年适当时候出台。为了实施地区津贴制度，在方案下发的同时，对现行的津贴进行了整顿，合理的项目除按国家规定纳入职级工资标准外，其余部分保留，不合理的项目予以取消。需要新建或提高标准的，按规定履行审批手续。但由于种种原因，该项制度到目前为止尚未正式实施。

二、改革后的工资调整工作

1993年工资改革后建立的这套工资制度共运行了13年，直到2006年国家又进行了一次工资制度改革。在这期间，国家先后5次调整了工资标准，优化了工资关系。

第一次，从1997年7月1日起，机关行政人员基础工资标准由每人每月90元提高到每人每月110元。

第二次，从1999年7月1日起，机关行政人员基础工资标准由每人每月110元提高到每人每月180元，级别工资标准由十五级至一级每人每月55元至470元提高到每人每月85元至720元。

第三次，从2001年1月1日起，机关行政人员基础工资标准由每人每月180元提高到每人每月230元，级别工资标准由十五级至一级每人每月85元至720元提高到每人每月115元至1166元。

第四次，从2001年10月1日起，机关各职位层次职务工资起点标准由最低每人每月50元至最高480元提高到每人每月100元至850元。

第五次，从2003年7月1日起，机关行政人员各职务起点工资标准由每人每月100元至850元提高到每人每月130元至1150元，其他各职务工资档次标准相应提高。

三、深化国有企业工资分配制度改革

（一）探索国有企业经营者年薪制改革

早在20世纪90年代初期，我国就先后在北京、上海、深圳、福建、四川等省市进行经营者年薪制试点工作。1992年，上海市轻工局选择英雄钢笔厂、上海油墨厂、上海纸箱厂三家企业作为经营者年薪制试点单位，拉开了经营者年薪制改革的大幕。自此，企业经营者年薪制试点工作在全国各地迅速开展起来。1994年9月，深圳推出《试点企业董事长、总经理年薪制办法》，江苏、四川、福建、湖北、河南等省份也开始进行年薪制试点，大部分省份都制定了年薪制试点办法。1997年5月，劳动部正式决定在百家国有企业推广年薪制试点工作，至年底，全国试点企业超过一万家。

党的十五大和十五届四中全会正式确定国有企业推行年薪制。党的十五大提出要在分配结构和方式上“坚持按劳分配为主体、多种分配方式并存的制度，把按劳分配和按生产要素分配结合起来，坚持效率优先、兼顾公平”。党的十五届四中全会提出建立和健全国有企业经营管理者的激励和约束机制，实行经营管理者收入与企业总体经营业绩挂钩，少数企业试行经理年薪制、持有股权等分配方式。党的十五届五中全会进一步指出，要建立健全收入分配的激励和约束机制，对企业领导人和科技骨干实行年薪制和股权、期权试点。

各地年薪制的试点工作主要在国有企业、国有独资公司和国有控股公司进行，实行年薪制的经营者为厂长（经理），党委书记和董事长的工资收入比照年薪制办法执行。年薪收入一般分为基本年薪和效益年薪两个部分，基本年薪按企业和地区平均工资的一定倍数确定，分月预付；效益年薪同经营者的经营管理业绩挂钩，主要指标有国有资产保值增值率、实现利润、资本收益等，年终经考核审批后兑现。

经过十年左右的改革，经营者年薪制试点已经扩大到全国大部分省市。年薪制对于强化经营者责任感，促进企业建立工资增长的自我约束机制、增强企业经营者收入透明度，建立现代企业制度等都起到了积极作用，取得了较好的成效。

（二）深化“工效挂钩”制度改革

1992 年，国务院公布《全民所有制工业企业转换经营机制条例》，进一步明确坚持“工效挂钩”政策，企业的工资总额依照政府规定的工资总额与经济效益挂钩办法确定，企业在相应提取的工资总额内，有权自主使用、自主分配工资和奖金。为了贯彻《全民所有制工业企业转换经营机制条例》的要求，1993 年，劳动部等五部委发布《国有企业工资总额同经济效益挂钩规定》（以下简称《规定》），进一步对“工效挂钩”政策进行了细化规定，明确提出“工资总额同经济效益挂钩是向社会主义市场经济体制转换过程中，确定和调控企业工资总量的主要形式”。《规定》还明确了经济效益指数及其基数、工资总额基数、浮动比例、工效挂钩的管理等具体内容。

1. 明确了“两个基数”。一是经济效益指标基数，一般以企业上年实际完成数为基础，剔除不可比因素或不合理因素，并参照本地区同行业平均水平进行核定。二是工资总额基数，原则上以企业上年劳动工资统计年报中的工资总额为基础核定，实行增人不增工资总额、减人不减工资总额的办法。

2．坚持“两个低于”原则。《规定》明确提出，企业实行工效挂钩办法，必须坚持工资总额增长幅度低于本企业经济效益增长幅度、职工实际平均工资增长幅度低于本企业劳动生产率增长幅度的原则。

工效挂钩政策将职工工资调整与企业经济效益、职工本人实际劳动成果相挂钩，促进了生产发展和经济效益提高。到20世纪90年代中期，全国以各种形式实行工效挂钩的国营企业达9.5万多户，职工近4000万人，已超过国营企业职工总数的一半。在全部挂钩企业中，实行同上交税利挂钩的企业占20%，与实现税利挂钩的占42%，实行吨煤工资含量包干的占10%，实行百元产值工资含量包干的占6%，实行复合指标等其他形式挂钩的占23%，实行企业工资总额同经济效益挂钩的办法，在当时得到了企业的拥护，取得了一定的成效，主要表现在：

一是企业工资的决定机制开始发生重大变化。企业工资水平的高低及其增长，过去取决于国家分配工资指标，实行企业工资总额同经济效益挂钩后，主要是取决于企业自身的经济效益。企业之间因经济效益高低不同，而逐步拉开了工资水平。实行工效挂钩，打破了在工资分配上企业吃国家“大锅饭”的状况。尽管实行工效挂钩的企业，其工资总额的基数和经济效益的基数，以及工资浮动的比例的确定，还要经过国家与企业间的一对一的谈判，但毕竟是通过工效挂钩这一模式，开始引入了市场机制，把计划决定机制与市场决定机制结合起来。由过去体现着行政指令的单一的计划决定机制向计划与市场机制的结合过渡，为进一步过渡到社会主义市场经济决定机制创造了条件。

二是促进企业转换经营机制，增强企业活力和提高经济效益。

由于工效挂钩与承包经营责任制相结合，较好地解决了现阶段我国国营企业的动力机制，承包经营责任制解决的是国家与企业的利润分配关系，而工效挂钩则是解决企业工资总量的决定机制。如果只承包不挂钩，仍然不能激励广大职工为实现承包目标而努力。承包经营责任制与工效挂钩相结合，较好地解决了国家、企业、职工三者利益关系。从而增强了工资的激励职能，促进了企业经济效益的提高，效益普遍好于国营预算内企业一倍左右。不少企业出现了增产、增收，减少盲目增人的势头，据统计，全国挂钩企业增加职工全年控制在 1%以内，低于全国职工人数每年增长 3.5%的水平。比如，铁路运输企业、邮电企业和煤炭企业的劳动生产率都得到了较大的提高。

三是工效挂钩为落实企业内部分配自主权创造了条件。企业实行工效挂钩后，建立了企业工资总量的正常增长机制，企业工资总量随效益增长的效益工资，可以由企业自主安排，使企业有了工资分配的主动权，企业可以预测根据自身经济效益的增长幅度而增长的工资，做到心中有数。同时为企业搞活内部分配提供了资金来源，企业可以在核实的工资基数和按规定提取的效益工资的范围内，在企业内部微观层次上，采取多种分配形式和分配办法，搞活内部分配，还可进行企业内部基本工资制度改革。有利于贯彻落实按劳分配原则，打破原有企业内部的分配格局，打破平均主义“大锅饭”，发挥工资的经济杠杆作用。

四是工效挂钩加强了国家对企业工资的宏观调控和建立企业工资的自我约束机制。实行工效挂钩，使企业既有动力，又有压力。企业只有提高经济效益，才能增加工资。这一改革不仅促进了企业的自我激励机制，也能使企业加强自我约束机制。多数企业在实行效益工资时，一般都留有余地，普遍建立了工资储备基金，使企业在生产经营陷入困难的时候可以“以丰补歉”，对稳定企业职工、承受物价变动的影响发挥了较好的作用。

（三）推行岗位技能工资制度

改革开放初期，我国企业工资和机关事业单位都执行等级工资制度，个人资历成为工资的决定因素，造成了技级不符、职级不符、劳酬脱节等问题。1985 年后，企业工资开始和机关事业单位工资“脱钩”，探索适合企业特点的工资制度。在这个过程中，始于 20 世纪 90 年代初*的岗位技能工资制度的探索具有重要的意义。岗位技能工资制度是以按劳分配为原则，以加强工资宏观调控为前提，以劳动技能、劳动责任、劳动强度和劳动条件为基本劳动要素评价基础，以岗位工资、技能工资为核心，以工龄工资、特种工资、效益工资为辅助，以职工实际劳动贡献来确定劳动报酬的企业工资制度。

* 岗位技能工资制的主要文件虽然都是在 1993 年之前印发的，但主要的试点工作及推广工作均在 1993 年之后，其对 1993 年之后的企业工资制度的影响更为深远，因此将这一部分内容归入本节。

1991 年，我国开始在企业推行岗位技能工资制度，力图使之成为企业内部分配的主要形式和基本工资制度。1991 年制定的“八五”计划纲要提出，在企业逐步实行以岗位技能工资制为主要形式的内部分配制度。1992 年 1 月 7 日，劳动部印发《关于进行岗位技能工资制试点工作的通知》，并确定了第一批共 100 户试行岗位技能工资制重点联系企业名单。为了加强对试点企业的指导，1992 年 5 月 20 日，劳动部又印发了《关于搞好岗位技能工资制试点工作有关问题的意见》，明确岗位技能工资制改革要从岗位（职位）劳动评价、工资单元设置、岗位技能工资标准和工资分配形式四个方面开展。

1. 岗位（职位）劳动评价。岗位技能工资是以按劳分配为原则，以加强工资宏观调控为前提，以劳动技能、劳动责任、劳动强度和劳动条件等基本劳动要素评价为基础，以岗位、技能工资为主要内容，按职工实际劳动贡献（劳动质量和数量）确定劳动报酬的企业基本工资制度。它是企业内部分配制度的主体和基础。岗位技能工资是一个系统工程，包括劳动评价体系、基本工资单元和工资标准的确定，辅助工资单元的设置等方面，还涉及运行机制的建立以及加强宏观调控和配套改革措施。

2. 工资单元设置。岗位技能工资制主要由技能工资、岗位（职务）工资两个单元构成，这是国家确认的职工基本工资。其中，技能工资是根据不同岗位、职位、职务对劳动技能的要求同时兼顾职工所具备的劳动技能水平而确定的工资。岗位（职务）工资是根据职工所在岗位或所任职务、所在职位的劳动责任轻重、劳动强度大小和劳动条件好差并兼顾劳动技能要求高低确定的工资。

3. 岗位技能工资标准。从行业，企业岗位劳动测评和资金税利率、人均税利率、劳动生产率高低等情况出发，兼顾国家和地方财政承受能力和多数企业经济承受能力，并结合考虑现行工资关系，在国家拟定的全民所有制大中型企业职工基本工资（岗位技能工资）参考标准的范围内，合理确定各主要行业和不同地区的岗位技能工资标准水平。

4. 工资分配形式。企业可以根据生产经营特点对岗位技能工资制辅以灵活多样的具体分配形式，如计件工资、定额工资、浮动工资、提成工资、奖金、津贴等，把基本工资制度与具体分配形式有机地结合起来，根据对职工劳动质量和数量的考核，浮动计发职工的实际工资，使工资分配既要反映职工潜在的技能差别和静态的岗位差别，更要反映职工实际劳动贡献和劳动成果的差别。

岗位技能工资制度的推行对于打破企业内部分配上的“铁饭碗”、“大锅饭”，贯彻按劳分配原则，调动职工积极性，提高劳动生产率和企业经济效益发挥了积极的作用。随着社会主义市场经济体制的逐步确立和国有企业改革的不断深入，各地在认真总结以岗位技能工资制为主的内部分配制度改革经验的基础上，根据不同企业的生产经营特点，在实践探索中形成了岗位绩效工资制、岗位薪点工资制度和按市场价位付酬等新的工资分配制度，进一步搞活了不同类型企业的内部分配。

四、建立企业工资宏观调控体系

计划经济体制下，工资分配的权限高度集中于国家，国家统一制定工资制度和工资标准，统一调整工资标准，统一安排工资升级，企业严格按照国家制定的工资政策支付工资。在这种制度下，国家对工资的管理是微观的管理，深入企业的内部。随着市场经济体制的确立，国家在微观工资分配上的职能逐渐退出，企业成为内部分配的主体。在这种情况下，国家对企业工资的管理更多的是宏观调控。这种调控的目的，更多的是弥补市场的不足，确保全社会工资增长与国民经济总体发展相适应，防止收入差距过大，引导形成合理的工资收入分配关系。

按照建立社会主义市场经济体制的要求，1993 年 12 月，劳动部公布了《关于建立社会主义市场经济体制时期劳动体制改革总体设想》，对劳动、就业、工资分配、社会保障等相关领域的改革方向均有较为详细的论述。[1]在企业工资的分配上，明确提出企业工资制度改革的目标是，建立“市场机制决定、企业自主分配、政府监督调控”的模式。政府的主要职能是综合运用法律、经济和行政等手段，控制工资总水平，调节收入分配关系，维护社会公平。按照这一设想，我国逐步搭建了工资分配的法律体系，建立了涵盖最低工资制度、工资指导线制度、劳动力市场工资指导价位制度在内的工资宏观调控制度体系。

（一）最低工资制度

改革开放后，部分地区开始试行最低工资制度。1984 年，我国宣布承认国际劳工组织第 26 号公约《制定最低工资确定办法公约》。1988 年 8 月，广东省颁布《广东省经济特区劳动条例》，明确特区最低工资制度标准由特区所在市人民政府决定，劳动局公布实施。1989 年 11 月，珠海市率先通过立法设定了最低工资标准，深圳、广州、江门等地也相继出台了相关措施。1993 年，劳动部制定颁布了《企业最低工资规定》，对最低工资的内涵、确定调整办法、管理制度等做了详细规定，这是我国最低工资保障制度方面的第一个全国性规章，具有重要意义。1994 年 7 月通过的《中华人民共和国劳动法》（以下简称《劳动法》）进一步明确“国家实行最低工资保障制度”，首次将最低工资制度上升到国家法律层面，增强了最低工资制度的权威性和强制力。1994 年 10 月，劳动部印发《关于实施最低工资保障制度的通知》，要求贯彻《劳动法》

---

① 谭中和等：《中国工资收入分配改革与发展（1978~2018）》，北京：社会科学文献出版社，2019 年版，第 64 页。

关于实行最低工资保障制度的精神，同时对《企业最低工资规定》做出适当修正和补充。最低工资制度的实施，对于保护劳动者个人及家庭成员的基本生活和劳动者的合法权益、建立健全国家工资宏观调控体系、促进劳动者素质提高和督促企业公平竞争都具有重要意义。

2004 年 1 月，原国家劳动和社会保障部公布了《最低工资规定》，正式在全国范围内施行最低工资制度。相对于 1993 年的《企业最低工资规定》，《最低工资规定》在以下几个方面做了调整：一是调整了最低工资的内涵，将“加班工资，中班、夜班、高温、低温、井下、有毒有害等特殊工作环境条件下的津贴，法律法规和国家规定的劳动者福利待遇”排除出最低工资范畴；二是拓展了适用范围，除企业外，“民办非企业单位、有雇工的个体工商户和与之形成劳动关系的劳动者以及国家机关、事业单位、社会团体和与之建立劳动合同关系的劳动者”均适用最低工资制度；三是强制了调整周期，明确规定每两年至少调整一次；四是明确了地方政府在调整最低工资政策中的主体责任，由省级政府确定调整方案并报中央部门备案；五是加大了处罚力度，对于违反最低工资规定的，按所欠工资的 1 至 5 倍支付劳动者赔偿金。

（二）工资指导线制度

工资指导线是政府对企业的工资分配进行规范与调控，使企业工资增长符合经济和社会发展要求，促进生产力发展的企业年度货币工资水平增长幅度的标准线。企业工资指导线由基准线、上线和下线构成。它是政府根据当年经济发展调控目标，向企业发布的年度工资增长水平的建议，虽不具有强制约束力，但可作为企业与职工开展工资集体协商以及企业自身合理确定工资增长水平的参考依据。

1994年，劳动部在北京、深圳、成都三个城市进行了工资指导线制度改革试点。1997年，劳动部在总结试点经验的基础上，制定了《试点地区工资指导线制度试行办法》(以下简称《试行办法》)，并将试点范围进一步扩大到包括江苏、江西、山东、广东、湖南、山西、吉林在内的十个地区。《试行办法》明确提出，工资指导线适用于试点地区城镇各类企业。制定工资指导线应遵循三条基本原则，即符合国家宏观经济政策和对工资增长的总体要求，坚持“两低于”原则，结合地区、行业、企业特点，实行分级管理、分类调控的原则，实行协商原则，以劳动行政部门为主，商政府有关部门、工会、企业协会等组织共同制定。工资指导线水平的制定应以本地区年度经济增长率、社会劳动生产率、城镇居民消费价格指数为主要依据，并综合考虑城镇就业状况、劳动力市场价格、人工成本水平和对外贸易状况等相关因素确定。

《试行办法》颁布后，全国各省份陆续建立了工资指导线制度，定期发布工资指导线。根据宏观经济指标和企业效益情况发布企业工资指导线，逐渐成为多数省份进行工资宏观调控的重要工作。同时，各地也对工资指导线制度进行完善，如建立地级市层面的工资指导线制度、发布行业层面的工资指导线等。部分地方还将工资指导线与审批国有企业工资总额等挂钩，提高了工资指导线的效度。

（三）工资指导价位制度

工资指导价位是指劳动保障行政部门定期对各类企业中的不同职业（工种）的工资水平进行调查、分析、汇总、加工，形成各类职业（工种）的工资价位。发布工资指导价位的作用是促进市场均衡工资率的形成，指导企业根据劳动力供求状况和市场价格形成企业内部科学合理的工资分配关系。

1997 年，上海开始对企业中的部分职位工资进行调查，在全国率先发布劳动力市场工资指导价位信息。其后，北京市、成都市等先后向社会发布工资指导价位信息。1999 年，劳动和社会保障部印发《关于建立劳动力市场工资指导价位制度的通知》，指出建立劳动力工资指导价位制度的总目标是，建立以中心城市为依托，广泛覆盖各类职业（工种），国家、省（自治区）、市多层次汇总发布的劳动力市场工资指导价位制度，使之成为科学化、规范化、现代化的劳动力市场的有机组成部分。具体来说，包括三个方面的目标：一是建立规范化的信息采集制度，保证统计调查资料的及时性、准确性；二是建立科学化的工资指导价位制订方法，保证工资指导价位能真实反映劳动力价格，并体现政府宏观指导意图；三是建立现代化的信息发布手段，使工资指导价位直接、及时、便捷地服务于企业和劳动者。总的安排是，1999 年在全国除拉萨外的 35 个大中城市进行，省、自治区还可选择 1 至 2 个具备条件的中心城市参加，2000 年扩大到 100 个劳动力市场“三化”建设试点城市，2001 年在全国所有地级以上中心城市全面建立。

随后，工资指导价位制度的试点范围不断扩大，到 21 世纪初，多数省份的大中城市都建立了工资指导价位制度，2003 年，全国共有 124 个城市发布了工资指导价位。[1] 同时，各地发布的指

① 谭中和等：《中国工资收入分配改革与发展（1978~2018）》，北京：社会科学文献出版社，2019 年版，第 69 页。

导价位的岗位信息也越来越丰富，并且随着新的职业不断出现，部分城市将新职业纳入工资指导价位的发布体系。

（四）搭建社会主义市场经济体制下的工资法律体系

依法治国是市场经济的重要特征，运用法律手段调控工资关系是市场经济国家的常见做法，也是社会主义市场经济体制的重要组成。自确立社会主义市场经济体制的改革目标后，我国加大了工资立法制度，初步搭建了市场经济条件下的工资法律体系。《中华人民共和国劳动法》（1994 年）、《企业最低工资规定》（1993 年）、《工资支付暂行规定》（1994 年）等一系列法律法规出台，对我国工资收入分配改革进程产生了深远影响，为保障工资收入分配改革平稳有序推进起到了重要保障作用。

第四节　工资制度改革持续深化

一、2006 年机关事业单位工资制度改革

（一）改革的背景

1. 规范收入分配秩序。1993 年机关事业单位工资制度改革实施以后，工资制度运行总体平稳，工资政策和措施不断完善。与此同时，随着我国社会主义市场经济体制的建立和各项制度改革的不断深化，1993 年建立的工资制度在运行中逐渐暴露出一些值得引起重视和研究解决的问题。突出表现在：第一，工资收入分配秩序比较混乱。地方和单位在国家统一工资政策外普遍自行出台津贴补

贴，名目繁多，五花八门，资金来源不规范，水平相互攀升，“制度内统一，制度外分散”的分配现象越来越严重，不仅扰乱了工资收入分配秩序，而且导致地区间、单位间不合理的工资收入差距持续拉大。第二，工资收入水平总体偏低。1993 年工资制度改革之后，机关事业单位工作人员的工资水平逐步有所提高，但总体来说仍然偏低。第三，工资制度不尽合理。公务员的基本工资分职务工资、级别工资、基础工资和工龄工资四个部分，切块偏多，各部分不能协调发挥作用，有的部分功能重叠。上述问题的存在，一定程度上影响了机关事业单位工作人员的工作积极性和队伍稳定性，不利于促进转变政府职能和加强党风廉政建设，不利于形成公正合理的收入分配格局。

2.《公务员法》实施。2005 年 4 月 27 日，十届全国人大常委会第十五次会议审议通过了《公务员法》，从 2006 年 1 月 1 日起施行。《公务员法》第十二章“工资保险福利”中第七十三、七十四、七十五和七十八条，从基本原则、主要内容、水平决定和管理等四个方面，对公务员工资制度做出了规定。法律条款明确提出，公务员实行国家统一的职务与级别相结合的工资制度，国家建立公务员工资的正常增长机制，公务员的工资水平应当与国民经济发展相协调、与社会进步相适应。贯彻实施《公务员法》，需要深化公务员工资制度改革。[①]

① 熊亮：《中华人民共和国工资制度 70 年——经验、传承和创新》，《中国人事科学》，2019 年 10 期。

（二）改革的基本原则

1. 公务员工资改革的基本原则。按照党的十六大关于“完善干部职务与职级相结合的制度，建立干部激励和保障机制”的精神和《公务员法》规定，改革公务员现行工资制度，实行国家统一的职务与级别相结合的公务员工资制度，完善机关工人工资制度，形成科学合理的工资水平决定机制和正常增长机制，建立适应经济体制和干部管理体制要求的工资管理体制，实现工资分配的科学化、规范化和法制化。一是贯彻按劳分配原则，进一步理顺工资关系，合理拉开不同职务、级别之间的工资差距。二是坚持职务与级别相结合，增强级别的激励功能，实行级别与工资等待遇适当挂钩。三是健全公务员工资水平正常增长机制，建立工资调查制度，定期调整工资标准，使公务员的工资水平与经济社会发展水平相适应。四是加强工资管理，严格监督检查，有效调控地区工资差距，逐步将地区工资差距控制在合理的范围。

2. 事业单位工作人员收入分配制度改革的基本原则。根据党的十六大和十六届三中全会关于推进事业单位收入分配制度改革的精神，适应深化事业单位改革的要求，改革事业单位现行工资制度，建立符合事业单位特点、体现岗位绩效和分级分类管理的收入分配制度，完善工资正常调整机制，健全宏观调控机制，逐步实现事业单位收入分配的科学化和规范化。一是贯彻按劳分配与按生产要素分配相结合的原则，建立与岗位职责、工作业绩、实际贡献紧密联系和鼓励创新创造的分配激励机制。二是适应事业单位聘用制改革和岗位管理的要求，以岗定薪，岗变薪变，加大向优秀人才和关键岗位的倾斜力度。三是建立体现事业单位特点的工资正常调整机制，使事业单位工作人员收入与经济社会发展水平相适应。四是坚持搞活事业单位内部分配，进一步增强事业单位活力。五是实行分级分类管理，加强宏观调控，规范分配秩序，理顺分配关系。

（三）改革的主要内容

1. 公务员实行职务与级别相结合的工资制度。按照《公务员法》的要求，公务员实行国家统一的职务与级别相结合的工资制度。将公务员基本工资构成由原职务工资、级别工资、基础工资、工龄工资四项调整为职务工资和级别工资两项。职务工资主要体现公务员的工作职责大小，改革后，将职务工资标准由原来的“一职多档”改为“一职一薪”，一个职务对应一个工资标准。同时，为体现岗位职责的差别，领导职务和非领导职务对应不同的工资标准。公务员按所任职务执行相应的职务工资标准。级别工资主要体现公务员的工作实绩和资历。改革后，将原工资构成中体现资历的级别工资、职务工资的档次、工龄工资等因素加以合并，由原来的“一级一薪”改为“一级多档”，每一级别设若干个工资档次。同时，为体现对基层和低职务人员的适当倾斜，对级别设置和职务与级别对应关系作了调整。公务员根据所任职务、德才表现、工作实绩和资历，确定级别和级别工资档次，执行相应的级别工资标准。

2. 事业单位工作人员实行岗位绩效工资制度。事业单位工资由岗位工资、薪级工资、绩效工资和津贴补贴四部分组成，其中岗位工资和薪级工资为基本工资。岗位工资主要体现工作人员所聘岗位的职责和要求。事业单位岗位分为专业技术岗位、管理岗位和工勤技能岗位。专业技术岗位设置 13 个等级，管理岗位设置 10 个等级，工勤技能岗位分为技术工岗位和普通工岗位，技术工岗位设置 5 个等级，普通工岗位不分等级。不同等级的岗位对应不同的工资标准。工作人员按所聘岗位执行相应的岗位工资标准。薪级工资主要体现工作人员的工作表现和资历。对专业技术人员和管理人员设置 65 个薪级；对工人设置 40 个薪级，每个薪级对应一个工资标准。对不同岗位规定不同的起点薪级。工作人员根据工作表现、资历和所聘岗位等因素确定薪级，执行相应的薪级工资标准。绩效工资主要体现工作人员的实绩和贡献。国家对事业单位绩效工资分配进行总量调控和政策指导。事业单位在核定的绩效工资总量内，按照规范的程序和要求，自主分配。事业单位实行绩效工资后，取消年终一次性奖金，将一个月基本工资的额度以及地区附加津贴纳入绩效工资。津贴补贴分为艰苦边远地区津贴和特殊岗位津贴补贴。艰苦边远地区津贴主要是根据自然地理环境、社会发展等方面的差异，对在艰苦边远地区工作生活的工作人员给予适当补偿。艰苦边远地区的事业单位工作人员，执行国家统一规定的艰苦边远地区津贴制度。执行艰苦边远地区津贴所需经费，属于财政支付的，由中央财政负担。特殊岗位津贴补贴主要体现对事业单位苦、脏、累、险及其他特殊岗位工作人员的政策倾斜。国家对特殊岗位津贴补贴实行统一管理。

按照国务院的部署，事业单位绩效工资分三步实施：第一步，落实义务教育法规定，从 2009 年 1 月起在义务教育学校实施；第二步，配合医药卫生体制改革，特别是实施基本药物制度，从 2009 年 10 月起在疾病预防控制、健康教育、妇幼保健、精神卫生、应急救治、采供血、卫生监督等专业公共卫生机构和乡镇卫生院、城市社区卫生服务机构等基层医疗卫生事业单位实施；第三步，其他事业单位从 2010 年开始实施绩效工资。

3. 建立基本工资正常增长制度。这次改革完善了公务员的正常增资办法。主要包括三个方面：第一，晋升职务增加工资。公务员晋升职务后，执行新任职务的职务工资标准，并按规定晋升级别和增加级别工资。原级别低于新任职务对应最低级别的，晋升到新任职务的最低级别；原级别在新任职务对应级别以内的，晋升一个级别。级别工资逐级就近就高套入晋升后级别对应的工资标准。第二，按年度考核结果晋升级别增加工资。公务员年度考核称职及以上的，一般每五年在所任职务对应的级别内晋升一个级别。第三，按年度考核结果晋升级别工资档次。公务员年度考核称职及以上的，一般每两年在所任级别对应的工资标准内晋升一个工资档次。

适应聘用制改革要求，建立了符合事业单位自身特点的基本工资正常调整机制，主要包括正常增加薪级工资、岗位变动调整工资和调整基本工资标准。第一是正常增加薪级工资，办法是年度考核结果为合格及以上等次的工作人员，每年增加一级薪级工资，并从第二年的 1 月起执行。第二是岗位变动调整工资，办法是工作人员岗位变动后，从变动的下月起执行新聘岗位的工资标准。第三是调整基本工资标准，办法是国家根据经济发展、财政状况、企业相当人员工资水平和物价变动等因素，适时调整事业单位工作人员的基本工资标准。基本工资标准的调整由国家统一部署。实际操作中，事业单位工作人员基本工资标准的调整与公务员同步进行，确保两者基本工资水平的大体平衡。

4. 完善地区工资制度。2006 年工资制度改革，在 1993 年工资改革的基础上，完善了艰苦边远地区津贴制度，设置了科学的指标体系、扩大了实施范围、调整了类别、建立了动态调整机制。这次改革是在规范收入分配秩序的大背景下开展的，中央对各地自行发放的津贴补贴进行了规范清理，确定了各地的津贴补贴水平，遏制了地区收入差距扩大的趋势。在规范津贴补贴的同时，中央提出要出台地区附加津贴制度，合理确定地区工资水平，并在这一制度上作了大量的研究工作。

5. 构建工资宏观管理体制。2006年的工资改革将“加强工资管理”作为改革的四条原则之一，强调要坚持国家政策的统一性和严肃性，严格执行政策，不得擅自出台和变通工资政策。在实际的管理中，考虑到规范津贴补贴工作的复杂性，还是采取了“分级管理”的方式，中央直接负责各省、省会城市、副省级城市的津贴补贴规范工作，地市以下由省、自治区、直辖市按照中央要求具体负责。

二、规范国有企业负责人薪酬管理

2009年，经国务院同意，人力资源和社会保障部等六部门印发了《关于进一步规范中央企业负责人薪酬管理的指导意见》，提出了社会主义市场经济条件下规范中央企业负责人薪酬分配的基本原则，明确了企业负责人薪酬分配的结构和水平，开始从国家政策顶层设计角度加以规范和激励约束。基本年薪根据企业的经营规模、经营难度和本地区或本企业平均工资的一定倍数确定，按月发放；效益年薪同负责人经营业绩挂钩，主要考核国有资产保值增值率、实现利润、资本收益率、经济责任制等相关指标完成情况，年终考核兑现。文件明确提出，国有企业负责人基本年薪主要根据企业经营难度、经营责任和经营风险等因素确定，以上年度中央企业在岗职工平均工资的5倍为基数，结合薪酬调节系数确定。薪酬调节系数主要根据企业从业人员规模、参与市场竞争程度、风险与成本控制等因素确定。效益年薪与企业负责人当年经营业绩考核结构挂钩，根据年度经营业绩考核结果，在基本年薪的3倍以内确定。

三、深化事业单位收入分配制度改革

2011年3月，中共中央、国务院印发《关于分类推进事业单位改革的指导意见》，开始推进事业单位分类改革。按照社会功能，将事业单位划分为承担行政职能、从事生产经营活动和从事公益服务三个类别。对于从事公益服务的事业单位，根据职责任务、服务对象和资源配置方式等情况，区分为公益一类事业单位和公益二类事业单位。[①]

配合事业单位分类改革，中共中央、国务院在印发的《关于分类推进事业单位改革的指导意见》中，还配发了9个单独的文件，其中，《关于深化事业单位工作人员收入分配制度改革的意见》对于分类改革后的事业单位收入分配制度改革作了部署，明确提出事业单位收入分配制度改革要适应分类推进事业单位改革的总体要求，健全符合事业单位特点、体现岗位绩效和分级分类管理的工作人员收入分配制度，逐步建立起机制健全、关系合理、调控有力、秩序规范的管理运行体系，促进事业单位发展和体制机制创新，逐步实现事业单位工作人员收入分配的科学化和规范化。改革的基本原则是，坚持按劳分配与按生产要素分配相结合，探索事业单位知识、技术、管理等生产要素参与分配的有效途径，使工作人员收入

① 何宪：《事业单位工资制度改革研究》，《中国井冈山干部学院学报》，2017年10期。

与岗位职责、工作业绩、实际贡献紧密联系，鼓励人才创新创造；坚持改革工作人员收入分配制度与规范收入分配秩序相结合，严肃分配纪律，逐步建立公平公正、合理有序的收入分配格局；进一步明确地方和部门的工资管理职责，对不同类型的事业单位实行不同的工资管理办法，实行分级分类管理，促进形成不同地区、不同类型事业单位之间合理的工资分配关系；着眼社会收入分配全局，与深化事业单位改革进程相适应，统筹兼顾，妥善处理与相关群体的利益关系，稳慎推进改革。

第五节　工资制度的调整与完善

一、完善机关事业单位工资制度

（一）实现机关事业单位基本工资正常调整

2015 年 1 月，国务院印发《关于调整机关事业单位工作人员基本工资标准和增加机关事业单位离退休人员离退休费三个实施方案的通知》，决定自 2014 年 10 月 1 日起调整机关事业单位工作人员基本工资标准、增加机关事业单位离退休人员离退休费。除调整基本工资外，这次方案更大的意义在于建立了机关事业单位基本工资的正常调整机制。方案明确提出，要建立基本工资标准正常调整机制，今后基本工资标准原则上每年或每两年调整一次，依据工资调查比较结果，综合考虑国民经济发展、财政状况和物价变动等因素确定调整幅度，近期基本工资每两年调整一次，参考同期物价上涨幅度、同期企业在岗职工工资增长率等因素，确定工资增长幅度。如遇金融危机、重大自然灾害等特殊情况，基本工资标准延后调整。按照这一文件的精神，我国在 2014 年、2016 年、2018 年和 2021 年，共 4 次调整了机关和事业单位基本工资标准。

（二）建立公务员职务职级并行制度

党的十七届四中全会提出，要“建立健全干部职务与职级并行制度，实行干部职级与待遇挂钩”。中央印发的《深化干部人事制度改革规划纲要》也明确要求，要“完善干部职级晋升制度，探索依据德才表现和工作实绩晋升职级的相关政策”。党的十八大要求，“深化干部人事制度改革，建设高素质执政骨干队伍”。党的十八届三中全会决定进一步明确需求，“推行公务员职务与职级并行、职级与待遇挂钩制度”。考虑到县以下机关公务员职务晋升难的问题更为突出，加上县以下机关工作条件也相对艰苦，中央决定先在县以下机关建立公务员职务与职级并行制度。在工作步骤上，先试点、后推开。报党中央、国务院同意后，从 2013 年 6 月开始，在吉林、江西、广东、甘肃 4 个省各选择 1 个具有代表性的县（区），开展为期 1 年的试点。通过试点，验证了晋升职级的任职年限和级别条件，明确了晋升职级的审批和管理办法，摸清了基层干部人事管理的具体情况，达到了预期目的。总结试点情况后，形成了《关于县以下机关建立公务员职务与职级并行制度的意见》。从 2015 年 1 月 15 日起，在全国县以下机关全面实施公务员职务与职级并行制度。[①]

① 何宪：《公务员职务与职级并行制度研究》，《中国行政管理》，2016 年 09 期。

2019年3月27日，中共中央办公厅印发《公务员职务与职级并行规定》，正式在全国推行公务员职务职级并行制度。一是职务层次设置。职务层次分别为：国家级正职、国家级副职、省部级正职、省部级副职、厅局级正职、厅局级副职、县处级正职、县处级副职、乡科级正职、乡科级副职。职级序列按照综合管理类、专业技术类、行政执法类等公务员职位类别分别设置。其中，综合管理类公务员职级序列分为：一级巡视员、二级巡视员、一级调研员、二级调研员、三级调研员、四级调研员、一级主任科员、二级主任科员、三级主任科员、四级主任科员、一级科员、二级科员。二是职级设置与职数比例。职级职数按照各类别公务员行政编制数量的一定比例核定。综合管理类公务员职级职数按照下列比例核定：中央机关一级、二级巡视员不超过机关综合管理类职位数量的12%，其中，正部级单位一级巡视员不超过一级、二级巡视员总数的40%，副部级单位一级巡视员不超过一级、二级巡视员总数的20%；一级至四级调研员不超过机关综合管理类职位数量的65%；省、自治区、直辖市机关一级、二级巡视员不超过机关综合管理类职位数量的5%，其中一级巡视员不超过一级、二级巡视员总数的30%；一级至四级调研员不超过机关综合管理类职位数量的45%；副省级城市机关一级、二级巡视员不超过机关综合管理类职位数量的2%，其中一级巡视员不超过一级、二级巡视员总数的30%；一级至四级调研员不超过机关综合管理类职位数量的43%，其中一级调研员不超过一级至四级调研员总数的20%；市（地、州、盟）、直辖市的区领导班子一级巡视员不超过领导班子职数的15%。市（地、州、盟）、直辖市的区机关二级巡视员不超过机关综合管理类职位数量的1%；一级至四级调研员不超过机关综合管理类职位数量的 20%，其中一级、二级调研员不超过一级至四级调研员总数的 40%，一级调研员不超过一级、二级调研员总数的 50%；一级至四级主任科员不超过机关综合管理类职位数量的 60%，其中一级、二级主任科员不超过一级至四级主任科员总数的 50%；副省级城市的区领导班子一级、二级巡视员不超过领导班子职数的 15%，其中一级巡视员不超过一级、二级巡视员总数的 40%；副省级城市的区机关一级调研员以下职级职数，按照第四项规定执行；县（市、区、旗）领导班子二级巡视员不超过领导班子职数的 10%，一级、二级调研员不超过领导班子职数的 20%。县（市、区、旗）、乡镇机关二级调研员不超过机关综合管理类职位数量的 2%；三级、四级调研员不超过机关综合管理类职位数量的 10%，其中三级调研员不超过三级、四级调研员总数的 40%；一级至四级主任科员不超过机关综合管理类职位数量的 60%，其中一级、二级主任科员不超过一级至四级主任科员总数的 50%。三是公务员晋升职级的条件。公务员晋升职级，应当具备下列基本资格：晋升一级巡视员，应当任厅局级副职或者二级巡视员 4 年以上；晋升二级巡视员，应当任一级调研员 4 年以上；晋升一级调研员，应当任县处级正职或者二级调研员 3 年以上；晋升二级调研员，应当任三级调研员 2 年以上；晋升三级调研员，应当任县处级副职或者四级调研员 2 年以上；晋升四级调研员，应当任一级主任科员 2 年以上；晋升一级主任科员，应当任乡科级正职或者二级主任科员 2 年以上；晋升二级主任科员，应当任三级主任科员 2 年以上；晋升三级主任科员，应当任乡科级副职或者四级主任科员 2 年以上；晋升四级主任科员，应当任一级科员 2 年以上；晋升一级科员，应当任二级科员 2 年以上。四是职级与待遇。领导职务与职级是确定公务员待遇的重要依据。公务员根据所任职级执行相应的工资标准，享受所在地区（部门）相应职务层次的住房、医疗、交通补贴、社会保险等待遇。担任领导职务且兼任职级的公务员，按照就高原则享受有关待遇。公务员晋升职级，不改变工作职位和领导指挥关系，不享受相应职务层次的政治待遇、工作待遇。因不胜任、不适宜担任现职免去领导职务的，按照其职级确定有关待遇，原政治待遇、工作待遇不再保留。公务员因公出国出差的交通、住宿标准以及办公用房标准等待遇，不与职级挂钩。县处级副职以上领导成员因换届不再提名、机构改革等原因免去领导职务转任职级的，保留原待遇，不改变干部管理权限。

（三）建立乡镇工作补贴

我国机关事业单位近 4000 万名在职人员中，有近 800 万人在乡镇工作。他们长期工作在一线，条件相对艰苦，工资水平普遍相对偏低，各地的反应比较强烈。按照党的十八大和十八届三中全会关于加强基层干部队伍建设的要求，落实中央关于加强乡镇干部队伍建设的若干意见要求，为稳定基层工作队伍，鼓励人员向基层流动，从 2015 年 1 月起，对乡镇机关事业单位工作人员建立了乡镇工作补贴制度。乡镇工作补贴的执行范围，限于乡镇（不含街道）机关和事业单位的在编正式工作人员。在补贴标准上，为更加切合各地财政承受能力等实际情况，并确保必要的保障水平，明确补贴水平不低于月人均 200 元。同时，体现合理的政策导向，鼓励长期在偏远乡镇工作，提出补贴标准根据乡镇情况和在乡镇工作时间等因素适当区别，向条件艰苦的偏远乡镇倾斜，向长期在乡镇工作的人员倾斜。具体办法，由省级政府确定。在发放办法上，乡镇工作补贴主要体现对在乡镇工作的倾斜，属岗位性的津贴补贴，在乡镇工作时享受，离开乡镇工作岗位即行取消。乡镇工作补贴自到乡镇工作之月起按月发放。调离乡镇工作岗位或离退休的人员，从调离或离退休的下个月起停发乡镇工作补贴。

（四）机关和事业单位工资管理脱钩[①]

2018 年，为了适应“为更好落实党管干部原则，加强党对公务员队伍的集中统一领导，更好统筹干部管理，建立健全统一规范高效的公务员管理体制”的需要，根据党和国家机构改革的总体要求，将国家公务员局并入中组部。调整后，中央组织部在公务员管理方面的主要职责是，统一管理公务员录用调配、考核奖惩、培训和工资福利等事务，研究拟订公务员管理政策和法律法规草案并组织实施，指导全国公务员队伍建设和绩效管理，负责国家公务员管理国际交流合作等。根据机构改革后的新职能分工，这次改革将人力资源和社会保障部的公务员工资福利管理职能一并划入国家公务员局，而事业单位的工资管理职能仍旧留在人力资源和社会保障部。改革后，原属于同一个司局管理的机关和事业单位工资福利管理职能，改为中组部管理公务员工资福利制度，人力资源和社会保障部管理事业单位工资福利制度。

---

① 何宪、熊亮：《机关和事业单位工资脱钩问题研究》，《中国人事科学》，2018 年 10 期。

二、分行业推进事业单位工资制度改革

2011 年 3 月，中共中央、国务院发布《关于分类推进事业单位改革的指导意见》，要求“以完善工资分配激励约束机制为核心，健全符合事业单位特点、体现岗位绩效和分级分类管理要求的工作人员收入分配制度”。此后，国家开始分行业推进事业单位工资制度改革，并在科研和公立医院等类型事业单位取得了突破。

（一）构建以知识价值为导向的科研人员薪酬分配制度

2016 年 11 月 7 日，中共中央、国务院印发《关于实行以增加知识价值为导向分配政策的若干意见》，明确提出要推动形成体现增加知识价值的收入分配机制，要逐步提高科研人员收入水平、加大对科研人员绩效工资激励力度，鼓励科研人员通过科技成果转化获得合理收入。落实上述文件精神，我国在对科研人员实行更加灵活的薪酬制度，探索年薪制、协议工资制和项目工资制等灵活多样的工资分配形式方面作了诸多探索。[①]

2021 年 8 月 18 日，国务院办公厅印发了《关于改革完善中央财政科研经费管理的若干意见》，从提高间接费用比例、扩大稳定支持科研经费提取奖励经费、扩大劳务开支范围、合理核定绩效工资总量、加大科技成果转化奖励力度等五个方面，进一步改革科研人员的分配制度。一是提高间接费用比例。间接费用按照直接费用扣除设备购置费后的一定比例核定，由项目承担单位统筹安排

① 熊亮：《我国科研事业单位工资制度改革的趋势、脉络和建议》，《中国行政管理》，2019 年 03 期。

使用。其中，500 万元以下的部分，间接费用比例为不超过 30%，500 万元至 1000 万元的部分为不超过 25%，1000 万元以上的部分为不超过 20%。二是扩大稳定支持科研经费提取奖励经费试点范围。将稳定支持科研经费提取奖励经费试点范围扩大到所有中央级科研院所。允许中央级科研院所从基本科研业务费、中科院战略性先导科技专项经费、有关科研院所创新工程等稳定支持科研经费中提取不超过 20%作为奖励经费，由单位探索完善科研项目资金激励引导机制，激发科研人员创新活力。三是扩大劳务费开支范围。项目聘用人员的劳务费开支标准，参照当地科学研究和技术服务业从业人员平均工资水平，根据其在项目研究中承担的工作任务确定。四是合理核定绩效工资总量。中央高校、科研院所、企业结合本单位发展阶段、类型定位、承担任务、人才结构、所在地区、现有绩效工资实际发放水平（主要依据上年度事业单位工资统计年报数据确定）、财务状况特别是财政科研项目可用于支出人员绩效的间接费用等实际情况，向主管部门申报动态调整绩效工资水平，主管部门综合考虑激发科技创新活力、保障基础研究人员稳定工资收入、调控不同单位（岗位、学科）收入差距等因素审批后报人力资源社会保障、财政部门备案。五是加大科技成果转化激励力度。落实《中华人民共和国促进科技成果转化法》等相关规定，对持有的科技成果，通过协议定价、在技术交易市场挂牌交易、拍卖等市场化方式进行转化。科技成果转化所获收益可按照法律规定，对职务科技成果完成人和为科技成果转化作出重要贡献的人员给予奖励和报酬。科技成果转化现金奖励计入所在单位绩效工资总量，但不受核定的绩效工资总量限制，不作为核定下一年度绩效工资总量的基数。

（二）推进公立医院薪酬制度改革

随着深化医药卫生体制改革和事业单位分类改革的推进，公立医院现行工资制度不能完全适应改革发展形势的要求。医疗行业人才培养周期长、职业风险高、技术难度大、责任担当重，建立符合医疗行业特点、体现以知识价值为导向的公立医院薪酬制度，是深化医药卫生体制改革和事业单位收入分配制度改革的重要内容，对确立公立医院激励导向和增强公立医院公益性，调动医务人员的积极性、主动性、创造性，推动公立医院事业的发展，都具有重要意义。2017 年，人社部印发了《关于开展公立医院薪酬制度改革试点工作的指导意见》，为公立医院薪酬制度改革定了基本方向。在试点阶段主要围绕五个方面开展工作。一是优化公立医院薪酬结构，二是合理确定公立医院薪酬水平，三是推进公立医院主要负责人薪酬改革，四是落实公立医院分配自主权，五是健全以公益性为导向的考核评价机制。全国共有 2800 多家公立医院开展薪酬制度改革试点，各地在薪酬水平确定、优化薪酬结构、合理确定主要负责人薪酬、落实自主分配权等方面进行探索，探索建立符合医疗行业特点的薪酬制度，形成了福建省和三明市等地可复制、可推广的经验做法。

2021 年，人力资源和社会保障部、财政部、国家卫生健康委、国家医保局、国家中医药局印发《关于深化公立医院薪酬制度改革的指导意见》，深化对公立医院薪酬制度改革。这次改革的主要内容包括七个方面。一是与医疗、医保、医药联动改革相衔接，落实“两个允许”要求，实施以增加知识价值为导向的分配政策，强化公立医院公益属性，合理确定公立医院薪酬水平，完善公立医院薪酬水平决定机制。二是充分落实医院内部分配自主权。在核定的薪酬总量内，公立医院可采取多种方式自主分配。可结合本单位实际，自主确定更加有效的分配模式。可自主设立体现医疗行业特点、劳动特点和岗位价值的薪酬项目，充分发挥各项目的保障和激励作用。三是逐步建立主要体现岗位职责的薪酬体系，实行以岗定责、以岗定薪、责薪相适、考核兑现。四是合理确定内部薪酬结构，注重医务人员的稳定收入和有效激励，进一步发挥薪酬制度的保障功能。五是建立健全公立医院负责人薪酬激励约束机制，鼓励对主要负责人实行年薪制。六是健全以公益性为导向的考核评价机制，考核结果与公立医院薪酬总量挂钩。七是提出拓宽深化薪酬制度改革经费渠道，深入推进“三医”联动改革，逐步提高诊疗、中医、护理、手术等医疗服务在医疗收入中的比例。在确保收支平衡的前提下，合理确定人员支出占公立医院业务支出的比重。公立医院可根据考核结果分配医保结余留用资金，主要用于相关人员绩效。

三、完善国有企业工资制度

（一）深化国有企业负责人薪酬制度改革

党的十八大后，党中央、国务院高度重视深化国有企业负责人薪酬制度改革，国有企业薪酬制度改革取得突破。党的十八届三中全会明确提出，要合理确定并严格规范国有企业管理人员薪酬水平。习近平总书记先后主持中央全面深化改革领导小组第四次会议、中央政治局常委会和中央政治局会议，对中央管理企业负责人薪酬制度改革方案进行研究。2014 年 8 月，习近平总书记主持召开中央全面深化改革领导小组第四次会议，指出改革开放以来，中央管理企业负责人薪酬制度改革取得积极成效，同时也存在薪酬结构不尽合理、薪酬监管体制不够健全等问题。要从我国社会主义初级阶段基本国情出发，适应国有资产管理体制和国有企业改革进程，逐步规范国有企业收入分配秩序，实现薪酬水平适当、结构合理、管理规范、监督有效，对不合理的偏高、过高收入进行调整。2014 年的《政府工作报告》也提出，要加强和改进国有企业负责人薪酬管理。2014 年 8 月 29 日，中央政治局会议审议通过了《中央管理企业负责人薪酬制度改革方案》，11 月，中共中央、国务院印发《关于深化中央管理企业负责人薪酬制度改革的意见》，全面部署企业特别是中央管理企业负责人薪酬制度改革。建立符合中央管理企业负责人特点的薪酬制度，逐步规范企业收入分配秩序，实现薪酬水平适当、结构合理、管理规范、监督有效，对不合理的偏高、过高收入进行适当调整。

2015 年 9 月，中共中央、国务院印发《关于深化国有企业改革的指导意见》，明确对党中央、国务院和地方党委、政府及其部门任命的国有企业领导人员，合理确定基本年薪、绩效年薪和任期激励收入。对市场化选聘的职业经理人实行市场化薪酬分配机制，可以采取多种方式探索完善中长期激励机制。

（二）改革国有企业工资决定机制

自 1985 年开始实施的“工效挂钩”的管理办法，将企业工资总额同经济效益挂钩，企业在提取的工资总额内有权根据职工的劳动情况进行自主分配，一定程度上打破了工资分配的平均主义，对促进国有企业提高经济效益和调动广大职工积极性发挥了重要作用。随着社会主义市场经济体制逐步健全和国有企业改革不断深化，国有企业工资决定机制存在的一些问题也暴露出来，需要进一步深化改革。一是市场化分配程度不高，国有企业工资分配的主体地位不突出，工资增长只与经济效益指标挂钩且工效联动滞后，没有考虑劳动力市场等因素的影响，内部分配能增能减机制没有完全建立起来。二是工资分配秩序不规范，对各类国有企业一律采取职工工资增长同经济效益增长按比例挂钩办法，导致部分竞争性行业的企业工资增长偏慢、水平偏低，部分主业不属于充分竞争性行业的企业则凭借高额利润而工资增长过快、水平过高。不同行业、企业之间工资分配不合理，差距较大。三是监管体制尚不健全，工效挂钩的办法只在部分国有大中型企业实行，其他国有企业实行不同的工资总额确定机制，管理政策“政出多门”，政府职能部门的指导监督作用未能充分发挥。改革国有企业工资决定机制十分必要。

2015 年，《关于深化国有企业改革的指导意见》提出要实行与社会主义市场经济相适应的企业薪酬分配制度。在明确企业内部的薪酬分配权是企业的法定权利，由企业依法依规自主决定的同时，要求建立健全与劳动力市场基本适应、与企业经济效益和劳动生产率挂钩的工资决定和正常增长机制。推进全员绩效考核，以业绩为导向，科学评价不同岗位员工的贡献，合理拉开收入分配差距，切实做到收入能增能减和奖惩分明，充分调动广大职工积极性。

2018 年 3 月 28 日，习近平总书记主持召开中央全面深化改革委员会第一次会议，审议并原则同意了《关于改革国有企业工资决定机制的意见》。2018 年 5 月，国务院印发《关于改革国有企业工资决定机制的意见》，以增强国有企业活力、提升国有企业效益为中心，建立健全与劳动力市场基本适应、与国有企业经济效益和劳动生产率挂钩的工资决定和增长机制，完善国有企业工资分配监管机制。同年8月，中共中央、国务院印发《关于深化国有企业改革的指导意见》，提出实行社会主义市场经济相适应的企业薪酬分配制度，建立健全与劳动力市场基本适应、与企业经济效益和劳动生产率挂钩的工资决定和正常增长机制。

1. 国有企业工资改革的指导思想和总体要求。《关于改革国有企业工资决定机制的意见》明确改革要以全面贯彻党的十九大精神，以习近平新时代中国特色社会主义思想为指导，认真落实党中央、国务院决策部署，统筹推进“五位一体”总体布局和协调推进“四个全面”战略布局，坚持以人民为中心的发展思想，牢固树立和贯彻落实新发展理念，按照深化国有企业改革、完善国有资产管理体制和坚持按劳分配原则、完善按要素分配体制机制的要求，以增强国有企业活力、提升国有企业效率为中心，建立健全与劳动力市场基本适应、与国有企业经济效益和劳动生产率挂钩的工资决定和正常增长机制，完善国有企业工资分配监管体制，充分调动国有企业职工的积极性、主动性、创造性，进一步激发国有企业创造力和提高市场竞争力，推动国有资本做强做优做大，促进收入分配更合理、更有序。

改革的基本原则包括：一是坚持建立中国特色现代国有企业制度改革方向。二是坚持效益导向与维护公平相统一。三是坚持市场决定与政府监管相结合。四是坚持分类分级管理。

2. 改革工资总额决定机制。一是改变工资总额挂钩办法，改变了过去工资总额增长同经济效益单一指标挂钩的办法，根据企业发展战略和薪酬策略、年度生产经营目标和经济效益，综合考虑劳动生产率提高和人工成本投入产出率、职工工资水平市场对标等情况，结合政府职能部门发布的工资指导线，合理确定年度工资总额。二是完善工资与效益联动机制。企业经济效益增长的，当年工资总额增长幅度可在不超过经济效益增长幅度范围内确定。其中，当年劳动生产率未提高、上年人工成本投入产出率低于行业平均水平或者上年职工平均工资明显高于全国城镇单位就业人员平均工资的，当年工资总额增长幅度应低于同期经济效益增长幅度；对主业不处于充分竞争行业和领域的企业，上年职工平均工资达到政府职能部门规定的调控水平及以上的，当年工资总额增长幅度应低于同期经济效益增长幅度，且职工平均工资增长幅度不得超过政府职能部门规定的工资增长调控目标。企业经济效益下降的，除受政策调整等非经营性因素影响外，当年工资总额原则上相应下降。其中，当年劳动生产率未下降、上年人工成本投入产出率明显优于行业平均水平或者上年职工平均工资明显低于全国城镇单位就业人员平均工资的，当年工资总额可适当少降。企业未实现国有资产保值增值的，工资总额不得增长，或者适度下降。企业按照工资与效益联动机制确定工资总额，原则上增人不增工资总额、减人不减工资总额，但发生兼并重组、新设企业或机构等情况的，可以合理增加或者减少工资总额。三是分类确定工资效益联动指标。根据企业功能性质定位、行业特点，科学设置联动指标，合理确定考核目标，突出不同考核重点。对主业处于充分竞争行业和领域的商业类国有企业，应主要选取利润总额（或净利润）、经济增加值、净资产收益率等反映经济效益、国有资本保值增值和市场竞争能力的指标。对主业处于关系国家安全、国民经济命脉的重要行业和关键领域、主要承担重大专项任务的商业类国有企业，在主要选取反映经济效益和国有资本保值增值指标的同时，可根据实际情况增加营业收入、任务完成率等体现服务国家战略、保障国家安全和国民经济运行、发展前瞻性战略性产业以及完成特殊任务等情况的指标。对主业以保障民生、服务社会、提供公共产品和服务为主的公益类国有企业，应主要选取反映成本控制、产品服务质量、营运效率和保障能力等情况的指标，兼顾体现经济效益和国有资本保值增值的指标。对金融类国有企业，属于开发性、政策性的，应主要选取体现服务国家战略和风险控制的指标，兼顾反映经济效益的指标；属于商业性的，应主要选取反映经济效益、资产质量和偿付能力的指标。对文化类国有企业，应同时选取反映社会效益和经济效益、国有资本保值增值的指标。劳动生产率指标一般以人均增加值、人均利润为主，根据企业实际情况，可选取人均营业收入、人均工作量等指标。

3. 改革工资总额管理方式。一是全面实行工资总额预算管理。工资总额预算方案由国有企业自主编制，按规定履行内部决策程序后，根据企业功能性质定位、行业特点并结合法人治理结构完善程度，分别报履行出资人职责机构备案或核准后执行。对主业处于充分竞争行业和领域的商业类国有企业，工资总额预算原则上实行备案制。其中，未建立规范董事会、法人治理结构不完善、内控机制不健全的企业，经履行出资人职责机构认定，其工资总额预算应实行核准制。对其他国有企业，工资总额预算原则上实行核准制。其中，已建立规范董事会、法人治理结构完善、内控机制健全的企业，经履行出资人职责机构同意，其工资总额预算可实行备案制。二是合理确定工资总额预算周期。国有企业工资总额预算一般按年度进行管理。对行业周期性特征明显、经济效益年度间波动较大或存在其他特殊情况的企业，工资总额预算可探索按周期进行管理，周期最长不超过三年，周期内的工资总额增长应符合工资与效益联动的要求。三是强化工资总额预算执行。国有企业应严格执行经备案或核准的工资总额预算方案。执行过程中，因企业外部环境或自身生产经营等编制预算时所依据的情况发生重大变化，需要调整工资总额预算方案的，应按规定程序进行调整。履行出资人职责机构应加强对所监管企业执行工资总额预算情况的动态监控和指导，并对预算执行结果进行清算。

4. 完善企业内部工资分配管理。一是完善企业内部工资总额管理制度。国有企业在经备案或核准的工资总额预算内，依法自主决定内部工资分配。企业应建立健全内部工资总额管理办法，根据所属企业功能性质定位、行业特点和生产经营等情况，指导所属企业科学编制工资总额预算方案，逐级落实预算执行责任，建立预算执行情况动态监控机制，确保实现工资总额预算目标。企业集团应合理确定总部工资总额预算，其职工平均工资增长幅度原则上应低于本企业全部职工平均工资增长幅度。二是深化企业内部分配制度改革。国有企业应建立健全以岗位工资为主的基本工资制度，以岗位价值为依据，以业绩为导向，参照劳动力市场工资价位并结合企业经济效益，通过集体协商等形式合理确定不同岗位的工资水平，向关键岗位、生产一线岗位和紧缺急需的高层次、高技能人才倾斜，合理拉开工资分配差距，调整不合理过高收入。加强全员绩效考核，使职工工资收入与其工作业绩和实际贡献紧密挂钩，切实做到能增能减。三是规范企业工资列支渠道。国有企业应调整优化工资收入结构，逐步实现职工收入工资化、工资货币化、发放透明化。严格清理规范工资外收入，将所有工资性收入一律纳入工资总额管理，不得在工资总额之外以其他形式列支任何工资性支出。

在这之后，国家有关部门先后出台了《中央企业负责人经营业绩考核办法》(2019年)、《中央企业工资总额管理办法》(2019年)等文件，进一步完善了国有企业，特别是中央企业的工资水平决定机制。国有企业工资决定机制改革对于完善社会主义市场经济体制、完善中国特色现代国有企业制度、深化收入分配制度改革具有重要意义。

四、建立企业薪酬调查和信息发布制度

2018年5月，人力资源和社会保障部、财政部印发《关于建立企业薪酬调查和信息发布制度的通知》，在总结企业薪酬试调查工作的基础上，建立了统一规范的企业薪酬调查和信息发布制度。

建立企业薪酬调查发布制度的目的是，通过调查并发布不同职业劳动者的工资报酬信息、不同行业企业人工成本信息，指导企业合理确定职工工资水平、发挥市场在工资分配中的决定性作用，为开展公务员和企业相当人员工资调查比较、形成科学的公务员工资水平决定机制提供支撑；对引导劳动力有序流动、促进人力资源合理配置提供帮助。在调查内容上，包括企业从业人员的工资报酬和企业人工成本情况，包括不同职业从业人员的工资报酬水平、构成等相关数据，以及不同行业、不同规模企业人工成本水平、构成及主要经济数据；在调查范围上，国家层面调查覆盖18个国民经济行业门类（不含公共管理、社会保障和社会组织以及国际组织行业门类）各类登记注册类型的企业、各类职业从业人员（不含军人和不便分类的其他从业人员）。省、市层面调查范围根据本地区产业结构特点和市场需要确定，可细化调查行业和职业分类；在调查方法上，国家、省、市调查采用统一的抽样方法，原则上以国家基本

单位名录库或者人力资源和社会保障部用人单位基础信息库为抽样框，根据规定的抽样参数要求抽取企业样本进行调查。调查的样本企业应保持相对稳定，并按要求进行轮换。调查采取由被调查企业直接填报、人力资源社会保障部门逐级审核汇总的方式开展。在调查频率上，企业薪酬调查原则上每年开展一次，条件成熟时适当增加调查频率，根据工作需要，对部分行业企业按季度实施定点监测；在信息发布上，国家、省、市人力资源社会保障部门通过公开渠道向社会发布企业薪酬调查信息。企业薪酬调查信息每年按照国家有关规定发布，时间一般不晚于第二季度。

第三章
收入分配重要政策实施及影响

▼

改革开放以来，我国在初次分配政策、社会保障政策、财税与公共服务再分配政策、综合性收入分配政策方面实施了循序渐进的改革措施，产生了重大的社会影响。这些措施不仅极大地推动了我国经济的持续高速增长，更在促进社会公平正义、提高人民生活水平以及实现共同富裕的目标上发挥了举足轻重的作用。

第一节　初次分配政策

一、国营企业工资制度改革

（一）政策实施背景

党的十一届三中全会以前，工资制度是在1956年为适应计划经济体制而建立的，被称为职务等级工资制度。这套工资制度在建立之初对社会经济发展和国家工业化进程起到过积极作用。但随着国家经济建设的快速发展，等级工资制度逐渐不能适应社会发展需要，弊端也逐渐展现，具体表现在职务等级工资由于没有建立正常的晋级增资制度，工作人员的工资不能随职务的变动而变动，形成了提职不提工资的惯例，职务和工资不符，形成了工资分配的平均主义。工资能上不能下，能增不能减，形成工资待遇“终身制”。同一行业、工种、职务执行着多种工资标准，同职不同酬现象十分普遍，严重影响了职工的积极性和内部团结。工资管理体制上，权力过于集中于中央，政企不分，几十年都是全国统一安排，不利于发挥地方、部门基层的积极性。

随着国家资源配置方式由计划转向市场，等级工资制度不再适应市场经济格局的需求。为贯彻按劳分配原则，恢复实行奖励、计件工资制度以及其他工资形式，针对原工资管理体制过于集中，工资分配平均主义严重等问题，国家开始进行工资制度改革。1978年5月，国务院下发《关于实行奖励和计件工资制度的通知》，要求在调查研究和总结经验的基础上，有条件地试行计件、奖励制度，以贯彻按劳分配原则，调动职工的劳动积极性。到1978年底，全国有9000多个企业试点，1979年基本上全面铺开。1978年11月18日，原国家劳动总局发布《关于给工作成绩特别突出的职工升级的通知》，继续强调工资奖励要向生产、工作成绩优异、贡献较大和提职后工作表现好而工资特别低的人员倾斜。1983年，随着国营企业利改税的实施，一些试行利改税的企业，奖励基金改由税后留利中提取，企业奖金开始同经济效益联系起来。1984年4月，国务院发出《关于国营企业发放奖金有关问题的通知》，决定实行奖金不“封顶”，征收奖金税的办法，规定对奖金发放低于两个半月标准工资的企业免征奖金税，超过两个半月以上的部分，分档征收奖金税。

1984年10月20日，党的十二届三中全会通过了《中共中央关于经济体制改革的决定》，阐明了加快以城市为重点的整个经济体制改革的必要性、紧迫性，规定了改革的方向、性质、任务和各项基本方针政策，并强调建立自觉运用价值规律的计划体制，发展社会主义商品经济，实行有计划的商品经济，同时认识到分配中平均主义严重，导致企业缺乏应有的自主权，出现企业吃国家“大锅饭”、职工吃企业“大锅饭”的问题，严重压抑了企业和广大职工群众的积极性、主动性、创造性，使本来应该生机盎然的社会主义经济在很大程度上失去了活力。强调建立多种形式的经济责任制，认真贯彻按劳分配原则，具体举措上要求企业职工奖金由企业根据经营状况自行决定，国家只对企业适当征收超限额奖金税。采取必要的措施，使企业职工的工资和奖金同企业经济效益的提高更好地挂起钩来。在企业内部，要扩大工资差距，拉开档次，以充分体现奖勤罚懒、奖优罚劣，充分体现多劳多得、少劳少得，充分体现脑力劳动和体力劳动、复杂劳动和简单劳动、熟练劳动和非熟练劳动、繁重劳动和非繁重劳动之间的差别，要改变脑力劳动报酬偏低的状况。

（二）政策实施历程

1984 年，我国部分地区进行了工资总额同经济效益挂钩的试点。1984 年春，国务院发出《关于国营企业发放奖金有关问题的通知》和《关于进一步扩大国营工业企业自主权的暂行规定》扩大了企业自主权。1985 年 1 月，国务院正式发布《关于国营企业工资改革问题的通知》，明确指出为了增强企业活力，充分发挥企业和职工的主动性、积极性和创造性，克服企业工资分配中的平均主义、吃“大锅饭”的弊病，必须对企业的工资制度进行改革，使企业职工的工资同企业经济效益挂起钩来，更好地贯彻按劳分配原则，以促进生产的发展。同年 7 月，劳动人事部、财政部、国家计委、国家经委和中国人民银行联合发出《国营企业工资改革试行办法》，规定的工资与经济效益挂钩的主要形式有：同实物量挂钩、同产值挂钩、同上交税利挂钩、同实际工作量挂钩等。同时，大批小型国营企业，主要是小型商业、饮食业、服务业，也陆续实行了租赁经营，企业工资同经济效益更紧密地挂起钩来。

1991年国务院发布《第八个五年计划纲要》，指出企业要逐步实行以岗位技能工资制为主要形式的内部分配制度。1992年1月7日，劳动部颁布《关于进行岗位技能工资制试点工作的通知》，确定了第一批试行岗位技能工资制重点联系企业名单。为了加强对试点企业的指导，劳动部又于同年5月20日颁布了《关于岗位技能工资制试点工作有关问题的意见》，从劳动评价体系建立、各工资单元的设置、岗位技能工资标准的确定、工资分配形式四个方面作出明确规定。

1999年，党的十五届四中全会通过《中共中央关于国有企业改革和发展若干重大问题的决定》，提出建立与现代企业制度相适应的收入分配制度。劳动和社会保障部在2000年11月6日印发《进一步深化企业内部分配制度改革的指导意见》，指出要积极探索建立以岗位工资为主的基本工资制度。提倡推行包括岗位绩效工资制在内的各种形式的岗位工资制。2009年9月，人力资源和社会保障部等六部委联合下发《关于进一步规范中央企业负责人薪酬管理的指导意见》，明确规定了要坚持企业主要负责人薪酬增长与职工工资增长相协调。2014年8月，中共中央政治局召开会议，审议通过了《中央管理企业负责人薪酬制度改革方案》，清晰表明了央企薪酬制度改革与国资国企改革的关联性。2018年3月28日，中央全面深化改革委员会一次会议通过《关于改革国有企业工资决定机制的意见》，明确了国有企业工资改革的重点内容，包括改革工资总额决定机制、改革工资总额管理方式、完善企业内部工资分配管理、健全工资分配监管体制机制。

二、机关、事业单位工资制度改革

（一）政策实施背景

与国有企业工资制度相似，改革前机关、事业单位实行的也是职务等级工资制。1984 年印发的《中共中央关于经济体制改革的决定》不仅对企业工资绩效进行了规定，也强调国家机关、事业单位也要改革工资制度，改革的原则是使职工工资同本人肩负的责任和劳绩密切联系起来。在企业、国家机关和事业单位改革工资制度的同时，还要加快劳动制度的改革。1985 年 6 月 4 日，中共中央、国务院发出《关于国家机关和事业单位工作人员工资制度改革问题的通知》，决定从同年 7 月起对国家机关和事业单位工资制度进行改革，主要内容是废除沿袭已久的职务等级工资制，实行以职务工资为主要内容的结构工资制，根据工资的不同职能，将工资分为基础工资、职务工资、工龄工资、奖励工资四个组成部分，并以职务工资为主；建立正常的晋级增资制度，使行政机关、事业单位工作人员的实际工资水平随着国民经济的发展而不断提高。

1992 年，南方谈话和党的十四大的召开都立场鲜明地坚定了市场化道路。1993 年 11 月 15 日，国务院发布《关于机关和事业单位工作人员工资制度改革问题的通知》，将国家机关和事业单位脱钩，国家机关实行职级工资制，建立正常增资制度，实行地区津贴制度，事业单位实行能体现其行业和业务特点的多种工资制度。

国家机关行政人员实行职级工资制，包括职务工资、级别工资、基础工资和工龄工资。事业单位将工作人员的工资分为固定部分和活的部分，鼓励有条件的事业单位实行企业管理或企业工资制度，自主经营、自负盈亏。2003年10月，党的十六届三中全会通过《中共中央关于完善社会主义市场经济体制若干问题的决定》，明确指出整顿和规范分配秩序，加大收入分配调节力度，重视解决部分社会成员收入差距过分扩大问题。完善和规范国家公务员工资制度，推进事业单位分配制度改革，规范职务消费，加快福利待遇货币化。

（二）政策实施历程

1. 机关公务员工资改革

1993年公务员与事业单位工资制度脱钩之后，国家允许各地根据本地经济发展、财力状况调整津贴补贴标准，但由于规定不够明确，导致地区、单位间工资收入差距不断扩大。2005年4月，十届全国人大常委会第十五次会议通过《中华人民共和国公务员法》，提出公务员分类分级管理的原则，并明确提出公务员实行国家统一的职务与级别相结合的工资制度。这次工资改革取消了基础工资和工龄工资，公务员工资构成包括：基本工资、地区性津贴补贴、岗位性津补贴、改革性津补贴、奖励性津补贴、年终一次性奖金等。公务员工资制度改革是按照公务员法的要求，适应我国市场经济体制的发展，立足国情，为建立科学和规范的公务员工资制度而制定的一项重要决策。[1] 2015年1月，国务院办公厅转发了人社

① 刘昕：《对公务员工资制度改革的几点认识》，《光明日报》，2006年7月12日。

部、财政部《关于调整机关工作人员基本工资标准的实施方案》，提出五项基本要求。一是聚焦于基本工资标准的调整，将职务工资、级别工资在现行标准的基础上提高，其中，级别工资调整幅度大于职务工资调整幅度，但是并未触及基本工资制度的改革；二是基本工资标准调整方式不是绝对地增加工资额，而是将部分规范性津补贴纳入基本工资，同时相应减少规范性津补贴标准，力图增加基本工资在工资收入中的比重，发挥基本工资在平衡地区收入差距方面的作用；三是全国范围内统一调整基本工资标准，并未体现地区间工资标准的差异；四是建立定期调整基本工资标准机制，原则上每年或每两年调整一次，近期每两年调整一次；五是调整基本工资标准与养老保险制度改革同步推进。2016 年 8 月，国务院办公厅转发人社部、财政部《关于调整机关事业单位工作人员基本工资标准和增加机关事业单位离休人员离休费三个实施方案通知》。2018 年 12 月，国务院办公厅转发人社部、财政部《关于调整机关事业单位工作人员基本工资标准和增加机关事业单位离休人员离休费三个实施方案的通知》再度调整基本工资标准，调整方式与 2015 年的基本一致。[①]

2．事业单位工资改革

中国事业单位改革经过了改革开放初期的探索阶段，2006 年以后进入了改革的深化发展阶段，国家陆续出台了一系列相关制度文件。2006 年 6 月 15 日，人事部、财政部印发《事业单位工作人员收入分配制度改革方案》，并依此制定了《事业单位工作人员收

① 杨梅：《我国公务员工资制度的探索与实践：制度特征、问题及改革思路》，《中国行政管理》，2019 年 08 期。

入分配制度改革实施办法》，首次提出绩效工资的概念，核心建立岗位绩效工资制度。此次事业单位工资改革的主要内容包括建立和实行岗位绩效工资制度、实行工资分类管理、完善工资正常调整机制、完善高层次人才和单位主要领导的分配激励约束机制、健全收入分配宏观调控机制。2011 年 3 月，中共中央、国务院出台《关于分类推进事业单位改革的指导意见》，以完善工资分配激励约束机制为核心，深化了不同类型的事业单位的岗位绩效工资制度改革。2015 年 3 月，人社部、财政部印发《关于乡镇机关事业单位工作人员实行乡镇工作补贴的通知》，着力适当提高乡镇工作人员待遇。2016 年和 2018 年国务院办公厅又分别调整了机关和事业单位基本工资标准。

三、最低工资政策

（一）早期相关政策

改革开放以后，我国逐步确立了建立社会主义市场经济体制的总目标。随着全民所有制企业逐步实行自主分配，民营企业等非公有制企业得到大力发展。此时，如何保障低收入劳动者收入满足基本生活需要的问题日益凸显。为了适应社会主义市场经济发展的需要，保护劳动者个人及家庭成员的基本生活和劳动者的合法权益，促进劳动者素质的提高和企业公平竞争，1993 年 11 月 24 日，劳动部出台了以行政规章形式制定的《企业最低工资规定》。该规定指出，“最低工资是指劳动者在法定工作时间内提供了正常劳动的前提下，其所在企业应支付的最低劳动报酬”。由于我国地域辽阔，不同地区间的经济发展水平存在较大差异，不适用于全国统一的最低工资标准。因此，具体的最低工资标准是在国务院劳动行政主管部门的指导下，由省、自治区、直辖市人民政府劳动行政主管部门会同同级工会、企业家协会研究确定的。该规定指出，在制定最低工资标准时，应当综合参考当地劳动者本人及平均赡养人口的最低生活费用、职工的平均工资水平、劳动生产率、城镇就业状况和经济发展水平等因素。要求地区的最低工资标准要高于当地的社会救济金和待业保险金标准，低于平均工资。文件也提供了有关最低工资标准测算的具体方法。

1994 年 7 月，《中华人民共和国劳动法》颁布，1995 年起开始施行，正式将最低工资保障制度以国家法律的形式确立。《中华人民共和国劳动法》第四十八条指出，“国家实行最低工资保障制度。最低工资的具体标准由省、自治区、直辖市人民政府规定，报国务院备案。用人单位支付劳动者的工资不得低于当地最低工资标准。”1994 年 12 月，我国 31 个省（区、市）中仅有 7 个颁布了本地的最低工资标准，1995 年底，设定本地最低工资标准的省（区、市）已达到 24 个。缓慢上涨的最低工资标准和对大量弱势劳动者的日益关注，促使政府部门考虑制定新的最低工资制度。[①] 2003 年 12 月 30 日，劳动和社会保障部通过《最低工资规定》，进一步完善了最低工资制度有关规定，原《企业最低工资规定》废止。

（二）进一步完善最低工资政策

《最低工资规定》最主要的变化是将最低工资规定适用范围拓

---

① Fang, T., & Lin, C.,2015: “Minimum wages and employment in China”, *IZA Journal of Labor Policy*, 4(1).

展到在中华人民共和国境内的企业、民办非企业单位、有雇工的个体工商户，并推行至全国。最低工资标准定义为，劳动者在法定工作时间或依法签订的劳动合同约定的工作时间内提供了正常劳动的前提下，用人单位依法应支付的最低劳动报酬。最低工资标准又分为月最低工资标准和小时最低工资标准两种形式，其中月最低工资标准适用于全日制就业劳动者，小时最低工资标准适用于非全日制就业劳动者。此外，《最低工资规定》要求各地的最低工资标准每两年至少调整一次。

自 2004 年 3 月 1 日正式施行《最低工资规定》起，各地最低工资标准有了显著提升。“十一五”（2006—2010 年）期间，我国最低工资标准年均提高 10%。但是，在最低工资实际实施过程中仍然存在一些问题，如部分地区最低工资标准确定不够科学合理，少数企业采取延长劳动时间、随意提高劳动定额、降低计件单价等手段变相违反《最低工资规定》。为此，2007 年劳动和社会保障部发布了《关于进一步健全最低工资制度的通知》，强调规范用人单位工资支付行为和加强对最低工资制度执行情况的监督检查。2008 年，《中华人民共和国劳动合同法》进一步明确了最低工资的作用。针对部分地区最低工资标准过低问题，2011 年 6 月，人力资源和社会保障部印发《人力资源和社会保障事业发展“十二五”规划纲要》，明确要求“十二五”期间，最低工资标准年均增长 13%以上，绝大多数地区最低工资标准达到当地城镇从业人员平均工资的 40%以上。“十二五”期间，全国平均最低工资标准年均增长速度为 13.4%。

2015 年末，人力资源和社会保障部下发《关于进一步做好最低工资标准调整工作的通知》，强调全面建立最低工资标准评估机制，加强最低工资标准基础数据建设等，充分发挥最低工资制度的积极作用，并明确指出，根据当前经济形势，在今后一段时间内，将最低工资标准由每两年至少调整一次改为每两年至三年至少调整一次。2016 年至 2019 年，平均每年调整最低工资标准的省份数量为 13 个，平均最低工资标准年均增长 4.2%，明显低于同期人均国内生产总值和社会平均工资增长速度，而“十二五”期间平均每年有 24 个省份调整最低工资标准，年均增长速度达 13.4%。[①]

（三）最低工资政策效果

最低工资制度是政府调节劳动力市场，维护劳动者合法权益的重要手段。然而，最低工资制度能否发挥有效作用取决于多方面因素。首先，如果标准太低，则无法保障低收入劳动者的基本生活，从而无法发挥其应有的作用；如果标准过高，则会使企业用工成本增加，进而降低雇佣水平，造成低技能劳动者失业。已有关于我国最低工资标准制定的研究表明，我国各地区最低工资标准的制定基本符合经济规律，能够较好体现劳动者、企业和政府三方的利益要求。其次，如果最低工资制度的执行存在政府执法能力较弱或监管不足等问题，则会导致企业对最低工资政策的不遵守，进而影响其对低收入工资者收入水平的改善。已有研究表明，中国企业均较好地遵守了月最低工资标准[②]。城镇劳动力调查资料显示，与“十二五”相比，“十三五”期间我国最低工资的执行情况进一

① 王美艳、贾朋：《中国劳动力市场制度面临的新挑战及完善建议》，《中国发展观察》，2020 年 07 期。

② 叶林祥、T.H.Gindling、李实、熊亮：《中国企业对最低工资政策的遵守——基于中国六省市企业与员工匹配数据的经验研究》，《经济研究》，2015 年 06 期。

步改善，但仍有7%的城镇劳动力工资低于当地月最低工资标准。因此，为了更好发挥最低工资制度保障低收入劳动者及其家庭的福利，需进一步加强最低工资制度评估，合理确定最低工资标准调整频率和幅度，建立保持经济社会发展和劳动力市场竞争性相统一的最低工资标准调整机制。[①]

第二节　社会保障政策

一、建立统一的企业职工养老保险制度

（一）政策实施背景

20世纪90年代以后，随着人口老龄化程度的加重、养老保险基金的缴费率不断降低以及基金统筹问题日益凸显，养老基金的供求矛盾越发突出。从基金的需求侧来看，职工供养退休人员变化迅速，从1978年30个在职职工供养1个退休人员发展到1996年不到5个在职职工供养1个退休人员[②]。与此同时为弥补物价上升对退休人群的不利影响，国家每年会对退休人员的待遇进行一定比例的提升。除了这种价格调整以外，退休待遇本身也在不断提高，并且养老金还存在“刚性”问题，即“新老待遇对比，就高不就低”，

① 王美艳、贾朋：《中国劳动力市场制度面临的新挑战及完善建议》，《中国发展观察》，2020年07期。

② 蔡亮：《对我国城镇企业职工基本养老保险基金供求矛盾的分析及其对策》，《社会科学研究》，1998年04期。

这种原则就导致退休待遇持续增加。然而，从基金的供给侧来看，大量企业因为盈利能力下降而无力缴纳养老保险导致各地收缴率一路走低。除此之外，我国养老金还存在统筹层次较低的问题。由于地区间发展水平的差异，有些地方积累的养老金较多，而有些地方入不敷出。

经过总结前期各地试点工作，国务院于1997年7月正式发布了《关于建立统一的企业职工基本养老保险制度的决定》，确立了我国城镇企业职工基本养老保险为社会统筹与个人账户相结合的养老保险模式，这种养老保险模式使我国企业职工的养老保险制度实现了根本性的机制转变，即由过去国家和单位全部包揽，向国家、单位和个人共同分担过渡，在界定了国家和职工各自的养老保险范围的同时，也体现了职工养老保险由“企业自保”向“社会互济”转变，由“单一尺度原则”向“效率优先、兼顾公平”转变，由“充分福利”向“基本保障”转变以及由“现收现付”向“部分积累”转变的新机制。[①]

（二）发展历程

早在1978年，国务院发出《关于安置老弱病残干部的暂行办法》和《关于工人退休、退职的暂行办法》的通知规定，对养老金的计算与发放办法给出了规定。退休人员养老金按职工工龄长短、

① 东北财经大学课题组：《基本养老保险制度存在的问题及其解决办法》，《财贸经济》，1998年09期。

职工本人退休时的标准工资的一定比例计发。[1]随着20世纪80年代经济体制改革的不断推进，离退休职工增加以及自负盈亏的经济政策共同作用，50年代建立的传统的以企业为实施主体的受益基准制、现收现付制的养老保险制的问题日渐突出，出现了新老企业由于退休人数差异导致的退休负担畸轻畸重的矛盾。这一问题不仅影响到了企业的发展，也影响到企业职工的利益。为了解决这一问题，四川、广东、江苏和辽宁等省的少数市县进行国有企业退休费用社会统筹试点，随后在全国逐步推开，养老保险逐步从“企业保险”向社会保险转变。1986年以后，全国各地逐步开展了县（市）一级养老费用统筹制度。

1991年，国务院对各地养老保险制度改革中的成功做法进行了总结，并借鉴国外的经验，发布了《关于企业职工养老保险制度改革的决定》。文件指出，要逐步建立基本养老保险、企业补充养老保险和个人储蓄性养老保险相结合的多层次的养老保险制度，即由国家、企业与个人三方共同承担养老保险费用。由于当时中国已经有2000多万退休人口并且预期老龄化会进一步加强，因此提出了基本养老保险基金实行以支定收、略有结余、留有部分积累的模式。到1991年，实行养老金县（市）级统筹的有2274个，占全国县（市）的96%。但统筹层次低，仍然处于地方统筹，而非真正的社会统筹。[2]此外，养老金的发放依然是按照退休时标准工资的

① 李伯勇：《李伯勇部长在全国城镇企业职工养老保险制度改革试点工作会议上的讲话》，《中国劳动科学》，1995年03期。

② 陆解芬、朱玉林：《对提高养老保险基金统筹层次的探讨》，《财会研究》，2002年01期。

一定比例发放，与当时的工资制度改革不能匹配，因此基本养老金制度仍待进一步改革。

首先，在养老金的计发办法方面。1992 年，江西南昌市、辽宁锦西市率先实行新的基本养老金计发办法。在广泛征求各地意见，组织 10 多个省市的 100 多个市县进行测算论证和试点的基础上，1993 年 10 月，劳动部发出了《关于基本养老金计发办法改革试点工作的通知》。新计发办法是在总结各地改革经验和参考国外有益做法的基础上提出的。它规定基本养老金由两部分组成：第一部分为社会性养老金，根据缴费年限长短，按照职工退休上一年本省（自治区、直辖市）月平均工资的一定比例计发，体现了社会保险的再分配功能和公平原则；第二部分为缴费性养老金，按职工缴费年限长短和缴费工资的多少计发，体现了职工在整个工作期间的劳动贡献和社会保险的效率原则。同时建立了基本养老金随职工平均工资增长指数定期调整的制度。

其次，在养老金的统筹方面。1990 年 6 月，北京、上海、天津、福建、江西 5 个省（直辖市）先后开始实行省级统筹。1991 年 6 月，在总结全国各地养老保险制度改革经验的基础上，国务院印发了《关于企业职工养老保险制度改革的决定》，规定尚未实行基本养老保险基金省级统筹的地区，要积极创造条件，由目前的市、县统筹逐步过渡到省级统筹。这是中央首次对养老保险作出制度性的规定。1993 年，党的十四届三中全会作出了《关于建立社会主义市场经济体制若干问题的决定》，提出“城镇职工养老保险金由单位和个人共同负担，实行社会统筹和个人账户相结合”。这是我国养老保险制度乃至整个社会保障制度改革的一个转折点，但在接下来的运行过程中，出现了严重的管理分散和政策不统一管理，除地方统筹有县（市）级、地（市）级、省级等不同层次外，还有11个部门的系统统筹即“条条统筹”，形成了“五龙治水”的局面。

到1993年末，全国共有59万家企业，8100万名职工和1800万名退休人员参加退休费用社会统筹，历年滚存结余250亿元。退休费社会统筹在解决企业养老负担畸轻畸重、保持社会安定、给予企业平等竞争环境等方面，起到了不可磨灭的历史性作用。①

1995年，国务院下发《关于深化企业职工养老保险制度改革的通知》，对实行社会统筹与个人账户相结合养老保险制度的改革方案作出了11条原则规定，允许各地区在实施过程中根据本地区的具体情况修改与完善。因此，各地区、各部门站在改革的不同角度，以“社会统筹与个人账户相结合”为总体原则，普遍制定并出台了改革方案。截止到1996年上半年，全国有7个省、市选择了实施办法一，5个省、市选择了实施办法二，16个省、直辖市、自治区及5个部门吸收了办法一和办法二的优点，结合本地区、本部门实际情况，制定了第三类办法。全国基本养老保险制度不统一与管理体制的高度分散化，带来了一系列的社会负效应，付出了昂贵的改革成本，个人账户大小不一，使个人账户的转移成为难点，甚至无法操作，影响了全国统一劳动力市场的形成与完善。部分地区基本养老保险水平居高不下，有的地区养老金替代率甚至高达105%—110%，造成了国家和企业的沉重负担，全国养老待遇总体水平偏高，养老金替代率在86%左右，高于发达国家二三十个

① 岳颂东：《我国养老保险体制的理性选择——兼评城镇企业职工养老保险的两种模式》，《改革》，1995年02期。

百分点。这种刚性推动，最终必然造成财政的“空壳”与“空头支票”[①]。为应对上述问题，国务院在1997年7月推出《关于建立统一的企业职工基本养老保险制度的决定》。

（三）基本内容

1997年7月16日，国务院发布《关于建立统一的企业职工基本养老保险制度的决定》。这一制度是在总结了之前各地方试点经验的基础上，为了推动建立统一的企业职工基本养老保险制度，促进经济与社会健康发展而进行的制度改革。文件提出到20世纪末，“要基本建立起适应社会主义市场经济体制要求，适用城镇各类企业职工和个体劳动者，资金来源多渠道、保障方式多层次、社会统筹与个人账户相结合、权利与义务相对应、管理服务社会化的养老保险体系”。本次改革的重点之一在于扩大了职工基本养老保险的范围。从局限于国有企业职工、部分集体企业职工的基础上逐步扩大到城镇全体职工，包括国有企业职工、城镇集体企业职工、股份制企业职工、外商投资企业中方职工、私营企业员工、城镇个体工商户帮工、城镇个体工商户本人、私营企业业主、自由职业者等。

本次改革的原则要贯彻社会互济与自我保障相结合、公平与效率相结合、行政管理与基金管理分开等原则，基本养老保险实行社会统筹和个人账户相结合。参加基本养老保险的职工都要建立个人账户。职工个人缴纳的养老保险费计入个人账户，单位缴费的一部分也计入个人账户。其余部分作为社会统筹基金，主要用于支付原

① 林毓铭：《我国养老保险方案并轨与优化问题的思考》，《金融研究》，1997年04期。

已离退休职工的养老金、改革时已有一定工龄的职工退休后的部分养老金、寿命长的和收入低的职工的部分养老金，以及根据在职职工工资增长调整养老金水平所需资金。职工基本养老金的计发办法是，以个人账户中累计储存额（包括保险金本金和利息），依退休后的预期平均余命按月计发。

鉴于现有离退休职工和在职职工以前没有实行个人缴费，有些职工因年龄关系，实行个人缴费后不久即将退休，因此要实行“新人”新办法、“中人”中办法、“老人”老办法，搞好新老养老保险制度的衔接和平稳过渡。[①]

二、城市居民最低生活保障条例

（一）政策实施背景

20世纪90年代初期，随着市场化改革与国有企业改革的不断推进，出现了物价连续大幅上涨与国有企业职工大量下岗的现象。在我国城镇地区出现了贫困人口规模不断扩大的趋势，到1995年，我国城镇贫困居民约为2428万人，占全部城镇非农业居民人口的8.6%。[②]面对这样的经济现实，基于计划经济的传统社会救济制度难以解决，一方面旧有的制度对于救济对象有较为严格的限制，另一方面旧有的制度支付标准过低，难以覆盖基本生存需求。因此亟待出现新的制度框架解决上述问题。

① 刘志峰：《深化城镇企业职工养老保险制度改革》，《中国工业经济》，1995年06期。
② 唐钧：《最后的安全网——中国城市居民最低生活保障制度的框架》，《中国社会科学》，1998年01期。

（二）发展历程

实际上，早在国务院公布《城市居民最低生活保障条例》之前，各地已经对我国最低生活保障制度展开了有意义的探索。1993年上海市率先建立城市居民最低生活保障线制度。随后一些东部沿海城市也开始试行类似的制度。地方自发的低保制度探索提供了试点样本，民政部于1995年决定在全国组织推广。同年5月，上海、厦门、福州、沈阳、大连和青岛等6个城市均初步建立了城市低保制度。1996年3月17日，八届全国人大四次会议批准《中华人民共和国国民经济和社会发展“九五”计划和2010年远景目标纲要》，正式提出：建立城市最低生活保障制度和抚恤补偿机制，依法安置退役军人，积极发展社会福利事业和社区服务，加强福利设施建设。到1997年10月，包括武汉、重庆在内的206个城市建立了城市低保制度。这一阶段，城镇低保制度初步完成了地方试点和探索的任务，为在全国范围内普及和推广打下基础。1997年9月2日，国务院发布《关于在全国建立城市居民最低生活保障制度的通知》，要求“1997年底以前，已建立这项制度的城市要逐步完善，尚未建立这项制度的要抓紧做好准备工作；1998年底以前，地级以上城市要建立起这项制度；1999年底以前，县级市和县政府所在地的镇要建立起这项制度”。1999年9月28日，国务院颁布《城市居民最低生活保障条例》，标志着我国城镇最低生活保障制度正式确立。截至1999年9月底，全国668个城市和1638个县级人民政府所在地的建制镇已经全部建立了最低生活保障制度，保障对象达到 282 万人。[①]

在我国城市最低生活保障制度最初建立阶段，我国 36 个城市普遍的做法是对不同类型的家庭执行统一的人均标准，各家庭按人口数乘以人均标准得到救助总额，并以总额减去家庭自有收入施行补差救助。2000 年以后，福州和厦门率先打破了这种做法，按家庭规模计算不同户型人均救助标准。福州于 2000 年确立的标准为单人户每人每月 200 元，多人户（含两人户）每人每月 220 元；随着时间的推移，到 2005 年这一标准提高到单人户每人每月 210 元，多人户（含两人户）每人每月 230 元；2008 年，救助标准分别为 225 元和 245 元。厦门确立的城市最低生活保障救助标准为 2000 年 1 人户每人每月 315 元，2 人户每人每月 290 元，3 人户每人每月 265 元；2008 年厦门 1 人户救助标准为 330 元，2 人户救助标准为 305 元，多人户家庭救助标准为 280 元。2004 年以后，杭州开始考虑家庭规模的影响，执行了多元化的弹性标准。当时，杭州的多元化标准为 3 人户人均 270 元，2 人户人均 285 元，1 人户人均 300 元。2007 年，杭州市城市居民最低生活保障标准上升为 1 人户 340 元，2 人户 320 元，3 人户以上人均救助标准为 300 元。[②]

然而，初步建立的最低生活保障制度仍然存在一些不足。首先，各地区的最低保障标准仅仅考虑到困难家庭的生存问题而忽略了他们的发展问题。大部分城市的低保标准仅仅相当于平均工资的

---

① 黄玉君、吕博、邓大松：《我国最低生活保障制度统筹发展的问题及对策研究》，《社会保障研究》，2015 年 06 期。

② 曹艳春：《1998—2009 年我国 36 个城市“低保”标准变化及保障力度分析》，《现代经济探讨》，2009 年 12 期。

20%—30%。因此，这些困难家庭在子女教育以及医疗保健方面受到极大限制并难以得到发展。其次，一些地方对资格审查标准进行了特别规定，“身体强壮者一律不享受低保”或者限制有犯罪记录的家庭获得低保，等等。[①]

为了进一步完善最低生活保障制度，2001 年 11 月，国务院办公厅下发了《关于进一步加强城市居民最低生活保障工作的通知》，要求各地要将符合条件的对象尽快纳入保障范围，落实低保工作。随后一段时期政府加大了配套措施的完善力度。[②] 2003 年 12 月，民政部与建设部、财政部等联合发布了《城镇最低收入家庭廉租住房管理办法》，解决了部分城市贫困群体的住房问题。2004 年 4 月，民政部下发《关于进一步加强和规范城市居民最低生活保障工作的通知》，要求各地积极响应号召，做好分类施保工作。同年，民政部、教育部发布《关于进一步做好城乡特殊困难未成年人教育救助工作的通知》，民政部发布《做好普通高等学校困难毕业生救助工作的通知》，对低保家庭的未成年子女和高校就业困难的毕业生提供救助。2007 年底，民政部、建设部等联合发布《廉租住房保障办法》，提出城市低保家庭和住房困难家庭的住房补贴标准以及具体实施办法。到 2007 年底，全国共有 1064.3 万户、2272.1 万名城市居民得到了最低生活保障。全年各级财政共支出低保资金 277.4 亿元，全国城市居民最低生活保障平均标准 182.4 元/

① 杨立雄：《中国城镇居民最低生活保障制度的回顾、问题及政策选择》，《中国人口科学》，2004 年 03 期。
② 周文明、谢圣远：《中国城镇居民最低生活保障制度的发展演进及政策评估》，《广东社会科学》，2016 年 02 期。

月，低保户户均享受低保的现金收入为4210元，此外还获得户均价值相当于388元的实物补助和优惠待遇。[①]

尽管到2007年中国的最低保障制度已经构建起基本的“社会安全保护网”，但是随着外部环境的变化，原有制度仍然面临挑战。一方面，CPI持续上涨，尤其是受冰雪灾害等因素的影响，2008年1月的CPI达到7.1%，2月进一步上涨达到8.7%，创下12年来新高。另一方面，收入快速增长使最低生活保障标准的相对价值迅速下降。[②]上述因素导致了最低保障的标准变动成为一个重要问题。2007年6月，民政部印发了《关于妥善安排好近期城镇低保家庭生活的紧急通知》，对城市低保家庭的基本生活消费品进行动态补贴。2007年8月，民政部发布了《关于妥善安排城市居民最低生活保障家庭生活有关问题的通知》，指出通过提高低保标准、发放临时补贴等保障低保家庭的生活水平。2008年2月，民政部和财政部联合下发了《关于进一步提高城乡低保补助水平妥善安排困难群众基本生活的通知》，要求各地进一步提高城市和农村低保制度的补助水平，消除生活消费品上涨对贫困群体的影响。与此同时，国家也开始从法律制度建设层面推进社会救助体系的完善。

在中央和各地出台的相关制度文件中，基本上采用市场菜篮法作为最低生活保障标准的确定方式，首先要求确定生活必需品，其

---

① 李实、杨穗：《中国城市低保政策对收入分配和贫困的影响作用》，《中国人口科学》，2009年05期。

② 杨立雄、胡姝：《城镇居民最低生活保障标准调整机制研究》，《中国软科学》，2010年09期。

中包括维持最基本生活水准的商品种类及其数量，然后根据市场价格来计算拥有这些生活必需品的现金作为最低生活保障线的标准，同时参考物价等其他指标因素。但是在各地的实际工作中，往往采取了简单的估算办法，同时由于市场物价变动较大等原因，造成了低保标准的确定与当地实际相脱节，不具备必要的科学性。[①] 为了进一步解决这些问题，2011 年 5 月，民政部等四部门联合印发了《关于进一步规范城乡居民最低生活保障标准制定和调整工作的指导意见》，要各地科学确定和调整城市低保标准，落实和改进低保工作。另一个问题是低保户的资格认定。2010 年 8 月，民政部发布了《关于进一步加强城市低保对象认定工作的通知》，在城市低保对象的认定条件和认定方法上作出规定，有利于低保对象的识别，在一定程度上保证低保资金用到实处。2012 年 12 月，民政部印发了《最低生活保障审核审批办法（试行）》，将城市低保对象的认定进一步细化，包括家庭财产调查、申请条件等。

（三）基本内容

为规范城市居民最低生活保障制度，保障城市居民基本生活，国务院于 1999 年 9 月 28 日通过了《城市居民最低生活保障条例》，规定国务院民政部门负责全国城市居民最低生活保障的管理工作。城市居民最低生活保障制度实行地方各级人民政府负责制。县级以上地方各级人民政府民政部门具体负责本行政区域内城市居民最低生活保障的管理工作；财政部门按照规定落实城市居民最低

---

① 陈先森、吴天宏：《完善城乡居民最低生活保障制度的政策建议》，《财政研究》，2011 年 01 期。

生活保障资金；统计、物价、审计、劳动保障和人事等部门分工负责，在各自的职责范围内负责城市居民最低生活保障的有关工作。城市居民最低生活保障标准，按照当地维持城市居民基本生活所必需的衣、食、住费用，并适当考虑水电燃煤（燃气）费用以及未成年人的义务教育费用确定。对无生活来源、无劳动能力又无法定赡养人、扶养人或者抚养人的城市居民，批准其按照当地城市居民最低生活保障标准全额享受，对尚有一定收入的城市居民，批准其按照家庭人均收入低于当地城市居民最低生活保障标准的差额享受。

三、建立农村养老保险制度

（一）政策实施背景

我国经济在改革开放后有了快速发展，实施的农村土地承包责任制更是一项惠国利民的政策，使得农村经济快速发展。然而，相对于世界发达国家完善的农业保障体制，我国的农村社会保障体系还存在明显的欠缺。在人口快速老龄化的背景下，政府和社会各界越来越关注养老保障问题，同时在城乡分割的二元体制下，我国农村地区的养老问题面临更严峻的挑战。[①] 在城市，绝大部分老年人或多或少都有养老保险，但在新农保实施之前，我国还没有将农村养老纳入公共财政覆盖的范畴。绝大多数中国农村老人主要依靠传

① 陈欣欣等：《我国农村养老面临的挑战和养老服务存在的突出问题》，《中国农业大学学报（社会科学版）》，2021 年 04 期。

统的家庭和土地养老的方式，[1]农村老年人口面临保障水平低、经济供养能力弱等问题。

国家统计局数据显示，从2000年到2021年我国65岁及以上人口占总人口的比例从6.96%提高到了14.2%。按照联合国标准，65岁以上人口的占比超过7%即为“老龄化社会”，14%以上为“老龄社会”，超过20%为“超老龄社会”。这标志着中国正式进入“老龄社会”。随着人口老龄化程度的不断加深，我国农村老年人养老保障问题日益突出。为应对日趋严重的农村老龄化问题，我国开始探索、建立、推行农村养老保障方案。

（二）政策实施历程

2002年11月，党的十六大报告提出了一系列重要阐述，其中重点提及在有条件的地方，探索建立农村养老、医疗保险和最低生活保障制度。2006年10月，党的十六届六中全会通过的《中共中央关于构建社会主义和谐社会若干重大问题的决定》提出，到2020年基本建立覆盖城乡居民的社会保障体系。2007年，中共中央在一号文件《中共中央 国务院关于积极发展现代农业扎实推进社会主义新农村建设的若干意见》中明确提出在全国范围建立农村最低生活保障制度，各地应根据当地经济发展水平和财力状况，确定低保对象范围、标准，鼓励已建立制度的地区完善制度，支持未建立制度的地区建立制度，中央财政对财政困难地区给予适当补助。有条件的地方，可探索建立多种形式的农村养老保险制度。

① 常芳等:《新农保实施现状及参保行为影响因素——基于5省101村调查数据的分析》,《管理世界》, 2014年03期。

2009年，国务院印发《关于开展新型农村社会养老保险试点的指导意见》（以下简称《意见》），决定开展新型农村社会养老保险试点。该意见明确要求探索建立个人缴费、集体补助、政府补贴相结合的新农保制度，实行社会统筹与个人账户相结合，与家庭养老、土地保障、社会救助等其他社会保障政策措施相配套，保障农村居民老年基本生活。

2009年试点覆盖面为全国10%的县（市、区、旗），以后逐步扩大试点，在全国普遍实施，2020年之前基本实现对农村适龄居民的全覆盖。此外，《意见》还在参保范围、基金筹集、个人账户、养老金待遇、领取条件、制度衔接等方面都做出了明确规定，保障养老保险在全国范围的推广。2010年10月28日，十一届全国人大常委会十七次会议通过的《中华人民共和国社会保险法》规定国家建立和完善新型农村社会养老保险制度，明确提出新型农村社会养老保险实行个人缴费、集体补助和政府补贴相结合，确认了新型农村社会养老保险的法律地位。根据人力资源和社会保障部的统计，截至2011年底，全国已经有27个省、自治区的1914个县（市、区、旗）和4个直辖市部分区县开展了新农保试点，参加新农保的农户达到3.26亿人。新农保政策的试点和推广标志着我国农村社会养老保障事业发展到了一个新阶段。

2014年4月，国务院发布《关于建立统一的城乡居民基本养老保险制度的意见》，决定将新型农村社会养老保险和城镇居民社会养老保险两项制度合并实施，在全国范围内建立统一的城乡居民基本养老保险制度，并要求在2020年前，全面建成公平、统一、规范的城乡居民养老保险制度。

四、统一城乡居民基本养老保险制度

（一）政策实施背景

城乡二元结构是中国改革开放以来重要的经济发展特征之一，户籍制度的约束和城乡公共资源配置的失衡导致的城乡之间的收入分配不公。2000—2009 年，我国城乡居民收入比例从 2.78 上升至 3.33，大幅扩大。2009 年的城乡居民收入比例是历史最高水平。然而长期以来，中国社会保障制度都是按照“城乡有别”的思路在进行，随着我国社会保障制度的不断发展，城乡之间的差距甚至越来越大。为了解决这一现实问题，国家出台《国家基本公共服务体系“十二五”规划》，提出逐步建立城乡一体化的基本公共服务制度，不断缩小城乡差距。2014 年 2 月，国务院印发《关于建立统一的城乡居民基本养老保险制度的意见》，提出统一城乡居民基本养老保险制度，也是在“十二五”规划下施行的一项重要制度改革。

（二）发展历程

1991 年初，国务院决定由民政部负责建立农村社会养老保险试点。然而，由于政策执行过程中集体补贴难以真正落实在农民个人身上，与银行利率挂钩的农村养老保险基金收益低，该制度在 1999 年停止接收新业务。尽管老农保发展陷入全面停顿状态，但各地并未停止对农村社会养老保险的探索。截至 2005 年底，全国已有 31 个省市的 1900 个县级政府开展了相应的探索工作，形成了各具特色的制度内容，其中具代表性的包括苏南模式（大账户、小统筹+个人账户）、北京模式（以个人账户为主）、东莞模式（个人账户+社会统筹）和宝鸡模式（个人账户+养老补贴）等。在众多地方政策创新中，宝鸡模式最终成为国家借鉴的蓝本。宝鸡模式采用个人缴费、集体补助、财政补贴“三结合”的筹资模式，养老金由财政支持的基础养老金和由个人、集体与财政共同出资建立的个人账户两部分构成。[①] 2011 年，国务院参照新农保“统账结合”的制度模式，开展了面向城镇非就业居民的城居保试点。

基于新农保和城居保拥有相同的制度模式，2014 年，国务院发布《关于建立统一的城乡居民基本养老保险制度的意见》，决定将两项制度合并实施，在全国范围内建立统一的城乡居民养老保险制度。城乡居民养老保险采取社会统筹与个人账户相结合的制度模式：在缴费端，个人缴费、地方政府补贴、集体补助及其他社会经济组织、公益慈善组织和个人的资助全部计入个人账户。

（三）基本内容

为充分发挥社会保险对保障人民基本生活、调节社会收入分配、促进城乡经济社会协调发展，国家坚持全面推进和不断完善覆盖全体城乡居民的基本养老保险制度。对于年满 16 周岁（不含在校学生），非国家机关和事业单位工作人员及不属于职工基本养老保险制度覆盖范围的城乡居民，可以在户籍地参加城乡居民养老保险。坚持和完善社会统筹与个人账户相结合的制度模式，巩固和拓宽个人缴费、集体补助、政府补贴相结合的资金筹集渠道，完善基础养老金和个人账户养老金相结合的待遇支付政策，强化长缴多得、多缴多得等制度的激励机制，建立基础养老金正常调整机制。

---

① 董克用、施文凯：《从个人账户到个人养老金：城乡居民基本养老保险结构性改革再思考》，《社会保障研究》，2019 年 01 期。

五、农村最低生活保障制度

（一）政策实施背景

随着改革的不断深入，政府对农村建设越来越重视，农村居民收入水平不断提高，农村贫困人口数量大幅减少，农村工作卓有成效。但是，仍有部分贫困人口尚未解决温饱问题，需要政府给予必要的救助，以保障其基本生活，并帮助其中有劳动能力的人积极劳动脱贫致富。我国农村低保制度起步稍晚，最早见于 20 世纪 90 年代，一些经济条件较好的发达地区率先实施农村低保制度。2007 年中共中央在一号文件《中共中央 国务院关于积极发展现代农业扎实推进社会主义新农村建设的若干意见》中明确提出“在全国范围建立农村最低生活保障制度，各地应根据当地经济发展水平和财力状况，确定低保对象范围、标准，鼓励已建立制度的地区完善制度，支持未建立制度的地区建立制度，中央财政对财政困难地区给予适当补助。有条件的地方，可探索建立多种形式的农村养老保险制度”。一号文件的出台给这项制度在全国的普及提供了强大推动力。

（二）在全国建立农村最低生活保障制度

2007 年 7 月，为贯彻落实党的十六届六中全会精神，切实解决农村贫困人口的生活困难问题，国务院下发《关于在全国建立农村最低生活保障制度的通知》。其目标是：通过在全国范围建立农村最低生活保障制度，将符合条件的农村贫困人口全部纳入保障范围，稳定、持久、有效地解决全国农村贫困人口的温饱问题。该制度的建立，对于巩固前期扶贫成果，促进农村经济社会发展，逐步缩小城乡差距，维护社会公平具有重要意义。农村低保制度是中国政府首次为收入低于低保线（由地方政府制定）的农村居民提供最低收入保障。经过一系列试点后，农村最低生活保障制度（低保）于 2007 年在全国启动并迅速推广。到 2010 年，农村低保人口超过 5200 万人，到 2019 年下降至 3450 万人。

农村最低生活保障标准由县级以上地方人民政府按照能够维持当地农村居民全年基本生活所必需的吃饭、穿衣、用水、用电等费用确定，报上一级地方人民政府备案后公布执行，并随着当地生活必需品价格变化和人民生活水平提高适时进行调整。农村最低生活保障对象是家庭年人均纯收入低于当地最低生活保障标准的农村居民，除了收入标准外，还会考虑到一些其他因素，如身体健康状况，是否为老弱病残，以及生存条件是否恶劣、是否遭受自然灾害等。

（三）农村低保制度的效果

作为反贫困的政策工具之一，农村最低生活保障制度在减少贫困人口数量，保障贫困群体基本生活等方面具有重要意义。截至 2020 年底，全国农村低保对象 1985 万户，共 3620.8 万人，全国农村低保平均保障标准为每人每年 5962.3 元。已有研究表明，我国农村最低生活保障制度显著提高了贫困群体生活水平，但是这一效应在 2011 年后逐渐减弱。[①] 有学者使用调查数据对社会保障制度的减贫效果进行研究，发现公共转移支付使农村贫困人口减少了 4 个百分点，其中农村养老金的减贫贡献占一半，即 2 个百分点，而低

① 曹艳春：《农村低保制度对贫困群体生活水平改善效应研究》，《中国人口科学》，2016 年 06 期。

保等社会救助转移支付贡献仅占0.6个百分点。[①]

农村最低生活保障制度的政策效果通常取决于两方面因素，一是各个地方设定的最低生活保障标准高低，二是对低保人群的识别精准度。考虑到本地财政状况，地方政府往往将农村低保标准设定得较低，这不利于覆盖全部贫困人口。虽然各地农村低保标准水平在不断提高，但是，受物价和居民平均生活水平提高的影响，低保的相对水平仍然较低，这使得近年来其减贫效果越来越弱。2015年，大约一半的贫困县存在低保标准低于农村贫困标准的情况。随着精准扶贫战略实施，各地开始将农村低保标准调整为高于官方贫困标准的水平。由于低保对象的识别不仅依据家庭收入水平，还会综合考虑家庭其他方面因素，这也使得低保对象的瞄准常存在较大偏误。根据相关研究测算，我国低保瞄准度普遍较低，对农村地区的反贫困效果有限。[②]低保评审过程中村民评议环节作用突出，而政府主体角色弱化，村组干部主观意志等因素对评审过程产生较大影响，这些导致农村低保评审乱象。[③]

在脱贫攻坚战初期，社会保障与精准扶贫之间制度协调不足，但随着精准扶贫战略的实施，以及2016年《关于做好农村最低生活保障制度与扶贫开发政策有效衔接的指导意见》的出台，两项政

---

① Li, Shi, Peng Zhan, and Yanyang Shen., 2017, "New Patterns in China's Rural Poverty." *CHCP Working Paper*. London (Ontario): The University of Western Ontario, Centre for Human Capital and Productivity (CHCP).

② Golan J , Sicular T , Umapathi N., 2017, "Unconditional Cash Transfers in China: Who Benefits from the Rural Minimum Living Standard Guarantee (Dibao) Program?", *World Development*, 93:316-336.

③ 张昊:《农村低保评审乱象的成因及治理——基于定性定量混合研究方法的分析》,《中国农村观察》,2017年01期。

策的协同性不断提高。但是，受制于地方财政资源，各地低保资金投入仍较有限，这是限制地方政府扩大社会保障覆盖范围和提高福利水平的关键因素。因此，为了更好发挥农村最低生活保障制度的作用，低保户识别标准要更加精准，地方低保标准应及时动态调整，增加低保资金的财政投入，让低保制度真正发挥兜底作用。[①]

第三节　财税与公共服务再分配政策

一、个人所得税专项附加扣除暂行办法

（一）政策实施背景

2011 年的个税改革提高了费用扣除标准、降低税率级次扩大级距，然而未较好地实现个税“提低、扩中、调高”的收入再分配作用。并且费用扣除标准不合理，单纯提高个税基本费用扣除标准是不公平的，没有充分考虑纳税人家庭、子女教育、赡养老人、住房等实际支出，应增加分类费用扣除。为了进一步完善我国个人所得税制度，增强收入分配的调节效能，2018 年，国务院印发了《个人所得税专项附加扣除暂行办法》（以下简称《办法》），对子女教育、继续教育、大病医疗、住房贷款利息或者住房租金、赡养老人等 6 项专项附加扣除，给出了扣除范围、扣除标准、扣除方式以及保障措施。

---

① 朱梦冰、李实:《精准扶贫重在精准识别贫困人口——农村低保政策的瞄准效果分析》,《中国社会科学》，2017 年 09 期。

（二）基本内容

在教育方面，《办法》规定，纳税人子女在全日制学历教育阶段（包括义务教育、高中阶段教育、高等教育）的支出，以及子女年满3岁至小学入学前处于学前教育阶段的支出，纳税人可选择由夫妻一方按每孩每月1000元扣除，也可选择夫妻双方分别按每孩每月500元扣除。另外，纳税人在中国境内接受继续教育发生的支出，其中属于学历（学位）继续教育的支出，按每月400元扣除，扣除期限不能超过48个月（4年）；属于技能人员职业资格继续教育和专业技术人员职业资格继续教育的支出，在取得相关证书的当年扣除3600元。

在医疗方面，《办法》还规定一个纳税年度内，由纳税人负担的医药费用支出超过1.5万元的部分，在每年8万元的限额内据实扣除。可扣除的医药费用支出包括纳税人本人或其配偶、未成年子女发生的医药费用支出。在住房方面，《办法》规定，纳税人本人或其配偶购买中国境内住房发生的首套住房贷款利息支出，可以选择由夫妻一方按每月1000元扣除，扣除期限最长不超过240个月（20年）。纳税人在主要工作城市没有自有住房而发生的住房租金支出，在直辖市、省会（首府）城市、计划单列市及国务院确定的其他城市的，按每月1500元扣除；除上述城市外，市辖区户籍人口超过100万的城市，按每月1100元扣除；市辖区户籍人口不超过100万的城市，按每月800元扣除。夫妻双方主要工作城市相同的，只能由一方扣除。

在养老方面，《办法》规定纳税人赡养年满60岁父母的支出，或者祖父母、外祖父母的子女已经去世，纳税人赡养年满60岁的祖父母或外祖父母的支出可以扣除。纳税人属于独生子女的，按每月 2000 元扣除；属于非独生子女的，与其兄弟姐妹分摊每月 2000 元的扣除额度，其中每人分摊的扣除额度不得超过 1000 元。

（三）发展历程

1980 年 9 月 10 日，五届全国人大三次会议审议通过了《中华人民共和国个人所得税法》，开启了改革开放后个人所得税的征收工作。然而这一时期的个人所得税主要是为了适应改革开放政策，当时国内居民工资收入很低，1980 年职工人均年工资收入 762 元，人均月收入 63.5 元，所以绝大多数国内居民不在征税范围之内。

随着个人收入差距的快速扩大，为了更好地调节中国公民的收入水平，缓解社会分配不公的矛盾，国务院于 1986 年颁布了只适用于对中国公民个人收入征税的《中华人民共和国个人收入调节税暂行条例》。我国个体经济迅速恢复和发展，为了调节个体工商业户的所得，我国于 1986 年开始实施《中华人民共和国城乡个体工商业户所得税暂行条例》。

1994 年，我国对个人所得税制度进行了全面改革，从纳税主体、纳税对象、免税项目、个税税率、个税费用扣除等方面做出了较大调整。在此后，为了适应不同时期的经济发展要求，在 1999 年、2005 年、2007 年、2011 年和 2018 年又分别对《个人所得税法》进行了修订。2005 年 10 月，将工薪所得的免征额从 800 元提高到 1600 元。2007 年 12 月 29 日，将工薪所得的免征额再次提高到 2000 元。2011 年 6 月，不仅工薪所得的免征额提高到 3500 元，也对工薪所得和工商所得的税率结构进行了调整。2018 年 8 月 31 日，起征点进一步提高至每月 5000 元，还首次将子女教育支出、继续教育支出、大病医疗支出、住房贷款利息、房屋租金和赡养老人等支出列入专项附加扣除。

1994 年以来，个人所得税收入以年均 34%的增幅高速增长。1994 年我国个人所得税收入仅为 73 亿元，而 2008 年增加至 3722 亿元，15 年来收入规模增加了 50 倍，占全部税收收入的比重由 1.4%上升至 6.4%，成为 1994 年税制改革以来收入增长最为强劲的税种之一，目前成为国内税收收入规模排序的第四大税种。在收入规模稳步增长的同时，调节收入分配的职能也得以发挥。2008 年，年所得 12 万元以上纳税人自行申报的人数为 240 万，占全国个人所得税纳税人数的比例为 3%，缴纳税款为 1294 亿元，占全国个人所得税总收入的 35%，年人均纳税额为 53917 元。同时，工资薪金扣除额标准的提高，使较低收入者不缴税或少缴税。2008 年，年所得在 12 万元以下的纳税人数为 7760 万，纳税额为 2428 亿元，人均纳税额为 3129 元，税负远远低于高收入者。[①]

二、社会救助暂行办法

（一）政策实施背景

党的十九大报告中指出，新时代我国社会主要矛盾是人民日益增长的美好生活需要和不平衡不充分的发展之间的矛盾，必须坚持以人民为中心的发展思想，不断促进人的全面发展、全体人民共同富裕，并提出了要兜底线、织密网、建机制，完善社会救助制度，

① 贾康、梁季：《我国个人所得税改革问题研究》，《经济学动态》，2010 年 03 期。

实现“弱有所扶”。然而当时的社会救助领域的政策法规仍然处于碎片化状态，亟待确立一个系统的社会救助体系与政策法规体系。为此国务院颁布《社会救助暂行办法》，明确了“8+1”的社会救助体系基本框架。

（二）基本内容

2014 年，国务院颁布《社会救助暂行办法》，对之前的政策进行了系统的整合，包含了最低生活保障、特困人员供养、受灾人员救助、医疗救助、教育救助、住房救助、就业救助、临时救助和社会力量参与九个方面。

第一，最低生活保障。国家对共同生活的家庭成员人均收入低于当地最低生活保障标准，且符合当地最低生活保障家庭财产状况规定的家庭，给予最低生活保障。

第二，特困人员供养。国家对无劳动能力、无生活来源且无法定赡养、抚养、扶养义务人，或者其法定赡养、抚养、扶养义务人无赡养、抚养、扶养能力的老年人、残疾人以及未满 16 周岁的未成年人，给予特困人员供养。提供包括：基本生活条件；对生活不能自理的给予照料；疾病治疗；办理丧葬事宜。

第三，受灾人员救助。国家建立健全自然灾害救助制度，对基本生活受到自然灾害严重影响的人员，提供生活救助。

第四，医疗救助。国家建立健全医疗救助制度，保障最低生活保障家庭成员、特困供养人员及以上人民政府规定的其他特殊困难人员获得基本医疗卫生服务。

第五，教育救助。国家对在高中教育（含中等职业教育）、普通高等教育阶段就学的最低生活保障家庭成员、特困供养人员，以及不能入学接受义务教育的残疾儿童，根据实际情况给予适当教育救助。教育救助根据不同教育阶段需求，采取减免相关费用、发放助学金、给予生活补助、安排勤工助学等方式实施，保障教育救助对象基本学习、生活需求。

第六，住房救助。国家对符合规定标准的住房困难的最低生活保障家庭、分散供养的特困人员，给予住房救助。住房救助通过配租公共租赁住房、发放住房租赁补贴、农村危房改造等方式实施。

第七，就业救助。国家对最低生活保障家庭中有劳动能力并处于失业状态的成员，通过贷款贴息、社会保险补贴、岗位补贴、培训补贴、费用减免、公益性岗位安置等办法，给予就业救助。最低生活保障家庭有劳动能力的成员均处于失业状态的，县级以上地方人民政府应当采取有针对性的措施，确保该家庭至少有一人就业。

第八，临时救助。国家对因火灾、交通事故等意外事件，家庭成员突发重大疾病等原因，导致基本生活暂时出现严重困难的家庭，或者因生活必需支出突然增加超出家庭承受能力，导致基本生活暂时出现严重困难的最低生活保障家庭，以及遭遇其他特殊困难的家庭，给予临时救助。

第九，社会力量参与。国家鼓励单位和个人等社会力量通过捐赠、设立帮扶项目、创办服务机构、提供志愿服务等方式，参与社会救助。社会力量参与社会救助，按照国家有关规定享受财政补贴、税收优惠、费用减免等政策。

（三）发展历程

我国社会救助政策可以追溯到计划经济时期。当时农村社会救助项目主要是“五保”供养和贫困户救助。城市社会救助项目主要是临时救济和定期定量救济，救助对象主要为无劳动能力、无生活来源、无法定赡养人和扶养人的城镇孤老、社会困难户、20 世纪 60 年代精减退职职工以及国家规定的一些特殊救济对象，每年的城镇固定救济对象在 40 万人至 80 万人之间，临时救济 200 多万人次。[①]

随着国有企业改革的不断推进，城市中出现了大量下岗失业职工，这种新的状况导致传统的定期定量救济不能满足困难群体的救助需求，无法应对新生城市贫困问题。为此国务院在 1997 年颁布了《关于在全国建立城市居民最低生活保障制度的通知》，为经济体制改革配套并维护社会稳定。然而仅有最低生活保障并不能覆盖困难群众在教育、就业、医疗以及住房等方面的基本需求，2008 年 8 月 15 日，国务院发布《社会救助法（征求意见稿）》，提出四个主体制度设计，包括居民最低生活保障、专项救助（含教育救助、医疗救助、住房救助等）、自然灾害救助、临时救助。这为后来的制度建设提供了较为系统的基础。2014 年 2 月 21 日，国务院又颁布《社会救助暂行办法》，并于 5 月 1 日正式实施。可以说，社会救助制度的法律规范逐步完善，明确了“8+1”的社会救助体系基本框架，即最低生活保障、特困人员供养、医疗救助、教育救助、住房救助、就业救助、临时救助、自然灾害救助等 8 个项目，鼓励了社会力量的广泛参与。2020 年 8 月，中共中央、国务院印发的《关于改革完善社会救助制度的意见》是新中国成立以来对社会救助制度顶层设计的第一次系统谋划。

---

① 韩克庆：《中国社会救助制度的改革与发展》，《教学与研究》，2015 年 02 期。

三、公益性捐赠税前扣除有关问题

（一）政策实施背景

为了鼓励企业与公益组织参与社会治理和为慈善事业发展提供财力保障，2007 年 3 月 16 日，十届全国人大五次会议通过了《中华人民共和国企业所得税法》。这一新的法律将此之前实施的《企业所得税暂行条例》中所规定的年度应纳税所得额的扣除比例进行了提升，新的《企业所得税法》第九条规定“企业发生的公益性捐赠支出，在年度利润总额 12%以内的部分，准予在计算应纳税所得额时扣除”，计算比例从 3%提升至 12%，同时，扣除基数由“应纳税所得额”调整为“利润总额”。为了更好地贯彻落实《中华人民共和国企业所得税法》，财政部、国家税务总局以及民政部联合下发了《关于公益性捐赠税前扣除有关问题的通知》，并对公益性捐赠所得税税前扣除有关问题进行了进一步的明确。

（二）基本内容

财政部、国家税务总局、民政部发布的《关于公益性捐赠税前扣除有关问题的通知》指出：依照现行《企业所得税法》及其实施条例，企业发生的公益性捐赠支出，在年度利润总额 12%以内的部分，在计算应纳税所得额时准予扣除；超限额捐赠部分，不得在以后年度结转扣除。需要说明的是，这里的公益性捐赠，是指企业通过公益性社会团体或者县级以上人民政府及其部门，用于《中华人民共和国公益事业捐赠法》规定的公益事业的捐赠。归结起来，企业享受公益捐赠税前扣除政策必须同时满足三个条件。一是捐赠支出性质必须属于公益捐赠，即捐赠支出必须投向《中华人民共和国公益事业捐赠法》规定的范围；二是受赠对象必须符合规定；三是必须取得合法的公益性捐赠票据。

（三）发展历程

我国的慈善事业起步比较晚，在20世纪80年代国有企业改革之前甚至是一片空白，部分原因是大部分企业及个人都没有树立起慈善捐赠的意识，更主要的原因是当时刚刚从集体经济向市场经济转变，人们并不富裕，并且普遍存在“困难应该由所在单位解决”的思想，因此当时的慈善事业发展非常缓慢。

随着市场化改革的不断推进，国务院于1993年12月13日颁布了《企业所得税暂行条例》，条例对慈善捐赠行为给出了制度性的激励措施。该条例规定：纳税人用于公益、救济性的捐赠，在年度应纳税所得额百分之三以内的部分，准予扣除。此后，得益于改革开放的红利，国家在经济、政治、文化等各方面都有了长足的进步，慈善事业也进入探索期。其中1999年出台的《中华人民共和国公益事业捐赠法》，作为新中国成立以来通过的第一部捐赠法律，为慈善捐赠的规范发展奠定了基础。

但是，我国的慈善事业相关制度与法规并没有随着经济社会的发展进行及时的更新，出现了制约因素。首先，捐赠的税收优惠比例较低。根据《中华人民共和国公益事业捐赠法》的规定，公司和其他企业依照本法的规定捐赠财产用于公益事业，依照法律、行政法规的规定享受企业所得税方面的优惠。《企业所得税暂行条例》规定企业捐赠金额只有在当年应纳税所得额的3%以内才能够免税，超出部分仍需纳税。这种规定显然与经济发展不相适应。其次，捐赠实物不能享受税收减免。在遭受一些突发性自然灾难时，社会往往需要企业紧急捐赠各种救灾抗病物资。但是，相应的法律中并没有对捐赠实物作出具体的税收优惠规定，只是在某些特定情况下允许企业或个人捐赠的实物可在税前扣除，如《关于纳税人向防治非典型肺炎事业捐赠税前扣除问题的通知》。这极大地限制了企业捐赠的积极性。最后，对于捐赠的规定也过于严格。《中华人民共和国公益事业捐赠法》和相关税收法规规定，必须是公益、救济性的捐赠，捐赠的对象必须是我国税法规定可以接受捐赠的社会团体，才允许在法定的限额内扣除。《关于公益性捐赠税前扣除有关问题的通知》提高了免税额度，并且对捐赠形式和捐赠资格的规定进行了放宽。

四、扶贫脱贫相关政策

消除贫困是社会主义的本质要求，摆脱贫困，是实现共同富裕的必由之路。改革开放以来，市场经济的不断发展推动了居民收入的快速增长，但是也导致了收入差距的不断扩大。大量农村贫困人口无法在快速的经济增长中自然获益，带来了社会矛盾和不公平问题，也不利于进一步推进我国经济的高质量发展。如何发挥政府兜底性保障的有效作用，缓解收入不平等，降低机会不平等，促进收入代际流动和收入分配结构合理化，对提高全体居民福利，坚实迈向共同富裕总目标具有重要意义。

新中国成立以来，中国共产党带领人民持续向贫困宣战，成功走出了一条中国特色扶贫开发道路，使7亿多农村贫困人口成功脱贫。回顾中国扶贫战略演进历程，可以将其划分为四个阶段：1978—1985年的救济式扶贫、1986—2000年的开发式扶贫、

2001—2012年的整村推进扶贫以及2013—2020年的精准扶贫。[1]

（一）救济式扶贫（1978—1985年）

在第一阶段时期，中国完成了以家庭联产承包责任制为中心的农村改革，大大调动了农民生产积极性，农村居民收入水平大幅提高，城乡收入差距也呈缩小趋势。但是，因地理位置、资源禀赋和家庭条件的差异，农村内部收入差距不断拉大。为了解决这些极端贫困地区发展问题，1982年中国政府在甘肃省的定西、河西和宁夏回族自治区的西海固地区实施“三西地区农业建设项目”，首开区域性扶贫开发之先河，以解决中西部落后地区经济增长和收入滞后的问题。1984年，为了进一步规范国家对贫困地区的扶持资金使用，中共中央、国务院发布《关于帮助贫困地区尽快改变面貌的通知》，明确改变贫困地区面貌的根本途径是依靠当地人民自己的力量，按照本地的特点，因地制宜，扬长避短，充分利用当地资源，发展商品生产，增强本地区经济的内部活力，并提出应集中力量解决十几个连片贫困地区问题。该通知实际上成为进入第二个阶段（1986—2000年）开发式扶贫的发端和政策起点。[2]

（二）开发式扶贫（1986—2000年）

1986年，在“一部分地区、一部分人可以先富起来”的政策提出后，国务院成立贫困地区经济开发领导小组（1993年12月28日改名为国务院扶贫开发领导小组办公室），其主要职能是协调各

① 李实、沈扬扬：《中国的减贫经验与展望》，《农业经济问题》，2021年05期。
② 吴国宝等：《中国减贫与发展》，北京：社会科学文献出版社，2018年版，第26页。

类扶贫战略，推动贫困地区经济发展。贫困地区经济开发领导小组以县级农村居民人均纯收入为主要指标确定国家级贫困县，并允许各省根据条件在国家确定的贫困县外自行确定省级贫困县。到1994年底，全国2100个县中确定了331个国家级贫困县和368个省定贫困县。从那时起，以贫困县为单位进行政策干预成为中国扶贫政策的重要特征，扶贫指导方针也从“输血”转变为“造血”。

经过八年的扶贫开发，中国农村贫困人口进一步减少。与此同时，进一步减贫的难度也在不断加大，如期实现“七五”计划提出的到2000年基本解决温饱问题的目标变得愈加困难。为此，1994年国务院出台了《国家八七扶贫攻坚计划》（以下简称“八七”扶贫计划），旨在力争用七年左右的时间解决当时8000万贫困人口的温饱问题。这是中国历史上第一个具有明确目标的扶贫计划。“八七”扶贫计划总的要求是：“坚持开发式扶贫的方针，努力提高扶贫开发效益，积极创造稳定解决温饱问题的基础条件”，[①] 奋斗目标有三点：到2000年前解决贫困人口温饱问题、加强基础设施建设和改变教育文化卫生的落后状况。主要内容包括支持发展农业活动和非农就业机会（由贴息贷款支持），雇佣农村劳动力进行道路、电力和安全饮用水等基础设施建设（以工代赈项目），普及义务教育，加强疾病预防与医疗保健，建立地方政府对财政转移支付负责的监督体系，以及动员政府和非政府机构共同参与

① 陈俊生：《为完成“八七扶贫攻坚计划”而努力奋斗》，全国扶贫开发工作会议，1994年2月28日。

减贫工作。[1]

1．主要措施

为了如期完成计划设定的目标，中国政府在“八七”扶贫计划中采取了一系列新的扶贫政策和措施。[2]

第一，调整贫困县和国家扶贫资金投放的地区结构。1994年，中央政府决定将沿海经济比较发达的6个省份（广东、浙江、福建、江苏、山东和辽宁）原来的国家级贫困县改为省负责，同时根据“4进7出”（县农村居民人均纯收入超过700元的原国家贫困县退出，其他县农民人均纯收入低于400元的进入）的原则，重新确定了592个国家级贫困县。从1994年起，将分一年到两年把中央用于上述6省的扶贫信贷资金调整出来，集中用于中西部贫困状况严重的省、区，中央支援经济不发达地区发展资金原来用于6省的部分，留在当地继续使用，今后中央发展资金的增量不再向6省投放。中央过去投放6省的有偿使用扶贫资金，到期回收后，仍留地方周转使用。进一步扩大了从国家扶贫政策受益的贫困地区范围，将力量更集中于真正贫困的地区。

第二，增加国家的扶贫投入。此前国家用于扶贫的各项财政、信贷资金继续安排到2000年，以工代赈资金和“三西”专项建设资金在规定期限内保持不变。适当延长开发周期长的项目的扶贫信贷资金使用期限。此外，国务院决定，从1994年起，再增加10

① 国务院发展研究中心、世界银行：《中国减贫四十年：驱动力量、借鉴意义和未来政策方向》，北京：中国发展出版社，2022年版，第58页。

② 国务院扶贫开发领导小组办公室：《中国农村扶贫开发概要》，北京：中国财政经济出版社，2003年版，第34页。

亿元以工代赈资金，10亿元扶贫贴息贷款，执行到2000年。今后随着财力的增长，国家还将继续增加扶贫资金投入。从1994年到2000年，中央政府通过发展资金、以工代赈资金和扶贫贴息贷款形式提供的扶贫资金累计1130亿元，年均188.3亿元，比1986—1993年平均增加近110亿元，其中财政扶贫资金年均增加55.3亿元，增长3.4倍。①

第三，充分发挥政府各部门优势。计划要求，政府各部门要充分发挥自身优势，在资金、物资、技术上向贫困地区倾斜。要求农业部门推广“丰收计划”，发展高产优质高效农业；加强农业技术推广体系建设、农民技术培训、实用技术的推广；搞好农村能源建设；农业院校应在贫困地区定向招生，定向分配，培养一批稳定的农业技术骨干；采取有力措施，加快贫困地区乡镇企业发展。要求科技部门制定科技扶贫战略规划，增强实施“星火计划”，动员各方面力量提高贫困地区农民的农业技术水平；要求教育部门积极推进贫困地区农村的教育改革，继续组织实施“燎原计划”，普及初等教育，做好农村青壮年的扫盲工作，加强成人教育和职业教育。

第四，动员社会力量进行社会扶贫。组织中央和地方党政机关及有条件的企事业单位与贫困县定点挂钩扶贫；共青团组织要动员贫困地区青年带头学习技术，开拓脱贫致富门路；继续组织东西部地区青年相互交流、对口支援的工作；组织东西部省份对口帮扶；动员大专院校、科研单位充分发挥人才和技术优势，与贫困地区直接挂钩。

---

① 吴国宝等：《中国减贫与发展》，北京：社会科学文献出版社，2018年版，第73页。

2．政策效果

1994—2000年实施的“八七”扶贫计划将资源向深度贫困县倾斜，这意味着贫困瞄准更加符合现实所需。一个重要的特征是，“八七”扶贫计划实施后，中国政府更加重视农村地区互联互通的基础设施建设。从基础设施来看，全国贫困县“五通”村占比显著提高，通电、通公路、通邮、通电话和通广播电视村所占比重分别达95%、89%、69%、67%和95%。对农村公路等连通性基础设施的投资大大促进了农村地区农业和非农业发展，扩大了农村低技能工人的就业机会。此外，贫困地区的医疗、教育和文化等社会服务事业有了较大发展。到2000年底，贫困县内有小学的行政村占比达89%，26%的村开办了幼儿园，93%的村有医务室或乡村医生。①

经过七年的扶贫开发，全国农民贫困人口规模大幅缩小。按1984年贫困标准，2000年全国未解决温饱的农村人口减少到3209万人，贫困发生率下降到3.4%。从人均纯收入来看，全国592个国定贫困县农民人均纯收入从1994年的648元增加到2000年的1337元，年均增长12.8%，比全国平均增长速度快2个百分点，与全国农民平均收入的差距有所缩小。

总的来看，贫困县的经济增长率和家庭收入增长率均高于全国平均水平，“八七”扶贫计划的目标基本实现。但也有证据表明，贫困县内部的不同家庭受益情况存在差异，贫困县内贫困家庭的受益水平要低于其他境况相对较好的家庭。

---

① 国务院新闻办公室：《中国的农村扶贫开发》，国务院新闻办网站，2001年10月15日。

（三）整村推进扶贫（2001—2012年）

1.《中国农村扶贫开发纲要（2001—2010年）》

进入21世纪，中国农村贫困现象明显缓解，贫困人口大幅减少，除了少数社会保障对象和生活在自然环境恶劣地区的特困人口，全国农村贫困人口的温饱问题基本得到解决，《国家八七扶贫攻坚计划》确定的战略目标基本实现。但是，尚未解决温饱问题的群众虽然数量不多，但是解决难度很大；初步解决温饱问题的群众，温饱标准还很低，温饱也不稳定。如何巩固温饱成果，在此基础上实现小康、进而过上比较宽裕的生活，需要中国政府制定新的扶贫战略。

2001年，中共中央、国务院出台了《中国农村扶贫开发纲要（2001—2010年）》（以下简称《纲要1》），将中国农村扶贫开发推入一个新阶段。《纲要1》的战略目标是：尽快解决少数贫困人口温饱问题，进一步改善贫困地区的基本生产生活条件，巩固温饱成果，提高贫困人口的生活质量和综合素质，加强贫困乡村的基础设施建设，改善生态环境，逐步改变贫困地区经济、社会、文化的落后状况，为达到小康水平创造条件。这一阶段的主要特征，是从之前以贫困县为对象转变为以村为基础的整村推进扶贫开发。世界银行2001年贫困评估建议把贫困人口的识别范围从县转移到村，中国政府在2000年后，完善了贫困识别的标准，拓展了政府帮扶范围，共确定了14.8万个贫困村，其中包括一些不在贫困县范围内的村庄。全国有76%的农村贫困人口居住在贫困村内。[①] 整

① World Bank，2001：“China: Overcoming Rural Poverty. A World Bank country study”. *World Bank Publications.*

村推进是指扶贫开发要到村，以县为基本单元，以贫困村为基础，明确奋斗目标、建设内容、实施措施、帮扶单位和资金来源。制定规划要实事求是、综合设计、因地制宜、分类指导，要统一评估，统一论证，一次批准，分年实施，分期投入，分期分批地解决问题。

《纲要 1》继续坚持开发式扶贫方针，并强调引导贫困地区群众在国家必要的帮助和扶持下，以市场为导向，调整经济结构，开发当地资源，发展商品生产，改善生产条件。通过发展生产力，提高贫困农户自我积累、自我发展能力。最终形成“政府主导、社会参与、自力更生、开发扶贫、全面发展”的农村扶贫开发方针。与第二阶段（1986—2000 年）的开发式扶贫的政策相比，该阶段将社会参与和全面发展两个重要的思想纳入新的扶贫开发战略中，突破了以增加收入为导向的单一扶贫思路。在延续“八七”扶贫攻坚计划时期的主要政策和措施之上，确定了整村推进、劳动力转移培训和产业化扶贫三个重点扶贫方式，与之前业已实施的移民扶贫、社会扶贫和科技扶贫共同构成了这一阶段农村扶贫开发的基本干预框架。[①]《纲要 1》也调整了今后一段时期扶贫开发的重点。将国家级贫困县改称为国家扶贫开发重点县。具体的，按照集中连片的原则，国家把贫困人口集中的中西部少数民族地区、革命老区、边疆地区和特困地区作为扶贫开发的重点，并在上述四类地区确定扶贫开发工作重点县。东部以及中西部其他地区的贫困乡、村，主要由地方政府负责扶持。

① 吴国宝等:《中国减贫与发展》，北京：社会科学文献出版社，2018 年版，第 75 页。

在这十年，农村绝对贫困人口进一步减少。按照2008年的贫困标准，从2000年到2010年全国农村贫困人口从9422万人减少到2688万人；按照2010年贫困标准，2000—2010年，全国农村贫困人口从46200万人减少到16600万人，每年有将近3000万人口脱贫，贫困发生率从49.8%下降到17.2%，每年降低3.3个百分点。是1978年以来我国减贫速度最快的一个时期。[①]

2.《**中国农村扶贫开发纲要**（2011—2020**年**）》

在扶贫开发过程中，扶贫政策的瞄准性十分重要。随着扶贫开发战略的不断推进，在各阶段中，生活在贫困地区的贫困人口占比也在持续变化，1994年"八七"扶贫计划中占贫困总人口的比重为73%，2001年实施《中国农村扶贫开发纲要（2001—2010年）》时占比为76%，而到了2010年这一占比下降至62%。为了降低瞄准偏差，将扶贫资源和力量集中在真正需要帮助的贫困人口上，2011年，中国政府发布了《中国农村扶贫开发纲要（2011—2020年）》（以下简称《纲要2》），提出了新的扶贫目标和扶贫战略。工作方针强调，实行扶贫开发和农村最低生活保障制度有效衔接。把扶贫开发作为脱贫致富的主要途径，鼓励和帮助有劳动能力的扶贫对象通过自身努力摆脱贫困；把社会保障作为解决温饱问题的基本手段，逐步完善社会保障体系。

《纲要2》将中国农村扶贫的战略目标从解决农民温饱问题转变成"两不愁，三保障"，即到2020年，稳定实现扶贫对象不愁吃、不愁穿，保障其义务教育、基本医疗和住房。贫困地区农民人

① Lugo, Maria Ana, Chiyu Niu and Ruslan Yemtsov, 2021: "China's poverty reduction and economic transformation: a decomposition approach", *SocArXiv*.

均纯收入增长幅度高于全国平均水平，基本公共服务主要领域指标接近全国平均水平，扭转发展差距扩大趋势。战略目标的转变表明，不仅要满足农民的生存需求，还要满足其发展需求和社会服务基本需求，贫困的定义更加多维，贫困的内涵更加丰富。除此之外，首次将扭转发展差距扩大趋势纳入扶贫的战略目标中。

为了进一步解决区域发展环境对减贫的制约，《纲要2》将六盘山区、秦巴山区、武陵山区、乌蒙山区、滇桂黔石漠化区、滇西边境山区、大兴安岭南麓山区、燕山—太行山区、吕梁山区、大别山区、罗霄山区等区域的连片特困地区确定为扶贫攻坚主战场。增加和调整连片特困地区以外的重点县和贫困村，扩大扶贫政策的受益范围。确定了680个连片特困地区县，其中包括440个扶贫工作重点县。并按照"高出低进、出一进一、自主调整、总量控制"的原则对原重点县进行了大范围调整，最终形成了680个片区县和152个片区外重点县共832个贫困县为国家农村扶贫开发的重点对象。

为了适应扶贫开发战略目标调整的需要，2011年中国政府将扶贫标准以2010年价格从原来的1274元提高到2300元，提高了80.5%。相应的，农村贫困人口规模增加了1亿人。在具体措施方面，《纲要2》首次明确提出将专项扶贫、行业扶贫和社会扶贫作为中国农村扶贫的三个基本方式，构建了新的综合扶贫大格局。其中，专项扶贫主要包括易地扶贫搬迁、整村推进、以工代赈和产业扶贫等。自1986年以来，专项扶贫作为中国扶贫的基本战略，一直在实施。社会扶贫包括四点：加强定点扶贫、推进东西部扶贫协作、发挥军队和武警部队的作用以及动员企业和社会各界参与扶贫。从20世纪80年代定点扶贫开始，到"八七"扶贫计划，社会扶贫也一直作为开发扶贫的重要补充。而行业扶贫是首次被作为与专项扶贫和社会扶贫并列的扶贫战略提出来。①

2011—2013 年，在《纲要 2》的有效实施下，加上其他相关社会保障福利政策和经济增长等因素的综合作用，中国农村贫困人口减少了 8318 万人，每年减少农村贫困人口 2727.7 万人，贫困发生率下降至 8.8%。*贫困地区农民收入得到较快增长，与全国平均收入的差距明显缩小。贫困地区的基础设施和社会服务条件得到进一步完善。

* 基于CHIP调查数据估计得到。

（四）精准扶贫（2013—2020 年）

1．从开发式扶贫到精准扶贫

从 2013 年底开始，中国农村扶贫开发正式进入以“精准扶贫”战略为核心的第四个阶段。与前三个阶段主要瞄准贫困县、贫困村不同，精准扶贫瞄准对象精细化到个人和家户，实行从扶贫对象识别到项目安排、资金使用、帮扶措施、帮扶责任人和脱贫考核全过程精准扶贫。

中国农村扶贫战略，根据致贫原因的变化不断完善贫困瞄准方式：从提供全国性基本救济，到广泛实行区域扶贫开发战略，再到在贫困地区、贫困县、贫困村等更加具体层面实施专项扶贫政策和计划，最后直接瞄准特定贫困户。2013 年 11 月，习近平总书记在湖南湘西考察时，首次提出“精准扶贫”，他指出，扶贫要实事求是，因地制宜。要精准扶贫，切忌喊口号，也不要定好高骛远的目

① 吴国宝等：《中国减贫与发展》，北京：社会科学文献出版社，2018 年版，第 81 页。

标。2014 年 1 月 25 日，中共中央办公厅、国务院办公厅印发《关于创新机制扎实推进农村扶贫开发工作的意见》，提出了以建立精准扶贫工作机制为核心的六项创新机制和十项重点工作，将中国农村扶贫推进到一个以“精准扶贫、精准脱贫”为中心的新的历史时期。

2014 年 4、5 月，国务院扶贫办等先后印发《扶贫开发建档立卡工作方案》《建立精准扶贫工作机制实施方案》，对精准扶贫工作模式的顶层设计、总体布局和工作机制等方面做了详尽规制。2015 年 6 月，习近平总书记在贵州召开部分省区市党委主要负责同志座谈会上指出，扶贫开发贵在精准，重在精准，成败之举在于精准。各地都要在扶持对象精准、项目安排精准、资金使用精准、措施到户精准、因村派人（第一书记）精准、脱贫成效精准上想办法、出实招、见真效。2015 年 11 月 27 日至 28 日，中央扶贫开发工作会议在北京召开，习近平总书记出席会议并发表重要讲话。他强调，消除贫困、改善民生、逐步实现共同富裕，是社会主义的本质要求，是我们党的重要使命。全面建成小康社会，是我们对全国人民的庄严承诺。脱贫攻坚战的冲锋号已经吹响。我们要立下愚公移山志，咬定目标、苦干实干，坚决打赢脱贫攻坚战，确保到 2020 年所有贫困地区和贫困人口一道迈入全面小康社会。[①]

2．打赢脱贫攻坚战

党的十八大以来，我们把扶贫开发工作纳入“四个全面”战略布局，作为实现第一个百年奋斗目标的重点工作，摆在更加突出的位置，大力实施精准扶贫，不断丰富和拓展中国特色扶贫开发道

---

① 中国中共党史学会编：《中国共产党历史系列辞典》，北京：中共党史出版社、党建读物出版社，2019 年版，第 267 页。

路，不断开创扶贫开发事业新局面。我国扶贫开发已进入啃硬骨头、攻坚拔寨的冲刺期。中西部一些省（自治区、直辖市）贫困人口规模依然较大，剩下的贫困人口贫困程度较深，减贫成本更高，脱贫难度更大。实现到2020年让7000多万农村贫困人口摆脱贫困的既定目标，时间十分紧迫、任务相当繁重。必须在现有基础上不断创新扶贫开发思路和办法，坚决打赢这场攻坚战。

2015年11月29日，中共中央、国务院发布了《关于打赢脱贫攻坚战的决定》，第一次以中央文件的形式明确“把精准扶贫、精准脱贫作为基本方略”，并从总体要求、实施精准扶贫方略、加强贫困地区基础设施建设、强化政策保障、广泛动员全社会力量、大力营造良好氛围、切实加强党的领导等方面进行全面部署。强调实现贫困人口如期脱贫，贫困县全部摘帽，必须实施精准扶贫精准脱贫基本方略，改革现行扶贫思路和方式，变“大水漫灌”为“精准滴灌”，变“输血”为“造血”，变重GDP为重脱贫成效，解决好“扶持谁”、“谁来扶”、“怎么扶”、“如何退”的一系列问题。

精准扶贫和精准脱贫的基本要求与主要途径是“六个精准”和“五个一批”。“六个精准”是：扶贫对象精准、项目安排精准、资金使用精准、措施到户精准、因村派人精准、脱贫成效精准。“五个一批”是：发展生产脱贫一批、易地扶贫搬迁脱贫一批、生态补偿脱贫一批、发展教育脱贫一批、社会保障兜底一批。总的来说，要锁定所有农村贫困人口，建档立卡，分类施策，不留锅底。自2013年开始，精准扶贫战略将开发式扶贫政策与保障性扶贫政策相结合，致力于实现消除绝对贫困的目标。

3．精准扶贫的创新举措

（1）扶贫对象精准识别，实行建档立卡

在精准扶贫之前，中国贫困人口的总量是由国家统计局通过全国大样本居民收支抽样调查数据推算得到的，各省份贫困人口规模主要是参考辖区内社会经济发展水平等指标通过“规模分解”的方式进行分配。这种方式，受到数据和方法的局限，无法准确识别贫困户具体是谁，因什么贫困。

精准扶贫战略对贫困户的识别方式进行了改进，采取“自上而下”和“自下而上”相结合的方法。首先，国家统计局根据2013年国家贫困标准测算全国和各省份的贫困人口规模。其次，通过贫困人口逐级往下分解的方法初步匡算出各个村的贫困人口。最后，在村一级通过村干部对农户家庭经济状况的了解确定扶贫对象，并进行建档立卡。[①] 2014年共识别12.8万个贫困村，2948万贫困户、8962万贫困人口，第一次建立起全国统一的扶贫开发信息系统。

（2）聚焦深度贫困地区和特殊贫困群体

2017年，习近平总书记在深度贫困地区脱贫攻坚座谈会上指出，深度贫困地区脱贫攻坚是这场硬仗中的硬仗。我们务必深刻认识深度贫困地区如期完成脱贫攻坚任务的艰巨性、重要性、紧迫性，采取更加集中的支持、更加有效的举措、更加有力的工作，扎实推进深度贫困地区脱贫攻坚。

“三区三州”以及贫困发生率超过18%的贫困县和贫困发生率超过20%的贫困村，自然条件差、经济基础弱、贫困程度深，是

① 《国务院扶贫办关于印发〈扶贫开发建档立卡工作方案〉的通知》，国家乡村振兴局网站，2014年4月11日。

脱贫攻坚中的硬骨头，补齐这些短板是脱贫攻坚决战决胜的关键之策。为此，2017 年 11 月，中共中央办公厅、国务院办公厅发布了《关于支持深度贫困地区脱贫攻坚的实施意见》，提出：中央统筹，重点支持“三区三州”；中央和国家机关有关部门落实行业主管责任，对深度贫困地区、深度贫困问题，予以统筹支持解决；落实脱贫攻坚省负总责的主体责任等一系列举措。

（3）提出“五个一批”作为扶贫主要途径

2015 年 10 月 16 日，习近平总书记在减贫与发展高层论坛上首次提出“五个一批”的脱贫措施，为打通脱贫“最后一公里”，彻底解决贫困问题，开出了破题药方。“五个一批”具体指，通过产业扶持、转移就业、易地搬迁、教育支持、医疗救助等措施帮助贫困人口脱贫，对完全或部分丧失劳动能力的贫困人口实行社会保障政策兜底脱贫。从最终实施情况来看，2020 年 90%以上建档立卡贫困人口得到了产业扶贫和就业扶贫支持，960 多万名农村居民搬离“一方水土养活不了一方人”的地区，近 2000 万名贫困群众享受低保和特困救助供养，2400 多万困难和重度残疾人拿到了生活和护理补贴。[①]

（4）将农村低保制度与扶贫开发政策相衔接

农村最低生活保障制度是对农村贫困群体按最低生活保障标准，提供维持其基本生活的物质帮助，是一种社会救助制度。在扶贫开发工作中，将农村最低生活保障制度作为帮助无法依靠产业扶持和就业帮助脱贫的家庭进行兜底脱贫的重要手段，这是精准扶贫

① 习近平：《在全国脱贫攻坚总结表彰大会上的讲话》，《人民日报》，2021 年 2 月 26 日。

战略中的新举措。2016 年 9 月，国务院办公厅转发了民政部等部门《关于做好农村最低生活保障制度与扶贫开发政策有效衔接的指导意见》，要求完善农村最低生活保障制度，加大农村低保省级统筹力度，低保标准较低的地区要逐步达到国家扶贫标准。进一步加强农村低保申请家庭经济状况核查工作，将所有符合条件的贫困家庭纳入低保范围，做到应保尽保。加大临时救助制度在贫困地区的落实力度。提高农村特困人员供养水平，改善供养条件。抓紧建立农村低保和扶贫开发的数据互通、资源共享信息平台，实现动态监测管理、工作机制有效衔接。加快完善城乡居民基本养老保险制度，适时提高基础养老金标准，引导农村贫困人口积极参保续保，逐步提高保障水平。有条件、有需求地区可以实施“以粮济贫”。

4．精准扶贫的成就

（1）农村贫困人口全部脱贫

2021 年 2 月 25 日，习近平总书记在全国脱贫攻坚总结表彰大会上庄严宣告，我国脱贫攻坚战取得全面胜利，现行标准下 9899 万农村贫困人口全部脱贫，832 个贫困县全部摘帽，12.8 万个贫困村全部出列，区域性整体贫困得到解决，完成了消除绝对贫困的艰巨任务。[①] 党的十八大以来，平均每年有 1000 多万人脱贫。贫困人口收入水平显著提高，全部实现“两不愁，三保障”。2000 多万名贫困患者得到分类救治，曾经被病魔困扰的家庭挺起了生活的脊梁。近 2000 万名贫困群众享受低保和特困救助供养，2400 多万名困难和重度残疾人拿到了生活和护理补贴。

① 习近平：《在全国脱贫攻坚总结表彰大会上的讲话》，《人民日报》，2021 年 2 月 26 日。

贫困地区发展步伐显著加快，经济实力不断增强，基础设施建设突飞猛进，社会事业长足进步，行路难、吃水难、用电难、通信难、上学难、就医难等问题得到历史性解决。义务教育阶段建档立卡贫困家庭辍学学生实现动态清零。具备条件的乡镇和建制村全部通硬化路、通客车、通邮路。新改建农村公路110万公里，新增铁路里程3.5万公里。贫困地区农网供电可靠率达到99%，大电网覆盖范围内贫困村通动力电比例达到100%，贫困村通光纤和4G比例均超过98%。

（2）对世界减贫实践和理论的贡献

在经济增长对减贫的“涓滴”效应逐渐减弱的条件下，如何通过政策干预，在较短时间内实现贫困人口较大规模的减少，这在国际反贫困理论和实践中尚属难题。中国的精准扶贫所开创的新的扶贫方式是对国际已有减贫理论的创新。在精准扶贫中，中国首先对贫困家庭进行全面调查，识别不同贫困家庭的致贫原因，锁定目标人群。然后，利用大量数据支持，因地制宜，“对症下药”，充分鼓励和调动政府各部门和社会资源，引导资源向能够产生最大效用的项目和政策倾斜，为贫困人口创造发展机会和政策兜底保障。

中国脱贫攻坚战取得全面胜利，创造了减贫治理的中国样本，为全球减贫事业作出了重大贡献。摆脱贫困一直是困扰全球发展和治理的突出难题。改革开放以来，按照现行贫困标准计算，我国7.7亿农村贫困人口摆脱贫困；按照世界银行国际贫困标准，我国减贫人口占同期全球减贫人口70%以上。在全球贫困状况依然严峻、一些国家贫富分化加剧的背景下，我国提前10年实现《联合国2030年可持续发展议程》减贫目标，赢得国际社会广泛赞誉。我们积极开展国际减贫合作，履行减贫国际责任，为发展中国家提供力所能及的帮助，做世界减贫事业的有力推动者。[①]

五、基本公共服务均等化

（一）早期相关政策

中国在转型发展过程中，自计划经济时期所形成的城乡二元等级体系被不断放大，导致了农村居民在迁徙、就业、教育、医疗等多方面的基本权利远不如城市居民，严重损害了农村居民基本权利，其中基本公共服务供给的偏向对城乡居民基本权利差异产生重要影响。[②] 2000 年以后，我国已经进入全面建设小康社会的新的发展阶段，政府深刻认识到城乡发展不平衡、不协调问题，将工作重心由城镇逐步向农村转移，不断推进城乡一体化发展。

从 2005 年“基本公共服务均等化”被首次提出以来，我国在基本公共服务体系建设方面进行大量投入，持续推动基本公共服务体系建设，着力实现基本公共服务均等化。2005 年 10 月，党的十六届五中全会在通过的《中共中央关于制定国民经济和社会发展第十一个五年规划的建议》中，首次提出按照公共服务均等化原则，加大对欠发达地区的支持力度，加快革命老区、民族地区、边疆地区和贫困地区经济社会发展。2006 年 10 月，党的十六届六中全会审议通过了《中共中央关于构建社会主义和谐社会若干重大问题的决定》，提出将逐步实现基本公共服务均等化作为完善公共财

① 习近平：《在全国脱贫攻坚总结表彰大会上的讲话》，《人民日报》，2021 年 2 月 26 日。

② 姜晓萍、肖育才：《基本公共服务供给对城乡收入差距的影响机理与测度》，《中国行政管理》，2017 年 08 期。

政制度的目标，要求基本公共服务体系更加完备，政府管理和服务水平有较大提高。2007 年 10 月，党的十七大又提出缩小区域发展差距，必须注重实现基本公共服务均等化，将围绕推进基本公共服务均等化和主体功能区建设，完善公共财政体系确定为深化财政体制改革的基本方针。

2008 年 2 月，中央政治局第四次集体学习提出，对基本公共服务体系的建设构想包含三个层次：（1）公共服务体系建设建立在经济发展的基础上，应依据经济发展程度和水平，逐步建设。公共服务体系建设的指导思想是惠及全民和公平公正，但建设步骤要把握水平适度、可持续发展的原则。（2）基本公共服务均等化，是公共服务体系建设的长远目标，也是服务型政府建设的重要价值追求，但也需要逐步实现。应围绕逐步实现基本公共服务均等化的目标，协调处理好公共服务的覆盖面、保障和供给水平、政府财政能力三者之间关系。（3）公共服务体系建设的关键是创新公共服务体制，改进公共服务方式，形成公共服务供给的社会和市场参与机制。通过公共财政、社会组织、企业与家庭的合作，发挥和体现财政资金的公益性价值，提高公共服务质量和效益。

（二）政策实施历程

2012 年，《国家基本公共服务体系“十二五”规划》正式实施，从此我国基本公共服务建设拥有了全局性规划。该规划首次明确了基本公共服务概念，划定了基本公共服务范围，涉及公共教育、就业服务、社会保险、社会服务、医疗卫生、人口计生、住房保障、公共文化体育等八个领域，围绕人的生命周期历程，涵盖了人从出生到终老各个阶段生存与发展所需的基本公共服务。[①] 2013 年 11 月，党的十八届三中全会进一步提出了推进城乡基本公共服务均等化、城镇基本公共服务常住人口全覆盖等重大改革任务。2016 年，“十三五”规划纲要提出要围绕标准化、均等化、法制化，加快健全国家基本公共服务制度，完善基本公共服务体系，建立国家基本公共服务清单。2017 年 1 月 23 日，推进基本公共服务体系建设的综合性、基础性、指导性文件《“十三五”推进基本公共服务均等化规划》由国务院印发并实施。该规划提出城乡区域间基本公共服务大体均衡，贫困地区基本公共服务主要领域指标接近全国平均水平，广大群众享有基本公共服务的可及性显著提高的目标，首次提出建立国家基本公共服务清单制，围绕原有八个领域列出 81 个基本公共服务项目，每个公共服务项目又明确了服务对象、服务指导标准、支出责任、牵头负责单位等。2018 年 7 月，中共中央办公厅、国务院办公厅印发《关于建立健全基本公共服务标准体系的指导意见》，提出了完善各级各类基本公共服务标准、明确国家基本公共服务质量要求、合理划分基本公共服务支出责任、创新基本公共服务标准实施机制等重点任务。

2020 年，党的十九届五中全会将“共同富裕”从一种理念转变为国家发展阶段的目标，[②] 国家基本公共服务体系建设更加注重城乡、区域、人群间实际服务水平差距的缩小，力图实现更高水平的均等化，为实现共同富裕提供基本支撑。2021 年 3 月，国家发

① 刘宇南：《〈国家基本公共服务体系“十二五”规划〉中的若干重要问题探析》，《宏观经济管理》，2013 年 04 期。

② 李实：《共同富裕的目标和实现路径选择》，《经济研究》，2021 年 11 期。

展和改革委联合 20 个部门印发了《国家基本公共服务标准（2021 年版）》，对基本公共服务分类标准做了适当调整。2021 年底，国务院正式批复《“十四五”公共服务规划》，强调要科学合理界定基本公共服务与非基本公共服务范围，将持续推进公共服务均等化作为推动全体人民共同富裕迈出坚实步伐的重要抓手。①

第四节　综合性收入分配政策

一、帮助贫困地区改变面貌

（一）政策实施背景

新中国成立初期至 1956 年，按劳分配的制度初步建立。在这一时期的城镇地区建立了统一的“工分资”制度，并根据按劳分配的原则建立了等级工资制度。在这一时期的农村地区，随着社会主义改造的完成，各地的合作社普遍施行了以“工分制”为主的按劳分配制度。上述基本分配制度建立之后，随着中国全面展开社会主义建设的探索，中国城市与农村的基本分配制度开始向平均主义转变。在平均主义的思想盛行的影响下，国家提出了“重生产、轻生活，高积累、低分配”等主张，突出反映了在分配上平均主义的均富原则，实际上实行“按人分配”的吃“大锅饭”制度，这种制度选择抑制人们的积极性，桎梏国家经济发展和效率提高。

① 李实、杨一心：《面向共同富裕的基本公共服务均等化：行动逻辑与路径选择》，《中国工业经济》，2022 年 02 期。

“大锅饭”是平均主义在经济领域的表现，是长期阻碍我国经济发展和效率增长的痼疾，也是限制农村生产力发展的沉重枷锁。在农村人民公社体制下，表现为“集体所有，集体劳动，集体分配”。基本上是按照平均主义的分配原则来解决——根据家庭人口多少和农户一年挣得的劳动工分多少这两个标准来进行分配，这种分配制度与“干得好不好”、“贡献大不大”没有关系，这就导致农业生产过程中的大面积偷懒、懈怠和“出工不出力”，农民对集体生产没有积极性。这种低效率的分配体制客观上抑制了技术创新与劳动竞争，降低了资源有效配置的效率与经济长期增长潜力，造成了社会的普遍贫穷，极大地危害了社会主义的稳定与发展，这种分配制度亟待改变。

直到 1978 年，按劳分配才重新被强调。五届全国人大一次会议通过重新修订的《中华人民共和国宪法》，明确有关按劳分配的社会主义分配原则。在当年的《政府工作报告》中提到：在整个社会主义历史阶段，必须坚持不劳动者不得食，各尽所能、按劳分配的原则。……在分配上，既要避免高低悬殊，也要反对平均主义，实行多劳多得，少劳少得的原则。干多干少、干好干坏、干和不干都一样，不利于调动广大群众的积极性。即便重新确立了按劳分配的分配制度核心地位，“平均主义”仍然深入人心，迫切地需要更多的激励政策来打破这样一种氛围。在按劳分配核心制度的核心框架指导下，党的十一届三中全会提出的“克服平均主义”成为农村地区改革的重要思想，农村地区开始逐步有序地推行家庭联产承包责任制。

1956—1978 年，为防止贫富分化，促进社会生产力的发展，国家推行土地所有权集体化的政策，并禁止土地交易。这一制度安排虽然促进了社会主义公有制的建立，但严重影响了农民生产的积极性和主动性，造成了巨大的效率损失，导致农业生产效率低下，农业发展缓慢。为了尽快提高农业生产力，打破效率低下的问题，1978 年党的十一届三中全会制定了《中共中央关于加快农业发展若干问题的决定（草案）》，指出“三级所有、队为基础”的制度不允许任意改变，但允许包工到组，仅不许包工到户。1979 年 9 月，党的十一届四中全会通过《中共中央关于加快农业发展若干问题的决定（草案）》，但将“不许”包产到户改为“不要”包产到户，政策更为放松。1980 年 5 月，国家农委向中央作了《关于包产到户问题的请示报告》，提出允许在特殊困难地区实行包产到户。1980 年 5 月 31 日，邓小平在一次重要谈话中公开肯定小岗村“大包干”的做法，这一举动表示的支持传达一个明确的信息：农村改革势在必行。此后的政策环境进一步宽松，1980 年 9 月发布的《关于进一步加强和完善农业生产责任制的几个问题》，继续放宽包产到户政策，明确特殊困难地区可以包产到户、包干到户；其他地区则根据发展情况和群众意见，决定包产到户的推行和方法。

1982 年 1 月 1 日，中国共产党历史上第一个关于农村工作的一号文件正式出台，明确指出包产到户、包干到户都是社会主义集体经济的生产责任制。1983 年中央一号文件指出联产承包制采取了统一经营与分散经营相结合的原则，使集体优越性和个人积极性同时得到发挥。这一文件标志着家庭联产承包责任制作为农村改革的一项战略决策的正式确立。虽然这些措施对调动农村生产力起到了积极作用，发展了农村生产，改善了农民生活水平，但由于自然条件、经济基础的差异，农村经济的发展极其不平衡。部分农村地区（特别是山区和边远地区）在生产和生活上仍然面临巨大的困难，温饱问题尚未完全解决。

（二）政策基本内容

《中共中央、国务院关于帮助贫困地区尽快改变面貌的通知》明确解决贫困地区的问题要突出重点，目前应集中力量解决十几个连片贫困地区的问题。要经过调查论证，综合研究，确定具体措施，逐项予以落实。国家用于贫困地区的资金和物资，不能采取“撒胡椒面”的办法平均使用，更要严禁挪作他用。对贫困地区要进一步放宽政策，实行比一般地区更灵活、更开放的政策，彻底纠正集中过多、统得过死的弊端，给贫困地区农牧民以更大的经营主动权。并强调要进一步减轻负担、给予优惠。搞活商品流通，加速商品周转。增加智力投资以及加强领导。

《中共中央关于进一步加强农业和农村工作的决定》指出，20世纪90年代中国农业和农村工作的主要任务是：农业综合生产能力和效益要提高到新水平，到本世纪末确保粮食总产量达到五千亿公斤，农林牧副渔各业和乡镇企业持续发展，农村国民生产总值再翻一番；农村改革要有一个新的进展，逐步建立和完善适应社会主义有计划商品经济发展的经济体制和运行机制；农村社会面貌要有一个新的变化，形成经济繁荣兴旺、思想健康向上、社会安定团结的局面。建设有中国特色的社会主义新农村必须遵循的基本原则是：经济建设，必须始终把农业真正摆在首位，切不可农业状况一有好转，就忽视和削弱农业的基础地位；农村改革，必须继续稳定以家庭联产承包为主的责任制，不断完善统分结合的双层经营体制，积极发展社会化服务体系，逐步壮大集体经济的实力，引导农民走共同富裕的道路，切不可偏离这一深化农村改革的重点和总方向；制定和执行农村政策，必须切实保障农民群众经济上的物质利益和政治上的民主权利，切不可侵犯农民的合法权益；推进农业现代化，必须坚持科技、教育兴农的发展战略，多渠道增加农业投入，加快农用工业的发展，切不可放松农业物质技术基础建设；发展农村商品经济，必须尊重价值规律，重视流通领域的改革和建设，切不可忽视流通对生产的促进作用；农村经济和社会发展，必须严格控制人口增长，严格控制非农占地，合理开发利用资源，保护生态环境，切不可脱离国情，违反基本国策；建设社会主义新农村，必须加强以党组织为核心的基层组织建设，加强思想政治工作，发扬自力更生、艰苦奋斗的精神，坚持物质文明和精神文明一起抓，切不可一手硬一手软；指导农村工作，必须坚持群众路线，一切从实际出发，因地制宜，分类指导，切不可违背群众意愿，不顾客观条件照搬照套，“一刀切”。[①]

（三）政策实施历程

面对农村地区发展不平衡不充分的情况，同时意识到农村扶贫工作的艰巨性和长期性，1984 年 9 月，中共中央、国务院发出《关于帮助贫困地区尽快改变面貌的通知》，允许贫困地区实行更为灵活、更为开放的政策，给予贫困地区农民以更大的经营主动权，允许农民自主选择经营形式，并对这些地区的农业税、所得税等进行减免，减轻农民负担，促进农村居民增收，改变贫困地区面貌。1991 年 11 月 29 日，十三届中央委员会八次全体会议通过《中共

① 中国中共党史学会编：《中国共产党历史系列辞典》，北京：中共党史出版社、党建读物出版社，2019 年版，第 163 页。

中央关于进一步加强农业和农村工作的决定》，要求经济建设，必须始终把农业真正摆在首位，切不可农业状况一有好转，就忽视和削弱农业的基础地位；农村改革，必须继续稳定以家庭联产承包为主的责任制，不断完善统分结合的双层经营体制，积极发展社会化服务体系，逐步壮大集体经济实力，引导农民走共同富裕的道路，切不可偏离这一深化农村改革的重点和总方向；制定和执行农村政策，必须切实保障农民群众经济上的物质利益和政治上的民主权利，切不可侵犯农民的合法权益。该决定还明确指出积极发展乡镇企业是繁荣农村经济、增加农民收入、促进农业现代化和国民经济发展的必由之路。此外，该决定还在农村扶贫工作方面作出要求和指示，明确要求做好扶贫和地区间协调发展工作促进共同富裕。

二、国务院关于解决农民工问题的若干意见

（一）政策实施背景

在我国收入差距结构中，城乡收入差距是非常重要的因素。在计划经济时期，巨大的城乡收入差距在很大程度上可归因于需要从农村获取资本的原始积累用于发展经济。[①] 为此，采取了限制农村劳动力流动和设置工农业产品价格“剪刀差”两种主要的行政手段，抑制了农村发展潜力。改革开放初期，受到农村经济改革的影响，农民生产积极性大幅提高，农民收入增长超过城市居民，使得我国城乡差距一度有所缩小。但是，随着农村经济改革红利的释

① 蔡昉、杨涛：《城乡收入差距的政治经济学》，《中国社会科学》，2000 年 04 期。

放，城市经济快速发展，城乡收入差距再次呈现不断扩大的趋势。过大的收入差距背后是一些不公平、不合理的分配制度和机制，包括城乡分割的户籍制度、劳动力市场的歧视现象等。要缩小城乡收入差距，需要进一步破除这些不公平的制度和机制。

20 世纪 80 年代后期，严重的城乡收入不平等使得大量农民背井离乡，涌入城市寻求一份收入更高的工作。根据 1990 年、2000 年人口普查数据以及 1995 年 1%人口抽样调查数据，1990—1995 年，我国劳动力流动的规模为 3053 万人，而 1995—2000 年我国劳动力流动规模已超过 13122 万人。大规模的农村劳动力流入城镇劳动力市场，不仅为我国经济增长提供了强大动力，也使得农村居民收入大幅提高。

但是，农村劳动力即使进入城市寻找工作，他们的户籍仍在农村。户籍制度的存在使得这些农民工在城镇劳动力市场中面临着不公平的歧视，想进入国有企业等高收入、高稳定性的工作十分困难，他们被迫只能进入低收入岗位。此外，城乡二元机构也使得很多社会资源不是通过市场来分配的，而是由政府进行分配。城市本地的很多社会保障服务、劳动福利、货币补贴等优惠特权，并不对农民工开放，农民工群体虽在城市工作，但却无法享受到这些福利。更有甚者，由于早期我国有关劳动保护法律法规尚不健全，城市用人单位克扣农民工工资、农民工工资水平显著低于本地员工、农民工更多从事危险职业而未受到应有的保护等现象较为普遍，农民工基本权益无法得到保障。[①]

① 李实、万海远：《中国收入分配演变 40 年》，上海：格致出版社，2018 年版，第 84 页。

为统筹城乡发展，保障农民工合法权益，改善农民工就业环境，引导农村富余劳动力合理有序转移，推动全面建设小康社会进程，国务院于 2006 年 3 月发布《关于解决农民工问题的若干意见》（以下简称《意见》）。

（二）政策主要内容

《意见》首先强调了解决好农民工问题的重大意义，指出农民工问题事关我国经济和社会发展全局。农民工是推动我国经济社会发展的重要力量，是工业带动农业、城市带动农村、发达地区带动落后地区的有效形式，进一步做好农民工工作，对于改革发展稳定的全局和顺利推进工业、城镇化、现代化都具有重大意义。

《意见》分别针对农民工工资偏低和拖欠问题、农民工劳动管理、农民工就业服务和培训、农民工社会保障和公共服务等方面提出了具体政策措施。为解决农民工工资拖欠问题，提出建立农民工工资支付保障制度，严格规范用人单位工资支付行为。建立工资支付监控制度和工资保证金制度，从根本上解决拖欠、克扣农民工工资问题。对于拖欠农民工工资的用人单位，加大处罚力度，对恶意拖欠、情节严重的，可依法责令停业整顿、降低或取消资质，直至吊销营业执照，并对有关人员依法予以制裁。针对农民工工资偏低问题，提出要合理确定和提高农民工工资水平，要求各地严格执行最低工资制度，合理确定并适时提高最低工资标准。

为规范农民工劳动管理，要求所有用人单位招用农民工都必须依法订立并履行劳动合同，建立权责明确的劳动关系。各地要严格执行国家职业安全和劳动保护规程及标准，企业必须按规定配备安全生产和职业病防护设施，依法保障农民工职业安全和卫生权益。

针对女性和未成年人等群体，特别强调要求用人单位依法保护女工的特殊权益，不性别歧视，严禁使用童工。

为了更好促进农民工就业服务，提高农民工人力资本，促进农民工就业质量进一步提升，《意见》提出：要逐步实行城乡平等的就业制度，改革城乡分割的就业管理体制，建立城乡统一、平等竞争的劳动力市场；进一步做好农民转移就业服务工作，促进农村富余劳动力转移就业，免费为农民工提供政策咨询、就业信息、就业指导和职业介绍等服务；加强农民工职业技能培训，扩大农村劳动力转移培训规模，提高培训质量。鼓励农民工参加职业技能鉴定、获取国家职业资格证书；大力发展面向农村的职业教育，加强农村职业教育师资、教材和实训基地建设。

为了解决农民工社会保障问题，要求各地要认真贯彻落实《工伤保险条例》，所有用人单位要及时为农民工办理参加工伤保险手续，按时足额缴纳工伤保险费。各统筹地区要采取建立大病医疗保险统筹基金的办法，重点解决农民工进城务工期间的住院医疗保障问题。探索适合农民工特点的养老保险办法。抓紧研究低费率、广覆盖、可转移，并能够与现行的养老保险制度衔接的农民工养老保险办法。此外，《意见》分别针对农民工子女义务教育问题、疾病预防控制和适龄儿童免疫工作、计划生育管理和服务问题、居住条件问题等方面提出了具体改善意见。

三、深化收入分配制度改革若干意见

（一）政策实施背景

改革开放后的三十多年，中国的经济与社会经历了巨大的转型，中国的经济增长也一直保持较高的增速。然而与之伴随的是我国的收入不公平问题也越发凸显。首先从城市与乡村的视角考察当时的收入分配情况，农村地区的收入差距基尼系数从 2000 年的 0.35 上升到了 2010 年的 0.385。[①] 得益于非农就业机会的增加，农村地区的收入差距尽管有所增加但是增速较为缓慢。与之形成对比的是，城镇内部的收入差距迅速扩大，在调整调查样本偏差后，城镇内部的收入差距也许超过了 0.4。[②] 而从全国来看，从 2000 年至 2008 年，全国收入差距一直处于扩大趋势，基尼系数从 0.44 上升到 0.49 以上。[*]

* 国家统计局相关数据。

造成收入分配不公问题的原因是多方面的。第一，劳动报酬占比不断下降。工资增长落后于财政收入增长直接导致劳动报酬占初次分配比重的下降。[③] 第二，城乡收入差距的扩大。2002—2009 年，城乡居民收入比一直呈现增加的趋势。城乡居民收入比从 2002 年的 3.11 增长到 2009 年的 3.33。第三，行业垄断问题。一些垄断行业的工资水平增速明显快于其他行业，导致其从业人员与其他行业从业人员收入差距不断扩大。第四，再分配政策不足。从税收的角度来看，对收入分配有较强调节作用的财产税和遗产税仍然很不健全，而从社会保障政策的角度来看，不同行业间以及城乡之间的保障水平不一，也导致了收入差距的扩大。

---

① 李婷、李实：《中国收入分配改革：难题、挑战与出路》，《经济社会体制比较》，2013 年 05 期。

② 李实、罗楚亮：《中国收入差距究竟有多大？——对修正样本结构偏差的尝试》，《经济研究》，2011 年 04 期。

③ 陈新、周云波、陈岑：《中国收入分配中的主要问题及收入分配制度改革》，《学习与探索》，2014 年 03 期。

面对“城乡区域发展差距和居民收入分配差距依然较大，社会矛盾明显增多”的问题，党的十八大报告中指出要“调整国民收入分配格局，加大再分配调节力度，着力解决收入分配差距较大问题，使发展成果更多更公平惠及全体人民，朝着共同富裕方向稳步前进”，并且“实现发展成果由人民共享，必须深化收入分配制度改革，努力实现居民收入增长和经济发展同步、劳动报酬增长和劳动生产率提高同步，提高居民收入在国民收入分配中的比重，提高劳动报酬在初次分配中的比重”。按照这一战略部署，国务院批转了《关于深化收入分配制度改革的若干意见》以推动解决我国收入分配领域中亟待解决的突出问题。

（二）基本内容

为了应对改革开放以来，城乡区域发展差距和居民收入分配差距依然较大，收入分配秩序不规范，隐性收入、非法收入问题比较突出，部分群众生活比较困难等一系列收入分配领域亟待解决的突出问题，2013 年 2 月，国务院批转了《关于深化收入分配制度改革的若干意见》[①]。该意见对完善初次分配机制、加快健全再分配调节机制、建立健全促进农民收入较快增长的长效机制以及推动形成公开透明、公正合理的收入分配秩序给出了明确的建议。

1．继续完善初次分配机制

完善劳动、资本、技术、管理等要素按贡献参与分配的初次分配机制。实施就业优先战略和更加积极的就业政策，扩大就业创业

① 《国务院批转发展改革委等部门关于深化收入分配制度改革若干意见的通知》，中国政府网，2013 年 2 月 3 日。

规模，创造平等就业环境，提升劳动者获取收入能力，实现更高质量的就业。深化工资制度改革，完善企业、机关、事业单位工资决定和增长机制。推动各种所有制经济依法平等使用生产要素、公平参与市场竞争、同等受到法律保护，形成主要由市场决定生产要素价格的机制。

促进就业机会公平。大力支持服务业、劳动密集型企业、小型微型企业和创新型科技企业发展，创造更多就业岗位。完善税费减免和公益性岗位、岗位培训、社会保险、技能鉴定补贴等政策，促进以高校毕业生为重点的青年、农村转移劳动力、城镇困难人员、退役军人就业。完善和落实小额担保贷款、财政贴息等鼓励自主创业政策。借鉴推广公务员招考的办法，完善和落实事业单位公开招聘制度，在国有企业全面推行分级分类的公开招聘制度，切实做到信息公开、过程公开、结果公开。

提高劳动者职业技能。健全面向全体劳动者的职业培训制度，足额提取并合理使用企业职工教育培训经费，保障职工带薪最短培训时间。新增财政教育投入向职业教育倾斜，逐步实行中等职业教育免费制度。建立健全向农民工免费提供职业教育和技能培训制度。完善社会化职业技能培训、考核、鉴定、认证体系，规范职业技能鉴定收费标准。提高技能人才经济待遇和社会地位。

促进中低收入职工工资合理增长。建立反映劳动力市场供求关系和企业经济效益的工资决定及正常增长机制。完善工资指导线制度，建立统一规范的企业薪酬调查和信息发布制度。根据经济发展、物价变动等因素，适时调整最低工资标准，到2015年绝大多数地区最低工资标准达到当地城镇从业人员平均工资的40%以上。研究发布部分行业最低工资标准。以非公有制企业为重点，积极稳妥推行工资集体协商和行业性、区域性工资集体协商，到2015年，集体合同签订率达到80%，逐步解决一些行业企业职工工资过低的问题。落实新修订的劳动合同法，研究出台劳务派遣规定等配套规章，严格规范劳务派遣用工行为，依法保障被派遣劳动者的同工同酬权利。

加强国有企业高管薪酬管理。对部分过高收入行业的国有及国有控股企业，严格实行企业工资总额和工资水平双重调控政策，逐步缩小行业工资收入差距。建立与企业领导人分类管理相适应、选任方式相匹配的企业高管人员差异化薪酬分配制度，综合考虑当期业绩和持续发展，建立健全根据经营管理绩效、风险和责任确定薪酬的制度，对行政任命的国有企业高管人员薪酬水平实行限高，推广薪酬延期支付和追索扣回制度。缩小国有企业内部分配差距，高管人员薪酬增幅应低于企业职工平均工资增幅。对非国有金融企业和上市公司高管薪酬，通过完善公司治理结构，增强董事会、薪酬委员会和股东大会在抑制畸高薪酬方面的作用。

完善机关事业单位工资制度。建立公务员和企业相当人员工资水平调查比较制度，完善科学合理的职务与职级并行制度，适当提高基层公务员工资水平；调整优化工资结构，降低津贴补贴所占比例，提高基本工资占比；提高艰苦边远地区津贴标准，抓紧研究地区附加津贴实施方案。结合分类推进事业单位改革，建立健全符合事业单位特点、体现岗位绩效和分级分类管理的工资分配制度。

健全技术要素参与分配机制。建立健全以实际贡献为评价标准的科技创新人才薪酬制度，鼓励企事业单位对紧缺急需的高层次、高技能人才实行协议工资、项目工资等。加强知识产权保护，完善有利于科技成果转移转化的分配政策，探索建立科技成果入股、岗位分红权激励等多种分配办法，保障技术成果在分配中的应得份额。完善高层次、高技能人才特殊津贴制度。允许和鼓励品牌、创意等参与收入分配。

多渠道增加居民财产性收入。加快发展多层次资本市场，落实上市公司分红制度，强化监管措施，保护投资者特别是中小投资者合法权益。推进利率市场化改革，适度扩大存贷款利率浮动范围，保护存款人权益。严格规范银行收费行为。丰富债券基金、货币基金等基金产品。支持有条件的企业实施员工持股计划。拓宽居民租金、股息、红利等增收渠道。

建立健全国有资本收益分享机制。全面建立覆盖全部国有企业、分级管理的国有资本经营预算和收益分享制度，合理分配和使用国有资本收益，扩大国有资本收益上交范围。适当提高中央企业国有资本收益上交比例，“十二五”期间在现有比例上再提高 5 个百分点左右，新增部分的一定比例用于社会保障等民生支出。

完善公共资源占用及其收益分配机制。建立健全资源有偿使用制度和生态环境补偿机制。完善公开公平公正的国有土地、海域、森林、矿产、水等公共资源出让机制，加强对自然垄断行业的监管，防止通过不正当手段无偿或低价占有和使用公共资源。建立健全公共资源出让收益全民共享机制，出让收益主要用于公共服务支出。

2．加快健全再分配调节机制

加快健全以税收、社会保障、转移支付为主要手段的再分配调节机制。健全公共财政体系，完善转移支付制度，调整财政支出结构，大力推进基本公共服务均等化。加大税收调节力度，改革个人所得税，完善财产税，推进结构性减税，减轻中低收入者和小型微型企业税费负担，形成有利于结构优化、社会公平的税收制度。全面建成覆盖城乡居民的社会保障体系，按照全覆盖、保基本、多层次、可持续方针，以增强公平性、适应流动性、保证可持续性为重点，不断完善社会保险、社会救助和社会福利制度，稳步提高保障水平，实行全国统一的社会保障卡制度。

集中更多财力用于保障和改善民生。加大对教育、就业、社会保障、医疗卫生、保障性住房、扶贫开发等方面的支出，进一步加大对中西部地区特别是革命老区、民族地区、边疆地区和贫困地区的财力支持。严格控制行政事业单位机构编制，“十二五”期间中央和地方机构编制总量只减不增，减少领导职数，降低行政成本。坚决反对铺张浪费，严格控制“三公”经费预算，全面公开“三公”经费使用情况。“十二五”时期社会保障和就业支出占财政支出比重提高 2 个百分点左右。

加大促进教育公平力度。合理配置教育资源，重点向农村、边远、贫困、民族地区倾斜。全面落实九年义务教育免费政策，严格规范教育收费行为。进一步完善普通高中、普通本科高校、中等职业学校和高等职业院校家庭经济困难学生国家资助政策，逐步提高补助标准。为家庭经济困难儿童、孤儿和残疾儿童接受学前教育提供补助。切实解决农民工随迁子女平等接受义务教育和参加当地中考、高考问题。

加强个人所得税调节。加快建立综合与分类相结合的个人所得税制度。完善高收入者个人所得税的征收、管理和处罚措施，将各项收入全部纳入征收范围，建立健全个人收入双向申报制度和全国统一的纳税人识别号制度，依法做到应收尽收。取消对外籍个人从外商投资企业取得的股息、红利所得免征个人所得税等税收优惠。

改革完善房地产税等。完善房产保有、交易等环节税收制度，逐步扩大个人住房房产税改革试点范围，细化住房交易差别化税收政策，加强存量房交易税收征管。扩大资源税征收范围，提高资源税税负水平。合理调整部分消费税的税目和税率，将部分高档娱乐消费和高档奢侈消费品纳入征收范围。研究在适当时期开征遗产税问题。

完善基本养老保险制度。全面落实城镇职工基本养老保险省级统筹，“十二五”期末实现基础养老金全国统筹。分类推进事业单位养老保险制度改革，研究推进公务员养老保险制度改革。提高农民工养老保险参保率。健全城镇居民和新型农村社会养老保险制度。建立兼顾各类人员的养老保障待遇确定机制和正常调整机制。发展企业年金和职业年金，发挥商业保险补充性作用。扩大社会保障基金筹资渠道，建立社会保险基金投资运营制度。

加快健全全民医保体系。提高城镇居民基本医疗保险和新型农村合作医疗筹资和待遇水平，整合城乡居民基本医疗保险制度。稳步推进职工医保、城镇居民医保和新农合门诊统筹。“十二五”期末基本医疗保险政策范围内医保基金支付水平达到75%以上，明显缩小与实际住院费用报销支付比例的差距。建立城乡居民大病保险制度，完善城乡医疗救助制度。全面实现统筹区域和省内异地就医即时结算。逐步增加人均基本公共卫生服务经费，提高基本公共卫生服务水平。

加大保障性住房供给。建立市场配置和政府保障相结合的住房制度，加强保障性住房建设和管理，满足困难家庭基本需求。“十二五”期末全国城镇保障性住房覆盖面达到20%左右，按质量标准完成农村困难家庭危房改造1000万户以上，实现全国游牧民定居目标。

加强对困难群体救助和帮扶。健全城乡低收入群体基本生活保障标准与物价上涨挂钩的联动机制，逐步提高城乡居民最低生活保障水平。提高优抚对象抚恤补助标准。建立健全经济困难的高龄、独居、失能等老年人补贴制度。完善孤儿基本生活保障制度，推进孤儿集中供养，建立其他困境儿童生活救助制度。建立困难残疾人生活补贴和重度残疾人护理补贴制度。

大力发展社会慈善事业。积极培育慈善组织，简化公益慈善组织的审批程序，鼓励有条件的企业、个人和社会组织举办医院、学校、养老服务等公益事业。落实并完善慈善捐赠税收优惠政策，对企业公益性捐赠支出超过年度利润总额12%的部分，允许结转以后年度扣除。加强慈善组织监督管理。

3．建立健全促进农民收入较快增长的长效机制

坚持工业反哺农业、城市支持农村和多予少取放活方针，加快完善城乡发展一体化体制机制，加大强农惠农富农政策力度，促进工业化、信息化、城镇化和农业现代化同步发展，促进公共资源在城乡之间均衡配置、生产要素在城乡之间平等交换和自由流动，促进城乡规划、基础设施、公共服务一体化，建立健全农业转移人口市民化机制，统筹推进户籍制度改革和基本公共服务均等化。

增加农民家庭经营收入。健全农产品价格保护制度，稳步提高重点粮食品种最低收购价，完善大宗农产品临时收储政策。着力推进农业产业化，大力发展农民专业合作和股份合作，培养新型经营主体，支持适度规模经营，加大对农村社会化服务体系的投入，促进产销对接和农超对接，使农民合理分享农产品加工、流通增值收益。因地制宜培育发展特色高效农业和乡村旅游，使农民在农业功能拓展中获得更多收益。

健全农业补贴制度。建立健全农业补贴稳定增长机制，完善良种补贴、农资综合补贴和粮食直补政策，增加农机购置补贴规模，完善农资综合补贴动态调整机制，新增农业补贴向粮农和种粮大户倾斜。完善林业、牧业和渔业扶持政策。逐步扩大农业保险保费补贴范围，适当提高保费补贴比例，进一步细化和稳步扩大农村金融奖补政策。

合理分享土地增值收益。搞好农村土地确权、登记、颁证工作，依法保障农民的土地财产权。按照依法自愿有偿原则，允许农民以多种形式流转土地承包经营权，确保农民分享流转收益。完善农村宅基地制度，保障农户宅基地用益物权。改革征地制度，依法保障农民合法权益，提高农民在土地增值收益中的分配比例。

加大扶贫开发投入。大幅增加财政专项扶贫资金，新增部分主要用于支持集中连片特殊困难地区扶贫攻坚，加大以工代赈力度，努力实现贫困地区农民人均收入增长幅度高于全国平均水平。“十二五”时期，对 240 万生存条件恶劣地区的农村贫困人口实施易地扶贫搬迁；按照人均 2300 元（2010 年不变价）的扶贫标准，到 2015 年扶贫对象减少 8000 万人左右。

有序推进农业转移人口市民化。制定公开透明的各类城市农业转移人口落户政策，探索建立政府、企业、个人共同参与的市民化成本分担机制，把有稳定劳动关系、在城镇居住一定年限并按规定参加社会保险的农业转移人口逐步转为城镇居民，重点推进解决举家迁徙及新生代农民工落户问题。实施全国统一的居住证制度，努力实现城镇基本公共服务常住人口全覆盖。

4．推动形成公开透明、公正合理的收入分配秩序

大力整顿和规范收入分配秩序，加强制度建设，健全法律法规，加强执法监管，加大反腐力度，加强信息公开，实行社会监督，加强基础工作，提升技术保障，保护合法收入，规范隐性收入，取缔非法收入。

加快收入分配相关领域立法。研究出台社会救助、慈善事业、扶贫开发、企业工资支付保障、集体协商、国有资本经营预算、财政转移支付管理等方面法律法规，及时修订完善土地管理、矿产资源管理、税收征管、房产税等方面法律法规。建立健全财产登记制度，完善财产法律保护制度，保障公民合法财产权益。

维护劳动者合法权益。健全工资支付保障机制，将拖欠工资问题突出的领域和容易发生拖欠的行业纳入重点监控范围，完善与企业信用等级挂钩的差别化工资保证金缴纳办法。落实清偿欠薪的工程总承包企业负责制、行政司法联动打击恶意欠薪制度、保障工资支付属地政府负责制度。完善劳动争议处理机制，加大劳动保障监察执法力度。

清理规范工资外收入。严格规范党政机关各种津贴补贴和奖金发放行为，抓紧出台规范改革性补贴的实施意见。加强事业单位创收管理，规范科研课题和研发项目经费管理使用，严格公务招待费审批和核算等制度规定。严格控制国有及国有控股企业高管人员职务消费，规范车辆配备和使用、业务招待、考察培训等职务消费项目和标准，职务消费接受职工民主监督，相关账目要公开透明。

加强领导干部收入管理。全面落实《关于领导干部报告个人有关事项的规定》，严格执行各级领导干部如实报告收入、房产、投资、配偶子女从业等情况的规定，对隐报瞒报、弄虚作假等行为，通过抽查、核查，及时纠正，严肃处理。继续规范领导干部离职、辞职或退（离）休后的个人从业行为，严格按照有关程序、条件和要求办理兼职任职审批事项。

严格规范非税收入。按照正税清费的原则，继续推进费改税，进一步清理整顿各种行政事业性收费和政府性基金，坚决取消不合法、不合理的收费和基金项目，收费项目适当降低收费标准。建立健全政府非税收入收缴管理制度。

打击和取缔非法收入。围绕国企改制、土地出让、矿产开发、工程建设等重点领域，强化监督管理，堵住获取非法收入的漏洞。严厉打击走私贩私、偷税逃税、内幕交易、操纵股市、制假售假、骗贷骗汇等经济犯罪活动。严厉查处权钱交易、行贿受贿行为。深入治理商业贿赂。加强反洗钱工作和资本外逃监控。

健全现代支付和收入监测体系。大力推进薪酬支付工资化、货币化、电子化，加快现代支付结算体系建设，落实金融账户实名制，推广持卡消费，规范现金管理。完善机关和国有企事业单位发票管理和财务报销制度，全面推行公务卡支付结算制度。整合公安、民政、社保、住房、银行、税务、工商等相关部门信息资源，建立健全社会信用体系和收入信息监测系统，完善个人所得税信息管理系统。建立城乡住户收支调查一体化制度。

（三）发展历程

1. 打破平均主义阶段

改革开放初期，为了打破平均主义的思想禁锢，尽快激发经济活力，在农村地区实行了“家庭联产承包责任制”，这也成为收入分配制度改革的突破口，随后，以职工工资制度改革为核心的收入分配制度改革在城镇地区推行开来。1984年，党的十二届三中全会第一次提出“允许一部分人、一部分地区先富起来”。通过在收入分配引入个人利益机制，并且摒弃了原有的平均主义分配方式，农民的生产积极性被充分调动起来，并且使得农业生产力迅速提高。1984 年 10 月党的十二届三中全会召开后，中国经济体制改革的重点则由农村转向了城市。此次会议通过的《中共中央关于经济体制改革的决定》规定企业职工奖金由企业根据经营状况自行决定、职工工资和奖金同企业经济效益的提高相关、企业内部要扩大工资差距和拉开档次以及改变脑力劳动报酬偏低的状况等。不仅如此，还规定国家机关和事业单位也要改革工资制度，其原则是使职工工资同本人肩负的责任和成绩密切联系起来。这一系列的改革措施对于打破原有的“大锅饭”体制起到了积极作用。

2．从效率优先到兼顾公平阶段

随着改革开放的不断深入，在收入分配制度方面的改革也在不断深入和完善。党的十三大在收入分配方面第一次提出了以按劳分配为主体，其他多种分配方式为补充，第一次提出只要是合法的非劳动收入都应当允许，而且具体指出包括利息、红利收入。这一阶段在理论上开始引入其他分配方式，为劳动之外的生产要素参与分配奠定了理论基础。党的十四届三中全会把按劳分配为主体，多种分配方式并存的收入分配制度作为社会主义市场经济体制的五大支柱之一。党的十五大报告则明确了按生产要素分配方式是我国收入分配制度的重要内容，提出要完善分配结构和分配方式，在坚持按劳分配为主体，多种分配方式并存的前提条件下，把按劳分配与按生产要素分配结合起来，进一步完善了我国的收入分配体制。1997 年 9 月，党的十五大明确“允许和鼓励一部分人通过诚实劳动和合法经营先富起来，允许和鼓励资本、技术等生产要素参与收益分配”。党的十六大第一次确立了劳动、资本、技术和管理等生产要素按贡献参与分配的原则，完善了按劳分配为主体、多种分配方式并存的分配制度，明确了劳动、资本、技术和管理是基本的生产要素，同时也没有否认知识、资源、信息等生产要素在财富创造中的积极作用。

对于效率的追求有效激励了中国经济的发展以及劳动者收入的增加，但是收入差距也在随之扩大，并且相关问题也越发凸显。因此对于处理好效率与公平的关系也变得十分重要。党的十六大把理顺收入分配关系作为收入分配制度改革的重点，提出要理顺：国家、企业、个人不同收入分配主体之间的关系、不同分配方式之间的关系、效率与公平之间的关系、初次分配与再分配之间的关系。确立劳动、资本、技术和管理等生产要素按贡献参与分配的原则，完善按劳分配为主体，多种分配方式并存的分配制度。以共同富裕为目标，扩大中等收入者比重，提高低收入者水平。党的十六届三中全会提出，通过加大收入分配调节力度来解决收入差距过分扩大的问题，以及“提低、扩中、调高”的政策目标。2006年，中央政治局会议专门研究了改革收入分配制度和规范收入分配秩序问题，并提出了构建科学合理、公平公正的社会收入分配体系的改革目标，重申了党的十六届三中全会所提出的收入分配调节政策目标。

3．向更强调公平的阶段转变

尽管关于收入分配制度改革的原则中已经提到要“兼顾公平”，但是我国的收入差距问题仍然没有得到有效的缓解，新的改革开始向更加强调公平的方向转变。党的十七大提出通过各种方式增加城乡居民收入，提高居民收入在国民收入分配中的比重，提高劳动报酬在初次分配中的比重。党的十八届三中全会则指出，要形成合理有序的收入分配格局。规范收入分配秩序，完善收入分配调控体制机制和政策体系，建立个人收入和财产信息系统，保护合法收入，调节过高收入，清理规范隐性收入，取缔非法收入，增加低收入者收入，扩大中等收入者比重，努力缩小城乡、区域、行业收入分配差距，逐步形成橄榄型分配格局。

四、确保如期实现全面小康

（一）政策实施背景

从20世纪80年代初邓小平提出“小康社会”的目标以来，在改革开放战略推动下，中国经济社会发生了巨大变化，从一个低收入国家逐步发展成一个中等偏上收入国家，从一个封闭的、落后的经济体成长为一个开放的、相对富裕的经济体。[①]经过近40年的经济高速增长，人民生活水平全面提高，近8亿贫困人口摆脱贫困。

2017年，党的十七大提到我国处在全面建成小康社会决胜阶段。发展不平衡不充分的一些突出问题尚未解决，民生领域还有不少短板，脱贫攻坚任务艰巨，城乡区域发展和收入分配差距依然较大。会议强调要坚决打赢脱贫攻坚战。让贫困人口和贫困地区同全国一道进入全面小康社会是我们党的庄严承诺。要动员全党全国全社会力量，坚持精准扶贫、精准脱贫，坚持中央统筹、省负总责、市县抓落实的工作机制，强化党政一把手负总责的责任制，坚持大扶贫格局，注重扶贫同扶志、扶智相结合，深入实施东西部扶贫协作，重点攻克深度贫困地区脱贫任务，确保到2020年我国现行标

① 李实：《从全面小康走向共同富裕的着力点》，《中国党政干部论坛》，2020年02期。

准下农村贫困人口实现脱贫，贫困县全部摘帽，解决区域性整体贫困，做到脱真贫、真脱贫。

贫困人口全部脱贫是全面建成小康社会的底线任务。习近平总书记指出，全面建成小康社会，最艰巨最繁重的任务在农村，特别是贫困地区。没有农村的小康，特别是没有贫困地区的小康，就没有全面建成小康社会。没有农村贫困人口全部脱贫，就没有全面建成小康社会。全面小康如期实现的重要前提是在 2020 年底以前打赢脱贫攻坚战，消灭绝对贫困人口，实现全国人民一道迈入小康。

（二）关键政策基本内容

2020 年中央一号文件《中共中央 国务院关于抓好“三农”领域重点工作确保如期实现全面小康的意见》在坚决打赢脱贫攻坚战、对标全面建成小康社会、加快补上农村基础设施和公共服务短板、保障重要农产品有效供给和促进农民持续增收等方面作了明确要求，要求确保剩余贫困人口如期脱贫，并巩固脱贫成果防止返贫，脱贫攻坚任务完成后，我国贫困状况将发生重大变化，扶贫工作重心转向解决相对贫困，扶贫工作方式由集中作战调整为常态推进，积极研究建立解决相对贫困问题的长效机制。

五、建立共同富裕示范区

（一）政策实施背景

共同富裕是社会主义的本质要求，是人民群众的共同期盼。1985 年，邓小平指出，“鼓励一部分地区、一部分人先富裕起来，也正是为了带动越来越多的人富裕起来，达到共同富裕的目的”[①]。改革开放以来，通过允许一部分人、一部分地区先富起来，先富带后富，极大解放和发展了社会生产力，人民生活水平不断提高。党的十八大以来，改革开放不断深化，脱贫攻坚战如期打赢，困扰中华民族几千年的绝对贫困问题得到历史性解决。在中国共产党成立100周年之际，全面建成小康社会的第一个百年奋斗目标取得伟大历史性成就。

进入新时代以来，我国社会主要矛盾已经转化为人民日益增长的美好生活需要和不平衡不充分的发展之间的矛盾。当前，我国发展不平衡不充分问题仍然突出，城乡区域发展和收入分配差距较大。为适应我国社会主要矛盾的变化，更好满足人民日益增长的美好生活需要，开启全面建设社会主义现代化国家新征程，必须把促进全体人民共同富裕作为为人民谋幸福的着力点，把逐步实现全体人民共同富裕摆在更加重要的位置上。打赢脱贫攻坚战，全面建成小康社会，为促进共同富裕创造良好条件。[②]

党的十九届五中全会对共同富裕作出重要部署，提出到2035年全体人民共同富裕取得更为明显的实质性进展。这次会议将共同富裕从一种理念转变为一种国家发展阶段的目标，并将这一目标付诸行动。[③]但是，推进共同富裕，要坚持循序渐进，要对共同富裕的长期性、艰巨性、复杂性有充分估计。由于各地区推动共同富裕

① 邓小平：《在中国共产党全国代表会议上的讲话》，《邓小平文选》（第三卷），北京：人民出版社，1993年版，第142页。
② 习近平：《扎实推动共同富裕》，《求是》，2021年20期。
③ 李实：《共同富裕的目标和实现路径选择》，《经济研究》，2021年11期。

的基础和条件不尽相同，因此，中央鼓励各地因地制宜探索有效路径，总结经验，逐步推开。与此同时，也迫切需要选取部分条件相对具备的地区先行示范。

（二）支持浙江高质量发展建设共同富裕示范区

浙江省作为我国比较发达省份之一，人均收入排在全国前列，城、乡居民人均可支配收入连续20年、36年居全国省份第一。浙江城乡居民收入差距低于全国平均水平，2020年城乡居民收入比为1.96∶1，而同期全国城乡居民收入比大约为2.5∶1。此外，浙江的市场化程度较高，民营企业比较发达，且改革创新意识较强。这些特征使得浙江具有富裕和共享的基本条件与现实基础，以往积累的较多改革经验，使得浙江能够承担共同富裕示范区的使命，及时总结好经验好做法，并将丰富经验推广至全国。

为了切实推动共同富裕，2021年6月10日，《中共中央 国务院关于支持浙江高质量发展建设共同富裕示范区的意见》[①]（以下简称《意见》）发布，共同富裕示范区正式落地浙江。《意见》指出，建设共同富裕示范区的发展目标是："到2025年，浙江省推动高质量发展建设共同富裕示范区取得明显实质性进展。经济发展质量效益明显提高，人均地区生产总值达到中等发达经济体水平，基本公共服务实现均等化；城乡区域发展差距、城乡居民收入和生活水平差距持续缩小，低收入群体增收能力和社会福利水平明显提升，以中等收入群体为主体的橄榄型社会结构基本形成，全省居民生活品

① 《中共中央 国务院关于支持浙江高质量发展建设共同富裕示范区的意见》，《中华人民共和国国务院公报》，2021年18期。

质迈上新台阶；国民素质和社会文明程度达到新高度，美丽浙江建设取得新成效，治理能力明显提升，人民生活更加美好；推动共同富裕的体制机制和政策框架基本建立，形成一批可复制可推广的成功经验。到 2035 年，浙江省高质量发展取得更大成就，基本实现共同富裕。人均地区生产总值和城乡居民收入争取达到发达经济体水平，城乡区域协调发展程度更高，收入和财富分配格局更加优化，法治浙江、平安浙江建设达到更高水平，治理体系和治理能力现代化水平明显提高，物质文明、政治文明、精神文明、社会文明、生态文明全面提升，共同富裕的制度体系更加完善。”

《意见》明确了浙江共同富裕示范区的四个战略定位：

一是高质量发展高品质生活先行区。率先探索实现高质量发展的有效路径，促进城乡居民收入增长与经济增长更加协调，构建产业升级与消费升级协调共进、经济结构与社会结构优化互促的良性循环，更好满足人民群众品质化多样化的生活需求，富民惠民安民走在全国前列。

二是城乡区域协调发展引领区。坚持城乡融合、陆海统筹、山海互济，形成主体功能明显、优势互补、高质量发展的国土空间开发保护新格局，健全城乡一体、区域协调发展体制机制，加快基本公共服务均等化，率先探索实现城乡区域协调发展的路径。

三是收入分配制度改革试验区。坚持按劳分配为主体、多种分配方式并存，着重保护劳动所得，完善要素参与分配政策制度，在不断提高城乡居民收入水平的同时，缩小收入分配差距，率先在优化收入分配格局上取得积极进展。

四是文明和谐美丽家园展示区。加强精神文明建设，推动生态文明建设先行示范，打造以社会主义核心价值观为引领、传承中华优秀文化、体现时代精神、具有江南特色的文化强省，实现国民素质和社会文明程度明显提高、团结互助友爱蔚然成风、经济社会发展全面绿色转型，成为人民精神生活丰富、社会文明进步、人与自然和谐共生的幸福美好家园。

这四大战略定位凸显出建设共同富裕示范区亟待突破创新的重要方向和关键领域。

第四章
改革开放以来收入分配研究综述

▼

改革开放以来，我国经济发展成效举世瞩目。中国已经开始走向“共同富裕”的新征程，并将“全面实现共同富裕”作为中国共产党建党第二个百年的远期目标。共同富裕的基本条件是全体人民达到整体富裕水平，与此同时，要做到全社会成员共享发展的成果。而这些，都与既有的收入分配方式调整具有十分密切的关联。

第一节　收入分配研究的若干事实

作为经济转型的一部分，收入分配制度的改革在促进效率增进、社会福利普遍改善的同时，也导致了经济增长过程中利益分享的不平衡性，并具体表现为居民之间收入差距的持续扩大、全方位扩大，使得我国在较短的时期内从一个平均主义盛行的国家转变为收入差距较大的社会。[1] 收入差距扩大对于社会经济发展既有积极

---

① 李实、赵人伟、张平：《中国经济改革中的收入分配变动》，《管理世界》，1998 年 01 期。

效应，也有消极效应。在改革初始时期，不同经济主体之间收入差距不明显，从而使得收入差距扩大的积极效应更加显著。[①]随着收入差距持续累积性扩大，在新的历史条件下也引致了一系列的社会经济问题，这不仅表现在居民收入差距过高，财产差距不断扩大，也表现在由于机会和权利的不平衡，导致居民收入形成机制不合理，与社会公众的价值评价标准相背离。[②]基于改革开放以来我国居民收入差距不断扩大及其消极效应不断显现的现实背景，随着我国社会经济发展进入新的历史时期，长期以来不断扩大的收入差距以及收入分配领域中不公平的现象受到了学术界和社会公众的普遍关注。逐步缩小收入差距，消除收入分配过程中的不公平，是国内外学者长期关注的重要问题之一。

“中国经济转型已经有了40年的历史。中国经济转型有成功的经验，也有失败的教训。在改革开放40年之际，对过去经验和教训加以总结是必要的，从而在未来经济转型中少走弯路，取得更大的成就。收入分配制度改革是中国经济转型的一部分，既有值得肯定的方面，也有需要吸取教训的方面。从总体上来看，收入分配制度改革滞后于其他的经济改革，距离一个公平合理的收入分配制度的目标还相差甚远，还需要加大推进力度。对于中国收入分配制度改革，既需要回顾过去的改革历程，总结经验，也需要对改革的现状做出准确的判断，以利于为进一步改革寻求正确的方向，实现既定的改革目标。”[③]

---

① 赵人伟：《收入分配差距较大的形成原因与解决途径》，《求是》，2011年02期。

② 赵人伟、李实：《中国居民收入差距的扩大及其原因》，《经济研究》，1997年09期。

③ 李实：《当前中国的收入分配状况》，《学术界》，2018年03期。

回顾中国收入分配问题研究的发展历史，收入分配制度作为一种上层建筑总是取决于生产力及其生产关系的变化，涉及的相关研究内容十分丰富。依据研究视角的差异，可以大致分为三大类研究逻辑路径：一类是描述收入分配现状的基本事实；一类是讨论收入差距变动的原因；一类是探究收入分配格局变化的影响结果。

一、收入分配研究的理论基础

（一）收入分配理论：古典的分配理论、马克思的分配理论和新古典的分配理论

分配理论研究的是国民收入在社会成员之间的分配问题。早期的分配理论主要关注国民收入在工资、利润、地租等几个因素之间的划分，即所谓的“职能收入分配”问题。由此，形成了三种主要的学说：古典的分配理论、马克思的分配理论和新古典的分配理论。

从宏观角度来看，古典的分配理论中有关收入分配的文献最早可以追溯到李嘉图的要素收入分配理论。李嘉图认为，收入分配状况是影响社会财富增长的关键因素。该理论的核心是资本积累来自利润，工资源于劳动要素，地租源于土地要素。根据古典经济学理论，利息由资本家获得，工资由劳动者获得，而地租则主要由地主获得。因此，李嘉图的要素收入分配理论基本上能体现国民收入在不同社会阶层之间的分布。* 进入 18 世纪末期以来，由于资本家、工人和地主都可以进行投资以获得利润，也可以提供劳动力以获得工资，因此，这三个身份之间的界限越来越模糊。

在古典理论的基础上，马克思对其加以扩展，建立了马克思的分配理论，实际也是马克思的剩余价值理论。马克思把生产力因素

* 需要指出的是，亚当·斯密在《国富论》中虽然提出了产品价格是由要素收入决定的，但他并未明确提出要素收入分配理论（S-chumpeters，1954）。

完全排除在分配机制之外，仅利用财产权来解释分配过程。马克思发展了一元化的劳动价值理论，以此证明利润或地租等非工资收入范畴与资本等要素的所谓“生产智能”并不相关，换言之，利润等收入范畴作为对劳动产品的一种扣除具有的“剩余”占有性质，即剩余价值。至于工资的决定机制，马克思基本上沿袭了古典传统，不同之处在于他强调工资是劳动力的价值（或价格），而不是劳动的价值，这就把剩余价值的占有建立在价值规律的基础上。需要指出的是，马克思的分配理论直接揭示了分配过程所体现出来的剥削关系并由此引发了一定的阶级利益冲突。

新古典的分配理论试图完全变革古典的分配理论传统。新古典综合学派的萨缪尔森提出“劳动、资本、土地决定了三种主要收入的形式”并对劳动收入和财产收入做出区分，主要都是基于功能性收入分配视角的研究，探讨的是各种生产要素在参与生产过程中所获得的报酬以及所占份额，强调在初次分配中的“按贡献”、“效率”与“公正”，他的研究逻辑主导了 18 世纪至 19 世纪的多数西方经济理论核心思想。新古典学派对古典分配论的变革与马克思的正好相反。他们完全把财产权因素排除在分配机制之外，单纯地用生产力来解释收入分配。他们超越了古典派关于只有劳动才具有生产能力的观点，认为资本、土地等物质要素也具有生产力，从而产品是三种要素共同生产的结果。新古典的分配理论明确阐述了分配过程的决定机制，即总产品将按照各要素在生产中的实际贡献（在均衡条件下即是边际生产力）在工资、利息（或利润）、地租等范畴之间分配，即分配机制严格地对应于价值或产品的生产机制，并且各种收入范畴都统一地决定于要素的（边际）生产力。也就是说，源自私有权的“扣除”机制消失了，非工资收入作为“剩余”

的概念不复存在，从而收入分配也不再体现阶级利益的冲突，而是成为市场价格机制实现资源有效配置过程的一部分。

（二）收入分配理论：库兹涅茨曲线

进入 20 世纪，卡尔多提出了新要素收入分配理论，其中明确了工人利润的概念。同年，库兹涅茨通过对英国、美国、德国等国家的历史数据的分析提出了著名的“库兹涅茨曲线”，即随着经济发展，国家的收入分配不平等状况会经历先扩大而后逐渐缩小的过程。这意味着国家的收入差距和经济发展水平（通常以人均GDP水平表示）之间存在着倒U形曲线关系。实际上，库兹涅茨曲线讨论的是关于收入分配和经济增长的关系。这是宏观经济领域的一个重大课题。卡尔多和帕西内蒂研究了收入分配通过储蓄—投资渠道影响经济增长的机制。他们认为，由于富人较高的储蓄率，社会中的储蓄和投资主要来源于富裕阶层，因此收入分配不平等有助于提高储蓄和投资率，从而促进经济增长。20 世纪 80 年代后期以来，随着新经济增长理论的崛起，西方学者对收入分配问题的研究兴趣有所增加（尹恒等，2005）。[①] 他们拓宽了收入分配影响经济增长的渠道，广泛考察了收入分配影响经济增长的多种机制，如社会政治的不稳定机制、市场规模、人力资本投资等角度。

实际上，对库兹涅茨假说进行论证的研究更多是经验性的，即

① 尹恒、龚六堂、邹恒甫：《收入分配不平等与经济增长：回到库兹涅茨假说》，《经济研究》，2005 年 04 期。

从经验分析上来验证该假说的存在。[①]现有的经验研究主要是围绕着两个命题来展开：第一，如果收入差距的变化在经济发展过程中是先上升后下降的，那么收入差距变量与收入水平变量之间应该呈现出一种倒U形的非线性关系，这是因为，收入水平是不同经济发展阶段最好的代理变量；第二，如果收入差距与收入水平有相关性，那么收入差距的变化是否会受到经济增长速度的影响？也就是说，经济增长率是不是收入差距变化的解释变量？概括来讲，在20世纪90年代之前，大部分研究结果是支持库兹涅茨假说的。比如，Ahluwalia使用了60个国家的样本（发达国家14个，发展中国家40个，社会主义国家6个）对库兹涅茨假说进行了模型验证。[②]他的分析结果与库兹涅茨假说的预测是完全一致的。需要指出的是，过去大多数支持库兹涅茨假说的经验研究基本上使用的是跨国的横截面数据，而Deininger和Squire使用了跨国的面板数据后却发现，如果控制了国别特征变量，收入变量的系数估计值不仅变得统计上不显著，而且其符号正好与库兹涅茨假说预期相反。他们发现，对不同的样本国家来说，绝大多数国家的估计结果都显示收入变量的系数估计值是不显著的，还有一些国家的收入变量具有显著的系数估计值，但是其符号与库兹涅茨假说预期却相反。只有10%的样本国家的估计结果支持了库兹涅茨假说。他们同时指出，利用跨国横截面数据得出有利于库兹涅茨假说的结论，主要是由于受到拉美国家数据的影响，因为这些国家的人均收入在国际上属于

① 李实、李婷：《库兹涅茨假说可以解释中国的收入差距变化吗》，《经济理论与经济管理》，2010年03期。

② Ahluwalia, M. S. . (1976). *Inequality, poverty and development*. J Dev Econ, 3(4), 307–342.

中等水平，而它们的收入差距却是最大的。如果将这些国家样本删除以后，支持库兹涅茨假说的估计结果也就不存在了。换言之，收入差距与收入水平之间不存在所谓的“倒U形”关系，即经济增长对收入差距变动没有系统性影响。

当然，库兹涅茨的这一发现也引起了国内学术界的诸多争论。一些经济学家以此为论据，证明收入不平等是一个国家必须经历而又不用过分担心的过程，即经济增长最终会自发导致更公平的收入分配。[①] 另一些经济学家则通过理论或实证分析对所谓“库兹涅茨现象”的存在提出了质疑。再后来，经济学引入了人力资本的概念，要素收入分配理论对于解释一个国家的收入分配及其不平等状况就变得不是那么准确了。

“库兹涅茨现象具有规律性。刘易斯等人的两部门模型为库兹涅茨倒U假设的说明提供了一个基本框架，但对倒U现象的准确和全面说明，还必须从包括古典学派在内的其他观点中汲取营养，加以补充；李嘉图的理论描绘了倒U现象起始阶段的一个短暂过程；马克思的理论描述了倒U曲线由上升到恶化这一阶段，并深刻揭示了这一过程的实质；马克思本人虽然没有预见到倒U曲线的下降阶段，但是我们仍可以给出符合马克思主义的说明。导致私有经济发展中收入差别呈现出倒U格局的基本原因是：功能性收入分配、两部门转换（工业化、城市化进程）、要素供求、国家干预、工人阶级反抗、技术进步类型等。试图否定倒U假设的理论，包括试图否定不平等与增长正相关的所谓‘公平增长论’，虽然指出一些影响

① 郭熙保:《从发展经济学观点看待库兹涅茨假说——兼论中国收入不平等扩大的原因》,《管理世界》, 1991 年 03 期。

分配和增长的补充性因素，但其基本观点是不成立的。因此，从理论分析方面我们也可以下结论说：库兹涅茨收入分配倒U现象在私有经济发展过程中是一种必然性的趋势，一般地说，是不可避免的。[①]”

“讨论到经济发展与收入差距变动之间的关系，人们自然会想到库兹涅茨‘倒U形’假说。该假说是根据一些发达国家的长期发展经验进行归纳的结果，因而被用于解释发展中国家的收入分配变动时也应受到这些国家发展经验的验证。从近期的研究文献来看，‘倒U形’假说并没有得到大多数发展中国家的经验数据支持。我们曾利用中国分省和分县的横截面数据对‘倒U形’假说进行过验证，其结果都没有对该假说给予统计上的支持。[②]”

二、收入差距的测量

（一）收入差距的测量方法

从微观角度来讲，对居民收入差距的准确测量与估计，是研究居民收入分配格局的前提和基础。在经济学发展过程中，帕累托最早提出了近代收入分配的实证分析方法，[③]洛伦兹（1905）在此基础上提出了著名的“洛伦兹曲线”，[④]基尼在洛伦兹的图形法的基础上，提出了著名的基尼系数。在常用的收入差距测量指标中，包括

---

① 陈宗胜：《库兹涅茨倒U假设理论论争评析》，《上海经济研究》，1991 年 03 期。

② 李实、赵人伟：《中国居民收入分配再研究》，《经济研究》，1999 年 04 期。

③ Pareto V, “La legge della domanda”, *Giornale deg li Economist*, 1895（12）:59-68.

④ Lorenz, M. “ Methods of Measuring Concentration of Wealth”, *Journal of the American Statistical Association*, 1905(9):209-219.

基尼系数，最高 20%与最低 20%群体收入比最为常用，因此也经常被用来测量一国收入差距水平，或比较收入差距水平变化及进行国际比较。

基尼系数具有容易理解且表达直观的优点，并与洛伦兹曲线直接相关，因此可以用直观的图形来判断基尼系数大小及其变化趋势。与此同时，基尼系数可以对不同收入来源的差距进行分解，并分析收入差距扩大的成因，因此是测量不平等程度应用最广泛的指数。

可以说，基尼系数是认可度最高的度量收入不平等的方法，也被广泛应用于国内收入不平等程度的度量。

“基尼系数被广泛运用是因为它有四个特点：第一，它较为古老也最为流行；第二，它介于 0 和 1 之间，其他指数则依赖样本的数值会处在不同的区间；第三，它满足上述相对指标的六个性质；第四，它本身是有含义的，而大多数相对指标的数值没有实质性的经济学含义。在收入分配为绝对公平的情况下，10%的人口应该拥有 10%的收入，但是如果 10%的人口拥有 25%的收入，这两个百分比的差额 15%就是基尼系数。以此类推，如果中国的收入基尼系数确实是 0.4，那就意味着全国最为富裕的 20%的人口占有全国收入的 60%，而剩下的 80%的人口只得到全国收入的 40%。进一步地，富裕阶层人口的平均收入是穷人的 6 倍。

但是，基尼系数有两个不足。首先是它对富人的观察值比较敏感，如果样本中富裕人群的收入数据误差较大，那么基尼系数的估算值就很不可靠；其次是同一数量的转移收入如果转移到样本众数附近，其带来的不平等的下降比转移到收入底层更大，这不太合理。”[①]

（二）真假基尼系数

从目前研究实践看，基尼系数具有容易理解且表达直观的优点，并与洛伦兹曲线直接相关，因此可以用直观的图形来判断基尼系数大小及其变化趋势。与此同时，基尼系数可以对不同收入来源的差距进行分解，并分析收入差距扩大的成因，因此，基尼系数成为测量不平等程度应用最广泛的指数。在中国，2013 年 1 月，国家统计局公布了 2003 年到 2012 年的基尼系数，这是 10 年来官方首次公布新的基尼系数。数据一经发布，却引来质疑声无数。

一个问题是，基尼系数能否有效测量收入差距。由于用一个数字来表现收入分配的不平等程度，相同的基尼系数对应了许多不同的洛伦兹曲线。因此，仅用基尼系数无法得知收入分配内部收入不平等的信息。基尼系数小，并不代表对所有人都减少了不平等。一些学者对基尼系数进行了改进，但主要是对收入分布中不同分位点赋予了不同的权重，并没有解决相同基尼系数对应多条洛伦兹曲线的问题。[②]另外，对官方基尼系数的质疑，也与一些民间机构公布的基尼系数有关，比如在统计局数据公布之前的一个月，西南财经大学中国家庭金融调查和研究中心也曾公布自己的基尼系数估计结果，其中 2010 年的基尼系数为 0.61，而统计局该年的数据估计则为 0.481，两个基尼系数有很大的差别，自然引起了学界和媒体的

---

① 万广华:《不平等的度量与分解》,《经济学（季刊）》, 2009 年 01 期。

② 祁磊、艾小青:《广义洛伦兹指数的构造及应用》,《数量经济技术经济研究》, 2020 年 01 期。

争论。

“基尼系数的估计是一项复杂的工作，任何一项估计结果都会存在不同程度的误差，所以不要相信有百分之百准确的基尼系数。而基尼系数估计得是否较为准确，主要取决于调查样本是否具有代表性和收入指标的统计是否全面和准确。为了保证样本的较高代表性，除了需要科学的抽样方法之外，还要保持足够大的样本量。”[①]

具体而言，第一，由于城镇住户收入来源的多样化和某些收入的隐蔽性，城镇住户样本的收入可能被低估，而且越是高收入户，低估的程度可能越高。第二，所有住户调查普遍存在的问题是高收入住户样本的代表性不足。具体地说，由于高收入住户考虑到参与调查的时间花费太多，往往不会配合调查，造成了住户样本中高收入户的比重偏低。这种情况在城镇地区尤为突出。第三，一般情况下，个人收入，特别是高收入群体的收入分为合法收入和非法收入（包括各种灰色或黑色收入）两类，如何准确掌握和收集这两类收入的信息，也是影响基尼系数估计准确性的关键。第四，中国居民收入方面的特点，比如暗补的公共福利项目、计划经济时期留下来的各种补贴、农村居民的自产自销的实物性收入，使得人们在全面理解收入上存在一定的困难，因而也会在基尼系数的准确估计上产生一些分歧。此外，是否考虑城乡之间生活费用的差异，也会在一定程度上影响估计结果。

① 岳希明、李实：《真假基尼系数》，《南风窗》，2013 年 05 期。

三、我国收入分配的制度变迁

收入分配制度变迁构成经济改革的最重要内容。以市场化为基本取向的改革开放构成我国近30年来经济制度变迁的基本内容。收入分配体制的变革与整个经济体制的改革具有非常密切的联系。如果说促进国民经济的高速持续发展是经济体制改革的基本目标，那么通过对传统分配体制的调整，建立起不同个人之间有差异化的收入分配格局，从而实现对社会成员的有效激励与约束则在长期中成为实现这一目标的重要手段。改革以来的居民收入分配格局演变，既成为推动经济增长的有效手段，也是经济高速增长状态下利益分化的重要表现。

（一）平均分配机制

新中国成立初期，在多种经济成分并存发展的基础上，实行了“低工资、多就业”的平均分配机制。传统体制下的收入分配制度的基本特征在于平均分配。在传统体制下，平均主义是工资关系中的主要问题。[①] 改革开放初期，通过全面推动家庭联产承包责任制，打破了平均主义，引入市场竞争机制，收入分配制度开始改革。在农村地区，人民公社内部的分配也具有非常强的平均主义倾向。中国在改革前夕或改革之初，城乡内部的基尼系数都非常低，分别为0.16和0.21。[②] 世界银行估算中国1979年全国基尼系数为

① 赵履宽：《我国工资制度的改革问题》，《经济研究》，1983年02期。
② 张东生：《中国居民收入分配年度报告》，北京：中国财政经济出版社，2009年版，第220页。

0.33。[①] 某些针对局部范围的估算结果也表明收入分配的平均主义程度是非常高的，如 1981 年湖北六个省辖市的基尼系数为 0.128，农村的基尼系数为 0.1545，县属城镇的基尼系数为 0.1473；我国 1980 年第一季度 46 个城市的基尼系数为 0.178，1978 年河北保定地区 23 个县的基尼系数为 0.029。[②]

这种高度的平均主义的分配机制是建立在一系列特定的社会政策安排的基础之上的，其中既包含了对平均分配倾向的社会主流愿望，也是进行资本积累、加速工业化进程的客观选择。从主观愿望来看，“均贫富”一直是底层国民的强烈追求。执政理论基础也充分认识到，资本主义状态下的收入差距悬殊，不仅导致了尖锐的阶级对立与社会冲突，使得社会稳定难以维系，同时也制约着再生产循环、长期经济增长过程。以这些意识形态为基础，为加速工业化以增加国家实力，以剥夺个人财产、压低工资报酬为基本特征的分配政策获得了社会主流的认同。剥夺个人财产意味着收入来源的单一化；低工资政策则限定了居民收入只能在一个相对狭窄的范围内波动。[③] 然而，这种平均分配并不是通过市场中人们自发的交易行为产生的，而是通过一系列特定机构的非市场行为推行并强制保障的。尽管等级分配构成平均分配的否定形式，但或许是非市场机制所产生的必然扭曲。

应当注意的是，这种平均主义的分配形式下也存在着许多不均等的因素和分配方式。这包括以剪刀差和限制农村人口自由迁徙的

① 赵人伟、李实：《中国居民收入差距的扩大及其原因》，《经济研究》，1997 年 09 期。
② 赵人伟：《劳动者个人收入分配的若干变化趋势》，《经济研究》，1985 年 03 期。
③ 赵人伟：《劳动者个人收入分配的若干变化趋势》，《经济研究》，1985 年 03 期。

* 改革以来居民收入差距的扩大在某种程度上是出于实物化的分配形式向货币化转化而导致收入差距由隐性形式显性化的结果。

形式使得城乡差距长期维持在较高的水平；实物化的分配形式导致实际的收入差距要高于货币收入差距*；平均主义也只是存在于特定的范围内，如相同的工作单位、相同的职位等级等，而在不同的单位之间、不同的职位等级之间收入差距仍是存在的。[1] 与此同时，尽管改革前的平均主义分配方式比较符合中国长期盛行的历史传统，但并不意味着这种分配方式就是公平的。这种分配方式忽略了经济活动参与者、生产要素的经济功能和经济贡献，所强调的是个人所具有的社会身份等非生产性特征。从制度上说，缺乏保证实现生产贡献与经济报酬相一致的经济机制与社会机制。这种分配方式在经济效率上的缺陷也是显然的，由于从目标模式上便忽视经济增长的意义，因此在相当长的一段时期内，经济增长缓慢。

平均主义分配倾向排斥了个人行为对其经济结果影响之间的关联，使得分配机制无法构成人们经济行为的激励手段，而仅仅成为获取必要生活资料的途径，所导致的一个重要结果便是长期经济增长的迟缓以及社会整体经济效率的低下。1966—1978 年，我国官方以及世界银行公布的年均实际经济增长率分别为 5.8%和 5.2%。这种增长速度大大低于改革以来的年份。1979—2005 年，人均 GDP年均增长速度达 8.4%。[2] 不仅如此，改革前的经济增长还表现出明显的粗放型特征。根据邹至庄的研究，1952—1978 年，全要素生产率没有增长。[3] 总体而言，平均分配倾向似乎并没有促进经

---

① 赵人伟、李实：《中国居民收入差距的扩大及其原因》，载赵人伟等主编：《中国居民收入分配再研究》，北京：中国财政经济出版社，1999 年版，第 25 页。

② 国家统计局编：《中国统计摘要 2006》，北京：中国统计出版社，2006 年版，第 25 页。

③ 邹至庄：《中国经济转型》，北京：中国人民大学出版社，2005 年版，第 98 页。

济赶超战略目标的实现。

（二）平均分配格局的突破

基于平均主义分配倾向基础上的经济体制的低效率，显然构成经济体制改革的基本动因。到20世纪90年代，基本形成了按劳分配为主体，多种分配方式并存的分配制度。1997年5月，党的十五大在明确“坚持以按劳分配为主体、多种分配方式并存”的同时，进一步提出要让各种生产要素参与分配，“把按劳分配与按生产要素分配结合起来”。党的十七大报告进一步指出，“要坚持和完善按劳分配为主体、多种分配方式并存的分配制度，健全劳动、资本、技术、管理等生产要素按贡献参与分配的制度”，把生产要素按贡献参与分配明确为制度。党的十七大报告还提出，要调整国民收入分配格局，逐步提高“两个比重”，即“逐步提高居民收入在国民收入分配中的比重，提高劳动报酬在初次分配中的比重”。[①]

从改革历程来看，中国的改革始自农村，农村初期改革的基本内容便是家庭联产承包责任制的实施与推广，从而使得微观层面的经济绩效不再以集体评议的方式人为确定、不再取决于工分评定中的策略性行为。[②]家庭联产承包责任制推行的另一个意义则在于，强加于农民对土地的捆绑式依附关系有了实际上的松动。农业剩余的出现一方面使人们意识到减少农业劳动力数量的可行性，另一方面也导致了城镇地区农副产品计划供应（管制）体制

① 国家发改委社会发展研究所课题组：《我国国民收入分配格局研究》，《经济研究参考》，2012年21期。
② 袁易明：《农村居民收入分配的制度效应》，《经济学动态》，2002年05期。

的终结，这两重因素促进了农业劳动力向非农领域、城镇地区的转移。家庭非农收入对于农民收入增长具有越来越重要的意义，市场原则对于非农收入的决定具有更为重要的影响。总体说来，农村经济体制改革的推行使得家庭禀赋特征成为农村居民收入差距的基础性原因。

城镇居民收入差距的拉开则主要始于20世纪80年代中后期到90年代初双重体制的并存与摩擦。[①]“一方面个人收入分配中的平均主义的痼疾尚未治愈，但另一方面又出现了少数人和少数经济活动收入偏高的问题”。[②]少数人和少数经济活动收入偏高的问题有种种表现，比如，企业之间收入差距的扩大，这种扩大的基础既存在于盈利能力的差异性，也存在于垄断程度的差异性，在分配自主权下放至企业层面时，企业特征逐步成为影响居民收入差异的重要因素；企业内部的收入差距也在扩大，承租人和一般职工之间、经营者与普通职工之间、专业技术人员的市场回报与非技术人员之间等都存在着明显的差异性。[③]与此同时，地区不平衡发展战略的推行也是实现“让一部分人先富起来”的重要途径。为适应对外开放，地区发展战略基本上遵循着沿海优先发展的方式。优先为沿海、沿江、沿边地区的发展创造条件，并率先实行市场化取向的经济政策，从而使得这些地区的经济发展更快、活力更强、居民收入更高，其结果使得国民经济增长与地区差距扩张同时并存。[④]

---

① 赵人伟:《对我国收入分配改革的若干思考》,《经济学动态》，2002年09期。
② 赵人伟:《对当前收入分配不公问题的几点看法》,《经济研究》，1989年12期。
③ 赵人伟:《对当前收入分配不公问题的几点看法》,《经济研究》，1989年12期。
④ 赵人伟:《对我国收入分配改革的若干思考》,《经济学动态》，2002年09期。

然而，也应看到这一时期突出存在的一些问题。首先，收入形成与收入分配的机制。改革过程中所出现的收入来源多样化、收入信息缺乏透明度、灰色以及非法收入的大量出现、对高收入人群收入增长方式缺乏认同感等问题都在较大程度上与收入分配机制相关。[①]其次，对收入差距的扩大倾向应当采取何种政策取向。在相当长的一段时期中，对于收入差距的扩张在政策上几乎没有任何有效的调控举措，也缺乏有效的调控工具。甚至对于究竟应该进一步反对平均主义、继续拉大收入差距还是应该缩小差距这类价值判断，在一定程度上也缺乏共识。[②]由于在实践上缺乏相应的制度安排实现共同富裕，这导致了收入分配结构的僵化，即高收入人群将持续处在高收入状态，而低收入人群的收入增长则更加缓慢得多，这种收入分配格局的持续性进一步导致了机会上的不平等。

（三）效率优先、兼顾公平

收入分配制度改革的起点是平均主义的分配模式，这说明改革初期居民之间收入差距的总体程度是非常低的，随着居民收入差距不断扩大的过程中，有必要采取必要的措施和政策来抑制不断扩大的收入差距。在 1987 年召开的党的十三大上，要求收入分配“在促进效率提高的前提下体现社会公平”，但当时“分配中的主要倾向，仍然是吃大锅饭，搞平均主义”。党的十四大及党的十四届三中全会上分别提出了“兼顾效率与公平”、“效率优先、兼顾公

---

① 王小鲁：《灰色收入拉大居民收入差距》，《中国改革》，2007 年 07 期。
② 郑功成：《中国社会公平状况分析——价值判断、权益失衡与制度保障》，《中国人民大学学报》，2009 年 02 期。

平”[①] 的分配原则。“效率优先、兼顾公平”也是长期社会各界对居民收入差距扩张的基本态度。这一态度原则性地给出了判断居民收入差距的基本准则。这里的“效率”在实践中表现为对居民收入差距的扩张是否有利于经济增长目标的实现、经济发展速度与发展程度的提高；“公平”的字面含义隐示着收入差距是否为社会公众所接受，收入差距的数量扩张不应当突破社会公众普遍的心理承受范围，“兼顾公平”的实践含义被理解为防止收入差距的过分悬殊。[②] 在实践中，对收入差距的价值评判更多地偏向于“效率”，即经济增长速度与经济绩效的不断提高。

就经济发展而言，改革以来的经济增长速度与经济绩效在实践上诠释并体现着“效率优先”原则。由于“效率优先、兼顾公平”的分配政策所形成的激励机制无疑是高效的。这一期间国民经济保持着持续、快速增长。这一分配原则对于收入分配所产生的影响则是两个方面的。一是居民收入差距扩张的速度加快，这一特征在城镇内部尤为显著。城镇内部基尼系数由 1987 年的 0.2 上升到 2005 年的 0.34，上升了 14 个百分点*。二是功能收入分配原则出现了一系列的突破。生产要素逐步参与收益分配，分配方式从“以按劳分配为主体，其他分配方式为补充”逐步过渡到“要坚持和完善按劳分配为主体、多种分配方式并存的分配制度，健全劳动、资本、技术、管理等生产要素按贡献参与分配的制度”的转变，之所以能够实现这种转变，主要也得益于“效率优先、兼顾公平”这一总体性原则。

* 1978 年至 1986 年，城镇居民收入基尼系数由 0.16 上升到 0.19，只增加了 3 个百分点。参见：张东生主编：《中国居民收入分配年度报告》，北京：中国财政经济出版社，2007 年版，第 220 页。

① 周为民、卢中原：《效率优先、兼顾公平——通向繁荣的权衡》，《经济研究》，1986 年 02 期。

② 赵人伟：《对我国收入分配改革的若干思考》，《经济学动态》，2002 年 09 期。

“从时序上看，我认为20多年来收入分配格局的变化可以分为以下三段：

1．20世纪70年代末至80年代中期：平均主义。该时期收入分配方面的主要倾向仍然是计划经济时期遗留下来的平均主义。这一阶段农村的改革取得了很大的成功，但是，无论是农产品收购价格的提高还是家庭联产承包责任制的推行，其经济利益的分配是比较均衡的。当时城市的改革还没有全面推开，无论是机关、事业单位还是企业单位，收入分配领域基本上还是沿用计划经济体制的传统做法。

2．20世纪80年代中后期至90年代初：两种现象并存。该时期由于双重体制的并存和摩擦，在收入分配方面的主要特征是两种现象（计划体制内的平均主义与体制外和体制间的收入差距较大）的并存。所谓‘手术刀不如剃头刀’、‘搞原子弹的不如卖茶叶蛋的’之类的抱怨，就是双重体制的并存和摩擦出现时的矛盾在收入分配问题上的反映。在这一阶段，人们最为关注的是利用双重体制所进行的‘寻租’（rent-seeking）活动所引起的收入差距的扩大。

3．20世纪90年代中后期以来：差距过大。尽管平均主义问题在某些部门和企业内还存在，但从全社会来看，收入差距过大已经成为主要倾向，特别是同激励机制（促进效率提高）无关的收入膨胀，即所谓的暴富，则更引起了社会上强烈的不满。如果说，经济增长引起的收入差距的正常扩大是人们所能普遍认同的话，那么，这一阶段因权钱交易、贪污腐败、各种垄断、内部人控制、设租（rent-creating）活动等因素引起的收入差距的非正常扩大就成为人们关注的焦点。”①

（四）共同富裕的新征程

20 世纪 80 年代，邓小平早在设计改革开放时就提出了“两步走”的发展战略，第一步“让一部分人先富起来”，以“先富”来推动市场经济的发展，再通过国家再分配体制改革，第二步“实现共同富裕”。经过 40 多年的改革开放，中国已实现了第一步的战略目标，开始了“共同富裕”发展战略设计。2015 年 11 月，习近平总书记在中央扶贫开发工作会议上强调：消除贫困、改善民生、逐步实现共同富裕，是社会主义的本质要求，是我们党的重要使命。2020 年，党的十九届五中全会明确提出了“扎实推动共同富裕”，到 2035 年“全体人民共同富裕取得更为明显的实质性进展”。这意味着中国已经开始走向“共同富裕”的新征程。

共同富裕有两个关键词，一是富裕，二是共享。共同富裕的内涵是效率与公平的有机统一，它不仅要求到 21 世纪中期，我国人均国民收入靠近高收入国家标准，也要求彼时我国收入分配结果更加合理化，基本实现共同富裕的目标。首先，共同富裕的基本条件是富裕。当前，我国的经济社会发展达到了较高水平，即将进入高收入国家行列。国家统计局的报告显示，2019 年中国人均国民总收入为 10410 美元，首次突破 1 万美元大关，高于中等偏上收入国家 9074 美元的平均水平。按照世界银行 2020 年公布的最新标准，人均国民总收入 12535 美元以上为高收入国家，4046—12535 美元

① 赵人伟：《对我国收入分配改革的若干思考》，《经济学动态》，2002 年 09 期。

为中等偏上收入国家。这意味着，中国人均国民收入距离高收入国家的门槛只相差 2000 美元左右。其次，高收入是由高水平的劳动生产力来支撑的，是以生产和管理的高效率为基础的。然而，如果只是满足了一部分人富裕这一个条件，还是不能称为共同富裕。共同富裕要求必须具备第二个条件，即全社会成员共享发展的成果，个人的收入增长与整体的经济增长保持同步。换言之，社会成员之间收入差距保持在较低水平，社会中各个收入阶层间的流动性保持在较高水平，社会充满活力。然而，我国现阶段收入差距持续高位徘徊，如何继续深化收入分配制度的改革，缩小收入差距，早日实现共同富裕，是下一阶段改革的主要出发点。

由此可见，自从经济体制改革以来，居民收入差距随着经济增长而不断扩张。与经济改革相关联的制度调整一方面推动了经济增长，另一方面也在导致收入差距的扩张，并且如何建立起不同个人之间有差异性的收入分配格局在长期中成为改革的基本内容之一。由于中国的改革建立在原有计划经济体制低效率的前提下，因此如何通过形成有效的激励机制、促进效率提高、实现共同富裕的目标成为经济改革的重要中间目标。

四、对中国居民收入差距的测量

（一）全国收入分配差距的基本事实和变化趋势

对居民收入差距的测量与估计是研究居民收入分配状况的前提与基础。国家统计局公布过改革开放以来城乡内部基尼系数的变化。除国家统计局公布的基尼系数外，世界银行等国际机构和一些民间研究机构通过收集住户数据对基尼系数的变动趋势进行估计。

相关结果表明，经济转型的前三十年，我国经历了一个收入差距急剧扩大的过程，城镇内部、农村内部、城乡之间、地区之间和行业之间的收入差距都是全方位扩大的。[①]特别是20世纪90年代以来，居民收入差距更是表现出全方位扩大的特征，即城乡差距、地区差距、行业差距全面扩大。1981年中国全国收入差距的基尼系数为0.31，到2008年达到最高水平，即基尼系数2008年上升到0.491。值得注意的是在改革开放的早期（1978年至1983年），收入差距不仅没有扩大，反而有些缩小。这主要归功于这几年城乡之间收入差距的缩小（见图4-1）。具体来讲，由于农村改革先于城镇改革，农村土地承包制实施以后带来了农民收入的快速增加，城乡之间收入差距一度从1978年的2.6倍下降到1983年的1.8倍。城乡之间收入差距的缩小也就导致了全国收入差距的缩小。这意味着，在1985年之前中国经济转型促进了经济增长，提高了居民收入水平，特别是带来了农民收入的快速增加，但是它并没有造成全

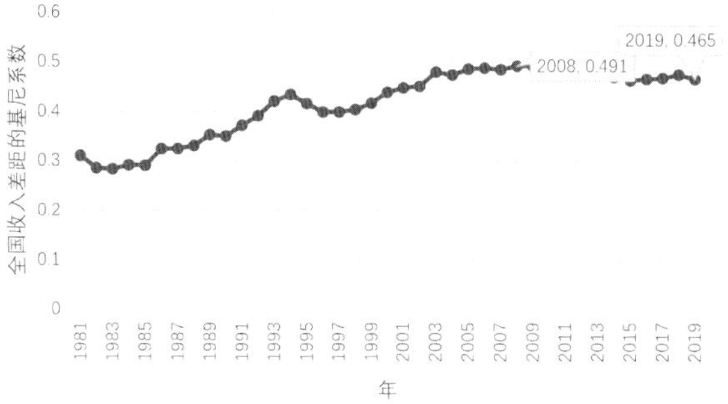

图4-1　中国居民收入差距的近期变化

数据来源：根据1981—2019年国家统计局统计相关数据整理。

① 赵人伟、李实：《中国居民收入差距的扩大及其原因》，《经济研究》，1997年09期。

国居民收入差距的明显扩大。从这个意义上来说，中国早期的经济转型是相对成功的，是一种典型的帕累托改进。[①]

"改革以前中国收入分配中的主要倾向是强调公平而忽视效率，再加上一些貌似公平的不公平因素，导致经济生活中缺乏必要的激励机制，造成生产上的低效率。所以，改革一开始中国的决策者提出了'让一部分人先富裕起来'的政策，这一政策的目标是克服收入分配上的平均主义，加强激励机制，提高效率，在做大'馅饼'的基础上最终实现共同富裕。十八年来改革和发展的经验表明，总的趋势是按照改革初期提出的目标发展的。不过，由于体制转型中出现了非常复杂的情况，收入分配的变化也比原来想象的要复杂得多。[②]"

2008年后出现了全国收入差距小幅波动和高位徘徊的阶段。如图1所示，从2008年以后，国家统计局公布的全国收入差距的基尼系数出现了逐年下降的势头。但近几年来，全国收入差距的基尼系数又小幅回升，如到2017年为0.467，2018年上升为0.474。国家统计局最新公布的数据显示，2019年全国收入差距的基尼系数为0.465。

"从2013年到2018年，尽管我国近期的经济增速和投资增速都出现了较大幅度下降，但由于工资水平和就业机会增长以及再分配能力增强，这一时期居民收入差距处于相对稳定状态，既无明显上升，也没有明显下降。从收入结构看，工资性收入、养老金收入以及自有住房估算租金的集中率，都出现了较大程度的下降。从区

---

① 李实、赵人伟：《中国居民收入分配再研究》，《经济研究》，1999年04期。李实、朱梦冰：《中国经济转型40年中居民收入差距的变动》，《管理世界》，2018年12期。

② 赵人伟、李实：《中国居民收入差距的扩大及其原因》，《经济研究》，1997年09期。

域和人群的构成上看，这一时期城乡之间收入差距进一步缩小，成为缩小全国居民收入差距的主导因素，而流动人口更大比例地进入相对较高的收入组，具有扩大收入差距的效应。[①]”

总的来看，1978—2008 年这 30 年间中国收入差距是不断扩大的，2008 年后收入差距扩大的趋势有所放缓，但仍处于一个高位徘徊的水平。当然，统计局的住户调查数据在估计收入差距时都难免会出现一些偏差。一直以来，学术界对居民收入差距测量的研究存在一些争论，主要表现在如下几个方面：第一，收入的概念和统计内涵。具体表现为如何考虑不同人群社会保障和享用的公共物品的差异，不同地区人群货币收入的实际购买力差异，以及城乡居民自有住房租金的估算。[②]第二，时间和空间的收入比较。研究收入分配是对不同人群或个人的收入进行比较，涉及比较问题，就会存在时间和空间的问题。比如，从时间上来看，个人收入的比较要有一个时期上的一致性问题，因为不同职业的人群获得收入的时期可能会有一定的差别。收入还可以是月收入、年收入，甚至更长时期的收入。研究的收入时期越长，收入的波动性越小，表现出个人收入差异就越小。这意味着，选择不同时期的不同收入也会导致不同的估计结果。[③]第三，住户调查数据的代表性。对收入差距的实际状态加以测量完全是一种经验研究，测量的准确性的关键取决于住

① 罗楚亮、李实、岳希明：《中国居民收入差距变动分析（2013—2018）》，《中国社会科学》，2021 年 01 期。

② 李实：《中国个人收入分配研究回顾与展望》，《经济学（季刊）》，2003 年 02 期。Sicular, T., Ximing, Y., Gustafsson, B., & Shi, L. (2007). The urban-rural income gap and inequality in China. *Review of Income and Wealth*, 53(1), 93–126.

③ Gibson, J. , Huang, J. , & Rozelle, S. . (2001). Why is income inequality so low in china compared to other countries?: The effect of household survey methods. *Economics Letters*, 71(3), 329–333.

户收入抽样调查数据的代表性。然而，中国的住户调查数据中普遍存在高收入样本的抽样偏差和测量偏差，以及城镇调查数据把农村流动人口排除在外。[①]这些问题都可能使得通常的收入差距指标与居民之间实际福利的差距之间存有某些差异。正是由于使用不同的样本、收入定义或测量方法，收入差距的估计结果存在较大差异。[②]

“使用规范的收入定义和利用合理的收入差距的测量方法是获得个人收入差距的准确估计值的关键。正是由于这些原因，使用不同的样本，或者使用不同的收入定义，或者利用不同的测量方法往往会得出不同的估计结果。”[③]

一些学者尝试运用帕累托分布推算高收入人群规模并补充其收入分布，以修正住户数据中抽样偏差对收入差距估计结果的影响。基于2007年和2013年全国住户收入调查数据，罗楚亮等（2018）利用公开的高收入群体的数据对高收入人群的收入分布进行了估计，并对调查中高收入样本的抽样偏差进行了修正。结果发现，2007年修正后的基尼系数上升了约7个百分点，但高收入人群样本的偏差导致了2013年全国收入差距严重低估。且对样本偏差进行修正后，2007年至2013年的收入不平等程度并没有缩小，反而呈现扩大的趋势。罗楚亮等最新的研究通过福布斯富豪榜和帕累托分布估计住户调查中遗漏人群规模及其收入分布特征后发现，

① 李实：《中国个人收入分配研究回顾与展望》，《经济学（季刊）》，2003年02期；李实、罗楚亮：《中国收入差距究竟有多大？对修正样本结构偏差的尝试》，《经济研究》，2011年04期。

② 罗楚亮、李实：《中国住户调查数据收入变量的比较》，《管理世界》，2019年01期。

③ 李实：《中国个人收入分配研究回顾与展望》，《经济学（季刊）》，2003年02期。

调整高收入人群后，2013—2018年总体基尼系数变动趋势是下降的，但2018年全国收入差距的基尼系数仍然保持在0.481的高位水平。[①]尽管这些研究结果受到一些研究方法局限性的影响，但基本上可以判断，中国的收入差距仍然处在高位水平，收入分配不公的问题并没有得到根本的解决。同时，对中国收入差距的估计仍有待进一步研究，应该引起越来越多学者的重视。

（二）农村内部收入差距持续扩大

中国是一个城乡分割、地区发展不平衡的国家。从收入分配结构来看，城乡之间收入差距、城市内部差距和农村内部差距是全国收入差距的三个重要构成部分。[②]

前已述及，改革之前的中国收入分配具有很强的平均主义特征。这不仅体现在当时平均主义的分配体制和政策占主导地位的城镇内部，也表现在农村内部较低的收入差距。[③]然而，从1980年中期开始后的近20年中，农村居民收入增长缓慢，同时收入差距逐年扩大。[④]从国家统计局估计的基尼系数的时间序列数据来看，农村住户纯收入的基尼系数从1985年的0.23上升到1990年的0.31，又上升到1995年的0.34，进一步上升到2000年的0.35。究其原因，一方面，这一时期农村转型基本处于停滞状态，没有出现

① 罗楚亮、李实、岳希明：《中国居民收入差距变动分析（2013—2018）》，《中国社会科学》，2021年01期。

② 李实、赵人伟、张平：《中国经济改革中的收入分配变动》，《管理世界》，1998年01期。

③ 李实：《中国个人收入分配研究回顾与展望》，《经济学（季刊）》，2003年02期。

④ 李实、赵人伟：《中国居民收入分配再研究》，《经济研究》，1999年04期。

重要的制度变革，小农经济模式主导着农业生产。由于土地承包制度的不稳定性和农业投资的短期化，加上土地制度的僵化，农业的长期投资动力不足，妨碍了劳动生产率提升和农民收入增长。虽然这个时期乡镇企业得到了迅速发展并吸收了部分农村剩余劳动力，但是乡镇企业发展的区域不平衡性非常严重，从而构成了农村收入差距扩大的一种重要因素。虽然大量的剩余劳动力具有强烈的进城打工的冲动，但是户籍制度成了一种“隔离墙”，妨碍着农村劳动力的自由流动和创收机会。[①]另一方面，造成这一时期农村收入差距不断扩大的原因是税负的不公平。在农村经济转型的初期，农民的税费并没有得到减免，而是负担越来越重。税费种类五花八门，老税费不断加码，新收费项目不断增加，到了20世纪90年代后期农民负担苦不堪言。毋庸置疑，农民税费的不断增加直接影响到农民收入的增长，是一种政府与农民争利的结果。更为重要的是农民税费除了拉大城乡之间收入差距之外，也拉大了农村内部的收入差距。从收入分配的角度来看，这种情况下税费是累退的，是扩大收入差距的。[②]

从2008年起，虽然农村内部的收入差距仍在扩大，然而城乡之间收入差距的缩小幅度超过了城乡内部差距的扩大幅度，从而全国收入差距出现了下行势头。[③]最新的统计显示，从2013年到

---

① 李实、朱梦冰:《中国经济转型40年中居民收入差距的变动》,《管理世界》，2018年12期。

② 李实、朱梦冰:《中国经济转型40年中居民收入差距的变动》,《管理世界》，2018年12期。

③ 罗楚亮:《城乡收入差距的变化及其对全国收入差距的影响》,《劳动经济研究》，2017年01期。

2018 年，农村内部的平均对数离差和泰尔指数，在两个年份之间略有上升，变动幅度只有约 1 个百分点。这意味着，近十年来农村内部的平均对数离差和泰尔指数基本稳定。[①] 然而，农村内部的收入不均等程度要明显高于城镇内部。

（三）城镇内部收入差距持续扩大

经济改革之前的城镇内部收入分配的平均主义倾向更甚于农村，这一点几乎是没有异议的。众所周知，城镇经济改革起步晚于农村，在改革开放初期工资与收入分配体制仍停留在计划的控制范围内，几次工资调整和引入奖金制度不仅没有扩大收入差距，反而产生了更加平均主义的分配格局。[②] 已有研究表明，基于国家统计局住户数据的估计结果显示，从 1978 年至 1984 年，城镇居民收入差距不仅没有扩大，反而有所缩小，基尼系数从 0.16 下降到 0.15。[③]

城镇内部收入差距的扩大开始于 20 世纪 80 年代中期，也是城镇经济改革起始阶段。到 80 年代末城镇居民收入分配的不均等程度大大高于改革初期，基尼系数上升了接近 50%。[④] 然而，把实物收入和各种实物性补贴算到住户实际收入中，收入分配的不均等程度并没有发生明显的改变。[⑤] 总的来说，从国际比较的角度来看，80 年代末中国城镇居民的收入差距仍处在较低的水平。

---

① 罗楚亮、李实、岳希明：《中国居民收入差距变动分析（2013—2018）》，《中国社会科学》，2021 年 01 期。
② 李实：《中国个人收入分配研究回顾与展望》，《经济学（季刊）》，2003 年 02 期。
③ 任才方、程学斌：《从城镇居民收入看分配差距》，《经济研究参考》，1996 年 07 期。
④ 任才方、程学斌：《从城镇居民收入看分配差距》，《经济研究参考》，1996 年 07 期。
⑤ 李实：《中国个人收入分配研究回顾与展望》，《经济学（季刊）》，2003 年 02 期。

城镇居民收入差距的急剧扩大发生在20世纪90年代，更确切地说是1992年以后。90年代中期城镇收入差距出现明显扩大，1995年的个人可支配收入的基尼系数上升为0.28。[①] 同样，按照国家统计局的估计，1994年城镇的基尼系数为0.30。进入20世纪90年代后期，城市改革开始进入实质阶段，改变城市企业的所有制结构成了改革的主旋律。为了实现企业转制，推动国有企业和集体企业减员增效，大批国有和集体企业员工下岗失业，同时民营和个体企业快速发展，导致了收入差距的进一步扩大。从1995—2002年城市居民收入差距的基尼系数提高了7—8个百分点。[②]

进入21世纪后，城市内部收入差距持续扩大。根据国家统计局的估计，在21世纪的头三年，城市居民收入差距基本上没有变化，基尼系数为0.32；2002—2005年基尼系数上升到0.34，其后几年在这个水平上徘徊；然而从2009年基尼系数开始下降，城市居民收入差距的基尼系数仅从0.34下降为0.33。[③] 然而，如果对住户调查样本偏差加以修正后的研究发现，现在城镇内部收入差距的基尼系数也许超过了0.4。[④] 从2013年到2018年，城镇内部收入差距波动不大。[⑤]

与此同时，进入21世纪后，农民工不断地向城镇流入，改变

---

① 李实、赵人伟、张平：《中国经济改革中的收入分配变动》，《管理世界》，1998年01期。

② 李实：《当前中国的收入分配状况》，《学术界》，2018年03期。

③ 李实：《当前中国的收入分配状况》，《学术界》，2018年03期。

④ 李实、罗楚亮：《中国收入差距究竟有多大？对修正样本结构偏差的尝试》，《经济研究》，2011年04期。

⑤ 罗楚亮、李实、岳希明：《中国居民收入差距变动分析（2013—2018）》，《中国社会科学》，2021年01期。

了城镇劳动力的就业结构。虽然农民工大多属于低学历、非技术劳动力，但是他们吃苦耐劳、易于管理，属于企业青睐的高“性价比”员工。一方面，城镇低端制造业、建筑业和低端服务业雇用大批农民工，因此也得到了大发展。另一方面，农民工的进入对城镇户籍的低学历员工的就业带来了压力，导致他们的工资水平处于一种缓慢增长状态。[①] 与此同时，产业升级和科技发展给高学历和高技术员工带来了旺盛的需求，从而使他们的工资以更快的速度上升。加上新兴产业、新就业形态的出现，都会使工资分配向高能力、高素质、高学历劳动力倾斜。另外，高收入人群以更大比例不断增加，更是导致城镇内部收入差距的不断扩大。总的来说，这些因素都在很大程度上扩大了城市内部收入差距。

“改革以来，基于家庭人均收入的全国总体基尼系数、农村内部和城镇内部的基尼系数、城乡差距基本上都处于不断上升的态势，且表现出明显的阶段性，这一阶段性特征与改革的阶段性高度吻合；自 1992 年以来，全国总体基尼系数一直大于或等于 0.4，2003 年和 2004 年分别达到 0.4430 和 0.4418，大岛指数也分别达到 11.3 和 11.1，这已经大大超过公认的上限 6.0；城镇基尼系数及其对总体基尼系数的贡献率增长速度最快，目前是全国总体基尼系数的首要影响因素。[②]”

在城镇内部和农村内部收入差距仍在扩大的情况下，全国收入

① Cai, Fang and Yang Du. 2011. “Wages Increase, Wages Convergence, and the Lewis Turning Point in China.” *China Economic Review*, 22(4): 601–610.

② 程永宏：《改革以来全国总体基尼系数的演变及其城乡分解》，《中国社会科学》，2007 年 04 期。

差距也就难以出现不断缩小的趋势。

（四）城乡之间收入差距高位波动

在二元经济体制下，中国收入差距的一个主要特征是城乡之间巨大的收入差距。20 世纪 80 年代中期以来，城乡收入差距出现了“上升—缩小—再上升—再下降”的过程。特别是 2009 年开始，由于农村经济改革促进了农民收入的较快增长，城乡之间收入差距出现了下降的趋势，引起了全国收入差距的缩小。[①] 最新的CHIP住户调查数据的结果也表明，城乡之间收入差距对全国收入差距的贡献份额从 2007 年的 46%下降到 2013 年的 31%，后进一步回落到 2018 年的 28%。[②] 这说明这段时期城乡之间收入差距起到缩小全国收入差距的作用。

“改革初期由传统体制遗留下来的城乡之间居民收入差距是相当大的，城镇居民的人均生活费收入与农村居民的人均纯收入的比率（简称城乡收入比率）高达 2.37。当中国经济改革率先在农村地区展开后，城乡收入比率开始下降，到 1983 年达到 1.70 这一最低点。然后城乡收入比率开始了逐步上升的过程，到了 1994 年达到了 2.60 这一最高点。它比 1978 年的水平还要高出 23 个百分点。到了 1995 年城乡收入比率有些回落，降为 2.47。[③]”

---

① 李实：《当前中国的收入分配状况》，《学术界》，2018 年 03 期。

② 罗楚亮：《城乡收入差距的变化及其对全国收入差距的影响》，《劳动经济研究》，2017 年 01 期；罗楚亮、李实、岳希明：《中国居民收入差距变动分析（2013—2018）》，《中国社会科学》，2021 年 01 期。

③ 李实、赵人伟、张平：《中国经济改革中的收入分配变动》，《管理世界》，1998 年 01 期。

如前所述，城镇内部和农村内部收入差距是持续扩大的。[①]这意味着，城乡之间收入差距的缩小，并且其缩小幅度超过了城镇内部和农村内部收入差距扩大的速度，带动了2008年后全国居民收入差距的下降。[②]具体而言，在2009—2014年，农村居民收入的增长明显超过了城镇居民，高出1个至3个百分点。然而，在2015年之后，城乡居民的收入增长更加趋于一致。这意味着城乡之间收入差距缩小的幅度趋于下降，那么它对全国收入差距缩小的影响趋于减弱。[③]

然而，最新的研究表明，在2015年之后，城乡居民的收入增长更加趋于一致。这意味着城乡之间收入差距缩小的幅度趋于下降，那么它对全国收入差距缩小的影响趋于减弱。在城镇内部和农村内部收入差距仍在扩大的情况下，全国收入差距也就难以出现不断缩小的趋势。[④]

需要指出的是，中国城乡之间较大的收入差距既是一种收入不平等，也是一个收入分配不公问题。众所周知，作为一个发展中国家，中国的城乡之间是严重分割的。一方面，中国对城镇和农村实施了不同的经济政策，且政策偏向鼓励现代工业部门的发展，大量的资源和财政资金投资于城市建设，而忽视了农村发展的需要。另

① 程永宏：《改革以来全国总体基尼系数的演变及其城乡分解》，《中国社会科学》，2007年04期。罗楚亮、李实、岳希明：《中国居民收入差距变动分析（2013—2018）》，《中国社会科学》，2021年01期。

② 李实：《当前中国的收入分配状况》，《学术界》，2018年03期。

③ 李实、朱梦冰：《推进收入分配制度改革 促进共同富裕实现》，《管理世界》，2022年01期。

④ 李实、朱梦冰：《推进收入分配制度改革 促进共同富裕实现》，《管理世界》，2022年01期。

一方面，严格的户籍制度使得城镇和农村家庭在社会保障、公共服务的获得方面存在巨大差异，进一步强化了中国城乡的二元分割。[①] 这意味着，城乡之间的差距不应仅关注在收入上，受到户籍制度的影响，城镇和农村居民在社会保障和公共服务获得方面存在巨大的差异。因此，如若将公共服务的市场价值折算为收入，城乡收入差距将会在现有基础上进一步扩大。[②] 因此，缩小城乡差距仍是现阶段的主要任务。

（五）地区间和行业间收入差距

尽管学术界关于区域间相对收入差距的变动趋势有所争议，但不少研究发现，由于地区间经济发展的不平衡，在很长一段时间，东中西部之间的收入差距是不断扩大的。[③] 比如，从 1988—2007 年，东西部地区之间居民收入之比从 1.7 倍上升为 2.2 倍。在此之后，地区之间收入差距出现了缩小的态势：不仅表现为东中西部人均收入之比缓慢下降，也体现在组间收入差距对全国收入不均等的贡献份额不断下降。[④]

“20 世纪 80 年代，为了扩大地方政府和企业的经济自主权和

---

① 李实：《当前中国的收入分配状况》，《学术界》，2018 年 03 期。

② 李实、罗楚亮：《中国城乡居民收入差距的重新估计》，《北京大学学报（哲学社会科学版）》，2007 年 02 期。

③ 赵人伟：《对我国收入分配改革的若干思考》，《经济学动态》，2002 年 09 期。王小鲁、樊纲：《中国地区差距的变动趋势和影响因素》，《经济研究》，2004 年 01 期。Gustafsson，Bjorn，Shi Li & Terry Sicular (eds.) (2008) . *Inequality and Public Policy in China*. New York: Cambridge University Press.

④ 李实、岳希明、史泰丽、佐藤宏：《中国收入分配格局的最新变化》，《劳动经济研究》，2019 年 01 期；罗楚亮、李实、岳希明：《中国居民收入差距变动分析（2013—2018）》，《中国社会科学》，2021 年 01 期。

积极性，中央政府对各省实行了财政'分灶吃饭'，减小了经济较发达地区的财政上缴比重，从而在一定程度上减小了东西部之间财政转移支付的力度。这促进了东部地区的经济发展，特别是首先享受到这项政策的广东省在整个改革时期取得了突飞猛进的发展。尽管各地区在改革期间都有不同程度的经济增长加速，但就总体而言，东部沿海地区的经济增长率在过去20年中显著高于中西部地区，因此出现了区域间收入差距扩大的趋势。特别是在20世纪90年代，差距扩大非常明显。"[①]

此外，垄断部门与竞争部门之间的工资差距不断扩大。从20世纪80年代末开始，部门之间和行业之间的职工工资差距趋于不断扩大，成为城镇内部收入差距扩大的一个重要推动因素。在行业之间工资差距的扩大过程中，尤其值得注意的是垄断行业与竞争性行业之间的工资差距的扩大。[②]已有研究发现，从1988年到2002年，行业间收入不平等对中国城镇居民收入差距的贡献越来越大，而且这主要是由一些收入迅速提高的垄断行业造成的。[③]

某一行业职工的高收入本身并不是问题，关键在于导致收入差距的原因是否合理。如果劳动力在不同行业之间能够自由流动，行业间工资差主要取决于职工在文化程度、年龄等个人属性上的差

① 王小鲁、樊纲：《中国地区差距的变动趋势和影响因素》，《经济研究》，2004年01期。

② 叶林祥、李实、罗楚亮：《行业垄断、所有制与企业工资收入差距——基于第一次全国经济普查企业数据的实证研究》，《管理世界》，2011年04期；岳希明、李实、史泰丽：《垄断行业高收入问题探讨》，《中国社会科学》，2010年03期；陈钊、万广华、陆铭：《行业间不平等：日益重要的城镇收入差距成因——基于回归方程的分解》，《中国社会科学》，2010年03期。

③ 陈钊、万广华、陆铭：《行业间不平等：日益重要的城镇收入差距成因——基于回归方程的分解》，《中国社会科学》，2010年03期。

异，由此产生的收入差异应当视为合理的。如果垄断行业职工的受教育程度平均高于其他行业，或其职工多处于高收入年龄段，那么垄断行业职工的高收入并不一定是不合理的，至少可以说，并不是高收入的全部都是不合理的。

“与竞争行业相比，垄断行业的高福利不限于管理阶层，而是多少惠及垄断行业全体职工。由于目前收入统计未能反映垄断行业的高福利，因此整个垄断行业高收入中不合理部分的比重不可避免地被低估。为了纠正这一偏差，我们在假定垄断行业实际收入（包括福利等其他收入）为统计收入 1.2 倍的基础之上进行了Oaxaca-Blinder分解，结果显示，垄断行业高收入中不合理部分的比重超过60%；如果假定 1.5 倍的话，不合理部分比重则超过 70%。[①]”

中国的收入差距会如何发展？一些学者预测收入差距会有一定缩小，但程度有限。张延群、万海远（2019）认为第一产业与第二、第三产业劳动生产率比值、农村人口中从事第一产业的比重以及农民工与城镇职工的工资差距等是我国城乡收入差距的长期决定因素。同时，在城镇化水平继续提高的背景下，未来我国城乡收入差距将持续下降，但仍处于较高水平。吕世斌（2016）预测由于城乡人口转移促进收入差距缩小的动力越来越弱，且城乡内部收入差距没有明显降低，收入差距仍会保持在较高的水平。

---

① 岳希明、李实、史泰丽：《垄断行业高收入问题探讨》，《中国社会科学》，2010 年 03 期。

五、国民收入分配问题

“对于当今的我国经济，研究初次分配有着更为重要的现实意义。逐渐扩大的收入差距，不断攀升的投资规模，以及消费不足等都与国民收入的初次分配格局密切相关。国民收入的二次分配乃至三次分配虽然对宏观经济的调控至关重要，但是将初次分配中的问题，以及由此产生的其他难题推到二次甚至三次分配中去解决，在实践中困难重重。例如，通过征收个人所得税降低收入差距会受到避税行为的困扰，从而征税成本提高；再比如，长期以来消费比重下降，投资比重逐步上升可以说是困扰中国经济持续发展的一个难题，劳动份额稳步上升，对于提高消费的比重将起到重要的推动作用。提高我国的消费比重不仅能降低投资率，提高投资效率，也有助于缓解长期以来过度储蓄所带来的困惑（贸易顺差和外汇储备增加）。总之，关注国民收入初次分配对研究中国经济当前的形势和未来走势具有非常现实的意义，经济学对国民收入初次分配也给予了高度的重视。[①]”

就收入分配问题的研究范围来看，可分为功能性分配和规模性分配两个方面。前者指投入要素在国民收入中的分配情况；后者是指国民收入在不同财富阶层之间的分配关系，发展为如上所述的用基尼系数描述的个体或家庭之间收入不平等研究。阿特金森（2000）指出研究收入分配不应只局限在规模性分配上，还需要讨论功能性分配。这是因为个体收入既可来源于财产收入，还可来自

① 李稻葵、刘霖林、王红领:《GDP中劳动份额演变的U型规律》,《经济研究》, 2009年01期。

劳动收入，但对于处于收入分布中较高位置的个体，其收入来源主要是财产收入，收入分布中处于较低位置的个体，收入来源主要是劳动收入，这就将国民收入的要素分配问题与常见的收入分配问题联系起来。

国民收入在要素之间的分配是一个由来已久的概念，从其历史渊源来看，李嘉图在其《政治经济学及赋税原理》中，首先引入了这一概念（Ricardo，1821），随后这一问题成为古典经济学家讨论的重要课题之一。经济增长需要要素的投入，这些要素包括资本、劳动和土地等，国民收入将按照各投入要素在生产中的贡献进行分配，对于国民收入中要素份额的决定以及变化，在李嘉图之后的很长时期里，许多文献从不同的角度给予了分析。然而，由于国民收入的数据有限，国民收入的要素分配问题的理论研究先于其经验研究，产生了不少理论学派。比如，新古典经济学家建立了以均衡和边际分析为研究工具的收入分配理论。约翰·贝茨·克拉克（1938）指出，在生产过程中，每个人都是某种生产要素的提供者，假如各种生产要素所获得的报酬和它所生产的数量相符合，那么，每个人所获得的收入就与他们所生产的产品相等。因此，功能分配决定个人分配，“只有怎样把全部社会收入分为工资、利息、利润这些性质不同的收入，才是直接地完全地属于经济学的范围”。阿尔弗雷德·马歇尔（1890）的分配理论是他的价格理论在要素价格决定上的应用，同价格理论一样，马歇尔的分配理论也以供求论为基础。他认为产品价格决定于生产成本，生产成本由生产要素的价格所构成。而各种生产要素的均衡价格也和一般商品一样由供给价格和需求价格的均衡决定，它们各自的供给价格取决于各自的生产成本，各自的需求价格决定于各自的边际生产率。

从20世纪二三十年代开始，研究人员开始估计英国和美国的国民收入核算数据，为该领域的经验研究创造了条件。比如卡尔多在关于稳态经济增长的六个典型事实中，其中有两个同要素分配份额有关。其一，就单个经济体而言，要素分配份额在长期内保持不变；其二，就多个经济体而言，投资率越高的经济，资本收入份额越高。近十年来，一些国家要素分配份额出现不同于“卡尔多事实”的变化，引起了研究者的关注，围绕上述两个关于要素分配份额事实的论断，出现了一系列重要的理论和经验研究成果。

从我国的实际情况来看，资本市场不完善，个人收入来源相对单一，因此国民收入中的资本和劳动要素分配关系及其变化，将在很大程度上反映收入分配变化趋势。对要素分配关系变化原因进行分析，将为收入分配变化从功能性分配角度提供新的视角。然而，到目前为止，对我国收入分配的研究基本集中于微观领域的规模性分配领域，即“解释经济单位中某个或各个阶层的收入分配形成种类以及与此相关的收入不平等状况”，[①] 少有从功能性分配视角进行的分析。

具体来讲，在我国，由于长期以来按社会主义的公平原则分配，关于我国收入分配的研究较多的是围绕以个人或家庭的最终收入分配进行。对国民收入按要素分配的研究，在很长一段时间内为空白。1992—2008年，围绕着我国国民收入分配中要素收入的变化，主要集中在各要素收入总额在国民收入中所占份额进行分析，各种相关性的实证研究也纷纷出现，特别是对20世纪90年代

① 杨灿明:《公共利益、国家与财政》,《财经研究》，2003年02期。

以来我国劳动收入份额下降而企业和政府部门的收入份额逐渐上升的现象，也提出了不同的解释。李扬首次计算了从新中国成立后到1990年间的劳动收入份额，发现直到改革开放之前，劳动收入份额都处在较低的水平，而改革开放后劳动收入份额逐渐增加。他给出的解释是改革开放前，劳动报酬的很大一部分是由非工资型收入组成，改革开放后劳动报酬则逐步体现为工资型收入。向书坚计算了1978—1995年劳动收入份额，发现在这段时间内，劳动份额有持续上升趋势，他认为主要原因是这期间工资改革和农副产品收购价格的提高。[①] 杨少华等利用国民经济核算数据，计算1978—1995年的劳动收入份额，发现其值在1986—1995年稳定波动，并认为是这段时间内工资改革逐步放慢所致。李扬、殷剑峰对1992—2003年我国企业、政府、居民三个部门的储蓄率进行了比较，发现其中居民部门储蓄率呈长期稳步下降趋势。由于财产收入和劳动报酬在国民收入中的份额双双下降，导致居民可支配收入在国民收入初次分配中的所占比例也持续下降。其中，居民劳动报酬的份额相对减少，主要原因是企业部门支付给居民的工资报酬相对下降；并且从企业获得的工资收入的相对减少和居民财产收入的下降，表明居民收入中的一个不可忽略的部分向着政府的收入和企业部门的利润转移。徐现祥和王海港对于我国初次分配中，劳动收入朝两极分化的原因进行了分析，研究发现，由于劳动贡献分配标准在产业间的差异，导致了我国劳动收入分布不断向右平移，逐步呈现双峰分布。但是，他们没有考虑要素间的分配。白重恩等对中国工业部

① 向书坚：《我国功能收入分配格局分析》，《统计研究》，1997年06期。

门要素分配进行了计算，认为产品市场的垄断增加和国有部门改革引起劳动力市场环境改变是工业部门要素分配份额变化的主要原因。也有学者探讨经济发展过程中劳动份额在初次分配中演变的一般规律，并指出中国初次分配中劳动份额的变动趋势基本符合这一规律。[①] 同时，罗长远等运用1987—2004年省级面板数据对中国劳动收入占比下降的事实进行了实证研究，发现FDI、经济发展水平以及民营化都不利于劳动占比的改善。黄先海和徐圣引入希克斯要素偏向型技术进步的思想推导出了劳动收入比重变化率的分解公式，认为劳动节约型技术进步是资本和劳动密集型部门劳动收入比重下降最主要的原因。白重恩等研究发现，1992—2005年居民部门的收入份额先上升后下降，与居民部门收入份额的下降相对应，企业和政府部门在此期间分别上升7.49个和3.21个百分点。居民收入份额的下降一度被认为是中国消费不足的重要原因。[②] 此外，世界银行也非常关注这个问题，世界银行经济学家对中国经济中利润占GDP的比重进行了测算，得到的结论是中国经济中利润占GDP的份额过高，因此文中建议企业（尤其是国有企业）应该多向国家分红，由此减少我国经济中投资过多的倾向。需要指出的是，居民部门收入份额的下降而资本收入份额的逐渐上升会带来收入分配不均的严重后果，这也是在2008年之前中国个人收入差距扩大的重要原因。

① 李稻葵、刘霖林、王红领：《GDP中劳动份额演变的U型规律》，《经济研究》，2009年01期。

② 汪同三、张涛：《注意从收入分配角度促进经济结构调整》，《数量经济技术经济研究》，2003年12期；李扬、殷剑峰：《中国高储蓄率问题探究：1992—2003年中国资金流量表的分析》，《经济研究》，2007年06期。

“如果各产业劳动收入份额不再减少，随着产业结构继续从农业部门转向非农业部门，劳动收入份额将继续降低，但如果产业结构转型发展到从工业部门向第三产业转变，鉴于第三产业劳动收入份额高于工业部门，全国劳动收入份额将随之提高。至于各产业部门的劳动收入份额，由于工业部门和第三产业在经济中的比重逐渐增加，它们的劳动收入份额变化对未来全国要素分配份额将有明显影响。对工业部门的分析表明，该部门要素替代弹性为1，因此改变工业部门要素投入比不会影响其要素分配份额，但要素市场的扭曲程度和产品市场垄断程度的变化则会改变其要素分配份额。对第三产业尚需建立新的计量模型进行分析，故工业部门的结论不宜直接推广到该部门，但考虑到人力资本的投资在第三产业更为明显，该部门劳动收入份额在未来则有可能增加。”①

然而，近年来，国民收入分配格局呈现出一种新的变化趋势，居民部门收入份额开始稳步上升，但企业部门，尤其是非金融企业部门，收入份额的下降趋势也愈加明显。②

“为了调整全社会收入分配格局，深化收入分配制度改革，2007年，党的十七大报告明确提出‘逐步提高居民收入在国民收入分配中的比重，提高劳动报酬在初次分配中的比重’，因此居民部门收入份额有所回升，但整体增幅不明显。2012年党的十八大报告再次提出‘调整国民收入分配格局，加大再分配调节力度；提

① 白重恩、钱震杰：《国民收入的要素分配：统计数据背后的故事》，《经济研究》，2009年03期。

② 周慧、岳希明：《中国国民收入分配格局的现状与国际比较》，《国际税收》，2019年10期。

高居民收入在国民收入分配中的比重，提高劳动报酬在初次分配中的比重'，居民部门收入份额开始有所回升。2016 年居民部门收入份额占比约为 61.28%，比 2009 年的 58.82%增长了 2.46 个百分点。与此同时，非金融企业部门收入份额下降明显，从 2009 年的 24.56%下降至 2016 年的 19.17%，降幅为 5.39 个百分点；金融企业部门的收入份额则从 2009 年的 2.71%增长至 2016 年的 5.08%，增幅 2.37 个百分点。2011 年以来，金融和非金融企业部门的收入份额合计基本维持在 25%左右。这一时期，政府部门的收入份额相对稳定，仅在 2008 年金融危机后有小幅下降，但基本保持在 15%左右。上述结果表明，我国现阶段已经基本形成了相对稳定的国民收入分配格局。2017 年党的十九大报告提出'坚持按劳分配原则，完善按要素分配的体制机制，促进收入分配更合理、更有序；坚持在经济增长的同时实现居民收入同步增长、在劳动生产率提高的同时实现劳动报酬同步提高'。现阶段，我国经济增速逐渐放缓，加之一系列减税降费政策的实施，可以预期的是下一阶段国民收入份额格局还将向劳动者倾斜，居民部门的收入份额将有所提高，而企业和政府部门的收入份额还将有所下降。"①

要注意的是，我国国民收入分配格局的现状与国际比较后发现，不论是与发达国家，还是与发展中国家相比，中国居民部门的收入份额都明显偏低，而企业部门特别是金融企业部门的收入份额

① 周慧、岳希明：《中国国民收入分配格局的现状与国际比较》，《国际税收》，2019 年 10 期。

明显偏高。[①] 一方面，金融企业部门收入份额的偏高与当前中国金融行业高利润紧密相关，较高的存贷款利差及行业垄断等因素对居民部门和非金融企业部门收入份额产生了双重抑制。另一方面，虽然在政府部门收入份额上中国与其他国家之间的差异较小，但是，考虑到企业部门的增加值有较高的比例是国有控股企业创造的，如果把这一部分资金也考虑在内的话，政府部门的实际收入份额还将上升。

第二节　居民收入差距变动的原因

"中国经济正处在转型过程之中。经济转型并不仅仅意味着经济体制的转变，即从计划经济向市场经济的转变；而且意味着经济结构的转变，即从传统农业为主的农村经济向现代工业和服务业为主的城市经济的转变。中国经济制度的复杂性和经济发展程度的落后性使得'两个转变过程'不可能在短期内完成。转变中的经济远比一个定型的经济更为复杂，充满了更多的不确定性。这对于研究中国收入分配的学者来说，也就意味着更大的挑战和需要面对更多的'解释'上的难题。[②]"

收入差距的变动无疑是多重因素共同作用的结果。以往研究从经济增长、改革与转型、社会经济政策等角度分析了我国居民收入

---

① 周慧、岳希明：《中国国民收入分配格局的现状与国际比较》，《国际税收》，2019 年 10 期。

② 李实、赵人伟：《中国居民收入分配再研究》，《经济研究》，1999 年 04 期。

差距变动的原因。[1]

一、经济增长与收入差距

经济增长是大多数发展中国家所追求的目标。只有在经济增长的基础上，其他方面的福利改善才具有可行的物质基础；只有在经济增长的基础上，才能实现经济发展、社会发展和人类发展。对于初始状态相对落后的中国经济来说，增长的意义则更为显著。只有经济增长，才能保障人们解决温饱、实现小康；才能促进国家综合实力的增强，才能为建立和谐社会提供物资条件，才是共同富裕实现的前提条件。

“中国经济的高速增长带来了居民收入水平的普遍提高，可以说是同步提高。与改革开放前三十年相比，这是一个主要的特点。1949—1978 年，经济增长率大大高于居民收入增长率，说明老百姓并没有从经济增长中获得相应的好处。根据权威的统计数据，1952—1978 年中国经济的年均增长率为 6.7%，而居民人均收入的年均增长率不足 2%。即使扣除人口增长的因素，居民收入增长也比经济增长低 3—4 个百分点。而在改革开放的 40 年中，GDP的年均增长率为 10%左右，而居民收入增长率为 11%左右，要略高于

---

① 赵人伟、李实：《中国居民收入差距的扩大及其原因》，《经济研究》，1997 年 09 期；陆铭、陈钊：《城市化、城市倾向的经济政策与城乡收入差距》，《经济研究》，2004 年 06 期；王小鲁、樊纲：《中国收入差距的走势和影响因素分析》，《经济研究》，2005 年 10 期；陈斌开、林毅夫：《发展战略、城市化与中国城乡收入差距》，《中国社会科学》，2013 年 04 期；Xie, Y. , & Zhou, X. . (2014). Income inequality in today’s china. *Proceedings of the National Academy of Sciences*, 111(19), 6928.

经济增长率。从这个意义上讲，改革开放前三十年的经济增长是一种非包容性的增长模式，是一种不顾及民生的增长模式。”[①]

在中国经济高速增长过程中，居民收入差距也在迅速扩张。中国也由改革开放之初盛行的平均主义转变成收入分布严重不均等的国家之一。世界银行曾估计改革之初中国城乡基尼系数分别为0.16和0.31，而全国总体的基尼系数也仅为0.33。[②] 2005年，中国城乡基尼系数分别为0.34和0.38。[③] 城镇居民基尼系数上升了一倍。如果按照国家统计局对1978年农村基尼系数的估计结果（0.21）[④]，则农村居民基尼系数的上升幅度也是非常剧烈的。城乡内部基尼系数的上升、城乡之间收入差距的扩大，导致了全国居民收入差距的大幅度扩张。

已有研究对于经济高速增长与收入差距急剧扩张的同步变动的价值判断各不相同。由于收入差距的扩大可能产生不良的经济效应与社会效应，特别可能以其社会阶层的分化，影响社会的和谐发展。不过，在政府部门和学术界也存在对收入差距的不同看法。由于中国的经济改革起始于平均主义盛行的分配体制，这种体制导致了经济上的严重低效率，因此在较长的一段改革时期中，收入差距扩张所导致的激励机制改变使经济效率有所提高，并推动了经济增长。因而，一部分人认为收入差距扩大是特定发展阶段为实现经济

① 李实：《当前中国的收入分配状况》，《学术界》，2018年03期。

② 赵人伟、李实：《中国居民收入差距的扩大及其原因》，载赵人伟等主编：《中国居民收入分配再研究》，北京：中国财政经济出版社，1999年版，第25页。

③ 国家统计局农村社会经济调查司编：《中国农村住户调查年鉴2006》，北京：中国统计出版社，2006年版，第34页。

④ 国家统计局农村社会经济调查司编：《中国农村住户调查年鉴2006》，北京：中国统计出版社，2006年版，第34页。

增长所必须付出的代价。在经济高速增长的过程中，收入分配并不是一个重要的问题，而是在经济增长达到一定阶段后所能自然解决的。而这种看法的论证依据也通常来自库兹涅茨就经济增长与收入分配关系所提出的一个著名假说：在经济增长的初期，收入差距会扩大；而当经济增长达到一定阶段后，收入差距会出现缩小的趋势，这就是通常所说的库兹涅茨“倒U形假说”。值得说明的是，笼统地讨论经济增长过程中的收入差距变化趋势可能是没有意义的，而更重要的是在于，究竟哪种增长形式可能导致收入差距的扩大，哪种增长形式可能导致收入差距具有缩小的可能。在这种情况下，对于经济增长与收入分配关系的讨论仍有待于进一步的具体分析。

“中国作为发展中国家中的低收入国家，在经济增长的起飞阶段，收入差距的扩大是难以避免的。以压缩工资差距和收入差距为主要目标的传统分配体制的逐步解体，相应的多元化分配机制的形成，无疑会加快中国收入差距的扩大速度。应该看到，对于现阶段中国来说，经济增长会带来收入差距扩大，但是两者之间的关系并非是线性的，而是后者的边际上升率随着前者的上升而递减。如果这个关系是确立的，对于一个必须要付出收入差距扩大的代价才能完成一定发展阶段的国家来说，较高的增长速度无疑是减小这种代价的一种较优的选择。还应该看到，正如农村初期改革的收入分配效应所显示的那样，一些改革措施不仅不会扩大收入差距，反而会有助于缩小收入差距。而且，改革的停滞或体制的‘冻结’并不能抑制收入差距的扩大。[①]”

具体来讲，经济转型过程中，我国居民收入差距不断扩张。其中原因有很多，归纳起来，可以从以下几个方面进行解释：一方面，从全面的公有经济向所有制多样化的经济转变无疑会引起工资差距和收入差距的扩大；另一方面，收入决定机制的微观化和分权化也会带来收入差距的扩大。这是经济转型引发的收入分配效应。[②]然而，仅仅看到这一点是不够的，还应该看到从20世纪80年代中期开始的经济转型是不全面的、不彻底的、不完善的，不时受到阻碍和干扰，以至于在某些时期偏离了预期的改革目标。不彻底的经济转型主要表现为中国的生产要素市场的不完善和扭曲。劳动力市场的地区分割、部门分割，就业中的户籍歧视，不仅带来了收入差距的扩大，也造成了严重的收入分配不公。[③]在资本市场上，国有资本仍处于主导地位，而民间资本处于不利的竞争地位，国有金融资本与国有企业形成了一种“闭循环”，相互分享垄断利润，导致垄断行业与其他行业间的工资差距过大。[④]同样地，土地制度改革迟迟难以推进，农民无法获得土地的收益，更加不利于农民收入增长和缩小与城市居民的收入差距。

“中国经济转型对收入分配格局的变化产生了很大的影响。这种影响既体现在收入分配过程中分配体制和机制的变化，也表现在收入分配的结果上。经济转型可以归结为以下几个方面：第一，计

① 李实、赵人伟、张平：《中国经济改革中的收入分配变动》，《管理世界》，1998年01期。

② 李实、朱梦冰：《中国经济转型40年中居民收入差距的变动》，《管理世界》，2018年12期。

③ 万海远、李实：《户籍歧视对城乡收入差距的影响》，《经济研究》，2013年09期。

④ 岳希明、李实、史泰丽：《垄断行业高收入问题探讨》，《中国社会科学》，2010年03期。

划经济向市场经济的转变。在此过程收入分配制度由高度统一的分配模式向分散化的分配模式转变。第二，经济单位的所有制结构变化带来的收入分配格局的变化。所有制结构多元化既会带来不同所有制部门之间收入差距的变化，也会带来同一所有制部门内部不同经济单位收入差距的变化。这些都是由于不同所有制部门采取了不同的收入决定机制和分配制度。第三，对外开放产生的收入分配效应，对外贸易及其引进外资都在不同程度影响着收入差距的变化。特别是外资企业和合资企业为了吸引高技术人才、高层管理人员，采用高薪引人和高薪留人的做法，也拉大了外资企业与国内企业的工资差距和收入差距。第四，公共部门内部工资性收入分配制度改革也影响着收入分配的变化。特别是国有企业为了提高效率、增加激励机制，不仅拉大了管理层与一般员工之间的收入差距，还扩大了员工之间的收入差距。市场化的分配机制主要表现为每个生产单位具有充分分配自主权，每个就业者的收入是由市场和用人单位共同决定的。市场的供求关系决定了相同素质和技能的人群一个平均的收入水平（均衡工资），而用人单位根据就业者的实际劳动贡献决定其实际收入。一个就业者的实际收入与其市场中的均衡工资之间的差异是由许多因素决定的，最重要的是由其劳动贡献的大小决定的。市场化的分配机制还对劳动要素之外的其他生产要素给予收入回报，实物资本、人力资本、管理才能，创新观念和创新能力都会通过微观的分配机制获得应有的报酬。同时市场化分配机制还允许风险和运气获得收入回报。[①]”

---

① 李实：《当前中国的收入分配状况》，《学术界》，2018 年 03 期。

二、市场化与收入差距

市场化对收入差距的影响是一个复杂的问题。在市场化过程中，原有的公有财产所有权部分地转变为私人财产所有权，这一方面改变了过去低效率和资源大量浪费的状况，另一方面也导致财产向少数人集中，进一步引起收入分配不均等。尤其是在产权变革过程中由于制度不健全、程序不规范和缺乏公众监督带来的暗箱操作、私相授受，更加剧了分配不公的现象。[①]

"市场化本身不必然导致收入差距扩大。收入差距扩大在相当程度上是因为在市场化过程中，制度不健全、政府行为不规范和腐败现象，导致资源分配扭曲和收入分配不公。因此需要通过政府改革，建立一套公平、规范、透明的制度框架来与市场体制相配套，需要形成一套社会公众监督体系来约束政府行为，在经济发展中保障社会大众的利益不受侵害。[②]"

在城镇内部，居民收入差距的扩大在很大程度上与经济转型过程中体制和政策的变化有关，如市场机制对不同要素回报的变化，特别是对学历和技能回报率的上升，非国有经济的发展、国有经济的改制重组及行业垄断等。[③]特别是，在市场化改革的过程中，由于分配方式由实物化向货币化的转变，一部分原来计划经济体制下

---

① 王小鲁、樊纲：《中国地区差距的变动趋势和影响因素》，《经济研究》，2004 年 01 期。

② 王小鲁、樊纲：《中国收入差距的走势和影响因素分析》，《经济研究》，2005 年 10 期。

③ Meng, X. . (2004). Economic restructuring and income inequality in urban china. *Review of Income and Wealth*, 50(3), 357–379；刘怡、聂海峰：《间接税负担对收入分配的影响分析》，《经济研究》，2004 年 05 期；岳希明、李实、史泰丽：《垄断行业高收入问题探讨》，《中国社会科学》，2010 年 03 期。

隐性存在的收入差距逐步显现出来；同时，市场条件下更加强调要素报酬与要素收益，因此也产生了新的收入分配不均等性，而这些不均等性可能与要素禀赋相关，如性别、教育差异等因素也导致了新的收入差距。由于金融体系的不完善，富人往往拥有比穷人更有利的存款和贷款利率；这一金融市场的机会不平等进一步扩大了收入差距。[①] 同时，城镇内部收入差距的扩大也与高收入人群比例增加和再分配政策效果不足等因素密切相关。[②] 而对行业和部门之间收入差距而言，经济转型过程中的垄断行为、市场分割以及过多的政府干预是造成行业间和部门间收入分配不公的主要原因。[③]

“垄断行业高收入是社会各界普遍关注的对象。人们对垄断行业高收入的不满可能源于以下四个原因。第一，垄断行业的工资收入明显高于其他行业，而且被认为超出了合理的界限。第二，垄断行业的高收入主要来源于政府保护下该行业对市场的垄断而不是这些行业在市场上成功竞争的结果，因此是不公平的。第三，目前受政府保护的垄断行业主要由国有企业组成，作为全民财产的国有企业本应把一般消费者福利放在首位，但实际上并非都如此。垄断企业提供的产品和服务，其大部分与居民日常生活有着密切的关系，价格水平的高低直接关系到居民日常生活消费支出的大小，实际上，垄断行业高收入往往以一般消费者的福利损失为代价。第四，行业垄断已经成为目前我国收入不平等，尤其是城镇职工收入差距

---

① 陈斌开、林毅夫：《金融抑制、产业结构与收入分配》，《世界经济》，2012 年 01 期。

② 李实、罗楚亮：《中国收入差距究竟有多大？对修正样本结构偏差的尝试》，《经济研究》，2011 年 04 期。

③ 岳希明、李实、史泰丽：《垄断行业高收入问题探讨》，《中国社会科学》，2010 年 03 期。

的重要成因之一。[①]”

由于中国的贫困人口主要集中在农村地区，因此，农村内部收入差距尤其值得关注。在农村内部，20 世纪 80 年代初到 90 年代中期居民收入差距的扩大的主要原因是市场化发展进程中非农产业的发展，90 年代后期开始不断扩大的农村居民收入差距则与劳动力流动和不合理的税费制度有很强的相关性。[②] 从 2008 年开始，尽管国家统计局的估计结果表明全国收入差距和城乡之间收入差距有所缩小，但农村内部收入差距仍在扩大。[③] 究其原因，主要因为高收入人群增长的速度远超过低收入人群。2007—2013 年，农村中最低收入组实际收入仅增长了 78%，而最高收入组实际收入增长率却高达 121%，后者比前者高出 43 个百分点。[④] 也就是说，仅以收入标准，农村地区仍然存在着相当数量的人群的收入增长速度较低，处于波动状态。也应看到，过去十多年中，随着农村社会保障制度的建立和完善，以及政府实施的一系列惠农政策，农村居民收入差距扩大的速度明显放缓。[⑤]

“如果农户的收入增长主要源自于农村中的非农业收入的增长，那么非农收入增长的平衡性在很大程度上决定着农户之间收入差距的变动幅度。利用本课题组的 1988 年的农村住户抽样调查数

---

① 岳希明、李实、史泰丽：《垄断行业高收入问题探讨》，《中国社会科学》，2010 年 03 期。

② 李实、赵人伟：《中国居民收入分配再研究》，《经济研究》，1999 年 04 期。

③ 李实：《中国收入分配格局的变化与改革》，《北京工商大学学报（社会科学版）》，2015 年 04 期。

④ 罗楚亮、李实、Terry Sicular、岳希明：《2007—2013 年期间的收入增长和收入差距》，载李实等：《中国收入分配格局的最新变化——中国居民收入分配研究V》，北京：中国财政经济出版社，2018 年版，第 47 页。

⑤ 王延中、龙玉其、江翠萍、徐强：《中国社会保障收入再分配效应研究——以社会保险为例》，《经济研究》，2016 年 02 期。

据，朱玲（1994）和卡恩等（1994）不仅强调了非农收入在农村收入分配变化中的重要性，而且细致分析和估计了农户非农收入的不均等对总收入差距的贡献程度。他们的分析结果都表明了非农收入是解释当时农村收入差距的一个非常重要的因素。”[①]

巨大的城乡收入差距已然成为中国的一个重要特色。对城乡之间收入差距来说，长期实行的城乡分割体制、城市偏向型的政府政策、城乡间不平等的社会保障和社会福利对城乡之间收入差距居高不下有重要的影响。[②]需要指出的是，按照市场配置资源的规律，市场化的改革应该有助于缩小城乡收入差距。然而，从中国经济发展进程来看，市场化改革与城乡收入差距的扩大是同步发生的，但并不代表它们之间是因果关系。实际上，就中国城乡收入差距而言，市场化改革是有助于缩小差距的。[③]当然，过去40年间，并非所有改革措施都是与市场化改革方向一致的，且城乡收入差距受到其他多种因素的影响，因此，部分研究将城乡收入差距居高不下归因于市场化改革是片面的。[④]对当前城乡收入差距而言，最具积极影响的改革有三项：一是农村土地产权制度改革，二是农业税的减免，三是城乡户籍制度改革。不难理解，这些改革措施一方面将土地产权还给了农民，减轻了农民的负担，促进了农民收入的增

---

① 赵人伟、基斯·格里芬：《中国居民收入分配研究》，北京：中国社会科学出版社，1994年版，第84页。

② 蔡昉、杨涛：《城乡收入差距的政治经济学》，《中国社会科学》，2000年04期。

③ 李实：《当前中国的收入分配状况》，《学术界》，2018年03期。

④ 陈斌开、林毅夫：《发展战略、城市化与中国城乡收入差距》，《中国社会科学》，2013年04期。

长。[①]另一方面户籍制度的改革使得农业剩余生产力转向了城市地区，增加了农村居民的家庭财富，进而有利于缩小城乡差距。[②]

与此同时，市场化改革导致的两类群体规模不断扩大，成为收入不平等程度扩大的重要因素：首先，近些年来高收入群体的规模不断扩大，高收入群体的财富水平和财产积累速度快速增长，中国富豪群体的数量及财富规模快速增加。[③]在 2019 年公布的世界福布斯富人榜单中，全世界上榜的 1000 位富豪中来自中国大陆的富豪超过了一成，中国成为仅次于美国的第二大富豪来源国。高收入群体的快速增加及其财富的快速增长无疑会起到扩大收入差距的作用，且这种作用随着其人群规模和财富的加速增加而不断强化，值得引起越来越多的关注。[④]其次，除了高收入群体外，正在崛起的中等收入者也是扩大收入差距的新变量。根据估算，近些年我国中等收入群体比重在逐渐提高，从 2002 年的 10%上升到 2016 年的 28.9%。[⑤]最新的数据统计也表明，2018 年全国中高收入人群接近 4 亿人。[⑥]可见，中国中等收入群体已具有一定规模。中等收入者大部分是城市居民，而农村地区的绝大多数的居民仍属于低收入者，从而导致城乡收入差距高居不下。除此之外，也有学者从再分配的角度讨论其对城乡间收入差距的作用。作为再分配的重要工具，现

---

① 冒佩华、徐骥：《农地制度、土地经营权流转与农民收入增长》，《管理世界》，2015 年 05 期。
② 李实、赵人伟：《中国居民收入分配再研究》，《经济研究》，1999 年 04 期。
③ 罗楚亮、陈国强：《富豪榜与居民财产不平等估算修正》，《经济学（季刊）》，2021 年 01 期。
④ 李实：《当前中国的收入分配状况》，《学术界》，2018 年 03 期。
⑤ 杨修娜、万海远、李实：《我国中等收入群体比重及其特征》，《北京工商大学学报（社会科学版）》，2018 年 06 期。
⑥ 李实、杨修娜：《中等收入群体与共同富裕》，2021 年中国发展高层论坛。

行的收入分配政策调节力度严重不足。[①]归根结底，城乡分割的户籍制度是“原罪”。城乡分割的户籍制度，既是导致过去城乡之间收入差距不断扩大的根源，也是城乡一体化发展的障碍。[②]特别是就社会保障制度而言，城乡实行着不同的制度，城市内部不同就业身份的人实行着不同的制度，使得他们在待遇获得方面存在较大差异，因此政府的一些再分配政策并没有起到有效的调节收入差距的作用，甚至在一定程度上起到逆向调节的作用，不利于缩小居高不下的城乡收入差距。[③]

当然，也不能不看到，收入分配制度的不规范使得非法收入、腐败性收入的增长超出了社会的容忍程度，这被一致认为是当前收入分配不公的最大原因。[④]由此可见，综上研究中在对居民收入差距的原因解释中，一些研究者倾向于将收入差距归结为市场化改革的结果，而另一些学者则认为收入差距扩大是市场化改革不到位，政府行为同时存在缺位和越位所致。

“我国居民的正常收入的分配差别大致是适当的。即大多数人的大多数收入的分配是符合规律的，没有出现两极分化。然而，非法非正常收入的发生是导致居民收入差别非正常扩大的根本原因，

---

① 何立新、佐藤宏：《不同视角下的中国城镇社会保障制度与收入再分配——基于年度收入和终生收入的经验分析》，《世界经济文汇》，2008 年 05 期；岳希明、张斌、徐静：《中国税制的收入分配效应测度》，《中国社会科学》，2014 年 06 期；王延中、龙玉其、江翠萍、徐强：《中国社会保障收入再分配效应研究——以社会保险为例》，《经济研究》，2016 年 02 期。

② 万海远、李实：《户籍歧视对城乡收入差距的影响》，《经济研究》，2013 年 09 期。

③ 李实：《当前中国的收入分配状况》，《学术界》，2018 年 03 期。

④ 陈宗胜、周云波：《非法非正常收入对居民收入差别的影响及其经济学解释》，《经济研究》，2001 年 04 期；王小鲁：《灰色收入拉大居民收入差距》，《中国改革》，2007 年 07 期。

即考虑到包括非法非正常收入在内的总收入差别近几年的确过大，值得警惕。非法非正常收入大量产生的条件是体制转轨时期出现的制度缺陷，这是租金设置的根本原因。[①]”

当然，导致收入差距变动的原因，既有市场化改革的因素，也有不公平的分配制度和机制的因素，也受到经济政策的影响，需要根据不同时期的不同特点进行综合的分析与讨论。市场化当然并不意味着理想化的公平收入分配格局，但比平均主义的分配方式更有利于效率和发展，比靠权力分配资源和收入的方式更加公平。从这个意义上来说，市场化程度的提高有益于缩小收入差距。

三、政府因素与收入差距

“对于收入差距扩大的原因分析，可以纳入公平/不公平—政府因素/市场机制的分析框架中。作为扩大收入差距变动原因的政府因素，有一些是导致公平的收入差距扩大的因素，比如在政府部门和国有企业内部引入竞争机制，打破传统的平均主义的分配模式；有一些导致了不公平的收入差距扩大，如城乡之间长期的分割制度与政策、税收对收入再分配的逆向性和累退性、垄断部门利益的保护、官员腐败导致的收入差距扩大。[②]”

既有研究表明，政府因素是影响收入分配格局的重要因素。在初次分配领域，现有研究从城乡分割的行政管理制度、城市偏向型

① 陈宗胜、周云波：《非法非正常收入对居民收入差别的影响及其经济学解释》，《经济研究》，2001 年 04 期。

② 李实、赵人伟：《收入差距还会持续扩大吗》，《中国改革》，2006 年 07 期。

的社会政策和财政分权效应的地区差异等角度分析了政策性因素对收入不平等的影响。[①] 比如，陆铭、陈钊等将引起中国城乡差距扩大的原因归结为城市分割的行政管理制度、城市偏向型的政治和社会政策。同时，政府对农副产品价格的控制、城乡劳动力市场的分割，不合理的税收负担、社会保障和社会福利的歧视等政策是城乡收入差距扩大的重要影响因素。林毅夫等认为重工业优先发展战略是城市偏向型政策背后的根本原因。

"城市化对缩小城乡收入差距的作用显著。然而，外来人口比重、经济的开放、就业的所有制结构调整、政府参与经济活动的程度以及财政支出结构的调整的确是扩大城乡收入差距的重要因素。而缩小城乡收入差距的支持农业财政支出比重和农业贷款比重在各地均呈现不同程度的下降趋势，因此，城乡收入差距的扩大趋势没有得到有效的控制。对于中国自 20 世纪 80 年代中后期以来的经济政策，有两个方面值得反思。首先，中国各级地方政府始终将发展经济作为首要目标虽然无可厚非，但是，忽略了收入的均等化也并非明智的选择，因为收入差距的扩大在长期将对社会和经济的发展产生不利的影响。由于非农产业是经济增长的主要源泉，所以中国的地方政府往往采取了一些城市倾向的经济政策，这样的政策可能在短期内有利于推动经济增长，但从长期来看，却可能由于没有考虑到城乡收入差距的进一步扩大，而使社会总体上付出昂贵的代

① 陆铭、陈钊:《城市化、城市倾向的经济政策与城乡收入差距》,《经济研究》, 2004 年 06 期；李绍荣、耿莹:《中国的税收结构、经济增长与收入分配》,《经济研究》, 2005 年 05 期；张晏、龚六堂:《分税制改革、财政分权与中国经济增长》,《经济学(季刊)》, 2005 年 04 期；陈斌开、林毅夫:《发展战略、城市化与中国城乡收入差距》,《中国社会科学》, 2013 年 04 期。

价。因此，各级政府有必要采取一些相应的政策来抵消现有政策对于城乡收入差距的负面影响。由于经济开放和非国有化是大势所趋，地方政府有必要通过降低对于经济活动的参与，并且调整政府支出的结构和方向来缩小城乡收入差距，特别是，应该将财政支出更多地用于支持农村地区的农业生产和文教科学卫生事业的发展，并且加大金融体系对农村的生产活动的扶持。其次，在中国的大多数地方仍然实行着城乡分割的户籍政策和管理政策，一些地方实行的户籍‘准入政策’实际上是让富有的人成为城市居民，却没有使更多的农村居民享受到城市化的好处，这就使城市化对于缩小城乡收入差距的作用受到了限制。一直到最近，城乡分割的户籍政策仍然没有得到实质性的改变。地方政府是否能够真正地放弃保护城市居民的劳动力市场政策还需拭目以待。”①

作为再分配政策的工具，税收和社会保障的收入再分配效应一直备受关注。随着我国各项社会保障制度的建立和发展，不少学者对政府出台的再分配政策的效果进行了探讨。研究结果发现，政府的一些公共政策对抑制收入差距的扩大发挥了一定的作用，比如农村低保政策、养老保障制度和各项社会救助等。②然而，政府再分配政策的效果是微弱不足的，甚至出现了对收入分配的“逆向

① 陆铭、陈钊：《城市化、城市倾向的经济政策与城乡收入差距》，《经济研究》，2004年06期。

② 李实、杨穗：《中国城市低保政策对收入分配和贫困的影响作用》，《中国人口科学》，2009年05期；王晓军、康博威：《我国社会养老保险制度的收入再分配效应分析》，《统计研究》，2009年11期；王延中、龙玉其、江翠萍、徐强：《中国社会保障收入再分配效应研究——以社会保险为例》，《经济研究》，2016年02期。

调节”。[1] 比如，在养老制度方面，中国现行的养老保险制度存在严重的“碎片化”问题，即不同人群享有不同的制度且制度之间存在明显的分割。一方面，由于农村地区养老制度发展严重滞后，农村老人的养老金水平较低，因此养老保险制度在农村地区的收入再分配效应是非常有限的。另一方面，城镇退休人员的养老金分配并不公平，不同单位退休人员的养老金待遇相差较大，且养老金向少数高收入群体倾斜，进而抑制了养老保险制度对调节收入分配的作用。[2] 同时，我国现行税制对收入再分配的调节作用有限，间接税甚至起到了扩大收入差距的作用。[3]

“税收的收入分配效应，通常以税收累进（退）性衡量。税率随收入上升而提高的税收，为累进性税收，反之则为累退性税收。税率与收入无关的税收为比例税收。累进性税收改善收入分配，累退性税收恶化收入分配；而比例税收对收入分配不产生任何影响。我国税制整体是累退的，收入越高的家庭，税率越低，而收入越低的家庭，税率越高。我国税收整体的累退性，来源于增值税等普遍课征的间接税的累退性，及其在我国税收收入总额中占比较高的事实。个人所得税和选择性课征的消费税为累进性税收，它们在一定程度上减弱了增值税等间接税的累退性，缓和了间接税对居民收入分配的逆向调节效应。但因其规模小，占税收收入总额比重低，不

---

① He, L. , & Sato, H. (2013). Income redistribution in urban china by social security system—an empirical analysis based on annual and lifetime income. *Contemporary Economic Policy*, 31(2), 314–331.

② 李实、赵人伟、高霞：《中国离退休人员收入分配中的横向与纵向失衡分析》，《金融研究》，2013 年 02 期。

③ 刘怡、聂海峰：《间接税负担对收入分配的影响分析》，《经济研究》，2004 年 05 期；岳希明、张斌、徐静：《中国税制的收入分配效应测度》，《中国社会科学》，2014 年 06 期。

足以完全抵消间接税的累退性。因此，我国税制整体最终是累退的。”[①]

此外，也有文献从地方政府竞争的角度讨论政府政策对收入差距的影响。中国是一个政府主导型经济的国家，政府推动经济发展的原动力来自中国特殊的财政分权体制和地方官员的晋升激励机制。这些激励机制导致了地方官员为了经济增长而竞争。地方政府竞争虽然促进了经济增长，但为了获得这种增长，是否付出了更大的代价？从这个角度出发，已有部分研究发现，地方政府之间的竞争未必就能够带来有利的结果。[②]比如，乔宝云等发现，财政分权推动了富裕地区的经济增长，却抑制了贫困地区的经济增长，导致了地区人均财政收入差距的进一步扩大，并相应挤占了义务教育等外部性较强的准公共产品性质的财政支出。也有学者通过实证研究发现，财政分权效应存在明显的地区差异，这种显著的地区差异进一步加剧了地区差距。[③]

“由于我国财政分权对经济增长的作用大小与各地区经济的初始发达程度成正比，分税制改革后我国的地方财政分权形势不利于缩小地区差距。这一方面可能与分税制改革并没有从根本上改变地区利益分配格局有关，另一方面可能源于不规范的财政制度和地方

---

① 岳希明、张斌、徐静：《中国税制的收入分配效应测度》，《中国社会科学》，2014 年 06 期。

② 乔宝云、范剑勇、冯兴元：《中国的财政分权与小学义务教育》，《中国社会科学》，2005 年 06 期；乔宝云、范剑勇、彭骥鸣：《政府间转移支付与地方财政努力》，《管理世界》，2006 年 03 期。

③ 张晏、龚六堂：《地区差距、要素流动与财政分权》，《经济研究》，2004 年 07 期。张晏、龚六堂：《分税制改革、财政分权与中国经济增长》，《经济学（季刊）》，2005 年 04 期；傅勇、张晏：《中国式分权与财政支出结构偏向：为增长而竞争的代价》，《管理世界》，2007 年 03 期。

政府落后的理财观念。”①

不难看出，在市场机制之外，还存在着政府控制、管制和干预，还有大量的制度、规章和政策，而且这些制度性因素和政府的行为无处不在，无时不在地影响着居民收入分配和再分配的过程和结果。解决当前的收入分配问题需要从全局出发，综合考虑，制定一套完整、有效的收入分配与再分配政策体系，及时出台一些有效的收入分配与再分配政策，以抑制收入差距扩大的趋势，从根本上消除收入分配不公问题。

四、三次分配与收入差距

经济学理论指出，全社会个人收入分配的结果可以从收入的初次分配和再分配两个层面来理解。初次分配是生产过程要素报酬的分配过程，也是通过市场化实现的分配过程，是在政府的税收和转移支付发生作用之前的分配过程。收入再分配过程既包括了政府的税收和转移支付的作用，也包括了慈善组织和个人的收入转移过程，而后一个过程经常被称为“三次分配”。因此，也有部分研究从三次分配的角度讨论了中国居民收入分配格局变化的原因。

在中国经济背景下，初次分配过程不仅涉及劳动、资本和土地报酬的分配问题，还涉及普通劳动力报酬与人力资本报酬的分配问题、城市劳动力与农村劳动力之间报酬的分配问题以及劳动力与就业劳动力之间报酬的分配问题。换言之，在初次分配过程中，各种

① 张晏、龚六堂：《分税制改革、财政分权与中国经济增长》，《经济学（季刊）》，2005年04期。

生产要素的供求关系、生产要素的配置方式、经济结构安排都会对初次分配的结果产生影响，成为其主要的影响因素，而经济增长方式的选择又会直接地或间接地改变着这三种影响因素，从而影响到初次分配的结果。由于初次分配在很大程度上决定了一个社会最终收入分配的基本格局，因此，受到研究者越来越多的关注与讨论。

对现阶段的中国来说，初次分配的改革更加重要。理由很清楚，初次分配是基础性的，二次分配是在初次分配的基础上进行的。

在市场经济条件下，收入的初次分配一般来说应是市场机制起作用的结果。只要市场是完善的，确实由市场机制按人们提供的生产要素的贡献大小，即按人们所提供的生产要素的数量、质量和作用进行收入分配，就依然是符合市场规律的。在市场调节下肯定会出现个人收入分配差距，这一方面是因为市场并不完善，比如市场中存在着垄断势力，又如市场中因各种原因而使得供给方与需求方力量不均等、不对称，形成一方强势，一方弱势，必然影响初次分配的格局；另一方面，则是由于生产资料占有情况一开始就不是平等的，而是历史上形成的，或者说，在人们刚参与市场活动时，各人持有的物质资本、人力资本和社会资本就存在很大差别，以致后来在参加市场竞争时不可能站在同一条起跑线上，收入差距显然偏大。这就表明二次分配是必要的，在二次分配中有必要通过政府对收入分配的税收调节和社会福利措施，以缩小收入分配的差距为目标。这样也就可以做到“初次分配不足由二次分配来弥补”。[①]

---

① 厉以宁：《中国经济双重转型之路》，北京：中国人民大学出版社，2013年版，第329页。

初次分配是居民收入形成的基本渠道，特别是在缺乏有效的收入再分配机制的状况下，初次分配领域所产生的收入差距对总体差距具有非常重要的影响。另一方面，初次分配特征对经济参与者的激励与约束效应也是促成经济效率不断提高的重要手段。在初次分配领域，对“公平”的实现更多地应强调参与机会的均等、所得与贡献的对等。这既包括“打破经营垄断，创造机会公平”，也包括参与分配的各经济主体具有平等的协商地位与谈判能力，特别是防止经济发展中资本收益过度侵占劳动者权益，避免劳动报酬在初次分配中的比例过低，以保证收入所得与要素贡献之间的一致性。初次分配公平也需要通过“就业优先”的增长方式来实现，有效的就业机会是公众参与经济增长成果分享的基本形式。在我国初次分配领域，导致收入差距的因素有行业垄断和要素份额等。根据国家统计局数据，2000 年工资最高与最低的行业之间，工资相差 4.71 倍。到 2004 年，这一数字上升为 7.52 倍，扩大了 1.6 倍。[①] 行业垄断是教育之后对职工工资差距的第二大影响因素。[②]

“一种观点认为，行业垄断是造成行业间、企业间工资差距的主要原因。垄断行业依靠对资源的占有和行政特权，采取非市场化手段，获得超额利润，提高行业工资回报，同时通过垄断控制市场价格，将行业内部高工资、高福利直接转嫁给消费者或政府。[③]”

2008 年 8 月 1 日，《中华人民共和国反垄断法》施行。2010

---

① 白天亮：《某些垄断行业工资过高》，《人民日报》，2006 年 5 月 18 日。
② 岳希明、李实、史泰丽：《垄断行业高收入问题探讨》，《中国社会科学》，2010 年 03 期。
③ 叶林祥、李实、罗楚亮：《行业垄断、所有制与企业工资收入差距——基于第一次全国经济普查企业数据的实证研究》，《管理世界》，2011 年 04 期。

年，行业垄断仍是职工工资差距的第二大影响因素，与职工年龄对职工工资的贡献度相近。[①]

“研究表明，要素收入分配与居民收入分配之间存在密切联系。由于居民收入中劳动收入不平等程度一般大大低于资本收入不平等程度，要素收入分配向劳动倾斜将有助于缩小居民收入分配差距。政府可以通过调整针对要素收入的税率，同时改变两种收入分配状况。实证研究发现，我国国民收入中税后劳动要素分配份额的持续下降，是城乡居民收入比和城乡居民消费比扩大的重要原因。[②]”

近十年来国民收入分配格局发生了巨大变化，居民部门的比重逐年下降，而企业和政府部门的占比逐年上升。许多研究者认为国民收入分配格局的这一变化是导致我国多年来投资比重过高、消费低迷的原因。与此同时，政府部门也出台了一系列政策明确提出要提高国民收入中居民部门的占比。自 2008 年金融危机以来随着扩大内需保增长的政策出台改变国民收入分配格局的话题再一次被推到了政策讨论的前沿。

20 世纪 90 年代起，中国的劳动收入份额持续下降。主要原因有产业结构转型、国有企业改制和垄断增加等。受此影响，以劳动收入为主要收入的居民部门收入份额也持续下降。[③] 2007 年，党的十七大报告提出要逐步提高居民收入在国民收入分配中的比重，提

---

① 聂海峰、岳希明：《行业垄断对收入不平等影响程度的估计》，《中国工业经济》，2016 年 02 期。

② 郭庆旺、吕冰洋：《论要素收入分配对居民收入分配的影响》，《中国社会科学》，2012 年 12 期。

③ 白重恩、钱震杰：《谁在挤占居民的收入——中国国民收入分配格局分析》，《中国社会科学》，2009 年 05 期。

高劳动报酬在初次分配中的比重。2008 年之后，中国的劳动收入份额持续提高，居民收入份额相对稳定。已有研究从就业结构、金融危机、技术进步偏向、资本深化、垄断程度、制度等角度解释了劳动份额的变动。[①] 2016 年后，劳动报酬的比重又出现了下滑趋势。[②]

“在现阶段中国收入分配改革中，初次分配改革固然是改革的重点，但这并不意味着二次分配不重要或可以暂缓推进。实际上，二次分配改革也是重要的，因为目前中国初次分配与二次分配之间的关系不正常。在西方发达市场经济国家，通常是‘初次分配不足由二次分配来弥补’，即初次分配出现了贫富收入上的差距，通过二次分配，这一缺陷将在某种程度上得到弥补，使贫富收入差距得以缩小。但在现阶段的中国，却存在‘二次分配的结果反而扩大了初次分配的差距’之类的怪现象。

“为什么会这样？这主要与城乡社会保障二元化有关。而城乡社会保障二元化不同于计划经济体制下所建立的城乡二元体制、城乡两类户籍制度直接联结在一起。城乡二元体制和城乡两类户籍制度一直保留到现在，这正是城乡社会保障二元化的根源。[③]”

在初次分配后，还可以通过再分配对收入的分配进行调节。财政制度再分配的方式主要有税收、公共支出、转移支付等。学者们

① 蓝嘉俊、方颖、马天平：《就业结构、刘易斯转折点与劳动收入份额：理论与经验研究》，《世界经济》，2019 年 06 期。

② 胡祖才、宋晓梧、高杲等：《中国居民收入分配年度报告（2020）》，北京：社会科学文献出版社，2021 年版，第 82 页。

③ 厉以宁：《中国经济双重转型之路》，北京：中国人民大学出版社，2013 年版，第 329 页。

对中国财政收入分配效应进行了估计。总体来看，我国的财政体系对收入分配为逆向调节或微弱的正向调节。[①] 其中，个人所得税对中国收入分配有微弱的正向影响。相比于个税累进性，平均税率的高低更能决定个税收入分配效应的大小。[②] 政府转移性支出公平收入分配的效果远高于个人所得税，但由于中国社会保障统筹程度低，导致其缩小居民收入差距的效率不高。[③]

可见，再分配机制的不完善是我国收入分配体制中长期存在的缺陷之一。从收入调节机制来看，现有的收入所得税的制度设计更为注重的是如何通过这一税种有效地增加税收收入总量，而对于这一税种所应当承担的收入再分配调节功能则有较大程度的忽略。收入所得税制度是否能够实现其收入再分配功能将成为再分配机制是否能够生效的关键，只有在此基础上，才有可能保证政府持续的公共服务能力。包括教育、医疗在内的公共服务对于社会各群体具有同等的可及性则是收入再分配另一个重要的实现机制。这两种再分配形式分别调节着作为结果意义上的收入差距的均等化和作为过程意义上的收入形成机制的机会均等。自新一轮收入分配指导思想调整以来，旨在改善民生的公共服务供应已经有了很大改善，但这种努力仍需持续。

“1997—2005 年，在税制保持不变而居民收入增长时期，个税

---

① 汪昊、娄峰：《中国财政再分配效应测算》，《经济研究》，2017 年 01 期。

② 岳希明、徐静、刘谦、丁胜、董莉娟：《2011 年个人所得税改革的收入再分配效应》，《经济研究》，2012 年 09 期。

③ 岳希明、周慧、徐静：《政府对居民转移支付的再分配效率研究》，《经济研究》，2021 年 09 期；郭庆旺、陈志刚、温新新、吕冰洋：《中国政府转移性支出的收入再分配效应》，《世界经济》，2016 年 08 期；徐静、蔡萌、岳希明：《政府补贴的收入再分配效应》，《中国社会科学》，2018 年 10 期。

累进性逐年下降，但是由于平均有效税率上升，个税的收入分配效应仍在增强。2006—2011年，在税制改革时期，尽管三次免征额提高和2011年的税率层级调整提升了个税累进性，但同时降低了平均有效税率，恶化了个税的收入分配效应。[①]”

“对2018年个人所得税改革方案的收入再分配效应进行测算分析，研究发现：综合课征有利于提高个人所得税的平均税率、累进性和再分配效应；基本减除费用标准提高、专项附加扣除和税率级距改变均在不同程度上提高了个人所得税的累进性，降低个人所得税的平均税率，从而削弱个人所得税的收入再分配效应；综合课征会增强基本减除费用标准、专项附加扣除和税率结构改变对个人所得税收入再分配效应的影响；在各项改革措施的共同作用下，此次税改整体上提高了个人所得税的累进性，但导致个人所得税的平均税率和收入再分配指数大幅降低50%以上。[②]”

除了初次分配和再分配，三次分配也在收入分配中发挥越来越重要的作用。2016年，十二届全国人大四次会议审议通过了《中华人民共和国慈善法》，对慈善活动进行了规范。2019年全国社会公益资源共3449.74亿元，其中社会捐赠总量1379.74亿元。[③]慈善活动在教育、乡村振兴方面都发挥了重要的作用。《2021胡润慈善榜》统计了2020年捐赠过亿的慈善家，共计捐赠301亿元。捐赠

① 徐建炜、马光荣、李实：《个人所得税改善中国收入分配了吗——基于对1997—2011年微观数据的动态评估》，《中国社会科学》，2013年06期。

② 张玄、岳希明：《新一轮个人所得税改革的收入再分配效应研究——基于CHIP 2018的测算分析》，《财贸经济》，2021年11期。

③ 杨团、朱健刚：《中国慈善发展报告（2021）》，北京：社会科学文献出版社，2021年版，第57页。

最多的领域分别为教育（39%）、医疗（27%）和扶贫（24%）。但目前来看，三次分配的调节作用还有待增强。第三次分配降低市场收入极化的贡献不到20%。①

五、收入分配公平性

解释中国收入分配格局的变化需要从收入差距的变化和收入分配公平性两个角度出发。② 前一个角度是实证性分析，通过对收入差距的测量来描述其变化，并且对其变化的背后原因加以分析；后一个角度是通过价值判断来发现一些不公平的分配制度、政策，以及分配过程和分配结果。

分配是否公正，在某种程度上或许仅仅表现为一种社会观念，其产生可能与收入差距的形成原因有关，也可能仅仅是对收入差距结果的意识反应。就原因而言，或许只有那些与人们观念相一致的收入来源因素，其公平性才可能得到广泛的承认；而作为结果的意义，收入分配公正性的社会判断与一个社会中与生俱来的社会观念相关联。作为一个流行着"均贫富"观念的社会，经济转型过程中对于社会人群公平观念的影响以及社会对于这一过程中收入变动的公平性评价或许应该从其观念反应中去直接寻求可能的解释。以上所讨论的主要集中在收入分配的实证方面，与收入分配相关的规范研究（即对收入差距的价值判断）相对来

---

① 汪进贤、汪晨：《中国的二次分配与三次分配对收入极化的影响》，《产业经济评论》，2022年02期。

② 李实：《当前中国的收入分配状况》，《学术界》，2018年03期。

说是远远不够的，这种规范研究在很大程度上与社会公平观念相联系。尽管人们试图以“效率”或“公平”作为收入分配价值评判的依据，但关于“效率”与“公平”的含义是缺乏合理界定的。这种价值评判标准的混乱也影响到对收入差距与市场化改革关系的看法。部分学者也开始对当前收入差距是否合理进行一些民意测验，但总体上仍缺乏深入的分析研究。人们除了关心收入差距的大小，更会关心收入差距的合理性和公平性。这来自人们对收入分配现状的一种价值判断。这种判断的基础是一种价值观，而人们价值观的形成受到很多因素的影响，既有价值和文化理念，又有社会习惯和伦理，也会受到主流意识形态的影响。一个社会的主流价值观是在变化的，会随着上述影响因素的变化而发生变化。以中国为例，在经济转型之前，人们受到平均主义的意识形态的影响，认为收入差距越小越好，而且把平均主义的分配结果作为社会发展的目标之一。在经济转型之后，人们逐步放弃了平均主义的价值理念，取而代之的是“发财致富”的价值观。于是，一些被认为合理的收入差距慢慢被人们所接受。但是，一些不合理的收入差距，或者一些严重违背普世价值的收入差距仍然受到社会的批评与谴责。对于收入分配的公平性的判断，人们不仅要看分配的结果，也会看分配的过程和原则。

对收入差距价值判断缺乏研究的另一个表现是对于收入差距的后果关注不够，如收入分配对于我国经济增长与经济发展的影响等。需要指出的是，对收入差距的价值判断不能仅仅建立在收入分配的结果上，更应强调收入差距的形成原因。市场化改革可能导致收入差距扩大，但也存在着制约收入差距扩张的机制。我国目前的收入差距扩张发生在一个不完善乃至扭曲的市场环境中，因利益集团导致的市场化改革扭曲及市场化改革路径选择的政策性因素等将会影响到对收入差距的价值判断。这种价值评判也将影响到收入分配制度改革、维护社会公平的公共政策选择的基本取向。社会公平从本质上说取决于社会个体的价值评判，因此对收入差距的价值评判应当考虑到评价者的个人差异性。这种评判虽然会因个体差异而千差万别，但也必定存在一些共同的内核或占主导地位的社会评价标准。这种对收入差距等经济因素与社会公平观念之间关系的讨论在国内现阶段的研究中仍非常缺乏。

第三节　居民收入差距的其他研究

一、收入分配不平等的影响

大量的研究文献显示，过大的收入分配不平等对一个国家的经济发展和社会稳定会带来许多的负面影响。比如，过大的收入差距会带来居民消费需求不足以及生产效率低下，从而导致经济增长动力不足；会带来贫困人口和低收入人群无力积累人力资本，导致他们长期陷入贫困陷阱，进而使社会阶层固化；会使社会成员之间难以建立起相互信任的社会关系，易于引发社会矛盾。更为重要的是，严重的收入分配不平等虽然表现为一种结果的不平等，但是它会导致公共政策和再分配政策失去作用，从而难以建立一个机会公平的社会制度和分配机制。在过去很长一段时期，中国经济社会之所以能够在收入差距不断扩大的同时，保持相对稳定的状态，主要有赖于经济的高速增长和低失业水平。

一方面，收入差距在扩大，另一方面低收入人群的收入在增长，贫困人口数量在减少。特别是，现在中国经济进入新常态，经济增长的降速已不可避免。如果经济出现下滑或出现长期衰退，失业增加、过大的收入差距和收入分配不公对社会不稳定的影响就会更加凸显出来。

现有研究大多关注收入差距对经济增长的影响。从理论角度来看，收入差距对经济增长的影响途径主要有四种：第一，从积累激励视角出发，收入差距会限制穷人的投资机会、降低积累财富的激励从而不利于经济增长。第二，从劳动分工的视角认为低技能者更倾向于选择不分工，平等的收入分配会通过促进分工协作而影响经济增长。第三，从消费需求的角度，认为收入差距会降低居民消费需求从而在相当程度上制约经济增长。第四，从政治经济的视角认为收入差距通过政府税收、社会冲突影响了经济增长。[1]

钞小静、沈坤荣从劳动力供给视角出发，将二元经济结构特征引入跨期模型来揭示城乡收入差距通过劳动力质量影响经济增长的内在机理，并运用中国1995—2012年的省级面板数据，采用三阶段最小二乘法对城乡收入差距、劳动力质量与经济增长的关系进行检验。研究结果表明城乡收入差距过大会导致初始财富水平较低的农村居民无法进行人力资本投资，从而制约劳动力质量的提高。由于现代部门与传统部门具有不同的生产效率，较低质量的劳动力只能在传统部门从事生产，这不仅不利于传统部门

① 钞小静、沈坤荣：《城乡收入差距、劳动力质量与中国经济增长》，《经济研究》，2014年06期。

自身生产效率的提升，而且也减少了进入现代部门从事生产的劳动力数量，城乡收入差距通过劳动力质量影响了中国的长期经济增长。陆铭等（2005）研究了收入差距、投资和经济增长的相互影响后指出，收入差距在即期对投资有非常强的负面影响，之后影响变为正，再逐渐下降至微弱的负，从长期来看，收入差距对投资的累积影响始终为负。由于投资对于经济增长的作用超过了教育，因此收入差距对于经济增长的间接影响主要来自投资的渠道。从累积效应来看，收入差距对于经济增长始终呈现出负的影响。王少平、欧阳志刚基于非线性阈值协整模型的进一步设定，揭示了我国改革开放以来城乡收入差距与实际经济增长的长期非线性关系。[①]结果发现，1978—1991 年，我国城乡收入差距对实际增长的长期效应为正；1992—1999 年，收入差距对实际增长的效应由正向负平滑转换；1999 年之后，我国城乡收入差距对实际经济增长产生阻滞作用，且负效应呈逐年增加趋势。

二、收入流动性研究

由于收入差距的研究在很大程度上是静态的，即考察在某个时点上不同个体收入的分布状况。当然，也有相当多的研究考察收入分布在时间维度上的演化。[②]但是，这些研究都无法考察个体或者家庭的相对收入位置在不同时点间的变化。一般地，

① 王少平、欧阳志刚：《中国城乡收入差距对实际经济增长的阈值效应》，《中国社会科学》，2008 年 02 期。
② 王小鲁、樊纲：《中国地区差距的变动趋势和影响因素》，《经济研究》，2004 年 01 期。

随着收入度量时间跨度的延长，由于收入的暂时性波动被平滑掉，不平等程度一般会下降。[①] 特别是在一个流动性比较大的经济中，长期收入的不平等指标与短期收入的不平等指标会有较大的差异。因此，越来越多的学者从收入流动性的视角探讨中国的收入不平等。[②]

“一般认为不能简单地看贫富差距究竟有多大，更重要的是要分析收入差距到底是如何产生的。正因为如此，有些人对收入差距扩大忧心忡忡，有些人则不以为然，甚至持肯定的态度。后者之所以对收入差距扩大保持乐观态度。很大程度上源于他们相信即使一个人的初始收入很低，但未来的收入却会达到较高的水平。换言之，那些在开始时处于收入分配最底层的人在未来也有很大的机会变为富人。这一观点实际上表明了收入流动性这一概念的重要性，即所谓的公平不是仅仅体现在贫富差距的高低，还要考虑是否存在足够高的从贫到富的机会。另外，有些学者也指出，如果当前较高的收入差距伴随着较高的收入流动性，那么从长远看来，收入分配并不会恶化。[③]”

现有研究发现，自 20 世纪 90 年代以来，尽管在 2007—2009 年中国城镇家庭收入流动性有短暂回升，但整体呈逐步下降趋势。农村家庭收入流动性在 1993—2009 年呈上升趋势，但 2011—2013 年出现大幅下降。收入流动性在东、中、西部地区和不同年龄段人

---

① 尹恒、李实、邓曲恒：《中国城镇个人收入流动性研究》，《经济研究》，2006 年 10 期。
② 尹恒、李实、邓曲恒：《中国城镇个人收入流动性研究》，《经济研究》，2006 年 10 期。
③ 章奇、米建伟、黄季焜：《收入流动性和收入分配：来自中国农村的经验证据》，《经济研究》，2007 年 11 期。

群之间表现不一。2011—2013 年，虽然城乡家庭的收入保持较高增长，但收入流动性的大幅下降意味着各收入阶层的固化度在上升，不利于贫富差距的进一步缩小。[①] 横向来看，高度的收入不平等会阻碍人力资本的积累、损害经济增长效率，而且可能造成社会的不稳定。因此，提高我国居民的代际收入流动性对于提升人力资本效率、避免陷入中等收入陷阱以及维持社会的稳定十分重要。[②] 基于 1989—2015 年的面板数据研究表明，1991—2004 年代际收入流动性基本保持稳定，2004 年以后代际收入流动性呈现出不断上升的变化趋势。虽然各收入组 2004 年以后代际收入阶层固化程度均不断降低，但是高收入组和低收入组历年的固化程度远高于中间收入组，中等收入群体是目前我国保持较高代际收入流动性的主要动力来源。[③]

三、教育与收入分配

传统分配体制下所具有的平均主义分配倾向无疑也将导致不同受教育程度者之间收入差距的缩小。20 世纪 90 年代以来，教育在收入分配中的影响作用变得越来越重要。教育在收入决定中的作用不断上升是传统的平均主义分配体制不断被打破的重要表

---

① 杨穗、李实：《转型时期中国居民家庭收入流动性的演变》，《世界经济》，2017 年 11 期。

② 刘小鸽、司海平、庞嘉伟：《地区代际流动与居民幸福感：基于代际教育流动性的考察》，《世界经济》，2018 年 09 期。

③ 杨沫、王岩：《中国居民代际收入流动性的变化趋势及影响机制研究》，《管理世界》，2020 年 03 期。

现，这意味着，收入决定机制中，人力资本的作用不断被强调。

从理论上来讲，在个人收入中，工资收入占据最重要的部分，而工资收入又与个人受教育程度密切相关。因此，教育对于收入不平等应该有重要影响。而决策者往往把增加教育支出作为降低收入不平等程度的一个政策工具。[①]然而，理论研究表明，教育和收入不平等之间的关系常常是不确定的。例如，舒尔茨和贝克尔关于收入分配的人力资本模型都指出，人口总体的平均受教育程度和教育分布状况会影响收入分配，通常认为教育不平等和收入不平等之间存在正相关关系，而平均受教育程度的提高对收入不平等的影响可能是正向的，也可能是负向的，取决于教育收益率的演变。20 世纪末开始，研究者的目光转向不同教育水平以及不同年龄段人群之间的收入差距。不同时点、不同地区的大量实证研究也证实人力资本尤其是教育对于收入以及收入差距的显著影响。[②]由于在工资方面估计的过程中，往往无法控制能力的因素，这会使人们高估教育回报率。为了克服这个问题，学者们做了大量的努力来克服内生性问题，如利用制度因素即一些外生的政策或“自然事件”通过断点回归的方法对个人教育回报率进行估计；[③]利用家庭背景作控制变量或工具变量以及考察双胞胎样本

① 白雪梅：《教育与收入不平等：中国的经验研究》，《管理世界》，2004 年 06 期。

② 刘生龙、周绍杰、胡鞍钢：《义务教育法与中国城镇教育回报率：基于断点回归设计》，《经济研究》，2016 年 02 期。

③ 刘生龙、周绍杰、胡鞍钢：《义务教育法与中国城镇教育回报率：基于断点回归设计》，《经济研究》，2016 年 02 期。

的教育回报率的差异。[①]

另外，建立在城镇个人收入函数估计结果基础上的不平等指数的分解结果也同样表明，个人受教育水平的差异成为导致个人收入差距的越来越重要的因素。利用基于收入函数估计结果的不平等指数的分解方法，对全国收入差距的影响因素进行分解后发现，家庭中劳动力的文化程度差异解释了全国基尼系数的近 20 个百分点。[②]

“教育对收入分配发生影响要通过劳动力市场这一中介，中国的私人教育收益率较低的根本原因就在于劳动力市场出了问题，是劳动力市场存在制度性分割进而是劳动力不流动的结果，而不是很多人以为的是政府不重视所致。自然地，要提高知识分子的工资收入水平，在短期内也许可以通过某些特殊政策，如专给某一教育水平者或高等教育程度较集中的行业涨工资，但从长期来看，根本的办法还得有赖于劳动力市场的制度性整合，建立统一健全的劳动力市场，让劳动力流动起来，让市场在劳动力资源和人力资本配置及评价中起基础性作用。进入 20 世纪 90 年代以来，与经济体制改革的进程相应，中国的私人教育收益率逐年提高，而且可以预见，随着体制改革的深化特别是统一劳动力市场的建立和完善，中国的私人教育收益率还将明显提高。也就是说，教育在个人收入分配中的作用将会日益显化，甚至可以说，

① Li, H. , Liu, P. W. , & Zhang, J. . (2012). Estimating returns to education using twins in urban china. *Journal of Development Economics*, 97(2), 494–504；孙志军：《基于双胞胎数据的教育收益率估计》，《经济学（季刊）》，2014 年 03 期。

② Yue, X. , Terry Sicular, Li Shi and Björn Gustafsson, 2005. “Explaining Incomes and Inequality in China” , *Project Paper*.

在市场经济条件下，教育等人力资本将是决定个人收入及其分配的主要因素。对此，我们必须未雨绸缪，现在就高度重视教育的平等分配问题，从收入源头的分配上而非仅仅是从对结果的平抑上来确保共同富裕目标的实现。[①]”

“公共教育政策通过影响不同教育背景的家庭的人力资本投资行为以及熟练和非熟练劳动力的相对供给和相对效率，从而对经济增长和人力资本溢价产生重要影响：公共教育政策对经济增长的影响并不确定——公共教育支出规模、基础教育支出比重和高等教育招生规模与经济增长之间存在着倒U形关系；基础教育支出比重与高等教育招生规模增加有助于降低人力资本溢价水平、缩小劳动力工资差异，公共教育政策总体上无助于解决高等教育机会差异问题，且高等教育招生规模增加会进一步加剧这一问题。[②]”

四、财产差距的研究

经济增长带动居民收入增长，长期下来居民财产会随之而增加（李实、赵人伟，1999）。从20世纪90年代中期开始，财产的迅速积累对收入的影响就引起了学者的关注。进入21世纪以来，受到经济发展和收入快速增长的影响，我国居民财产积累迅速增加。2002年城镇家庭人均财产约为5.0万元（按照2013年的价格折算），到2013年，家庭人均财产现值增长至27.4万元，

① 赖德胜：《教育、劳动力市场与收入分配》，《经济研究》，1998年05期。
② 郭庆旺、贾俊雪：《公共教育政策、经济增长与人力资本溢价》，《经济研究》，2009年10期。

这意味着这一时期全国家庭人均净财产的年增长率高达 16.8%。[①] 然而，居民财产的增长也是不均衡的，从而导致了财产差距的迅速扩大，并超过居民收入差距。据估算，城镇内部居民财产差距的基尼系数从 1995 年的 0.520 上升到 2013 年的 0.557，升幅超过了 7%。[②] 我国财产分配差距问题不仅受到经济市场化过程导致的资产价格大幅提高的影响，很大程度上也来源于财产分配本身的不平等问题。比如，传统分房制度遗留的不均等、旧城改造和征地等过多的政府干预。一些学者从财产构成的视角对我国居民财产分布差距扩大的原因进行分析后发现，房产价值所占的份额和集中率不断上升是导致居民财产分布日益集中的最主要原因。而高速增长的房价成为拉大不同家庭间房产不平等程度和财产分配差距的重要因素。[③] 具体而言，住房改革以货币形式将原有的福利分房制度的实物分配不均等表现出来，房价上涨的区域化特点在很大程度上加剧了房产增值差异的不平等，进而导致居民财产分布差距的急剧扩大。与此同时，社会经济因素的变化，比如家庭规模和家庭年龄结构的变化，会通过影响家庭劳动供给以及家庭的财产积累行为而作用于不同家庭之间的财产差距，是影响财产分布不平等的重要因素。

① Knight, J. et al. (2020), "The increasing inequality of wealth in china, 2002—2013", in S. Li et al(eds), *Changing Trends in China's Inequality: Evidence, Analysis and Prospects*, Oxford University Press.

② 李实、魏众、丁赛:《中国居民财产分布不均等及其原因的经验分析》,《经济研究》，2005 年 06 期；Knight, J. et al. (2020), "The increasing inequality of wealth in china, 2002—2013", in S. Li et al(eds), *Changing Trends in China's Inequality: Evidence, Analysis and Prospects*, Oxford University Press.

③ 陈彦斌、邱哲圣:《高房价如何影响居民储蓄率和财产不平等》,《经济研究》，2011 年 10 期。

“改革以前中国居民除了少量的个人储蓄的利息收入以外，几乎没有什么财产收入。改革以来，居民的财产收入，特别是城市居民的财产收入增长很快，而且分布也颇为不均等，已经成为人们关注的一个新问题。[①]”

“贫富悬殊正在成为当今中国社会关注的焦点。在人们观念中贫富悬殊具有两重含义：过大的收入差距和巨大的财产差别。在中国居民收入差距的研究方面，已经出现了为数不少的研究文献。与之形成反差的是，有关居民财产分布（或分配）的研究还是相当有限。从 1995 年到 2002 年，中国居民的财产分布差距出现了明显的扩大趋势，其扩大速度之快是其他国家无法比拟的。中国居民的财产分布差距的明显扩大是与城乡之间差距急剧拉大分不开的。在诸多影响因素中，城镇公有住房的私有化过程是改变城镇内部财产分布和全国财产分布差距扩大的最大的影响因素，它既是城乡之间财产差距急剧扩大的部分原因，又是全国财产差距明显扩大的不容忽视的影响因素。[②]”

相比于收入差距，财产差距在近些年来扩大得更为明显。财产差距的扩大会进一步加大收入差距，这主要是因为财产会带来财产性收入，现在财产性收入基本上都集中在高收入人群。然而，目前缺乏很好的调节财产差距的政策手段，马上要推行的房产税改革试点，其效果和影响也有待进一步观察。[③]

① 赵人伟、李实：《中国居民收入差距的扩大及其原因》，《经济研究》，1997 年 09 期。
② 李实、魏众、丁赛：《中国居民财产分布不均等及其原因的经验分析》，《经济研究》，2005 年 06 期。
③ 李实：《当前中国的收入分配状况》，《学术界》，2018 年 03 期。

“有必要采取一些有助于缩小财产差距的政策措施。一方面让‘无产者’拥有财产，提高他们的财产性收入。这些人群主要是大部分的农村居民和城市中的低收入家庭。解决农村居民的财产问题的出路是农村土地制度改革，让农民真正获得土地所有权，从而获得更多的土地收益；而解决城市中‘无产户’问题的办法则是为他们提供更加优惠的购房补贴，让他们拥有自己的房产。另一方面，采用房地产税和遗产税来遏制房产分配过度集中的过程。从过去居民财产积累和分布的变动来看，在未来一段时间居民财产差距扩大趋势仍将持续下去，对此我们还缺少相应的调节手段，而房产税和遗产税是可以选择的政策手段，也是被许多国家所采用的调节财产差距的通用措施。[①]”

第四节　对既有研究的总体评述

在过去40多年的经济发展与转型过程中，中国居民收入分配关系和格局出现前所未有的变化，收入差距不断扩大到高位徘徊，收入分配中的公平性越来越受到公众的质疑，从而引起了学术界和社会公众对收入差距扩大和分配不公原因的思考，也是共同富裕实现道路上的重大挑战。总体上说，我国居民收入分配的研究取得了显著的进展。在实证和经验分析方面，有诸多代表性的研究成果。特别是，国内研究在收入分配某些研究方面，如城乡之间、地区之

① 李实：《缩小收入差距，推进共同富裕社会建设》，《中国经济报告》，2021年04期。

间、性别之间收入差距的研究、对收入分配与我国经济转型和发展关系的研究等方面进行了深入的探讨，取得了不俗的进展。可以说，既有的研究为人们理解我国居民收入差距提供了可靠的经验材料，并通过先进的分析方法，对收入差距不断扩大的趋势给出了合乎我国实际的解释，并据此提出了有益的政策思路。解决收入分配不公的问题是一项长期而又艰巨的任务，它不仅是一个收入再分配政策问题，还涉及一系列权利和利益的重新调整和安排。在市场经济面前，如何建立人人俱有的等同的社会和经济权利，这包括享有等同的社会保障、拥有等同的创业和就业机会，具有等同的职业选择和职业流动的权利和机会，是一个转轨国家必须要面对的问题。而实现权利和机会的平等会涉及财政体制、社会保障体制、就业制度、教育体制、医疗卫生体制等多方面的改革。总之，只有不断深化收入分配改革，才会从根本上缓解收入分配不公的问题。

当然，现有的研究也存在着需要进一步完善的地方：第一，对收入差距的描述性分析较多，但对近期收入差距的变动趋势的判断并不统一。而且，对收入分配的规范性分析不足。第二，对收入差距的影响因素分析不足，更多的是侧重于经验数据的事后分析，缺少从制度层面上的改革思路和改革方案，也缺乏对相关政策变动的收入分配效应的事前分析。第三，总的来讲，关于缩小收入差距的改革和政策措施多集中在再分配领域，而对初次分配领域的研究较少，也缺乏对相关政策变动的收入分配效应的模拟分析。同时，对三次分配领域的关注也相对较少。

改革开放40余年，我国收入分配制度经历了重要改革与突破。当前，中国正处于迈向第二个百年奋斗目标的进程中，回顾改革细节，总结改革经验，才能进一步深化收入分配制度改革，扎实推进共同富裕建设。

主要参考资料

1. 习近平. 扎实推动共同富裕[J]. 求是，2021（20）.
2. 邓小平. 邓小平文选（第三卷）[M]. 北京：人民出版社，1993.
3. 严忠勤. 当代中国的职工工资福利和社会保险[M]. 北京：中国社会科学出版社，1987.
4. 陈宗胜. 经济发展中的收入分配[M]. 上海：上海三联书店，1991.
5. 黄定康、舒克勤. 中国的工资调整与改革 1949—1991[M]. 成都：四川人民出版社，1991.
6. 赵人伟、基斯·格里芬. 中国居民收入分配研究[M]. 北京：中国社会科学出版社，1994.
7. 中共中央文献研究室. 三中全会以来重大决策的形成和发展[M]. 北京：中央文献出版社，1998.
8. 蔡亮. 对我国城镇企业职工基本养老保险基金供求矛盾的分析及其对策[J]. 社会科学研究，1998（04）.
9. 赵人伟、李实、卡尔·李思勤. 中国居民收入分配再研究：经济改革和发展中的收入分配[M]. 北京：中国财政经济出版社，1999.
10. 蔡昉、杨涛. 城乡收入差距的政治经济学[J]. 中国社会科学，2000（04）.
11. 国务院发展研究中心、世界银行. 中国减贫四十年：驱动力量、借鉴意义和未来政策方向[M]. 北京：中国发展出版社，2002.

12. 国务院扶贫开发领导小组办公室. 中国农村扶贫开发概要[M]. 北京：中国财政经济出版社，2003.
13. 白雪梅. 教育与收入不平等：中国的经验研究[J]. 管理世界，2004（06）.
14. 邹至庄. 中国经济转型[M]. 北京：中国人民大学出版社，2005.
15. 曹艳春. 农村低保制度对贫困群体生活水平改善效应研究[J]. 中国人口科学，2006（06）.
16. 国家统计局编. 中国统计摘要2006[M]. 北京：中国统计出版社，2006.
17. 国家统计局农村社会经济调查司编. 中国农村住户调查年鉴2006[M]. 北京：中国统计出版社，2006.
18. 张东生. 中国居民收入分配年度报告[M]. 北京：中国财政经济出版社，2007.
19. 白重恩、钱震杰、武康平. 中国工业部门要素分配份额决定因素研究[J]. 经济研究，2008（08）.
20. 白重恩、钱震杰. 谁在挤占居民的收入——中国国民收入分配格局分析[J]. 中国社会科学，2009（05）.
21. 曹艳春. 1998—2009年我国36个城市“低保”标准变化及保障力度分析[J]. 现代经济探讨，2009（12）.
22. 中共中央党史研究室. 中国共产党历史第二卷上册[M]. 北京：中共党史出版社，2011.
23. 厉以宁. 中国经济双重转型之路[M]. 北京：中国人民大学出版社，2013.
24. 常芳等. 新农保实施现状及参保行为影响因素——基于5

省 101 村调查数据的分析[J]. 管理世界，2014（03）.

25. 中共中央党史研究室. 中国共产党的九十年[M]. 北京：中共党史出版社，2016.

26. 汪敏. 中华人民共和国劳动合同法配套解读与实例[M]. 北京：法律出版社，2017.

27. 谢宇、张晓波、李建新、涂平、任强. 中国民生发展报告 2016[M]. 北京：北京大学出版社，2017.

28. 蔡萌、岳希明. 中国社会保障支出的收入分配效应研究[J]. 经济社会体制比较，2018（01）.

29. 吴国宝等. 中国减贫与发展[M]. 北京：社会科学文献出版社，2018.

30. 李实、万海远. 中国收入分配演变 40 年[M]. 上海：格致出版社，2018.

31. 李实、赵人伟. 中国收入分配与劳动力市场研究（第八卷）[M]. 北京：中国劳动社会保障出版社，2019.

32. 中国中共党史学会编. 中国共产党历史系列辞典[M]. 北京：中共党史出版社、党建读物出版社，2019.

33. 谭中和等. 中国工资收入分配改革与发展 1978～2018[M]. 北京：社会科学文献出版社，2019.

34. 谢伏瞻、蔡昉、李雪松. 2021 年中国经济形势分析与预测[M]. 北京：社会科学文献出版社，2021.

35. 杨团、朱健刚. 中国慈善发展报告（2021）[M]. 北京：社会科学文献出版社，2021.

36. 胡祖才、宋晓梧、高杲等. 中国居民收入分配年度报告（2020）[M]. 北京：社会科学文献出版社，2021.

第二部分

史料篇

口述资料

杜润生：家庭联产承包责任制的提出[①]

1981年冬，中央召开了全国农村工作会议。会后不久，国务院领导到东北考察，写回一封信，建议：不要再强调不同地区不同形式了，让群众自愿选择，选上啥就算啥，领导不要硬堵了。我们就根据这个精神起草了1982年的中央“一号文件”（即《全国农村工作会议纪要》），正式肯定了土地的家庭承包经营制度，结束了包产到户30年的争论，从此成为中央的决策。群众、干部反映良好。农村工作方面，每年搞一个战略性文件，下次还要排“一号”。此后5年，每年的中央“一号文件”都是谈农业问题。在年初布置调查题目，到秋季总结，其间多次酝酿、探讨，冬天起草文件，次年年初发出。当时农研室还为探讨农村工作办了一个内部刊物《农村问题论坛》，发表多种意见，为起草中央文件做铺垫。

第一个“一号文件”的主要内容，是肯定多种形式的责任制，

① 节选自杜润生，《回顾中国农村改革的历程》，载于徐庆全编《中国经验：改革开放30年高层决策回忆》，山东人民出版社，2008年版，第93–126页。

特别是包干到户、包产到户，深受群众欢迎，现在应进入总结、完善、稳定的阶段。所有的责任制形式，包括包产到组、包干到户、包产到户，都是社会主义制度的自我完善，同一制度的实现形式，它不同于过去的单干，更不能当作资本主义去反对。土地等生产资料的公有制是长期不变的，责任制也是长期不变的。那时候许多地方的农民都担心，共产党的农村政策多变（广东农民怕“一年放，二年收，三年不认账”），也有农民听说包产到户只有“三靠”地区才可以搞，有“稳住中间地带，不要滑向包产到户”等提法，担心它又是一个“权宜之计”，所以“长期不变”这句话最能打动人心，说“一号文件”是让农民吃了“定心丸”，这给人们印象非常深刻。有个农民听了文件传达后说：“这会儿上级主意说得在理，合乎庄稼人心意。”当天到城里书店要买本“包产到户政策书”。连一直批判资本主义思想的昔阳县也在1982年底实行了包产到户。起初在北京的陈永贵表示犹豫，说：“咱大寨人能愿意干吗?”出乎他的意料，多数群众愿意干。社员说：“砸了大锅饭，磨盘不推自己转，头儿不干，咱大家干。”可见党的政策只要代表人民利益，就会取得群众的支持，顺利地推开。

文件的另一要点是尊重群众的选择，不同地区，不同条件，允许群众自由选择。为什么强调这点，这是鉴于一个稳定性制度的形成必定是群众选择的过程。这个过程，包括不同方面按本身利益要求和政治追求，相互对话，协调整合。我们既然要让群众自由选择，就暂时先不要把它变成国家的法律。法律应当作已有社会实践选择的结果。所以要划出一两年时间在社会推行，然后成为国家的法令。为表明包产到户具有的兼容性，吸纳公有制和个体经营双重优势，正式定名为“家庭联产承包责任制”。

赵东宛：1985 年和 1993 年工资制度改革[①]

一、1985 年工资制度改革

（一）机关、事业单位的结构工资制度

这次工资制度改革，党中央、国务院十分重视，讨论过很多次，最后确定了工资制度改革的原则：一是坚持社会主义按劳分配的原则。邓小平同志早在 1975 年就指出，按劳分配原则在社会主义建设中始终是一个大问题。在机关、事业单位，就是要使职工的工资同本人肩负的责任、贡献和劳绩密切结合起来。二是通过改革使我国工资制度进入一个新的轨道，逐步建立同国家财政状况相适应的正常的晋级制度。新的工资制度不能在原等级工资制的基础上小修小补，而是要建立新的工资制度。三是必须实行政企分开，分级管理。四是使工作人员的工资有一定增加。鉴于国家财力有限，只能从较低水平起步。国家财政的承受能力，是工资制度改革的前提条件。

新的工资制度是以职务工资为主要内容的结构工资制。工资的构成有四个部分：一是职务工资。按照本人实际担任的行政或技术职务，分别按行政或技术职务序列确定职务工资标准。担任什么职务就拿什么工资，并随着职务的变动而变动。这是工资构成的主体，也是按劳分配的主要部分。工资档次应该适当拉开，但受种种因素的制约，特别是国家财政能力的限制，档次还不能拉得太大。在职务工资标准设计上，要充分考虑和照顾现实和历史情况，以后

① 节选自赵东宛，《20 世纪 90 年代前后我国两次工资制度改革历程回顾》，载于曲青山、吴德刚编《改革开放四十年口述史》，中国人民大学出版社，2019 年版，第 412–440 页。

随着国民经济的发展，逐步调整工资标准，使之进一步合理化。二是基础工资。这是国家对工作人员最低生活保障的部分。基础工资是以大体维持一个人的基本生活为依据而建立的。物价上涨，基础工资应增加，这可以平衡收入不均的问题。当时的物价水平不高，且随着国家经济的不断发展而逐步上涨。那时规定，基础工资从国家领导人到一般工作人员，人人都是一样的，都是120元，如果这个部分要涨，就从上到下每个人都涨，不分级别和职务，因为物价上涨因素对每个人的影响都是一样的，不受职务和职级的影响，所以基础工资这一部分每人的涨幅都是一样的，涨20元就每一个干部都涨20元，涨50元就都涨50元。三是工龄津贴。这部分工资随着工作人员工作年限的增加而逐年增长，它主要是作为年度贡献、积累贡献的奖励。什么是积累贡献？比如我是1938年参加革命，另一位老干部可能是红军时代参加革命，那么这个积累贡献，除了工作单位、工作职务的区别，主要通过工龄津贴表现出来。就是说，你参加的工作时间长，你的工资就应该多一点。此外，还规定对中小学教师和医院护士分别实行教龄津贴和护龄津贴。四是奖励工资。那时候工资不涨，就发奖金，也为了统一这个标准，也为了不乱发奖金，所以增加了这部分工资。

党中央、国务院经过讨论，批准了这一方案，决定从1986年7月起实行新的工资制度。新的工资制度既体现了按劳分配原则，又兼顾了基本生活需要；既突出了职务和贡献，又考虑到了工龄的长短；既破除了论资排辈的观念，又照顾了工资关系不平衡的历史状况。

（二）企业“工效挂钩”的工资制度改革

我国的企业工资制度也是在20世纪50年代建立的，工人实行的是八级工资制。八级工资制是工人定级标准，按技术熟练程度分为八级。企业干部实行的是国家机关的等级工资制。这一制度的建立，对于调动职工劳动积极性、促进生产发展和改善人民生活曾起过一定的作用。但随着经济发展和经济体制改革的深入，这套工资制度的缺陷非常明显。当时全国企业的各类工资标准有3000多种，虽然都是级别工资，但是差距很大，同劳不同酬，这是一个很大的缺点。比如某个企业里的八级工，工资可能将近100元，另一个企业某个职工也是八级工，但他的工资可能只有80元。同一个岗位可能不同酬，这就严重影响了职工的积极性。这些问题表明，要使企业工资制度适应社会主义商品经济的要求，必须进行根本性的改革。

随着经济体制改革的深入发展，我认为，企业将逐步成为独立的经济实体，成为自主经营、自负盈亏的商品生产者和经营者。与此相适应，在企业工资分配方面，企业将拥有充分的自主权，国家通过税收等经济手段，从宏观上进行调节和控制。概括起来说，企业工资改革的方向是：使企业的工资与企业的经济效益紧密联系起来，使职工的工资与个人贡献紧密联系起来，使企业逐步实现自主经营、自负盈亏、自主分配、国家征税的目标。企业自主分配，就是企业在真正实现自主经营、自负盈亏之后，在工资分配方面拥有以下充分权利：根据生产经营状况和劳动力供求关系确定本企业的工资水平，根据生产特点采用不同的工资形式和分配方法，通过增加生产、扩大经营、降低物耗等途径取得资金以增加职工工资等。国家主要通过价格、税收、银行利率、货币投放等经济杠杆，指导、调节和制约分配行为，强化企业的自我约束，国家各部门不再用行政手段干预企业工资问题。企业工资制度改革，远比机关、事业单位工资制度改革复杂，牵涉多方面经济关系，要达到上述目标，企业工资制度改革不可能在一两年内完成，要经过较长时间的艰苦努力。

1985年针对企业的工资制度改革，大受欢迎，企业拍手称好，因为企业解放了，有权了，所以很多企业给我们来信，夸我们做了好事。实际上，不是我们做了好事，是中央决策得好。我们当时也认识到，企业工资制度改革是一个长期复杂的过程，与经济体制改革密切相关，上述改革的内容不是一两年能完成的，需要在实践中逐步改进、充实、完善。要实现党中央、国务院提出的改革目标，还要在较长时间内付出努力。

二、1993年工资制度改革

（一）公务员实行职级工资制度

1993年机关工资制度改革，主要是为建立符合公务员制度要求的工资制度。既要区分原来的二十七级工资制，又要区别于1985年的结构工资制，我们将其改成职级工资制。职级工资制度是不是符合公务员制度，工资水平、增资机制、工资关系，以及如何改变地区类别等问题，都需要广泛调研。而且通过1985年的工资制度改革，我们也积累了一些经验。工资制度是公务员制度的一项重要内容，国家应该保证公务员有一个合理的待遇。1985年的机关工资制度改革，实行以职务工资为主的结构工资制。这个制度突出了职务和贡献，破除了论资排辈的观念，又照顾了工资关系不平衡的历史状况。但在实施中也逐渐露出一些弊端：工资主要取决于晋升职务，在客观上诱发了追求职务和职称、机构升格等问题；工资标准偏低，档次偏少，没有建立正常的晋级增资机制。工资制度改革必须继承和发扬以往工资制度中效果好的方面，有针对性地解决突出矛盾，以符合公务员制度的要求。

结合 1985 年工资制度改革的经验，我当时认为，要做好机关工资制度改革，必须解决三个方面的问题：一是客观上诱发追求职务的问题，二是正常的晋级增资机制，三是工资类别制度。对客观上诱发追求职务的问题，必须考虑如何既能增资又避免追求职务，特别是对长期在基层工作的同志来说这一点很重要，可否实行职级工资制，既考虑职务又考虑级别，即使不提升职务也能增加工资，加大按劳分配的比重。本着这一思想，在 1988 年 6 月 29 日人事部第十二次部党组会上我提出："这次工资制度改革既要区别原来的等级制，又要区别现行的结构工资制，取两种工资制度的优点，避免其缺点，叫职级工资制。"党组的同志表示同意。

但是职级工资是否符合公务员制度要求，是否能被大家接受，职级工资制的工资水平、增资机制、工资关系及如何改变地区类别等问题，需要广泛调研。为了做好调查研究工作，由人事部、中央组织部、国家计委、财政部、国家教委、卫生部、中科院等 20 多个部门的同志，分别组成机关工资制度改革、事业单位工资制度改革和地区津贴三个研究小组，历经 3 年多的调研，深入 190 多个地（市）、县、乡、镇和数百个学校、医院、科研院所、地质勘探野外分队等基层单位，召开 100 多次各种类型的座谈会、讨论会、论证会。听取了各省区市、各有关部门、各个方面、各个层次的意见。1989 年经人事部与中国社会科学院协商，成立了以我和中国社会科学院副院长、著名经济学家刘国光同志为首，由有关专家、学者组成的工资制度改革研究小组，研讨中国工资制度的设想和观点。1992 年 1 月 18 日，"按劳分配与工资制度改革"理论研讨会在北京举行，我在会上发表讲话，介绍了工资制度改革的相关情况。

总之，1993 年的工资制度改革，是在广泛听取各方面的意见，包括理论界的意见，在详细论证的基础上建立的，并最终确定了公务员工资制度改革的原则和方案。

（二）机关与事业单位工资制度脱钩

事业单位的工资制度必须与机关工资制度脱钩，这是人事部成立时就研究确定的原则。由于事业单位类别多、单位多、人员多，特别是专业技术人员多，事业单位工资制度改革，又是第一次建立独立的符合事业单位特点的工资制度，没有经验可以借鉴，改革任务是很艰巨的。人事部成立后即着手事业单位的工资制度改革。1992 年 1 月 13 日，人事部会同国家教委、国家科委、卫生部、中科院等 23 个部门共同成立了事业单位工资制度改革小组，研讨工资制度改革的原则和方案。人事部组织的 100 多场次的研讨会，事业单位的工资制度改革问题占去了一半。经过三年多的调研，形成了事业单位工资制度改革的原则和初步方案。

事业单位工资制度改革的原则是：按照按劳分配原则，在科学分类的基础上，建立符合不同类型、不同行业事业单位自身特点的工资制度，与国家机关的工资制度脱钩；引入竞争机制，建立体现事业单位不同特点的津贴制度和奖金制度，加大工资中活的部分，使工作人员的报酬与其实际贡献紧密结合起来，克服平均主义；建立正常增加工资的机制，使工作人员的工资水平随着国民经济的发展有计划地增长并与企业相当人员的工资水平大体持平；在国家宏观调控的前提下，实行分级分类管理，使工资管理体制逐步适应事业单位发展的需要；发挥工资的导向作用，对到边远艰苦地区及在苦、脏、累、险岗位工作的人员，在工资政策上给予倾斜。同时，通过建立地区津贴制度，理顺地区工资关系。

这次工资制度改革，对事业单位管理人员和工人的工资制度分别作了不同的规定。事业单位的管理人员和工人与专业技术人员的工作性质不同，根据自身特点，分别建立不同的工资制度。管理人员在建立职员职务序列的基础上，实行职员职务等级工资制，工资构成上主要分为职员职务工资、岗位目标管理津贴两部分；技术工人实行技术等级工资制，工资由技术等级工资和岗位津贴两部分构成；普通工人实行等级工资制，工资由等级工资和津贴两部分构成。同时，对管理人员和工人也实行年终一次性奖金制度。

上面所述的工资制度改革，是新中国成立以来比较大的一次改革。正如前面所说，此次改革组织了数百人的队伍，深入 190 多个地（市）、县、乡、镇和数百个学校、医院、科研单位、地质勘探和其他事业单位进行调查研究，召开了 100 多次各种类型的座谈会，听取了各省区市、各部门、各层次的意见，并组织了理论界有关同志组成工资制度改革研究小组，研究工资制度改革的原则和方案设想，最后形成了方案报经党中央、国务院批准执行。

刘　浩：收入分配改革与决策过程[①]

一、我参与的收入分配改革相关政策文件

回想我参与起草与收入分配有关的改革文件，有两个阶段，前一个阶段是在国家经济体制改革委员会，后一个阶段是在国家发展和改革委员会，这是两个不同的部门。在国家体改委时，我在分配司，参与了起草中国国民经济和社会发展的五年规划中收入分配改革的内容部分。当时我们起草收入分配改革文件有三个特点：一是国家体改委是改革的专职部门，写收入分配改革是自己的本职，不写改革就没有内容可写。二是当时在收入分配领域，既得利益群体和集团还没有发展到后来的实力和影响力，所以当时写入一些改革内容阻力较小，也比较容易取得有关部门间的共识，并且大家都相信改革是必需和必要的。三是当时推进改革的一个重要方法就是借鉴国外市场经济国家的成功经验，东亚、西欧，特别是北欧调节贫富差距的制度与政策自然成为我国改革的参考借鉴内容，在生产、流通、分配领域一些借鉴性改革都在积极向前推动。

以 1995 年起草国家九五规划为例，在 1996 年至 2000 年的国民经济和社会发展规划中，我们就在收入分配改革中写入了建立覆盖全部个人收入的分类与综合相结合的个人所得税制，逐步开征遗产和赠与税、社会保障税的改革内容，这些都是在市场经济国家的普遍做法和有益的制度。但是，这些改革内容后来都拖下来了，有的至今也未能实行。如个人所得税改革，一直拖了 20 多年，直

① 文中内容经本书作者采访整理得到。

到“十三五”时期，我国实行综合与分类相结合的个人所得税改革才迈出实质性步伐：2018年10月1日，个人所得税第一步改革实施，减除费用标准提高至5000元/月，并适用新税率表；2019年1月1日，个人所得税第二步改革实施，增加住房、教育、医疗、赡养老人等6项专项附加扣除，实现了税制模式的转变，标志着规划了25年后，综合与分类相结合的个人所得税制终于启动实施。

然而，作为调节贫富差距重要手段的遗产和赠与税、社会保障税，则至今也没有能够开征。今天许多社会舆论反映我国贫富差距大，共同富裕远未实现，我国收入基尼系数多年一直在接近0.5的高度徘徊成为世界上贫富差距最大的国家之一，实际上与上述改革未能及时推进是有很大关系的。

1998年，我所在的国家体改委改为国务院体改办，人员缩减了三分之二，2003年又并入国家发展和改革委员会。国家发改委的主体是原国家计委，是以投资建设为主要职能的部门，这与国家体改委的性质就不一样。同时，社会收入分配形势也与过去大不相同了，既得利益集团做大，改革阻力增加，部门间协调难度加大。当时我在国家发改委就业与收入分配司，收入分配改革在我们司算是主要工作，但在发改委，重点工作还是投资建设，所以几年内主管我们司的委领导变换了四位，开始是朱之鑫副主任，后改为杜鹰副主任，再后来变为张茅副主任，最后我退休前是徐宪平副主任主管。在张茅同志主管期间，我们起草过一个关于收入分配改革的指导意见，是我在委办公委上汇报并原则通过的，后来因张茅同志调走就搁置了。

在徐宪平副主任主管时期，我又参与了起草《关于深化收入分配制度改革若干意见》的工作。为此，我本应2011年退休，还推迟退休一年，参加到2012年底文件大致完成，到国务院2013年正式批转下发时（国发〔2013〕6号文件），我就已经退休了。对参与其中我还是多有感想：我国收入分配问题，很大程度上是由于体制扭曲所造成的。深化改革就要针对这种不合理体制背后的有关部门，及其权力和政策进行改革，也必然会包括我们现在的部门。所以不要说改革难，就是论及也大不易。考虑本部门各个司局的征求意见，考虑各个相关部门的会签同意，只能多肯定，少批评；在改革举措上多写未来，少写现实，结果是改革论述空泛而难有约束力；意见几十条看似全面，却难以把握重点；文辞修饰多，而措施内容模糊。

二、收入分配改革的顶层设计需要注意什么

我国的经济改革虽然是在中央的领导指挥下开展的，但许多具体内容与方法都是在地方和基层首先推出或实验的。后来因为改革越来越深入，难度加大，基层改革受到国家政策与管控因素影响，遂提出改革的顶层设计问题。实际上改革在基层创新与顶层设计两个方面都是缺一不可的。对于收入分配改革，我认为顶层设计中需要注意以下五个方面：

一是改革设计要兼有方向性与具体的施行要求。从历史回顾看，只有顶层的方向性设计，没有具体施行要求是不行的。收入分配关系或结构的调整，实质就是数量和比例关系的变化。因此在收入分配改革设计中，一定要有定量化的调节目标，如调整国家、企业、居民三者分配关系、劳动报酬总量与GDP增长相协调等，要有数量关系的描述，可以便于进行量化分解，用措施与责任保证定量目标的实现。中央曾多次提出要提高居民收入占国民收入分配的比

重，提高劳动报酬占初次分配的比重，但由于没有确定量化要求与进度，所以这样一项改革并没有在后来数量关系的改变上取得实质性进展。

二是改革设计要明确任务和相关的体制安排。改革的任务，大都是以体制机制为保障。设计了制度改革，就要有体制上的推手，还要有后续的监督，这样改革才能推进而不会停滞不前。从加强制衡角度看，改革对象与改革推手应适当分开。目前，有些部门改革的任务交给其自己做，而这些部门为了维护自身利益，往往就拖着不办，借口是条件不具备。比如社会保险政事分开的改革，如果没有真正代表广大参保职工和多方参与、相对独立的运作体制，则社保的收支经办就只能是行政部门的附属，不能高效运转并发挥制约作用。同样地，我们推行工资集体协商已经多年了，这项在市场经济条件下普遍有效的制度为什么没能解决我国职工工资偏低的问题呢，这恐怕与工会未能积极发挥作用的体制有直接关系。

三是改革设计应当符合市场经济的通行规则。市场经济国家在维护公平竞争，缩小收入差距方面有一些通行的、行之有效的做法，例如：调节初次分配的反垄断制度、劳资协商制度、同工同酬制度、调节再分配的综合个人所得税制度、房产税制度、遗产税制度等。这些制度都是保障市场经济体制得以正常运转的必要组成部分，不存在新设计的问题。不排斥、不违背市场规律，加强市场制度的配套建设，就是深化改革的应有之义。从这个意义上说，我国个人所得税长期采用分类计征方法，将企业工会主席定义于领导班子成员，垄断行业将垄断收益一部分用于自身分配，税收对财产持有和转移不予调节等，都是亟待改变和解决的问题，要尽快纠正不合理的认识与缺失的制度设计。

四是改革设计应当是上下互动的过程。收入分配改革涉及最广大群众的切身利益，他们曾在改革开放中获益，也曾为减轻国家负担而付出。为完善国家管理，我们需要人民参与。为决策科学性，我们需要人民的监督。从这个意义上说，收入分配改革不应该只是顶层设计，而应该是国家与公众、中央与地方、政府与社会协商互动的过程。从实事求是和尊重实践的角度看，好的改革设计必须有社会和广大群众的参与，而不能高高在上、闭门造车。回顾改革实践：农村承包制，企业分配改革，职工优化组合等，都是基层实践创造的，而社会机构参与改革研讨与咨询，也是改革设计实现民主决策和社会理解的重要条件。

五是改革设计要在实践中不断发展与探索。从我国改革开放的历程看，往往并不是事前设计好，然后按部就班地施行。收入分配改革就是在这种大环境下推进并发挥先导性作用的。从而涌现一批改革风云人物，创造了新鲜的改革经验。因此，改革设计应从实际出发，解放思想，锐意进取，讲求实效，这实质上也是真理标准问题。要防止空洞的、形式主义的设计延误改革。目前，许多部门、地方都有许多可以积极主动开展的收入分配改革，比如加大民生投入，改革公务接待和公务用车、促进国有经济转型、完善社会福利保障等，而一味等待顶层设计则可能错过改革时机。

三、收入分配改革过程中的质疑、问题及建议

收入分配改革过程中，一直伴随着质疑的声音，这也是许多收入分配改革的措施为什么长期难以出台的原因。我感觉主要干扰有以下三个方面：

一是片面强调先让一部分人富起来的政策，反对调节贫富差

距，只要影响富人利益，就说是杀富济贫，就是平均主义。实际上我国收入与财产差距已经扩大到了影响效率与稳定的程度，再发展下去是很危险的，必须及时有效地缩小贫富差距，实行共创、共享、共富的社会政策。

二是在当前广大居民的收入份额远未达到合理水平，人民群众的利益表达机制尚不健全的情况下，把人民群众改善收入水平的诉求说成是民粹主义的倾向。其实只要实事求是地分析我国三者分配关系的历史与现实，就很容易得出正确结论。

三是把经济下行归咎于工资增长过快和保护劳工权益，损害了资方利益，降低投资意愿。实际上恰恰相反，正是因为长期执行压低工资的政策，形成产业低端化与劳动者素质低，才造成经济发展缺乏后劲，产业大而不强，在升级与竞争中落后。

我国收入分配改革的大方向是对的，总体效果，特别是在人民群众普遍受益的阶段也是好的。但是在肯定成绩的同时，也要看到很多细节上又是做得很不够的。这些正是特别应当改进的方面：

一是通过收入分配制度改革，我国按劳分配为主、多种分配方式并存的制度基本确立。市场开放与分配调动了广大群众的生产积极性，提高了人民的收入与生活水平，社会保障体系建设也取得了明显成效。但是，随着市场与政策放开，保障劳动者权益与收入的机制弱化，在市场中侵害劳动者的现象频频出现，配套的收入保障、调节、监管等法规体系还不够健全，造成如超时劳动，拖欠工资，压低工资等问题长期存在。

二是在改革中城乡居民收入的总体水平不断提高，城乡居民收入稳步增长。城乡市场繁荣，商品供应充裕，居民生活质量提高，衣食住用行都有较大改善。但分配格局也在分化，高收入行业、地区和人群的收入水平遥遥领先甚至呈现高收入阶层固化的现象，而城乡低收入群众的收入迟迟难以改善，社会出现了从改革初期的收入普遍提高演变为收入差距扩大和贫富分化的危险。

三是国家建立起初次分配和再分配的政策框架，但具体维护社会公平的政策措施有的迟迟不能出台，有的未能有效落实，导致收入分配秩序混乱，收入分配关系不顺。当前社会上不合理收入或非法收入大量存在，垄断收入、超分配和利用权力的分配与消费行为具有普遍性，相当一批高收入者或高收入阶层并不是通过勤劳致富或是创新致富，这也是造成人民群众对收入分配不满的重要原因。

四是改革打破了计划体制下的收入分配制度，但是符合社会主义市场经济体制要求、科学合理的收入分配秩序尚未全面建立起来，有利于生产发展和社会稳定的分配体制和分配格局还远没有形成，并因此导致了一系列经济和社会矛盾。比如我国国民收入分配失衡的一个重要方面是在生产发展中，长期依赖投资增长，消费贡献不足，扭曲了生产目的，造成居民收入占国民收入比重降低，劳动报酬占初次收入比重低的问题。又如政府在收入分配的宏观管理方面，存在多头管理、体制交叉的矛盾。收入分配宏观决策与管理的统一性和权威性不够，对收入分配缺乏统筹规划、总体平衡和协调管理，收入分配政策制定、执行和监管受到部门利益的影响，收入分配制度改革难以向纵深推进。

如果说到对未来改革的建议，我想主要有以下几点：

一是要保障劳动收入，鼓励创新收入。要保护劳动收入，维护劳工权益，收入政策向劳动者倾斜，提高劳动报酬在初次分配中的比重。构建有利创新的市场环境与政策环境，大幅提高创新性劳动的收入水平。

二是调节资本收入，维护财富增量的合理性和公平性，调节资本市场投资收益。限制寄生收入，加强对社会食利阶层相关收入的调节，抑制不劳而获的生活方式。打击非法收入，维护社会收入秩序。

三是切实推进我国税制改革。重视发挥税收调节收入分配的功能，改变逆向调节现象，调整我国税收结构，减少间接税比例，提高直接税比例，尽快开征房地产税、遗产税。大幅减少创新劳动以及广大劳动者的工薪税负，减少广大群众最终承担的间接税负担。

四是深化我国社会保障制度改革。尽快实施社会保障费改税，国家加大社会保障投入比例，减轻企业和职工的缴费负担。整合我国社会保障标准，缩小社会保障待遇方面的过大差距，首要缩小城乡社会保障待遇标准。推进社会保障政事分开，管办分配，实行社会保障经办机构的社会自治管理，落实广大职工的保障自主权。

五是加快收入分配相关领域改革。建立全国统一的市场准入负面清单制度，营造公平交易、平等竞争的市场环境。建立城乡统一的土地市场，最终实现农村集体土地和国有土地同等待遇。推进公职人员特别是高层公职人员及其家庭的财产公示制度。

六是建立收入分配改革的落实机制。建立跨政府部门的收入分配改革综合机构，推动形成收入分配改革的协调机制。 集中和归并分散化的部门收入分配职能分工，建立起部门落实收入分配改革的责任机制。实行收入分配职能纵向分权体制，形成政事分开、管办分开的制约机制。 加强立法监督，在政府部门内推行专家委员会、人民代表评议会制度，健全社会参与、利益表达与监督机制。

万　里：农村“包产到户”的突破[①]

1978年夏秋，安徽发生了百年不遇的大旱，省委决定借地度荒，搞好秋种，诱发了农民对包产到户的积极性。肥西县山南公社群众自发搞了包产到户，省委机关议论纷纷。1979年初，我让省农委派工作组去考察，专门开常委会讨论，决定作为试点，不制止，不宣传，不登报。后来我又两次亲自去山南公社考察，表示支持。至于凤阳小岗的包干到户，开始是悄悄搞的。县委书记陈庭元先发现，帮他们瞒上不瞒下，地委也不清楚。我后来知道了，也是睁一眼闭一眼，去考察时还加以鼓励。安徽与别处不同，20世纪60年代初在全省范围内搞过责任田，广大农民尝过包产到户的甜头，所以上面政策松一点，就发展得很快。在这种情况下，中央文件做了这样的决定，事情就不好办了。我们的这些做法既不符合宪法中规定的“三级所有，队为基础”；也不符合中央文件中的“也不要包产到户”，不得了呀。有些好心的同志向我反映说，有人批评我们既违背宪法，又违背党的决定怎么办呢？我说，农民赞成，农民一定要搞，那只好硬着头皮顶着吧，反正已经干了，就这样子干吧。党的决定说不要搞包产到户，我不能公开表示反对，但我对他们说，是我同意你们干的，出了什么问题我来顶着。安徽那一段就是这种“违法乱纪”的情况，实质上反映了农民发展生产力的要求和已不适应的旧的上层建筑、旧的规章制度之间的矛盾。

1980年初我到中央工作，进了书记处，分工管农业，这个难

---

① 节选自万里，《农村改革是怎么搞起来的？》，载于徐庆全编《中国经验：改革开放30年高层决策回忆》，山东人民出版社，2008年版，第128–154页。

题可大了。当时解放思想的口号很响亮，人们的思想也很活跃，平反冤假错案使人们感到中国有了希望。但是，计划经济体制下形成的思想观念，还是很顽固的。从整个农村工作来看，农民要求改革，有些地区行动比较快，但是，上层领导机关基本上还是推行“农业学大寨”的那一套，对农村改革，特别是对包产到户，抵触情绪很大。我分管农业，依靠原来这套“机器”来开展工作怎么行呢？还有不少省的领导思想也不通。我跟有关领导同志讲，中央决定中规定不要包产到户，我们支持农民的正当要求，会始终被看作“违纪”、“违法”，这样不行啊！是不是先开一次省委书记会，大家通通思想。5 月 31 日，小平同志作了重要讲话，热情赞扬肥西和凤阳的包产到户。此后情况有了好转，但还是吵吵嚷嚷，全国性的争论并没有停止，有些反对的人手里掌着权，他不同意你就干不成。于是，决定 9 月份开一次省委第一书记座谈会。

那时候，农业部门的一些领导，认为包产到户破坏了集体经济，阻碍了机械化、水利化，思想很不通。我兼农委主任，农委里思想转过来的也不多。我就抓了个杜润生，他是邓子恢时代农村工作部的秘书长，实际经验多，也有理论水平，又比较善于处理各方面的关系。我就请他来主持起草会议文件，对文件作解释、说明。我的意思是想把“不要包产到户”改为“可以包产到户”或“支持包产到户”。但是，会上争论很激烈，看来通不过。公开赞成比较突出的，一个是贵州的池必卿，一个是内蒙古的周惠，一个是辽宁的任仲夷，这是少数；多数表示沉默，有的还坚决反对。好在当时包产到户已见成效，有说服力的材料很多。经过反复讨论，终于通过一个妥协性的文件，即中共中央（1980）75 号文件《关于进一步加强和完善农业生产责任制的几个问题》。文件撇开包产到户姓社姓资的问题不谈，大讲包产到户的好处，特别指出："在那些边远山区和贫困落后的地方，长期吃粮靠返销、生产靠贷款、生活靠救济的生产队，群众对集体丧失信心，因而要求包产到户的，应当支持群众的要求，可以包产到户，也可以包干到户，并在一个较长的时间内保持稳定。"同时，文件也指出了包产到户可能出现的问题，强调要认真防止，及时解决。这个文件对广大农民是个很大的支持和鼓励。当时《人民日报》发了一篇长文章，题目叫《阳关道与独木桥》，就是阐述会议精神，为包产到户说好话的，很受农民欢迎。文件正式发下去以后，农民感到理直气壮了，不怕再说他们违背中央决定了。其实，什么叫贫困地区？很难有个标准，你划去吧。最主要的是人心所向，大势所趋，谁也挡不住的。实际上是不管贫困不贫困，都说自己是贫困地区，就都呼呼地搞起包产到户来了。从这里可以看到，人民群众的积极性是非常重要的。共产党的领导，没有群众观点，不了解群众的真正意愿，不尊重群众的要求，是不行的。就这样，包产到户逐渐成了全国性的改革浪潮。

袁宝华：扩权让利是国企改革突破口[①]

1979年初，李先念同志找到我，提出要国家经济贸易委员会认真研究一下扩大企业自主权的问题。我们就要求国家经济贸易委员会研究室搞了一个扩权条例。为了搞这个扩权条例，他们到各地进行了一些调查研究，先是在北京召开了一些部门和一些企业的座谈会，许多企业的负责人提出了很多要求和建议，形成了一些意见，归纳起来有七八条；再就是到东北一些地区进行了调查研究，他们深入鞍钢、大庆等国有大型、特大型企业，听取企业的意见和建议；最后他们又到上海、苏州等地进行调研，听取了这些地方一些国有中小型企业的要求和建议，最后形成了扩权十条。4月13日至20日，国家经济贸易委员会在北京召开企业管理改革试点座谈会与会的企业代表对扩权十条进行了讨论，均表示热烈拥护。经过国家经济贸易委员会讨论之后，就把这个扩权十条提交到中央工作会议上。

“扩权十条”经中央工作会议通过之后，难题就出给了财政部。放权让利给企业主要是财政问题，这时，对企业放权让利到什么程度，财政部已经和国家经济贸易委员会的意见不一致了。由于扩权这个建议是先念同志提出来的，财政部也不能不同意。先念同志一直抓财贸，新中国成立后长期担任财政部部长一直到“文化大革命”时期，他了解我国财政体制存在的弊端。财政部为此花了很大的力气和国家经济贸易委员会反复研究，最后取得了一个妥协的

① 节选自袁宝华，《扩权让利：国有企业改革的突破口》，载于曲青山、吴德刚编《改革开放四十年口述史》，中国人民大学出版社，2019年版，第52–67页。

结果，就是搞了五个文件。这五个文件就是：《关于扩大国营工业企业经营管理自主权的若干规定》《关于国营企业实行利润留成的规定》《关于开征国营工业企业固定资产税的暂行规定》《关于提高国营工业企业固定资产折旧率和改进折旧费使用办法的暂行规定》《关于国营工业企业实行流动资金全额信贷的暂行规定》。为了尽快推动扩权工作，在起草这五个文件时，我们在很大程度上是接受了财政部的意见的，所以这五个文件名义上是扩权让利的文件，实际上却是扩权有限、让利也有限的文件。

7 月 9 日至 13 日，全国工交工作会议在成都金牛坝宾馆召开，康世恩同志主持了这次会议。这次会议的一个重要内容就是最后讨论这五个文件，当时在经济管理和企业管理一线工作的同志，扩权的要求更为强烈，所以讨论十分热烈。这五个文件一方面是扩权让利，另一方面又有若干限制。在这次会议上，这五个文件发给大家听取意见，大家看了很不满意，因为它的限制还很多。为使这五个文件能够为各部门、各地区，特别是各企业的同志接受，财政部部长吴波等专门来到成都参加会议，听取各方面的意见。参加会议的还有田纪云等。在他们的支持下，1978 年四川省率先在国营企业中进行扩权试点，选择了重庆钢铁公司、成都无缝钢管厂、江宁机床厂、四川化工厂、新都县氮肥厂、南充绸厂 6 家企业作为扩大自主权的试点。1979 年初，在现有试点的基础上，把扩权试点扩大到 100 家企业。经过几个月的试点，已经证明了扩权让利的优越性，扩权让利对于企业是解放了生产力，对于国家是增加了积累，对企业、国家都有好处。四川的同志在会上介绍了他们 100 个企业试点的经验。

7 月 13 日，国务院发布了《关于扩大国营工业企业经营管理自主权的若干规定》等五个文件，并要求组织试点工作。这五个文件总的精神是扩大企业自主权，主要内容包括：（1）在完成国家计划的前提下，允许企业按照生产建设和市场需要，制订补充计划。补充计划生产的产品，企业可以按照国家定价自销。（2）实行利润留成，把企业经营的好坏同职工的物质利益直接挂钩，企业用利润留成建立的生产发展基金、集体福利基金和职工奖励基金，有权自行安排使用。（3）逐步提高固定资产折旧率及企业的留成比例。（4）企业有权向中央和地方有关部门申请出口自己的产品，并按国家规定获得外汇分成。

这五个扩权文件对企业来讲是等待已久的一场甘霖。在当时企业没有自主权利、没有自我改造和自我发展能力的情况下，无疑为企业的发展注入了活力，有效地调动了企业的生产经营积极性。文件下发之后，扩大企业自主权的试点工作在全国逐步展开，这一年试点工作进展很快，形势很好。在试点的同时，我还连续主持搞了4期首钢经济责任制培训班，各省市经贸委主任、企业处处长、企业厂长（经理）以及具体负责经济责任制工作的同志相继来参加培训，这对于在全国推广经济责任制、扩大企业自主权，影响很大，效果也很好。

苏海南：工资分配制度改革回顾与展望[①]

我从 1980 年开始在劳动部（现人力资源和社会保障部）工作，也就是改革开放刚刚开始的时候。回顾来看，40 年来工资分配制度改革分阶段、有步骤地进行，从突破传统的计划经济体制的束缚，到逐步建立与社会主义市场经济体制相适应的工资分配制度，可以说取得了明显成效。我先简要总结 40 年工资分配制度改革的四个阶段，然后回顾我个人参与的亲身经历，最后再对我国工资分配制度仍然存在的问题，以及对未来工资分配制度改革的启示进行一个总结。

一、我国工资分配制度改革的四个阶段

（一）1978—1992 年：探索改革阶段

改革开放初，工资分配制度改革重在理论上的拨乱反正，重新肯定了按劳分配原则，恢复并改进了计件工资和奖励工资制。1979 年至 1983 年，曾先后四次调整职工工资。随着国营企业普遍实行承包经营责任制，理论界提出两次按劳分配理论。1985 年，全国开始推行企业工资总额同经济效益挂钩办法，打破原来统一的企业等级工资制，发布国营企业参考工资标准，赋予并逐步扩大了企业分配自主权，打破了企业吃国家、职工吃企业两个“大锅饭”。同年，国家机关、事业单位开展了改革开放后第一次工资改革，实行了以职务工资为主的结构工资制。与此同时，引入再分配调节手

---

① 文中内容经本书作者采访并整理得到。

段，开征工资调节税、奖金税和个人收入调节税等。

（二）1993—2002 年：借鉴创新阶段

党的十四大以来，中央确立了建立社会主义市场经济体制的目标，提出要坚持按劳分配为主体、多种分配方式并存的制度。当时的劳动部开始研究企业工资改革目标，同时全面推行工效挂钩办法，在全国推行岗位技能工资制，引入岗位评价等办法确定岗位工资标准。特别是学习借鉴西方国家关于市场经济条件下工资分配的通行做法，引入并开始在各省市建立最低工资制度，在部分省市开始试行工资指导线制度，在少数企业开展了工资集体协商的试点。少数企业试行负责人年薪制和股权激励办法。1993 年机关、事业单位进行了改革开放以来的第二次工资改革。党政机关实行了职务级别工资制，事业单位根据科教文卫体不同行业分别实行了具有各自特点的工资制度。此阶段，还进一步完善了个人所得税制度。

（三）2003—2012 年：改革推进阶段

进入 21 世纪以来，中央提出各种生产要素按贡献参与分配的原则，要求把按劳分配与按生产要素贡献分配结合起来。国家文件首次明确了“市场机制决定、企业自主分配、职工民主参与，政府监控指导”的企业工资改革目标。对绝大多数企业经营者实行了年薪制，大多数企业建立了以岗位工资为主的基本工资制度，推行岗位评价等办法，促进夯实薪酬分配的基础。部分企业建立起科技人员收入分配激励机制，开展了企业内部职工持股、技术要素入股等试点。继续扩大工资指导线、劳动力工资指导价位和人工成本信息指导制度实施范围，全面建立最低工资制度。2006 年，机关事业单位进行了改革开放以来的第三次工资改革，对公务员开始实行职务与级别相结合的工资制度，事业单位全部统一实行了岗位绩效工资制。同年，取消了农业税。社会保障制度包括城乡居民最低生活保障等制度也全面建立起来。

（四）2013 年以来：全面深化改革阶段

党的十八大以来，以习近平同志为核心的党中央高度重视收入分配制度改革，将其纳入 2013 年底成立的中央全面深化改革领导小组进行研究决策并组织实施。党的十九大明确我国进入中国特色社会主义新时代，作出我国社会主要矛盾已转化为人民日益增长的美好生活的需要与不平衡不充分发展之间的矛盾的重大判断，提出了以人民为中心、共建共享共富的发展理念，进一步明确了收入和薪酬分配改革的大政方针。在此期间，国家陆续出台了国有企业负责人薪酬制度改革、提高技术工人待遇、实行以增加知识价值为导向分配政策、改革国有企业工资决定机制等一系列政策措施，引导工资分配向一线职工、高科技人才、技能人才和经营管理人才倾斜，大力治理农民工欠薪；进一步完善最低工资、工资指导线、劳动力市场工资价位等制度，实施企业薪酬调查和信息发布制度。进一步完善机关和事业单位工资分配制度，调整基本工资标准和优化工资结构，建立与经济发展和社会工资水平相适应的增长机制，在公务员中推行职务与职级相结合的制度，探索实行符合法院、检察院以及公立医院特点的工资制度，在事业单位全面推行绩效工资等。当前，薪酬分配改革与实施精准扶贫以及居民收入分配其他方面全面改革正继续协同推进。

回顾 40 年来工资分配制度改革的历程，总的来看，改革是分阶段有步骤地进行的，取得了明显成效：首先，逐步明确了行政分配、管理和改革的目标、基本原则和一系列法规、政策，指明了方向、提供了依据；其次，基本形成了适应社会主义市场经济体制的薪酬分配制度体系和宏观管理体制框架；再次，管理机制有了很大的转变，由直接管理向间接管理转变，由行政手段为主向经济、法律、信息、调控为主转变；最后，工资分配制度改革有力地促进了经济增长和职工工资收入水平的提高，薪酬方面关系逐渐朝合理的方向调整，逐步有序化。

二、我所亲历的工资分配制度重要改革

（一）1985 年“工效挂钩”工资制度改革

从亲身经历来看，我参与了几次主要的工资制度改革过程。第一个是 1985 年国务院颁发的 2 号文件《国务院关于国营企业工资改革问题的通知》。这是改革开放以来的第一次重大改革，明确了企业工资总额同经济效益挂钩。与此同时，机关事业单位实行了以职务工资为主的结构工资制。因为有了两次按劳分配理论的这种研讨，得到了社会的认可、得到了高层的肯定。所以这个 2 号文件才有了功效挂钩和打破原来全国统一的僵化的八级工资制，改为了国营企业参考工资标准这么一个框架，就允许以这个为参考依据，企业自己可以相应地调整。以前的八级工资制度是死的，一分钱都不能动、不能少，也不能加。但是，这个参考工资标准呢，你可以按照执行，也可以稍微做点变通执行。

我有幸全程参与了这个改革，因为当时国务院专门成立了一个国务院工资改革领导小组，里面分了几个组，我是当时日常组的一个工作人员。其中的全国国营企业参考工资标准，是我在局领导和处领导的带领下编制和规划的，比如分多少级啊，多少档的工资标准，大型企业的是什么标准，中型企业的工资是什么区间，小型企业又是什么区间。应该说，因为有了两次按劳分配理论，国家和企

业之间，这是一种按劳分配的关系，企业的工资总额与本企业的经济效益的好坏挂钩浮动。然后是，企业和员工之间，要根据每个员工的岗位承担的工作任务，特别是实际作出的贡献来按劳分配。无论是理论界，还是高层、社会，都认可了这种理论，在这个理论指导下出台了这个文件，所以这方面的改革是比较顺畅的。

除了企业，在机关、事业单位方面，以前实行的最高最低二十三级的等级工资制，一些人被提拔以后是“升官不发财”的，因而针对这一问题搞了以职务工资为主的结构工资制，因为职务重了、位置高了、压力大了、管得宽了，工资也应该得到相应的提高。因此，当时在贯彻过程中，大家都没有意见。但是，实际上也隐含了很多问题，特别是把事业单位也整合在一起。国家机关是国家运转管理的部门，工作人员是公务员，而事业单位是科教文卫等涉及社会发展的、给社会提供不同服务的部门。因此把机关和事业单位分开进行研究和建立不同的制度确实有客观要求。所以，接下来，1993 年机关、事业单位工资改革去掉了级别制度，而建立了职务工资制，实际上是以职务为主的结构工资制。

（二）1993 年岗位技能工资制度改革

第二个是 1993 年机关、事业单位做了全国性的第二次改革，实行了职务工资制，不同行业的事业单位分别实行了具有各自特点的工资制度。当时，我在部里有幸参加了岗位技能工资制这个问题的相关研讨和研究，并亲自执笔制定了好几个文件。这个制度包括两部分，岗位工资和技能工资。

岗位工资是建立在岗位评价的基础之上的。这是首次引入岗位评价，即岗位工资的高低是根据劳动条件、岗位责任、劳动环境等因素的评价加以确定的。之前，我在 1985 年划定的参考工资标准将最高工资制定为最低工资三倍。当时的财政部的朱处长就问我，小苏，你这个三倍是怎么来的，为什么不是五倍，不是两倍啊？我当时还真不懂，我问了我们的处长，处长说是历史上形成的，过去我们国家统一的企业工资标准，最高的是三点一倍，最低的是二点九倍，这次我们不就高不就低，取了个中间的。人家朱处长又问，那这个二点九倍、三点一倍又是怎么来的呢？再一打听，是参考借鉴、学习、照搬苏联的，人家苏联就是这么定的。所以当时的按劳分配就是拍脑袋分配，没有建立在岗位评价上。按劳分配应该是先把劳动搞清楚，哪个岗位综合分数高，哪个综合分数低，在这基础上来定工资，这才有道理。

然后就是岗位技能工资，当时搞得热火朝天。那时候，我们在全国到处做培训，指导企业。有的企业，大厂房的一面墙上贴满了描述岗位的纸，比如一共有多少个岗位，各个岗位的劳动责任、劳动技能、劳动强度、劳动条件以及测评的结果。这应该是第一次工资分配开始建立在夯实人力资源基础管理，搞清楚“劳”是多少的基础上的重要尝试。其实我们在计划经济时期也有一点这样的理念，就是要把“劳”搞清楚，但是当时有点粗糙。后来连这个理念都没有了，就是开会时领导决定这次人均加多少钱，最高最低多少倍。比如，机关最高的一级是八百多块，最低是二十来块，将近四十倍。后来，毛主席出于平民情怀说太高了，一级工资是牺牲的革命烈士，我们二级是六七百块太高，砍到五百多。他老人家说还是高，然后就砍到了四百五十多，还说高，还要往下砍。毛主席自己是不直接拿钱的，平时帮助亲人、朋友都是让卫士帮他去取钱的。最后，周总理说不能再降了。后来，1960 年过苦日子的时候，毛主席把自己降到了四百零四块八。总的来说还是凭感觉，没有建立在研究的基础上。所以，企业一搞岗位技能制，全国响应就比较热烈。

1992年岗位技能工资制度改革以后，企业方面基本不再有全国的统一规定了。只有2003年，在中共中央、国务院的《关于进一步加强人才工作的决定》里面，明确了企业工资改革的目标，提出“市场机制调节、企业自主分配、职工民主参与、政府监控指导”的企业薪酬制度，我有幸参与其中。1993年劳动部提出了“市场机制决定、企业自主分配、政府宏观调控”。十年后，变成了四句话，加了“职工民主参与”，最后一句话也放松变成了“政府监控指导”。然后各省、自治区、直辖市自己分别做了一些企业的改革。比如，绝大多数企业经营者实行了年薪制，大多数企业建立了以岗位工资为主的基本工资制度，但是具体的构成、内容、形式就千差万别了，就全面推行了岗位评价的办法，要做工作分析、岗位评价，要优化企业的组织机构，要撰写部门工作说明书、岗位说明书，通过工作分析，把按劳分配的基础依据搞清楚。部分企业实行了企业内部员工持股，技术要素入股。另外，劳动保障部开始建立健全和推行工资指导线、劳动力市场工资指导价位、人工成本信息指导制度，扩大了实施范围、全面建立了最低工资制度。这些不再像以前开一次会就统一部署，而是通过扩大企业自主权逐步实现的。

（三）2006年机关、事业单位工资制度改革

2006年，机关、事业单位又开展了一次全国性的工资制度改革。机关方面，国务院颁发了2006年22号文件《关于改革公务员工资制度的通知》，同年同月，人事部、财政部又下发了《关于印发事业单位工作人员收入分配制度改革方案的通知》。文件出台后，机关实行职务级别工资制，事业单位在全国统一实行岗位绩效

工资制。这个改革感觉很不好。因为，一方面机关工资制度没有体现不同类别公务员的不同工作性质和劳动特点，地区附加津贴等制度没有及时建立健全；另一方面把近130万个事业单位，3000多万名工作人员统一纳入一套工资制度之中，明显不符合不同行业、不同类别事业单位及其工作人员不同工作性质、劳动特点的客观需要，这点与1993年改革相比甚至有所退步。

到2006年，由于财政分灶吃饭，有钱的省市，特别是直接跟财政联系紧密的机关、事业单位的工资就高，反之就低。比如同一级别的北京市机关人员工资平均要高于中央部委，因为北京市的财政显然比全国的财政部更有钱。基于这样的考虑，所有的事业单位的工资被统一到岗位、技能、绩效工资里，当时就有较多的争议。

（四）2014年“限薪令”的缘起

最近几年，比较重要的一个是2014年的《中央管理企业负责人薪酬制度改革方案》，被社会称为“限薪令”。但事情的缘起，其实最早可以追溯到2009年。当时，中央主要领导同志看到一个材料，里面提到有的企业家年薪高达6000多万元，是当时社会平均工资的400多倍，因此批示中纪委背后牵头，人社部研究，出了105号文件，这实际上算是社会上传言的第一个“限薪令”。

但当时对高管薪酬的争论有很多。那时候国有企业的高管都向外资企业、民营企业的高管，甚至是世界上名企高管的薪酬水平看齐，但是他们并不需要承担相应的责任，使用的资产也不是他们个人的，凭什么拿那么高工资呢？

在2009年左右还是出台了一个105号文件，大概是将高管薪酬控制在160多万元。这个“限薪令”是得民心的。接下来是

2014年，出台了《中央管理企业负责人薪酬制度改革方案》，直接砍到了80多万元，比之前低了一倍。2014年12号文件出台，这也是国家层面出台比较大的一个规定，应该说是顺应了民意吧。

三、工资分配制度仍然存在的问题

40年的工资分配制度改革取得了很大的成绩，但由于我国经济体制改革正处于转轨时期，一些深层次的矛盾还没有得到根本解决，工资分配领域还存在着一系列问题，表现在：

第一，机关事业人员的薪酬制度仍存在一些不适应现实需要、不科学合理的情况，企业方面的一些制度也有待改进。例如，机关事业单位管得还比较死，特别是绩效工资，都是按2016年的水平来核定的，最近几年都没有变动。这跟中央三番五次强调要落实以增加知识价值为导向的分配政策这个精神要求背道而驰。对国有企业的工资总额预算管理制度还有待落实到位，我们的信息手段、劳动力市场价位、人工成本、投入产出的信息还不够引导企业科学合理地确定自己的工资水平，使自己既能留住人才，又具有市场竞争能力。

第二，分配关系仍然存在不合理现象。在国民收入分配方面，居民收入在国民收入中的比重偏低，劳动报酬比重也偏低；在行业分配方面，行业的工资差距还有点偏大，无论是按照大行业，还是按照小行业分类，行业最高最低工资差距都仍在高位；在居民收入分配方面，收入差距变化仍然没有明显下降趋势，城乡区间、行业间工资差距仍然较大，各个阶层收入增长速度并不同步。

第三，工资分配制度尚不健全，普通职工工资正常增长机制尚未形成，企业一线生产岗位工资增长慢、水平低，低工资职工比例较大。在低工资职工中，农民工和被派遣职工占有很大比例。此外，由于工资监控和保障机制不健全，在部分行业和地区的部分企业仍一定程度上存在着拖欠、克扣工资等现象。

第四，工资分配宏观调控体系和手段不适应形势发展需要。表现在工资分配法律法规不够完善，执法尚不到位；有关工资分配的信息指导系统不够健全，工资指导线、劳动力市场工资价位、人工成本信息发布指导等制度尚未发挥其应有的指导作用，最低工资制度也有待完善；企业工资总量管理、行政机关、事业单位工资水平与企业协调、行业工资差距调控等尚未建立制度或形成机制；个人所得税制度不够健全，征管不够到位，税收对再分配的调节作用也未能有效发挥。

四、工资分配制度改革的启示

我国已进入中国特色社会主义新时代。人民群众对美好生活的需要日益增长，发展不平衡不充分的问题更加突出。与此同时，当前及今后相当长时期国际国内经济发展不确定性也很大，对我国经济发展影响冲击大。这些都会对今后我国工资分配带来较大影响和制约。回顾改革开放 40 余年的历程，我国工资分配制度改革虽然取得了明显成效，但经济体制改革正处于转轨时期，一些深层次的问题还没有得到根本解决。

概括而言，上述历史经验带来以下启示：第一，工资分配或收入分配，应该要有正确的价值追求，要公平、公正分配，政府部门、主管部门和用人单位的管理者要确立这样的理念；第二，薪酬分配要服务于经济体制及其改革变化的进程，市场经济的发育成熟过程，工资制度需要随之调整变革不能超前也不能滞后；第三，薪酬管理机制改革必须与人力资源管理体系、其他方面的改革紧密联系，要跟劳动制度、人事制度、绩效管理制度、职位体系，财务体系的规范管理配套，单一地搞工资改革是搞不好的；第四，薪酬水平要注意协调好与经济发展的关系，以前是两地域的原则，现在是两同步，这是对的，我们要把两同步贯彻落实到位；第五，要高度重视处理好分配关系，薪酬差距应该以劳动、管理、技术等要素的不同价值和实际贡献为依据，最后形成一个恰当的差距，为社会大多数人所认可；第六，薪酬分配要纳入收入和财富分配的大格局中来研究，着眼于全局，立足实际抓好薪酬分配管理和改革工作。并且实施管理和推进改革。

贾 康：收入分配改革的亲身经历与思考[1]

收入分配问题是一个重大而复杂的社会问题，受诸多因素的影响，同时又成为诸多社会问题的根源之所在。改革开放以来，我国收入分配制度改革逐步推进，以形成按劳分配为主体、多种分配方式并存的分配制度框架为导向，人民生活水平显著提高过程中，税收、转移支付、社会保障为主要手段的再分配调节机制框架初步形成，配合和促进了社会主义市场经济体制的建立和国民经济发展。同时，也要看到收入分配领域仍存在不少亟待解决的突出问题，城乡区域发展差距和居民收入分配差距依然较大，收入分配秩序不规范，隐性（灰色）收入、非法（黑色）收入问题比较突出，部分底层群众生活困难，与宏观收入分配格局相关的一系列制度建设合理化改革任务，难度很大，推进迟缓。这些问题关联于我国经济社会转轨与发展全局的“矛盾凸显”，迫切需要我们加快推进深化收入分配制度的改革。

一、关于房地产税提案的背景和研讨经历

我曾经在全国政协的会议上，提出了关于推进房地产税改革的提案，建议抓紧研究、准备出台物业税（房地产税）。其实当时中央已经明确地在考虑，通过前面的物业税模拟空转，再往后要推进到实操，作出消费住房保有环节也要有税收的这样一个改革。这个改革议了多年，但是实际推行很不顺利，各种观点激烈对撞，社会

---

① 文中内容经本书作者采访并整理得到。

上高度关注的同时，伴随着很多反对意见。我作为政协委员，觉得应该在这方面积极建议。

能够感受到房地产税推行阻力是很大的。因为直接税领域的改革，本身难度就大，普通群众的税收厌恶，在这个事情上反映得特别强烈。对间接税不管怎么样，毕竟过去已有一个适应性，而且它在中国是个价内税，一般感受得不直接。大家买东西的消费品里，就含税。前几年有过网上热议，那个所谓“馒头税”、“月饼税”的说法，就曾经激起一些中低收入人群的气愤，但气愤一阵也就过去了。直接是落在纳税人头上的税收负担，肯定令人不高兴。中央反复强调以后，阻力还是这么大，实际推进总是不能如愿，除了一般而言的民众“税收厌恶”外，可能和先富起来的人更能表达疑问和不满有关。有人认为是法理不对头，有人认为可能造成混乱，等等。有一些学者，因为种种原因综合在一起，也是这些观点的代言人。

另外，体制内的官员，其实有很多人是不愿意这一改革能够深入推进的，因为实话实说，很多官员自己也有多套房，甚至有豪宅。这些官员未必都是贪赃枉法之辈，但就是种种机遇凑在一起造成的，这也跟我们现在体制内还没有完全消除的一些似有规范，但又具非规范性的办法有关。举个例子，比如给体制内官员们提供的集资建房机会，在地方就比较普遍。第一轮房改以后，大家都有了一个带产权的基本住房，但是意犹未尽，于是各地纷纷说，各个单位只要是合规拿到土地使用权，就可以来用集资建房的方式，为职工改善住房条件。改善性住房似也无可非议，但事实上一些权力机构部门，才比较容易完成土地使用权的全套合规手续。他们拿到地皮以后，再以集资建房的名义，大家都出点钱，实际上更多要花的钱有其他的来源凑齐。建了房子以后，是按照行政级别分配，从厅长开始，逐渐降级，但是大家都有份，分到了第二套房以后，甚至还有第三套。厅长可能是250平方米，副厅长可能220平方米，到了科员至少也有100多平方米？大家都有好处在这里面。那么官员体系之内碰到改革的时候，虽然他们未必会说这个改革方向不对，但会自然而然地以种种的借口，说这个事情还要慎重，还要反复研究一些问题——有谁说的什么什么观点，应怎么回应？法理上是不是有硬障碍？

二、关于个人所得税、遗产和赠与税的改革

中国在减税降负措施的施行中，应强调还有客观存在的“增税负、加税种”的税制改革任务。党的十八届三中全会改革部署中所要求的“逐步提高直接税比重”，是属于无可回避的增税、加税，只是宣传上不直接这样作表述。

首先，个人所得税是典型的直接税，其改革中应是有减税，有加税。个税的减税应在中低端，加税应在高端，关键是要实现“综合与分类相结合”，加上必要的“专项扣除”，以家庭为单位按年征收，这是已讨论多年的个税制度建设的大方向。至今，个人所得税好不容易走到了2018年这一轮，开始有了综合机制。但很遗憾，个人所得的综合，只是把4种劳动收入综合起来了。这实际上就是和知识分子类型的专家过不去了：原来工薪收入的9级超额累进，变成了7级超额累进，仍然是最高边际税率为45%，同时把原来只有14%税率的稿酬，拉进了这个最高可以到45%的综合，把原来20%税率的劳务收入，也拉进了现在可以最高到45%的综合。还有就是知识分子专家们提供的知识产权成果的特许权收入，也变成这样，原来顶多20%，现在可以高到45%。最后的具体情况，就是个人作为纳税人，一年的综合收入超过96万元的部分，都是适用45%的税率，96万以上就要拿走将近一半，96万元以下综合在一起的实际税负水平，也有30%多。

我认为这样一种对劳动收入的高税负，非劳动收入一分钱都不纳入综合的机制，形成了对劳动收入的税收歧视，也就引出了后来的“打补丁”事件。例如，在粤港澳大湾区的外籍专家压回到15%，在海南是经过资质认定的所有内外籍专家，都压回到15%。这种打补丁办法，没有充分的稳定性，以后内地其他地方的攀比，肯定也是不可避免的，而且实际上产生的效应，对于现在特别要注重人才、注重人才对于高科技企业他们发展的支撑力来说，是反向调节，高科技企业为了稳定自己的高端人才队伍，不得不想方设法以增加自己人力成本压力来维持住高端人才不要用脚投票跑掉。

这个事情一定需要在下一轮改革里面争取解决。要把非劳动收入的一部分考虑纳入综合机制，比如说原来有的“利息税”——个人所得里边实际上就有利息部分，原来曾经要交税，是个比例税率，但后来停征了。那么下一轮，对直接投资的资本利得先不说，是不是可以考虑把这种金融资产里边的存款利息收入纳入综合调节机制。综合调节机制超额累进的最高边际税率，也一定要往下压，比如考虑一下压到30%，最好能低于30%，压到25%就更好了。这都是个人意见，属于学术探讨。总之个人所得税改革虽然有2018年这一轮的一些进步，但确实也存在非常明显的遗憾。

其次，中长期还需研究开征遗产和赠与税。遗产税是一种税负不能转移的直接税，实践中通常要与赠与税一起设计、配套实施。据研究者统计，世界上至少有90余国征收此税。我国在税制体系里，其实一直有其概念和一席之地，20 世纪 80 年代改革讨论中，也曾明确提到此税，但一直没有开征。改革开放多年后，社会变化巨大，财富的积累与增长有目共睹，社会阶层的分化和矛盾凸显也十分刺目。于是又有近十年的期间内，遗产税问题成了一个更为敏感的问题，在官方的文件和公开场合不作提及。而在 2012 年，“研究开征”此税，写入了前述国家有关部门关于收入分配制度的指导文件，但其后没有如何“研究”的官方消息，民间有些讨论也影响不大。2021 年中央“8・17”会议强调推进共同富裕，于是社会上重开议论，如何深化这个改革，相关的理性讨论，很有必要，也无法回避。

应该说，从邓小平所强调的“社会主义的本质是共同富裕”的基本观点，及中国现代化过程中“先富共富”的战略思维考虑问题，显然要认同开征遗产税的“价值取向”，它主要体现在调节收入与财产分配、促进慈善公益事业发展和合理协调先富共富关系三个方面，有促使收入分配机制优化的功能和在中国研究开征的必要。但还需考虑此税关联的一系列配套条件与制度建设问题，其开征所应具备的前提条件要求，与房地产税相比，有过之而无不及，比如居民财产的登记、报告、查验、保护制度需达到较高的水平，官员财产的报告与公示制度有必要先行，还需充分准备如何匹配对先富阶层的包容式引导和持续创业发展的激励、对中等收入阶层的培养、对“第三部门”的扶持与规范以及一系列与社会可接受性和技术性相关的问题。因此，此项改革的排序在中国直接税体系建设事项中，应摆得相对靠后——这应是比较理性的选择。在充分肯定其大方向后，“研究有必要，快进不现实”，需从长计议，积极稳步寻求推进。

三、如何理解财政体系和收入分配机制的关系

财政制度安排与政策体系，在一次分配到三次分配，都有涉及。我的基本观点是，在一次分配中，首先应该把激励搞对，做大蛋糕，这方面相关的各种要素，应该各得其所。财政在这里边的介入，主要是要跟其他的法规体系混在一起，维持产权保护、公平竞争，劳动者权益保护要有一些适合中国的具体办法，比如说还不得不做最低工资制度设计。财政部门在此领域直接做的，主要是以流转税（间接税）的方式给政府履职筹集收入。到了二次分配领域，财政作用便更加凸显（实际上是政府作用的凸显）：以转移支付和直接税，要“抬低”、“限高”，即要抽肥补瘦，实际还形成“扩中”。二次分配或者说再分配领域的财政作用，是非常值得看重的。到了三次分配，主要指公益慈善，一些制度性的引导条件和财政优惠也息息相关，比如说为了更好鼓励公益慈善事业发展，应该有二次分配环节上的引领，所以中国未来要推出遗产和赠与税；在个人所得税上，对于公益慈善这些捐赠主体，要给予他们必要的一些优惠抵免。大概是这样三个层次。

薛暮桥：什么是按劳分配制度[①]

在社会主义社会，由于生产资料公有制的建立，劳动者的劳动成果，就完全归他们自己所有，用于他们个人的或者集体的、目前的或者长远的需要。这时劳动者的劳动也要分为两个部分，即为自己的劳动和为社会的劳动。为自己的劳动所创造的价值分配给劳动者个人，为社会的劳动所创造的价值则归社会保管，用于劳动人民的集体福利事业，和用作扩大再生产的基金。在这里，劳动者为社会的劳动所创造的价值，并不会被地主资产阶级剥夺，仍然归劳动者集体所有，用来满足他们集体的和长远的需要。

劳动者为自己的劳动所创造的机制，是根据“按劳分配”的原则分配给劳动者个人，让他们自己去支配。按劳分配是按照劳动者所提供的劳动的数量和质量来进行分配，多劳多得，少劳少得，复杂劳动比简单劳动多得一点报酬，有劳动能力而不劳动的不能参加分配。劳动者在社会提供了一定数量和质量的劳动以后，社会就按照他所提供的劳动（扣除为社会的劳动部分）给他一张“证券”，就是所谓工资。劳动者再用他们所得到的工资，去换取他们所需要的各种消费品。在这里，提供劳动要取得报酬，领取生活资料要支付代价。这和共产主义高级阶段的“各尽所能，按需分配”是显然不同的。

社会主义社会为什么还要按照劳动进行分配，而不能按照需要进行分配呢？这是由于在社会主义社会（共产主义的低级阶段）生

① 节选自薛暮桥，《社会主义社会的按劳分配制度》，载于薛暮桥编《薛暮桥学术论著自选集》，北京师范学院出版社，1992 年版，第 291–294 页。

产力还没有充分发展。因此：第一，社会产品还没有丰富到能够充分满足全体人民一般的生活需要，还必须让人们根据自己的收入省吃俭用地来安排自己的生活。第二，生产还没有完全机械化、劳动对人们来说还是一个比较沉重的负担。第三，劳动人民还没有可能普遍享受高等教育，各人的劳动能力在事实上还存在着显著的差别。第四，在大多数劳动人民的头脑中还或多或少地存在着“资产阶级式的权利的狭隘观点”，还不能不需要任何“权利”而为社会劳动。在这种情况下，只有采取按劳分配的原则，才能最有效地鼓励劳动人民认真劳动、学习技术，为社会作出最大的贡献。

社会主义必须基本上采取按劳分配的原则；但这并不是说，在条件许可的时候，不应该孕育一些按需分配的萌芽。社会主义社会既然必须实行按劳分配的原则，就必须承认劳动人民的生活水平存在着一定程度的差别。但是与此同时，社会主义国家要对全体人民负责，对于因缺乏劳动力而生活特别困难的家庭，国家也必须给以必要的照顾。为着保障人民的健康和提高人民的文化水平，许多文化卫生事业必须让全体人民共同享受。所以社会主义社会的全部消费基金，大部分给个人支配，小部分由国家掌握，后者用于人民的社会保险和集体福利事业。这一部分集体消费基金，就不是按劳动分配，而主要是按需要分配的。在人民的生活水平还不高的时候，个人消费基金应当占较大的比重，集体消费基金所占比重不宜过大。但在人民的生活水平提高到一定程度以后，就可以扩大集体消费基金的比重，以便创造条件，逐步地从按劳分配过渡到按需分配。

冯兰瑞：改革开放初期按劳分配理论争论[1]

1977年2月7日两报一刊发表《学好文件抓住纲》的社论后，2月20号前后，于光远找我和董辅礽等一些人去商量，打算召集在北京的经济学家开一个按劳分配座谈会。当时，组织这样的座谈会，实际上是要冲击"两个凡是"。这是因为按照"两个凡是"，毛主席说过的话，画过圈的，都不能够改变。1958年，毛主席肯定了张春桥《破除资产阶级法权》的文章，这篇文章说"资产阶级法权的核心是等级制度"，必须破除；后来，毛主席又说，按劳分配和旧社会差不多。1974年，姚文元的《论林彪反党集团的社会基础》、张春桥的《论对资产阶级的全面专政》，发动了一场对按劳分配的全面系统的批判，攻击按劳分配中会产生资产阶级，攻击资产阶级法权是产生新资产阶级的经济基础。

我们讲，按劳分配是社会主义的分配原则。要是真正地实行按劳分配，实行等量劳动相交换的话，绝对不会产生资产阶级，因为不劳动不得食嘛，提供多少劳动得到多少报酬，等量劳动相交换。当时，我们就是要维护按劳分配。现在来看，如果用实践来检验的话，按劳分配在中国从来就没有真正实行过，而且是实行不了的。这个我以后再说，因为我的观点现在已经变了。从当时来讲，我们是要批判"四人帮"，维护马克思主义。在坚持社会主义、马克思主义的前提下来研究这个问题。我们的行动很快。1977年2月25

① 节选自冯兰瑞，《改革开放初期理论界的拨乱反正》，载于中国经济体制改革研究会编《见证重大改革决策——改革亲历者口述历史》，社会科学文献出版社，2018年版，第8-20页。

日，在北京召开了按劳分配座谈会，为全国的按劳分配理论讨论会做了准备。4 月份，召开了第一次全国性的按劳分配理论讨论会。6 月 22—23 日，召开了第二次全国按劳分配理论讨论会。10 月底、11 月初，又召开了第三次的全国按劳分配理论讨论会。1977 年就搞了三次会议。

在第二次讨论会前，光远说要编个资料，把“四人帮”的谬论按专题编出来，作为批判的靶子。他找了几个人让我领着编，大家翻报刊，查资料，编了一个多月没有编出来。后来我想起来从 1974 年开始，我就把报刊上批判按劳分配的文章做了上百张卡片，可以拿来用嘛！那时，我为什么注意这个问题呢？因为 1954 年以后我已经不做新闻工作，转行搞经济学了呀！1958 年，张春桥写文章批资产阶级法权。报刊上发表了不少文章，有赞成的，有反对的，闹了一阵子。我不同意张的观点，但没发表文章。1974 年、1975 年报刊上又讨论这个问题，引起我的注意，就收集这方面的资料，做成卡片。我对光远说，由我自己来编吧。我把这些卡片分别整理以后，按光远的要求编了一本资料，提供给第二次全国按劳分配理论讨论会，印发给大家。这个标题为《关于按劳分配问题——“四人帮”及其喉舌的谬论以及其他有关报刊言论摘录》的内部资料，1977 年 4 月，收入上海《出版通讯》，到现在我还保存着。

第四次全国性的按劳分配理论讨论会，是在 1978 年 10 月份开的。会议规模很大，出席的代表除经济理论工作者外，不少实际经济部门和单位也有代表参加。会议从理论上进一步深入讨论，不同意见充分展开交锋，同时也讨论了实际经济工作中的问题。我同赵履宽提供了恢复计件工资和奖金制度的论文，在大会发言，讨论热烈，劳动总局的同志发言也很积极。

1977—1978 年四次全国按劳分配理论讨论会，我是积极的参加者和组织者。我提交会议的论文，有《驳姚文元诋毁按劳分配的谬论》《马克思主义的平等观和“四人帮”在平等问题上诋毁按劳分配的谬论》，以及与赵履宽合作的《关于计件工资和奖金的几个问题》。会后均压缩、改写，并公开发表于《人民日报》《光明日报》等报刊上。同时，四次讨论会的资料，在 1978 年由三联书店先后出版了两本论文集，书名《关于按劳分配问题》。

持续近两年的按劳分配讨论，批判了“四人帮”的谬论，实际上冲击了“两个凡是”。前面提到，八级工资制、按劳分配、货币交换跟旧社会没有多大差别，这话是毛泽东跟丹麦首相谈话时讲的。如果按照“两个凡是”，毛主席讲的话不能改，毛主席的话句句是真理，你怎么能说按劳分配是社会主义新事物，不会产生资产阶级呢？你怎么还主张恢复计件工资和奖金制度呢？正因为按劳分配理论讨论触犯了“两个凡是”，所以政研室署名特约评论员的文章受到了“凡是派”的严厉批评。

这期间，有一个情况要交代一下。1978 年 5 月 5 日，政研室发表了一篇很长的文章，题目是《贯彻执行按劳分配的社会主义原则》，发表在《人民日报》上，署名本报特约评论员。这篇文章我要说明一下，现在有的人搞错了，说是我写的，其实这是一篇集体成果，我只是写作组里面一个成员。这篇文章的写作组是由林涧青牵头的。为什么要写这篇文章呢？同我和苏绍智有直接的关系。在 1977 年 8 月 9 日，我们两个人在《人民日报》上发表了一篇文章，叫作《驳姚文元按劳分配产生资产阶级的谬论》。这篇文章发表以后，政研室将它送给邓小平。邓小平看后，跟于光远他们说，文章观点是正确的，但是作者的思想还没有完全放开，还需要再写一篇大文章，展开来堂堂正正地把问题说清楚。那天，光远到我家说了这个意见。因为有邓小平的指示，胡乔木就布置写作，指定林涧青牵头，苏沛、滕文生、林子力和我，我们五个人一起，写了一个来月。文章写好后，室领导多次修改，最后还送邓小平审阅，念给小平听了两遍，通过了才在《人民日报》上正式发表。

这篇谈按劳分配的文章发表后不几天，5 月 11 日，《光明日报》就发表了《实践是检验真理的唯一标准》，署名也是本报特约评论员。这两篇文章出来后不久，汪东兴就出来批评。他在一个宣传会议上批评说，理论工作要慎重，有的文章提的问题就不好。特别是《贯彻执行按劳分配的社会主义原则》，还有《实践是检验真理的唯一标准》，这两篇文章特别不好。这两篇文章发表，我们都没有看过，是哪个中央决定的？他这个话是很厉害的，意思就是说，你们眼中还另有一个中央。邓小平知道此事后，跟政研室的负责人讲，最近风声很紧。《人民日报》《解放军报》转载了谈真理标准的这篇文章，吴冷西打电话批评《人民日报》，说这篇文章很坏，转载是错误的。

对此，于光远说过一句很重要的话：现在“领军”的问题提出来了。真理标准是从哲学上、指导思想上提出问题，我们按劳分配的讨论是从一个具体的领域，经济领域提出问题，是从实践里面提出一个当前很重要的问题。我们要求恢复计件工资和奖金制度，对促进经济的发展起了实际的作用。同时，我们并不认为我们提的这个问题是一个可以概括一切的大问题。从哲学思维，从领导思想上解决问题的是真理标准的讨论。一个民族，一个国家，如果没有理论、没有哲学纲领的指导的话，是搞不好的。

这段时期，经济学界还举行过生产目的问题的讨论会。1980年12月4—10日开了一次规模很大的、全国性的讨论会，成立了以于光远、陈岱孙、龚士奇、王惠德、宋涛等19人组成的大会主席团，我被推选为大会秘书长。会议收到论文114篇，大会发言39人，中心小组发言59人次，还在12月7日晚组织了一次沙龙。这次会议开得既紧凑，又生动活泼。白天开大会、小组会，晚上开中心小组会。中心小组会是会议领导小组和各组召集人一起深入讨论白天会上提出的问题。会议明确了生产是为了人，为了人的幸福，人是生产的目的，而不是什么生产的手段；批评了“先生产，后生活”、“先治坡，后治窝”的观点。王惠德在一次会上提出了以人为本的“人本主义”思想。另一次中心小组会上，于光远讲了一个信息：有几个年轻人，其中之一叫翁永曦，他们提出了24字主张：“抑需求，稳物价；舍发展，求安定；缓改革，重调整；大集中，小分散。”据说，很受陈云同志关注。大家就此展开了讨论，认为抑需求、舍发展、缓改革、大集中，这些提法反映了一种保守的倾向，是不可取的。

回顾这一段历史，经济学界的大讨论，对即将开启的经济体制改革有一定的影响，一是在理论上，较深刻、全面地批判了“四人帮”诋毁按劳分配的谬论，澄清了许多混乱的错误观点。实践中，恢复了工资和奖金制度，激发了广大职工的生产积极性，促进了国民经济增长，也为后来的经济体制改革创造了必要的物质条件。二是初步突破了“两个凡是”的束缚。前面提到，在真理标准讨论开始以前，经济学界已经讨论了一年多。可以说，是经济学界的讨论首先冲击了“两个凡是”，但是还没有完全突破，好像一扇门挤开一个缝；到真理标准大讨论时，这个思想的闸门才被完全打开。

宋晓梧：收入分配重要问题与理论争论[①]

一、关于 2001 年对居民收入分配基本情况的调研

2001 年，根据党中央、国务院领导同志指示，中财办主任华建敏和国务院体改办主任王岐山负责，由中组部、金融工委、大企业工委、国家纪委、经贸委、民政部、财政部、人事部、劳动和社会保障部、农业部、人民银行、税务总局、国务院扶贫办、统计局、证监会、全国总工会、中央党校、社科院、国务院发展研究中心等 20 多个部门和研究单位参加的调研组，对我国的收入分配基本情况进行了调查。在我的记忆里，由中央直接出面协调这么多部门和单位对收入分配做这么大范围的调查还是第一次。这次调研报告至今并未对外公开，很多人都不知道有过这样一次调研，但我认为这次调研的成果对我国之后一段时期收入分配制度改革和相关政策制定产生比较大的影响。

当时我担任体改办党组成员兼秘书长，在体改办副主任邵秉仁领导下负责具体组织协调工作。调研组到北京、深圳、广州、成都、重庆等全国多个地区进行为期一年多的考察调研，最后形成了一个总报告和若干个分报告，报告涵盖了国企问题、社保问题、农民和农民工问题、垄断行业问题、机关事业单位问题以及国外经验等方面。虽然这一系列报告并未公开发表，但是它们在此后的收入分配改革过程中起了重要的作用，报告提出的许多改革思路和政策建议是后来很多文件都沿用的。

① 文中内容经本书作者采访并整理得到。

比如说，这份报告就提出要规范收入分配主体行为，维护良好的收入分配秩序，限制不合理收入，取缔非法收入，鼓励合法收入，清理企业和城乡居民的各种乱收费负担，打击各种腐败和犯罪的行为，同时也提出最大限度地引入竞争机制，消除行政垄断，改革企业所得税制，提高国有企业的上缴比例，等等。在二次分配方面，提出完善分税制、加大财政转移力度、研究开征遗产税等，还包括鼓励高收入者增加投资和对社会公益事业的捐赠——现在大家热议的第三次分配，这些都提到了。这份报告涉及的内容比后来很多收入分配领域的报告都更全面、具体，并且其中很多提法也沿用至今。例如2013年2月份出台的关于深化收入分配体制改革的意见，如果你对照看的话，那份意见中有很多提法是在2001年这些报告里边提出的。

二、从打破平均主义到收入差距不断扩大

改革初期，社会各界对收入分配改革的侧重点看法是比较一致的，都认识到要解放思想，打破“大锅饭”，打破平均主义。我曾在工厂当了10年工人，从技术上来说大家公认我是电工班技术水平高的，还当了班长，带了徒弟，但按工作年头排，我只是二级工。当时机床电器技术发展很快，一个组合机床的行程开关就有几十个，电路图也很复杂，有与门、或门、非门等逻辑组合，多数老电工就跟不上。但是年轻人就得从学徒工、一级工、二级工熬年头，不看技术水平。刚开始发奖金时，电工班的奖金是大家轮流拿，谁都不敢多拿，所以要打破平均主义也是很难的，因为“文革”中长期片面宣传按劳分配是资产阶级法权。这才有了20世纪80年代初关于贯彻按劳分配原则的理论大讨论。从这个角度看，

国有企业改革是从收入分配制度改革起步的，不打破“大锅饭”、平均主义，企业和职工的生产积极性就调动不起来。也可以说，蛋糕分不好，蛋糕就做不大。所以我一直不赞成先把蛋糕做大才能合理分配的提法。

到了20世纪80年代后期，个体经济发展起来了，有些个体户收入比较高，当时流行的说法叫“手术刀不如剃头刀，搞导弹的不如卖茶叶蛋的”。20世纪90年代中后期，特别是职工分流下岗以后，国有企业职工的收入被压得比较低，基尼系数也开始往上涨了。从改革初期城乡分计的0.2左右，那时城乡间还是有较大差距，城乡合计的基尼系数在0.3左右。到20世纪90年代中后期，我们城乡合计的基尼系数超过0.4了。1997年的一次国务院会议讨论收入分配，有的部门认为当时很多国有企业和事业单位仍存在平均主义，认为主要问题还是要打破平均主义、“大锅饭”。我当时任国家体改委分配和社会保障司司长，在会上提出，尽管当时在国有单位还存在“大锅饭”、平均主义，但从全社会看，收入分配差距扩大已经成为突出问题了。2001年，我写过一篇《当前居民收入分配差距的主要问题》，指出我国城乡收入差距、行业收入差距在扩大，甚至有实权部门的公务员与无实权部门的公务员的实际收入差距都在扩大，而再分配对收入差距的调节功能错位，明确提出收入差距过大已经成为当前分配领域的主要问题。这篇文章在中央党校的《思想理论内参》刊物发表了。我认为两极分化已经萌芽，要引起高度重视。但是，依然有很多人不太赞成这样一个判断。

现在回顾，从打破平均主义、“大锅饭”开始启动分配制度改革，肯定有一个收入分配差距拉大的过程。改革开放前平均主义严重，我国基尼系数一直处于低位。记得20世纪80年代中期中国企业管理协会组织编写《中国企业管理百科全书（增补卷）》时，让我提出《人力资源开发篇》的补充条目，基尼系数这个条目就是我提出来的，也是我编写的。当时我提出写基尼系数这个条目，是为了说明与国际比较我国平均主义严重。真没想到不过二三十年的时间，我国的基尼系数会迅速攀升到世界高位，且长期居高不下。审视我国收入分配从平均主义到差距过大的演变过程，其中有一定的必然性或合理性，但也有不少值得我们反思的理论误区或政策失误。有很多地区在从农业社会转变到工业社会的过程中，收入分配差距并没有像我们扩大这么多，例如北欧和日本。

三、有关收入分配理论应用的三个误区

共享发展理念和共同富裕目标的提出，使收入分配问题进一步成为社会各界关注的焦点。回顾改革历程，在这样一个以打破平均主义为主到缩小收入差距为主的变化过程中，发生过许多理论争论。有的理论运用是否恰当，现在值得反思。我个人认为，我国收入分配差距过大与长期存在的三个理论应用误区密切相关。

（一）关于低劳动力成本国际竞争理论

中国劳动力价格相对低廉，是参与国际竞争的优势之一。很长时期内流行一种理论，认为我们缺少资本、技术和管理，只能靠低劳动力成本加入世界竞争，这是当时中国唯一具有的国际竞争力。一旦劳动力成本提高了，中国就会丧失难得的赶超机遇。在改革初期这样讲是有一定道理的，但经济发展到一定程度，长期实施低劳动力成本竞争，财富难以分配到普通劳动者，特别是农民工身上，必然造成国内两极分化。21 世纪初，中国的基尼系数已经接近 0.5 了，许多人还是坚持低劳动力成本竞争理论，如果呼吁把农民工纳

入社会保障制度、为普通职工涨工资、加强工会维护职工权益的职能、开展劳资集体谈判等，只要这些政策可能导致劳动力成本上升，他们就认为这是“自损国力”。似乎坚持低劳动力成本竞争一百年不变才是大道理、硬道理，劳动者合理分享经济发展成果是小道理、软道理。但是社会财富大量积累，谁来消费？于是一些人又论证我们的精英阶层，消费要与国际接轨，包括国有企业高管人员工资要和国际接轨。如果不和国际接轨，他们就会到美国、欧洲打工去了。尽管没人相信实际由各级组织部门任命的国企高管会大量流到国外，可高管们的收入一时真的大致与国际接轨了。“精英接轨欧美，劳工比肩越缅”的论调流行了至少十多年。低劳动力成本竞争理论的运用没有与经济社会发展阶段与时俱进，陷入严重误区。

（二）关于刘易斯拐点理论

刘易斯拐点理论认为在二元经济条件下，农村剩余劳动力没有被吸收完之前，普通劳动力的成本是增长不了的。因为农业部门的劳动力边际效应为零，增加农业劳动力对农业产出无效，甚至是负效应，这样农村富余劳动力进入城市，只要城市给的工资比他们在农村干农活的收入高一点，他们就可以接受，所以农民工工资低很正常，珠三角一带农民工曾经十多年工资近乎冻结也很正常。不仅农民工工资低很正常，他们进城后还会压低城市普通劳动者的工资，这样推论，在刘易斯拐点之前，整体普通劳动力成本被压低都很正常。

刘易斯理论是有一定指导性的，在农业富余劳动力未被转移完之前，对普通劳动力价格上涨确实有抑制作用，有普遍意义。但在不同国家，这种抑制作用有多大，拐点两侧的变化曲率有多大，需要结合体制、机制、政策等具体研究。比如刘易斯拐点在日本、中国台湾、韩国出现的情况如何？北欧国家从农业国转为工业国为什么基尼系数一直不高？我们必须借鉴好的国际经验，结合中国的国情进行研究。如除了户籍制度之外，承包地和宅基地政策对城乡劳动力流动起了什么作用？不能大致用一些数量分析掩盖我们具体的体制、机制、政策问题。我们长期用户籍制度分割城乡劳动力市场，农民工进城同工不同酬，显然不利于缩小收入差距。刘易斯没有研究过用户籍制度行政分割城乡劳动力市场条件下的农业富余劳动力转移问题，更没有涉及行政性垄断行业对劳动力市场的分割问题。我们要立足中国转轨过程中的制度、机制、政策来研究自己的分配问题，不能一股脑儿把城乡普通劳动者低工资打包都推给刘易斯理论去解决，掩盖我们体制、机制和政策等存在的问题。

（三）关于库兹涅茨倒U曲线理论

库兹涅茨分析一些国家的经济社会发展状况，于 1955 年提出收入差距倒U曲线假设。这一曲线揭示随着经济的发展，收入差距出现先扩大后缩小的趋势。这是局限于当时历史统计数据的回归分析，库兹涅茨本人并不认为这个倒U曲线是普遍适用的公理。但我国一些人在运用这一理论时，片面强调随着人均GDP的增长，在低收入发展阶段收入分配差距扩大是合理的，似乎收入分配差距的变动与收入分配体制改革关系不大，只要GDP增长到一定程度，例如达到一万多美元的高收入阶段，收入分配差距就自然缩小。因而，集中一切力量把GDP搞上去就是缩小贫富差距的最优战略性选择。这一理论十分契合前一阶段地方政府的单纯GDP竞争。但是近年来，尤其是 2008 年金融危机以来世界各国的经济社会发展状况说明，库兹涅茨倒U曲线理论只是特定历史时期的经济发展与收入分配相关情况描述。美国人均GDP达到 6 万美元以上了，收入分配差距不仅没有缩小，反而扩大了。关于这方面的情况，法国经济学家皮凯蒂在《二十一世纪资本论》中有大量数据说明，经济的增长不一定导致收入差距的缩小。

上面谈到的这三个理论运用误区，加上相当长时期地方政府在单纯GDP竞争中向资本利益倾斜，致使我国劳动报酬与资本收益失衡。党的十八大之后，转变经济发展方式开始落实，创新、协调、绿色、开放、共享的新的发展理念得以贯彻，经济发展从侧重高速度转向追求高质量，劳动力成本出现了回升的情况。为此，有的同志提出要“去劳动力成本”。我是不同意提“去劳动力成本”的，我认为劳动力成本是有所反弹，这是因为之前劳动者收入被压得过低了，就是有所反弹，劳动力成本在企业营收中所占比重还是低的，在GDP中所占的比重也是低的，跟国际比还是低的。具体分析一下，在去产能的过程中，不少企业或行业的劳动力成本确有较大幅度上升，这是为什么？其实到企业调查一下就清楚了，因为企业没有订单了，首先是能源、原材料成本大幅度下降，而企业职工不可能同步辞退，还要有相应的支出。全国政协曾组织部分委员到齐齐哈尔的一个企业进行调查，企业反映两年内劳动力成本占比提高了几倍。我们去了之后发现，这个企业的劳动力成本占比确实提高了好几倍，但是劳动成本总额这两年还是降低的，主要由于能源和原材料成本大幅度下降导致劳动力成本占比的提升。

四、一次分配中政府与市场的关系

由劳动力成本问题引出来一个新的问题，就是政府在初次分配中应该扮演什么角色。多数人说初次分配要重视生产效率，所以政府不应该进行干预。为此产生了一场持续至今的理论争论。

2010年3月我在全国政协大会上发言，讲到要提高劳动报酬在初次分配中的比重，有经济学家见到我，说你一直主张市场为导向的经济体制改革，怎么今天忽然提出来要提高劳动报酬在初次分配中的比重？初次分配是市场决定的，政府只能搞社会保障等二次分配。也有学者在《第一财经日报》发表文章，还有一些经济学家在研讨会上发言，认为解决收入分配问题，政府主要甚至只能在二次分配上做文章，一次分配交给市场，政府不要干预。这使我回想起21世纪初关于农民工工资问题的争论，一些经济学者举例，广东省20世纪90年代10年经济高速发展，而农民工的平均工资几乎没有增长，而另一些经济学者认为这正是市场决定工资的规律在起作用，农民工近乎无限供给，他们的劳动力价格自然要被压低。不错，我是一直赞同市场导向改革的，但我并不认为中国在经济高速发展阶段劳动者工资占比大幅下降的原因就是市场机制起了作用。为此，我在2011年前后连写了一系列文章阐明自己的观点。

政府不要过多干预一次分配，这对成熟的市场经济国家不能说没有道理。因为发达市场经济国家政府确实很少直接干预一次分配，主要是在税收、社会保障等二次分配方面做一些政策调整。但中国的劳动力市场还处在转型过程中，不能把一次分配市场化程度估计得过高了。中国的劳动力市场是不是很成熟的市场？是不是已经发展到可以有序而完善地调节收入分配了？需要分析一下中国劳动力市场的特点。我们的劳动力资源配置方式，从计划经济下的政府行政配置，向发挥市场配置的基础性作用转变，是不是到位了？从这个角度看，中国劳动力市场的发育，远远没有达到可以在一次分配中很好地发挥调节工资水平，或者说调节劳动力供求关系的作用。我国劳动力市场发育并不完善，你完全交给市场，但市场本身并不健全，而培育健全的市场，政府是有责任的。因为我们是在政府主导下的渐进转型。我当时认为，解决初次分配存在的问题，政府至少在四个方面要干预，要负责。

第一，农民工工资在初次分配中被过分压低了。如果按照国际上通行的一国公民平等就业的原则，农民工的工资现在这么低是没有道理的。从事同样的工作，城市职工比农民工工资高一倍甚至两倍。2008 年广州、深圳、杭州、南京、东莞、上海、无锡、苏州、宁波等长三角、珠三角九个城市，出口加工企业中农民工平均工资与当地城市职工平均工资相比，很少超过 40%的，差别最大的东莞，城镇职工平均工资每月 3293 元，农民工是 971 元，不到城镇职工的 30%。最低工资标准国际上一般是社会平均工资的 40%—60%，这意味着东莞等地农民工工资连最低标准都达不到，难怪他们要用脚投票，闹民工荒。多项研究成果显示，如果按现代劳动力市场规律办事，反对就业歧视，实行同工同酬，上亿农民工每年至少可多得 3000 亿至 5000 亿元，大大高于免除农业税、家电下乡补贴等惠农措施。多年累积下来，仅农民工工资欠账这一块，对扩大消费、缩小城乡差距的影响就极其巨大。

第二，初次分配中行业收入差距过大。根据 2010 年统计局公布的数据，中国证券业的工资水平比职工平均工资高 6 倍左右，收入最高和最低行业的差距达 11 倍。人力资源和社会保障部工资研究所发布的最新数据，这一差距又扩大到 15 倍。如果把证券业归到金融业一并计算，行业差距也高达 6 倍。在讨论垄断行业收入的时候也有些人说：垄断行业效率好，职工工资高。垄断行业创造的财富很大，而且垄断行业的工资占比还低。这就是市场竞争造成的，效益好的工资高，你还能搞平均主义？你还能规定各个行业的平均工资水平？还像计划经济时那样？但是我们的行业差距是不是市场竞争造成的？仅自己跟自己比还真是不好说，我们对比一下其他市场经济国家的行业收入差距就会得到启发。根据人力资源和社会保障部国际劳工保障研究所提供的资料，2006—2007年，最高和最低行业工资差距，日本、英国、法国为1.6－2倍，德国、加拿大、美国、韩国在2.3－3倍。日本在经济起飞的后期，20世纪80年代，金融行业平均工资水平只是制造业的1.38倍。这些国家金融行业的高工资并不是由其行业的特殊性造成的，而是由于金融行业对知识的要求比较高，从业者受教育年限较长，付出成本较高，因而要求的回报也相应较高。在比较成熟的市场经济国家，劳动力自由、合理流动，行业工资差距其实是各个行业从业人员平均受教育程度的差距。从目前的资料看，中国行业收入差距已跃居世界之首，已经超过巴西。如此巨大的行业收入差距是市场竞争的结果吗？显然在很大程度上是由于市场准入方面的行政限制带来的。国家发改委就业和收入分配司编辑出版的《中国居民收入分配年度报告（2008）》分析认为，行政性垄断行业的收入有三分之一是靠各类特许经营权获得的。深化行政性垄断行业改革当然是政府的责任。

第三，初次分配过程中集体协商机制不健全。供大于求的条件下，一般劳动力价格会被压低，工资水平相对较低有其部分合理性。但是，现代劳动力市场中的工资水平不仅受到供求关系的影响，还要受到劳资集体谈判的影响。自1949年国际劳工组织通过集体谈判公约后，集体谈判已经成为市场经济国家调整企业工资福利的通行规则。但我国尚未形成完善、有效的集体谈判机制。由于缺乏有序、有效的集体谈判机制，我国企业内的劳资纠纷多以无序方式展开，其中集体争议案件大幅上升，已成为影响社会稳定的重大因素。

第四，规范初次分配的劳动法律法规没有得到很好的贯彻。例如在最低工资、最低劳动条件确定等方面，政府虽然有相关规定，却疏于执行和监管。多份调查材料显示，强制超时加班、泛用学生工、非法使用童工、私了工伤事故、无视劳动保护条件等违法违规的事情经常发生，许多已有的劳动法律、法规及有关规定得不到落实。拖欠工资，特别是拖欠农民工工资至今时有所闻。

一些地方政府领导为追求任期内的GDP增长，过分强调招商引资，对严重违反劳动法律法规的现象疏于监管，也压低了一次分配中的劳动报酬。我参加人力资源和社会保障部促进就业协会的一个会议，会上有人举了两个例子：一个是沿海某省给省人力资源和社会保障厅下辖的人力资源公司下达指令，必须以低于全国平均工资的水平保证为某外商企业招农民工，完不成任务吊销人力资源公司执照；一个是某省规定一些职业学校的学生必须到某台资企业实习，不实习算你没完成学业。由此看来，有的地方政府过多干预了初次分配，而且是过多偏袒资方。从这方面的实际问题出发，进一步完善收入分配、劳动保护方面的法律法规并严格执行，完善劳动仲裁和法律援助机制，为劳动者获得合法收入提供法律保障，是政府在一次分配中不可推卸的责任。

仅这四个方面就说明，提高劳动报酬在一次分配中的比重，政府可以有所作为，而且必须有所作为，但主要不是依靠层层落实行政指令的方式去作为，而是要在完善社会主义市场经济体系上下功夫，加快城乡统一劳动力市场的建设，加大行政性垄断行业的改革，健全集体协商机制，健全劳动法律法规并严格执行，充分发挥市场配置劳动力资源的决定性作用。

赵人伟：收入分配研究历史的回顾①

一、收入分配研究的争论与困境

改革开放以前，应该说，关于收入分配的研究很肤浅，这个和当时的形势有一定关系。20世纪50年代初，我们学习苏联的经济，引进了按劳分配的理论，但是到了中国以后，好像这个问题很难具体化。因为社会改造还没开始，当时的讨论停留在一些概念上，什么叫按劳分配？按劳分配是资产阶级法权，还是无产阶级法权？还有后来讨论，按劳分配是不是产生新资产阶级分子的基础？主要都是在讨论这些问题。意识形态问题讨论较多，实证分析，特别是经验实证有数据的分析很少，这是当时的大致情况。

现在回想起来，20世纪50年代中期，以于光远为代表的学者，还是有一些好的研究。于光远当时是科学处处长，著名经济学家，又是清华大学物理系毕业的，所以他能够比较全面地掌握自然科学与社会科学的知识体系。给我的印象最深刻的是他的一篇关于收入分配研究的文章，这篇文章发表在1955年《经济研究》第2期。这篇文章主要探讨了半社会主义性质农业生产合作社的收入分配情况。那个时候，学过经济史的应该了解，所谓半社会主义性质的农业生产模式，就是农民土改以后有了自己的土地，实行土地入股的合作化之后，收入分配既按个体的劳动贡献就是工分分配，又按土地入股多少进行分配，土地的收入和劳动收入都有。土改以后，初期合作化叫作半社会主义性质的农业生产合作社，但这个时

① 文中内容经本书作者采访并整理得到。

间很短，1955 年前后，仅在 1953、1954、1955 这三年时间。

到了 1956 年，急于向社会主义过渡，想赶快实现社会主义。于是在 1956 年，农业生产合作社就不是初级社了，变成高级社。高级社就是说分配的时候土地不分红，光是根据你的劳动贡献，劳动工分多少来分配，实际上当时原则上就叫社会主义了。完全按劳分配，土地入股那就是按土地分配，就不是社会主义。

1958 年以后，一直到 1977 年，这 20 年期间，收入分配没有什么实质性的讨论，没有定量的分析，全都是搞意识形态斗争。

二、平均主义中的不平等因素

应该说，改革开放以前，关于收入分配的定量研究很少，但是整个中国社会实行的是平均主义分配，因此整体来讲均等化程度很高。大家都知道衡量收入差距的基尼系数，但是我们国家那个时候基本上没有研究。世界银行有些研究，美国学者有些研究，他们计算的基尼系数都是在 0.2 到 0.3 左右，中国比国际上其他国家都要平等。但是中国的情况是很复杂的，虽然总的来讲是平均主义，但实际上仍然存在很多不平等因素。

我举个例子，城乡差别很大。改革开放以前虽然是平均主义，但是城乡差别比其他国家都大，城市收入相当于农村的 2.5 倍，其他国家都没有这么高，即便是其他发展中国家也没有我们高，所以城乡差别大是我们的一个不平等因素；还有改革开放前 20 年的工资冻结，我是 1957 年大学毕业的，到了 1977 年，华国锋主席调整了一次工资，这 20 年基本没有调工资（1962 年经济情况好转，1963 年调整一次工资），我的工资涨了 7 块钱，20 年中间只涨了 7 块钱，而且现实中大部分人 20 年间工资一次都没调。所以，当时即便以陈景润为代表的很伟大的数学家，都是很穷的。

回想起来，那个时候中年人死亡率很高。中年人20年不调工资，穷得一塌糊涂，20年不涨工资，对他们的损失很大。我当时刚工作，也就五六十块钱，但当时比我大20岁的人已经拿200元了，那些市区的干部都200元，过了20年后，我还是五六十元。所以20年的工资基本冻结，造成了年轻人的贫困。工资冻结对青年一代造成不利的不平等因素，是改革开放前平均主义中的另一个不平等因素。

因此，我觉得改革开放以前中国的收入分配情况可以简单概括为三句话：第一句话，均等化程度很高；第二句话，有很多不平等因素；第三句话，总的来讲虽然很平等，但普遍贫困。

三、向实证经济学转型与CHIP项目

总的来讲，改革开放前的收入分配研究主要是质的研究，没有量的研究。为什么没有量的研究？一个是因为受斯大林经济学的影响，没有量的分析，只有质的分析，喊口号较多，没有计量分析，但经济学不搞计量分析是有问题的。另一个原因，1958年大跃进以后，生产大大下降，三年困难时期饿肚子。那个时候国家统计局根本不公布统计数字，所有的数据都不公布，所以不知道有没有经济困难，没有数据，研究非常困难，只能停留在意识形态上。还有一个原因是计划经济走到了极端。第一，基本不涨工资；第二，搞大量的实物配置，不根据货币买东西，粮票起主要作用，连买肥皂的货币都是次要的，要肥皂票，还有北京的植物油，每个人每个月定量是半斤，沈阳是三两。当时都是这种定量供应，发的工资也就没有意义了。按当时的情况，收入分配根

本没法研究。

改革开放以后，因为我们这些人接受的是旧教育，斯大林的教育太多了，所以在研究方法的转换上，我们跟年轻人像李实他们比就已经不是一代人。他们是“文革”以后上的大学，所以他们学的东西新。而我们是老一套，转型跟不上时代。但是我觉得，研究方法上，斯大林搞规范的经济学是质的分析，没有量的分析。斯大林的经济学缺乏证据，没有分析，没有证据还重表述。但是搞基础理论，应该排斥这种模式。所以我们要转变。

于是，1982 年到 1984 年，我到牛津大学当访问学者。当时我的导师布鲁斯让我看科尔奈的《短缺经济学》，他的方法就和斯大林完全不一样了，他是实证分析，回答的是社会主义经济是什么，而不是说社会主义应该是什么。当时，我学科尔奈的实证方法写了一篇文章，做了一些与实证相关的东西，就是 20 年的工资冻结，对年轻人造成不利。1984 年写的这篇文章，1985 年在经济研究发表，1986 年获得了孙冶方奖。

得奖以后，我到美国开会，会议请了好多中国人，包括耶鲁大学的有名教授费景汉。后来他讲，科尔奈的实证分析没有数据，科尔奈《短缺经济学》这本书也是没有数据的，所以说科尔奈的经济学是“实证非实证”。从美国回来过后，我就跟李实讲，我们搞收入分配必须搞经验实证。

四、学术研究的独立性思考

从斯大林的口号经济学，到理论实证，再走到经验实证，一步一步走过来，这个过程很艰苦，一代人是完不成的，需要几代人的努力。现在很多人都觉得科尔奈的《短缺经济学》没有意思了，但是在那个时候，转型时期它起的作用很大，对从传统的社会主义计划经济体制转向市场经济起到了启蒙的作用。现在我们完全要搞实证分析，但是在实证分析的基础上也要搞规范分析，就是实证和规范分析结合起来。现在的路子总的来讲还是对的，但是我觉得现在政策里面，新的东西不少，但老的东西也不少，老一套的、喊口号的东西也不少。我认为喊口号是不行的。不能没有口号，但停留在口号上是不行的，还是要实实在在地分析。在这个基础上，作出理论的、实证的分析。

中央决策机关应该说很多搞政策研究的也很重视理论。20世纪90年代，当时国务委员中财办主任华建敏，他看到我的文章以后，让我到中南海汇报，总共汇报了四次。有的时候是几个人一起，有一次就只有我一个人。可见决策者也很重视理论，他是清华出身，功底很好，脑子特别清楚。他对我说，你的文章我看了好几遍，但是政策讲得不够。我回答说，政策是你们的事，搞实证研究才是我们的事，你们看了以后对你们有用你们就用，对你们没用你们可以放弃。华建敏退休以后，刘鹤接任。世界银行专家林重庚也曾经邀请我帮他一起搞《中国经济中长期发展和转型》这本书，搞了一年时间，我是这本书的咨询顾问，另外还拉了一大批中外专家，对中国中长期发展和改革提意见。当时做这本书的时候，他经常拉我去向刘鹤汇报。我因为参加这本书做咨询，还写了一个书评，后来发表在《经济学动态》上。

搞决策的人需要我们，我们也能通过跟他们合作，得到很多现实的启发，所以这两方面应该结合，互相配合。但是学术研究要有一定独立性，特别是基础理论研究更需要这些独立性和自主性。孙冶方讲经济研究所应该搞学术理论，不要搞政策汇编，理论研究要与政策研究相互配合，但是要保持自己的独立性。

我举个例子，改革开放以后关于计划市场问题的讨论很热闹，但是这里面政策研究和基础理论研究还有很大差别。比如说，政策方面，1978 年党的十一届三中全会以后，强调发挥价值规律作用，强调市场作用，1979 年刘国光让我写篇文章，强调计划市场关系里面市场的作用，写出来后，得到了中央领导的批示，那篇文章影响很大。那个时候强调发挥市场的作用，但是过了一两年政策变了，1980 年到 1982 年这三年，感到市场作用对计划经济、社会稳定有点冲击了，然后陈云同志讲，计划经济为主，市场调节为辅。因此很多学者就讨论所谓的“有计划、无市场”。最后，1982 年，党的十二大强调计划经济为主，当时强调市场的人因此挨批，包括刘国光也挨过批。到了 1984 年之后，情况又变化了，又开始强调市场作用。1984 年，党的十二届三中全会做了一个《关于经济体制改革的决定》，强调市场作用，1987 年，党的十三大提出，国家调控市场，市场引导企业。邓小平 1992 年南方谈话以后又开始强调市场了，一直到 1994 年党的十四大，强调社会主义市场经济，最终回到了市场上。

基础理论不能跟着跑，收入分配研究也要一样。我们在做学术分析的时候，主要用有宏观调控的市场经济这个说法。因为市场有失灵的地方。具体来说，哪些问题放给市场，比如吃穿用放给市场管，个人负责，国家可以不管。公共产品、环保问题、国防问题，国家要管。最难的是中间的，准公共产品，我把它分成三类：一是教育，从义务教育到高等教育；二是养老；三是医疗。这三块里面哪一部分该国家管，哪一部分归市场管，都是很难的。之前地方好像出现过有人把医院卖了，这是不对的。还有曾经有个口号，“有问题不要找市长，有问题找市场”，这个口号也是错误的，该归市场管的市场管，该归市长管的市长管。所以我还是比较客观的，我主张把问题拿来分析，要解剖，不是拿来喊口号的。

厉以宁：道德作为第三次分配力量[①]

一、道德作为第三次分配力量

现在让我们对共同富裕的经济发展道路问题再做深入一步的探讨。把个人劳动与经营的能力和积极性这一因素撇开不谈，影响收入分配的大体上有三种力量：

第一种力量是市场机制。个人提供的劳动数量与质量究竟能得到多少报酬，个人的经营收入的多少，以及个人的债券利息、股票的股息红利收入究竟是增长还是减少，在社会主义条件下，全都与市场机制的作用有关。即以企业职工的收入（包括工资和奖金）来说，虽然这些职工并不同市场直接发生联系，但由于这些职工所在的企业是同市场直接联系的，企业的产品是否得到市场的认可，是否有销路，是否营利，这一切又会影响职工的收入状况。因此，市场机制影响着收入分配。

第二种力量是政府。政府对收入分配的影响主要反映于两方面。一方面，政府制定工资标准与工资级差，政府所指定的这些标准与级差不仅直接影响全民所有制企事业单位和政府机构中的工作人员的收入，而且也对非全民所有制事业单位和政府机构中的工作人员的收入、非全民所有制单位的工资标准与工资级差发生影响。另一方面，政府对收入分配进行调节。

第三种力量是道德力量。它是超出市场机制与政府调节的力量

① 节选自厉以宁，《论共同富裕的经济发展道路》，载于北京大学马克思列宁主义研究所编《马克思主义与中国社会主义现代化》，文津出版社，1992 年版，第 264–266 页、第 247–249 页。

之外的又一种可以影响收入分配的力量。如果说市场机制的力量主要对收入的初次分配发生作用，政府的力量既对收入的初次分配发生作用（如“事前调节”），又对收入的再分配发生作用（如“事后调节”），那么道德力量则对收入初次分配和再分配的结果发生作用，即影响已经成为个人可支配收入的使用方向，包括个人间的收入转移、个人的某种自愿的缴纳和捐献等。这样，最终归个人支配和使用的收入等于个人可支配收入减去个人转移出去的收入和个人的自愿缴纳和捐献的部分。

可以将这三种力量对收入分配的影响概述如下：

在道德力量作用之下，个人收入转移与个人自愿缴纳与捐献的范围是比较广泛的。比如说，个人自愿为家乡建设捐赠，为残疾人福利组织捐赠，向灾区人民捐赠，向各种文化、体育、教育、卫生、宗教团体捐赠等等，都是非强制性的，这些行为与道德力量的作用有关。此外，党员自愿将一部分收入作为党费缴纳，也属于这一收入转移或自愿缴纳的范围。在道德力量作用之下，个人可支配收入与个人实际支配的收入之间差距的大小，将取决于个人收入转移支出的多少和个人自愿缴纳、捐献的多少。

这里所说的道德力量作用之下的收入分配，与个人的信念、社会责任心或对某种事业的感情有关，基本上不涉及政府的调节行为。这就是说，这是在政府收入调节之后，个人自愿把一部分收入转让出去的行为。当然，政府的收入调节政策可能在这方面有一定的影响，比如说，假定政府在收入调节政策中有如下的规定，如个人向慈善机构的捐献列入免税范围之内，从而鼓励一些人向慈善机构捐献。但这种形式的捐献与我们在前面所说的道德力量的作用不是一回事，因为这里所说的道德力量的作用是指纯粹出于个人的信念、社会责任心或对某种事业的感情而引起的收入转移、自愿缴纳、自愿捐献。

既然这里所说的道德力量作用下的收入分配是完全自愿性的，所以我们能够得出如下的看法，即社会上有这种信念、社会责任心或对某种事业有感情的人越多，个人资源缴纳或捐献的数额就越多，道德力量对缩小社会上收入分配差距的作用也就越大。在现阶段，社会上可能只有少数人自愿转移出一部分收入，从而对收入分配差距的影响很小，但从长期来看，随着社会主义的物质文明建设和精神文明建设的进展，道德力量对于缩小收入分配差距的作用是会逐渐地（尽管是缓慢地）增大的。我们未尝不可以把这一逐渐变动（尽管是缓慢地变动）的趋势列为一个有待于研究的课题。

二、共同富裕是一个过程

共同富裕作为社会主义的一个根本原则，是我们必须遵循的。但究竟怎样才能实现共同富裕，则涉及一系列与经济发展战略、经济体制、经济政策有关的理论和实践问题。

首先，应当认识到，共同富裕是生产力有较大发展条件下的产物，它不可能同低生产力水平并存。假定经济发展迟缓、经济发展程度低下、从而总产值少或人均总产量少，那么无论以何种方式进行分配，也无法实现共同富裕，更可能面临的是共同贫困。换言之，蛋糕下，无论怎样分配，总离不开贫困，只有先把蛋糕做大了，然后再以合理的方式进行分配，就有希望使每一个人所得到的份额较大，共同富裕才有可能成为事实。因此，发展经济，促进生产力水平的提高，使总产值或人均总产值有较大幅度增长，是导致社会走向共同富裕的前提。

其次，应当认识到，事物发展的不平衡是普遍规律。由于历史的原因，由于各地区资源分布的不均匀，以及由于各个生产单位和各个劳动者之间内部条件与外部条件的差异，同步富裕是不现实的。共同富裕不等于同步富裕。共同富裕是一个过程，只能逐步实现，假定一开始就要求共同富裕，甚至把共同富裕理解为同步富裕，那么一方面，很可能采取平均主义的分配政策，使得劳动者的生产积极性受到压抑，经济发展受到挫折，结果谁都富裕不了。另一方面，还有可能采取“多消费、少积累”、“分光吃尽”的做法，从表面上看，似乎人们的现期收入增多了，而结果确实限制了生产力的进一步增长，使得经济发展缺乏后劲，从而现期收入的增多只是暂时现象，从长期看，人们依然摆脱不了贫困。因此，共同富裕只可能在合理确定消费与积累之间的比例的条件下得到实现，只可能通过一部分地区、一部分人先富起来，先富带动后富，先富帮助后富的方式逐步实现。

还应当认识到，在社会主义经济中，无论是一部分地区的富裕还是一部分个人的富裕，都是指通过诚实劳动和合法经营而致富。假定有的地区依靠滥采资源、置生态环境于不顾而增加了较多收入，那么这种致富与国家有关环境保护、资源保护的法律是不相容的，这种致富不仅是不正当的，而且必将损害社会的利益，并且也不可能使本地区持久地富裕下去。假定有些个人不是依靠诚实劳动和合法经营而增加了较多收入，那么这种致富也必然与国家的有关法律、法规、政策相抵触，这种致富不仅是不正当的，对社会有害，而且也不可能起到带动另一部分人致富的作用。我们之所以鼓励并允许一部分人通过诚实劳动和合法经营先富起来，既考虑到共同富裕是一个逐步实现的过程，富裕必定有先有后，有快有慢，又考虑到一部分人的先富对于其余的人来说有积极的示范作用。但示范作用唯有通过诚实劳动和合法经营才能发挥出来。不依靠诚实劳动和合法经营而致富，是不可能有积极的示范作用的。

最后，即使对于共同富裕也不能用狭隘的、平均主义的眼光来看待。共同富裕是指全体劳动者都能过上美好的、幸福的生活，而不是指所有各个社会成员的收入都一样多，各种消费资料的占优量都相等。把人们的收入拉平，使人们所占有的消费资料相等，在社会主义条件下是不符合实际的。按劳分配是实现共同富裕的一项保证，但按劳分配指的是按人们提供的劳动数量与质量进行分配，而不是指把收入拉平，当然，由于各个生产单位、各个劳动者之间内部条件与外部条件差异的存在，实行按劳分配的结果并不能消除人们在收入数量上的差别，所以在社会主义条件下，共同富裕的第一种含义是指：尽管有先富后富之分，但所有的劳动者与过去相比，收入都提高了，都能过上美好的、幸福的生活；共同富裕的第二种含义是指：人们之间的收入差距有所缩小，即使是按劳动分配的收入、靠诚实劳动和合法经营得到的收入，也不至于差距过大。

于是出现了几有待研究的问题：怎样才能保证实现第二种含义上的共同富裕？共同富裕与市场机制的作用之间存在什么样的关系？共同富裕与政府的收入调节之间存在什么样的关系？

李　实：近期对收入差距认识的争论[1]

2012 年西南财大、北大的课题组对 2010 年全国的基尼系数进行了估计，估计的结果有的超过了 0.5，有的超过了 0.6，这些结果引发了强烈的社会舆论。在 2013 年，国家统计局公布了 2003 年至 2012 年十年的全国的基尼系数。世界银行、联合国国际发展研究所等国际机构对中国的收入差距也进行了各种各样的估计。这些结果共同表明在 2008 年以前中国的收入差距不断扩大，这一点在学术界没有异议。

但是，2008 年后中国收入差距究竟有多大？ 这是学术界一度争论的问题。从国家统计局公布的过去 10 年收入差距的基尼系数来看，最高的是 0.491，以后稍有下降。但是这个估计结果和学术界估计的结果有很大的不同，所以在学术界产生了很多争论。收入差距一般的估计方法就是通过抽样调查，如国家统计局利用 15 万户左右的住户调查数据，计算基尼系数。这种计算结果准确与否，取决于样本是否完全具有代表性。如果样本偏差比较大，样本主要是低收入人群，基尼系数就会偏低。这个问题也影响对变动趋势的判断。如果单个年份的估计结果不准确，那么趋势也可能是不准确的。

那么收入差距到底有多大？按照国家统计局估计的 2010—2014 年的数据，2014 年相比 2010 年，基尼系数还有点下降，下降大概 1.5 个百分点。北大从 2010 年开始，每两年做一次住户抽样调查，收集的信息除了收入之外还有很多个人的、家庭的就业、

---

① 节选自李实：《中国特色社会主义收入分配问题》，《政治经济学评论》，2020 年第 1 期。

消费信息。他们的调查数据中2010年和2014年基尼系数都超过了0.5，高于国家统计局。基于人大家庭综合调查数据的基尼系数比北大还要高，高1到2个百分点。CHFS计算的收入差距基尼系数，是0.61的水平，这个结果在发表后引起了轰动。

我们的课题组在过去30年做了6次住户收入调查，最早的一次是1988年，然后是1995年、2002年、2007年、2013年、2018年。这些住户调查数据有着非常可靠的收入数据。特别是2007年到2013年两次的收入调查数据，可以对统计局估计的2008年以后的收入差距的基尼系数进行验证。虽然基尼系数就是一个数字，但并不是可以简单推算出来的。首先，住户抽样调查数据要有代表性。其次，要有明确的收入概念。住户收入包含的内容，有非常严格的界定。按照国际上的居民收入定义，国内大多数住户抽样调查中的收入概念是有缺陷的。从这个意义上来说，收入差距的测量，第一，要确定什么是收入。为了便于比较，我们使用了几种不同的收入定义，有国家统计局的收入定义，有我们课题组自己的收入定义。第二，中国是一个城乡分隔的社会，又是一个正在融合的社会，大量的农民工进入城里打工，他们都没有在过去的住户调查中有足够的样本代表性。在过去统计局的住户调查中，城市调查户只包括城市户籍居民，农村调查户只包括留在农村的户籍人口，中间流动的两亿多人不在抽样范围内。这样的群体，他们的收入水平和分布，会影响到调查样本的代表性及其估计的收入水平和差距。所以，住户调查要有一定数量的农民工及农村流动人口样本。第三，抽样样本必须考虑加权的问题。第四，还要考虑PPP，即城乡之间和地区之间购买力平价的差异，因为同样一块钱在城市的购买力和在农村的购买力是不一样的。在20世纪80年代的时候，同样一块钱，农村购买力要超过城市。在这种情况下需要把城乡生活费用指数的差异算出来，然后用不同的购买力，把名义收入折算成实际收入。如果不考虑购买力平价，2013 年和 2007 年相比，收入差距的基尼系数下降了 7%到 12%；但是考虑到购买力平价的差异以后，收入差距下降幅度非常小。我们的数据即便不考虑样本偏差，只是考虑到购买力差异的话，你会发现此期间的收入差距没有出现非常明显的下降。这是利用我们的数据做的一些相关的估计。

一些相关的研究成果都表明收入差距没有出现较大的缩小，统计局的数据显示基尼系数下降了 3 个百分点，下降幅度不大。而其他方面的相关数据也显示有关收入差距缩小的支撑证据还是不够。例如，中国福布斯富人榜前 50 名富豪的财富额，从 2010 年到 2017 年翻了一番以上。而且，越富的人的财富增长率越高，远远高于社会财富的平均增长率。这会导致收入差距的进一步扩大。当然也有调查数据表明收入差距在缩小，这可能是因为超高收入群体不在其调查范围里，在抽样调查时难以对其进行抽样调查。也就是说，由于样本偏差，高收入人群样本在抽样中被遗漏，收入差距则被低估。考虑到这个问题，收入差距实际上并没有缩小。为了解决样本偏差的问题，我们专门成立了一个高收入人群研究课题组。研究结果表明，对样本偏差进行修正后，基尼系数从 2007 年到 2013 年不是下降的，而是上升的，从 0.49 上升到了 0.52。因而，我们认为近几年收入差距即便短期内出现了下降，也很难观察到一个长期的下降趋势。

政策法规

▼

国务院关于国营企业发放奖金有关问题的通知[①]

（1984 年 4 月 16 日）

随着国营企业第二步利改税的实施，国家与企业之间的分配关系和企业对国家的经济责任将更加明确。这就为企业内部推行各种形式的经济责任制，把职工的物质利益同企业提高经济效益结合起来，打破发放奖金中的平均主义和取消奖金“封顶”的作法创造了条件。为了搞活经济，进一步推动企业落实内部经济责任制，调动企业和广大职工发展生产、提高经济效益的积极性，现对发放奖金的有关问题，通知如下：

一、发放奖金要同企业的经济效益挂钩。企业在全面完成国家计划、税利增加的前提下，发放奖金可以不“封顶”。完成国家计划，税利比上年增长的，奖金可以适当增加；未完成国家计划，税利比上年减少的，奖金要适当减发或停发。

---

① 《国务院关于国营企业发放奖金有关问题的通知》，《中华人民共和国国务院公报》，1984 年 08 期。

二、为了从宏观上控制消费基金的过快增长，在取消奖金“封顶”后，实行奖金征税办法。企业全年发放的奖金总额，除了发明奖、十种特定原材料节约奖、技术改进合理化建议奖、外轮速遣奖以外，其它各种奖金都要计算在奖金总额之内，按超额累进的办法征收奖金税。企业全年发放奖金在两个半月标准工资以内的（月平均标准工资不足五十元的，按五十元计算），免征奖金税。两个半月以上、四个月以内的，这部分奖金按30%征税；四个月以上、六个月以内的，这部分奖金按100%征税；超过六个月的部分，按300%征税。发给矿山采掘工人、搬运工人、建筑工人的奖金，免征奖金税。

上述奖金税由企业单位交纳，不由职工个人交纳，应交纳的奖金税，从企业的职工奖励基金中开支。具体征税办法，由财政部制定，报国务院批准后执行。

三、在奖金的使用上企业有自主权。国家对企业，今后主要是控制工资总额（包括奖金）。企业内部使用奖金的形式，由企业根据具体情况自行决定。可以采取记分发奖、浮动工资、计件超额工资等形式；也可以少发奖金，而用少发的奖金给一部分职工浮动升级，或搞自费工资改革。改为工资发放的这笔钱，今后仍由企业负担，不能计入成本或费用中。不论采取哪种形式，一定要把奖金同落实企业内部经济责任制结合起来。坚决打破发放奖金中的平均主义，要体现出鼓励先进、奖勤罚懒、多劳多得、奖励超额劳动的精神。

企业按规定提取的职工奖励基金，发放奖金后有结余的，可以结转以后年度继续使用，任何部门不得抽调。

四、加强对发放奖金的管理。企业主管部门要会同财政部门对所属企业税后留用的利润，根据大部分用于生产、小部分用于职工集体福利和奖金的原则，核定企业留利中各项基金的使用比例。企业应按上级核定的比例，分别建立生产发展基金、新产品试制基金、职工福利基金、职工奖励基金和后备基金。企业发放奖金应从提取的职工奖励基金中开支，并坚持先提后用原则。不准挪用生产发展基金、新产品试制基金、职工福利基金和后备基金发放奖金。

企业主管部门和劳动人事、财政税务、审计、银行等部门，要对企业发放奖金的资金来源是否正当进行管理和监督。对企业按照国家规定发放奖金，要给予支持。对应当征税的奖金（包括发的实物），要依法征税。

企业发放奖金取消“封顶”，是一项重大的改革措施，必须认真搞好。本通知下达后，可以先在矿山、搬运、建筑行业实行；其他行业可选择一部分领导班子强、生产正常、内部经济责任制比较健全的企业进行试点，待实行利改税第二步改革时，再逐步展开。商业企业同消费者的关系极为密切，与其他行业不同，可先选择少数企业进行试点，并严格规定不准侵犯消费者利益的考核条件，取得经验后再逐步推行。

本通知适用于所有国营企业，其中包括经国家批准试行利润递增包干的大中型企业和实行其他各种盈亏责任制的企业。事业单位发放奖金暂按现行办法执行，以后如何改革，待调查研究后另行规定。

国务院关于国营企业工资改革问题的通知[①]

（1985年1月5日）

各省、自治区、直辖市人民政府，国务院各部委、各直属机构：

根据《中共中央关于经济体制改革的决定》精神，为了增强企业的活力，充分发挥企业和职工的主动性、积极性和创造性，克服企业工资分配中的平均主义、吃大锅饭的弊病，必须对企业的工资制度进行改革，使企业职工的工资同企业经济效益挂起钩来，更好地贯彻按劳分配的原则，以促进生产的发展和职工生活水平的提高，加速社会主义现代化建设。

现对国营企业工资改革的有关问题通知如下：

一、企业工资总额同经济效益挂钩。从一九八五年开始，在国营大中型企业中，实行职工工资总额同企业经济效益按比例浮动的办法。

二、国家对企业的工资，实行分级管理的体制。国家负责核定省、自治区、直辖市（包括计划单列城市，下同）和国务院有关部门所属企业的全部工资总额，及其随同经济效益浮动的比例。每个企业的工资总额和浮动比例，由省、自治区、直辖市和国务院有关部门在国家核定给本地区、本部门所属企业的工资总额和浮动比例的范围内逐级核定。

三、省、自治区、直辖市和国务院有关部门所属企业的全部工资总额，原则上按照国家统计局关于工资总额组成的现行规定，以

① 《国务院关于国营企业工资改革问题的通知》，中国政府网，2012年11月23日。

一九八四年的工资总额为基数进行核定。各省、自治区、直辖市和国务院有关部门在核定所属企业的工资总额时，应剔除其中不合理的部分。

按照国务院国发〔1983〕65号文件规定，一九八三年企业调整工资增加的工资总额，由自有资金负担的部分，从一九八五年一月一日起列入企业成本，允许核定在一九八四年工资总额之内。

四、工资总额同经济效益挂钩的指标，国家对省、自治区、直辖市和国务院有关部门，一般应以一九八四年的实际上缴税利作为工资总额的挂钩指标。一九八四年上缴税利低于前三年实际平均数的，按照前三年上缴税利的实际完成情况酌情核定。

省、自治区、直辖市和国务院有关部门在核定所属企业工资总额和经济效益挂钩指标时，应从实际出发，选择能够反映企业经济效益和社会效益的指标，作为挂钩指标，其他经济指标可以作为考核指标，并相应规定工资总额增减的比例。工业企业一般可以实行工资总额同上缴税利挂钩，产品单一的企业可以同最终产品的销量挂钩。交通运输企业可以同周转量或运距运量挂钩。商业服务业可以同销售额或营业额、上缴税利挂钩，还要考核执行政策、服务质量等指标。对于违反政策和服务质量差的，要相应扣减工资总额的增长比例。鉴于商业服务业情况比较复杂，各地应从实际情况出发，制定具体实施办法。

政策性亏损企业，可以按减亏幅度作为主要经济指标与工资总额挂钩。经营性亏损企业，在扭亏为盈以后，工资总额才可以随经济效益按比例浮动。

建筑、煤矿企业可以继续实行百元产值工资含量包干和吨煤工资含量包干，但要逐步完善包干办法。

不论实行何种挂钩办法，都必须以保证完成国家下达的计划任务和正确执行国家的经济政策作为前提。

五、企业工资总额同经济效益挂钩浮动的比例，国家对省、自治区、直辖市和国务院有关部门，以人均上缴税利为主，同时考虑国家投资比例、百元工资税利率、劳动生产率的高低等情况分别确定。一般上缴税利总额增长1%，工资总额增长0.3%至0.7%，某些特殊行业和地区，可以超过0.7%，但最多不得超过1%。上缴税利下降时，工资总额要相应下浮。为了保证职工的基本生活，下浮工资总额的比例可以作适当限制。

省、自治区、直辖市和国务院有关部门在核定企业的工资总额浮动比例时，要在国家核定给本地区、本部门工资浮动比例的范围内，按照企业的具体情况，根据兼顾国家、企业、个人三者利益的原则确定。

国家核定给省、自治区、直辖市和国务院有关部门所属企业的工资总额和同经济效益挂钩的比例，一九八五年先试行一年，从一九八六年开始一定三年或五年不变。省、自治区、直辖市和国务院有关部门，对企业要定期核定工资总额和工资浮动比例。为了使企业工资总额同经济效益挂钩浮动的办法做到切实可行，可以先试行一年，再进一步审定挂钩指标和浮动比例，一定几年不变。

企业工资总额随同经济效益按比例相应增长的部分，允许计入成本，但企业不再从留利中提取奖励基金，并相应降低企业的留利水平。

六、企业与国家机关、事业单位的工资改革和工资调整脱钩。企业实行工资总额随同本企业经济效益浮动办法以后，企业职工工资的增长应依靠本企业经济效益的提高，国家不再统一安排企业职工的工资改革和工资调整。企业之间因经济效益不同，工资水平也可以不同。允许具有相同学历、资历的人，随所在企业经济效益的不同，和本人贡献大小，工资收入出现差距。

七、企业的工资改革，要贯彻执行按劳分配的原则，以体现奖勤罚懒、奖优罚劣，体现多劳多得、少劳少得，体现脑力劳动和体力劳动、复杂劳动和简单劳动、熟练劳动和非熟练劳动、繁重劳动和非繁重劳动之间的合理差别。至于具体工资分配形式，是实行计件工资还是计时工资，工资制度是实行等级制，还是实行岗位（职务）工资制、结构工资制，是否建立津贴、补贴制度，以及浮动工资、浮动升级等，均由企业根据实际情况，自行研究确定。企业主管部门和劳动人事部门，要帮助企业及时总结经验，择优推广。企业可以把工资总额随同经济效益提高增加的工资，连同现行奖金的大部分用来改革工资制度，留下的少量奖金，主要用于奖励少数在生产、工作中有技术革新、发明创造和突出贡献的职工。

不论实行什么分配形式和工资制度，都必须同建立健全以承包为主的多种形式的经济责任制紧密结合起来，层层落实，明确每个岗位、每个职工的工作要求，使职工的劳动报酬同其劳动贡献密切挂起钩来。

八、各专业银行系统和保险公司系统的工资改革，由专业银行总行和保险总公司拟订方案，经劳动人事部会同有关部门审查后报国务院批准。全国性公司及其直属公司的工资改革，由总公司拟订方案，经劳动人事部审查后报国务院批准。

九、建立企业工资增长基金。企业随同经济效益提高而提取的工资增长基金，归企业所有，不得平调。可以在银行设立工资增长基金专户，允许跨年度使用。但企业每年增加的工资超过工资总额的一定限额时，国家要征收工资调节税；如果留作企业内部工资基金，以丰补歉，在年度之间调剂使用时，国家免征工资调节税。

十、企业实行工资总额随同经济效益浮动办法以后，国家对省、自治区、直辖市和国务院有关部门，除新建、扩建项目和国家政策规定必须安排的复员退伍军人、转业干部和大中专毕业生所需增加的工资总额外，原则上实行增人不增工资总额，减人不减工资总额。省、自治区、直辖市和国务院有关部门对所属企业，可以按照增人不增工资总额，定员内减人不减或少减工资总额的办法办理。企业的富余人员，由企业通过广开生产、服务门路，发展第三产业，妥善加以安置。

十一、各省、自治区、直辖市和国务院有关部门要积极做好各项准备工作，使多数大中型国营企业，在一九八五年实行工资总额随同企业经济效益按比例浮动的办法。未实行这一办法的企业，仍应按照国务院国发〔1984〕55号、67号和国办发〔1984〕35号等有关文件的规定执行。这些企业用企业奖励基金改革工资制度的，超限额奖金税的起征点可以适当提高（办法另订）。

国营小型企业，按照国家的有关规定，继续实行全民所有、集体经营、照章纳税、自负盈亏的办法，在交足国家税收、留够企业发展基金以后，由企业自主进行分配。

由全民所有制改为集体所有制的供销合作社的工资改革问题，由省、自治区、直辖市参照本通知的精神，自行制定具体办法。

十二、实行工资总额随同经济效益浮动办法，是企业工资制度的一项重大改革，涉及面大，政策性强，关系到发展生产力和每个职工的切身利益，必须认真搞好。各地区、各有关部门一定要加强领导，做好职工思想政治工作和各项准备工作，经过试点，总结经验，逐步推行。各级劳动人事部门和计委、经委、财政等部门，要深入调查研究，及时发现和解决改革中的问题，把企业工资改革工作搞好。

国务院关于企业职工养老保险制度改革的决定[①]

（1991 年 6 月 26 日）

我国企业职工的养老保险制度是五十年代初期建立的，以后在一九五八年和一九七八年两次作了修改。近年来，各地区适应经济体制改革的需要，又进行了以退休费用社会统筹为主要内容的改革，取得一定成效。按照国民经济和社会发展十年规划和第八个五年计划纲要的要求，在总结各地经验的基础上，国务院对企业职工养老保险制度改革作如下决定：

一、根据我国生产力发展水平和人口众多且老龄化发展迅速的情况，企业职工养老保险制度改革要处理好国家利益、集体利益和个人利益，目前利益和长远利益，整体利益和局部利益的关系，主要是对现行的制度办法进行调整、完善。考虑到各地区和企业的情况不同，各省、自治区、直辖市人民政府可以根据国家的统一政策，对职工养老保险作出具体规定，允许不同地区、企业之间存在一定的差别。

二、随着经济的发展，逐步建立起基本养老保险与企业补充养老保险和职工个人储蓄性养老保险相结合的制度。改变养老保险完全由国家、企业包下来的办法，实行国家、企业、个人三方共同负担，职工个人也要缴纳一定的费用。

三、基本养老保险基金由政府根据支付费用的实际需要和企业、职工的承受能力，按照以支定收、略有结余、留有部分积累的

① 《国务院关于企业职工养老保险制度改革的决定》，《中华人民共和国国务院公报》，1991 年 27 期。

原则统一筹集。具体的提取比例和积累率，由省、自治区、直辖市人民政府经实际测算后确定，并报国务院备案。

四、企业和职工个人缴纳的基本养老保险费分别记入《职工养老保险手册》。

企业缴纳的基本养老保险费，按本企业职工工资总额和当地政府规定的比例在税前提取，由企业开户银行按月代为扣缴。企业逾期不缴，要按规定加收滞纳金，滞纳金并入基本养老保险基金。

职工个人缴纳基本养老保险费，在调整工资的基础上逐步实行，缴费标准开始时可不超过本人标准工资的3%，以后随着经济的发展和职工工资的调整再逐步提高。职工个人缴纳的基本养老保险费，由企业在发放工资时代为收缴。

五、企业和职工个人缴纳的基本养老保险费转入社会保险管理机构在银行开设的“养老保险基金专户”，实行专项储存，专款专用，任何单位和个人均不得擅自动用。银行应按规定提取“应付未付利息”；对存入银行的基金，按其存期照人民银行规定的同期城乡居民储蓄存款利率计息，所得利息并入基金。积累基金的一部分可以购买国家债券。

地方各级政府要设立养老保险基金委员会，实施对养老保险基金管理的指导和监督。委员会由政府主管领导任主任，劳动、财政、计划、审计、银行、工会等部门的负责同志参加，办公室设在劳动部门。

六、职工退休后的基本养老金计发办法目前不作变动，今后可结合工资制度改革，通过增加标准工资在工资总额中的比重，逐步提高养老金的数额。

国家根据城镇居民生活费用价格指数增长情况，参照在职职工工资增长情况对基本养老金进行适当调整，所需费用从基本养老保险基金中开支。

七、尚未实行基本养老保险基金省级统筹的地区，要积极创造条件，由目前的市、县统筹逐步过渡到省级统筹。实行省级统筹后，原有固定职工和劳动合同制职工的养老保险基金要逐步按统一比例提取，合并调剂使用。具体办法由各省、自治区、直辖市人民政府制定。

中央部属企业，除国家另有规定者外，都要参加所在地区的统筹。

八、企业补充养老保险由企业根据自身经济能力，为本企业职工建立，所需费用从企业自有资金中的奖励、福利基金内提取。个人储蓄性养老保险由职工根据个人收入情况自愿参加。国家提倡、鼓励企业实行补充养老保险和职工参加个人储蓄性养老保险，并在政策上给予指导。同时，允许试行将个人储蓄性养老保险与企业补充养老保险挂钩的办法。补充养老保险基金，由社会保险管理机构按国家技术监督局发布的社会保障号码（国家标准GB11643—89）记入职工个人帐户。

九、劳动部和地方各级劳动部门负责管理城镇企业（包括不在城镇的全民所有制企业）职工的养老保险工作。

劳动部门所属的社会保险管理机构，是非营利性的事业单位，经办基本养老保险和企业补充养老保险的具体业务，并受养老保险基金委员会委托，管理养老保险基金。现已由人民保险公司经办的养老保险业务，可以维持现状不作变动。个人储蓄性养老保险由职工个人自愿选择经办机构。

十、社会保险管理机构可从养老保险基金中提取一定的管理服务费，具体的提取比例根据实际工作需要和节约的原则，由当地劳动部门提出，经同级财政部门审核，报养老保险基金委员会批准。管理服务费主要用于支付必要的行政和业务等费用。养老保险基金及管理服务费，不计征税、费。

社会保险管理机构应根据国家的政策规定，建立健全基金管理的各项制度，编制养老保险基金和管理服务费收支的预、决算，报当地人民政府在预算中列收列支，并接受财政、审计、银行和工会的监督。

十一、本决定适用于全民所有制企业。城镇集体所有制企业可以参照执行；对外商投资企业中方职工、城镇私营企业职工和个体劳动者，也要逐步建立养老保险制度。具体办法由各省、自治区、直辖市人民政府制定。

十二、国家机关、事业单位和农村（含乡镇企业）的养老保险制度改革，分别由人事部、民政部负责，具体办法另行制定。

企业职工养老保险制度改革，是保障退休职工生活，维护社会安定的一项重要措施，对减轻国家和企业负担，促进经济体制改革以及合理引导消费有重要作用。这项工作政策性强，涉及面广，各级政府要切实加强领导，根据本决定的精神，结合实际抓紧制定具体的实施方案，积极稳妥地推进企业职工养老保险制度的改革。

国务院关于建立统一的企业职工基本养老保险制度的决定[①]

（1997年7月16日）

各省、自治区、直辖市人民政府，国务院各部委、各直属机构：

近年来，各地区和有关部门按照《国务院关于深化企业职工养老保险制度改革的通知》（国发〔1995〕6号）要求，制定了社会统筹与个人帐户相结合的养老保险制度改革方案，建立了职工基本养老保险个人帐户，促进了养老保险新机制的形成，保障了离退休人员的基本生活，企业职工养老保险制度改革取得了新的进展。但是，由于这项改革仍处在试点阶段，目前还存在基本养老保险制度不统一、企业负担重、统筹层次低、管理制度不健全等问题，必须按照党中央、国务院确定的目标和原则，进一步加快改革步伐，建立统一的企业职工基本养老保险制度，促进经济与社会健康发展。为此，国务院在总结近几年改革试点经验的基础上作出如下决定：

一、到本世纪末，要基本建立起适应社会主义市场经济体制要求，适用城镇各类企业职工和个体劳动者，资金来源多渠道、保障方式多层次、社会统筹与个人帐户相结合、权利与义务相对应、管理服务社会化的养老保险体系。企业职工养老保险要贯彻社会互济与自我保障相结合、公平与效率相结合、行政管理与基金管理分开等原则，保障水平要与我国社会生产力发展水平及各方面的承受能力相适应。

---

① 《国务院关于建立统一的企业职工基本养老保险制度的决定》，《中华人民共和国国务院公报》，1997年28期。

二、各级人民政府要把社会保险事业纳入本地区国民经济与社会发展计划，贯彻基本养老保险只能保障退休人员基本生活的原则，把改革企业职工养老保险制度与建立多层次的社会保障体系紧密结合起来，确保离退休人员基本养老金和失业人员失业救济金的发放，积极推行城市居民最低生活保障制度。为使离退休人员的生活随着经济与社会发展不断得到改善，体现按劳分配原则和地区发展水平及企业经济效益的差异，各地区和有关部门要在国家政策指导下大力发展企业补充养老保险，同时发挥商业保险的补充作用。

三、企业缴纳基本养老保险费（以下简称企业缴费）的比例，一般不得超过企业工资总额的20%（包括划入个人帐户的部分），具体比例由省、自治区、直辖市人民政府确定。少数省、自治区、直辖市因离退休人数较多、养老保险负担过重，确需超过企业工资总额20%的，应报劳动部、财政部审批。个人缴纳基本养老保险费（以下简称个人缴费）的比例，1997年不得低于本人缴费工资的4%，1998年起每两年提高1个百分点，最终达到本人缴费工资的8%。有条件的地区和工资增长较快的年份，个人缴费比例提高的速度应适当加快。

四、按本人缴费工资11%的数额为职工建立基本养老保险个人帐户，个人缴费全部记入个人帐户，其余部分从企业缴费中划入。随着个人缴费比例的提高，企业划入的部分要逐步降至3%。个人帐户储存额，每年参考银行同期存款利率计算利息。个人帐户储存额只用于职工养老，不得提前支取。职工调动时，个人帐户全部随同转移。职工或退休人员死亡，个人帐户中的个人缴费部分可以继承。

五、本决定实施后参加工作的职工，个人缴费年限累计满15

年的，退休后按月发给基本养老金。基本养老金由基础养老金和个人帐户养老金组成。退休时的基础养老金月标准为省、自治区、直辖市或地（市）上年度职工月平均工资的20%，个人帐户养老金月标准为本人帐户储存额除以120。个人缴费年限累计不满15年的，退休后不享受基础养老金待遇，其个人帐户储存额一次支付给本人。

本决定实施前已经离退休的人员，仍按国家原来的规定发给养老金，同时执行养老金调整办法。各地区和有关部门要按照国家规定进一步完善基本养老金正常调整机制，认真抓好落实。

本决定实施前参加工作、实施后退休且个人缴费和视同缴费年限累计满15年的人员，按照新老办法平稳衔接、待遇水平基本平衡等原则，在发给基础养老金和个人帐户养老金的基础上再确定过渡性养老金，过渡性养老金从养老保险基金中解决。具体办法，由劳动部会同有关部门制订并指导实施。

六、进一步扩大养老保险的覆盖范围，基本养老保险制度要逐步扩大到城镇所有企业及其职工。城镇个体劳动者也要逐步实行基本养老保险制度，其缴费比例和待遇水平由省、自治区、直辖市人民政府参照本决定精神确定。

七、抓紧制定企业职工养老保险基金管理条例，加强对养老保险基金的管理。基本养老保险基金实行收支两条线管理，要保证专款专用，全部用于职工养老保险，严禁挤占挪用和挥霍浪费。基金结余额，除预留相当于2个月的支付费用外，应全部购买国家债券和存入专户，严格禁止投入其他金融和经营性事业。要建立健全社会保险基金监督机构，财政、审计部门要依法加强监督，确保基金的安全。

八、为有利于提高基本养老保险基金的统筹层次和加强宏观调控，要逐步由县级统筹向省或省授权的地区统筹过渡。待全国基本实现省级统筹后，原经国务院批准由有关部门和单位组织统筹的企业，参加所在地区的社会统筹。

九、提高社会保险管理服务的社会化水平，尽快将目前由企业发放养老金改为社会化发放，积极创造条件将离退休人员的管理服务工作逐步由企业转向社会，减轻企业的社会事务负担。各级社会保险机构要进一步加强基础建设，改进和完善服务与管理工作，不断提高工作效率和服务质量，促进养老保险制度的改革。

十、实行企业化管理的事业单位，原则上按照企业养老保险制度执行。

建立统一的企业职工基本养老保险制度是深化社会保险制度改革的重要步骤，关系改革、发展和稳定的全局。各地区和有关部门要予以高度重视，切实加强领导，精心组织实施。劳动部要会同国家体改委等有关部门加强工作指导和监督检查，及时研究解决工作中遇到的问题，确保本决定的贯彻实施。

国务院关于在全国建立城市居民最低生活保障制度的通知[①]

（1997 年 9 月 2 日）

各省、自治区、直辖市人民政府、国务院各部委、各直属机构：

妥善解决城市贫困人口的生活困难问题，是当前我国经济和社会发展中的一个重要任务。为此，国务院决定在全国建立城市居民最低生活保障制度。现就有关事项通知如下：

一、要把建立城市居民最低生活保障制度当作一项重要工作抓紧抓好

建立城市居民最低生活保障制度，是《中华人民共和国国民经济和社会发展“九五”计划和 2010 年远景目标纲要》提出的一项重要任务，是改革和完善传统社会救济制度、建立健全社会保障体系的重大举措。它的建立和实施，充分体现了社会主义制度的优越性，体现了党和政府全心全意为人民服务的根本宗旨，有利于维护社会稳定、促进经济体制改革的顺利进行。各级地方人民政府要高度重视这一工作，采取有力措施，抓紧抓好。

为了确保“九五”期间在全国建立起城市居民最低生活保障制度，使城市居民的基本生活得到保障，要求：1997 年底以前，已建立这项制度的城市要逐步完善，尚未建立这项制度的要抓紧做好准备工作；1998 年底以前，地级以上城市要建立起这项制度；

---

① 《国务院关于在全国建立城市居民最低生活保障制度的通知》，《中华人民共和国国务院公报》，1997 年 31 期。

1999 年底以前，县级市和县政府所在地的镇要建立起这项制度。各地要根据当地实际情况，逐步使非农业户口的居民得到最低生活保障。

二、要合理确定保障对象的范围和保障标准

城市居民最低生活保障制度的保障对象是家庭人均收入低于当地最低生活保障标准的持有非农业户口的城市居民，主要是以下三类人员：1. 无生活来源、无劳动能力、无法定赡养人或抚养人的居民；2. 领取失业救济金期间或失业救济期满仍未能重新就业，家庭人均收入低于最低生活保障标准的居民：3. 在职人员和下岗人员在领取工资或最低工资、基本生活费后以及退休人员领取退休金后，其家庭人均收入仍低于最低生活保障标准的居民。

城市居民最低生活保障标准由各地人民政府自行确定。各地要本着既保障基本生活、又有利于克服依赖思想的原则，按照当地基本生活必需品费用和财政承受能力，实事求是地确定保障标准。保障标准由各地民政部门会同当地财政、统计、物价等部门制定，经当地人民政府批准后向社会公布，并且随着生活必需品的价格变化和人民生活水平的提高适时调整。所定标准要与其他各项社会保障标准相衔接。

各地在发放最低生活保障金时，对第一类保障对象要按最低生活保障标准全额发放，如其原来享受的生活救济标准高于最低生活保障标准的，则按原救济标准发放；对其他保障对象均按其家庭人均收入与最低生活保障标准的差额发放；根据国家有关规定享受特殊待遇的优抚对象等人员，其抚恤金等不计入家庭收入。

三、要认真落实最低生活保障资金

实施城市居民最低生活保障制度所需资金，由地方各级人民政府列入财政预算，纳入社会救济专项资金支出科目，专帐管理。每年年底前由各级民政部门提出下一年的用款计划，经同级财政部门审核后列入预算，定期拨付，年终要编制决算，送同级财政部门审批。各地财政部门要认真落实城市居民最低生活保障资金，加强保障资金的管理和监督，保证保障资金专款专用，不被挤占、挪用。保障资金的使用要接受财政和审计部门的定期检查、审计及社会监督。目前最低生活保障资金采取由财政和保障对象所在单位分担办法的城市，要逐步过渡到主要由财政负担的方式上来。

四、倡导社会互助，鼓励保障对象劳动致富

在建立和实施城市居民最低生活保障制度的过程中，各地要教育群众体谅国家的困难，鼓励和支持有劳动能力的保障对象自谋职业、自食其力，通过劳动增加收入，逐步改善生活状况。对从事个体经营的保障对象，应给予必要的扶持。要充分发扬中华民族尊老爱幼、互助互济的传统美德，广泛发动社会力量，大力开展扶贫济困送温暖等活动，注重发挥家庭保障的作用。同时，各地可根据本地实际，在可能的情况下对保障对象在有关方面给予必要的照顾。

五、加强领导，确保城市居民最低生活保障制度顺利实施

各级政府要把建立城市居民最低生活保障制度作为当前正确处理改革、发展、稳定三者关系的一件大事，摆上议事日程，加强领导，统一部署，认真研究解决工作中的重大问题。民政部门要充分发挥职能部门的作用，精心组织，周密安排，加强管理，建立健全

各项规章制度，坚持公开、平等、民主的原则，做到保障对象、保障资金和保障标准三公开，实行动态管理，切实做好各项具体工作。财政部门要积极配合民政部门的工作，落实保障资金，加强对保障资金的管理和监督，保证资金得到合理、有效的使用。劳动、人事、统计、物价等有关部门要积极支持、密切配合此项工作。基层民政部门、街道办事处和居委会是实施最低生活保障制度的基层组织，在实施这项制度过程中，这些单位责任很重，各级政府要加强对这些机构的领导，为其工作创造必要的条件，确保城市居民最低生活保障制度的顺利实施。

劳动和社会保障部关于印发进一步深化企业内部分配制度改革指导意见的通知[1]

（2000 年 11 月 6 日）

各省、自治区、直辖市劳动和社会保障厅（局），国务院有关部委劳动和社会保障工作机构：

为了深化企业内部分配制度改革，加快建立与现代企业制度相适应的工资收入分配制度，建立工资分配的激励和约束机制，我们提出了《进一步深化企业内部分配制度改革的指导意见》，现印发给你们，希望各地区加强对这项工作的指导，坚持改革方向，认真总结经验，结合本地区实际情况贯彻执行。

进一步深化企业内部分配制度改革的指导意见

为贯彻落实党的十五届四中全会《决定》和五中全会《建议》的精神，建立与现代企业制度相适应的工资收入分配制度，现就进一步深化企业内部分配制度改革提出如下指导意见。

一、指导思想

紧紧围绕建立现代企业工资收入分配制度的总体目标，坚持以按劳分配为主体，多种分配方式并存和效率优先、兼顾公平的原

① 《劳动和社会保障部关于印发进一步深化企业内部分配制度改革指导意见的通知》，人社部网站，2014 年 7 月 17 日。

则，允许和鼓励资本、技术等生产要素参与收益分配；在国家的宏观指导下，企业结合推进劳动用人制度等项配套改革，根据生产经营特点自主建立科学、规范的工资收入分配制度；充分发挥劳动力市场价格的调节作用，合理确定职工工资水平，拉开各类人员工资收入分配差距。通过改革形成有效的分配激励与约束机制，以及工资能增能减的机制，充分调动各方面的积极性，促进企业经济效益的提高。

二、建立健全企业内部工资收入分配激励机制

1. 建立以岗位工资为主的基本工资制度。

按照建立现代企业工资收入分配制度的要求并根据人力资源管理的特点，积极探索建立以岗位工资为主的基本工资制度。提倡推行各种形式的岗位工资制，如岗位绩效工资制、岗位薪点工资制、岗位等级工资制等。要进行科学的岗位设置、定员定额和岗位测评，做到以岗定薪。要以岗位测评为依据，参照劳动力市场工资指导价位合理确定岗位工资标准和工资差距。提高关键性管理、技术岗位和高素质短缺人才岗位的工资水平。岗位工资标准要与企业经济效益相联系，随之上下浮动。职工个人工资根据其劳动贡献大小能增能减。企业内部实行竞争上岗，人员能上能下，岗变薪变。

企业可以根据生产经营特点采取灵活多样的工资支付形式，如计件工资、浮动工资以及营销人员的销售收入提成等办法。无论哪一种形式，都应与职工的岗位职责、工作业绩和实际贡献挂钩，真正形成重实绩、重贡献的分配激励机制。

结合基本工资制度改革调整工资收入结构，使职工收入工资化、货币化、透明化。把工资总额中的部分补贴、津贴纳入岗位工资，提高岗位工资的比重。清理并取缔企业违规违纪发放的工资外

收入，净化收入渠道。通过调整收入结构，提高工资占人工成本的比重。积极推行银行代发工资和企业代扣代缴个人所得税的办法。

2. 实行董事会、经理层成员按职责和贡献取得报酬的办法。

要在具备条件的企业积极试行董事长、总经理年薪制。董事会和经理层其他成员的工资分配，执行企业内部工资分配制度，按照其承担的岗位职责和做出的贡献确定工资收入，并实行严格的考核和管理办法。一般情况下，对董事会成员要考核其资产运营和投资决策方面的业绩，主要以资产保值增值为评价标准；对经理层成员要考核其履行经营管理职责和取得业绩情况。要将考核结果与董事会、经理层成员的工资收入相联系，拉开工资收入差距。董事会成员的工资分配办法要通过股东大会讨论决定，经理层成员的工资分配办法要通过董事会讨论决定。

3. 对科技人员实行收入激励政策。

科技人员实行按岗位、按任务、按业绩确定报酬的工资收入分配制度。要合理拉开科技人员与普通职工、做出重大贡献的科技人员与一般科技人员的工资收入差距。企业可以根据生产经营需要并参照劳动力市场工资指导价位，同科技人员分别签订工资协议。实行按科技成果奖励办法，如项目成果奖、科技产品销售收入或利润提成等，对做出突出贡献的科技人员给予重奖。奖励办法，公司制企业由企业董事会提出，经股东会讨论后决定；非公司制企业由企业领导班子提出，经职代会讨论后决定。

三、积极稳妥开展按生产要素分配的试点工作

1. 探索进行企业内部职工持股试点。

按照建立现代企业制度的要求，实行股份制改造或产权管理清

晰的竞争性企业，可以进行职工持股试点，试点方案要因地制宜、因企制宜，经过审批后稳步推行。

坚持职工持股自愿原则。职工持股资格、认购股份数额和股份认购方案，要通过职工集体讨论或其他方式民主决定，并经股东大会或产权单位同意后执行。经营管理人员、业务和技术骨干的持股数额可适当高于一般职工，但企业股份不能过分集中在少数人手里。经营者持股数额一般以本企业职工平均持股数的 5 至 15 倍为宜。要严格资产评估，防止国有资产流失。

职工持股可以实行多种形式，要以职工出资认购股份为主，也可对职工实行奖励股份等办法。

2. 积极试行技术入股，探索技术要素参与收益分配办法。

具备条件的企业可以试行科技成果和技术专利作价折股，由科技发明者和贡献者持有。以科技成果入股的，科技成果作价金额一般不超过企业注册资本的 20%。以高新技术成果入股的，高新技术成果的作价金额一般不超过企业注册资本的 35%。

由本企业形成的科技成果，可根据《中华人民共和国促进科技成果转化法》规定，将过去 3—5 年实施转化成功的科技成果所形成利润按规定的比例折股分配。群体或个人从企业外带入的科技成果和专利技术，可直接在企业作价折股分配。在研究开发和科技成果转化中做出主要贡献的人员，所得股份应占有较大的比重。

科技成果评估作价可由企业与科技发明、贡献者协商确定，也可委托具有法定资格的评估机构评估确定。

技术入股方案，公司制企业由董事会提出，非公司制企业由经营领导班子提出，经股东大会或职工代表大会讨论决定，并报产权主管部门和劳动保障部门审核。

3．具备条件的小企业可以探索试行劳动分红办法。

劳动分红办法，原则上只在资本回报率和净资产收益率高于社会平均水平的小企业试行。公司制企业，经董事会或股东大会同意，非公司制企业，经产权主管部门同意，可以试行劳动分红办法。劳动分红的方案要征求职代会或工会的意见，并报劳动保障部门和产权主管部门审核。

4．正确处理按劳分配与按生产要素分配的关系。

按资本、技术等生产要素分配要遵循国家有关法律法规和政策规定。股份分红应以企业盈利为前提，按照《中华人民共和国公司法》进行利润分配，既要维护劳动者的合法权益，又不得损害国家和其他股东的合法利益。股份分红不能侵蚀工资，工资分配不能侵蚀利润。实行职工持股和技术入股的企业，要完善工资支付制度，按照当地政府颁布的工资指导线和政府的有关政策规定，合理增加工资。要坚持投资风险与收益一致的原则，职工持股、技术入股与其他股份实行同股同利原则。不论职工以何种形式入股，均应承担相应的风险，不得实行与经济效益相脱离的“保底分红”和“保息分红”办法。

四、加强基础管理，建立健全企业内部工资分配约束机制

1．加强企业内部分配基础管理工作。

要继续建立健全岗位测评、定员定额和考试考核制度，搞好工资统计、管理台帐、职工奖惩、经济核算等各项基础管理工作，并在日常管理中狠抓制度的落实。要根据国家有关法律法规，结合企业内部用人制度、职工培训制度改革，制订适合本企业特点的工资支付办法，规范工资支付行为。要规范经营管理人员的职位消费行为，提高收入分配透明度。

2．实行人工成本的合理约束。

企业内部要建立以人工成本管理为主要内容的约束机制，从有利于产品市场竞争和节约人工成本目的出发，加强人工成本的监控与管理，对工资增长进行合理约束。提倡实行“模拟市场核算、实行成本否决”的人工成本控制办法。

3．职工民主参与决策和监督。

要进一步完善职工民主参与收入分配决策和民主监督的制度。在明确股东会、董事会、监事会职责，建立有效制衡的公司法人治理结构的基础上，结合实行厂务公开制度，充分发挥工会和职工代表大会在工资收入管理和改革中的积极作用。

探索建立具有中国特色的工资集体协商制度。在非国有企业，只要建立了企业工会的，都要大力推行工资集体协商制度；在国有企业特别是已改制的国有企业中要积极进行工资集体协商试点。

五、进一步转变政府职能，加强对企业内部分配的指导工作

劳动保障行政部门要按照社会主义市场经济的要求，切实转变工资收入管理职能，尊重企业分配自主权，进一步加强对企业内部分配的指导工作。要加强对企业工资改革、职工持股、技术入股、工资集体协商等方面的政策指导，并根据实际情况，会同有关部门完善按生产要素分配的有关政策。通过建立和组织实施工资指导线制度、劳动力市场工资指导价位和人工成本预测预警制度，指导企业合理确定工资水平和工资关系。通过完善工资支付有关法律法规和政策，督促企业严格执行最低工资保障制度，规范工资支付行为。要及时总结企业工资分配的典型经验加以推广，积极为企业提供咨询和信息服务。

国务院办公厅关于进一步加强城市居民最低生活保障工作的通知[①]

（2001 年 11 月 12 日）

各省、自治区、直辖市人民政府，国务院各部委、各直属机构：

自 1997 年国务院决定在全国建立城市居民最低生活保障制度以来，在各级政府的高度重视和有关部门的积极努力下，我国城市居民最低生活保障工作取得了较大进展。但是，这项工作发展不平衡，一些地方存在着财政投入不足、属地管理原则没有完全落实、管理工作不够规范、基层日常管理、服务工作不适应以及最低生活保障与其他保障措施衔接不够紧密等问题。为切实做好城市居民最低生活保障工作，进一步完善社会保障体系，尽快使符合条件的城市贫困人口都能享受最低生活保障，经国务院同意，现就有关问题通知如下：

一、进一步提高认识，认真抓好城市居民最低生活保障工作

城市居民最低生活保障制度是我国社会保障体系的重要组成部分，是从制度上保障城市贫困人口基本生活的重要途径，体现了社会主义制度的优越性和全心全意为人民服务的根本宗旨，对于完善社会主义市场经济体制、维护社会稳定、保障国有企业改革的顺利进行和国家的长治久安具有十分重要的意义。当前，国有企业改革不断深化，国有企业下岗职工基本生活保障逐步向失业保险并轨，

① 《国务院办公厅关于进一步加强城市居民最低生活保障工作的通知》，《中华人民共和国国务院公报》，2001 年 35 期。

需要最低生活保障的人员会有所增加，迫切要求进一步加强城市居民最低生活保障工作，为城市贫困人口提供基本生活保障。各地区、各有关部门要从实践江泽民同志“三个代表”重要思想的高度，充分认识做好城市居民最低生活保障工作的重要性和紧迫性，以对人民高度负责的态度，采取有力措施，大力推进，狠抓落实，切实把这项工作抓紧抓好。

二、认真贯彻属地管理原则，全面落实城市居民最低生活保障制度

各地区要全面贯彻执行《城市居民最低生活保障条例》，按照属地管理的原则，将中央、省属企业，尤其是远离城镇的军工、矿山等企业符合条件的贫困职工家庭纳入最低生活保障范围，不得以任何理由将他们排斥在外。当前，对企业改组改制和产业结构调整过程中出现的特殊困难人群，特别是中央、省属企业和城镇集体企业的特困职工家庭，以及下岗职工基本生活保障向失业保险并轨中新出现的需要最低生活保障的人员，要作为工作重点，及时纳入最低生活保障范围。同时，要坚决克服按非农业人口一定比例下达保障对象指标等简单化的办法，尽快把所有符合条件的城市贫困人口纳入最低生活保障范围。

三、加大财政投入力度，管好用好城市居民最低生活保障资金

建立和规范城市居民最低生活保障制度是地方各级人民政府的重要职责。地方各级人民政府，特别是省级人民政府必须加大最低生活保障资金投入。每年年底前，由地方各级民政部门根据核定的保障对象所需资金提出下一年度的用款计划，经同级财政部门审核后列入财政预算。中央财政将根据各地财政状况、最低生活保障任务和地方财政努力程度，加大对财政困难地区城市居民最低生活保障资金的专项转移支付的力度。地方各级人民政府要逐年增加最低生活保障经费支出，不得因中央加大支持力度而减少地方财政投入。

要把各级财政预算安排的城市居民最低生活保障资金纳入财政社会保障补助资金专户，实行专项管理，专款专用，确保资金不被挪用和挤占。

四、建立健全法规制度，推进城市居民最低生活保障工作的规范化管理

要尽快制订和完善与《城市居民最低生活保障条例》相配套的最低生活保障申请人家庭财产收入申报制度和审核办法，规范城市居民最低生活保障金申请、审批、发放和监督的程序。要认真调查核实申请人的家庭收入、家庭财产和劳动力就业状况，及时掌握保障对象的动态情况，严格按政策规定审批最低生活保障对象。对申请最低生活保障金的在职职工、进入再就业服务中心的下岗职工、领取失业保险金或养老金的人员，要按照当地政府公布的有关标准计算其收入。对申请最低生活保障金的有劳动能力的人员，劳动保障部门要配合民政部门核实其就业、收入状况，并负责出具有关证明。要进一步完善监督机制和操作程序，实行民主评议，接受群众监督，将最低生活保障金数额、保障对象人数等情况定期向社会公布，做到政策公开、资金公开、保障对象公开。

各地民政部门要会同财政、劳动保障、统计、物价等部门，根据当地维持城市居民基本生活所需费用，按照既要保证贫困居民的基本生活，又要有利于鼓励就业的原则，制订与当地经济发展水平

和财政承受能力相适应的最低生活保障标准，并保持相对稳定，不要盲目攀比。最低生活保障金标准应与企业最低工资、下岗职工基本生活保障费、失业保险金等标准拉开距离，分清层次，相互衔接，形成合理配套的标准。

要大力推进最低生活保障工作的信息化和社会化管理进程，加快城市居民最低生活保障信息网络建设，逐步实现通过银行、邮局等机构发放最低生活保障金，努力提高最低生活保障工作管理水平。

五、加强组织领导，确保城市居民最低生活保障制度落到实处

各地区、各有关部门要以江泽民同志“七一”重要讲话和党的十五届六中全会精神为指导，改进工作作风，从改革、发展、稳定的大局出发，将城市居民最低生活保障工作列入重要议事日程，加强领导，周密部署，确保城市居民最低生活保障制度落到实处。各有关部门要各司其职，各尽其责，加强协调和配合，及时研究解决工作中出现的问题。民政部门要做好城市居民最低生活保障制度的组织实施工作；财政部门要保证最低生活保障资金按时足额到位，加强资金的监督管理，并安排必要的工作经费和人员经费；劳动保障部门要与民政部门共同做好各项保障措施的衔接工作。要认真落实最低生活保障对象在住房、医疗、子女教育、税收、水、电、煤气等方面的社会救助政策。要转变最低生活保障对象单纯依靠政府救济的观念，鼓励和帮助他们自谋职业，自食其力，逐步改善生活状况。同时，要广泛动员社会力量，积极开展扶贫济困送温暖活动，形成全社会互助互济的良好风尚。

要加强基层工作力量，把工作重点放在社区，充分发挥街道办事处和社区居民委员会的作用，建立健全基层最低生活保障管理服务网络，为基层民政部门、街道办事处、社区居民委员会配备必要的工作人员，解决必要的办公条件。

城市居民最低生活保障工作关系到广大人民群众的切身利益。各地区、各有关部门要按照本通知的要求，认真做好组织实施工作。民政部要会同财政部、劳动保障部等部门加大督促检查力度，及时了解有关情况，把各项政策措施落到实处。

国务院关于在全国建立农村最低生活保障制度的通知[①]

（2007年7月11日）

各省、自治区、直辖市人民政府，国务院各部委、各直属机构：

为贯彻落实党的十六届六中全会精神，切实解决农村贫困人口的生活困难，国务院决定，2007年在全国建立农村最低生活保障制度。现就有关问题通知如下：

一、充分认识建立农村最低生活保障制度的重要意义

改革开放以来，我国经济持续快速健康发展，党和政府高度重视“三农”工作，不断加大扶贫开发和社会救助工作力度，农村贫困人口数量大幅减少。但是，仍有部分贫困人口尚未解决温饱问题，需要政府给予必要的救助，以保障其基本生活，并帮助其中有劳动能力的人积极劳动脱贫致富。党的十六大以来，部分地区根据中央部署，积极探索建立农村最低生活保障制度，为全面解决农村贫困人口的基本生活问题打下了良好基础。在全国建立农村最低生活保障制度，是践行“三个代表”重要思想、落实科学发展观和构建社会主义和谐社会的必然要求，是解决农村贫困人口温饱问题的重要举措，也是建立覆盖城乡的社会保障体系的重要内容。做好这一工作，对于促进农村经济社会发展，逐步缩小城乡差距，维护社会公平具有重要意义。各地区、各部门要充分认识建立农村最低生

---

① 《国务院关于在全国建立农村最低生活保障制度的通知》，《中华人民共和国国务院公报》，2007年24期。

活保障制度的重要性，将其作为社会主义新农村建设的一项重要任务，高度重视，扎实推进。

二、明确建立农村最低生活保障制度的目标和总体要求

建立农村最低生活保障制度的目标是：通过在全国范围建立农村最低生活保障制度，将符合条件的农村贫困人口全部纳入保障范围，稳定、持久、有效地解决全国农村贫困人口的温饱问题。

建立农村最低生活保障制度，实行地方人民政府负责制，按属地进行管理。各地要从当地农村经济社会发展水平和财力状况的实际出发，合理确定保障标准和对象范围。同时，要做到制度完善、程序明确、操作规范、方法简便，保证公开、公平、公正。要实行动态管理，做到保障对象有进有出，补助水平有升有降。要与扶贫开发、促进就业以及其他农村社会保障政策、生活性补助措施相衔接，坚持政府救济与家庭赡养扶养、社会互助、个人自立相结合，鼓励和支持有劳动能力的贫困人口生产自救，脱贫致富。

三、合理确定农村最低生活保障标准和对象范围

农村最低生活保障标准由县级以上地方人民政府按照能够维持当地农村居民全年基本生活所必需的吃饭、穿衣、用水、用电等费用确定，并报上一级地方人民政府备案后公布执行。农村最低生活保障标准要随着当地生活必需品价格变化和人民生活水平提高适时进行调整。

农村最低生活保障对象是家庭年人均纯收入低于当地最低生活保障标准的农村居民，主要是因病残、年老体弱、丧失劳动能力以及生存条件恶劣等原因造成生活常年困难的农村居民。

四、规范农村最低生活保障管理

农村最低生活保障的管理既要严格规范，又要从农村实际出发，采取简便易行的方法。

（一）申请、审核和审批。申请农村最低生活保障，一般由户主本人向户籍所在地的乡（镇）人民政府提出申请；村民委员会受乡（镇）人民政府委托，也可受理申请。受乡（镇）人民政府委托，在村党组织的领导下，村民委员会对申请人开展家庭经济状况调查、组织村民会议或村民代表会议民主评议后提出初步意见，报乡（镇）人民政府；乡（镇）人民政府审核后，报县级人民政府民政部门审批。乡（镇）人民政府和县级人民政府民政部门要核查申请人的家庭收入，了解其家庭财产、劳动力状况和实际生活水平，并结合村民民主评议，提出审核、审批意见。在核算申请人家庭收入时，申请人家庭按国家规定所获得的优待抚恤金、计划生育奖励与扶助金以及教育、见义勇为等方面的奖励性补助，一般不计入家庭收入，具体核算办法由地方人民政府确定。

（二）民主公示。村民委员会、乡（镇）人民政府以及县级人民政府民政部门要及时向社会公布有关信息，接受群众监督。公示的内容重点为：最低生活保障对象的申请情况和对最低生活保障对象的民主评议意见，审核、审批意见，实际补助水平等情况。对公示没有异议的，要按程序及时落实申请人的最低生活保障待遇；对公示有异议的，要进行调查核实，认真处理。

（三）资金发放。最低生活保障金原则上按照申请人家庭年人均纯收入与保障标准的差额发放，也可以在核查申请人家庭收入的基础上，按照其家庭的困难程度和类别，分档发放。要加快推行国库集中支付方式，通过代理金融机构直接、及时地将最低生活保障金支付到最低生活保障对象账户。

（四）动态管理。乡（镇）人民政府和县级人民政府民政部门要采取多种形式，定期或不定期调查了解农村困难群众的生活状况，及时将符合条件的困难群众纳入保障范围；并根据其家庭经济状况的变化，及时按程序办理停发、减发或增发最低生活保障金的手续。保障对象和补助水平变动情况都要及时向社会公示。

五、落实农村最低生活保障资金

农村最低生活保障资金的筹集以地方为主，地方各级人民政府要将农村最低生活保障资金列入财政预算，省级人民政府要加大投入。地方各级人民政府民政部门要根据保障对象人数等提出资金需求，经同级财政部门审核后列入预算。中央财政对财政困难地区给予适当补助。

地方各级人民政府及其相关部门要统筹考虑农村各项社会救助制度，合理安排农村最低生活保障资金，提高资金使用效益。同时，鼓励和引导社会力量为农村最低生活保障提供捐赠和资助。农村最低生活保障资金实行专项管理，专账核算，专款专用，严禁挤占挪用。

六、加强领导，确保农村最低生活保障制度的顺利实施

在全国建立农村最低生活保障制度，是一项重大而又复杂的系统性工作。地方各级人民政府要高度重视，将其纳入政府工作的重要议事日程，加强领导，明确责任，统筹协调，抓好落实。

要精心设计制度方案，周密组织实施。各省、自治区、直辖市人民政府制订和修订的方案，要报民政部、财政部备案。已建立农

村最低生活保障制度的，要进一步完善制度，规范操作，努力提高管理水平；尚未建立农村最低生活保障制度的，要抓紧建章立制，在今年内把最低生活保障制度建立起来并组织实施。要加大政策宣传力度，利用广播、电视、报刊、互联网等媒体，做好宣传普及工作，使农村最低生活保障政策进村入户、家喻户晓。要加强协调与配合，各级民政部门要发挥职能部门作用，建立健全各项规章制度，推进信息化建设，不断提高规范化、制度化、科学化管理水平；财政部门要落实资金，加强对资金使用和管理的监督；扶贫部门要密切配合、搞好衔接，在最低生活保障制度实施后，仍要坚持开发式扶贫的方针，扶持有劳动能力的贫困人口脱贫致富。要做好新型农村合作医疗和农村医疗救助工作，防止因病致贫或返贫。要加强监督检查，县级以上地方人民政府及其相关部门要定期组织检查或抽查，对违法违纪行为及时纠正处理，对工作成绩突出的予以表彰，并定期向上一级人民政府及其相关部门报告工作进展情况。各省、自治区、直辖市人民政府要于每年年底前，将农村最低生活保障制度实施情况报告国务院。

农村最低生活保障工作涉及面广、政策性强、工作量大，地方各级人民政府在推进农村综合改革，加强农村公共服务能力建设的过程中，要统筹考虑建立农村最低生活保障制度的需要，科学整合县乡管理机构及人力资源，合理安排工作人员和工作经费，切实加强工作力量，提供必要的工作条件，逐步实现低保信息化管理，努力提高管理和服务质量，确保农村最低生活保障制度顺利实施和不断完善。

中共中央 国务院关于分类推进事业单位改革的指导意见[①]

（2011 年 3 月 23 日）

为全面贯彻落实党的十七大和十七届二中、三中、四中、五中全会精神，推动公益事业更好更快发展，不断满足人民群众日益增长的公益服务需求，现就分类推进事业单位改革提出如下意见。

一、改革的重要性和紧迫性

1. 事业单位是经济社会发展中提供公益服务的主要载体，是我国社会主义现代化建设的重要力量。改革开放特别是党的十六大以来，各地区各有关部门积极探索事业单位改革，不断创新事业单位体制机制，稳步推进教育、科技、文化、卫生等行业体制改革，积累了有益经验，取得了明显成效，为进一步推进改革奠定了基础。事业单位提供公益服务总量不断扩大，服务水平逐步提高，在促进经济社会发展、改善人民群众生活方面发挥了重要作用。

2. 当前，我国正处于全面建设小康社会的关键时期，加快发展社会事业、满足人民群众公益服务需求的任务更加艰巨。面对新形势新要求，我国社会事业发展相对滞后，一些事业单位功能定位不清，政事不分、事企不分，机制不活；公益服务供给总量不足，供给方式单一，资源配置不合理，质量和效率不高；支持公益服务的政策措施还不够完善，监督管理薄弱。这些问题影响了公益事业

① 《中共中央 国务院关于分类推进事业单位改革的指导意见》，《中华人民共和国国务院公报》，2012 年 12 期。

的健康发展，迫切需要通过分类推进事业单位改革加以解决。

3. 分类推进事业单位改革，是深入贯彻落实科学发展观、构建社会主义和谐社会的必然要求，是推进政府职能转变、建设服务型政府的重要举措，是提高事业单位公益服务水平、加快各项社会事业发展的客观需要。必须从改革开放和社会主义现代化建设全局的高度，充分认识分类推进事业单位改革的重大意义，切实增强责任感和紧迫感，坚定不移地把这项改革推向深入。

二、改革的指导思想、基本原则和总体目标

4. 指导思想。高举中国特色社会主义伟大旗帜，以邓小平理论和“三个代表”重要思想为指导，深入贯彻落实科学发展观，按照政事分开、事企分开和管办分离的要求，以促进公益事业发展为目的，以科学分类为基础，以深化体制机制改革为核心，总体设计、分类指导、因地制宜、先行试点、稳步推进，进一步增强事业单位活力，不断满足人民群众和经济社会发展对公益服务的需求。

5. 基本原则。坚持以人为本，把提高公益服务水平、满足人民群众需求作为出发点和落脚点；坚持分类指导，根据不同类别事业单位的特点，实施改革和管理；坚持开拓创新，破除影响公益事业发展的体制机制障碍，鼓励进行多种形式的探索和实践；坚持着眼发展，充分发挥政府主导、社会力量参与和市场机制的作用，实现公益服务提供主体多元化和提供方式多样化；坚持统筹兼顾，充分发挥中央和地方两个积极性，注意与行业体制改革、政府机构改革等相衔接，妥善处理改革发展稳定的关系。

6. 总体目标和阶段性目标。到 2020 年，建立起功能明确、治理完善、运行高效、监管有力的管理体制和运行机制，形成基本服

务优先、供给水平适度、布局结构合理、服务公平公正的中国特色公益服务体系。今后5年，在清理规范基础上完成事业单位分类，承担行政职能事业单位和从事生产经营活动事业单位的改革基本完成，从事公益服务事业单位在人事管理、收入分配、社会保险、财税政策和机构编制等方面改革取得明显进展，管办分离、完善治理结构等改革取得较大突破，社会力量兴办公益事业的制度环境进一步优化，为实现改革的总体目标奠定坚实基础。

三、科学划分事业单位类别

7. 清理规范现有事业单位。对未按规定设立或原承担特定任务已完成的，予以撤销。对布局结构不合理、设置过于分散、工作任务严重不足或职责相同相近的，予以整合。

8. 划分现有事业单位类别。在清理规范基础上，按照社会功能将现有事业单位划分为承担行政职能、从事生产经营活动和从事公益服务三个类别。对承担行政职能的，逐步将其行政职能划归行政机构或转为行政机构；对从事生产经营活动的，逐步将其转为企业；对从事公益服务的，继续将其保留在事业单位序列、强化其公益属性。今后，不再批准设立承担行政职能的事业单位和从事生产经营活动的事业单位。

9. 细分从事公益服务的事业单位。根据职责任务、服务对象和资源配置方式等情况，将从事公益服务的事业单位细分为两类：承担义务教育、基础性科研、公共文化、公共卫生及基层的基本医疗服务等基本公益服务，不能或不宜由市场配置资源的，划入公益一类；承担高等教育、非营利医疗等公益服务，可部分由市场配置资源的，划入公益二类。具体由各地结合实际研究确定。

四、推进承担行政职能事业单位改革

10. 严格认定标准和范围。根据国家有关法律法规和中央有关政策规定，按照是否主要履行行政决策、行政执行、行政监督等职能，从严认定承担行政职能的事业单位。

11. 区分不同情况实施改革。结合行政管理体制改革和政府机构改革，特别是探索实行职能有机统一的大部门体制，推进承担行政职能事业单位改革。涉及机构编制调整的，不得突破政府机构限额和编制总额，主要通过行政管理体制和政府机构改革中调剂出来的空额逐步解决。对部分承担行政职能的事业单位，要认真梳理职能，将属于政府的职能划归相关行政机构；职能调整后，要重新明确事业单位职责、划定类别，工作任务不足的予以撤销或并入其他事业单位。对完全承担行政职能的事业单位，可调整为相关行政机关的内设机构，确需单独设置行政机构的，要按照精简效能原则设置。已认定为承担行政职能、但尚未调整到位的事业单位，在过渡期内继续按照现行法律法规和政策规定履行职责，使用事业编制且只减不增，人事、财务、社会保险等依照国家现行政策规定实施管理。

五、推进从事生产经营活动事业单位改革

12. 推进转企改制。周密制定从事生产经营活动事业单位转企改制工作方案，按照有关规定进行资产清查、财务审计、资产评估，核实债权债务，界定和核实资产，由同级财政部门依法核定国家资本金。转制单位要按规定注销事业单位法人，核销事业编制，进行国有资产产权登记和工商登记，并依法与在职职工签订劳动合同，建立或接续社会保险关系。事业单位转企改制后，要按照现代企业制度要求，深化内部改革，转变管理机制，并依照政企分开、

政资分开的原则，逐步与原行政主管部门脱钩，其国有资产管理除国家另有规定外，由履行国有资产出资人职责的机构负责。

13．完善过渡政策。为平稳推进转制工作，可给予过渡期，一般为5年。在过渡期内，对转制单位给予适当保留原有税收等优惠政策，原有正常事业费继续拨付。在离退休待遇方面，转制前已离退休人员，原国家规定的离退休费待遇标准不变，支付方式和待遇调整按国家有关规定执行；转制前参加工作、转制后退休的人员，基本养老金的计发和调整按照国家有关规定执行，保证离退休人员待遇水平平稳衔接。在医疗保障方面，离休人员继续执行现行办法，所需资金按原渠道解决；转制前已退休人员，转制后继续按规定享受职工基本医疗保险、补充医疗保障等待遇。有条件的转制单位，可按照有关规定为职工建立补充医疗保险和企业年金。要进一步做好离退休人员的服务管理工作。

六、推进从事公益服务事业单位改革

14．明确改革目的。强化事业单位公益属性，进一步理顺体制、完善机制、健全制度，充分调动广大工作人员的积极性、主动性、创造性，真正激发事业单位生机与活力，不断提高公益服务水平和效率，促进公益事业大力发展，切实为人民群众提供更加优质高效的公益服务。

15．改革管理体制。实行政事分开，理顺政府与事业单位的关系。行政主管部门要加快职能转变，创新管理方式，减少对事业单位的微观管理和直接管理，强化制定政策法规、行业规划、标准规范和监督指导等职责，进一步落实事业单位法人自主权。对面向社会提供公益服务的事业单位，积极探索管办分离的有效实现形式，逐步取消行政级别。对不同类型事业单位实行不同的机构编制管理，科学制定机构编制标准，合理控制总量，着力优化结构，建立动态调整机制，强化监督管理。

16. 建立健全法人治理结构。面向社会提供公益服务的事业单位，探索建立理事会、董事会、管委会等多种形式的治理结构，健全决策、执行和监督机制，提高运行效率，确保公益目标实现。不宜建立法人治理结构的事业单位，要继续完善现行管理模式。

17. 深化人事制度改革。以转换用人机制和搞活用人制度为核心，以健全聘用制度和岗位管理制度为重点，建立权责清晰、分类科学、机制灵活、监管有力的事业单位人事管理制度。加快推进职称制度改革。对不同类型事业单位实行分类人事管理，依据编制管理办法分类设岗，实行公开招聘、竞聘上岗、按岗聘用、合同管理。

18. 深化收入分配制度改革。以完善工资分配激励约束机制为核心，健全符合事业单位特点、体现岗位绩效和分级分类管理要求的工作人员收入分配制度。结合规范事业单位津贴补贴实施绩效工资，进一步做好义务教育学校、公共卫生与基层医疗卫生事业单位实施绩效工资工作；对其他事业单位按照分类指导、分步实施、因地制宜、稳慎推进的原则，实施绩效工资。各地区各部门要根据改革进程，探索对不同类型事业单位实行不同的绩效工资管理办法，分步实施到位。完善事业单位工资正常调整机制。

19. 推进社会保险制度改革。完善事业单位及其工作人员参加基本养老、基本医疗、失业、工伤等社会保险政策，逐步建立起独立于单位之外、资金来源多渠道、保障方式多层次、管理服务社会化的社会保险体系。事业单位工作人员基本养老保险实行社会统筹和个人账户相结合，养老保险费由单位和个人共同负担，个人缴费全部记入个人账户。养老保险基金单独建账，实行省级统筹，基本养老金实行社会化发放。实行“老人老办法、新人新制度、中人逐步过渡”，对改革前参加工作、改革后退休的人员，妥善保证其养老待遇水平平稳过渡、合理衔接，保持国家规定的待遇水平不降低。建立事业单位工作人员职业年金制度。统筹考虑企业、事业单位、机关离退休人员养老待遇水平。

20. 加强对事业单位的监督。建立事业单位绩效考评制度，考评结果作为确定预算、负责人奖惩与收入分配等的重要依据。加强审计监督和舆论监督。面向社会提供公益服务的事业单位要建立信息披露制度，重要事项和年度报告要向社会公开，涉及人民群众切身利益的重大公益服务事项要进行社会公示和听证。

21. 全面加强事业单位党的建设。按照党章和有关规定，及时调整党的组织设置，理顺隶属关系，选好配强党组织领导班子，加强党员教育、管理、服务，做好思想政治工作，推进精神文明建设，领导工会、共青团等群众组织开展工作，充分发挥党组织在促进事业发展、完成本单位中心任务中的领导核心或政治核心作用，保证党的基本路线方针政策在事业单位的贯彻执行。

七、构建公益服务新格局

22. 大力发展公益服务。适应经济社会发展和人民群众需要，不断拓展公益服务领域，增加公益服务品种，扩大公益服务供给总量。发挥政府主导作用，引导社会力量广泛参与，引入市场竞争机制，充分调动各方面积极性，不断增强公益事业发展活力。通过改革，形成提供主体多元化、提供方式多样化的公益服务新格局，努力为人民群众提供广覆盖、多层次的公益服务。

23. 强化政府责任。按照逐步实现基本公共服务均等化的要求，优先发展直接关系人民群众基本需求和国家安全、社会稳定的公益服务，促进公益服务公平公正。加快发展农村、欠发达地区和民族地区公益事业，缩小城乡之间、地区之间公益服务水平差距，切实满足广大农民和城市低收入群体医疗、教育、文化等公益服务需求。优化公益服务资源配置，合理规划布局，科学设置事业单位，打破条块分割和行政区划界限，推进资源共享。创新公益服务提供方式，完善购买服务机制，提高服务质量和效率。

24. 鼓励社会力量兴办公益事业。完善相关政策，放宽准入领域，推进公平准入，鼓励社会力量依法进入公益事业领域。对社会力量兴办公益事业的，在设立条件、资质认定、职业资格与职称评定、税收政策和政府购买服务等方面，与事业单位公平对待，并切实加强监管，引导其健康发展。完善和落实税收优惠政策，鼓励企业、社会团体和公民个人捐赠公益事业。大力倡导和发展志愿服务。

25. 充分发挥市场机制作用。完善扶持政策，充分发挥市场在公益事业领域资源配置中的积极作用，为社会资本投资创造良好环境，推动相关产业加快发展，满足人民群众多层次、多样化服务需求。

八、完善支持公益事业发展的财政政策

26. 加大财政对公益事业发展支持力度。加快建立健全公共财政体系，调整支出结构，加大投入力度，着力构建财政支持公益事业发展长效机制。制定和完善支持社会力量兴办公益事业的财政政策，形成多渠道筹措资金发展公益事业的投入机制。对事业单位的财政资金使用情况进行绩效考评，严格资金管理，提高使用效益。

27. 改革和完善财政支持方式。按照国家政策和以事定费的原

则，结合不同事业单位的具体特点和财力，对不同类型事业单位实行不同的财政支持办法，合理制定标准，实行动态调整，健全监管制度，充分发挥财政资金的效用。对公益一类，根据正常业务需要，财政给予经费保障；对公益二类，根据财务收支状况，财政给予经费补助，并通过政府购买服务等方式予以支持。

28. 推进预算管理、政府采购和国有资产管理改革。研究建立事业单位资产配置标准体系，促进资产管理与预算编制有机结合，强化事业单位政府采购预算管理与执行，规范政府采购操作执行行为。加强行政事业性收费管理，严格收费项目和标准审批。建立健全事业单位财务会计和国有资产管理制度，加强财务监督，确保财政资金和国有资产使用规范、安全和有效。

九、认真做好组织实施工作

29. 加强领导。分类推进事业单位改革事关经济社会发展全局，是一场广泛而深刻的变革，任务复杂艰巨。各地区各部门要高度重视，坚定信心，精心组织，攻坚克难，确保改革顺利推进。为加强对改革工作的领导，建立中央分类推进事业单位改革工作部际联席会议制度，负责交流改革情况、研究共性问题、提出工作建议等工作，具体工作由中央编办承担。教育、科技、文化、卫生、新闻出版等部门要按照现行的领导体制和政策规定，继续推动行业体制改革。中央和国家机关负责组织所属事业单位进行改革。中央编办、财政部、人力资源社会保障部等部门要各司其职，密切配合，指导做好相关工作。各省（区、市）党委和政府对本地区的改革负总责，要建立领导小组，健全工作机制，结合实际研究制定实施意见并抓好组织落实。

30. 稳步实施。坚持分类指导、分业推进、分级组织、分步实施的工作方针，注意把握节奏，加强统筹协调，做到条块结合、上下结合，条件成熟的可率先改革，暂不具备条件的允许过渡，不搞“一刀切”。要继续深化改革试点，不断总结试点经验，完善相关政策措施。严禁突击提拔干部、严禁超职数配备干部或违反规定提高干部职级待遇。切实加强新闻宣传和思想政治工作，正确引导社会舆论，营造良好改革氛围，确保社会和谐稳定，确保国有资产不流失，确保公益事业健康发展。

关于进一步规范城乡居民最低生活保障标准制定和调整工作的指导意见（节选）[①]

（2011 年 5 月 11 日）

（民政部　国家发展改革委　财政部　国家统计局）

各省、自治区、直辖市民政厅（局）、发展改革委（物价局）、财政厅（局）、统计局，新疆生产建设兵团民政局、发展改革委、财务局、统计局，国家统计局各调查总队：

为进一步规范城乡居民最低生活保障（以下简称城乡低保）标准的制定和调整工作，根据《城市居民最低生活保障条例》（国务院令第 271 号，以下简称《条例》）和《国务院关于在全国建立农村最低生活保障制度的通知》（国发〔2007〕19 号，以下简称《通知》）有关规定，结合各地的实践经验和做法，提出以下指导意见：

一、深刻认识规范城乡低保标准制定和调整工作的重要意义

低保标准是城乡低保制度的关键环节，是界定低保范围、核定低保对象、确定补助水平以及安排补助资金的重要依据。近年来，各地按照《条例》和《通知》要求，在科学制定和调整低保标准方面不断探索完善，取得了一定成效。但是，从全国情况看，城乡低保标准的制定和调整工作还存在一些需要规范的问题。如，一些地方缺乏必要论证和科学测算，简单参照扶贫标准或全国平均低保标准来制定和调整低保标准，难以真实反映当地居民的基本生活需

① 《关于进一步规范城乡居民最低生活保障标准制定和调整工作的指导意见》，财政部网站，2011 年 5 月 18 日。

求，甚至导致保障面过宽而影响了低保对象劳动就业的积极性；还有一些地方没有及时根据经济社会发展水平和财政承受能力，随着生活必需品的价格变化和人民生活水平的提高而适时调整低保标准，影响了低保制度实施效果和困难群众基本生活保障力度。为确保城乡低保制度平稳运行，真正发挥好最后一道社会安全网的保障作用，各地要统一思想，提高认识，将规范城乡低保标准制定和调整工作作为当前健全完善城乡低保制度的一项重要任务，加强领导，精心组织，切实抓紧、抓实、抓好。

二、准确把握城乡低保标准制定和调整的指导思想和基本原则

（一）指导思想。进一步规范城乡低保标准制定和调整工作，要深入贯彻落实科学发展观，按照党的十七届五中全会关于“努力实现居民收入增长和经济发展同步，低收入者收入明显增加”和“实现城乡社会救助全覆盖”的总体要求，以《条例》和《通知》为根本依据，以确保困难群众基本生活为核心目标，不断提高城乡低保标准制定和调整的科学化、精细化和规范化水平。

（二）基本原则。进一步规范城乡低保标准制定和调整工作，必须结合当地社会救助事业发展实际，不断完善和创新机制。要坚持科学性原则，以维持当地居民基本生活所必需的消费品支出数据为基础，科学测算，充分论证；坚持合理性原则，统筹考虑困难群众基本生活保障需要、当地经济社会发展水平和财力状况，使城乡低保标准与失业保险、最低工资、扶贫开发等政策标准合理衔接；坚持动态性原则，建立和完善城乡低保标准与物价上涨挂钩的联动机制，并随着当地居民生活必需品价格变化和人民生活水平的提高定期调整城乡低保标准；坚持规范性原则，制定和调整城乡低保标准要严格遵循有关政策规定和程序规范，确保公开、公正和透明。

三、科学确定城乡低保标准制定和调整的方法

各地在制定和调整城乡低保标准时，可以采用基本生活费用支出法、恩格尔系数法或消费支出比例法。

（一）基本生活费用支出法。

城乡低保标准根据当地居民基本生活费用支出确定，包括必需食品消费支出和非食品类生活必需品支出两部分。用公式表示为：

城乡低保标准＝必需食品消费支出+非食品类生活必需品支出

其中，必需食品消费支出通过市场调查确定当地食品必需品消费清单（即标准食物清单）、根据中国营养学会推荐的能量摄入量（见附件1）、相应食物摄入量（见附件2）以及食物的市场价格计算得出；非食品类生活必需品支出根据调查数据确定维持基本生活所必需的衣物、水电、燃煤（燃气）、公共交通、日用品等消费清单测算支出数额。

为确保城乡低保标准的制定和调整符合当地实际，各地可以参考当地上年度城乡居民人均消费支出、城镇居民人均可支配收入、农民人均纯收入、城乡低收入居民基本生活费用，以及经济发展水平、财政状况等因素对测算得出的低保标准予以适当调整。

（二）恩格尔系数法。

城乡低保标准根据当地居民必需食品消费支出和上年度最低收入家庭恩格尔系数确定。用公式表示为：

城乡低保标准＝必需食品消费支出/上年度最低收入家庭恩格尔系数

其中，必需食品消费支出的确定方法同基本生活费用支出法，

即通过市场调查确定当地食品必需品消费清单（即标准食物清单）、根据中国营养学会推荐的能量摄入量（见附件1）、相应食物摄入量（见附件2）以及食物的市场价格计算得出。

为确保城乡低保标准的制定和调整符合当地实际，各地可以参考当地上年度城乡居民人均消费支出、城镇居民人均可支配收入、农民人均纯收入、城乡低收入居民基本生活费用，以及经济发展水平、财政状况等因素对测算得出的低保标准予以适当调整。

（三）消费支出比例法。

已按基本生活费用支出法或恩格尔系数法测算出城乡低保标准的地区，可将此数据与当地上年度城乡居民人均消费支出进行比较，得出低保标准占上年度城乡居民人均消费支出的比例。在今后一定时期内再次计算城乡低保标准时，可直接用当地上年度城乡居民人均消费支出乘以此比例。用公式表示为：

城乡低保标准＝当地上年度城乡居民人均消费支出×低保标准占上年度城乡居民人均消费支出的比例

四、认真做好城乡低保标准的制定和调整工作

（一）精心组织。各地要按照《条例》和《通知》规定的城乡低保标准制定权限，成立由民政、财政、发展改革（价格）、统计（调查队）等部门组成的城乡低保标准制定和调整工作小组（以下简称工作小组），制定工作方案，明确工作方法、步骤和时间表。工作小组各成员单位要明确职责，相互配合，共同做好城乡低保标准制定和调整工作。

（二）科学测算。工作小组要综合使用统计数据、监测数据和调查数据，运用“基本生活费用支出法”、“恩格尔系数法”或“消费支出比例法”，科学测算当地城乡低保标准。其中，统计数据是指当地统计部门通过调查所得，并已向社会公布的数据，主要包括上年度城乡居民人均消费支出、上年度城镇居民人均可支配收入、农民人均纯收入、城乡最低收入家庭恩格尔系数等；监测数据是指价格主管部门监测的基本生活必需品消费清单所涉及的商品市场价格；调查数据是指未纳入当地统计和监测，需要工作小组通过抽样调查获得的数据。

（三）规范程序。城乡低保标准测算完成后，要由工作小组或其成员单位联合报请本级人民政府审批。按照《条例》和《通知》规定，需要备案的，要同时报上一级地方人民政府备案。根据本级人民政府的批复，工作小组或民政部门要通过网站、报纸等媒体以适当方式，将新的城乡低保标准向社会公告，并按批复要求的时间执行。

（四）加强指导。省级人民政府民政部门、财政部门要发挥好指导和调控作用，注意引导经济社会发展水平相近地区逐步缩小地区间城乡低保标准差距。条件成熟的地方，也可试行由省级人民政府民政部门会同财政、发展改革（价格）、统计（调查总队）等部门，根据区域经济社会发展状况，制定本辖区内相对统一的区域城乡低保标准。

（下略）

国务院批转发展改革委等部门关于深化收入分配制度改革若干意见的通知①

（2013 年 2 月 3 日）

各省、自治区、直辖市人民政府，国务院各部委、各直属机构：

国务院同意发展改革委、财政部、人力资源社会保障部《关于深化收入分配制度改革的若干意见》，现转发给你们，请认真贯彻执行。

收入分配制度是经济社会发展中一项带有根本性、基础性的制度安排，是社会主义市场经济体制的重要基石。改革开放以来，我国收入分配制度改革不断推进，与基本国情、发展阶段相适应的收入分配制度基本建立。同时，收入分配领域仍存在一些亟待解决的突出问题，城乡区域发展差距和居民收入分配差距依然较大，收入分配秩序不规范，隐性收入、非法收入问题比较突出，部分群众生活比较困难。当前，我国已经进入全面建成小康社会的决定性阶段，按照党的十八大提出的千方百计增加居民收入的战略部署，要继续深化收入分配制度改革，优化收入分配结构，调动各方面积极性，促进经济发展方式转变，维护社会公平正义与和谐稳定，实现发展成果由人民共享，为全面建成小康社会奠定扎实基础。

我国仍处于并将长期处于社会主义初级阶段，当前收入分配领域出现的问题是发展中的矛盾、前进中的问题，必须通过促进发展、深化改革来逐步加以解决。解决这些问题，也是城乡居民在收

① 《国务院批转发展改革委等部门关于深化收入分配制度改革若干意见的通知》，《中华人民共和国国务院公报》，2013 年 05 期。

入普遍增加、生活不断改善过程中的新要求新期待。同时也应该看到，深化收入分配制度改革，是一项十分艰巨复杂的系统工程，不可能一蹴而就，必须从我国基本国情和发展阶段出发，立足当前、着眼长远，克难攻坚、有序推进。

深化收入分配制度改革，要坚持共同发展、共享成果。倡导勤劳致富、支持创业创新、保护合法经营，在不断创造社会财富、增强综合国力的同时，普遍提高人民富裕程度。坚持注重效率、维护公平。初次分配和再分配都要兼顾效率和公平，初次分配要注重效率，创造机会公平的竞争环境，维护劳动收入的主体地位；再分配要更加注重公平，提高公共资源配置效率，缩小收入差距。坚持市场调节、政府调控。充分发挥市场机制在要素配置和价格形成中的基础性作用，更好地发挥政府对收入分配的调控作用，规范收入分配秩序，增加低收入者收入，调节过高收入。坚持积极而为、量力而行。妥善处理好改革发展稳定的关系，着力解决人民群众反映突出的矛盾和问题，突出增量改革，带动存量调整。

各地区、各部门要深入学习和全面贯彻落实党的十八大精神，充分认识深化收入分配制度改革的重大意义，将其列入重要议事日程，建立统筹协调机制，把落实收入分配政策、增加城乡居民收入、缩小收入分配差距、规范收入分配秩序作为重要任务。各有关部门要围绕重点任务，明确工作责任，抓紧研究出台配套方案和实施细则，及时跟踪评估政策实施效果。各地区要结合本地实际，制定具体措施，确保改革各项任务落到实处。要坚持正确的舆论导向，引导社会预期，回应群众关切，凝聚各方共识，形成改革合力，为深化收入分配制度改革营造良好的社会环境。

关于深化收入分配制度改革的若干意见

为贯彻落实党的十八大提出的“实现发展成果由人民共享，必须深化收入分配制度改革”要求，深入推进“十二五”规划实施，完善收入分配结构和制度，增加城乡居民收入，缩小收入分配差距，规范收入分配秩序，现提出以下意见：

一、充分认识深化收入分配制度改革的重要性和艰巨性

改革开放以来，我国收入分配制度改革逐步推进，破除了传统计划经济体制下平均主义的分配方式，在坚持按劳分配为主体的基础上，允许和鼓励资本、技术、管理等要素按贡献参与分配，不断加大收入分配调节力度。经过三十多年的探索与实践，按劳分配为主体、多种分配方式并存的分配制度基本确立，以税收、社会保障、转移支付为主要手段的再分配调节框架初步形成，有力地推动了社会主义市场经济体制的建立，极大地促进了国民经济快速发展，城乡居民人均实际收入平均每十年翻一番，家庭财产稳定增加，人民生活水平显著提高。实践证明，我国收入分配制度是与基本国情、发展阶段总体相适应的。

特别是党的十六大以来，按照科学发展观和构建社会主义和谐社会的要求，充分发挥再分配调节功能，加大对保障和改善民生的投入，彻底取消农业税，大幅增加涉农补贴，全面实施免费义务教育，加快建立社会保障体系，深入推进医药卫生体制改革，大力加强保障性住房建设，城乡最低生活保障标准和扶贫标准大幅提升，企业退休人员基本养老金水平持续提高，近年来农村居民收入增速快于城镇居民，城乡收入差距缩小态势开始显现，居民收入占国民

收入比重有所提高，收入分配制度改革取得新的进展。

同时，也要看到收入分配领域仍存在一些亟待解决的突出问题，主要是城乡区域发展差距和居民收入分配差距依然较大，收入分配秩序不规范，隐性收入、非法收入问题比较突出，部分群众生活比较困难，宏观收入分配格局有待优化。这些问题的产生，既与我国基本国情、发展阶段密切相关，具有一定的客观必然性和阶段性特征，也与收入分配及相关领域的体制改革不到位、政策不落实等直接相关。

当前，我国已经进入全面建成小康社会的决定性阶段。深化收入分配制度改革，优化收入分配结构，构建扩大消费需求的长效机制，是加快转变经济发展方式的迫切需要；深化收入分配制度改革，切实解决一些领域分配不公问题，防止收入分配差距过大，规范收入分配秩序，是维护社会公平正义与和谐稳定的根本举措；深化收入分配制度改革，处理好劳动与资本、城市与农村、政府与市场等重大关系，推动相关领域改革向纵深发展，是完善社会主义市场经济体制的重要内容；深化收入分配制度改革，使发展成果更多更公平惠及全体人民，为逐步实现共同富裕奠定物质基础和制度基础，是体现社会主义本质的必然要求。

我国仍处于并将长期处于社会主义初级阶段，是世界上人口最多的发展中国家，区域之间发展条件差异大，城乡二元结构短期内难以根本改变，工业化、信息化、城镇化和农业现代化还在深入发展。要充分认识到，当前收入分配领域出现的问题是发展中的矛盾、前进中的问题，必须通过促进发展、深化改革来逐步加以解决。解决这些问题，也是城乡居民在收入普遍增加、生活不断改善过程中的新要求新期待。同时也应该看到，深化收入分配制度改革，是一项十分艰巨复杂的系统工程，涉及方方面面利益调整，不可能一蹴而就，必须从我国基本国情和发展阶段出发，立足当前、着眼长远，克难攻坚、有序推进。

二、准确把握深化收入分配制度改革的总体要求和主要目标

1．总体要求。

全面贯彻落实党的十八大精神，以邓小平理论、“三个代表”重要思想、科学发展观为指导，立足基本国情，坚持以经济建设为中心，在发展中调整收入分配结构，着力创造公开公平公正的体制环境，坚持按劳分配为主体、多种分配方式并存，坚持初次分配和再分配调节并重，继续完善劳动、资本、技术、管理等要素按贡献参与分配的初次分配机制，加快健全以税收、社会保障、转移支付为主要手段的再分配调节机制，以增加城乡居民收入、缩小收入分配差距、规范收入分配秩序为重点，努力实现居民收入增长和经济发展同步，劳动报酬增长和劳动生产率提高同步，逐步形成合理有序的收入分配格局，促进经济持续健康发展和社会和谐稳定。

2．主要目标。

——城乡居民收入实现倍增。到 2020 年实现城乡居民人均实际收入比 2010 年翻一番，力争中低收入者收入增长更快一些，人民生活水平全面提高。

——收入分配差距逐步缩小。城乡、区域和居民之间收入差距较大的问题得到有效缓解，扶贫对象大幅减少，中等收入群体持续扩大，“橄榄型”分配结构逐步形成。

——收入分配秩序明显改善。合法收入得到有力保护，过高收入得到合理调节，隐性收入得到有效规范，非法收入予以坚决取缔。

——收入分配格局趋于合理。居民收入在国民收入分配中的比重、劳动报酬在初次分配中的比重逐步提高，社会保障和就业等民生支出占财政支出比重明显提升。

三、继续完善初次分配机制

完善劳动、资本、技术、管理等要素按贡献参与分配的初次分配机制。实施就业优先战略和更加积极的就业政策，扩大就业创业规模，创造平等就业环境，提升劳动者获取收入能力，实现更高质量的就业。深化工资制度改革，完善企业、机关、事业单位工资决定和增长机制。推动各种所有制经济依法平等使用生产要素、公平参与市场竞争、同等受到法律保护，形成主要由市场决定生产要素价格的机制。

3．促进就业机会公平。大力支持服务业、劳动密集型企业、小型微型企业和创新型科技企业发展，创造更多就业岗位。完善税费减免和公益性岗位、岗位培训、社会保险、技能鉴定补贴等政策，促进以高校毕业生为重点的青年、农村转移劳动力、城镇困难人员、退役军人就业。完善和落实小额担保贷款、财政贴息等鼓励自主创业政策。借鉴推广公务员招考的办法，完善和落实事业单位公开招聘制度，在国有企业全面推行分级分类的公开招聘制度，切实做到信息公开、过程公开、结果公开。

4．提高劳动者职业技能。健全面向全体劳动者的职业培训制度，足额提取并合理使用企业职工教育培训经费，保障职工带薪最短培训时间。新增财政教育投入向职业教育倾斜，逐步实行中等职业教育免费制度。建立健全向农民工免费提供职业教育和技能培训制度。完善社会化职业技能培训、考核、鉴定、认证体系，规范职业技能鉴定收费标准。提高技能人才经济待遇和社会地位。

5．促进中低收入职工工资合理增长。建立反映劳动力市场供求关系和企业经济效益的工资决定及正常增长机制。完善工资指导线制度，建立统一规范的企业薪酬调查和信息发布制度。根据经济发展、物价变动等因素，适时调整最低工资标准，到2015年绝大多数地区最低工资标准达到当地城镇从业人员平均工资的40%以上。研究发布部分行业最低工资标准。以非公有制企业为重点，积极稳妥推行工资集体协商和行业性、区域性工资集体协商，到2015年，集体合同签订率达到80%，逐步解决一些行业企业职工工资过低的问题。落实新修订的劳动合同法，研究出台劳务派遣规定等配套规章，严格规范劳务派遣用工行为，依法保障被派遣劳动者的同工同酬权利。

6．加强国有企业高管薪酬管理。对部分过高收入行业的国有及国有控股企业，严格实行企业工资总额和工资水平双重调控政策，逐步缩小行业工资收入差距。建立与企业领导人分类管理相适应、选任方式相匹配的企业高管人员差异化薪酬分配制度，综合考虑当期业绩和持续发展，建立健全根据经营管理绩效、风险和责任确定薪酬的制度，对行政任命的国有企业高管人员薪酬水平实行限高，推广薪酬延期支付和追索扣回制度。缩小国有企业内部分配差距，高管人员薪酬增幅应低于企业职工平均工资增幅。对非国有金融企业和上市公司高管薪酬，通过完善公司治理结构，增强董事会、薪酬委员会和股东大会在抑制畸高薪酬方面的作用。

7．完善机关事业单位工资制度。建立公务员和企业相当人员工资水平调查比较制度，完善科学合理的职务与职级并行制度，适当提高基层公务员工资水平；调整优化工资结构，降低津贴补贴所占比例，提高基本工资占比；提高艰苦边远地区津贴标准，抓紧研究地区附加津贴实施方案。结合分类推进事业单位改革，建立健全符合事业单位特点、体现岗位绩效和分级分类管理的工资分配制度。

8. 健全技术要素参与分配机制。建立健全以实际贡献为评价标准的科技创新人才薪酬制度，鼓励企事业单位对紧缺急需的高层次、高技能人才实行协议工资、项目工资等。加强知识产权保护，完善有利于科技成果转移转化的分配政策，探索建立科技成果入股、岗位分红权激励等多种分配办法，保障技术成果在分配中的应得份额。完善高层次、高技能人才特殊津贴制度。允许和鼓励品牌、创意等参与收入分配。

9. 多渠道增加居民财产性收入。加快发展多层次资本市场，落实上市公司分红制度，强化监管措施，保护投资者特别是中小投资者合法权益。推进利率市场化改革，适度扩大存贷款利率浮动范围，保护存款人权益。严格规范银行收费行为。丰富债券基金、货币基金等基金产品。支持有条件的企业实施员工持股计划。拓宽居民租金、股息、红利等增收渠道。

10. 建立健全国有资本收益分享机制。全面建立覆盖全部国有企业、分级管理的国有资本经营预算和收益分享制度，合理分配和使用国有资本收益，扩大国有资本收益上交范围。适当提高中央企业国有资本收益上交比例，“十二五”期间在现有比例上再提高5个百分点左右，新增部分的一定比例用于社会保障等民生支出。

11. 完善公共资源占用及其收益分配机制。建立健全资源有偿使用制度和生态环境补偿机制。完善公开公平公正的国有土地、海域、森林、矿产、水等公共资源出让机制，加强对自然垄断行业的监管，防止通过不正当手段无偿或低价占有和使用公共资源。建立健全公共资源出让收益全民共享机制，出让收益主要用于公共服务支出。

四、加快健全再分配调节机制

加快健全以税收、社会保障、转移支付为主要手段的再分配调节机制。健全公共财政体系，完善转移支付制度，调整财政支出结构，大力推进基本公共服务均等化。加大税收调节力度，改革个人所得税，完善财产税，推进结构性减税，减轻中低收入者和小型微型企业税费负担，形成有利于结构优化、社会公平的税收制度。全面建成覆盖城乡居民的社会保障体系，按照全覆盖、保基本、多层次、可持续方针，以增强公平性、适应流动性、保证可持续性为重点，不断完善社会保险、社会救助和社会福利制度，稳步提高保障水平，实行全国统一的社会保障卡制度。

12. 集中更多财力用于保障和改善民生。加大对教育、就业、社会保障、医疗卫生、保障性住房、扶贫开发等方面的支出，进一步加大对中西部地区特别是革命老区、民族地区、边疆地区和贫困地区的财力支持。严格控制行政事业单位机构编制，“十二五”期间中央和地方机构编制总量只减不增，减少领导职数，降低行政成本。坚决反对铺张浪费，严格控制“三公”经费预算，全面公开“三公”经费使用情况。“十二五”时期社会保障和就业支出占财政支出比重提高2个百分点左右。

13. 加大促进教育公平力度。合理配置教育资源，重点向农村、边远、贫困、民族地区倾斜。全面落实九年义务教育免费政策，严格规范教育收费行为。进一步完善普通高中、普通本科高校、中等职业学校和高等职业院校家庭经济困难学生国家资助政策，逐步提高补助标准。为家庭经济困难儿童、孤儿和残疾儿童接受学前教育提供补助。切实解决农民工随迁子女平等接受义务教育和参加当地中考、高考问题。

14. 加强个人所得税调节。加快建立综合与分类相结合的个人所得税制度。完善高收入者个人所得税的征收、管理和处罚措施，将各项收入全部纳入征收范围，建立健全个人收入双向申报制度和全国统一的纳税人识别号制度，依法做到应收尽收。取消对外籍个人从外商投资企业取得的股息、红利所得免征个人所得税等税收优惠。

15. 改革完善房地产税等。完善房产保有、交易等环节税收制度，逐步扩大个人住房房产税改革试点范围，细化住房交易差别化税收政策，加强存量房交易税收征管。扩大资源税征收范围，提高资源税税负水平。合理调整部分消费税的税目和税率，将部分高档娱乐消费和高档奢侈消费品纳入征收范围。研究在适当时期开征遗产税问题。

16. 完善基本养老保险制度。全面落实城镇职工基本养老保险省级统筹，“十二五”期末实现基础养老金全国统筹。分类推进事业单位养老保险制度改革，研究推进公务员养老保险制度改革。提高农民工养老保险参保率。健全城镇居民和新型农村社会养老保险制度。建立兼顾各类人员的养老保障待遇确定机制和正常调整机制。发展企业年金和职业年金，发挥商业保险补充性作用。扩大社会保障基金筹资渠道，建立社会保险基金投资运营制度。

17. 加快健全全民医保体系。提高城镇居民基本医疗保险和新型农村合作医疗筹资和待遇水平，整合城乡居民基本医疗保险制度。稳步推进职工医保、城镇居民医保和新农合门诊统筹。“十二五”期末基本医疗保险政策范围内医保基金支付水平达到75%以上，明显缩小与实际住院费用报销支付比例的差距。建立城乡居民大病保险制度，完善城乡医疗救助制度。全面实现统筹区域和省内异地就医即时结算。逐步增加人均基本公共卫生服务经费，提高基本公共卫生服务水平。

18. 加大保障性住房供给。建立市场配置和政府保障相结合的住房制度，加强保障性住房建设和管理，满足困难家庭基本需求。“十二五”期末全国城镇保障性住房覆盖面达到20%左右，按质量标准完成农村困难家庭危房改造1000万户以上，实现全国游牧民定居目标。

19. 加强对困难群体救助和帮扶。健全城乡低收入群体基本生活保障标准与物价上涨挂钩的联动机制，逐步提高城乡居民最低生活保障水平。提高优抚对象抚恤补助标准。建立健全经济困难的高龄、独居、失能等老年人补贴制度。完善孤儿基本生活保障制度，推进孤儿集中供养，建立其他困境儿童生活救助制度。建立困难残疾人生活补贴和重度残疾人护理补贴制度。

20. 大力发展社会慈善事业。积极培育慈善组织，简化公益慈善组织的审批程序，鼓励有条件的企业、个人和社会组织举办医院、学校、养老服务等公益事业。落实并完善慈善捐赠税收优惠政策，对企业公益性捐赠支出超过年度利润总额12%的部分，允许结转以后年度扣除。加强慈善组织监督管理。

五、建立健全促进农民收入较快增长的长效机制

坚持工业反哺农业、城市支持农村和多予少取放活方针，加快

完善城乡发展一体化体制机制，加大强农惠农富农政策力度，促进工业化、信息化、城镇化和农业现代化同步发展，促进公共资源在城乡之间均衡配置、生产要素在城乡之间平等交换和自由流动，促进城乡规划、基础设施、公共服务一体化，建立健全农业转移人口市民化机制，统筹推进户籍制度改革和基本公共服务均等化。

21．增加农民家庭经营收入。健全农产品价格保护制度，稳步提高重点粮食品种最低收购价，完善大宗农产品临时收储政策。着力推进农业产业化，大力发展农民专业合作和股份合作，培养新型经营主体，支持适度规模经营，加大对农村社会化服务体系的投入，促进产销对接和农超对接，使农民合理分享农产品加工、流通增值收益。因地制宜培育发展特色高效农业和乡村旅游，使农民在农业功能拓展中获得更多收益。

22．健全农业补贴制度。建立健全农业补贴稳定增长机制，完善良种补贴、农资综合补贴和粮食直补政策，增加农机购置补贴规模，完善农资综合补贴动态调整机制，新增农业补贴向粮农和种粮大户倾斜。完善林业、牧业和渔业扶持政策。逐步扩大农业保险保费补贴范围，适当提高保费补贴比例，进一步细化和稳步扩大农村金融奖补政策。

23．合理分享土地增值收益。搞好农村土地确权、登记、颁证工作，依法保障农民的土地财产权。按照依法自愿有偿原则，允许农民以多种形式流转土地承包经营权，确保农民分享流转收益。完善农村宅基地制度，保障农户宅基地用益物权。改革征地制度，依法保障农民合法权益，提高农民在土地增值收益中的分配比例。

24．加大扶贫开发投入。大幅增加财政专项扶贫资金，新增部分主要用于支持集中连片特殊困难地区扶贫攻坚，加大以工代赈力度，努力实现贫困地区农民人均收入增长幅度高于全国平均水平。“十二五”时期，对240万生存条件恶劣地区的农村贫困人口实施易地扶贫搬迁；按照人均2300元（2010年不变价）的扶贫标准，到2015年扶贫对象减少8000万人左右。

25. 有序推进农业转移人口市民化。制定公开透明的各类城市农业转移人口落户政策，探索建立政府、企业、个人共同参与的市民化成本分担机制，把有稳定劳动关系、在城镇居住一定年限并按规定参加社会保险的农业转移人口逐步转为城镇居民，重点推进解决举家迁徙及新生代农民工落户问题。实施全国统一的居住证制度，努力实现城镇基本公共服务常住人口全覆盖。

六、推动形成公开透明、公正合理的收入分配秩序

大力整顿和规范收入分配秩序，加强制度建设，健全法律法规，加强执法监管，加大反腐力度，加强信息公开，实行社会监督，加强基础工作，提升技术保障，保护合法收入，规范隐性收入，取缔非法收入。

26. 加快收入分配相关领域立法。研究出台社会救助、慈善事业、扶贫开发、企业工资支付保障、集体协商、国有资本经营预算、财政转移支付管理等方面法律法规，及时修订完善土地管理、矿产资源管理、税收征管、房产税等方面法律法规。建立健全财产登记制度，完善财产法律保护制度，保障公民合法财产权益。

27. 维护劳动者合法权益。健全工资支付保障机制，将拖欠工资问题突出的领域和容易发生拖欠的行业纳入重点监控范围，完善与企业信用等级挂钩的差别化工资保证金缴纳办法。落实清偿欠薪的工程总承包企业负责制、行政司法联动打击恶意欠薪制度、保障

工资支付属地政府负责制度。完善劳动争议处理机制，加大劳动保障监察执法力度。

28. 清理规范工资外收入。严格规范党政机关各种津贴补贴和奖金发放行为，抓紧出台规范改革性补贴的实施意见。加强事业单位创收管理，规范科研课题和研发项目经费管理使用，严格公务招待费审批和核算等制度规定。严格控制国有及国有控股企业高管人员职务消费，规范车辆配备和使用、业务招待、考察培训等职务消费项目和标准，职务消费接受职工民主监督，相关账目要公开透明。

29. 加强领导干部收入管理。全面落实《关于领导干部报告个人有关事项的规定》，严格执行各级领导干部如实报告收入、房产、投资、配偶子女从业等情况的规定，对隐报瞒报、弄虚作假等行为，通过抽查、核查，及时纠正，严肃处理。继续规范领导干部离职、辞职或退（离）休后的个人从业行为，严格按照有关程序、条件和要求办理兼职任职审批事项。

30. 严格规范非税收入。按照正税清费的原则，继续推进费改税，进一步清理整顿各种行政事业性收费和政府性基金，坚决取消不合法、不合理的收费和基金项目，收费项目适当降低收费标准。建立健全政府非税收入收缴管理制度。

31. 打击和取缔非法收入。围绕国企改制、土地出让、矿产开发、工程建设等重点领域，强化监督管理，堵住获取非法收入的漏洞。严厉打击走私贩私、偷税逃税、内幕交易、操纵股市、制假售假、骗贷骗汇等经济犯罪活动。严厉查处权钱交易、行贿受贿行为。深入治理商业贿赂。加强反洗钱工作和资本外逃监控。

32. 健全现代支付和收入监测体系。大力推进薪酬支付工资化、货币化、电子化，加快现代支付结算体系建设，落实金融账户实名制，推广持卡消费，规范现金管理。完善机关和国有企事业单位发票管理和财务报销制度，全面推行公务卡支付结算制度。整合公安、民政、社保、住房、银行、税务、工商等相关部门信息资源，建立健全社会信用体系和收入信息监测系统，完善个人所得税信息管理系统。建立城乡住户收支调查一体化制度。

七、加强深化收入分配制度改革的组织领导

33. 统一认识，加强领导。各地区、各部门要深入学习和全面贯彻落实党的十八大精神，充分认识深化收入分配制度改革的重大意义，将其列入重要议事日程，建立统筹协调机制，把落实收入分配政策、增加城乡居民收入、缩小收入分配差距、规范收入分配秩序作为重要任务，纳入日常考核。各有关部门要深入调查研究，加强工作指导，强化监督检查，认真总结经验，及时解决改革中出现的突出矛盾和问题。

34. 突出重点，强化实施。收入分配制度改革要与国有企业、行政体制、财税金融体制等相关重点领域改革有机结合、协同推进。各有关部门要围绕重点任务，明确工作责任，抓紧研究出台配套方案和实施细则，及时跟踪评估政策实施效果。各地区要结合本地实际，制定具体措施，确保改革各项任务落到实处。鼓励部分地区、部分领域先行先试，积极探索。

35. 深入宣传，注重引导。坚持正确的舆论导向，引导全社会从基本国情和发展阶段出发，正确认识当前存在的收入分配问题，深入宣传坚持科学发展是解决收入分配问题的根本途径，实现社会公平正义是我们坚定不移的目标。切实做好各项改革政策的解读工

作，加深对收入分配制度改革艰巨性、复杂性的认识，引导社会预期，回应群众关切，凝聚各方共识，形成改革合力，为深化收入分配制度改革营造良好的社会环境。

国务院关于建立统一的城乡居民基本养老保险制度的意见[①]

（2014年2月21日）

各省、自治区、直辖市人民政府，国务院各部委、各直属机构：

按照党的十八大精神和十八届三中全会关于整合城乡居民基本养老保险制度的要求，依据《中华人民共和国社会保险法》有关规定，在总结新型农村社会养老保险（以下简称新农保）和城镇居民社会养老保险（以下简称城居保）试点经验的基础上，国务院决定，将新农保和城居保两项制度合并实施，在全国范围内建立统一的城乡居民基本养老保险（以下简称城乡居民养老保险）制度。现提出以下意见：

一、指导思想

高举中国特色社会主义伟大旗帜，以邓小平理论、“三个代表”重要思想、科学发展观为指导，贯彻落实党中央和国务院的各项决策部署，按照全覆盖、保基本、有弹性、可持续的方针，以增强公平性、适应流动性、保证可持续性为重点，全面推进和不断完善覆盖全体城乡居民的基本养老保险制度，充分发挥社会保险对保障人民基本生活、调节社会收入分配、促进城乡经济社会协调发展的重要作用。

① 《国务院关于建立统一的城乡居民基本养老保险制度的意见》，《中华人民共和国国务院公报》，2014年07期。

二、任务目标

坚持和完善社会统筹与个人账户相结合的制度模式，巩固和拓宽个人缴费、集体补助、政府补贴相结合的资金筹集渠道，完善基础养老金和个人账户养老金相结合的待遇支付政策，强化长缴多得、多缴多得等制度的激励机制，建立基础养老金正常调整机制，健全服务网络，提高管理水平，为参保居民提供方便快捷的服务。“十二五”末，在全国基本实现新农保和城居保制度合并实施，并与职工基本养老保险制度相衔接。2020年前，全面建成公平、统一、规范的城乡居民养老保险制度，与社会救助、社会福利等其他社会保障政策相配套，充分发挥家庭养老等传统保障方式的积极作用，更好保障参保城乡居民的老年基本生活。

三、参保范围

年满16周岁（不含在校学生），非国家机关和事业单位工作人员及不属于职工基本养老保险制度覆盖范围的城乡居民，可以在户籍地参加城乡居民养老保险。

四、基金筹集

城乡居民养老保险基金由个人缴费、集体补助、政府补贴构成。

（一）个人缴费。

参加城乡居民养老保险的人员应当按规定缴纳养老保险费。缴费标准目前设为每年100元、200元、300元、400元、500元、600元、700元、800元、900元、1000元、1500元、2000元12个档次，省（区、市）人民政府可以根据实际情况增设缴费档次，最高缴费档次标准原则上不超过当地灵活就业人员参加职工基本养老保险的年缴费额，并报人力资源社会保障部备案。人力资源社会保障部会同财政部依据城乡居民收入增长等情况适时调整缴费档次标准。参保人自主选择档次缴费，多缴多得。

（二）集体补助。

有条件的村集体经济组织应当对参保人缴费给予补助，补助标准由村民委员会召开村民会议民主确定，鼓励有条件的社区将集体补助纳入社区公益事业资金筹集范围。鼓励其他社会经济组织、公益慈善组织、个人为参保人缴费提供资助。补助、资助金额不超过当地设定的最高缴费档次标准。

（三）政府补贴。

政府对符合领取城乡居民养老保险待遇条件的参保人全额支付基础养老金，其中，中央财政对中西部地区按中央确定的基础养老金标准给予全额补助，对东部地区给予 50%的补助。

地方人民政府应当对参保人缴费给予补贴，对选择最低档次标准缴费的，补贴标准不低于每人每年 30 元；对选择较高档次标准缴费的，适当增加补贴金额；对选择 500 元及以上档次标准缴费的，补贴标准不低于每人每年 60 元，具体标准和办法由省（区、市）人民政府确定。对重度残疾人等缴费困难群体，地方人民政府为其代缴部分或全部最低标准的养老保险费。

五、建立个人账户

国家为每个参保人员建立终身记录的养老保险个人账户，个人缴费、地方人民政府对参保人的缴费补贴、集体补助及其他社会经济组织、公益慈善组织、个人对参保人的缴费资助，全部记入个人账户。个人账户储存额按国家规定计息。

六、养老保险待遇及调整

城乡居民养老保险待遇由基础养老金和个人账户养老金构成，支付终身。

（一）基础养老金。中央确定基础养老金最低标准，建立基础养老金最低标准正常调整机制，根据经济发展和物价变动等情况，适时调整全国基础养老金最低标准。地方人民政府可以根据实际情况适当提高基础养老金标准；对长期缴费的，可适当加发基础养老金，提高和加发部分的资金由地方人民政府支出，具体办法由省（区、市）人民政府规定，并报人力资源社会保障部备案。

（二）个人账户养老金。个人账户养老金的月计发标准，目前为个人账户全部储存额除以 139（与现行职工基本养老保险个人账户养老金计发系数相同）。参保人死亡，个人账户资金余额可以依法继承。

七、养老保险待遇领取条件

参加城乡居民养老保险的个人，年满 60 周岁、累计缴费满 15 年，且未领取国家规定的基本养老保障待遇的，可以按月领取城乡居民养老保险待遇。

新农保或城居保制度实施时已年满 60 周岁，在本意见印发之日前未领取国家规定的基本养老保障待遇的，不用缴费，自本意见实施之月起，可以按月领取城乡居民养老保险基础养老金；距规定领取年龄不足 15 年的，应逐年缴费，也允许补缴，累计缴费不超过 15 年；距规定领取年龄超过 15 年的，应按年缴费，累计缴费不少于 15 年。

城乡居民养老保险待遇领取人员死亡的，从次月起停止支付其养老金。有条件的地方人民政府可以结合本地实际探索建立丧葬补助金制度。社会保险经办机构应每年对城乡居民养老保险待遇领取人员进行核对；村（居）民委员会要协助社会保险经办机构开展工作，在行政村（社区）范围内对参保人待遇领取资格进行公示，并与职工基本养老保险待遇等领取记录进行比对，确保不重、不漏、不错。

八、转移接续与制度衔接

参加城乡居民养老保险的人员，在缴费期间户籍迁移、需要跨地区转移城乡居民养老保险关系的，可在迁入地申请转移养老保险关系，一次性转移个人账户全部储存额，并按迁入地规定继续参保缴费，缴费年限累计计算；已经按规定领取城乡居民养老保险待遇的，无论户籍是否迁移，其养老保险关系不转移。

城乡居民养老保险制度与职工基本养老保险、优抚安置、城乡居民最低生活保障、农村五保供养等社会保障制度以及农村部分计划生育家庭奖励扶助制度的衔接，按有关规定执行。

九、基金管理和运营

将新农保基金和城居保基金合并为城乡居民养老保险基金，完善城乡居民养老保险基金财务会计制度和各项业务管理规章制度。城乡居民养老保险基金纳入社会保障基金财政专户，实行收支两条线管理，单独记账、独立核算，任何地区、部门、单位和个人均不得挤占挪用、虚报冒领。各地要在整合城乡居民养老保险制度的基础上，逐步推进城乡居民养老保险基金省级管理。

城乡居民养老保险基金按照国家统一规定投资运营，实现保值增值。

十、基金监督

各级人力资源社会保障部门要会同有关部门认真履行监管职责，建立健全内控制度和基金稽核监督制度，对基金的筹集、上解、划拨、发放、存储、管理等进行监控和检查，并按规定披露信息，接受社会监督。财政部门、审计部门按各自职责，对基金的收支、管理和投资运营情况实施监督。对虚报冒领、挤占挪用、贪污浪费等违纪违法行为，有关部门按国家有关法律法规严肃处理。要积极探索有村（居）民代表参加的社会监督的有效方式，做到基金公开透明，制度在阳光下运行。

十一、经办管理服务与信息化建设

省（区、市）人民政府要切实加强城乡居民养老保险经办能力建设，结合本地实际，科学整合现有公共服务资源和社会保险经办管理资源，充实加强基层经办力量，做到精确管理、便捷服务。要注重运用现代管理方式和政府购买服务方式，降低行政成本，提高工作效率。要加强城乡居民养老保险工作人员专业培训，不断提高公共服务水平。社会保险经办机构要认真记录参保人缴费和领取待遇情况，建立参保档案，按规定妥善保存。地方人民政府要为经办机构提供必要的工作场地、设施设备、经费保障。城乡居民养老保险工作经费纳入同级财政预算，不得从城乡居民养老保险基金中开支。基层财政确有困难的地区，省市级财政可给予适当补助。

各地要在现有新农保和城居保业务管理系统基础上，整合形成省级集中的城乡居民养老保险信息管理系统，纳入“金保工程”建设，并与其他公民信息管理系统实现信息资源共享；要将信息网络向基层延伸，实现省、市、县、乡镇（街道）、社区实时联网，有条件的地区可延伸到行政村；要大力推行全国统一的社会保障卡，方便参保人持卡缴费、领取待遇和查询本人参保信息。

十二、加强组织领导和政策宣传

地方各级人民政府要充分认识建立城乡居民养老保险制度的重要性，将其列入当地经济社会发展规划和年度目标管理考核体系，切实加强组织领导；要优化财政支出结构，加大财政投入，为城乡居民养老保险制度建设提供必要的财力保障。各级人力资源社会保障部门要切实履行主管部门职责，会同有关部门做好城乡居民养老保险工作的统筹规划和政策制定、统一管理、综合协调、监督检查等工作。

各地区和有关部门要认真做好城乡居民养老保险政策宣传工作，全面准确地宣传解读政策，正确把握舆论导向，注重运用通俗易懂的语言和群众易于接受的方式，深入基层开展宣传活动，引导城乡居民踊跃参保、持续缴费、增加积累，保障参保人的合法权益。

各省（区、市）人民政府要根据本意见，结合本地区实际情况，制定具体实施办法，并报人力资源社会保障部备案。

本意见自印发之日起实施，已有规定与本意见不一致的，按本意见执行。

国务院办公厅转发民政部等部门关于做好农村最低生活保障制度与扶贫开发政策有效衔接指导意见的通知[①]

（2016 年 9 月 17 日）

各省、自治区、直辖市人民政府，国务院各部委、各直属机构：

民政部、国务院扶贫办、中央农办、财政部、国家统计局、中国残联《关于做好农村最低生活保障制度与扶贫开发政策有效衔接的指导意见》已经国务院同意，现转发给你们，请认真贯彻执行。

关于做好农村最低生活保障制度与扶贫开发政策有效衔接的指导意见

为贯彻落实党中央、国务院关于打赢脱贫攻坚战的决策部署，切实做好农村最低生活保障（以下简称低保）制度与扶贫开发政策有效衔接工作，确保到 2020 年现行扶贫标准下农村贫困人口实现脱贫，制定本意见。

一、总体要求

（一）指导思想。全面贯彻党的十八大和十八届三中、四中、五中全会精神，深入贯彻习近平总书记系列重要讲话精神特别是关

① 《国务院办公厅转发民政部等部门关于做好农村最低生活保障制度与扶贫开发政策有效衔接指导意见的通知》，《中华人民共和国国务院公报》，2016 年 29 期。

于扶贫开发重要指示精神，认真落实党中央、国务院决策部署，紧紧围绕“五位一体”总体布局和“四个全面”战略布局，牢固树立创新、协调、绿色、开放、共享的发展理念，坚持精准扶贫精准脱贫基本方略，以制度有效衔接为重点，加强部门协作，完善政策措施，健全工作机制，形成制度合力，充分发挥农村低保制度在打赢脱贫攻坚战中的兜底保障作用。

（二）基本原则。

坚持应扶尽扶。精准识别农村贫困人口，将符合条件的农村低保对象全部纳入建档立卡范围，给予政策扶持，帮助其脱贫增收。

坚持应保尽保。健全农村低保制度，完善农村低保对象认定办法，加强农村低保家庭经济状况核查，及时将符合条件的建档立卡贫困户全部纳入农村低保范围，保障其基本生活。

坚持动态管理。做好农村低保对象和建档立卡贫困人口定期核查，建立精准台账，实现应进则进、应退则退。建立健全严格、规范、透明的贫困户脱贫和低保退出标准、程序、核查办法。

坚持资源统筹。统筹各类救助、扶贫资源，将政府兜底保障与扶贫开发政策相结合，形成脱贫攻坚合力，实现对农村贫困人口的全面扶持。

（三）主要目标。通过农村低保制度与扶贫开发政策的有效衔接，形成政策合力，对符合低保标准的农村贫困人口实行政策性保障兜底，确保到 2020 年现行扶贫标准下农村贫困人口全部脱贫。

二、重点任务

（一）加强政策衔接。在坚持依法行政、保持政策连续性的基础上，着力加强农村低保制度与扶贫开发政策衔接。对符合农村低保条件的建档立卡贫困户，按规定程序纳入低保范围，并按照家庭人均收入低于当地低保标准的差额发给低保金。对符合扶贫条件的农村低保家庭，按规定程序纳入建档立卡范围，并针对不同致贫原因予以精准帮扶。对返贫的家庭，按规定程序审核后，相应纳入临时救助、医疗救助、农村低保等社会救助制度和建档立卡贫困户扶贫开发政策覆盖范围。对不在建档立卡范围内的农村低保家庭、特困人员，各地统筹使用相关扶贫开发政策。贫困人口参加农村基本医疗保险的个人缴费部分由财政给予补贴，对基本医疗保险和大病保险支付后个人自负费用仍有困难的，加大医疗救助、临时救助、慈善救助等帮扶力度，符合条件的纳入重特大疾病医疗救助范围。对农村低保家庭中的老年人、未成年人、重度残疾人、重病患者等重点救助对象，要采取多种措施提高救助水平，保障其基本生活，严格落实困难残疾人生活补贴制度和重度残疾人护理补贴制度。

（二）加强对象衔接。县级民政、扶贫等部门和残联要密切配合，加强农村低保和扶贫开发在对象认定上的衔接。完善农村低保家庭贫困状况评估指标体系，以家庭收入、财产作为主要指标，根据地方实际情况适当考虑家庭成员因残疾、患重病等增加的刚性支出因素，综合评估家庭贫困程度。进一步完善农村低保和建档立卡贫困家庭经济状况核查机制，明确核算范围和计算方法。对参与扶贫开发项目实现就业的农村低保家庭，在核算其家庭收入时，可以扣减必要的就业成本，具体扣减办法由各地根据实际情况研究制定。“十三五”期间，在农村低保和扶贫对象认定时，中央确定的农村居民基本养老保险基础养老金暂不计入家庭收入。

（三）加强标准衔接。各地要加大省级统筹工作力度，制定农村低保标准动态调整方案，确保所有地方农村低保标准逐步达到国家扶贫标准。农村低保标准低于国家扶贫标准的地方，要按照国家扶贫标准综合确定农村低保的最低指导标准。农村低保标准已经达到国家扶贫标准的地方，要按照动态调整机制科学调整。进一步完善农村低保标准与物价上涨挂钩的联动机制，确保困难群众不因物价上涨影响基本生活。各地农村低保标准调整后应及时向社会公布，接受社会监督。

（四）加强管理衔接。对农村低保对象和建档立卡贫困人口实施动态管理。乡镇人民政府（街道办事处）要会同村（居）民委员会定期、不定期开展走访调查，及时掌握农村低保家庭、特困人员和建档立卡贫困家庭人口、收入、财产变化情况，并及时上报县级民政、扶贫部门。县级民政部门要将农村低保对象、特困人员名单提供给同级扶贫部门；县级扶贫部门要将建档立卡贫困人口名单和脱贫农村低保对象名单、脱贫家庭人均收入等情况及时提供给同级民政部门。健全信息公开机制，乡镇人民政府（街道办事处）要将农村低保和扶贫开发情况纳入政府信息公开范围，将建档立卡贫困人口和农村低保对象、特困人员名单在其居住地公示，接受社会和群众监督。

三、工作要求

（一）制定实施方案。按照中央统筹、省负总责、市县抓落实的工作机制，各省（区、市）民政、扶贫部门要会同有关部门抓紧制定本地区实施方案，各市县要进一步明确衔接工作目标、重点任务、实施步骤和行动措施，确保落到实处。2016 年 11 月底前，各省（区、市）民政、扶贫部门要将实施方案报民政部、国务院扶贫办备案。

（二）开展摸底调查。2016 年 12 月底前，县级民政、扶贫部门和残联要指导乡镇人民政府（街道办事处）抓紧开展一次农村低保对象和建档立卡贫困人口台账比对，逐户核对农村低保对象和建档立卡贫困人口，掌握纳入建档立卡范围的农村低保对象、特困人员、残疾人数据，摸清建档立卡贫困人口中完全或部分丧失劳动能力的贫困家庭情况，为做好农村低保制度与扶贫开发政策有效衔接奠定基础。

（三）建立沟通机制。各地要加快健全低保信息系统和扶贫开发信息系统，逐步实现低保和扶贫开发信息系统互联互通、信息共享，不断提高低保、扶贫工作信息化水平。县级残联要与民政、扶贫等部门加强贫困残疾人和重度残疾人相关信息的沟通。县级民政、扶贫部门要定期会商交流农村低保对象和建档立卡贫困人口变化情况，指导乡镇人民政府（街道办事处）及时更新农村低保对象和建档立卡贫困人口数据，加强信息核对，确保信息准确完整、更新及时，每年至少比对一次台账数据。

（四）强化考核监督。各地要将农村低保制度与扶贫开发政策衔接工作分别纳入低保工作绩效评价和脱贫攻坚工作成效考核体系。加大对农村低保制度与扶贫开发政策衔接工作的督促检查力度，加强社会监督，建立第三方评估机制，增强约束力和工作透明度。健全责任追究机制，对衔接工作中出现的违法违纪问题，要依法依纪严肃追究有关人员责任。

四、保障措施

（一）明确职责分工。各地民政、扶贫、农村工作、财政、统计等部门和残联要各负其责，加强沟通协调，定期会商交流情况，研究解决存在的问题。民政部门牵头做好农村低保制度与扶贫开发政策衔接工作；扶贫部门落实扶贫开发政策，配合做好衔接工作；农村工作部门综合指导衔接政策设计工作；财政部门做好相关资金保障工作；统计部门会同有关部门组织实施农村贫困监测，及时提供调整低保标准、扶贫标准所需的相关数据；残联会同有关部门及时核查残疾人情况，配合做好对农村低保对象和建档立卡贫困人口中残疾人的重点帮扶工作。

（二）加强资金统筹。各地财政部门要按照国务院有关要求，结合地方实际情况，推进社会救助资金统筹使用，盘活财政存量资金，增加资金有效供给；优化财政支出结构，科学合理编制预算，提升资金使用效益。中央财政安排的社会救助补助资金，重点向保障任务重、地方财政困难、工作绩效突出的地区倾斜。各地财政、民政部门要加强资金使用管理情况检查，确保资金使用安全、管理规范。

（三）提高工作能力。加强乡镇人民政府（街道办事处）社会救助能力建设，探索建立村级社会救助协理员制度，在乡镇人民政府（街道办事处）现有编制内，根据社会救助对象数量等因素配备相应工作人员，加大业务培训力度，进一步提高基层工作人员服务和管理能力。通过政府购买服务等方式，引入社会力量参与提供农村低保服务。充分发挥第一书记和驻村工作队在落实农村低保制度和扶贫开发政策中的骨干作用。进一步健全社会救助“一门受理、协同办理”工作机制，为农村低保对象和建档立卡贫困人口提供“一站式”便民服务。

（四）强化舆论引导。充分利用新闻媒体和基层政府便民服务窗口、公园广场、医疗机构、村（社区）公示栏等，组织开展有针对性的农村低保制度和扶贫开发政策宣传活动，在全社会努力营造积极参与和支持的浓厚氛围。坚持正确舆论导向，积极弘扬正能量，着力增强贫困群众脱贫信心，鼓励贫困群众在政府扶持下依靠自我奋斗实现脱贫致富。

国务院关于改革国有企业工资决定机制的意见[①]

（2018 年 5 月 13 日）

各省、自治区、直辖市人民政府，国务院各部委、各直属机构：

国有企业工资决定机制改革是完善国有企业现代企业制度的重要内容，是深化收入分配制度改革的重要任务，事关国有企业健康发展，事关国有企业职工切身利益，事关收入分配合理有序。改革开放以来，国家对国有大中型企业实行工资总额同经济效益挂钩办法，对促进国有企业提高经济效益、调动广大职工积极性发挥了重要作用。随着社会主义市场经济体制逐步健全和国有企业改革不断深化，现行国有企业工资决定机制还存在市场化分配程度不高、分配秩序不够规范、监管体制尚不健全等问题，已难以适应改革发展需要。为改革国有企业工资决定机制，现提出以下意见。

一、总体要求

（一）指导思想。

全面贯彻党的十九大精神，以习近平新时代中国特色社会主义思想为指导，认真落实党中央、国务院决策部署，统筹推进“五位一体”总体布局和协调推进“四个全面”战略布局，坚持以人民为中心的发展思想，牢固树立和贯彻落实新发展理念，按照深化国有企业改革、完善国有资产管理体制和坚持按劳分配原则、完善按要素分配体制机制的要求，以增强国有企业活力、提升国有企业效率

① 《国务院关于改革国有企业工资决定机制的意见》，《中华人民共和国国务院公报》，2018 年 16 期。

为中心，建立健全与劳动力市场基本适应、与国有企业经济效益和劳动生产率挂钩的工资决定和正常增长机制，完善国有企业工资分配监管体制，充分调动国有企业职工的积极性、主动性、创造性，进一步激发国有企业创造力和提高市场竞争力，推动国有资本做强做优做大，促进收入分配更合理、更有序。

（二）基本原则。

——坚持建立中国特色现代国有企业制度改革方向。坚持所有权和经营权相分离，进一步确立国有企业的市场主体地位，发挥企业党委（党组）领导作用，依法落实董事会的工资分配管理权，完善既符合企业一般规律又体现国有企业特点的工资分配机制，促进国有企业持续健康发展。

——坚持效益导向与维护公平相统一。国有企业工资分配要切实做到既有激励又有约束、既讲效率又讲公平。坚持按劳分配原则，健全国有企业职工工资与经济效益同向联动、能增能减的机制，在经济效益增长和劳动生产率提高的同时实现劳动报酬同步提高。统筹处理好不同行业、不同企业和企业内部不同职工之间的工资分配关系，调节过高收入。

——坚持市场决定与政府监管相结合。充分发挥市场在国有企业工资分配中的决定性作用，实现职工工资水平与劳动力市场价位相适应、与增强企业市场竞争力相匹配。更好发挥政府对国有企业工资分配的宏观指导和调控作用，改进和加强事前引导和事后监督，规范工资分配秩序。

——坚持分类分级管理。根据不同国有企业功能性质定位、行业特点和法人治理结构完善程度，实行工资总额分类管理。按照企业国有资产产权隶属关系，健全工资分配分级监管体制，落实各级政府职能部门和履行出资人职责机构（或其他企业主管部门，下同）的分级监管责任。

二、改革工资总额决定机制

（三）改革工资总额确定办法。按照国家工资收入分配宏观政策要求，根据企业发展战略和薪酬策略、年度生产经营目标和经济效益，综合考虑劳动生产率提高和人工成本投入产出率、职工工资水平市场对标等情况，结合政府职能部门发布的工资指导线，合理确定年度工资总额。

（四）完善工资与效益联动机制。企业经济效益增长的，当年工资总额增长幅度可在不超过经济效益增长幅度范围内确定。其中，当年劳动生产率未提高、上年人工成本投入产出率低于行业平均水平或者上年职工平均工资明显高于全国城镇单位就业人员平均工资的，当年工资总额增长幅度应低于同期经济效益增长幅度；对主业不处于充分竞争行业和领域的企业，上年职工平均工资达到政府职能部门规定的调控水平及以上的，当年工资总额增长幅度应低于同期经济效益增长幅度，且职工平均工资增长幅度不得超过政府职能部门规定的工资增长调控目标。

企业经济效益下降的，除受政策调整等非经营性因素影响外，当年工资总额原则上相应下降。其中，当年劳动生产率未下降、上年人工成本投入产出率明显优于行业平均水平或者上年职工平均工资明显低于全国城镇单位就业人员平均工资的，当年工资总额可适当少降。

企业未实现国有资产保值增值的，工资总额不得增长，或者适度下降。

企业按照工资与效益联动机制确定工资总额，原则上增人不增工资总额、减人不减工资总额，但发生兼并重组、新设企业或机构等情况的，可以合理增加或者减少工资总额。

（五）分类确定工资效益联动指标。根据企业功能性质定位、行业特点，科学设置联动指标，合理确定考核目标，突出不同考核重点。

对主业处于充分竞争行业和领域的商业类国有企业，应主要选取利润总额（或净利润）、经济增加值、净资产收益率等反映经济效益、国有资本保值增值和市场竞争能力的指标。对主业处于关系国家安全、国民经济命脉的重要行业和关键领域、主要承担重大专项任务的商业类国有企业，在主要选取反映经济效益和国有资本保值增值指标的同时，可根据实际情况增加营业收入、任务完成率等体现服务国家战略、保障国家安全和国民经济运行、发展前瞻性战略性产业以及完成特殊任务等情况的指标。对主业以保障民生、服务社会、提供公共产品和服务为主的公益类国有企业，应主要选取反映成本控制、产品服务质量、营运效率和保障能力等情况的指标，兼顾体现经济效益和国有资本保值增值的指标。对金融类国有企业，属于开发性、政策性的，应主要选取体现服务国家战略和风险控制的指标，兼顾反映经济效益的指标；属于商业性的，应主要选取反映经济效益、资产质量和偿付能力的指标。对文化类国有企业，应同时选取反映社会效益和经济效益、国有资本保值增值的指标。劳动生产率指标一般以人均增加值、人均利润为主，根据企业实际情况，可选取人均营业收入、人均工作量等指标。

三、改革工资总额管理方式

（六）全面实行工资总额预算管理。工资总额预算方案由国有企业自主编制，按规定履行内部决策程序后，根据企业功能性质定位、行业特点并结合法人治理结构完善程度，分别报履行出资人职责机构备案或核准后执行。

对主业处于充分竞争行业和领域的商业类国有企业，工资总额预算原则上实行备案制。其中，未建立规范董事会、法人治理结构不完善、内控机制不健全的企业，经履行出资人职责机构认定，其工资总额预算应实行核准制。

对其他国有企业，工资总额预算原则上实行核准制。其中，已建立规范董事会、法人治理结构完善、内控机制健全的企业，经履行出资人职责机构同意，其工资总额预算可实行备案制。

（七）合理确定工资总额预算周期。国有企业工资总额预算一般按年度进行管理。对行业周期性特征明显、经济效益年度间波动较大或存在其他特殊情况的企业，工资总额预算可探索按周期进行管理，周期最长不超过三年，周期内的工资总额增长应符合工资与效益联动的要求。

（八）强化工资总额预算执行。国有企业应严格执行经备案或核准的工资总额预算方案。执行过程中，因企业外部环境或自身生产经营等编制预算时所依据的情况发生重大变化，需要调整工资总额预算方案的，应按规定程序进行调整。

履行出资人职责机构应加强对所监管企业执行工资总额预算情况的动态监控和指导，并对预算执行结果进行清算。

四、完善企业内部工资分配管理

（九）完善企业内部工资总额管理制度。国有企业在经备案或核准的工资总额预算内，依法依规自主决定内部工资分配。企业应建立健全内部工资总额管理办法，根据所属企业功能性质定位、行业特点和生产经营等情况，指导所属企业科学编制工资总额预算方案，逐级落实预算执行责任，建立预算执行情况动态监控机制，确保实现工资总额预算目标。企业集团应合理确定总部工资总额预算，其职工平均工资增长幅度原则上应低于本企业全部职工平均工资增长幅度。

（十）深化企业内部分配制度改革。国有企业应建立健全以岗位工资为主的基本工资制度，以岗位价值为依据，以业绩为导向，参照劳动力市场工资价位并结合企业经济效益，通过集体协商等形式合理确定不同岗位的工资水平，向关键岗位、生产一线岗位和紧缺急需的高层次、高技能人才倾斜，合理拉开工资分配差距，调整不合理过高收入。加强全员绩效考核，使职工工资收入与其工作业绩和实际贡献紧密挂钩，切实做到能增能减。

（十一）规范企业工资列支渠道。国有企业应调整优化工资收入结构，逐步实现职工收入工资化、工资货币化、发放透明化。严格清理规范工资外收入，将所有工资性收入一律纳入工资总额管理，不得在工资总额之外以其他形式列支任何工资性支出。

五、健全工资分配监管体制机制

（十二）加强和改进政府对国有企业工资分配的宏观指导和调控。人力资源社会保障部门负责建立企业薪酬调查和信息发布制度，定期发布不同职业的劳动力市场工资价位和行业人工成本信息；会同财政、国资监管等部门完善工资指导线制度，定期制定和发布工资指导线、非竞争类国有企业职工平均工资调控水平和工资增长调控目标。

（十三）落实履行出资人职责机构的国有企业工资分配监管职责。履行出资人职责机构负责做好所监管企业工资总额预算方案的备案或核准工作，加强对所监管企业工资总额预算执行情况的动态监控和执行结果的清算，并按年度将所监管企业工资总额预算执行情况报同级人力资源社会保障部门，由人力资源社会保障部门汇总报告同级人民政府。同时，履行出资人职责机构可按规定将有关情况直接报告同级人民政府。

（十四）完善国有企业工资分配内部监督机制。国有企业董事会应依照法定程序决定工资分配事项，加强对工资分配决议执行情况的监督。落实企业监事会对工资分配的监督责任。将企业职工工资收入分配情况作为厂务公开的重要内容，定期向职工公开，接受职工监督。

（十五）建立国有企业工资分配信息公开制度。履行出资人职责机构、国有企业每年定期将企业工资总额和职工平均工资水平等相关信息向社会披露，接受社会公众监督。

（十六）健全国有企业工资内外收入监督检查制度。人力资源社会保障部门会同财政、国资监管等部门，定期对国有企业执行国家工资收入分配政策情况开展监督检查，及时查处违规发放工资、滥发工资外收入等行为。加强与出资人监管和审计、税务、纪检监察、巡视等监督的协同，建立工作会商和资源共享机制，提高监督效能，形成监督合力。

对企业存在超提、超发工资总额及其他违规行为的，扣回违规发放的工资总额，并视违规情形对企业负责人和相关责任人员依照有关规定给予经济处罚和纪律处分；构成犯罪的，由司法机关依法追究刑事责任。

六、做好组织实施工作

（十七）国有企业工资决定机制改革是一项涉及面广、政策性强的工作，各地区、各有关部门要统一思想认识，以高度的政治责任感和历史使命感，切实加强对改革工作的领导，做好统筹协调，细化目标任务，明确责任分工，强化督促检查，及时研究解决改革中出现的问题，推动改革顺利进行。各省（自治区、直辖市）要根据本意见，结合当地实际抓紧制定改革国有企业工资决定机制的实施意见，认真抓好贯彻落实。各级履行出资人职责机构要抓紧制定所监管企业的具体改革实施办法，由同级人力资源社会保障部门会同财政部门审核后实施。各级人力资源社会保障、财政、国资监管等部门和工会要各司其职，密切配合，共同做好改革工作，形成推进改革的合力。广大国有企业要自觉树立大局观念，认真执行国家有关改革规定，确保改革政策得到落实。要加强舆论宣传和政策解读，引导全社会正确理解和支持改革，营造良好社会环境。

（十八）本意见适用于国家出资的国有独资及国有控股企业。中央和地方有关部门或机构作为实际控制人的企业，参照本意见执行。

本意见所称工资总额，是指由企业在一个会计年度内直接支付给与本企业建立劳动关系的全部职工的劳动报酬总额，包括工资、奖金、津贴、补贴、加班加点工资、特殊情况下支付的工资等。

中共中央 国务院关于支持浙江高质量发展建设共同富裕示范区的意见①

（2021 年 5 月 20 日）

共同富裕是社会主义的本质要求，是人民群众的共同期盼。改革开放以来，通过允许一部分人、一部分地区先富起来，先富带后富，极大解放和发展了社会生产力，人民生活水平不断提高。党的十八大以来，以习近平同志为核心的党中央不忘初心、牢记使命，团结带领全党全国各族人民，始终朝着实现共同富裕的目标不懈努力，全面建成小康社会取得伟大历史性成就，特别是决战脱贫攻坚取得全面胜利，困扰中华民族几千年的绝对贫困问题得到历史性解决，为新发展阶段推动共同富裕奠定了坚实基础。

党的十九届五中全会对扎实推动共同富裕作出重大战略部署。实现共同富裕不仅是经济问题，而且是关系党的执政基础的重大政治问题。共同富裕具有鲜明的时代特征和中国特色，是全体人民通过辛勤劳动和相互帮助，普遍达到生活富裕富足、精神自信自强、环境宜居宜业、社会和谐和睦、公共服务普及普惠，实现人的全面发展和社会全面进步，共享改革发展成果和幸福美好生活。随着我国开启全面建设社会主义现代化国家新征程，必须把促进全体人民共同富裕摆在更加重要的位置，向着这个目标更加积极有为地进行努力，让人民群众真真切切感受到共同富裕看得见、摸得着、真实可感。

---

① 《中共中央 国务院关于支持浙江高质量发展建设共同富裕示范区的意见》，《中华人民共和国国务院公报》，2021 年 18 期。

当前，我国发展不平衡不充分问题仍然突出，城乡区域发展和收入分配差距较大，各地区推动共同富裕的基础和条件不尽相同。促进全体人民共同富裕是一项长期艰巨的任务，需要选取部分地区先行先试、作出示范。浙江省在探索解决发展不平衡不充分问题方面取得了明显成效，具备开展共同富裕示范区建设的基础和优势，也存在一些短板弱项，具有广阔的优化空间和发展潜力。支持浙江高质量发展建设共同富裕示范区，有利于通过实践进一步丰富共同富裕的思想内涵，有利于探索破解新时代社会主要矛盾的有效途径，有利于为全国推动共同富裕提供省域范例，有利于打造新时代全面展示中国特色社会主义制度优越性的重要窗口。现就支持浙江高质量发展建设共同富裕示范区提出如下意见。

一、总体要求

（一）指导思想。以习近平新时代中国特色社会主义思想为指导，深入贯彻党的十九大和十九届二中、三中、四中、五中全会精神，全面贯彻落实习近平总书记关于浙江工作的重要指示批示精神，坚持稳中求进工作总基调，坚持以人民为中心的发展思想，立足新发展阶段、贯彻新发展理念、构建新发展格局，紧扣推动共同富裕和促进人的全面发展，坚持以满足人民日益增长的美好生活需要为根本目的，以改革创新为根本动力，以解决地区差距、城乡差距、收入差距问题为主攻方向，更加注重向农村、基层、相对欠发达地区倾斜，向困难群众倾斜，支持浙江创造性贯彻“八八战略”，在高质量发展中扎实推动共同富裕，着力在完善收入分配制度、统筹城乡区域发展、发展社会主义先进文化、促进人与自然和谐共生、创新社会治理等方面先行示范，构建推动共同富裕的体制机制，着力激发人民群众积极性、主动性、创造性，促进社会公平，增进民生福祉，不断增强人民群众的获得感、幸福感、安全感和认同感，为实现共同富裕提供浙江示范。

（二）工作原则

——坚持党的全面领导。坚定维护党中央权威和集中统一领导，充分发挥党总揽全局、协调各方的领导核心作用，坚持和完善中国特色社会主义制度，把党的政治优势和制度优势转化为推动共同富裕示范区建设、广泛凝聚各方共识的强大动力和坚强保障。

——坚持以人民为中心。坚持发展为了人民、发展依靠人民、发展成果由人民共享，始终把人民对美好生活的向往作为推动共同富裕的奋斗目标，瞄准人民群众所忧所急所盼，在更高水平上实现幼有所育、学有所教、劳有所得、病有所医、老有所养、住有所居、弱有所扶。

——坚持共建共享。弘扬勤劳致富精神，鼓励劳动者通过诚实劳动、辛勤劳动、创新创业实现增收致富，不断提高劳动生产率和全要素生产率。充分发挥市场在资源配置中的决定性作用，更好发挥政府作用，体现效率、促进公平，坚决防止两极分化，在发展中补齐民生短板，让发展成果更多更公平惠及人民群众。

——坚持改革创新。坚定不移推进改革，推动有利于共同富裕的体制机制不断取得新突破，着力破除制约高质量发展高品质生活的体制机制障碍，强化有利于调动全社会积极性的重大改革开放举措。坚持创新在现代化建设全局中的核心地位，深入实施创新驱动发展战略，率先在推动共同富裕方面实现理论创新、实践创新、制度创新、文化创新。

——坚持系统观念。立足当前、着眼长远，统筹考虑需要和可能，按照经济社会发展规律循序渐进，脚踏实地、久久为功，不吊高胃口、不搞“过头事”，尽力而为、量力而行，注重防范化解重大风险，使示范区建设与经济发展阶段相适应、与现代化建设进程相协调，不断形成推动共同富裕的阶段性标志性成果。

（三）战略定位

——高质量发展高品质生活先行区。率先探索实现高质量发展的有效路径，促进城乡居民收入增长与经济增长更加协调，构建产业升级与消费升级协调共进、经济结构与社会结构优化互促的良性循环，更好满足人民群众品质化多样化的生活需求，富民惠民安民走在全国前列。

——城乡区域协调发展引领区。坚持城乡融合、陆海统筹、山海互济，形成主体功能明显、优势互补、高质量发展的国土空间开发保护新格局，健全城乡一体、区域协调发展体制机制，加快基本公共服务均等化，率先探索实现城乡区域协调发展的路径。

——收入分配制度改革试验区。坚持按劳分配为主体、多种分配方式并存，着重保护劳动所得，完善要素参与分配政策制度，在不断提高城乡居民收入水平的同时，缩小收入分配差距，率先在优化收入分配格局上取得积极进展。

——文明和谐美丽家园展示区。加强精神文明建设，推动生态文明建设先行示范，打造以社会主义核心价值观为引领、传承中华优秀文化、体现时代精神、具有江南特色的文化强省，实现国民素质和社会文明程度明显提高、团结互助友爱蔚然成风、经济社会发展全面绿色转型，成为人民精神生活丰富、社会文明进步、人与自然和谐共生的幸福美好家园。

（四）发展目标

到2025年，浙江省推动高质量发展建设共同富裕示范区取得明显实质性进展。经济发展质量效益明显提高，人均地区生产总值达到中等发达经济体水平，基本公共服务实现均等化；城乡区域发展差距、城乡居民收入和生活水平差距持续缩小，低收入群体增收能力和社会福利水平明显提升，以中等收入群体为主体的橄榄型社会结构基本形成，全省居民生活品质迈上新台阶；国民素质和社会文明程度达到新高度，美丽浙江建设取得新成效，治理能力明显提升，人民生活更加美好；推动共同富裕的体制机制和政策框架基本建立，形成一批可复制可推广的成功经验。

到2035年，浙江省高质量发展取得更大成就，基本实现共同富裕。人均地区生产总值和城乡居民收入争取达到发达经济体水平，城乡区域协调发展程度更高，收入和财富分配格局更加优化，法治浙江、平安浙江建设达到更高水平，治理体系和治理能力现代化水平明显提高，物质文明、政治文明、精神文明、社会文明、生态文明全面提升，共同富裕的制度体系更加完善。

二、提高发展质量效益，夯实共同富裕的物质基础

（五）大力提升自主创新能力。以创新型省份建设为抓手，把科技自立自强作为战略支撑，加快探索社会主义市场经济条件下新型举国体制开展科技创新的浙江路径。实施好关键核心技术攻关工程，强化国家战略科技力量，为率先实现共同富裕提供强劲内生动力。支持布局重大科技基础设施和平台，建设创新策源地，打造“互联网+”、生命健康、新材料科创高地。高水平建设杭州、宁波温州国家自主创新示范区，深化国家数字经济创新发展试验区建设，强化“云上浙江”和数字强省基础支撑，探索消除数字鸿沟的

有效路径，保障不同群体更好共享数字红利。畅通创新要素向企业集聚通道，鼓励企业组建创新联合体和知识产权联盟，建设共性技术平台。加大对科技成果应用和产业化的政策支持力度，打造辐射全国、链接全球的技术交易平台。

（六）塑造产业竞争新优势。巩固壮大实体经济根基，夯实共同富裕的产业基础。加快推进产业转型升级，大力推动企业设备更新和技术改造，推动传统产业高端化、智能化、绿色化发展，做优做强战略性新兴产业和未来产业，培育若干世界级先进制造业集群，打响“浙江制造”品牌。促进中小微企业专精特新发展，提升创新能力和专业化水平。推动农村一二三产业融合发展，建设农业现代化示范区，做精农业特色优势产业和都市农业，发展智慧农业。加快服务业数字化、标准化、品牌化发展，推动现代服务业同先进制造业、现代农业深度融合。畅通金融服务实体经济渠道。

（七）提升经济循环效率。落实构建新发展格局要求，贯通生产、分配、流通、消费各环节，在率先实现共同富裕进程中畅通经济良性循环。深化供给侧结构性改革，扩大优质产品和服务消费供给，加快线上线下消费双向深度融合。支持适销对路的优质外贸产品拓宽内销渠道。加快构建现代流通体系，推动海港、陆港、空港、信息港“四港”联动。统筹推进浙江自由贸易试验区各片区联动发展，开展首创性和差别化改革探索。畅通城乡区域经济循环，破除制约城乡区域要素平等交换、双向流动的体制机制障碍，促进城乡一体化、区域协调发展。支持浙江发挥好各地区比较优势，加强大湾区大花园大通道大都市区建设。更加主动对接上海、江苏、安徽，更好融入长三角一体化发展。加快建设“一带一路”重要枢纽，大力发展数字贸易、服务贸易，发展更高水平开放型经济。

（八）激发各类市场主体活力。推动有效市场和有为政府更好结合，培育更加活跃更有创造力的市场主体，壮大共同富裕根基。高水平推动浙江杭州区域性国资国企综合改革试验，完善国有资产监管体制，规范有序开展混合所有制改革，做强做优做大国有资本和国有企业，充分发挥国有经济战略支撑作用。完善产权保护制度，构建亲清政商关系，促进非公有制经济健康发展和非公有制经济人士健康成长，破除制约民营企业发展的各种壁垒，完善促进中小微企业和个体工商户发展的法律环境和政策体系，建立企业减负长效机制。加快建设高标准市场体系，持续优化市场化法治化国际化营商环境，实施统一的市场准入负面清单制度。坚持发展和规范并重，建立健全平台经济治理体系，督促平台企业承担质量和安全保障等责任，推动平台经济为高质量发展和高品质生活服务。加大反垄断和反不正当竞争执法司法力度，提升监管能力和水平，实现事前事中事后全链条监管，防止资本无序扩张。

三、深化收入分配制度改革，多渠道增加城乡居民收入

（九）推动实现更加充分更高质量就业。强化就业优先政策，坚持经济发展就业导向，扩大就业容量，提升就业质量，促进充分就业。支持和规范发展新就业形态，完善促进创业带动就业、多渠道灵活就业的保障制度。统筹各类职业技能培训资金，合理安排就业补助资金，健全统筹城乡的就业公共服务体系。鼓励返乡入乡创业。完善重点群体就业支持体系，帮扶困难人员就业。创造公平就业环境，率先消除户籍、地域、身份、性别等影响就业的制度障碍，深化构建和谐劳动关系，推动劳动者通过辛勤劳动提高生活品质。

（十）不断提高人民收入水平。优化政府、企业、居民之间分配格局，支持企业通过提质增效拓展从业人员增收空间，合理提高劳动报酬及其在初次分配中的比重。健全工资合理增长机制，完善企业薪酬调查和信息发布制度，合理调整最低工资标准，落实带薪休假制度。完善创新要素参与分配机制，支持浙江加快探索知识、技术、管理、数据等要素价值的实现形式。拓宽城乡居民财产性收入渠道，探索通过土地、资本等要素使用权、收益权增加中低收入群体要素收入。丰富居民可投资金融产品，完善上市公司分红制度。鼓励企业开展员工持股计划。深入推进农村集体产权制度改革，巩固提升农村集体经济，探索股权流转、抵押和跨社参股等农村集体资产股份权能实现新形式。立足当地特色资源推动乡村产业发展壮大，完善利益联结机制，让农民更多分享产业增值收益。支持浙江率先建立集体经营性建设用地入市增值收益分配机制。

（十一）扩大中等收入群体。实施扩大中等收入群体行动计划，激发技能人才、科研人员、小微创业者、高素质农民等重点群体活力。加大人力资本投入力度，健全面向劳动者的终身职业技能培训制度，实施新时代浙江工匠培育工程，加快构建产教训融合、政企社协同、育选用贯通的技术技能人才培养培训体系，完善技能人才薪酬分配政策，拓宽技术工人上升通道。对有劳动能力的低收入群体，坚持开发式帮扶，提高内生发展能力，着力发展产业使其积极参与就业。拓展基层发展空间，保障不同群体发展机会公平，推动更多低收入群体迈入中等收入群体行列。规范招考选拔聘用制度，完善评价激励机制。完善党政机关、企事业单位和社会各方面人才顺畅流动的制度体系。实行更加开放的人才政策，激发人才创新活力。

（十二）完善再分配制度。支持浙江在调节收入分配上主动作为，加大省对市县转移支付等调节力度和精准性，合理调节过高收入。依法严厉惩治贪污腐败，继续遏制以权力、行政垄断等非市场因素获取收入，取缔非法收入。优化财政支出结构，加大保障和改善民生力度，建立健全改善城乡低收入群体等困难人员生活的政策体系和长效机制。

（十三）建立健全回报社会的激励机制。鼓励引导高收入群体和企业家向上向善、关爱社会，增强社会责任意识，积极参与和兴办社会公益事业。充分发挥第三次分配作用，发展慈善事业，完善有利于慈善组织持续健康发展的体制机制，畅通社会各方面参与慈善和社会救助的渠道。探索各类新型捐赠方式，鼓励设立慈善信托。加强对慈善组织和活动的监督管理，提高公信力和透明度。落实公益性捐赠税收优惠政策，完善慈善褒奖制度。

四、缩小城乡区域发展差距，实现公共服务优质共享

（十四）率先实现基本公共服务均等化。推进城乡区域基本公共服务更加普惠均等可及，稳步提高保障标准和服务水平。推动义务教育优质均衡发展，建成覆盖城乡的学前教育公共服务体系，探索建立覆盖全省中小学的新时代城乡教育共同体，共享“互联网+教育”优质内容，探索终身学习型社会的浙江示范，提高人口平均受教育年限和综合能力素质。深入实施健康浙江行动，加快建设强大的公共卫生体系，深化县域医共体和城市医联体建设，推动优质医疗资源均衡布局。积极应对人口老龄化，提高优生优育服务水平，大力发展普惠托育服务体系，加快建设居家社区机构相协调、医养康养相结合的养老服务体系，发展普惠型养老服务和互助性养老。健全全民健身公共服务体系。

（十五）率先实现城乡一体化发展。高质量创建乡村振兴示范省，推动新型城镇化与乡村振兴全面对接，深入探索破解城乡二元结构、缩小城乡差距、健全城乡融合发展的体制机制。推动实现城乡交通、供水、电网、通信、燃气等基础设施同规同网。推进以人为核心的新型城镇化，健全农业转移人口市民化长效机制，探索建立人地钱挂钩、以人定地、钱随人走制度，切实保障农民工随迁子女平等接受义务教育，逐步实现随迁子女入学待遇同城化。促进大中小城市与小城镇协调发展。推进以县城为重要载体的城镇化建设，推进空间布局、产业发展、基础设施等县域统筹，赋予县级更多资源整合使用的自主权。以深化“千村示范、万村整治”工程牵引新时代乡村建设。

（十六）持续改善城乡居民居住条件。坚持房子是用来住的、不是用来炒的定位，完善住房市场体系和住房保障体系，确保实现人民群众住有所居。针对新市民、低收入困难群众等重点群体，有效增加保障性住房供给。对房价比较高、流动人口多的城市，土地供应向租赁住房建设倾斜，探索利用集体建设用地和企事业单位自有闲置土地建设租赁住房，扩大保障性租赁住房供给，加快完善长租房政策，使租购住房在享受公共服务上具有同等权利。全面推进城镇老旧小区改造和社区建设，提升农房建设质量，加强农村危房改造，探索建立农村低收入人口基本住房安全保障机制，塑造江南韵、古镇味、现代风的新江南水乡风貌，提升城乡宜居水平。

（十七）织密扎牢社会保障网。完善社会保障制度，加快实现法定人员全覆盖，建立统一的社保公共服务平台，实现社保事项便捷“一网通办”。健全多层次、多支柱养老保险体系，大力发展企业年金、职业年金、个人储蓄型养老保险和商业养老保险。规范执行全国统一的社保费率标准。推动基本医疗保险、失业保险、工伤保险省级统筹。健全重大疾病医疗保险制度。做好长期护理保险制度试点工作，积极发展商业医疗保险。健全灵活就业人员社保制度。健全统一的城乡低收入群体精准识别机制，完善分层分类、城乡统筹的社会救助体系，加强城乡居民社会保险与社会救助制度的衔接，按困难类型分类分档及时给予专项救助、临时救助，切实兜住因病、因灾致贫等困难群众基本生活底线。保障妇女儿童合法权益，完善帮扶残疾人、孤儿等社会福利制度。

（十八）完善先富带后富的帮扶机制。加快推进省以下财政事权和支出责任划分改革，加大向重点生态功能区的转移支付力度。强化陆海统筹，升级山海协作工程，挖掘海域和山区两翼的潜力优势，支持一批重点生态功能区县增强内生发展能力和实力，带动山区群众增收致富。全域参与海洋经济发展，建设海洋强省。探索建立先富帮后富、推动共同富裕的目标体系、工作体系、政策体系、评估体系。深入实施东西部协作和对口支援，持续推进智力支援、产业支援、民生改善、文化教育支援，加强对省外欠发达地区帮扶，大力推进产业合作、消费帮扶和劳务协作，探索共建园区、飞地经济等利益共享模式。完善社会力量参与帮扶的长效机制。

五、打造新时代文化高地，丰富人民精神文化生活

（十九）提高社会文明程度。推动学习贯彻习近平新时代中国特色社会主义思想走深走心走实，实现理想信念教育常态化制度化。坚持以社会主义核心价值观为引领，加强爱国主义、集体主义、社会主义教育，厚植勤劳致富、共同富裕的文化氛围。推进公民道德建设，支持培育“最美浙江人”等品牌。扎实推进新时代文明实践中心建设，深入实施文明创建工程，打造精神文明高地。完善覆盖全省的现代公共文化服务体系，提高城乡基本公共文化服务均等化水平，深入创新实施文化惠民工程，优化基层公共文化服务网络。弘扬诚信文化，推进诚信建设，营造人与人之间互帮互助、和睦友好的社会风尚。加强家庭家教家风建设，健全志愿服务体系，广泛开展志愿服务关爱行动。

（二十）传承弘扬中华优秀传统文化、革命文化、社会主义先进文化。传承弘扬中华优秀传统文化，充分挖掘浙江文化优势，深入推进大运河国家文化公园、大运河文化带建设，振兴非遗记忆。传承红色基因，大力弘扬革命文化，提升爱国主义教育基地建设水平。实施重大文化设施建设工程，打造具有国际影响力的影视文化创新中心和数字文化产业集群，提供更多优秀文艺作品、优秀文化产品和优质旅游产品，更好满足人民群众文化需求。

六、践行绿水青山就是金山银山理念，打造美丽宜居的生活环境

（二十一）高水平建设美丽浙江。支持浙江开展国家生态文明试验区建设，绘好新时代“富春山居图”。强化国土空间规划和用途管控，优化省域空间布局，落实生态保护、基本农田、城镇开发等空间管控边界。坚持最严格的耕地保护制度和最严格的节约用地制度，严格规范执行耕地占补平衡制度，对违法占用耕地“零容忍”，坚决有效遏制增量，依法有序整治存量，强化耕地数量保护和质量提升。深化生态文明体制改革，实行最严格的生态环境保护制度，健全明晰高效的自然资源资产产权制度。坚持山水林田湖草系统治理，全面提升生物多样性保护水平。完善生态保护补偿机制，推广新安江等跨流域共治共保共享经验。继续打好蓝天、碧水、净土保卫战，强化多污染物协同控制和区域协同治理，推进生态环境持续改善。推进海岸带综合保护与利用。推进海岛特色化差异化发展，加强海岛生态环境保护。

（二十二）全面推进生产生活方式绿色转型。拓宽绿水青山就是金山银山转化通道，建立健全生态产品价值实现机制，探索完善具有浙江特点的生态系统生产总值（GEP）核算应用体系。高标准制定实施浙江省碳排放达峰行动方案。推进排污权、用能权、用水权市场化交易，积极参与全国碳排放权交易市场。大力发展绿色金融。全面促进能源资源节约集约利用，进一步推进生活垃圾分类，加快构建家电、汽车等废旧物资循环利用体系。深化“无废城市”建设。大力推行简约适度、绿色低碳、文明健康的生活方式，广泛开展绿色生活创建行动，促进人与自然和谐共生。

七、坚持和发展新时代“枫桥经验”，构建舒心安心放心的社会环境

（二十三）以数字化改革提升治理效能。强化数字赋能，聚焦党政机关整体智治、数字经济、数字社会、数字政府、数字法治等领域，探索智慧治理新平台、新机制、新模式。推进“互联网+放管服”，全面推行“掌上办事”、“掌上办公”。深化“一件事”集成改革。健全党组织领导的自治、法治、德治、智治融合的城乡基层治理体系，完善基层民主协商制度，推进市域社会治理现代化，建设人人有责、人人尽责、人人享有的社会治理共同体。推进“最多跑一地”改革，完善县级社会矛盾纠纷调处化解中心工作机制。

（二十四）全面建设法治浙江、平安浙江。健全覆盖城乡的公共法律服务体系，加大普法力度，推动尊法学法守法用法，促进公

平正义，建设法治社会。构建全覆盖的政府监管体系和行政执法体系。高水平建设平安中国示范区，把保护人民生命安全摆在首位，加强社会治安防控体系建设，全面提高公共安全保障能力。建立健全覆盖各领域各方面的风险监测防控平台，健全防范化解重大风险挑战体制机制，守住不发生系统性风险底线。

八、保障措施

（二十五）坚持和加强党的全面领导。把党的领导贯穿推动浙江高质量发展建设共同富裕示范区的全过程、各领域、各环节。落实全面从严治党主体责任、监督责任，持之以恒加强党风廉政建设，不断深化清廉浙江建设，营造风清气正的良好政治生态。以正确用人导向引领干部干事创业，落实“三个区分开来”要求，做好容错纠错工作，加强对敢担当善作为干部的激励保护。

（二十六）强化政策保障和改革授权。中央和国家机关有关部门要结合自身职能，加强对浙江省的指导督促，根据本意见有针对性制定出台专项政策，优先将本领域改革试点、探索示范任务赋予浙江，并加强对改革试验、政策实施的监督检查。根据浙江高质量发展建设共同富裕示范区需要，在科技创新、数字化改革、分配制度改革、城乡区域协调发展、公共服务、生态产品价值实现等方面给予改革授权。涉及重要政策、重要规划、重大项目的，要依法依规办理并按程序报批。有关改革政策措施凡涉及调整现行法律或行政法规的，按法定程序经全国人大常委会或国务院统一授权后实施。

（二十七）建立评价体系和示范推广机制。加快构建推动共同富裕的综合评价体系，建立评估机制，坚持定量与定性、客观评价与主观评价相结合，全面反映共同富裕示范区建设工作成效，更好反映人民群众满意度和认同感。建立健全示范推广机制，及时总结示范区建设的好经验好做法，归纳提炼体制机制创新成果，成熟一批、推广一批，发挥好对全国其他地区的示范带动作用。

（二十八）完善实施机制。健全中央统筹、省负总责、市县抓落实的实施机制。依托推动长三角一体化发展领导小组，加强对浙江建设共同富裕示范区的统筹指导，国家发展改革委牵头设立工作专班负责协调推进本意见提出的任务措施。浙江省要切实承担主体责任，增强敢闯敢试、改革破难的担当精神，始终保持奋进姿态，立足省情和发展实际，制定具体实施方案，充分动员各方力量，不断开辟干在实处、走在前列、勇立潮头新境界。重大事项及时向党中央、国务院请示报告。

期刊摘要

▼

对当前收入分配不公问题的几点看法

（赵人伟，《经济研究》，1989 年 12 期）

从长期来看，分配不公的现象，只有通过深化改革、克服体制转换过程中的种种无序状态、使整个经济体制进入新体制的运行轨道以后，才能从根本上加以消除。因此，解决分配不公问题同解决许多经济问题一样，决不能急于求成，必须清醒地认识到，只有坚持深化改革才是治本之道。但是，这决不是说目前我们就无所作为了。实际上，只要我们对症下药，完全可以从无序中求得相对有序。例如，克服经济过热，缓解总供给与总需求的矛盾，就可以降低价格落差；在条件许可时适当提高某些产品的计划价格，也可以降低价格落差；采取各种措施抑制通货膨胀，不但可以缓解通货膨胀所引起的对个人收入再分配的效应，而且也可以降低价格落差。所有这些降低价格落差的措施，都会使租金总额下降，对各种寻租活动起抑制的作用，从而能缓解收入分配不公的问题。当然，无论对计划内还是对计划外的经济活动，只要加强各种宏观管理和控制的措施，也会大大缓解因管理混乱和失控而引起的分配不公，如健全各种税收制度，建立个人收入的申报制度等，都是有效的措施。至于对那些非法收入，则应该通过健全法制严加取缔。

库兹涅茨倒 U 假设理论论争评析

（陈宗胜，《上海经济研究》，1991 年 03 期）

刘易斯等人的两部门模型为库氏倒U假设的说明提供了一个基本框架，但对倒U现象的准确和全面说明，还必须从包括古典学派在内的其他观点中汲取营养。李嘉图的理论描绘了倒U现象起始阶段的一个短暂过程；马克思的理论描述了倒U曲线由上升到恶化这一阶段，并深刻揭示了这一过程的实质。马克思本人虽然没有预见倒U曲线的下降阶段，但是我们仍可以给出符合马克思主义的说明（阶级力量对比的结果）。导致私有经济发展中收入差别呈现倒U格局的基本原因是：功能性收入分配、两部门转换（工业化、城市化进程）、要素供求、国家干预、工人级的反抗、技术进步等等。试图否定倒U假设的理论，包括试图否定不平等与增长正相关的所谓“公平增长论”，虽然指出一些影响分配和增长的补充性因素，但基本观点是不成立的。因此，从理论分析方面我们也可以下结论：库兹涅茨收入分配倒U现象在私有经济发展过程中是一种必然性的趋势，是不可避免的。

中国经济改革中的收入分配变动

（李实、赵人伟、张平，《管理世界》，1998 年 01 期）

当今中国收入分配的格局已大大不同于经济改革的初期，也明显不同于 20 世纪 80 年代后期的情形。中国收入分配出现了全范围的，多层次的收入差距扩大的态势。在过去 18 年改革期间，农村、城镇内部，城乡之间，区域内部和地区之间，行业、职业内部和行业、职业之间，个人收入差距都发生了不同幅度的扩大。新的收入分配格局虽然纠正了传统分配体制的一些弊端，但是也带来了一些需要进一步注意的问题。虽然我们还难以根据收入差距对现今的收入分配状况进行价值判断，但是我们还是有必要对收入差距进一步扩大所可能引起的社会不稳定因素表示关注。我们对库兹涅茨假说的验证结果说明了我们现在还无法把缩小收入差距的希望寄托在经济增长的自发力量上或者一些短期的、应急的措施上。

教育、劳动力市场与收入分配

（赖德胜，《经济研究》，1998 年 05 期）

教育对收入分配有重要影响，而且这种影响随社会的发展而日见明显。因此，自 20 世纪 50 年代以来，各国政府都自觉地把发展教育看作是改善收入分配的重要措施。本文的目的有二：一是利用中国社会科学院经济研究所收入分配与改革课题组的资料对中国城镇 1995 年的私人教育收益率进行估算；二是对中国私人教育收益率的形成给出一个解释，并在此基础上提出若干政策建议。

中国居民收入分配再研究

（李实、赵人伟，《经济研究》，1999 年 04 期）

到了 20 世纪 90 年代中期，中国居民收入分配的不均等已经达到相当高的程度。从国际比较来看，中国的收入差距处在中等偏上的水平。就这一点而言，我们应该开始认真地考虑如何防止收入差距进一步扩大的问题。收入差距的过度扩大不仅是经济学上的效率和公平问题，更多的是与社会政治的稳定相联系的。收入差距扩大的原因是多方面的，也是复杂的。不能采取一概否定的态度。应该看到部分的收入差距扩大具有积极的意义，也是我们改革过去不合理的分配制度的初衷和想要达到的目的。例如，个人教育收益率提高引起的不同文化程度职工之间收入差距的扩大；专业技术人员和非技术人员之间的收入差距扩大；劳动贡献大小所引起的收入差距的扩大；等等。还有部分收入差距扩大是与经济发展过程联系的，是不可避免的。如农村内部由于非农收入引起的农业户和非农户之间的收入差距的扩大；外商企业职工与国有企业职工之间的收入差距的扩大；财产收入差距的扩大；等等。也有部分收入差距扩大是与引入市场机制相关的。例如，男女职工之间收入差距的扩大；失业和下岗人员增加引起的收入差距扩大。还有部分收入差距扩大是由于体制改革不到位引起的，既有经济体制改革不到位的因素，也有政治体制改革滞后的因素。

对我国收入分配改革的若干思考

（赵人伟，《经济学动态》，2002 年 09 期）

在分析收入差距的扩大同经济改革的关系时，我认为有两种倾向需要防止。一种是把收入差距的扩大以及出现的问题都简单地归罪于经济改革本身；另一种是把收入差距的扩大简单地归结为经济改革所应该付出的代价。对于收入差距的扩大，应该分为三个不同层次来对待：第一层次是属于有利于提高效率的激励部分，这部分是属于克服平均主义的成果，从而应该加以肯定。第二层次是属于经济改革所必须付出的代价。例如，中国的改革只能采取双轨过渡的渐进方式，从而必然会出现利用双轨进行寻租等活动。在一定限度内，这可以说是改革所应付出的代价。第三层次是属于过高的代价，或者说是属于不应该付的部分，或应该防止和避免的部分。当然，第二层次同第三层次之间的界限是很不容易分清的，特别是难以量化，但我想从理论上讲是能成立的。而且，有一些“设租”活动，特别是住房改革中所出现的“设租”活动，应该说在相当大的程度上是可以避免的。

城市化、城市倾向的经济政策与城乡收入差距

（陆铭、陈钊，《经济研究》，2004 年 06 期）

基于 1987—2001 年间省级面板数据的估计结果显示，城市化对降低统计上的城乡收入差距有显著的作用。而地区间人口户籍转换、经济开放、非国有化和政府对经济活动的参与都是拉开城乡收

入差距的因素。政府财政支出的结构也对城乡收入差距有显著的影响。研究结果表明，中国持续扩大的城乡收入差距与地方政府实施的带有城市倾向的经济政策有关。

中国地区差距的变动趋势和影响因素

（王小鲁、樊纲，《经济研究》，2004 年 01 期）

本文考察了我国 20 世纪 80 年代和 90 年代地区经济差距的变动趋势，分析资本、劳动力、人力资本等生产要素在各地区间的配置与流动状况及其动因，考察这些因素对地区差距变化的作用，同时也考察制度变革和结构变化等因素对地区经济差距变化的影响。在此基础上判断地区差距变动的未来趋势，并分析在不妨碍经济效率的前提下，哪些政策因素有助于缩小地区差距。

中国居民财产分布不均等及其原因的经验分析

（李实、魏众、丁赛，《经济研究》，2005 年 06 期）

本文使用中国社会科学院经济研究所收入分配课题组 1995 年和 2002 年调查数据，对中国居民财产分布的不均等情况进行了描述，对这一不均等状况进行了分析。本文发现，中国居民的财产分布差距出现了快速而且明显扩大的趋势，这一扩大的趋势主要来自城乡之间差距的急剧拉大。其中，城镇公有住房的私有化过程既造成了此间城镇财产差距的缩小，同时又扩大了城乡之间乃至全国财产的收入差距；而随着土地收益的下降，土地价值在农村居民财产总值中相对份额降低，造成其原本具有的缩小全国财产差距的作用减弱。另外，本文还认为，居民的金融资产对总财产分布不平等的推动作用将会进一步增强。

中国收入差距的走势和影响因素分析

（王小鲁、樊纲，《经济研究》，2005 年 10 期）

中国收入差距在过去 20 年中持续扩大，对经济的持续增长、社会公正与稳定都提出了挑战。本文通过计量模型检验库兹涅茨曲线在中国是否存在，证明收入差距还有继续上升的明显趋势，但其下降阶段不能确证。同时模型分析发现有一系列因素对收入差距的扩大或缩小有重要影响。这包括经济增长方面的因素、收入再分配和社会保障、公共产品和基础设施，以及制度方面的因素。这说明有可能通过合理的政策调整来控制收入差距的继续扩大。文章讨论了这些发现的政策含义。

GDP 中劳动份额演变的 U 型规律

（李稻葵、刘霖林、王红领，《经济研究》，2009 年 01 期）

本文旨在探讨经济发展过程中，劳动份额在初次分配中演变的一般规律，以及当前导致中国初次分配中劳动份额不断下降的结构性因素。本文发现，在世界各国的经济发展过程中，在初次分配中劳动份额的变化趋势呈现U型规律，即劳动份额先下降后上升，转折点约为人均GDP6000美元（2000年购买力平价）。本文提出了一个解释该U型规律的理论模型。这一发现为库兹涅茨“倒U曲线假说”提供了更深层次的解释。本文还发现，中国初次分配中劳动份额的变动趋势是基本符合这一规律的。此外，影响我国劳动份额的因素还包括产业结构以及劳动者相对谈判能力的变化。这些发现意味着，中国经济未来两年左右在初次分配中劳动份额可能进入上升通道，中央政府为应对世界性金融危机而采取一些政策性、结构性调整则有助于加快这一进程。

国民收入的要素分配：统计数据背后的故事

（白重恩、钱震杰，《经济研究》，2009年03期）

近年来，许多学者和机构指出中国劳动收入份额正在大幅度降低，这一论断在社会上引起了强烈的反响，许多人将矛头直指资本对劳动的侵占。但到目前为止，鲜有研究澄清两个关键的问题，一是劳动收入份额变化的真实幅度，二是劳动收入份额降低的真实原因。从这两个问题出发，本文对我国国民收入要素分配份额的变化进行了分析。

谁在挤占居民的收入——中国国民收入分配格局分析

（白重恩、钱震杰，《中国社会科学》，2009 年 05 期）

本文以 2004 年经济普查后修订的资金流量表为基础，分析了1992—2005 年我国国民收入在企业、政府和居民三部门之间分配格局的变化，发现居民部门在全国可支配收入中的占比 1996 年达到最高，此后逐年降低，截至 2005 年，总共下降了 12.72 个百分点。在初次分配阶段，居民部门下降了 10.71 个百分点，而企业和政府部门则分别上升了 7.49 个和 3.21 个百分点；在再分配阶段，居民和企业部门分别下降了 2.01 和 1.16 个百分点，政府部门则上升了 3.17 个百分点。在初次分配中，居民部门劳动者报酬和财产收入占比的下降，分别使其在国民收入中的占比下降了 5.99 个和3.21 个百分点。在 2005—2007 年，受初次分配中生产税净额占比上升的影响，居民部门进一步下降了 3 个百分点。

论要素收入分配对居民收入分配的影响

（郭庆旺、吕冰洋，《中国社会科学》，2012 年 12 期）

要素收入分配与居民收入分配之间存在密切联系。由于居民收入中劳动收入不平等程度一般大大低于资本收入不平等程度，要素收入分配向劳动倾斜将有助于缩小居民收入分配差距。政府可以通过调整针对要素收入的税率，同时改变两种收入分配状况。实证研究发现，我国国民收入中税后劳动要素分配份额的持续下降，是城乡居民收入比和城乡居民消费比扩大的重要原因。当前坚持和完善以按劳分配为主体、多种分配方式并存的分配制度，对同时扭转劳动分配份额下滑和居民收入分配差距扩大的局面，具有重大现实意义。

个人所得税改善中国收入分配了吗
——基于对1997—2011年微观数据的动态评估

（徐建炜、马光荣、李实，《中国社会科学》，2013年06期）

本文利用微观住户调查数据考察1997年以来中国个人所得税的收入分配效应，发现：1997—2005年，在税制保持不变而居民收入增长时期，个税累进性逐年下降，但是由于平均有效税率上升，个税的收入分配效应仍在增强。2006—2011年，在税制改革时期，尽管三次免征额提高和2011年的税率层级调整提升了个税累进性，但同时降低了平均有效税率，恶化了个税的收入分配效应。不同收入人群的纳税份额和平均税负变动迥异，中等收入阶层是税制不变时期个税收入增加的主要负担者，也是免征额提高时税负降低的主要受益者。与发达国家相比，我国个税累进性较高，但平均税率偏低，导致个税政策调节收入分配的作用有限，这与当前居民收入水平和政府征税能力有关。因此，个税改革不能一蹴而就，完善税收征缴能力，同时降低流转税的税率，是当务之急。

中国税制的收入分配效应测度

（岳希明、张斌、徐静，《中国社会科学》，2014 年 06 期）

测度税制的收入分配效应对改善中国收入分配状况具有重要意义。根据传统税收归宿分析方法，使用具有全国代表性的住户调查数据和资金流量表，计算每个家庭承担的税负总额，观察它与收入水平之间的关系，结果显示：中国税制整体是累退的，个人所得税等累进性税收，在一定程度上减弱了间接税的累退性，但因其规模小，不足以完全抵消间接税的累退性。有效税率与收入之间的关系在城乡之间存在明显的差异，税收的累退性在农村较城镇更为明显。

当前中国的收入分配状况

（李实，《学术界》，2018 年 03 期）

当前中国收入分配格局是长期演化的结果。如果说中国经济增长是人类经济发展史上的一个成功案例，那么可以说中国收入分配是一个不成功的案例。成功的经济增长与不成功的收入分配都是中国经济转型和发展的一种特色。这也许是与中国各级政府长期以来形成的“先增长，后分配”的一种发展观有关系，也许是与“牺牲公平以换来效率”的发展战略的选择有关系，也许是与“有选择性改革”的经济转型模式有关系。客观地讲，中国收入分配的格局之所以能够演变成这样一种状况，有历史上的原因，有发展战略定位的原因，有经济转型模式选择上的原因，有利益集团干扰方面的原因，更有高层决策层迟迟未痛下决心的原因。收入分配改革宜早不宜迟，宜快不宜慢，只有坚定地推进改革，国家民族复兴的大业才能实现。

共同富裕的内涵、实现路径与测度方法

（刘培林、钱滔、黄先海、董雪兵，《管理世界》，2021 年 08 期）

共同富裕是社会主义的本质要求。共同富裕的实质是在中国特色社会主义制度保障下，全体人民共创日益发达、领先世界的生产力水平，共享日益幸福而美好的生活。实现共同富裕，必须围绕解决好发展的不平衡不充分问题，以让全体人民公平获得积累人力资本和参与共创共建的机会、公平地共享发展成果为主要思路，以壮大中等收入群体、提高中等收入群体富裕程度为主要入手点，夯实共同富裕的制度保障，实施若干重大战略，健全政策体系，营造共同富裕的良好社会氛围，构建科学的指标体系加以测度和引领，在高质量发展进程中持续提高人均收入水平，缩小人群、地区和城乡差距。

共同富裕的目标和实现路径选择

（李实，《经济研究》，2021 年 11 期）

中国进入一个新发展阶段，共同富裕不仅是新发展阶段的一个愿景，而且被确立为一个远景目标。党的十九届六中全会再次强调

推进共同富裕的重大意义，提出“全面深化改革开放，促进共同富裕”。本文首先阐述共同富裕的内涵和目标。共同富裕是全体人民的富裕，但不是经济上的平均主义，推进共同富裕不能采取激进的分配方式。共同富裕的长期目标是，到本世纪中叶把我国建成社会主义现代化强国，全体人民共同富裕基本实现。本文进一步考察了中国当前的发展基础，认为中国在实现共同富裕进程中面临发展水平不高、收入和财产差距过大、中等收入人群比重偏低、基本公共服务均等化程度不高等一系列挑战。为实现共同富裕，一方面需要进行深层次的改革，另一方面要加快发展速度。最后本文提出实现共同富裕的主要路径的建议，应从初次分配、再分配和三次分配方面着手，进一步缩小城乡发展差距、地区差距和收入差距。

著作介绍

▼

《公平与效率——当代中国的收入分配问题》

（杨宜勇著，今日中国出版社 1997 年版）

在收入差距不断扩大的形势下，“共同富裕”如何实现？“社会公平”如何体现？“大锅饭”无疑影响效率，分配不公影响效率的程度又有多大？高收入阶层与低收入阶层在生存状态方面反差明显，那么，因此产生的各种社会心态是否应该警惕？个人收入在国民收入分配格局中的份额不断膨胀，这个极限究竟在哪里？劳动收入在总体收入中的比例逐渐下降，这符合经济发展规律吗？本书通过对社会不同群体收入分配格局的分析，总结中国收入分配现状及收入差距扩大产生的原因及影响。同时提出通过城镇居民收入调控、政府有效干预等手段缩小收入差距的方法。

《中国居民收入分配再研究：经济改革和发展中的收入分配》

（赵人伟、李实、卡尔·李思勤主编，中国财政经济出版社1999年版）

本书系统地探讨了中国在经济改革和发展过程中居民收入分配的变化及其背后的原因。总论部分主要探讨中国居民收入差距的扩大及其原因、中国的收入分配原则和不均现象等，为全书奠定了理论基础。区域间收入差别和财产的分配一章通过区域分析，探讨了中国城镇工资和收入差异、农村居民区域间收入不平等与非农就业、农村财产分配的重新考察等问题。本书关注了贫困与收入分配的关系，分析了改革和发展中的中国贫困问题，包括城镇居民的贫困问题、转型时期的贫困变动分析、乡村低收入人群的食品保障等。同时，书中对人力资本、劳动力市场与收入分配的关系，性别差异与收入分配等问题也进行了分析和探讨。

《中国收入分配制度改革与职工持股：中国走入21世纪的共同富裕之路》

（迟福林主编，中国经济出版社2000年版）

中国经过20年的改革开放，社会经济体制和经济运行的环境都发生了深刻的变化。目前，无论是宏观经济形势，还是国有企业改革的进程都面临着许多新的矛盾和问题。能否在与老百姓的切身利益息息相关的收入分配制度改革方面有所突破，建立起与社会主义市场经济和现代企业制度相适应的收入分配制度，将直接影响到中国经济发展和社会稳定的基础。有些专家指出，我国目前启动经济的财政、货币政策效力不足，其中，收入分配制度改革相对滞后是很重要的原因之一。在此条件下，加快收入分配制度改革，实行职工持股制度，是一种可行选择。

《再论改革与发展中的收入分配：中国发生两极分化了吗》

（陈宗胜、周云波著，经济科学出版社 2002 年版）

本书探索性地将全国、城镇和农村居民的收入差别、城乡差别、地区差别等纳入统一的分析框架，尝试性地测度了包括偷税漏税、走私贩私、腐败收入以及其他几种主要的非法、非正常收入对居民收入差别的影响，提出了理顺收入分配关系的政策方针应是“缩减两端、调整中间”。

《收入分配体制改革攻坚》

（杨宜勇著，中国水利水电出版社 2005 年版）

收入分配问题极其复杂，也是老百姓日常关心的问题，在建设和完善社会主义市场经济体制时期，我们贯彻“效率优先，兼顾公平”的原则，一方面，总体人均收入水平大幅度提高；另一方面，又出现了“端起碗吃肉，放下筷子骂娘”的现象。因此，进行收入分配体制改革攻坚是完善社会主义市场经济体制和构建社会主义和谐社会的重要内容。收入分配体制改革攻坚主要体现在以下几个方面：一要确立劳动、资本、技术和管理等生产要素按贡献参与分配的原则，完善按劳分配为主体，多种分配方式并存的分配制度；二要坚持效率优先，兼顾公平；三要以共同富裕为目标，扩大中等收入者比重，提高低收入者收入水平。通过收入分配体制改革攻坚，逐步理顺分配关系，努力缩小居民间不合理的收入差距，把基尼系数严格控制在安全的水平。

《垄断行业收入分配状况分析及规制改革研究》

（潘胜文著，中国社会科学出版社 2009 年版）

本书比较系统地梳理了我国垄断性行业的理论来源、行业界定、收入分配制度的由来和演进、垄断行业高收入状况的实证分析、垄断行业收入分配状况机理及后果分析等，并对规范垄断行业收入分配的对策问题提出了独到的见解。本书主要采用实证研究的方法，引入西方理论界提出的行业工资水平的决定理论如“效率工资理论”、“人力资本理论”等来解释当前我国垄断行业收入水平过高的现象，用西方学者提出的“分利联盟”理论来分析垄断行业收入水平过高所产生的不良后果，创新性地提出可以将“行政垄断领域看作是政府规制领域”，并引入西方政府规制理论，包括“管制俘虏理论”、“放松管制与激励性管制理论”等理论，提出要综合使用放松管制、强化管制和加强立法（法律规制）等措施来解决垄断行业的收入分配问题。

《破题收入分配改革》

（迟福林著，中国经济出版社 2011 年版）

本书是“收入分配制度改革与加快转变经济发展方式”国际论坛的论文选编。全书围绕发展方式转变背景下的收入分配改革、收入分配与财税体制改革、劳动报酬形成机制、基本公共服务均等化与收入再分配、理顺收入分配关系与政府作用等议题进行了深入探讨。全书分为六篇，分别为收入分配改革决定发展方式转变进程；建立完善的劳动报酬形成机制；以治理灰色收入为重点规范收入分配秩序；以理顺收入分配关系为目标推进财税体制改革；以基本公共服务均等化为重点缓解收入分配差距；收入分配制度改革的关键在于政府转型。

《未来十年的改革——国民收入分配改革研究》

（宋晓梧主编，中国财政经济出版社 2022 年版）

本书深入探讨了中国未来十年国民收入分配改革的必要性和路径，指出发展方式转变是国内经济发展的内在要求，而收入分配改革则是这一转变的核心和主线。书中分析了国民收入分配的现状与问题，提出了包括初次分配、再分配、第三次及第四次分配在内的全面改革框架，旨在通过优化收入分配结构，提高居民消费率，进而推动经济持续健康发展。同时，本书还探讨了政府与市场在收入分配中的角色定位，强调了在市场机制优化资源配置的基础上，政府应调整在公共服务领域的功能，以更好地促进收入分配公平与效率。

《中国收入分配改革深层破冰》

（陈龙著，云南教育出版社 2013 年版）

我国改革进入了深层调整的关键时期。收入分配改革不仅对现实诸多问题产生深刻影响，是加快我国社会主义现代化建设和实现发展战略的迫切要求，而且也是推进其他领域改革的基础和必要的“风险防火墙”。本书在对经典收入分配理论进行分析与比较的基础上。厘清了有关理论分歧，分析了当前收入分配改革的认识误区和价值取向。同时本书还深入剖析了制约我国收入分配改革深层破冰的“七大因素”，阐述收入分配改革的“制度性共享”与“流动性激励”两大目标，并研究改革的前提和基础，提出改革路径的五个转变、共享激励式改革的六大机制等思路和措施。

《改革开放以来中国城乡居民收入差距研究》

（胡晶晶著，人民出版社 2013 年版）

本书分析了中国城乡居民收入差距的演变、现状及其对居民总体收入差距的影响；并分析了各项收入来源对城乡居民收入差距的影响性质和程度；从二元经济结构和城市偏向的制度安排这两个角度分析了中国城乡居民收入差距形成和扩大的原因；从东、中、西三大经济地带的角度考察了中国城乡居民收入差距的空间演变趋势、基本特征及成因；探讨了城乡居民收入差距对中国社会经济发展的影响，着重考察了其对经济效率的影响；从定性和定量两个角度预测了城乡差距未来的发展趋势；对城乡居民收入差距进行了国际比较。并总结了各国和地区平抑差距的主要经验；最后提出了平抑中国城乡居民收入差距的目标、政策原则和具体的政策选择。

《中国收入分配改革40年：经验、理论与展望》

（权衡 等著，上海交通大学出版社2018年版）

改革开放四十年来，我国国民收入分配格局、收入分配制度和收入分配政策发生了十分深刻的变化。本书对中国收入分配制度改革的实践、经验进行客观梳理和总结，并在此基础上提炼和形成中国特色社会主义收入分配的概念体系、基本理论和基本方法，探索和总结中国经济高速发展与收入分配变化关系的内在规律，以指导并推动中国收入分配制度的进一步完善和创新发展；同时，也为丰富和创新发展中国特色社会主义政治经济学、丰富创新发展经济学等提供实践经验和理论基础。

《中国工资收入分配改革与发展（1978～2018）》

（谭中和 等著，社会科学文献出版社2019年版）

工资是多数群众收入的主要来源，是使群众过上幸福美满生活的基础和保证，同时工资分配又是促进国民经济发展，建立现代企业制度，调动劳动者积极性、创造性的重要杠杆和工具。党的十一届三中全会以来，我国经济社会领域改革状况都会在工资收入分配制度和政策的改革演变方面不同程度地反映和体现出来。本书是中国劳动和社会保障科学研究院从事工资收入分配方面的专家学者，在人力资源和社会保障部重大课题“改革开放四十年来我国工资收入分配改革发展重大史料研究”研究基础上集体智慧的结晶，是改革开放四十年来我国工资收入分配制度改革演进过程、成效与经验等的真实写照。

《中国收入分配差距：现状、原因及对策》

（张晓军著，北京大学出版社 2020 年版）

本书围绕中国居民的收入分配差距这一话题，共分三个篇章，分别从中国居民收入分配差距的演变历史、影响因素和未来对策三个主题展开论述，层层递进，对相关问题进行了全面且深入的剖析，希望为认识我国的收入分配差距提供一个直观且深入的视角。第一部分是对改革开放以来我国收入分配格局的变迁及现状分析；第二部分详细分析影响收入分配的各种因素，包括人口流动、区域发展战略、税收制度和国际贸易；第三部分分别站在经济的短期和长期角度，给出不同发展阶段的应对措施。

《国民收入分配与居民收入差距研究》

（李实、罗楚亮 等著，人民出版社 2020 年版）

本书深入剖析了我国经济转型和发展过程中，国民收入分配制度的变革及其带来的居民收入差距问题。作者基于宏观和微观数据，对居民收入在国民收入中所占份额的影响因素，以及这一比重对投资和消费所产生的效应进行了详细的计量分析，不仅揭示了收入分配格局失衡与经济结构扭曲之间的内在联系，还对未来收入分配改革的走向提供了基本判断和政策建议。

《中国居民收入分配调节问题研究——走中国特色社会主义共同富裕之路》

（沈水生著，中国劳动社会保障出版社 2022 年版）

本书全面客观地评价中国的居民收入分配结果，研究中国居民收入分配结果的现实状况，在总结和吸收已有研究成果的基础上，研究构建了居民收入分配结果影响因素分析模型，提出以居民个人作为圆心，按照由里到外、从微观到宏观的次序排列，影响居民收入分配结果的因素包括：居民个人的能力素质和综合实力、居民个人的社会资本、居民个人工作单位的特征、居民个人所在的地域环境、国家的收入分配制度和发展阶段、市场机制的发育程度、具有收入分配效应的社会现象等七类因素，并在此基础上提出了完善和发展与收入分配有关的具体制度政策。

重要文献索引

▼

政策文件

《关于进一步加强和完善农业生产责任制的几个问题》，载《中国农业年鉴》编辑委员会编，《中国农业年鉴 1981》，中国农业出版社，1982 年版，第 409–411 页。

《国务院关于调整国家机关、科学文教卫生等部门部分工作人员工资的决定》，中国法院网，1982 年 12 月 10 日。

《国务院关于国营企业发放奖金有关问题的通知》，《中华人民共和国国务院公报》，1984 年 08 期。

《中共中央、国务院关于帮助贫困地区尽快改变面貌的通知》，《中华人民共和国国务院公报》，1984 年 25 期。

《国务院关于国营企业工资改革问题的通知》，中国政府网，2012 年 11 月 23 日。

《国务院关于企业职工养老保险制度改革的决定》，《中华人民共和国国务院公报》，1991 年 27 期。

《国务院关于企业职工养老保险制度改革的决定》，《中华人民共和国国务院公报》，1991 年 27 期。

《国务院关于机关和事业单位工作人员工资制度改革问题的通知》，

《中华人民共和国国务院公报》，1993 年 27 期。

《国务院关于深化企业职工养老保险制度改革的通知（摘要）》，《中华人民共和国国务院公报》，1995 年 05 期。

《国务院关于建立统一的企业职工基本养老保险制度的决定》，《中华人民共和国国务院公报》，1997 年 28 期。

《国务院关于在全国建立城市居民最低生活保障制度的通知》，《中华人民共和国国务院公报》，1997 年 31 期。

《关于印发进一步深化企业内部分配制度改革指导意见的通知》，《中华人民共和国国务院公报》，2001 年 02 期。

《国务院办公厅关于进一步加强城市居民最低生活保障工作的通知》，《中华人民共和国国务院公报》，2001 年 35 期。

《财政部 国家税务总局关于纳税人向防治非典型肺炎事业捐赠税前扣除问题的通知》，《中华人民共和国财政部文告》，2003 年 08 期。

《民政部 教育部关于进一步做好城乡特殊困难未成年人教育救助工作的通知》，《中华人民共和国教育部公报》，2004 年 11 期。

《国务院关于解决农民工问题的若干意见》，《中华人民共和国农业部公报》，2006 年 04 期。

《公务员工资制度改革方案》，中国政府网，2019 年 3 月 19 日。

《关于妥善安排城市居民最低生活保障家庭生活有关问题的通知》，中国政府网，2007 年 8 月 8 日。

《国务院关于在全国建立农村最低生活保障制度的通知》，《中华人民共和国国务院公报》，2007 年 24 期。

《民政部 财政部关于进一步提高城乡低保补助水平妥善安排当前困难群众基本生活的通知》，中国政府网，2008 年 2 月 4 日。

《劳动和社会保障部关于进一步健全最低工资制度的通知》，《中华人民共和国国务院公报》，2008 年 06 期。

《国务院关于开展新型农村社会养老保险试点的指导意见》，《中华人民共和国国务院公报》，2009 年 26 期。

《财政部 国家税务总局 民政部、关于公益性捐赠税前扣除有关问题的通知》，财政部网站，2010 年 5 月 13 日。

《关于进一步规范城乡居民最低生活保障标准制定和调整工作的指导意见》，民政部网站，2011 年 5 月 11 日。

《中共中央 国务院关于分类推进事业单位改革的指导意见》，人民出版社，2012 年版。

《国务院批转发展改革委等部门关于深化收入分配制度改革若干意见的通知》，《中华人民共和国国务院公报》，2013 年 05 期。

《国务院关于建立统一的城乡居民基本养老保险制度的意见》，《中华人民共和国国务院公报》，2014 年 07 期。

《中共中央办公厅 国务院办公厅印发〈关于创新机制扎实推进农村扶贫开发工作的意见〉》，中国政府网，2014 年 1 月 25 日。

《中共中央国务院关于打赢脱贫攻坚战的决定》，人民出版社，2015 年版。

《国务院办公厅转发民政部等部门关于做好农村最低生活保障制度与扶贫开发政策有效衔接指导意见的通知》，《中华人民共和国国务院公报》，2016 年 29 期。

《人力资源社会保障部 财政部 国家卫生计生委 国家中医药管理局关于开展公立医院薪酬制度改革试点工作的指导意见》，人社部网站，2017 年 1 月 24 日。

《国务院关于改革国有企业工资决定机制的意见》，《中华人民共和国国务院公报》，2018 年 16 期。

《中共中央国务院关于完善促进消费体制机制进一步激发居民消费潜力的若干意见》，人民出版社，2018 年版。

《人力资源社会保障部 财政部关于建立企业薪酬调查和信息发布制度的通知》，人社部网站，2018 年 5 月 2 日。

《中共中央国务院关于抓好“三农”领域重点工作确保如期实现全面小康的意见》，人民出版社，2020 年版。

《中共中央国务院关于构建更加完善的要素市场化配置体制机制的意见》，人民出版社，2020 年版。

《中共中央国务院关于支持浙江高质量发展建设共同富裕示范区的意见》，人民出版社，2021 年版。

《关于印发〈国家基本公共服务标准（2021 年版）〉的通知》，中国政府网，2021 年 4 月 20 日。

《人力资源社会保障部 财政部 国家卫生健康委 国家医保局 国家中医药局 关于深化公立医院薪酬制度改革的指导意见》，人社部网站，2021 年 7 月 6 日。

《国务院办公厅关于改革完善中央财政科研经费管理的若干意见》，《中华人民共和国国务院公报》，2021 年 24 期。

法律规章

《国务院关于职工升级的几项具体规定》，《劳动工作》，1979 年 02 期。

《中外合资经营企业劳动管理规定》，《中华人民共和国国务院公报》，1980 年 10 期。

《国务院关于正确实行奖励制度、坚决制止滥发奖金的几项规定》，《中华人民共和国国务院公报》，1981 年 11 期。

《国务院关于进一步扩大国营工业企业自主权的暂行规定》，《中华人民共和国国务院公报》，1984 年 10 期。

《国务院关于发布〈国营企业奖金税暂行规定〉的通知》，《中华人民共和国国务院公报》，1985 年 20 期。

《集体企业奖金税暂行规定》，《中华人民共和国国务院公报》，1985 年 24 期。

《事业单位奖金税暂行规定》，《中华人民共和国国务院公报》，1985 年 28 期。

《中华人民共和国城乡个体工商业户所得税暂行条例》，《中华人民共和国国务院公报》，1986 年 02 期。

《中华人民共和国个人收入调节税暂行条例》，《中华人民共和国国务院公报》，1986 年 32 期。

《国务院关于深化企业改革增强企业活力的若干规定》，中国政府网，2012 年 9 月 21 日。

《广东省经济特区劳动条例》，载广东年鉴编纂委员会编，《广东年鉴（1989）》，广东省人民出版社，1989 年版，第 473–476 页。

《关于发布〈国有企业工资总额同经济效益挂钩规定〉的通知》，《中华人民共和国国务院公报》，1993 年 19 期。

《中华人民共和国企业所得税暂行条例》，《中华人民共和国国务院公报》，1993 年 29 期。

《机关、事业单位艰苦边远地区津贴实施办法》，《中华人民共和国国务院公报》，1993 年 31 期。

《深圳经济特区最低工资条例》，深圳市人民政府门户网站，1994 年 11 月 2 日。

《劳动部、国家计委关于对部分行业、企业实行工资控制线办法的通知》，载王建新主编，《中国劳动年鉴 1997》，中国劳动出版社，1998

年版，第 459–460 页。

《关于印发〈试点地区工资指导线制度试行办法〉的通知》，人社部网站，2014 年 11 月 17 日。

《深圳经济特区欠薪保障条例》，深圳市人民政府门户网站，2019 年 6 月 26 日。

《城市居民最低生活保障条例》，中国政府网，2020 年 12 月 26 日。

《工资集体协商试行办法》，人社部网站，2000 年 11 月 8 日。

《中华人民共和国公益事业捐赠法》，中国法制出版社，2000 年版。

《工伤保险条例》，中国法制出版社，2023 年版。

《城镇最低收入家庭廉租住房管理办法》，《中华人民共和国国务院公报》，2004 年 26 期。

《最低工资规定》，《中华人民共和国国务院公报》，2004 年 28 期。

《中华人民共和国劳动法》，法律出版社，2005 年版。

《中华人民共和国劳动合同法》，中国法制出版社，2007 年版。

《中华人民共和国企业所得税法》，中国法制出版社，2007 年版。

《中华人民共和国社会保险法》，中国法制出版社，2010 年版。

《最低生活保障审核审批办法（试行）》，《中国民政》，2013 年 01 期。

《社会救助暂行办法》，《人民日报》，2014 年 2 月 28 日。

《国务院关于印发个人所得税专项附加扣除暂行办法的通知》，《中华人民共和国国务院公报》，2019 年 01 期。

《公务员职务与职级并行规定》，中国政府网，2019 年 3 月 27 日。

《中央企业工资总额管理办法》，《中华人民共和国国务院公报》，2019 年 13 期。

报刊文章

洪耶辛,《试论人民公社定额计酬的改革》,《经济研究》, 1980 年 06 期。

赵履宽,《我国工资制度的改革问题》,《经济研究》, 1983 年 02 期。

赵人伟,《劳动者个人收入分配的若干变化趋势》,《经济研究》, 1985 年 03 期。

周为民、卢中原,《效率优先、兼顾公平——通向繁荣的权衡》,《经济研究》, 1986 年 02 期。

戴建中,《从首钢承包制看全民企业的内部分层》,《社会学研究》, 1988 年 06 期。

赵人伟,《对当前收入分配不公问题的几点看法》,《经济研究》, 1989 年 12 期。

岳颂东,《我国养老保险体制的理性选择——兼评城镇企业职工养老保险的两种模式》,《改革》, 1995 年 02 期。

任才方、程学斌,《从城镇居民收入看分配差距》,《经济研究参考》, 1996 年 07 期。

林毓铭,《我国养老保险方案并轨与优化问题的思考》,《金融研究》, 1997 年 04 期。

向书坚,《我国功能收入分配格局分析》,《统计研究》, 1997 年 06 期。

赵人伟、李实,《中国居民收入差距的扩大及其原因》,《经济研究》, 1997 年 09 期。

李实、赵人伟、张平,《中国经济改革中的收入分配变动》,《管理世界》, 1998 年 01 期。

唐钧,《最后的安全网——中国城市居民最低生活保障制度的框架》,《中国社会科学》, 1998 年 01 期。

蔡亮,《对我国城镇企业职工基本养老保险基金供求矛盾的分析及其对策》,《社会科学研究》, 1998 年 04 期。

李实、赵人伟,《中国居民收入分配再研究》,《经济研究》, 1999 年 04 期。

赖德胜,《教育、劳动力市场与收入分配》,《经济研究》, 1998 年 05 期。

东北财经大学课题组,《基本养老保险制度存在的问题及其解决办法》,《财贸经济》, 1998 年 09 期。

蔡昉、杨涛,《城乡收入差距的政治经济学》,《中国社会科学》, 2000 年 04 期。

伍先铎,《按劳分配为主与多种分配形式并存的尝试——深圳经济特区分配制度改革回眸,《特区理论与实践》, 2000 年 09 期。

陈宗胜、周云波,《非法非正常收入对居民收入差别的影响及其经济学解释》,《经济研究》, 2001 年 04 期。

陆解芬、朱玉林,《对提高养老保险基金统筹层次的探讨》,《财会研究》, 2002 年 01 期。

郭熙保,《从发展经济学观点看待库兹涅茨假说——兼论中国收入不平等扩大的原因》,《管理世界》, 2002 年 03 期。

赵人伟,《对我国收入分配改革的若干思考》,《经济学动态》, 2002 年 09 期。

袁易明,《农村居民收入分配的制度效应》,《经济学动态》, 2002 年 05 期。

李实,《中国个人收入分配研究回顾与展望》,《经济学(季刊)》, 2003 年 02 期。

杨灿明,《公共利益、国家与财政》,《财经研究》, 2003 年 02 期。

汪同三、张涛,《注意从收入分配角度促进经济结构调整》,《数量经济技术经济研究》，2003 年 12 期。

工小鲁、樊纲,《中国地区差距的变动趋势和影响因素》,《经济研究》，2004 年 01 期。

李雪松、詹姆斯·赫克曼,《选择偏差、比较优势与教育的异质性回报：基于中国微观数据的实证研究》,《经济研究》，2004 年 04 期。

刘怡、聂海峰,《间接税负担对收入分配的影响分析》,《经济研究》，2004 年 05 期。

陆铭、陈钊,《城市化、城市倾向的经济政策与城乡收入差距》,《经济研究》，2004 年 06 期。

白雪梅,《教育与收入不平等：中国的经验研究》,《管理世界》，2004 年 06 期。

张晏、龚六堂,《地区差距、要素流动与财政分权》,《经济研究》，2004 年 07 期。

张晏、龚六堂,《分税制改革、财政分权与中国经济增长》,《经济学（季刊）》，2005 年 04 期。

李绍荣、耿莹,《中国的税收结构、经济增长与收入分配》,《经济研究》，2005 年 05 期。

乔宝云、范剑勇、冯兴元,《中国的财政分权与小学义务教育》,《中国社会科学》，2005 年 06 期。

李实、魏众、丁赛,《中国居民财产分布不均等及其原因的经验分析》,《经济研究》，2005 年 06 期。

王小鲁、樊纲,《中国收入差距的走势和影响因素分析》,《经济研究》，2005 年 10 期。

乔宝云、范剑勇、彭骥鸣,《政府间转移支付与地方财政努力》,

《管理世界》，2006 年 03 期。

白天亮，《某些垄断行业工资过高》，《人民日报》，2006 年 5 月 18 日。

刘昕，《对公务员工资制度改革的几点认识》，《光明日报》，2006 年 7 月 12 日。

李实、赵人伟，《收入差距还会持续扩大吗》，《中国改革》，2006 年 07 期。

尹恒、李实、邓曲恒，《中国城镇个人收入流动性研究》，《经济研究》，2006 年 10 期。

张车伟，《人力资本回报率变化与收入差距："马太效应"及其政策含义》，《经济研究》，2006 年 12 期。

傅勇、张晏，《中国式分权与财政支出结构偏向：为增长而竞争的代价》，《管理世界》，2007 年 03 期。

王小鲁，《灰色收入拉大居民收入差距》，《中国改革》，2007 年 07 期。

程永宏，《改革以来全国总体基尼系数的演变及其城乡分解》，《中国社会科学》，2007 年 04 期。

Sicular，T.，Ximing，Y.，Gustafsson，B.，& Shi，L.（2007）. "The urban-rural income gap and inequality in China." *Review of Income and Wealth*，53（1），93-126.

李扬、殷剑峰，《中国高储蓄率问题探究：1992—2003 年中国资金流量表的分析》，《经济研究》，2007 年 06 期。

章奇、米建伟、黄季焜，《收入流动性和收入分配：来自中国农村的经验证据》，《经济研究》，2007 年 11 期。

王少平、欧阳志刚，《中国城乡收入差距对实际经济增长的阈值效应》，《中国社会科学》，2008 年 02 期。

何立新、佐藤宏，《不同视角下的中国城镇社会保障制度与收入再分配——基于年度收入和终生收入的经验分析》,《世界经济文汇》，2008 年 05 期。

邢春冰,《分位回归、教育回报率与收入差距》,《统计研究》，2008 年 05 期。

白重恩、钱震杰、武康平,《中国工业部门要素分配份额决定因素研究》,《经济研究》，2008 年 08 期。

王朝明、胡棋智,《中国收入流动性实证研究——基于多种指标测度》,《管理世界》，2008 年 10 期。

李稻葵、刘霖林、王红领,《GDP中劳动份额演变的U型规律》,《经济研究》，2009 年 01 期。

郑功成,《中国社会公平状况分析——价值判断、权益失衡与制度保障》,《中国人民大学学报》，2009 年 02 期。

白重恩、钱震杰,《国民收入的要素分配：统计数据背后的故事》,《经济研究》，2009 年 03 期。

李实、杨穗,《中国城市低保政策对收入分配和贫困的影响作用》,《中国人口科学》，2009 年 05 期。

白重恩、钱震杰,《谁在挤占居民的收入——中国国民收入分配格局分析》,《中国社会科学》2009 年 05 期。

陈彦斌、陈军,《我国总消费不足的原因探析——基于居民财产持有的视角》,《中国人民大学学报》，2009 年 06 期。

郭庆旺、贾俊雪,《公共教育政策、经济增长与人力资本溢价》,《经济研究》，2009 年 10 期。

王晓军、康博威,《我国社会养老保险制度的收入再分配效应分析》,《统计研究》，2009 年 11 期。

曹艳春,《1998—2009 年我国 36 个城市“低保”标准变化及保障力度分析》,《现代经济探讨》，2009 年 12 期。

陈斌开、张鹏飞、杨汝岱,《政府教育投入、人力资本投资与中国城乡收入差距》,《管理世界》，2010 年 01 期。

李实、李婷,《库兹涅茨假说可以解释中国的收入差距变化吗》,《经济理论与经济管理》，2010 年 03 期。

陈钊、万广华、陆铭,《行业间不平等：日益重要的城镇收入差距成因——基于回归方程的分解》,《中国社会科学》，2010 年 03 期。

岳希明、李实、史泰丽,《垄断行业高收入问题探讨》,《中国社会科学》，2010 年 03 期。

贾康、梁季,《我国个人所得税改革问题研究》,《经济学动态》，2010 年 03 期。

李实,《中国收入分配格局的变化与改革》,《北京工商大学学报（社会科学版）》，2010 年 04 期。

章上峰、许冰,《初次分配中劳动报酬比重测算方法研究》,《统计研究》，2010 年 08 期。

杨立雄、胡姝,《城镇居民最低生活保障标准调整机制研究》,《中国软科学》，2010 年 09 期。

梁运文、霍震、刘凯,《中国城乡居民财产分布的实证研究》,《经济研究》，2010 年 10 期。

陈先森、吴天宏,《完善城乡居民最低生活保障制度的政策建议》,《财政研究》，2011 年 01 期。

宁光杰,《中国最低工资标准制定和调整依据的实证分析》,《中国人口科学》，2011 年 01 期。

赵人伟,《收入分配差距较大的形成原因与解决途径》,《求是》，2011 年 02 期。

林祥、李实、罗楚亮,《行业垄断、所有制与企业工资收入差距——基于第一次全国经济普查企业数据的实证研究》,《管理世界》,2011年04期。

李实、罗楚亮,《中国收入差距究竟有多大?对修正样本结构偏差的尝试》,《经济研究》,2011年04期。

Cai, Fang and Yang Du. (2011). "Wages Increase, Wages Convergence, and Lewis Turning Point in China." *China Economic Review*, 22(4): 601–610.

陈彦斌、邱哲圣,《高房价如何影响居民储蓄率和财产不平等》,《经济研究》,2011年10期。

岳希明、徐静、刘谦、丁胜、董莉娟,《2011年个人所得税改革的收入再分配效应》,《经济研究》,2012年09期。

Li, H., Liu, P. W., & Zhang, J.. (2012). "Estimating returns to education using twins in urban china." *Journal of Development Economics*, 97(2), 494–504.

郭庆旺、吕冰洋,《论要素收入分配对居民收入分配的影响》,《中国社会科学》,2012年12期。

国家发改委社会发展研究所课题组,《我国国民收入分配格局研究》,《经济研究参考》,2012年21期。

李实、赵人伟、高霞,《中国离退休人员收入分配中的横向与纵向失衡分析》,《金融研究》,2013年02期。

陈斌开、林毅夫,《发展战略、城市化与中国城乡收入差距》,《中国社会科学》,2013年04期。

岳希明、李实,《真假基尼系数》,《南风窗》,2013年05期。

He, L., & Sato, H.. (2013). "Income redistribution in urban china by social security system—an empirical analysis based on annual and lifetime income”.*Contemporary Economic Policy*，31（2），314–331.

徐建炜、马光荣、李实，《个人所得税改善中国收入分配了吗——基于对 1997—2011 年微观数据的动态评估》，《中国社会科学》，2013 年 06 期。

万海远、李实，《户籍歧视对城乡收入差距的影响》，《经济研究》，2013 年 09 期。

Xie，Y.，& Zhou，X. .（2014）. “Income inequality in today’s china.” *Proceedings of the National Academy of Sciences*，111（19），6928.

孙志军，《基于双胞胎数据的教育收益率估计》，《经济学（季刊）》，2014 年 03 期。

常芳、杨矗、王爱琴、王欢、罗仁福、史耀疆，《新农保实施现状及参保行为影响因素——基于 5 省 101 村调查数据的分析》，《管理世界》，2014 年 03 期。

陈新、周云波、陈岑，《中国收入分配中的主要问题及收入分配制度改革》，《学习与探索》，2014 年 03 期。

岳希明、张斌、徐静，《中国税制的收入分配效应测度》，《中国社会科学》，2014 年 06 期。

钞小静、沈坤荣，《城乡收入差距、劳动力质量与中国经济增长》，《经济研究》，2014 年 06 期。

冒佩华、徐骥，《农地制度、土地经营权流转与农民收入增长》，《管理世界》，2015 年 05 期。

黄玉君、吕博、邓大松，《我国最低生活保障制度统筹发展的问题及对策研究》，《社会保障研究》，2015 年 06 期。

叶林祥、T.H.Gindling、李实、熊亮，《中国企业对最低工资政策的遵守——基于中国六省市企业与员工匹配数据的经验研究》,《经济研究》,2015 年 06 期。

叶林祥、李实、杨灿,《中国最低工资相对水平估计》,《中国人口科学》,2016 年 01 期。

王延中、龙玉其、江翠萍、徐强,《中国社会保障收入再分配效应研究——以社会保险为例》,《经济研究》,2016 年 02 期。

聂海峰、岳希明,《行业垄断对收入不平等影响程度的估计》,《中国工业经济》,2016 年 02 期。

刘生龙、周绍杰、胡鞍钢,《义务教育法与中国城镇教育回报率:基于断点回归设计》,《经济研究》,2016 年 02 期。

曹艳春,《农村低保制度对贫困群体生活水平改善效应研究》,《中国人口科学》,2016 年 06 期。

郭庆旺、陈志刚、温新新、吕冰洋,《中国政府转移性支出的收入再分配效应》,《世界经济》,2016 年 08 期。

罗楚亮,《城乡收入差距的变化及其对全国收入差距的影响》,《劳动经济研究》,2017 年 01 期。

姜晓萍、肖育才,《基本公共服务供给对城乡收入差距的影响机理与测度》,《中国行政管理》,2017 年 08 期。

朱梦冰、李实,《精准扶贫重在精准识别贫困人口——农村低保政策的瞄准效果分析》,《中国社会科学》,2017 年 09 期。

何宪,《事业单位工资制度改革研究》,《中国井冈山干部学院学报》,2017 年 10 期。

杨穗、李实,《转型时期中国居民家庭收入流动性的演变》,《世界经济》,2017 年 11 期。

蔡萌、岳希明,《中国社会保障支出的收入分配效应研究》,《经济社会体制比较》，2018 年 01 期。

邹薇、袁飞兰，《劳动收入份额、总需求与劳动生产率》，《中国工业经济》，2018 年 02 期。

刘亚琳、茅锐、姚洋，《结构转型、金融危机与中国劳动收入份额的变化》，《经济学（季刊）》，2018 年 02 期。

李实，《当前中国的收入分配状况》，《学术界》，2018 年 03 期。

杨修娜、万海远、李实，《我国中等收入群体比重及其特征》，《北京工商大学学报（社会科学版）》，2018 年 06 期。

文雁兵、陆雪琴，《中国劳动收入份额变动的决定机制分析——市场竞争和制度质量的双重视角》，《经济研究》，2018 年 09 期。

刘小鸽、司海平、庞嘉伟，《地区代际流动与居民幸福感：基于代际教育流动性的考察》，《世界经济》，2018 年 09 期。

何宪、熊亮，《机关和事业单位工资脱钩问题研究》，《中国人事科学》，2018 年 10 期。

徐静、蔡萌、岳希明，《政府补贴的收入再分配效应》，《中国社会科学》，2018 年 10 期。

李实、朱梦冰，《中国经济转型 40 年中居民收入差距的变动》，《管理世界》，2018 年 12 期。

罗楚亮、李实，《中国住户调查数据收入变量的比较》，《管理世界》，2019 年 01 期。

李实、岳希明、史泰丽、佐藤宏，《中国收入分配格局的最新变化》，《劳动经济研究》，2019 年 01 期。

董克用、施文凯，《从个人账户到个人养老金：城乡居民基本养老保险结构性改革再思考》，《社会保障研究》，2019 年 01 期。

卢洪友、杜亦譞，《中国财政再分配与减贫效应的数量测度》，《经济研究》，2019 年 02 期。

熊亮，《我国科研事业单位工资制度改革的趋势、脉络和建议》，《中国行政管理》，2019 年 03 期。

蓝嘉俊、方颖、马天平，《就业结构、刘易斯转折点与劳动收入份额：理论与经验研究》，《世界经济》，2019 年 06 期。

常进雄、朱帆、董非，《劳动力转移就业对经济增长、投资率及劳动收入份额的影响》，《世界经济》，2019 年 07 期。

杨梅，《我国公务员工资制度的探索与实践：制度特征、问题及改革思路》，《中国行政管理》，2019 年 08 期。

周慧、岳希明，《中国国民收入分配格局的现状与国际比较》，《国际税收》，2019 年 10 期。

李实、赵人伟、张平，《中国经济改革中的收入分配变动》，《管理世界》，2020 年 01 期。

杨沫、王岩，《中国居民代际收入流动性的变化趋势及影响机制研究》，《管理世界》，2020 年 03 期。

王美艳、贾朋，《中国劳动力市场制度面临的新挑战及完善建议》，《中国发展观察》，2020 年 07 期。

罗楚亮、李实、岳希明，《中国居民收入差距变动分析（2013—2018）》，《中国社会科学》，2021 年 01 期。

罗楚亮、陈国强，《富豪榜与居民财产不平等估算修正》，《经济学（季刊）》，2021 年 01 期。

李实、杨修娜，《中等收入群体与共同富裕》，《经济导刊》，2021 年 03 期。

李实，《缩小收入差距，推进共同富裕社会建设》，《中国经济报告》，2021 年 04 期。

岳希明、周慧、徐静,《政府对居民转移支付的再分配效率研究》,《经济研究》,2021 年 09 期。

张玄、岳希明,《新一轮个人所得税改革的收入再分配效应研究——基于CHIP 2018 的测算分析》,《财贸经济》,2021 年 11 期。

汪进贤、汪晨,《中国的二次分配与三次分配对收入极化的影响》,《产业经济评论》,2022 年 02 期。

中国收入分配改革大事记

1978 年

3 月 5 日，五届全国人大一次会议通过重新修订的《中华人民共和国宪法》，明确有关按劳分配的社会主义分配原则。

5 月 7 日，国务院发布《关于实行奖励和计件工资制度的通知》。

10 月 25 日—11 月 3 日，第四次全国按劳分配理论讨论会在京召开。

11 月 18 日，国家劳动总局发布《关于给工作成绩特别突出的职工升级的通知》。

1979 年

7 月 26 日—8 月 9 日，国务院全国物价工资会议在北京召开，各省份主管经济工作的负责同志参加。

10 月 25 日，国务院发布《关于职工升级的几项具体规定》。

11 月 8 日，国务院发布《关于调整工资区类别的几项具体规定》。

1980 年

4 月 1 日，国家计划委员会、国家经济委员会、国家劳动总局发布《关于试行〈国营企业计件工资暂行办法（草案）〉的通知》。

1981 年

9 月，国家劳动总局在烟台召开全国工资奖励经验交流会。

10 月 7 日，国务院发布《关于一九八一年调整部分职工工资的〈医疗卫生单位部分职工调整工资方案〉中若干具体问题的说明的通知》。

11 月 30 日，教育部、国家人事局等发布《关于下达〈关于调整中、小学教职工工资中若干具体政策问题的处理意见〉以及教育系统教职工升级人数和增加工资指标等的通知》。

1982 年

4 月 8 日，国务院发布《关于严格制止企业滥发加班加点工资的通知》。

4 月 10 日，国务院颁布《企业职工奖惩条例》。

12 月 2 日，国务院发布《关于调整国家机关、科学文教卫生等部门部分工作人员的工资的决定》。

12 月 10 日，劳动人事部发布《关于调整国家机关、科学文教卫生等部门部分工作人员工资中若干问题的处理意见》。

1983 年

1 月 31 日，劳动人事部发布《关于调整国家机关、科学文教卫生等部门部分工作人员工资中几个问题的补充处理意见》。

2 月 23 日，国务院办公厅转发公安部《关于调整部分公安干警工资的方案》。

4 月 14 日，国务院批转劳动人事部《关于一九八三年企业调整工资和改革工资制度问题的报告》。

8月，中央成立劳动工资改革小组，负责研究劳动工资制度改革第五次按劳分配理论讨论会。

11月8日，中国人民银行、劳动人事部、国家发展计划委员会、财政部发布《工资基金管理试行办法》。

1984年

4月16日，国务院下发《关于国营企业发放奖金有关问题的通知》，规定企业奖金的发放要与企业经济效益挂钩。

5月8日，国务院办公厅转发劳动人事部《关于企业合理使用奖励基金的若干意见》。

5月10日，国务院颁布《关于进一步扩大国营工业企业自主权的暂行规定》。

5月11日，劳动人事部、国家计委、国家统计局、商业部下发《关于改革供销合作社劳动工资计划体制和统计问题的通知》。

9月29日，中共中央、国务院印发《关于帮助贫困地区尽快改变面貌的通知》。

12月17日，劳动人事部、国家计划委员会发布《关于印发〈经济特区劳动工资计划和劳动力管理试行办法〉的通知》。

1985年

1月5日，国务院发布《关于国营企业工资改革问题的通知》，要求实行职工工资总额同企业经济效益按比例浮动的办法，企业与国家机关、事业单位的工资改革和工资调整脱钩。

1月23日，国务院决定成立国务院工资制度改革小组，加强企业和国家机关、事业单位工资制度改革工作的调查研究。

6月13日，国务院工资制度改革小组、劳动人事部印发《关于实施国家机关和事业单位工作人员工资制度改革方案若干问题的规定的通知》。

同日，国务院工资制度改革小组、劳动人事部印发《关于四类工资区提高到五类工资区和计发地区工资办法的具体规定的通知》。

7月3日，国务院颁布《国营企业工资调节税暂行规定》。

7月13日，劳动人事部、财政部、国家计委、国家经委、中国人民银行发布《关于印发〈国营企业工资改革试行办法〉的通知》。

7月15日，劳动人事部、国家统计局发布《关于印发关于劳动人事部与国家统计局分工管理劳动工资统计工作的通知》。

7月23日，劳动人事部发布《关于印发国营大中型企业职工工资标准的通知》。

8月24日，国务院颁布《集体企业奖金税暂行规定》。

8月30日，国务院工资制度改革小组、劳动人事部发布《关于高等学校、中等专业学校、中小学职工工资制度改革问题的通知》《关于卫生部医疗事业单位工作人员工资制度改革问题的通知》。

9月18日，财政部发布《关于颁发国营企业工资调节税暂行规定施行细则的通知》。

9月20日，国务院发布《事业单位奖金税暂行规定》。

9月24日，《国务院关于发布〈工资基金暂行管理办法〉的通知》发布。

1986年

6月4日，国务院工资制度改革小组、劳动人事部、财政部发布《关于国家机关工作人员奖励工资问题的通知》。

7月4日，国务院企业工资改革研究小组、劳动人事部、财政部印发《关于部分国营大中型企业试行工资总额同上缴税利挂钩办法中若干问题的处理意见的通知》。

11月3日，国务院工资制度改革小组、劳动人事部发布《关于1986年解决国家机关和事业单位部分工作人员工资问题的通知》。

11月8日，国务院工资制度改革小组、劳动人事部发布《关于一九八六年调整部分工资区类别的通知》。

11月10日，劳动人事部颁发《关于外商投资企业用人自主权和职工工资、保险福利费用的规定》。

12月5日，国务院发布《关于深化企业改革增强企业活力的若干规定》。

1987年

5月5日，国务院企业工资改革研究小组、劳动人事部、财政部发布《关于改进企业工资总额同经济效益挂钩办法的意见》。

11月28日，国务院发布《关于提高中小学教师工资待遇的通知》。

1988年

1月12日，劳动人事部、国家教委发布《关于下发〈提高中小学教师工资标准的实施办法〉的通知》。

1月14日，劳动人事部发布《关于一九八七年解决部分中年专业技术人员工资问题的通知》。

2月27日，国务院发布《全民所有制工业企业承包经营责任制暂行条例》。

9月8日，国务院发布《关于提高部分专业技术人员工资的通知》。

12月12日，人事部、国家教委、财政部发布《关于印发〈关于提高中小学班主任津贴标准和建立中小学教师超课时酬金制度的实施办法〉的通知》。

1989年

3月6日，国务院批转劳动部、财政部、国家计委《〈关于进一步改进和完善企业工资总额同经济效益挂钩意见〉的通知》。

3月30日，国务院发布《关于进一步加强工资基金管理的通知》。

9月25日，国务院办公厅发布《关于一九八九年全国劳动模范和先进工作者奖励升级问题的通知》。

10月24—26日，全国劳动厅局长会议在北京召开。会议提出工资收入的目标是：职工工资的增长速度要低于国民收入和劳动生产率的增长速度，合理调整企业内部工资分配结构，基本缓解社会分配不公的矛盾。

12月19日，国务院批转劳动部、国家计委、财政部《关于一九八九年国营企业工资工作和离退休人员待遇问题安排意见的通知》。

同日，国务院批转人事部、国家计委、财政部《一九八九年调整国家机关、事业单位工作人员工资实施方案》。

1990年

1月1日，国家统计局发布《关于工资总额组成的规定》。

2月7日，劳动部发布《关于调查企业职工工资奖金、津贴、补贴发放规定情况的通知》。

8月14日，人事部发布《关于印发〈全民所有制机关、事业单位职工人数和工资总额计划管理暂行办法〉的通知》。

8 月 23 日，劳动部发布《关于印发〈关于进一步加强外商投资企业中方职工工资管理的意见〉的通知》。

10 月 22 日，国务院批转劳动部等部门《关于加强城镇集体所有制企业职工工资收入管理意见》，明确规定城镇集体企业也可实行工效挂钩的办法。

11 月 9 日，人事部、中国人民银行发布《关于印发〈国家机关、事业单位工资基金管理暂行办法〉的通知》。

11 月 20 日，劳动部发布《关于在国营企业新一轮承包中改进和完善工资总额同经济效益挂钩办法的意见》。

1991 年

2 月 9 日，劳动部印发《关于进一步搞好全民所有制企业内部工资分配的意见》并发布通知。

5 月 4 日，劳动部发布《关于调整企业职工工资标准的通知》。

6 月 26 日，国务院通过《关于企业职工养老保险制度改革的决定》，对企业职工养老保险制度改革进行了明确规定。

9 月 13 日，国务院办公厅发布《关于成立国务院分配制度改革委员会的通知》。

10 月 5 日，劳动部、国家税务总局发布《关于印发〈城镇集体所有制企业工资同经济效益挂钩办法〉的通知》。

12 月 12—15 日，经国务院批准，劳动部、国务院生产办、国家体改委、人事部和全国总工会在京联合召开全国企业劳动人事、工资分配、社会保险制度改革经验交流会。

1992 年

1 月 7 日，劳动部发布《关于进行岗位技能工资制试点工作的通知》。

1 月 25 日，劳动部、国务院生产办、国家体改委、人事部、全国总工会发布《关于深化企业劳动人事、工资分配、社会保险制度改革的意见》。

1 月 27 日，劳动部召开 1992 年劳动、工资、社会保险制度改革研讨会。

3 月 30 日，人事部、国家计委、财政部发布《关于适当调整国家机关和部分事业单位工作人员奖励工资（奖金）标准的通知》。

3 月 31 日，人事部、财政部、国务院机关事务管理局发布《关于调整中央国家机关工作人员奖励工资（奖金）标准的通知》。

5 月 20 日，劳动部发布《关于下发〈关于岗位技能工资制试点工作有关问题的意见〉的通知》。

6 月 1 日，劳动部、国家经济体改委联合发布《股份制试点企业劳动工资管理暂行规定》。

8 月 27 日，劳动部、国务院经贸办发布《印发〈关于改进完善全民所有制企业经营者收入分配办法的意见〉的通知》。

9 月 29 日，劳动部、中国人民银行发布《关于修改〈工资基金管理手册〉的通知》。

同日，劳动部、财政部发布《关于将副食品等价格补贴纳入企业挂钩工资总额基数的通知》。

10 月 10 日，劳动部、国家计委、国家体改委、国务院经贸办印发《关于国家试点企业集团劳动工资管理的实施办法（试行）》的通知。

12 月 26 日，劳动部印发《关于从一九九三年起普遍实行动态调控的弹性劳动工资计划的通知》。

1993 年

2月2日，劳动部印发《关于实施〈全民所有制工业企业转换经营机制条例〉的意见》的通知。

3月20日，劳动部发布《关于行业部门实行动态调控的弹性劳动工资计划的通知》。

5月13日，劳动部印发《关于进一步深化岗位技能工资制试点工作的意见》的通知。

6月22日，劳动部、国家经济贸易委员会、国家经济体制改革委员会联合发布《关于印发〈全民所有制企业工资总额管理暂行规定〉的通知》。

7月9日，劳动部、财政部、国家计划委员会、国家经济体制改革委员会、国家经济贸易委员会发布《国有企业工资总额同经济效益挂钩规定》的通知。

10月8日，国务院办公厅转发劳动部《关于加强企业工资总额宏观调控意见的通知》。

11月5日，劳动部印发《关于加强企业工资总额宏观调控的实施意见》的通知。

11月15日，国务院发布《关于机关和事业单位工作人员工资制度改革问题的通知》。

11月24日，劳动部发布《企业最低工资规定》。

12月4日，国务院办公厅发布《关于印发机关、事业单位工资制度改革三个实施办法的通知》。

12月21日，劳动部发布《关于印发〈劳动部关于建立社会主义市场经济体制时期劳动体制改革总体设想〉的通知》，提出企业工资制度改革的目标是建立市场机制决定、企业自主分配、政府监督调控的新模式。

1994年

1月29日，人事部发布《关于印发〈关于机关、事业单位工资制度改革实施中若干问题的规定〉的通知》。

2月8日，劳动部、财政部、国家经贸委发布《关于深化企业工资改革适当解决部分企业工资问题的意见的通知》。

4月15日，国务院出台《国家八七扶贫攻坚计划》，力争用七年左右的时间解决8000万贫困人口的温饱问题。

5月13日，劳动部发布《关于加强国有企业经营者工资收入和企业工资总额管理的通知》。

7月5日，八届全国人大常委会八次会议通过《中华人民共和国劳动法》。

10月8日，劳动部发布《关于实施最低工资保障制度的通知》。

12月3日，劳动部、国家体改委发布《关于印发〈股份有限公司劳动工资管理规定〉的通知》。

12月5日，劳动部发布《关于进行集体协商签订集体合同试点工作的意见》。

12月6日，劳动部发布《关于印发〈工资支付暂行规定〉的通知》。

12月29日，劳动部、中国人民银行发布《关于各类企业全面实行〈工资总额使用手册〉制度的通知》。

1995年

3月3日，劳动部发布《关于改进完善弹性劳动工资计划办法的通知》。

4月21日，劳动部、财政部、审计署发布《关于颁发〈国有企业工资内外收入监督检查实施办法〉的通知》。

4月24日，人事部、财政部发布《关于印发〈有条件的事业单位实行工资总额同经济效益指标挂钩暂行办法〉的通知》。

5月12日，劳动部发布《关于印发〈对工资支付暂行规定有关问题的补充规定〉的通知》。

6月9日，劳动部、国家经贸委发布《关于印发〈现代企业制度试点企业劳动工资社会保险制度改革办法〉的通知》。

7月3日，劳动部、财政部发布《关于印发〈境外企业工资总量宏观调控和社会保险制度改革办法〉的通知》。

11月1日，人事部、中国人民银行、中国工商银行、中国农业银行、中国建设银行、中国银行、交通银行联合发布《关于进一步加强机关、事业单位工资总额的调控和工资基金管理的通知》。

1996年

4月8日，人事部发布《关于有突出贡献的中青年科学、技术、管理专家奖励晋升工资有关问题的通知》。

5月8日，财政部、国家税务总局发布《关于调整计税工资扣除限额的通知》。

5月21日，劳动部发布《关于印发〈劳动事业发展“九五”计划和2010年远景目标纲要〉的通知》。

6月7日，劳动部、国家计委联合发布《关于对部分行业、企业实行工资控制线办法的通知》。

12月12日，劳动部、财政部发布《关于改进完善企业工资总额同经济效益挂钩办法的通知》。

1997 年

1 月 30 日，劳动部发布《关于印发〈试点地区工资指导线制度试行办法〉的通知》。

2 月 7 日，劳动部发布《印发〈关于“九五”时期企业工资工作的主要目标和政策措施〉的通知》。

2 月 14 日，劳动部发布《关于印发〈外商投资企业工资收入管理暂行办法〉的通知》。

同日，劳动部办公厅发布《关于印发〈外商投资企业工资集体协商的几点意见〉的通知》。

5 月 27 日，劳动部、国家计委、财政部、审计署、国家统计局发布《印发〈关于开展国有企业工资外收入综合治理工作的意见〉的通知》。

7 月 16 日，国务院发布《关于建立统一的企业职工基本养老保险制度的决定》，建立统一的企业职工基本养老保险制度。

9 月 2 日，国务院发布《关于在全国建立城市居民最低生活保障制度的通知》。

9 月 15 日，劳动部、财政部、审计署联合发布《关于成立劳动部、财政部、审计署企业工资内外收入监督检查领导小组的通知》。

1998 年

3 月 19 日，中国人民银行、中共中央组织部、人事部、劳动部发布《关于当前加强银行（保险）人事、工资管理工作若干问题的紧急通知》。

7 月 9 日，人事部、劳动部发布《关于机关实行职级工资制的部分人员正常晋升级别工资问题的通知》。

1999 年

8 月 31 日，国务院办公厅转发《人事部、财政部关于调整机关事业单位工作人员工资标准和增加离退休人员离退休费三个实施方案的通知》。

10 月 8 日，人事部、财政部、科技部、国家经贸委发布《关于 242 个转制的科研机构执行调整工资标准和增加离退休费政策有关问题的通知》。

10 月 25 日，劳动和社会保障部发布《关于建立劳动力市场工资指导价位制度的通知》。

2000 年

3 月 17 日，劳动和社会保障部发布《关于职工全年月平均工作时间和工资折算问题的通知》。

8 月 11 日，劳动和社会保障部、财政部发布《关于做好 2000 年企业工资总额同经济效益挂钩工作的通知》。

11 月 6 日，劳动和社会保障部发布《关于印发进一步深化企业内部分配制度改革指导意见的通知》。

11 月 8 日，劳动和社会保障部第 9 号令《工资集体协商试行办法》发布。

2001 年

1 月 5 日，国务院办公厅发布《关于做好农民进城务工就业管理和服务工作的通知》。

2 月 24 日，国务院办公厅转发《人事部、财政部关于调整机关事业单位工作人员工资和增加离退休人员离退休费四个实施方案的通知》。

6 月 13 日，国务院印发《中国农村扶贫开发纲要（2001—2010 年）

和服务工作的通知》。

2002 年

1 月 1 日，由国务院印发的《所得税收入分享改革方案》开始执行。

2003 年

5 月 30 日，劳动和社会保障部发布《关于非全日制用工若干问题的意见》，对非全日制用工的工资支付作出规定。

9 月 30 日，劳动和社会保障部、建设部联合发布《关于切实解决建筑业企业拖欠农民工工资问题的通知》。

2004 年

1 月 20 日，劳动和社会保障部第 21、22 号令公布《最低工资规定》和《集体合同规定》。

6 月 2 日，国务院召开会议研究清理建设领域拖欠工程款和农民工工资等有关工作。

9 月 6 日，劳动和社会保障部与建设部联合发布《关于印发〈建设领域农民工工资支付管理暂行办法〉的通知》。

11 月 1 日，劳动和社会保障部办公厅、建设部办公厅、中华全国总工会办公厅联合发布《关于开展农民工工资支付情况专项检查活动的通知》。

2005 年

2 月 3 日，国务院发布《关于进一步完善对种粮农民直接补贴政策的意见》的通知，促进农户增收。

2 月 6 日，劳动和社会保障部发布《关于进一步推进工资集体协商工作的通知》。

9 月 2 日，劳动和社会保障部、建设部、公安部、监察部、司法部、（国家）工商行政管理总局、中国人民银行、（中华）全国总工会、中国银行业监督管理委员会联合发布《关于进一步解决拖欠农民工工资问题的通知》。

2006 年

1 月 31 日，国务院印发《关于解决农民工问题的若干意见》。

3 月 31 日，国务院组织召开工作会议，研究进一步做好改革公务员工资制度和规范公务员收入分配秩序。

6 月 14 日，国务院下发《关于改革公务员工资制度的通知》。

6 月 15 日，人事部、财政部印发《事业单位工作人员收入分配制度改革方案》，并依此制定了《事业单位工作人员收入分配制度改革实施办法》。

6 月 18 日，人事部、财政部印发《事业单位工作人员收入分配制度改革方案》。

9 月 19 日，劳动和社会保障部、建设部、公安部、全国总工会联合发布《关于开展农民工工资支付情况专项检查活动的通知》。

2007 年

6 月 12 日，劳动和社会保障部发布《关于进一步健全最低工资制度的通知》。

6 月 29 日，十届全国人大常委会二十八次会议通过《中华人民共和国劳动合同法》，并于 2008 年 1 月 1 日正式施行。

7月16日，国务院召开会议，研究建立企业工人工资正常增长制度有关问题。

2008年

8月2日，国务院召开会议，研究解决企业工资历史拖欠问题。

11月14日，国务院组织会议，研究义务教育学校工作人员工资待遇问题。

12月29日，人社部、财政部、教育部在京联合召开全国义务教育学校实施绩效工资工作部署会。

2009年

4月14日，国务院召开会议，研究《事业单位绩效工资的意见》和《关于卫生事业单位实施绩效工资的指导意见》。

9月2日，国务院召开常务会议，讨论《关于公共卫生与基层医疗卫生事业单位实施绩效工资的指导意见送审稿》和《关于实施事业单位绩效工资的意见送审稿》。

9月16日，人社部会同中央组织部、监察部、财政部、审计署、国资委等单位联合下发《关于进一步规范中央企业负责人薪酬管理的指导意见》，建立健全中央企业负责人收入分配的激励和约束机制。

10月12日，党的十七届三中全会通过《中共中央关于推进农村改革发展若干重大问题的决定》，在扶贫方面强调推进农村扶贫开发。

11月13日，国务院召开公共卫生与基层医疗卫生事业单位实施绩效工资工作会议。

12月24日，人社部、财政部、卫生部发布《关于印发公共卫生与基层医疗卫生事业单位实施绩效工资的指导意见的通知》。

2011 年

7 月 5 日，中国企业薪酬和公务员工资水平调查领导小组第一次会议召开。

12 月 1 日，中共中央、国务院印发《中国农村扶贫开发纲要（2010—2020 年）》。

2012 年

9 月 26 日，国务院发布《关于进一步加强和改进最低生活保障工作的意见》。

12 月 29 日，国务院国有资产监督管理委员会令第 30 号发布《中央企业负责人经营业绩考核暂行办法》。

2013 年

2 月 3 日，国务院批转发展改革委等部门《关于深化收入分配制度改革的若干意见》。

6 月 13 日，中华人民共和国监察部、中华人民共和国人社部、中华人民共和国财政部、中华人民共和国审计署令第 31 号公布《违规发放津贴补贴行为处分规定》。

12 月 19 日，人社部会同国家发改委、公安部、财政部、住建部、交通运输部、水利部、国务院国资委、国家工商总局、中华全国总工会联合召开春节前保障农民工工资支付工作视频会议。

2014 年

1 月 25 日，中共中央办公厅、国务院办公厅印发《关于创新机制扎实推进农村扶贫开发工作的意见》，提出以建立精准扶贫工作机制为核心的六项创新机制和十项重点工作。

2月26日，国务院印发《关于建立统一的城乡居民基本养老保险制度的意见》。

4月17日，财政部发布了《关于进一步提高中央企业国有资本收益收取比例的通知》，决定从2014年起，适当提高中央企业国有资本收益收取比例。

4月30日，国务院发布《关于同意建立深化收入分配制度改革部际联席会议制度的批复》，同意建立由发展改革委牵头的深化收入分配制度改革部际联席会议制度。

8月18日，习近平总书记主持召开中央全面深化改革领导小组第四次会议并指出，要从我国社会主义初级阶段基本国情出发，适应国有资产管理体制和国有企业改革进程，逐步规范国有企业收入分配秩序，实现薪酬水平适当、结构合理、管理规范、监督有效，对不合理的偏高、过高收入进行调整。

8月29日，中共中央政治局召开会议审议通过了《中央管理企业负责人薪酬制度改革方案》。

11月15日，人社部等部门发布《关于开展农民工工资支付情况专项检查的通知》。

2015年

1月13日，人社部召开深化国有企业负责人薪酬制度改革工作领导小组办公室会议，研究中央企业负责人薪酬制度改革配套文件。

8月24日，中共中央、国务院发布《关于深化国有企业改革的指导意见》，提出对国有企业领导人员实行与选任方式相匹配、与企业功能性质相适应、与经营业绩相挂钩的差异化薪酬分配方法。

10月26—29日，党的十八届五中全会在京举行。会议进一步指出，努力缩小收入差距，让居民共享经济发展成果，健全正常的工资增长机制及支付保障机制，完善市场评价要素贡献并按贡献分配的机制。

2016年

1月17日，国务院办公厅发布《关于全面治理拖欠农民工工资问题的意见》。

2月26日，财政部、科技部、国资委发布《关于印发〈国有科技型企业股权和分红激励暂行办法〉的通知》。

3月16日，十二届全国人大四次会议通过了《中华人民共和国国民经济和社会发展第十三个五年规划纲要》，对完善科技成果转化和收益分配机制做出要求，集中论述了缩小收入差距的要求。

8月2日，国务院国有资产监督管理委员会、财政部、中国证券监督管理委员会发布《关于印发〈关于国有控股混合所有制企业开展员工持股试点的意见〉的通知》。

8月5日，国务院办公厅转发《人社部、财政部关于调整机关事业单位工作人员基本工资标准和增加机关事业单位离休人员离休费三个实施方案的通知》。

9月17日，国务院办公厅转发了民政部等部门《关于做好农村最低生活保障制度与扶贫开发政策有效衔接的指导意见》，要求完善农村最低生活保障制度，加大农村低保省级统筹力度，低保标准较低的地区要逐步达到国家扶贫标准。

12月8日，国务院国资委发布《中央企业负责人经营业绩考核暂行办法》。

2017 年

1 月 24 日，人社部、财政部、国家卫生计生委、国家中医药管理局联合发布《关于开展公立医院薪酬制度改革试点工作的指导意见》。

9 月 25 日，人社部发布《关于印发〈拖欠农民工工资“黑名单”管理暂行办法〉的通知》。

12 月 6 日，国务院办公厅发布《保障农民工工资支付工作考核办法》。

2018 年

1 月 23 日，中央全面深化改革领导小组第二次会议审议通过《关于提高技术工人待遇的意见》。

3 月 22 日，中共中央办公厅、国务院办公厅印发《关于提高技术工人待遇的意见》。

5 月 2 日，人社部、财政部发布《关于建立企业薪酬调查和信息发布制度的通知》。

5 月 25 日，国务院印发《关于改革国有企业工资决定机制的意见》。

8 月 31 日，十三届全国人大常委会五次会议表决通过了《关于修改个人所得税法的决定》，起征点确定为每月 5000 元。10 月 1 日起施行最新起征点和税率。

2019 年

3 月 1 日，国务院国有资产监督管理委员会印发《中央企业负责人经营业绩考核办法》（2019 年），进一步完善了国有企业，特别是中央企业的工资水平决定机制。

3 月 19 日，中共中央办公厅印发《公务员职务与职级并行规定》，正式在全国推行公务员职务职级并行制度。

2020年

1月2日，中共中央、国务院印发《关于抓好“三农”领域重点工作确保如期实现全面小康的意见》，提出扶贫工作重心转向解决相对贫困，研究建立解决相对贫困的长效机制。

6月3日，民政部和财政部联合印发《关于进一步做好困难群众基本生活保障工作的通知》，提出将适度扩大最低生活保障覆盖范围。

8月25日，中共中央办公厅、国务院办公厅印发《关于改革完善社会救助制度的意见》，这是新中国成立以来对社会救助制度顶层设计进行的第一次系统谋划。

10月26—29日，党的十九届五中全会对扎实推动共同富裕作出重大战略部署，并提出到2035年共同富裕取得更为明显的实质性进展、到2050年基本实现共同富裕的远景目标。

2021年

3月22日，中共中央、国务院发布《关于实现巩固拓展脱贫攻坚成果同乡村振兴有效衔接的意见》，要求做好巩固拓展脱贫攻坚成果同乡村振兴有效衔接。

6月10日，中共中央、国务院发布《关于支持浙江高质量发展建设共同富裕示范区的意见》，共同富裕示范区正式落地浙江。

8月17日，中央财经委员会第十次会议强调，坚持以人民为中心的发展思想，在高质量发展中促进共同富裕，正确处理效率和公平的关系。

2022年

4月8日，国务院办公厅颁布《关于推动个人养老金发展的意见》，旨在推动个人养老金发展。

5月19日，国资委发布《关于中央企业助力中小企业纾困解难促进协同发展有关事项的通知》，要求各中央企业贯彻落实党中央、国务院决策部署，支持中小企业健康发展，着力构建大中小企业相互依存、相互促进、共同发展的良好生态，不断增强国民经济发展韧性和产业链供应链稳定性。

7月5日，国务院办公厅转发《关于在重点工程项目中大力实施以工代赈促进当地群众就业增收工作方案的通知》，要求进一步扩大以工代赈投资规模，充分发挥以工代赈政策作用。

8月30日，人力资源社会保障部、财政部、国务院国资委关于印发《国有企业工资内外收入监督管理规定》的通知，要求加强对国有企业工资内外收入的监督管理，规范国有企业工资分配秩序。

10月20日，《民政部 中央农村工作领导小组办公室 财政部 国家乡村振兴局关于进一步做好最低生活保障等社会救助兜底保障工作的通知》要求贯彻落实国务院常务会议精神，及时将符合条件的困难群众纳入社会救助范围，巩固拓展脱贫攻坚成果，实现最低生活保障等社会救助扩围增效，切实兜住、兜准、兜好困难群众基本生活底线。

11月9日，人力资源社会保障部、国家发展改革委、财政部、农业农村部、国家乡村振兴局发布《关于进一步支持农民工就业创业的实施意见》，要求多措并举稳增长稳就业，进一步支持农民工及脱贫人口就业创业，这是保持就业大局稳定的重要支撑，是巩固拓展脱贫攻坚成果同乡村振兴有效衔接的关键举措。

图书在版编目（CIP）数据

收入分配改革 / 李实，万海远主编. — 北京：中国工人出版社，2024. 6. -- ISBN 978-7-5008-8033-2

Ⅰ. F124.7

中国国家版本馆CIP数据核字第2024CW9924号

收入分配改革

出 版 人	董 宽
责任编辑	李滢洁
责任校对	张 彦
责任印制	栾征宇
出版发行	中国工人出版社
地 址	北京市东城区鼓楼外大街 45 号 邮编：100120
网 址	http://www.wp-china.com
电 话	（010）62005043（总编室） （010）62005039（印制管理中心） （010）62382916（工会与劳动关系分社）
发行热线	（010）82029051 62383056
经 销	各地书店
印 刷	北京印刷集团有限责任公司
开 本	710 毫米 × 1000 毫米 1/16
印 张	36.5
字 数	409 千字
版 次	2024 年 9 月第 1 版 2024 年 9 月第 1 次印刷
定 价	106.00 元